KB119907

조선후궁실록

조선후궁실록

호란기연 胡亂奇緣

유오디아 장편소설

2

위즈덤하우스

차
례

조선후궁실록 등장인물

* 조선국 *

:: 이화진

시간 여행자. 뛰어난 미모의 소유자. 첫사랑 유정운의 목숨을 구하려다가 자신의 힘을 남용하고 '시간'의 분노를 사서 시간여행의 능력을 잃어버린다. 그로 인해 병자호란이 일어나기 일 년 전의 조선에 갇히게 된다.

:: 이시백

인조반정의 공신인 이귀의 아들. 이화진의 첫사랑이던 유정운의 환생. 정묘호란에 첫 번째 부인을 잃었다. 병자호란이 일어나자 피난 가는 백성들을 돕다가 운명적으로 화진과 재회한다.

:: 봉림대군 이정연 (효종 이호)

어명으로 화진을 첩으로 맞아들인다. 처음에는 다른 사람들의 말만 듣고 박색인 줄 알고 가까이하지 않는다. 나중에 화진이 엄청난 미인이라는 사실을 알게 된 후 상사병에 빠진다.

:: 김영찬

시간 여행자. 화진의 외할아버지. '시간'의 분노를 사서 조선에 갇히게 된 외손녀를 구하기 위해 고군분투한다.

:: 박 처사

하나뿐인 가족인 외동딸을 병자호란 중에 잃었다. 이후 징집되어 남한산성에서 머물다 화진을 만난다. 이 인연으로 화진을 양녀로 삼는다.

:: 장씨 (인선왕후)

봉림대군의 부인. 봉림대군을 살뜰히 살핀다. 이해심이 깊고 차분한 성품을 지녔다.

:: 소현세자

조선의 세자. 봉림대군의 친형이다.

:: 계화

화진의 몸종이다.

:: 금치

이시백의 하인이다.

* 청국 *

:: 예친왕 도르곤

청 태조 누르하치의 14번째 아들. 청나라 황족으로 병자호란 당시 조선을 침공한다. 봉림대군과 헤어져 피난 중이던 화진을 보고 첫눈에 반한다. 이후 화진을 소유하기 위해 악행을 저지른다.

:: 홍타이지

청 태조 누르하치의 8번째 아들. 청나라의 2대 황제이다. 병자호란을 일으켰다. 이시백이 마음에 들어 화진을 이용해 그를 청나라에 붙잡아 둔다.

:: 황후 철철

청나라 황제 홍타이지의 정비. 슬하에 아들이 없어 미모가 뛰어난 자신의 조카들을 남편의 후궁으로 삼았다.

:: 장비 옥아

청나라 황제 홍타이지의 후궁. 황후 철철의 조카이기도 하다. 예친왕 도르곤을 짝사랑하고 있다.

:: 기홍대

장비의 궁녀. 흉측한 외모를 가지고 있다. 한 번 본 사람과 똑같은 얼굴의 면피를 만들어 쓰고 다니는 재주를 가졌다.

:: 신비 해란주

청나라 황제 홍타이지가 총애하는 후궁. 장비의 언니이기도 하다. 일찍이 혼인했지만, 아름다운 외모를 가지고 있다는 이유로 홍타이지의 후궁이 된다.

:: 수아

황후 철철의 시녀.

1장

세자의 고민

"뭐야, 이거?"

봉림대군을 누각 안으로 안내했던 서역인이 황당하다는 표정을 지었다. 그의 앞에는 아직도 옷을 고르고 있는 두 남녀 배우들이 있었다. 그도 그럴 것이 이미 봉림대군은 유리벽이 있는 방안으로 들어가버렸다. 그는 부하들에게 유리벽이 있는 방안에 짙은 연기를 흘려보내도록 지시했다. 이제 상황에 맞추어 그의 부모 역할을 할 사람들이 유리벽 너머로 들어가기만 하면 된다.

연기는 술에 취한 봉림에게 환각 현상을 일으켰다. 사람이 만들어낸 연기 속에서 술에 취한 봉림대군은 배우들을 자신의 친부모라고 감쪽같이 믿어버릴 것이다. 그 다음에 서역인은 그가 주는 돈만 챙기면 되는 것이다.

"그 뭐더라? 조선의 왕자라면서요?"

"조선 사람 옷이 없는데…….."

"게다가 왕자의 부모라면 왕인데 왕이 이런 낡은 촌부나 입는 옷을 입겠어요?"

서역인이 화를 내며 소리쳤다.

"그냥 들어가! 당장 들어가라고!"

서역인이 배우들의 멱살을 낚아채 잡더니 서둘러 옷장과 붙어 있는 유리벽 너머의 작은 문을 열었다. 동시에 희뿌연 연기가 쏟아져 나오며 서역인이 옷으로 자신의 코와 입을 가렸다.

"대체 얼마나 피워댄 거야? 여기에 들어가는 아편값이 얼마인 줄은 알아?"

서역인이 화를 내며 부모 역할을 할 두 배우를 강제로 방안으로 집어넣어 버리고는 문을 닫아버렸다.

"한족들과는 다시는 장사를 같이 못 해 먹겠군!"

◦◦◦✦◦◦

어떻게 그가 여기에…….

나는 바로 앞에 정연을 마주하고서도 믿을 수가 없어 눈을 깜빡였다. 동시에 남아 있던 연기가 코와 입으로 들어오며 머리가 아파왔다. 유리벽을 사이에 두고 봉림대군도 천천히 내 곁으로 다가오더니 한 손을 유리벽 위에 올려놓는다. 그와 나의 손이 유리벽을 사이에 두고 맞닿았다. 온기조차 전해지지 않을 정도로 차가운 유리벽의 감촉만이 느껴졌다.

　─!

그제야 내 눈앞에 있는 그가 허상이 아닌 실체라는 걸 깨달았다.

"뭐야, 넌?"

"선녀가 등장할 데가 아닌데?"

갑자기 내 등 뒤에서 두 남녀가 나타나더니 내 날개옷을 잡아당기며 뒤로 밀어냈다.

"어서 나가, 어서!"

반강제적으로 떠밀리듯 나는 문을 찾아 유리벽이 있는 방을 벗어날 수 있었다. 나온 곳은 바로 아까 내가 옷을 갈아입었던 그 방이었다. 연기가 모두 사라졌는데도 이상하게 몸의 균형을 잡고 서 있는 것이 어려웠다.

"부인?"

오랫동안 나오지 않던 나를 찾아 옷 방으로 들어오는 시백의 모습이 보였다.

"서방⋯⋯."

그를 본 나는 그에게 다가가려다가 그대로 정신을 잃고 넘어졌다.

෴

몸이 축 늘어져서 전혀 움직일 수가 없다. 계속 눈을 뜨려고 노력해도 눈꺼풀이 무거워 자꾸만 감기려고 했다. 어떤 부분에서는 몸이 나른하게 느껴지기도 했다.

"고맙소."

"별말씀을."

눈을 계속 깜빡이고 있는데 시백이 의원을 배웅하며 돌아왔다. 난 침상 위에서 머리를 베개에 댄 채 시백을 보며 웃었다.

"도저히 못 일어나겠어요."

"당연하지."

그가 한숨을 내쉬며 천에 물을 적셔 온다. 차가운 물을 머금은 천이 곧 내 이마 위에 올려지자 조금은 어지러움이 가시는 것 같다. 하지만 기분은 좋았다. 난 발그레 웃으며 내 이마 위에 천을 올려주며 걱정하는 시백을 쳐다보았다.

"의원이 뭐래요?"

"아편이라더군."

"아편?"

"대체 어디서 아편을 피운 거요?"

"아편…… 그거 마약인데, 저 마약 안 했어요."

난 그런 건 모른다며 부정하는데 목소리가 묘하게 배배 꼬인다. 여기에 간간이 터지는 웃음. 심각한 이야기를 하는데 이상하게 기분은 즐겁다.

"다시는 그곳에 가지 말아야겠군."

"그래도 즐거웠는걸요. 그렇죠? 훗."

그가 다시 긴 한숨을 내쉬며 침상에 걸터앉는다. 난 내 곁에 있는 그의 손을 잡으려 손을 뻗었다. 하지만 손에 힘이 들어가지 않아서 마치 지렁이 기어가듯 손을 느릿느릿 뻗어 그에게 다가갔다. 그것을 본 그가 먼저 내 손을 잡아주었다.

"의원의 말로는 시간이 지나면 괜찮아질 거라 했소. 열이 좀 나겠지만."

"저 열나요?"

이번에도 내 의지와 상관없이 상당히 목소리가 간드러지고 귀엽게 툭, 튀어나온다.

"그렇소. 열나오."

그가 다시 내 이마에 얹은 천을 거둬들이더니 찬물을 새로 적셔 올려놓는다.

"우리 서방니임…… 간병도 하실 줄 아네?"

밝다 못해 장난기 가득한 내 목소리와 달리 그의 표정은 매우 심각했다.

"궁문이 열리려면 얼마나 남았어요?"

"그대가 푹 자고 일어나도 될 만큼. 그러니 눈 좀 붙이시오. 내가 곁에 있을 터이니."

"헤헤…… 서방니임!"

난 있는 힘껏 두 팔을 벌렸다. 하지만 곧 힘을 잃은 두 팔이 바닥으로 축 늘어지려고 했다.

"조심하시오!"

이를 보고 놀란 시백이 달려들어 나를 끌어안으며 침상 위에 함께 누웠다. 난 나란히 누운 그의 두 눈동자를 가만히 바라보다가 그의 귓가에 대고 누가 듣는 것도 아닌데 비밀 이야기를 하듯 속삭였다.

"우리…… 한 번 더 해요."

꽃꽃꽃

새로운 배우들이 들어가고 화진이 그 방에서 쫓겨나자 기다렸다는 듯 많은 연기가 다시 방안을 가득 채웠다. 다시 연기가 가라앉을 때쯤 나타난 한족 배우들이 자신들의 말로 대사를 주고받기 시작했다.

"아들아. 타향에서 지내는 네가 얼마나 보고 싶은지 모를 게다……."

"네가 건강히 돌아오기만을 기다린단다아……."

그러나 봉림대군의 눈은 깜빡임도 잊은 채 바닥에 꽂혀 있었다. 배우들이 어떤 연기를 하든 더는 그의 눈에 들어오지 않았다. 화진이 눈앞에서 사라진 뒤에 그의 눈에서는 뜨거운 눈물이 계속해서 흘러내렸다.

"난아……."

그는 또다시 자신이 이 세상에 혼자 남아 있음을 깨달아야 했다. 말로 표현할 수 없는 깊은 외로움이 연기 속에 선 그를 덮쳐왔다.

진한 연기도 그의 뇌리에 단번에 박힌 유리벽 너머의 화진의 모습을 지워버릴 수 없었다.

연기 속에서 화진을 마주한 순간부터 그는 그녀 외에는 아무것도 볼 수 없었고, 그녀 외에는 아무것도 생각할 수가 없었으니까. 세상이 무너지는 듯한 슬픔을 이고 봉림대군은 쓸쓸히 돌아서 그곳을 걸어 나왔다.

하루 종일 봉림대군을 쫓아다니느라 지친 관원이 졸다가 눈을 번쩍 뜨며 고개를 들었다.

"대군마마, 이제 그만 조선관으로……."

"가자."

"예에!"

드디어 봉림대군이 조선관으로 돌아간다는 사실에 기쁜 관원이 앞장서서 길을 열었다.

꿍꿍

"우리…… 한 번 더 해요."

"!"

그가 양팔을 잡아 얼굴 옆으로 고정시켜 나를 내려다본다. 나는 그를 올려다보며 계속 방긋방긋 미소를 지었다.

그러나 여전히 나를 바라보는 그는 웃지 않는다. 그가 나를 보고도 웃지 않으니 내 얼굴에 서린 미소도 점점 줄어든다.

"싫어요……."

"무엇이 말이오?"

"서방님이 안 웃는 거."

"……."

"무섭고…… 두렵기도 해요. 내가 알던 서방님이 아니라…… 다른 사람 같아."

이상하다. 웃으며 말하는데 금방이라도 눈물이 흘러내릴 것 같아. 난 그의 무표정 속에서 조금 전 유리벽 너머에서 보았던 정연의 얼굴을 떠올렸다.

"서방님……."

지금이라면……

"말할 게 있어요."

"무엇이오?"

"죽었다던…… 제 지아비 말이에요."

이 말을 하는데 더는 시백의 얼굴을 똑바로 바라볼 수가 없다. 미끄러지는 시선 끝자락에서 내 입술이 다시 벌어졌다.

"조금 전 그곳에서…… 본 것 같아요. 그도 저를 보고 매우 놀란 것 같았는데…… 우리 사이에 유리벽이 있었어요. 그래서 닿을 수가 없었는데……."

"화진."

그가 날 잡았던 손을 풀어주며 내 이름을 부른다.

난 다시 눈을 들어 시백의 얼굴을 바라보았다.

"그대는 지금 아편에 취했소."

"알아요……."

안다고 말하는데 괜히 눈물이 난다. 웃으며 말하는데도 뺨을 타고 눈물이 흘러내린다. 이 눈물만큼은 시백에게 보이고 싶지 않았다. 하지만 몸에 힘이 없어 눈물을 닦아낼 여력도 없었다. 난 힘없이 시백에게서 고개를 돌렸다. 시백이 이런 내 턱을 잡아 돌려세우더니 진한 입맞춤을 해온다. 온몸이 나른하게 풀려버린 나는 입술을 열고 들어오는 그의 촉촉한 혀에 모든 것을 내려놓으며 받아들였다. 그런데도 눈물이 멈추지 않는다.

속이려는 건 아니었어요. 사실 그는 봉림대군이에요. 봉림대군 이정연이요. 당신이 친동생처럼 아끼던 바로 그 조선의 대군마마요.

아편에 취한 상태로는 어떤 용기로도 말할 수 없는 이 말을 할 수 있을 것 같았다. 시백이 용서해주지 않더라도 언젠가는 말해야 한다고 생각했다.

시백은…… 나를 용서해줄 것이다. 내가 한 거짓말에 악의가 없음을 알 테니까. 그는 용서해줄 것이다. 길고 긴 입맞춤에 빠져들며 나는 나른함이 불러온 깊은 잠 속으로 잠겨 들었다.

깊은 밤이 찾아온 조선관은 불이 모두 꺼져 있었다. 관원은 봉림대군을 그의 처소인 서방 앞에 내려놓고는 돌아갔다. 불 꺼진 서방의 문을 열고 안으로 들어선 봉림대군은 멈칫했다. 방 입구 탁자에 홀로 처량하게 앉아 있던 장씨를 발견한 것이다.

그녀는 달빛을 등지고 나타난 봉림대군의 존재를 알고서도 맞이하려고도 고개를 들려고도 하지 않았다. 술과 아편이 불러온 어지러움에 머리가 지근지근 아파오는 봉림대군이었지만, 장씨의 처량한 모습에 확 깨는 듯한 기분이었다.

"주무시지 않고 무엇하시오?"

봉림대군이 무안함을 숨기려 건넨 첫마디에 장씨의 입이 힘없이 열렸다.

"소첩. 어머님께 지아비의 허물은 늘 덮어주라 그리 배우고 자랐사옵니다. 하온데 돌이켜 생각해보니 허물을 덮기는커녕 지아비의 분노만 사지 않았겠사옵니까. 이런 소첩의 모자람을 깨닫고 보니 더는 부부인으로서 사는 것이 부질이 없어졌사옵니다."

"무슨 말이오?"

장씨가 고개를 들어 봉림대군을 쳐다보았다. 그녀는 눈물로 젖은 얼굴에 또 한 번의 눈물을 쏟아내고 있었다.

"조선으로 돌아가면 소첩을 내치시고 새 부인을 들이시옵소서."

"부인……."

"소첩이…… 흑흑. 대감께는 한없이 모자라는 여인이지 않사옵니까?"

장씨가 의자에 앉아 몸을 들썩이며 흐느끼기 시작했다.

그런 장씨를 바라보던 봉림대군은 그녀가 이처럼 작고 가녀린 여인이었다는 사실을 새삼 되새겼다. 전장 속에서도 늘 강하고 똑 부러지는 모습만 보이던 그녀였다. 피화당의 죽음에 정신줄을 반쯤 놓은 자신의 곁에는 늘 장씨가 있었다. 왜 그 사실을 지금까지 잇고 있었던 것일까? 봉림대군은 장씨에게 다가가더니 무릎을 꿇었다.

"미안하오……."

"대감……!"

무릎을 꿇은 봉림대군을 보며 장씨가 눈을 크게 떴다.

"나를 용서해주시오. 부인이 부족한 것이 아니라 내가 부족한 사람이오. 내가……! 그러니 약조하리다. 내 다시는 부인에게 손찌검을 하지 않을…… 않을……."

거짓 약조로라도 장씨를 잡아야 한다고 생각했다. 그녀가 먹은 마음을 돌이켜야 한다고 생각했다. 그러기 위해서라면 지금 봉림대군은 그 어떤 말이라도 할 수 있을 것 같았다. 그러나 오직 장씨를 위한 말들만 늘어놓아야 하는 순간에도 봉림대군의 머릿속에는 연기 속에서 선녀의 모습으로 나타났다가 홀연히 사라져버린 화진의 얼굴만이 떠올랐다. 이 복잡한 감정을 어떻게 설명해야 할지 몰랐다. 그래서 그는 다시 눈물을 보이고 말았다.

"않을 것이니……."

장씨는 그런 봉림대군의 눈을 보았다. 그리고 그 눈을 통해 그의 마음을 들여다보았다. 혼인날 그의 얼굴을 처음 본 순간 동갑내기

의 이 소년을 평생 어미처럼 누이처럼 지켜주겠다고 마음을 먹었
던 것처럼 말이다.

"대감……!"

장씨는 자신의 두 팔로 봉림대군의 머리를 감싸 안았다.

"흐흑……!"

"군자는…… 함부로 눈물을 보이셔서는 아니되옵니다."

"흐흐흑……!"

"압니다. 소첩은 다 압니다. 대감의 마음 다 압니다."

흐느끼는 봉림대군을 끌어안은 채 장씨도 함께 울었다. 장씨는
봉림대군의 그 눈물이 죽은 피화당을 생각하며 흘리는 눈물이라
는 것을 알았다. 봉림대군도 알았다. 자신의 눈물의 의미가 무엇인
지 장씨가 알고 있다는 사실을……

그는 장씨의 가슴에 얼굴을 파묻고 다짐했다.

다시는 화진으로 인해 눈물을 흘리는 일은 없을 것이라고.

그녀를 위해 흘리는 눈물은 이 밤이 마지막이 될 것이라고.

그는 그렇게 스스로에게 다짐하고 또 다짐했다.

꽃꽃꽃

그 다음해 봄.

심양의 조선관에서 봉림대군과 장씨 소생의 유일한 왕자가 태
어났다. 훗날 이 왕자가 조선 역대 왕들 중에서 유일하게 이역만리

에서 탄생한 현종 이연이었다.

"조선에서 온 대군이 아들을 출생하였다고?"

청나라 황궁에도 이 소식이 전해졌다.

"예, 그렇다 합니다."

마침 황제는 관저궁에서 신비와 함께 있었다. 봉림대군이 아들을 낳았다는 소식에 황제는 신비의 눈치를 살폈다. 신비는 몇 년 전 어렵게 낳은 아들을 몇 달 만에 잃었다. 그 뒤에 내내 아이를 가지지 못하고 있었던 것이다. 반대로 그녀가 아들을 잃고 얼마 뒤에 태어난 장비의 아들은 건강하게 자라고 있었다. 황제의 시선이 닿은 신비가 속으로 한숨을 내쉬며 소식을 전해온 환관에게 말했다.

"산모와 아이의 상태는 어떠하다던가?"

"모두 건강하다고 들었습니다."

이 말을 들은 신비가 황제에게 말했다.

"고향이 아닌 곳에서 아이를 낳는 것은 쉽지 않은 일이겠지요. 어용감에 일러 이러저러한 것들을 챙겨주면 감읍할 것입니다."

"그렇지. 신비의 말대로 하라."

"예, 폐하."

환관이 나가자 신비는 화롯불 위에 손을 올렸다. 황제가 그런 신비를 보며 물었다.

"아직도 한기를 느끼느냐?"

"오래전 아이를 낳고 얻은 병이 오래갑니다. 더운 여름이 찾아와도 때때로 한기를 느끼는 것이……"

"어의를 들여 약을 다시 짓게 할까?"

"몇 년째 먹어도 소용없는 약이 아닙니까."

신비는 약은 지겹다는 듯 투덜대면서도 혹시라도 이 투덜거림이 황제의 노기를 살까, 재빨리 눈웃음을 흘렸다.

"폐하께서 이번 원정에 가지 않고 신첩의 곁에 계셔주시면 좀 나으려나요?"

황제가 그런 신비가 귀엽다는 듯 한 팔로 끌어안으며 말했다.

"이번 원정에는 빠질 수 없음을 잘 알지 않느냐."

"따라가고 싶어요."

"몸이 이리 약하니……."

"함께 가면 좋아질지도 몰라요."

"짐도 네 마음 안다. 허나 몸조리를 잘하고 있거라."

"원정길이 길면 달포라는데."

"일이 잘 풀리는 것을 보아서 짐만 일찍 네 곁으로 돌아오마."

"약조하시는 것이에요?"

"그래야지. 그래야 금년에 네가 아들을 낳을 수 있도록 일조할 것이 아니냐."

"어머, 부끄러워라."

"또한 가기 전에 연회를 성대하게 열어주마. 연회 내내 짐의 곁에서 한 발짝도 떨어지지 말고 머물러라. 알겠느냐?"

"치. 그 옆자리는 황후마마의 것인 걸."

"짐의 옆자리는 좌, 우 두 자리나 있다. 한 자리는 황후 것이니 다른 한 자리는 네 것이지."

피식거리던 신비가 문득 생각난 듯 황제에게 물었다.

"그자도 부르실 것입니까?"

"누구 말이냐?"

"폐하가 주는 관직은 전부 마다하고 오로지 전장에만 나가는 그 조선인 장수요."

"아……."

황제가 이시백을 떠올렸다.

"오라면 오겠지. 허나 술을 즐기는 자는 아닌 듯하다."

"계집은 여럿 내려주셨어요?"

"어디 계집만 내려주었겠느냐? 궁인 중에서도 빼어난 이들을 여럿 보냈다. 다 정중히 거절하였지만."

"아직도 제 부인을 잊지 못하고 있답니까?"

"그래서 짐에게 충성하는 자가 아니더냐?"

"참으로 이상합니다."

신비가 잠시 넋을 놓은 얼굴로 중얼거리듯 말했다.

"무엇이?"

"아무리 미녀라도 사내들은 부귀영화를 먼저 탐내지 않습니까? 부귀영화를 얻으면 미인은 자연히 따라오는 것일 테니까요. 헌데 그 조선인은 오로지 제 아내만을 위하니…… 그 약조, 얼마 남았지요?"

"딱 한 해 남았다."

"정말 한 해만 더 지나면 그 조선인에게 아내를 돌려줄 것입니까?"

"짐이 한 약조대로라면 그래야지. 또한 그가 세운 공이 적지 않으니."

"예친왕도 아직 그 여인을 포기하지 않았을 텐데요."

"도르곤에게는 만주인 미녀 여럿을 내려주어 달랠 것이다."

"영명하십니다."

신비가 웃으며 대답하자 황제가 그런 신비를 보며 껄껄 웃었다. 황제의 가슴에 기대고 있던 신비는 옛 생각이 떠올랐는지 갑자기 한숨을 지었다.

"어찌 그러느냐?"

이에 황제가 묻자 신비가 또 한 번 긴 한숨을 내쉬며 말했다.

"신첩의 첫 번째 남편은 신첩이 직접 택한 사내였습니다. 헌데 황후께서 신첩과 이혼하라고 하자 대신 신첩의 무게만큼의 금을 요구하였지요. 이에 진노한 황후께서 그를 죽여버리셨지만. 그땐 슬펐는데 그 덕에 폐하의 여인이 되어 오랜 세월을 함께하니, 차라리 그때 그가 죽은 것이 신첩에겐 전화위복이 되었습니다."

그녀도 알고 있었다. 황후가 자신의 전남편을 죽인 것은 자신을 황제에게 바치기 위해서였기도 했지만 동시에 조카인 자신과 금은보화를 맞바꾸고자 한 남편에게 분노했기 때문이란 걸.

그럼에도 그녀는 오랫동안 전남편을 죽인 황후를 원망했다. 그런 그녀의 마음을 움직인 것은 자신을 향한 황제의 진실한 사랑이었다. 그 마음에 오랜 원한도 세월과 함께 녹아 사라져갔다.

"어찌 그때의 이야기를 꺼내느냐?"

"폐하."

신비가 나긋한 목소리로 황제를 올려다보며 말했다.

"신첩은 돌아갈 곳을 잃어 폐하의 곁에서 살게 되었지만 그 여인은 돌아갈 곳이 있으니 돌아가게 해주세요."

곧 칠 년이었다. 아내를 위해 희생한 시백의 이야기는 신비에게도 잔잔한 감동을 준 것이 틀림없었다.

"……."

하지만 황제는 대답하지 않았다. 그의 머릿속에는 다른 꿍꿍이가 숨어 있는 듯했다.

"폐하."

"으응?"

"이번 연회에 그 여인도 불러 오랜만에 부부가 해후하게 해주세요. 예? 그건 윤허하시는 것이지요? 폐하아-"

계속되는 신비의 애교에 황제도 마지못해 고개를 끄덕였다.

"그러마."

심양 조선관.

"연회?"

청나라 황제의 초대장이 조선관에도 도착했다. 황제는 평소처럼 세자를 초대했다. 의외인 것이 평소와 다르게 시백도 함께 올것을 명했다. 마침 시백과 함께 있던 세자는 시백의 얼굴을 쳐다보았다.

"갈 수 있겠는가?"

"저하께서 가신다면 함께 참석하겠습니다."

"알겠네."

　세자는 시백과 참석하겠다는 내용을 환관에게 전했다. 그리고 차를 들여 환관에게 대접했다. 세 사람이 마주 앉아 차를 마시려는데 밖에서 웃음소리가 들려왔다. 환관이 그 소리를 듣고는 통역관을 통해 세자에게 물었다.

"이 웃음소리는 어디서 들려오는 소리인지요?"

　세자가 대답했다.

"내 아우인 봉림대군의 처소에서 들리는 웃음소리요."

"아…… 얼마 전에 아들을 얻으셨다던?"

"그렇소."

　세자가 웃으며 환관에게 말했다.

"최근에 아들을 얻은 후 끊어졌던 웃음소리가 저리 나오. 아우에겐 저 아들이 복덩이나 다름이 없소. 내 아우는 난중에 첩과 아이를 잃고 오랫동안 상심하였는데……."

　병자호란이 언급되자 환관의 눈빛이 달라졌다. 세자가 뒤늦게 말을 돌렸다.

"아이란 참 신비하오. 심양에 온 뒤로 아우가 적응하느라 오래 애를 먹었는데 이젠 아들도 얻었으니 완전히 적응을 한 듯하오."

"그렇군요."

환관이 찻잔을 내려놓고 일어섰다. 그가 가려 하자 세자와 시백이 배웅하려 자리에서 일어섰을 때였다. 환관이 시백을 보며 말했다.

"참, 차 맛이 좋아 중요한 사실을 말씀드리지 못 할 뻔했습니다."

"무슨……."

"이번 연회에 폐하의 은덕으로 특별히 이시백 장수의 부인께서도 참석하신다 합니다."

시백이 놀란 눈을 떴다. 환관이 돌아간 후 세자가 자신의 일처럼 기뻐하며 말했다.

"기쁜 소식이군. 부인을 마지막으로 본 것이 언제라 하였지?"

"넉 달 전입니다."

"연회에서야 다른 이들의 눈이 있으니 많은 이야기를 나누지 못하겠지만 그래도 오랜만에 부인을 만나니 기쁜 일이 아닌가?"

하지만 시백의 표정은 어두웠다.

"이 연회에는 예친왕도 참석할 것입니다."

"예친왕……."

시백의 고민을 이해하면서도 세자는 위로의 말을 빠트리지 않았다.

"너무 걱정 말게. 내가 말하지 않았는가? 보는 이들의 눈이 많다고. 그중에는 황제도 있네. 예친왕도 함부로 행동하지 못할 걸세.”

“예⋯⋯.”

“그보다 이제야 나도 자네 부인의 얼굴을 볼 수 있게 되었군.”

시백은 세자가 단 한 번도 화진을 만난 적이 없었던 것을 떠올렸다.

“저하께 인사를 올리도록 하겠습니다.”

“기대하겠네.”

세자가 웃으며 고개를 끄덕였다.

❧

황제가 직접 참여하는 원정을 앞두고 성대한 연회가 열렸다. 소문에는 관저궁 신비마마의 청으로 이뤄졌다는데 누구 때문이든 내겐 중요하지 않았다.

“좋겠네?”

수아의 이 말 한마디가 모든 것을 말해주었으니까. 그렇다. 황제는 이 연회에 시백을 불렀고 또한 나도 불렀다.

“혹시 알아? 폐하의 마음이 바뀌어서 일 년을 앞당겨 주실지.”

내가 가장 바라는 것이 바로 그것이다. 꼭 그렇게 되지 않더라도 일 년은 그리 멀지 않았다. 시간은 왜 이렇게 느리게 가나 싶을 때쯤 쳐다보면 항상 앞서나가고 있었으니까.

“언니가 조선으로 간다고 생각하니 너무나도 아쉽네.”

"아직 아니거든."

"나도 조선에 한번 가보고 싶다. 하지만 평생 불가능하겠지."

거울 앞에서 머리를 매만지는 내 뒤로 수아의 울적한 얼굴이 보였다.

"너도 올 수 있어. 내가 초대할게."

"그건 불가능해."

"왜?"

"너무 멀어. 게다가 말도 통하지 않을 거고."

"내가 있잖아."

수아가 눈을 이리저리 굴리더니 말한다.

"궁녀는 출궁하면 바로 혼인해야 해. 황후마마를 오랫동안 모셨으니 분명 황후마마께서 내게 좋은 짝을 구해주시겠지. 하지만 그 어떤 사내도 제 여인이 홀로 먼 곳까지 여행하는 건 바라지 않을 거야."

"그렇겠지……."

"생각해보라고. 언니가 나중에 조선에 돌아간 다음에 나를 보러 심양에 혼자 다녀온다고 하면, 남편이 허락하겠어?"

듣고 보니 그렇다. 시백은 절대 허락하지 않겠지. 심양은 우리에게 추억도 주었지만 그만큼 이별의 시간을 준 도시이기도 하니까.

난 힘없이 고개를 저었다. 이를 본 수아가 말했다.

"봐봐. 아쉽지만 언니가 조선으로 돌아가면 우린 평생 다시는 보지 못하게 될 거야."

수아는 슬퍼하며 황후궁으로 가버렸다. 난 여전히 거울 앞에서 머리를 매만지며 생각했다.

잃어버린 내 능력이 돌아온다면 아무렇지도 않게 수아를 만나러 갈 수 있을 텐데. 과연 내 능력이 돌아오기나 할까?

물론 그건 그리 중요한 게 아니게 되어버렸다. 시백의 곁에만 있을 수 있다면 말이다. 한편으로는 애초에 능력을 잃지 않았더라면 시백을 이렇게 빨리 만날 수 있었을까라는 생각도 들었다. 그랬다면 봉림대군과의 인연도 일어날 일이 아니었을 것이다.

'시간'은…… 도대체 무슨 생각인 걸까.

난 답답한 한숨을 삼키며 창밖을 내다보았다. 연회 날 아침의 하늘이 너무나도 맑다.

❦

연회는 밤에 시작되었다.

용상에 앉은 황제와 좌우로 황후와 신비가 각각 자리했다. 그 밑으로는 후궁과 황자들이 디귿자 모양의 탁자에 줄지어 늘어앉았다. 뒤쪽에서는 악공들이 연주를 시작하는 동안 거한 술판이 벌어졌다. 다른 손님들과 함께 초대된 세자와 시백은 황자들의 뒷줄에 앉아 있었다.

세자는 벌써 안면을 튼 황자들에게 술을 여러 잔 받아 마셨지만 시백은 술을 받아도 삼킬 수가 없었다. 계속 두리번거려도 화진이 보이지 않았기 때문이었다. 그런 시백을 말없이 응시하는 눈길이 있었다. 바로 신비였다. 신비는 거하게 취한 황제의 귓가에 대고 속삭이듯 말했다.

"폐하."

"응."

"그 조선인 궁녀는 어디에 있습니까?"

신비의 말에 황제가 연회장을 둘러보았다. 황제의 눈에도 화진은 보이지 않았다.

"아직 오지 않았구나."

이렇게 말한 황제가 반대편 자리에 앉은 황후에게 물었다.

"황후."

"예. 폐하."

"그 조선인 궁녀는 부르지 않았소?"

"아닙니다. 분명 오늘 연회에 참석하라 일렀습니다."

"한데 어찌 보이지 않는 게요?"

황제의 이 한마디에 황후의 마음이 급해졌다. 황후는 자신의 뒤에 서 있던 수아를 가까이로 불러들였다.

"그 아이는 어찌 오지 않은 게냐?"

"소인이 확인해보고 오겠습니다."

수아가 재빨리 뒤로 물러서 연회장을 나왔다.

그 시각. 나는 이미 연회장 바깥에 도착해 있었다. 하지만 그 안으로 들어갈 수가 없었다. 예상치 못한 난관에 부딪힌 것이다.

"조선의 세자 저하도 계시다고요?"

"물론이지. 너도 알다시피 폐하께서는 어지간한 연회에는 조선의 세자를 초청하신다. 그러니 세자가 온 것은 당연한 일이 아니겠느냐."

아뿔싸!

이 연회에는 시백만 온 것이 아니었다. 애초에 황제가 시백만 초대했을 리도 없다고 생각했었어야 했다. 환관이 전해준 소식에 난 연회장 안으로 들어가지도 못하고 멀리서 그 안을 살펴보았다. 분명 안에는 시백이 있었다. 그리고 그의 옆에 조선의 세자 이왕도 함께 앉아 있었다.

"아휴……."

오랜만에 보는 시백에게 다가가지 못하니 답답하기만 했다. 그렇다고 세자 때문에 연회장에 마냥 안 들어갈 수도 없는 것이 날 연회에 나를 부른 것은 황제다. 만에 하나 황제가 나를 찾으면 일이 복잡해진다. 이러지도 저러지도 못하고 발을 동동 구르고 있는데 연회장 안에서 수아가 걸어 나오는 것이 보였다.

"수아야."

"언니!"

수아가 내게 다가오더니 재촉하듯 팔을 잡아당겼다.

"어서 들어가!"

"그게⋯⋯!"

"폐하께서 찾으신다고! 황후마마께서도 찾으시고! 여기에 신비마마까지⋯⋯!"

난 수아에게 끌려가지 않으려고 두 다리에 힘을 주었다. 수아가 나를 돌아보며 고개를 갸웃거렸다.

"왜 그래? 긴장했어? 내가 있잖아. 걱정 말고 같이 들어가자!"

"난⋯⋯!"

딱히 거절할 핑계를 찾을 수가 없어서 엎치락뒤치락하는 사이에 수아의 손에서 수건이 땅으로 떨어졌다. 그것을 본 내 머릿속에 좋은 생각이 떠올랐다.

"잠깐만! 잠깐만, 수아야!"

"왜?"

"나, 그 수건 좀 빌려줄래."

"좋아."

수아가 순순히 내민 수건을 난 받아들었다. 손의 윤곽이 비칠 정도의 투명도에 끝에 꽃자수가 새겨진 손수건이었다.

"이 정도면 되겠어."

"뭐가?"

난 수건의 양 끝을 동그랗게 묶어서 작은 고리를 만들었다.

그리고 난 후 그 고리를 양쪽 귀에 걸어 수건으로 입을 가렸다. 두 눈 외에는 모두 가려진 상황.

"어때?"

"지금 수건으로 얼굴을 가린 거야?"

"눈만 빼고. 어떠냐고."

"뭐가 어떤데?"

"내가 누군지 알아보겠어?"

"물론이지."

수아가 고개를 크게 한 번 끄덕인다.

"아니! 멀리서 보면 내가 누구인지 알겠어?"

"멀리서 보면 얼굴을 가렸으니 모르지만 가까이에서 보면 언니인 거 다 알겠는데 뭘."

"으~ 너와는 도무지 말이 안 통한다!"

난 수건을 올릴 수 있을 만큼 위로 끌어올린 채 수아와 함께 연회장으로 들어섰다.

∞⦓❧⦔∞

슬그머니 들어가서 슬그머니 나오기만 하면 될 줄 알았다. 내 인생이 늘 그렇게 쉽게 풀리지 않는다는 게 문제였지만. 수아의 뒤를 따라 졸졸졸 연회장 뒤편으로 몰래 들어가려는데 황제가 딱 나를 지목해 불렀다.

"이제야 왔구나."

거짓말처럼 악공들의 연주가 멈췄고 동시에 연회장에 있는 모든 사람들이 나를 쳐다보았다. 난 움직임을 멈추고 황제가 앉아 있는 용상을 향해 돌아서 고개를 숙였다.

"너를 애타게 기다리던 이가 있다."

난 그것이 시백이라고 생각하고는 고개를 들어 시백이 있는 쪽을 쳐다보았다. 나와 눈이 마주친 시백이 자리에서 벌떡 일어섰다. 내 얼굴을 어떻게든 자세히 보려고 고개를 이리저리 흔드는 세자의 얼굴도 보였다. 계속 고개를 숙여야 할지 들어야 할지 고민되는 순간이 아닐 수 없었다.

"신비."

그때 황제가 신비를 불렀다. 신비가 자리에서 일어서더니 시백을 돌아보며 말했다.

"이리 앞으로 나오시오."

신비의 말에 시백이 앞으로 나갔다. 연회장 한가운데로 걸어 나가는 시백을 멀뚱멀뚱 쳐다보는데 수아가 내 뒤에서 손으로 살짝 미는 게 아닌가? 다시 황제를 쳐다보니 이번에는 황제가 내게 손짓으로 부르고 있었다. 나는 연회장에 모인 모든 이들의 시선을 한 몸에 받으며 시백의 옆으로 가서 나란히 섰다.

황제가 내가 얼굴을 가린 것을 두고 지적하듯 말했다.

"넌 어찌하여 짐의 앞에서 얼굴을 가린 것이냐?"

화가 난 목소리는 아니었지만 금방이라도 화가 난 목소리로 바뀔 수 있는 목소리였다.

"말해라."

두 번째 목소리는 약간 화가 섞인 목소리였다. 연회장은 무거운 침묵 속으로 가라앉았다. 난 무거운 침을 삼키고는 입을 열었다.

"조선에서 사대부가의 여인은 외간 사내 앞에 나서지 않습니다. 얼굴을 보이지도 않고요. 이곳에 서방님이 계시지만 워낙 많은 사내 분들이 계셔서 얼굴을 가렸습니다."

틀린 말은 아니었지만 만약 얼굴을 가릴 생각이었다면 사전에 이를 알리고 허락을 구했어야 했다. 하지만 나는 그저 세자 한 사람의 눈을 피하고자 한 행동이었을 뿐이니까.

"짐의 허락도 없이 얼굴을 가린 여인은 없었다."

황제는 여전히 화가 나 보였다. 시백이 두 손을 모으며 앞으로 나섰다.

"아내의 잘못은 남편의 몫. 그녀를 꾸짖으시려거든 저를 꾸짖어 주십시오."

시백까지 나서자 황제의 표정이 심하게 일그러졌다. 그때 신비가 황제의 팔을 부드럽게 감싸 잡으며 방긋 웃었다.

"폐하께서는 자비로우시니 용서하실 것이지요?"

신비의 이 한마디에 황제의 인상은 거짓말처럼 바로 풀어졌다.

"저 궁녀는 청국의 법과 조선의 법 중에서 그 어느 것을 따를 수가 없어 선택한 것이 아니겠습니까? 자애로우신 폐하께서는 너그러이 용서해주실 것이라 믿습니다. 그렇지요?"

신비가 시킨다면 하늘의 별이라도 따다 줄 것 같은 황제의 눈동자를 보고서야 난 일이 순조롭게 풀릴 것을 예상했다.

"용서한다."

황제의 이 한마디가 나오자 신비의 얼굴에는 꽃이 핀 것처럼 환한 웃음이 걸렸다. 반대로 그 옆에서 웃지 않고 굳어지는 황후의 얼굴도 난 똑똑히 보았지만.

"오랜만에 해후한 것으로 압니다. 내가 술을 내리지요."

신비가 우리에게 술을 내렸다. 이건 예상치 못했지만 일단 시백과 나는 궁녀들이 가져다준 술잔을 받아 마셨다.

"이제 물러가도 좋다."

황제의 허락이 떨어지고 난 도망치듯 밖으로 나올 수 있었다. 시백은 세자가 아직 연회장에 있어서인지 나를 따라 나오지 않았다.

"휴우— 십년감수했네."

연회장 밖을 빠져나오고 나서야 숨도 편하게 쉴 수가 있었다. 난 기둥 옆에 몸을 바짝 붙이고 서서 다시 연회장 안을 들여다보았다. 세자와 대화를 나누고 있는 시백의 모습이 보였다. 세자의 표정이 웃고 있는 것으로 보아서 나를 알아본 것 같지는 않았다.

안도의 한숨을 다시금 내쉬던 그때였다. 누군가 내 어깨를 툭툭, 두드렸다. 난 수아라고 생각하고는 고개를 뒤로 돌렸을 때였다.

"오랜만이군?"

도르곤이었다.

도르곤을 본 내가 서둘러 도망치듯 그 자리를 떠나려고 했다. 그는 자신에게서 도망치려는 내 팔을 뒤에서 아프도록 세게 잡아챘다.

"어딜 가는 것이냐!"

그러고 보니 그에게서 약간 술 냄새가 풍겨오는 것 같기도 했다.

"놓아줘요!"

"나를 본 건 반갑지 않은가보지?"

전혀요─

이 말이 목구멍까지 올라왔지만 내뱉는 것만큼은 참고 참았다.

"소리 지를 거예요."

"하! 어디 한번 질러보든지."

취한 그는 거리낌 없이 나를 벽으로 밀어 세우더니 내 어깨에 강제로 얼굴을 묻었다. 어차피 주변에 환관이니 병사들이니 보는 눈이 많아서 해코지는 하지 않겠다 싶었지만 그래도 그는 도르곤이었다.

"놔줘요!"

내 목소리가 조금은 높아졌을 때였다.

"도르곤."

그를 부르는 또 다른 목소리에 도르곤이 내게서 얼굴을 들었다. 그곳에는 어린 왕자의 손을 잡은 장비가 서 있었다.

"장비마마."

장비의 얼굴을 확인한 도르곤이 마저 잡고 있던 내 팔을 놓아주었다. 난 그 틈에 바로 도망치려고 했지만 도르곤의 움직임이 더 빨랐다.

─ 탁!

그는 발을 뻗어 도망가려는 내 앞길을 막은 것이다. 난 그를 원망하듯 쳐다보았다.

"그 계집을 아직도 포기하지 못하셨어요?"

"만주족 사내라면 포기란 말을 몰라야 하는 것이 맞겠지요."

도르곤의 대답에 웃음이 실려 있어서인지 장비는 기분이 나빠진 듯 그가 아닌 나를 노려보았다. 이런 장비의 시선에 간담이 서늘해진 것은 나뿐이었다. 어쨌든 그녀가 낳은 아들은 다음 황제가될 것이고 그녀는 청나라 권력의 중심에 서게 될 것이니까.

아닌가?

수아 말로는 황후가 조카인 장비를 이용하고 있다던데…… 그럼 황후의 세상이 되는 걸까?

도대체 이놈의 황궁은 알고 있는 역사 지식이 통 소용이 없다. 어느 편에 붙어야 할지도 모르겠고 어느 편에 고개를 숙여야 할지도 모르겠고.

중요한 사실은 도르곤은 절대 사절이라는 거다!

"계집. 넌 그만 가보거라."

그녀가 눈을 번뜩이며 내게 명령했다. 난 얼씨구나 도르곤을 쳐다보며 말했다.

"길을 비켜주시면 고맙겠습니다, 구황자님."

당연하게도 도르곤은 순순히 길을 비켜줄 생각이 없어 보였다. 난 그의 발을 뛰어넘어서라도 갈 생각에 두 주먹에 힘을 불끈 쥐었을 때였다. 누군가 그런 내 손을 부드럽게 움켜잡았다. 시백이었다.

"서방님!"

그의 얼굴을 본 나는 바로 환해졌다. 시백은 내 손을 잡은 채로 도르곤을 서늘하게 쳐다보았다. 그 시선이 무엇을 말하는지는 모르겠지만 시백의 등장에 도르곤은 내 앞길을 막았던 발을 치워주었다.

"가요."

이를 본 장비가 도르곤을 자상하게 불렀을 때였다.

"못 본 새 그 고운 얼굴에 흉터라도 생긴 모양이지!"

그가 내 입을 가리고 있던 수건을 잡아당겨 벗겨버린 것이다.

"무슨 짓이오!"

이를 본 시백이 화를 내며 도르곤과 내 앞을 막아섰다. 두 사내가 서로를 쳐다보며 으르렁거렸다.

"연안군⋯⋯!"

그 순간 들려온 목소리는 세자 이왕의 목소리였다.

세자?!

무의식적으로 돌아본 나는 어느새 내 옆까지 다가온 세자와 정면으로 얼굴을 마주하고 말았다. 세자는 시백을 부르고 있었다. 하지만 그의 눈은 내 얼굴에서 떠나지 않았다. 난 떨려오는 입술을 꽉 깨물며 시선을 바닥으로 떨어뜨렸다. 계속 나를 바라보는 세자의 시선이 느껴졌다.

"구황자님. 폐하께서 부르십니다."

밖에서 일어나는 소동을 전해 들었는지 황제가 도르곤을 찾았다.

"아우 씨!"

도르곤이 성질을 내며 연회장으로 들어가버렸다. 장비도 그 뒤를 따라 어린 아들의 손을 잡고 연회장으로 가버렸다. 황제의 명을 전달하러 온 환관은 마지막으로 시백을 보며 말했다.

"폐하께서 장수도 찾으시오."

자신도 찾는다는 말에 시백이 고개를 끄덕이더니 나를 돌아본다. 그는 세자가 보이는 앞에서 내 양어깨에 팔을 올려놓으며 말했다.

"많이 놀랐소?"

놀랐다.

하지만 시백이 묻는 건 도르곤 때문에 놀랐냐는 것이다. 정작 내가 놀란 건 다른 이유 때문이었지만.

"연안군. 그녀가……."

세자가 어렵게 말을 이으며 시백에게 물었을 때였다. 시백에 내 어깨에 올려놓았던 팔을 내려놓으며 세자를 향해 말했다.

"예, 저하. 신의 아내입니다."

"!"

세자가 이 말에 얼마나 놀랐을지는 보지 않아도 알 수 있었다. 난 여전히 고개를 숙이고 있었고 시백은 다시 나를 보며 말했다.

"별일이 아닐 거요. 마무리되는 대로 돌아오리다. 저하께 인사를 올리시오."

"네에."

나는 거의 개미가 기어가는 소리만큼 작은 소리로 대답했다. 시백은 곧 환관을 따라 연회장으로 들어가버렸고 남겨진 세자와 나 사이에는 찬바람만이 불었다.

봄에도 느껴지는 찬바람이라…….

"내, 내 눈을 의심해야 할 것 같소……! 분명 그대는 아니지……."

당황한 세자의 목소리가 계속 내 귓가에 들려왔다. 여전히 난 시백이 떠난 그 순간과 같은 바닥을 응시하며 서 있을 뿐이었다.

"내가 아는 그대는 죽었소. 병자년 겨울에…… 아니지…… 아니야……."

세자는 스스로 의문의 연결고리를 이어나가고 있었다. 마침내 그는 큰 깨달음을 얻은 듯 탄성을 내질렀다.

"혹 남한산성에 있었던 것도 그대요? 시백은 아내를 난중에 만나 남한산성에서부터 함께했다고 하였소. 그리고 난 남한산성에서 우미인을 닮은……."

마침내 세자는 결론을 내렸다.

"……우미인이오?"

그의 물음에는 이미 확신이 녹아 있었다.

"아니에요!"

난 바로 부정하며 세자를 쳐다보았다. 세자는 내 얼굴을 보며 더욱 확신했다.

"어찌 그 모진 세월을 견디고도 변한 모습이 하나도 없소? 아바마마의 침전에서 처음 보았던 그 얼굴 그대로군. 그대는 어떻게……."

"아니라고요! 아니에요! 무슨 말씀을 하시는지 모르겠다고요!"

그저 부드럽고 차근차근하게 부정하면 될 일이다. 그런데 왜 나는 큰 목소리로, 막 연주가 다시 시작된 연회장 안으로까지 새어 들어갈지 모르는 큰 소리로 부정하는지 모르겠다. 나의 거듭된 부정은 세자에게 더욱 큰 확신을 준 것이 틀림없었다.

세자는 이제 차갑게 굳은 얼굴로 내게 물었다.

"그도 알고 있소?"

세자가 말하는 그는 이시백이다.

"그대가…… 내 아우인 봉림의 소실이라는 사실을?"

"!"

내가 가장 듣길 원치 않았던 말이다.

내가 가장 들을까 겁내왔던 말이다.

그 말은 아주 쉽게 세자의 입에서 흘러나왔다.

"아니에요!"

난 다시 한 번 크게 소리치며 부정했다.

그저 얼굴이 닮은 사람이라고 같은 사람이 아니라고 둘러대기에는 세자는 내 얼굴을 너무나도 또렷이 기억하고 있었다.

나의 강한 부정에 세자가 한숨 섞인 목소리로 다시 내게 묻는다.

"그 말, 봉림의 앞에서도 똑같이 할 수 있겠소?"

- !!

크게 뜬 내 눈이 속절없이 흔들렸다. 이를 본 세자가 어처구니가 없다는 듯 내게 말했다.

"도대체 무슨 짓을 한 거요? 어찌 살아 있는 지아비를 두고 사대부에게 재가를 할 수 있단 말이오?"

모두 끝났다.

세자는 나를 알아보았고 내가 그토록 밝혀지길 원치 않았던 진실까지 알아버렸다. 그는 당연히 아우인 봉림대군의 편이고 내가 시백의 곁에 있는 것을 인정하지도 받아들이지도 않을 것이다.

난 눈을 질끈 감았다가 뜨고는 세자를 향해 쏘아붙였다.

"그러면 안 되나요?"

"무어라?"

세자가 어이없다는 듯 나를 보았다.

"그래요. 전 살아 있는 지아비를 두고 이시백의 아내가 되었어요. 그래서요? 그가 지금 저를 위해 청나라 황제의 용병 노릇을 하며 지내는 것 역시 저하께서는 잘 아시겠지요. 조금 전 보았던 예친왕도 저를 갖겠다고 저리 시백을 괴롭히는 것도 보셨겠지요. 그럼 가서 예친왕에게 말씀하세요. 제가…… 봉림대군마마의 첩실이라고."

"우미인……!"

난 세자에게 화를 냈다.

"제 이름은 우미인이 아니에요! 제 이름은 피화당도 아니고! 더는 대군마마의 첩실도 아니라고요!"

너무나도 당당한 내 태도에 잠시 할 말을 잃어버렸던 세자가 말했다.

"이 사실을 봉림이 안다면…… 하아! 봉림이 이시백을 어찌 생각하는 줄은 아시오?"

안다. 이미 시백에게 들었으니까. 친형인 세자보다 더 가까운 형제 같은 존재라고.

죄를 지은 것처럼 고개가 무거워진다.

"알아요."

"알면서도 그간 시백의 아내로 살았소?"

"내 의지로 선택한 거예요."

"시백이 전말을 모른다면 그것은 거짓으로 이루어진 관계요."

세자는 이제 나를 가르치려고까지 들고 있었다. 난 더는 그와 길게 말하고 싶지 않았다.

"말하고 싶다면 그렇게 하세요. 전 서방님에게 내쳐져도 절대 대군마마께는 돌아가지 않을 테니까."

세자가 벌어진 입을 다물지 못했다. 그는 이미 눈빛만으로 나를 꾸중하고 훈계하고 있었다. 그럴수록 난 당당해야 했다. 난 잘못한 것이 없었다. 조선 시대의 사고방식으로는 절대 이해 못 할 일이라고 해도 내가 이해했으니까.

하지만 시백도 이해해줄까?

"부인."

연회장 안으로 들어갔던 시백이 도로 나왔다. 그의 표정은 조금 전보다 한결 가벼워져 있었다. 난 세자의 시선을 의식하면서도 시백에게 억지로 웃음을 지어 보였다.

"폐하께 불려가신 일은 잘 해결되셨어요?"

"별일 아니었소. 지난번 원정에 대한 상을 주셨다오. 그리고 아시오? 오늘 그대의 출궁을 허락받았소."

"정말요?"

진심으로 기뻐할 일이었지만 난 지금 기뻐하는 연기를 하고 있었다. 아직 해결되지 못한, 곧 다가올 엄청난 폭풍을 알고 있었으니까.

시백이 세자를 돌아보았다.

"저하."

그러나 세자는 대꾸하지 않았다. 굳은 표정으로 돌아서서 연회장으로 들어가버렸을 뿐이다.

이런 세자의 행동에 시백이 의아한 듯 내게 묻는다.

"무슨 일이 있었소?"

나는 잘 모르겠다는 듯 어색한 표정만 지어 보이며 두려운 마음을 감추려 그의 가슴에 머리를 기댔다. 시백은 그런 나를 안아주면서 다정히 말한다.

"보고 싶었소."

"저도요……."

세자가 알아버렸다.

세자가 입을 연다면 앞으로 우린 어떻게 되는 것일까?

             ◦◦🍂◦◦

벌써 몇 번이나 이르렀는지 알 수가 없다. 그가 나를 품에서 놓으려고 할 때마다 안달난 듯 소리를 지르고 손톱을 세우고 두 다리로 그의 허리를 휘감았다.

이런 내 행동이 평소와는 다른 모습이라는 걸 그가 모를 리가 없다. 다만 우리가 이처럼 함께할 수 있는 시간은 늘 부족했다. 그랬기에 그는 나의 이러한 행동을 어린아이의 응석을 받아주는 것처럼 뜨겁게 안아주고 또 달래주듯 받아주었다.

난 그런 그의 행동에 집착하듯 매달렸다. 몸과 몸이 연결되어 있는 그 순간만큼은 불안감에서 잠시나마 해방될 수 있기 때문이었다. 내 몸 안으로 빠르게 들이치던 그가 산 정상에 이른 듯 깊고 무거운 숨을 흩뿌렸다. 그는 축 늘어져 내 몸 위로 쓰러졌다.

그는 내 가슴에 머리를 기댄 채 웃음을 터트렸다. 모든 기운을 다 빼앗긴 채 늘어져 있던 나는 떨려오는 눈꺼풀을 어렵사리 들어 올렸다. 이미 천장이 뿌옇게 보일 정도로 땀이 내 몸 전부를 뒤집어 삼킨 뒤였다.

"도대체 나를 얼마나 놀래킬 셈이요?"

그는 기뻐했다. 그러나 나는 그의 기쁨에 함께 기뻐할 수가 없었다. 입술이 떨려왔고 눈시울이 뜨거워졌다.

["난아……!"]

오랫동안 잊고 있었던 피화당에서의 봄밤이 떠올랐다. 그때의 나는 세상을 잃어버렸고 언제 찾아올지 모르는 죽음을 기다리고 있었다.

세자를 만났기 때문일까?

세자가 곧 진실을 폭로할까 두려워서일까?

내 품에서 자신의 모든 것을 내려놓은 채 웃는 이 사내의 얼굴을 다시는 보지 못하게 될까, 너무나도 두려워졌다.

"흑…… 흐흑."

내 울음소리에 시백이 고개를 들었다. 난 천장을 응시하며 계속 눈물을 흘렸다.

"부인."

그가 내 눈물을 닦으며 얼굴을 쓸었고 그제야 난 그와 시선을 맞출 수 있었다. 그의 눈은 내게 묻고 있었다. 지금 내가 흘리는 눈물의 의미를 말이다.

"안아주세요."

"화진?"

"안아주세요……. 서방님."

이 순간 내가 원하는 것은 그와 한 몸이 되는 것뿐.

나는 두 팔로 그의 목을 끌어안고 두 다리로 그의 허리를 감았다. 축축하게 젖은 얼굴을 그의 얼굴에 비벼대며 난 흐느낌을 죽이고 그를 유혹할 신음소리를 내뱉었다. 지워버릴 수 없는 기억이 선명해질수록 시백을 향한 유혹의 움직임은 계속되었다.

그가 모르길 바랐다.

내가 지금 느끼는 두려움도, 불안감도 모르길 바랐다.

이 순간만큼은 그가 한낱 여인의 유혹에 빠진 패왕이 되고 여색에 빠져 나라를 망친 주왕이 되길 바랐다. 시백은 이유도 모른 채 달아오른 나를 달래려 계속 자상한 손길로 내 몸 곳곳을 어루만졌다. 그는 이런 내 행동에 당황하면서도 나를 안아주었다. 난 그것이 너무나도 고마웠다.

그의 숨이 점점 가빠 오고 그의 움직임이 격렬해졌다. 또 한 번의 쾌감이 내 몸을 스치고 지나갔다. 그친 줄 알았던 눈물이 다시 소리 없이 흘러내렸다. 난 그의 귓가에 대고 숨을 불어넣으며 물었다.

"서방님. 저를 사랑하세요?"

그가 내 품에서 고개를 돌려 내 얼굴을 바라본다.

"사랑하오."

그의 대답에는 잠깐의 주저함도 없었다. 그것은 나를 기쁘게 했다. 나를 기쁘게 한 그의 입술에 입을 맞췄다. 뜨거운 숨을 머금은 혀가 오랫동안 얽히고설키기를 계속했다. 한참 후 가쁜 숨을 내쉬며 두 입술이 떨어졌다. 그는 나를 매우 사랑스럽다는 듯 바라보며 젖은 내 머리카락을 귀 뒤로 넘겨주며 묻는다.

"그대도 나를 사랑하오?"

이 순간 나를 바라보는 그의 얼굴에 오랫동안 보지 못했던 그의 웃음이 실려 있었기에 난 울면서도 웃을 수밖에 없었다.

"사랑해요."

이번에는 내 대답에 만족한 듯 그가 다시 입을 맞춰왔다.

새벽닭이 울고 있었다. 창밖에는 날이 서서히 밝아오고 있었다. 침상에서 먼저 일어난 것은 시백이었다. 그가 바닥에 내 옷과 뒤섞여 있는 자신의 옷을 집어 들었다. 그것을 본 나는 누운 상태로 손을 뻗어 옷을 집은 그의 손을 잡았다.

"깨어났소?"

시백이 나를 돌아보며 물었고 나는 아직 방안에 짙게 깔린 어둠 속에서 그를 보며 대답했다.

"가지 마요."

"지금은 안 가오."

"안아줘요."

"곧 날이 밝을 텐데? 그대도 궁으로 돌아가야 하지 않소."

"싫어요. 안아줘요."

그는 이유도 모른 채 다시 침상으로 돌아와 내 옆에 누웠다. 난 바로 그의 몸에 올라타 깊은 입맞춤을 했다. 그의 몸을 빠르게 흥분시키려는 듯 손으로 그의 하복부를 쓸었다.

그가 손으로 내 팔을 잡아 겨우 어렵게 입술을 떼어내더니 묻는다.

"그대는 쉬어야 하오. 어젯밤도 무리하지 않았소."

"상관없어요."

"화진."

"어떻게 되든 좋아. 제발…… 제발요."

나의 애원 섞인 유혹의 몸짓에 시백은 다시 굴복한 듯 입을 맞춰온다. 두 남녀의 나체가 다시 하나로 엉키고서도 불안감은 나를 떠나려 하지 않는다. 몸은 지쳐버렸지만 도무지 그를 놓아줄 수가 없다. 이렇게 한 몸일 때는 그나마 참을 수 있는 불안함이 그가 나를 떠나려 하면 다시 나를 지배하려고 든다는 것을 알기에 두렵고 또 두렵다.

오늘 아침에 그가 조선관으로 돌아가면 알게 될 진실이 너무나도 두렵다. 차라리 내가 먼저 밝히는 것이 나을까? 하지만 그는 나를 위해 너무나 많은 것을 희생했다. 그에게 진실을 말한다는 건 어쩌면 더 큰 희생을 요구하는 게 되어버리는 것일지도 모른다.

점점 거칠어지는 입맞춤 속에서 지난밤 세자가 한 말이 내 머릿속을 떠돌았다.

["시백이 전말을 모른다면 그것은 거짓으로 이루어진 관계요."]

"아……."

세자가 깨어나면서 인상을 찌푸렸다.

지난밤 술을 많이 마신 까닭인지 평소와 다르게 기상 시간도 늦었다. 세자빈은 세자의 기상을 기다렸다는 듯 따뜻한 물 한 잔을 가지고 다가왔다.

"목부터 축이시옵소서."

"고맙소, 빈궁."

세자빈이 건넨 물 한 잔이 가출한 듯 보였던 세자의 정신을 돌려놓아 맑게 만들었다.

"어제 많이 늦으셨사옵니다."

"내가 걱정을 끼쳤소?"

"봉림대군께서 저하 걱정을 많이 하셨사옵니다."

"봉림이……."

봉림대군을 떠올리던 세자가 뒤늦게 어젯밤에 있었던 일을 기억해냈다.

"연안군께서는 함께 돌아오시지 않으셨던데…… 저하?"

세자빈의 말이 끝나기도 전에 세자는 침상에서 일어섰다. 바로 봉림대군의 처소로 가려는 듯 밖으로 나가려는데 세자빈이 웃으며 그의 앞길을 막아섰다.

"저하. 이러고 나가시면 나인들이 웃사옵니다."

"아, 미안하오."

"후훗."

세자빈은 세자를 거울 앞으로 데려가 앉히더니 그의 머리를 풀어 천천히 빗질을 해주기 시작했다. 평소처럼 고분고분히 세자빈이 시키는 대로 가만히 있는 세자였지만 머릿속은 온통 화진에 대한 생각뿐이었다.

지난밤 그가 연회가 늦게 파해 돌아왔을 때는 조선관의 모든 이들이 잠든 뒤였다. 게다가 술기운이 깊어 일단 베개를 베고 잠들어버렸다. 하지만 잠에서 깨니 어젯밤의 기억은 더욱 또렷해졌다. 세자는 이 사실을 봉림대군에게 제일 먼저 알릴 생각이었다.

"어제 연회는 어땠사옵니까?"

"어떻다니?"

"연안군 부인을 보셨사옵니까? 소문대로 그리 예쁘옵니까?"

세자가 대답을 하지 못하는 사이 세자빈의 말이 이어졌다.

"저하께서 오랫동안 연안군과 그의 부인을 걱정하셨지요. 내년이면 연안군도 자유로워지니 그의 부인과 조선으로 돌아갈 날을 얼마나 손꼽아 기다리고 있겠사옵니까."

"그렇겠지……."

"돌아갈 때 꼭 이것저것 많이 챙겨주셔야 하옵니다. 조선관의 살림도 전보다는 많이 나아지지 않았사옵니까?"

"……."

아침 단장을 마치고 세자빈이 차려온 늦은 아침까지 먹는 둥 마는 둥한 세자는 바로 봉림대군의 처소인 서방으로 향했다. 마침 서방의 문은 활짝 열려 있었다. 방안에는 아침 햇살이 가득 비추고 있었다. 문득 세자는 장씨가 치워버렸던 화진의 신주가 놓여 있던 자리를 쳐다보았다. 깨끗하게 정돈된 그 자리에는 얼마 전 태어난 왕자를 위한 장난감들이 줄지어 놓여 있었다.

"……."

세자가 그 공간을 말없이 쳐다보던 그때였다.

"분명 '어머니!'라고 했사옵니다."

"말도 안 되오. 아직 아이는 말할 때가 아니오."

"아니옵니다. 우리 왕자는 아주 영특하옵니다. 분명 이 어미를 불렀사옵니다."

"아니래도."

"너무 작아 못 들으신 것이 아니옵니까? 한번 귀를 갖다대보소서."

세자가 서방으로 성큼 들어섰는데도 침상에 앉아 왕자의 얼굴을 들여다보는 봉림대군과 장씨는 세자의 존재를 알아차리지 못하고 있었다. 봉림대군이 장씨의 품에 안긴 포대기 왕자에게 귀를 가져다대었을 때였다. 장씨가 왕자의 작은 손을 들어 봉림대군의 뺨을 쓰담쓰담거렸다.

"부인!"

놀란 봉림대군이 고개를 들어올리자 장씨가 까르륵 웃었다.

"장난이었소?"

"아비가 이리 진지하니 어린 왕자가 이 어미에게 '아비 좀 놀래주십시오-' 하여 친 장난이옵니다."

봉림대군이 어이없다는 듯 웃었다. 그는 장씨의 품 속 포대기 왕자를 향해 투덜대듯 말한다.

"네 어미가 이리 장난을 잘 치는 사람인지 처음 알았구나."

"아이와 어울리면 아이 같아지는 것은 당연한 일이 아니겠사옵니까."

"하하!"

봉림대군이 기가 막히다는 듯 웃자 장씨는 이런 봉림대군을 보며 소녀처럼 웃었다.

"……."

세자는 이런 동생 부부를 말없이 바라만 보고 있었다.

"저하!"

그때 뒤늦게 들어온 우 상궁이 세자를 보고는 급히 고개를 숙였다.

"형님."

"저하……."

그제야 세자를 발견한 봉림대군과 장씨가 일어섰다.

"아…… 그래."

세자가 당황하며 도로 나가려다가 무언가 잘못한 듯 걸음을 멈춰 섰다. 장씨가 자리를 권했다.

"앉으시옵소서. 차를 내오겠사옵니다."

장씨가 아이를 우 상궁에게 맡기더니 직접 차를 내왔다.

평소 같으면 차를 내주고 바로 자리를 비켜주었을 장씨인데 이번에는 자연스럽게 봉림대군의 옆자리에 앉는다. 어색하면서도 이제는 익숙해진 풍경이었다.

"어제 연회에 가셨다 많이 늦으셨다 들었사옵니다."

"아…… 그랬다."

"빈궁마마께서 걱정을 많이 하셨사옵니다."

장씨도 봉림대군의 말을 받아 빈궁의 마음을 전했다. 그때 봉림대군이 무언가 떠오른 듯 세자에게 말했다.

"연안군 형님도 많이 드셨습니까? 해장탕이라도 보낼까요?"

그때 장씨가 말했다.

"참, 대감. 어제 저하의 호위무관에게 들으니 황제께서 연안군 부인의 출궁을 허락하셨다고 하지 않사옵니까? 지금 두 분이 함께 계실지도 모르니 해장탕은 다음에 보내시지요. 부부가 오랜만에 만나 회포를 푸는 자리에 해장탕은 어울리지 않사옵니다."

"그런가? 하하. 역시 부인의 말을 잘 새겨들어야 한다니까. 보십시오, 형님. 제 내자가 이리도 지혜롭습니다."

"부끄럽사옵니다."

"내자가 지혜로운 것은 자랑스러운 일이 아니겠소."

사이좋은 봉림대군 부부를 보며 세자의 표정은 어두워졌다. 차 한 잔을 마신 세자가 자리에서 일어섰다.

"나는 오늘 일이 있어 출타를 해야겠으니…… 그만 가겠다."

"예, 형님."

"살펴 가시옵소서."

봉림대군 부부의 배웅을 받으며 서방을 나온 세자가 긴 한숨을 내쉬었다.

'우미인이 살아 있다는 사실을 알린다면 다시 아우네는 그 전처럼 파란이 일겠지. 뿐만 아니라 연안군과 봉림의 사이도 틀어질 것이 분명하다. 나 하나 입을 다물면 언제까진지는 알 수 없어도 이 평화는 계속 가겠지만……'

세자의 고민이 깊어졌다.

"어머나! 어머나!"

한낮에 입궁한 나를 보자마자 수아가 달려온다. 그녀는 내 얼굴을 보며 불쌍하다는 듯 말한다.

"얼굴이 아주 반쪽이야. 어떻게 하루 만에 사람이 이렇게 될 수가 있지?"

"피곤하니까 좀 잘래."

"그럼그럼 자야지."

순순히 비켜주는 수아.

나는 침상으로 가서 쓰러지듯 누웠다. 수아가 친절히 이불을 덮어주며 말했다.

"잠도 안 자고 했어?"

-!

자연스레 감기던 눈이 번쩍 떠진다.

"설마…… 아침에도 했어?"

"수아…… 너어- 아야야!"

난 벌떡 일어나 앉으려다가 허리에 손을 얹으며 신음소리를 냈다. 그걸 본 수아가 소리 내어 웃었다.

"내 말이 다 사실인가보네!"

"아, 아니야!"

"아니기인! 얼굴에 다 쓰여 있네. 폐하도 너무하시지! 이런 부부를 떨어뜨려놓다니!"

"아니라고!"

첫날밤 보내고 온 새 신부도 아니고 얼굴이 화끈거려서 베개를 수아에게 내던졌다.

"소문내야지! 소문내야지! 온 황궁에 소문내야지!"

"야!"

허리가 아파 제대로 움직이지도 못하는 나를 두고 수아는 처소 밖으로 뛰쳐나갔다.

난 수아 때문에 퍼질 소문에 머리가 지근지근 아파왔다. 그런데 나갔던 수아가 바로 다시 들어왔다.

"뭐야, 소문 벌써 다 냈어?"

쏘아보며 묻는 내게 수아가 말한다.

"누가 널 찾아왔어."

"누가?"

밖으로 나가자 마당 앞에 익숙한 사람의 뒷모습이 보였다. 그도 내 인기척을 느꼈는지 돌아서 나를 보았다. 그는 바로 조선의 세자 이왕이었다.

"세자 저하."

입으로는 예를 표했지만, 행동은 숙여지지 않는다. 그가 내게 무슨 말을 하러 왔는지도 알 수 없을뿐더러 어제의 첫 만남이 그리 좋진 않았으니까. 게다가 나를 쳐다보는 세자의 눈빛은 썩 좋아 보이진 않는다.

세자는 내게서 시선을 떼고 주변을 둘러보며 무심하게 말을 던진다.

"타국에서 고생이 많았겠소."

나를 진심으로 걱정해서 하는 소리 같지는 않다. 아니면 좋게좋게 대화를 시작하려고 그러는 것일까? 여전히 난 어제의 그를 떠올리며 의심의 눈초리를 거두진 않았지만.

"무슨 일로 여기까지 오셨습니까?"

주변을 둘러보던 세자의 시선이 다시 내 얼굴을 향한다. 쓸데없는 말은 집어치우고 목적어부터 꺼내라는 나의 말투에 세자는 수긍하듯 말했다.

"난 말하지 않을 것이오."

-!

내 눈이 크게 떠졌다.

"내 아우 봉림에게도. 그리고 연안군에게도."

고맙다고 말해야 하는 걸까? 하지만 한국말은 끝까지 들어봐야 한다.

"허나 언젠간 봉림이 알게 된다면 그땐……."

난 세자를 똑바로 바라보며 말했다.

"돌아가지 않을 거예요. 대군마마의 곁으로는요."

세자는 이해할 수 없다는 표정을 지었다.

"내 아우가 그대에게 잘못한 것이 있었소?"

어쩌면 이러한 물음은 이 시대를 살아가는 조선인 사내라면 당연할지도 모르겠다. 그러나 난 그들과 다르다.

살아가는 방식도.

사랑하는 방식도.

"처음부터 제가 원한 게 아니었어요."

"봉림의 여인이 되는 것이?"

"전부요."

정운이 죽은 후부터다. 내 인생은 내가 원한 대로 흘러가지 않는다고 생각했다. 하지만 시백을 만나고 달라졌다. 어렵고 힘든 일들은 계속해서 일어났지만 난 내가 원하는 삶을 살고 있음을 느꼈다. 시백과 함께하는 매 순간마다 이를 느낀다.

"이 청국에 끌려온 조선의 모든 백성들도 자신이 원하는 삶을 살고 있진 않소."

역시 세자라서 그런 것일까? 그의 생각은 개인이 아닌 다수를 향해 있었다.

소현세자 이왕.

그를 설득할 자신은 없었지만 난 할 말은 해야 했다.

"생각해보세요, 저하. 지금 제가 대군마마께 돌아간다면 어떻게 될까요? 대군마마도, 시백도 불행해질 거예요. 게다가 제가 대군마마의 첩실이라는 사실을 알면 예친왕이 어떻게 나올까요? 저로 인해 시백이 겪는 어려움을 잘 알고 계시겠죠. 그걸 대군마마께서 겪게 되신다면요?"

"너무 당당하군."

세자가 어처구니없다는 듯 말을 이었다.

"봉림은 그대를 두고 한없이 나약한 여인이라고만 했었는데."

"나약할 때도 있었어요. 지금 저하의 눈에 제가 당당하고 또 강하다면 그건 제가 시백의 여인이 되었기 때문이에요. 그리고 이게 제 진짜 모습이고요."

세자가 잠시 고민하는 듯하더니 말한다.

"나는 내 아우 봉림도, 연안군도 불행해지지 않길 원하오. 그래서 그대의 말을 당장은 따르겠지만 약조할 수는 없소. 봉림이 그대의 존재를 알게 되고 되찾길 원한다면 난 내 아우인 봉림을 지지할 것이오."

결국 그는 봉림대군을 위하겠다고 했다. 선택은 신하인 이시백이 아니라 친아우인 봉림대군이었다.

"그냥 모른 척해주세요. 저를 못 봤다고 여기고 사실 순 없 나요?"

세자가 내게 반문한다.

"불행의 씨앗을 보고도 못 본 척하라고?"

"!"

불행의 씨앗.

세자는 나를 불행의 싹으로 보고 있었다. 봉림대군과 이시백을 갈라놓을 불행을 안고 있는 여인. 그것이 세자가 바라보는 나, 이 화진이었다. 그 말에 잠시 할 말을 잃어버린 나를 물끄러미 바라보 던 세자가 돌아선다.

그는 바로 걸음을 옮기려다가 무언가 생각났는지 걸음을 멈춰 서고 고개를 돌려 나를 보며 물었다.

"전란 중 아우와 헤어지기 전에 아우의 아이를 가진 것으로 알 고 있소."

난 세자의 시선을 피해 고개를 돌리며 대답했다.

"그 아이는 태어나자마자 죽었어요."

"그랬군……."

아이가 죽었다니 더는 세자가 내게 할 말이 없을 줄 알았다. 그 러나 세자는 이어서 내게 말했다.

"헌데 아시오? 봉림이 그대와 그 아이를 위해 오 년간 신주에 매 일 아침 향을 피웠다는 사실을."

"저와는 더는 상관없는 분이세요."

"아이라는 끈마저 끊어져버렸으니…… 그대 말처럼 그럴지도. 이만 가리다."

"멀리 안 나가겠습니다."

배웅을 안 하겠다는 내 말에 세자는 쓸쓸히 돌아서 떠났다.

৩৩৩

서방으로 들어선 봉림대군은 우 상궁을 발견했다. 우 상궁은 봉림대군을 보고도 소리 내어 인사를 하지 않았다. 이를 이상하게 여긴 봉림대군이 안쪽 침상으로 다가갔다. 새근새근 잠든 아이 곁에서 그 아이를 재우다가 함께 잠들어 버린 장씨가 누워 있었다.

– ……

말없이 장씨와 아이의 얼굴을 바라보던 봉림대군이 돌아서서 서방을 나가려고 하자 우 상궁이 뒤따라 나왔다.

"깨울까요?"

"그럴 필요 없네."

짤막하게 말한 봉림대군은 조선관을 나왔다.

조선관의 옆에는 얼마 전 조선으로 돌아간 관원들로 인해서 비워진 작은 건물이 있었다. 아무도 오지 않는 이곳으로 들어선 봉림대군은 숙소로 사용되던 처소의 문을 열고 들어섰다. 깨끗하게 비워진 방안 탁자 위에 신주 두 개가 놓여 있었다. 닫힌 창문 틈새로 새어 들어오는 햇빛이 신주를 비췄다. 그 앞을 잠시 서성이던 봉림대군은 깊은 한숨과 함께 탄식했다.

"난아……."

2장

자금성의 마지막 겨울

이 시기 명나라는 진퇴양난이었다.

북쪽에서부터 무섭게 남하하는 청나라는 산해관을 사이에 두고 명나라와 대치 중이었고 이자성이 이끄는 농민군은 서안을 중심으로 계속해서 명나라의 측면을 파고들었다. 이 길고 긴 싸움에서 명나라의 황제로 즉위한 이는 태창제의 다섯 번째 아들인 신왕 주유검, 바로 명 숭정제였다.

무서운 속도로 남하하는 청나라에 한 가지 사건이 일어났다. 바로 청나라 황제가 남쪽으로 원정을 떠난 사이에 신비 해란주가 갑자기 죽은 것이다. 신비의 죽음 이후로 큰 실의에 빠진 황제는 원정에 나가지 않았고 정사에도 관심을 잃었다. 황제는 황궁 안에서만 머물며 대부분의 시간을 무기력하게 보냈다. 이런 황제를 대신해서 전장을 누비는 것은 도르곤이었다. 당연히 도르곤이 심양에 머무는 시간은 거의 없었다.

"고모님!"

이른 아침부터 장비가 황후궁으로 들이닥치며 황후를 찾았다. 황후는 탁자에 조용히 앉아 차를 마시다가 느닷없이 들이닥친 장비를 보고는 화들짝 놀라 자리에서 일어섰다.

"쉿."

황후는 한 손가락을 입으로 가져다대며 쉿 소리를 냈다. 장비가 의아한 표정을 짓자 황후는 그녀를 황후궁 밖으로 안내했다.

"밖에 환관이 있는 것을 보지 못하였느냐?"

장비는 고개를 돌려 황제의 태감이 황후궁 밖에 서 있는 것을 확인했다. 그 말은 황제가 지금 황후궁에 있다는 뜻이었다.

"폐하께서 주무신다."

"아프세요?"

"아프지. 마음이 아프면 몸도 아픈 법이다."

그것은 작년에 있었던 신비의 갑작스러운 죽음을 이야기하는 것이었다. 황후는 후원 쪽으로 장비를 데려가며 물었다.

"무슨 일로 그리 달려온 것이냐?"

"글쎄!"

장비가 씩씩거리며 이야기를 시작했다.

"도르곤이요! 그가 이번 정벌에서 서호의 산호를 손에 넣었는데……."

"넣었는데?"

"그걸 그 조선인 계집에게 보낸 거 아세요?"

"그래?"

"그런데 그 계집은 당연히 안 받겠다고 했고요. 그래서 도르곤의 수하와 그 계집이 실랑이를 하더니 결국 그 산호가 바닥에 떨어져 깨져버렸대요!"

황후가 킥킥 웃으며 말했다.

"그래서? 귀한 산호가 더는 쓸모가 없어진 것이 불만이냐? 아니면 도르곤이 그 계집에게 귀한 보물을 챙겨주었다는 것이 불만이냐?"

"다요! 아니, 그보다 아직도 그 계집을 잊지 못하는 도르곤에게 화가 나요! 심양에 온 지 십 년이 다 되어가는 그 계집의 미모가 그대로인 것도 화가 나고!"

"걱정 마라. 언젠간 그 계집도 늙을 것이다."

"그전에 도르곤이 반드시 그녀를 손에 넣고 말 거예요."

"그 계집이 아니라도 도르곤이 품에 안는 계집은 매일 달라. 왜 하필 그 아이에게만 질투를 보이느냐?"

장비가 울먹거리며 말했다.

"그 계집뿐이었어요. 그가 그런 관심을 보이는 계집은 그 계집이 유일했다고요."

황후도 그 말에는 할 말이 없었다. 한편으로는 어느 사내라도 반할 만한 외모를 지닌 화진의 존재를 인정하기 때문이기도 했다.

"찢어 죽이고 싶어요! 갈기갈기 찢어서 초원에 내버릴 테야! 그럼 독수리가 그 계집의 시신을 쪼아먹겠죠! 그래도 이 분은 쉽게 풀리지 않을 것 같아요!"

"옥아."

황후가 장비의 이름을 불렀다. 장비가 눈가에 맺힌 눈물을 훔쳐내며 황후의 얼굴을 돌아보았다.

"정녕 그 계집을 죽이고 싶으냐?"

"물론이죠."

"그렇다면 지금이야말로 적기겠구나."

"네?"

"도르곤이 지금 심양에 없으니 말이다."

"아⋯⋯."

장비가 조심스럽게 주변을 살폈다. 다행히 황후가 미리 주변을 물려놓아 그들의 대화를 엿듣는 사람은 없어 보였다.

"내게 좋은 생각이 있는데 들어보렴?"

"어떤 것이죠?"

"해란주가 죽은 뒤로 폐하께서 많이 힘들어하시지. 그러니 그 계집을 폐하께 진상하자꾸나."

장비는 고개를 가로저었다.

"그 계집은 지금 제 남편에게 돌아갈 생각만 하고 있는데요, 뭘. 듣자 하니 그 남편이 폐하를 알현할 기회만 노리고 있답니다. 폐하께서 약조한 칠 년이 바로 올해인데, 폐하께서 저리 두문불출하시니 언제 제 아내를 돌려받을 수 있냐고 묻고 싶어 안달이라도 난 게지요."

"바로 그거다."

"예?"

"그 조선인 부부가 서로를 애틋하게 여겨 칠 년이란 시간을 기다렸지. 해란주도 생전에 이에 탄복해서 종종 폐하께 하루라도 빨리 그 계집을 남편에게 돌려주라 말했다는 것도 잘 안다. 바로 그점을 노리자는 게야."

"어떻게요?"

"그 조선인 사내를 잡아들여 죽인다고 겁박하는 거다. 살려주는 대신 제 남편을 위해 희생하라고 하면 하지 않겠느냐? 그럼 그 계집은 어쩔 수 없이 폐하의 시침을 들 수밖에 없을 게야."

"그건 아니죠."

장비가 고개를 가로저었다.

"괜히 그렇게 해란주 언니 대신에 그 계집을 폐하께 밀어넣었다가 폐하께서 마음에라도 들어 하시면요? 측복진으로 삼으시면요? 그 계집이 언니보다 더했으면 더했지……."

"내 이야기 아직 끝나지 않았다."

"예?"

"그 계집이 폐하를 모시러 들어간 자리에 올릴 술이나 차에 독을 타는 것이다. 그리고 폐하께 넌지시 이 사실을 알려드리는 것이지. 그럼 그 계집은 폐하를 암살하려 한 죄로 살아남지 못할 게야."

"그렇군요."

장비가 눈을 반짝였다.

"어때? 내 계획이?"

"좋아요! 아주 좋아요! 그럼 어서 그 계집의 남편부터 잡아들여야겠어요!"

"그래그래. 그건 네게 맡기마."

"네!"

장비가 활짝 웃으며 가버리자 황후는 그런 장비의 뒤를 쳐다보며 슬며시 미소 지었다.

"어리석은 것."

실제 황후의 계획은 따로 있었다. 바로 황제를 암살하는 것. 신비가 죽은 이후 황제는 전적으로 황후에게 의지하는 모습을 보이고 있었다. 황후가 황제의 앞에서는 진심으로 신비의 죽음을 애도하며 황제를 감싸 안아주는 모습을 보였기 때문이었다.

황후의 마음은 조급했다. 신비가 죽은 이후 황제는 조정에 모든 관심을 끊어버렸다. 명나라 정벌의 꿈도 약화되었다. 조정에서는 황제의 형제들인 친왕들이 세력을 넓히고 있었고 후궁에서는 황제의 아들들이 자라고 있었다.

"옥아가 그 조선인을 잡아들여서 계집을 압박한다면……."

화진은 남편을 살리기 위해서 황제의 시침을 들 것이다. 만약 황제가 화진과 같이 있을 때 독으로 죽는다면 죄는 화진에게 뒤집어씌울 수 있다. 설사 황제가 죽지 않고 살아난다고 하더라도 화진은 죽는다. 또 이 일을 캐고 들어간다면 질투에 눈먼 장비가 벌인

짓으로 모함하면 그뿐이다. 장비가 연루되어 일이 시끄러워진다면 그녀의 아들인 복림을 자신이 데려와 양자로 삼아 키우면 된다. 황후의 치밀한 계산은 이처럼 곳곳에 깔려 있었다.

황제를 알현하는 일은 황제가 직접 불러야만 가능한 일이었다. 시백은 오늘도 황궁 문밖에서 나오는 용골대를 기다렸다. 마침내 나온 용골대를 본 시백이 그에게 달려갔다.

"어찌되었소?"

용골대는 대답 대신 한숨을 지으며 고개를 저었다. 그의 표정을 본 시백이 힘없이 고개를 떨궜다.

지난해 황제는 총비인 신비를 잃고 나서부터 큰 실의에 빠져 지냈다. 대신인 용골대도 황제를 못 본 지 반년이 넘어간다고 했다. 그나마 대신들은 도르곤을 비롯한 황자들의 명에 따라 정벌을 이어나가고 있었고 후궁은 황후의 손아귀에 장악되었다. 이런 복잡한 상황에서 시백에게 화진을 돌려주겠다는 황제의 약조 따위에는 아무도 관심을 보이지 않았다.

"폐하께서는 단지 시간이 필요하신 것뿐이오."

하지만 시백의 마음은 조급하기만 했다.

"올해로 황제께서 약속하신 칠 년의 기한이 다 채워지는 해인데……."

"황제께서는 두말하지 않는 분이시니 반드시 그 약조를 지키실 것이오. 칠 년이나 기다리지 않았소? 조금만 더 기다려봅시다."

용골대의 말에 시백이 힘없이 고개를 끄덕였을 때였다.

"잡아라!"

용골대와 함께 있는 시백에게로 창을 든 병사들이 달려와 에워쌌다.

"이게 무슨 짓이냐!"

용골대가 소리쳤지만 소용없었다. 병사들은 용골대가 보는 앞에서 시백을 포박하고는 말했다.

"저희는 단지 명에 따를 뿐입니다, 대인."

병사들이 시백을 끌고 가려 하자 용골대가 시백에게 소리쳤다.

"별일이 아닐 것이오! 너무 걱정하지 마시오!"

그렇게 시백을 보내면서도 용골대의 표정은 삽시간에 무거워졌다.

❧

"어휴-!"

가만히 앉아 있는데도 한숨이 터져 나온다. 수아가 그런 나를 쳐다보며 고개를 갸웃거린다.

"어휴……."

다시 내 입에서 터진 한숨.

가만히 바느질을 하고 있던 수아가 내 앞으로 다가와 앉는다.

"언니, 웬 한숨이야? 나 들으라고 하는 거야?"

"누구라도 들으면 듣고 있는 거겠지. 네가 아니라도."

"왜? 어디 아파? 무슨 고민 있어?"

"고민이야 많지……."

신비가 갑작스레 죽은 이후로 황궁의 분위기는 무겁게 가라앉았다. 좋은 소식이라면 시백이 더는 원정에 나가는 일이 없다는 것이다. 대신 도르곤이 열심히 원정을 나가는 덕분에 그를 볼 일이 없어졌다. 하지만 이것은 곧 시백을 볼 수 없다는 뜻도 되었다.

보통 원정을 전후로 시백이 입궁을 하고 그 틈에 우리는 잠깐이나마 만날 수가 있었다. 그러나 시백이 위험한 원정에 나갈 일이 없으니 자연히 입궁할 일도 없다. 여기에 신비가 죽은 뒤 황제는 내궁에 틀어박혀 꼼짝도 안 하고 있으니…….

"올해잖아. 폐하께서 약조하신 칠 년."

"그랬지."

"폐하께서 나보고 나가라는 말씀만 하시기를 기다리고 있는데……."

"신비마마의 죽음이 워낙 폐하께 큰 충격이셨을 테니까."

"다 좋다 이거야. 탈상도 끝났는데 대체 언제까지 기다려야 해?"

"나도 답답하긴 해. 요즘 종종 폐하가 황후마마의 궁에 오시잖아? 말씀도 없으시고 표정도 어두우시고 대부분의 시간을 주무시기만 하셔. 그 때문에 매우 피곤하신 듯 보이고, 황후마마도 자신의 궁인데도 그냥 폐하께 내주시고 밖으로 나가시더라고."

"그러니까! 도대체! 언제! 그 슬픔에서 벗어나시느냐고!"

"그야 나도 모르지."

"어휴……."

나의 한숨이 다시 원점이 된 그때였다.

- 탁!

닫혀 있던 문이 큰 소리를 내며 열리더니 여러 명의 궁녀와 환관들이 안으로 들어왔다.

"뭐, 뭐예요!"

놀란 수아가 소리쳤지만 그들의 목적은 다름 아닌 나였다.

"인사 올리시오."

"네?"

궁녀의 말이 끝나기도 전에 앞장서고 들어왔던 환관 두 명이 내 어깨를 양옆에서 누르며 강제로 꿇어 앉혔다.

"자, 장비마마……!"

뒤이어 들려오는 수아의 목소리였다.

수아가 놀라며 내 옆에 무릎을 꿇고 앉는다. 고개를 들어올리니 우리들의 처소 안으로 장비가 걸어 들어오고 있었다. 그녀는 입가에 미소를 띤 채 내 앞에 멈춰 섰다.

"오랜만이다, 계집."

하필 도르곤이 심양을 비웠을 때 날 찾아온 목적이 무엇일까?

역시 이런 상황에서는 고분고분한 게 최고겠지?

난 바로 눈을 내리깔며 고개를 숙였다.

"인사 올립니다!"

"인사는 됐고 넌 날 따라와."

"예?"

"네 남편. 보고 싶지? 만나게 해줄게."

예상치 못한 그녀의 제안에 내 눈이 휘둥그레졌다. 그녀는 이런 나를 보며 까르륵 웃었다.

"대신 너도 날 위해서 해줘야 할 게 있을 거야."

❧

그녀가 나를 데려간 곳은 종인부 내 감옥이었다. 감옥에 들어서면서부터 느껴지는 한기와 음습한 기운, 더불어 익숙지 않은 퀴퀴한 냄새가 내 코를 찔러왔다.

"이 안에 제 서방님이 계시다고요?"

"왜? 재회 장소로는 적절치 못한가?"

"아니, 그게 아니라……."

아무리 보아도 여긴 감옥이다.

시백이 지금 여기 감옥에 있다는 걸까?

- 윽!

신음소리다!

이를 악물고 참는 듯한 신음소리가 간간이 터져 나오고 있었다. 내가 그 신음소리에 귀를 세우자 장비가 피식 웃으며 말했다.

"어머, 벌써 시작했나보네."

"예?"

"가봐."

그녀가 내 옆으로 물러서며 길을 열어주었다.

— 윽! 으윽……!

이상하게 등골이 서늘했다. 설마 하는 마음을 안고 감옥 안으로 깊숙이 들어가자 그 안에 십자가 모양의 형틀이 세워져 있는 것이 보였다.

한 명의 죄인이 양팔을 벌린 자세로 꽁꽁 묶여 있었고, 그 앞으로 두 명의 병사가 울퉁불퉁하게 생긴 곤봉 모양의 막대기를 들고 계속해서 그 죄인을 내려치고 있었다. 가까이 다가가서 형틀에 묶인 그 죄인의 얼굴을 확인하는 순간 나는 깜짝 놀라고 말았다.

"서방님!"

그는 다름 아닌 시백이었다. 내가 그에게로 달려가자 병사들이 뒤로 물러섰다. 그의 드러난 상체는 피투성이였고 터진 입술에서는 피가 계속 흘러내리고 있었다.

"화진……."

나를 본 그가 한쪽 눈을 가늘게 뜬다. 난 이 광경을 보고도 믿을 수가 없었다.

"어찌된 거예요? 왜 여기에 이러고 있어요?"

시백이 대답하지 못했다. 아니, 답은 이미 나와 있었다. 난 시백을 끌어안은 채 장비를 쏘아보며 소리쳤다.

"이게 무슨 짓이에요!"

장비가 입을 가리고 감옥이 울릴 정도로 크게 웃더니 말한다.

"어머? 그게 지금 황제 폐하의 후궁인 내게 묻는 태도니? 건방진 게……!"

웃음을 그친 그녀가 무섭게 내 앞으로 다가오더니 그대로 손을 들어 내 뺨을 내리쳤다.

– 찰싹!

뺨을 얻어맞은 나는 바로 그 자리에 털썩 주저앉았다.

"부인!"

이를 본 시백이 나를 불렀다.

난 맞은 뺨을 손으로 감싼 채 주저앉아 나보다도 더 작은 키의 그녀를 올려다보았다. 솔직히 맞은 건 하나도 아프지 않았다. 그저 처음으로 그녀가 무서워졌다.

"잘 들어. 오늘 여기서 너희 둘을 죽인다고 하더라도 아무도 몰라. 안다고 해도 한참 뒤겠지. 구해줄 사람은 아무도 없어. 그래서 말이야."

그녀가 손짓하자 궁녀가 빠르게 의자를 가져와 대령했다. 그 의자에 앉은 그녀가 길게 하품하며 말했다.

"어찌 죽일까? 산 채로 가죽을 벗겨 죽일까? 불에 태워 죽일까? 꼬챙이에 찔러 죽일까? 그것도 아니라면……."

장비가 이렇게 잔인한 여자였던가? 그녀가 영특하고 영민해서 초기 청나라를 잘 다스리고 이끌었다는 소리를 한 학자가 지금 내 앞에 있다면 그에게 내가 맞은 뺨을 되돌려주고 싶을 정도다.

"바라는 게 뭐예요!"

난 그녀를 향해 쏘아보며 말했다.

그녀는 내 이런 태도가 마음에 들지 않는지 병사들을 향해 지시했다. 병사들이 다시 시백에게 다가가 막대기로 내려치기 시작했다.

"까악!"

난 비명을 지르며 시백에게 달려가려고 했지만, 장비를 따라온 환관들이 나를 붙들었다. 시백은 그 이후에도 한참을 맞는 동안 큰 신음소리 한번 내지 않고 매질을 견뎌냈다. 그런 그를 보며 난 크게 흐느꼈다. 처음으로 나 자신이 너무나도 싫었다. 차라리 그를 대신해서 이 자리에서 죽을 수 있다면 죽고 싶을 정도로 괴로웠다.

장비는 그런 우리 두 사람을 한 편의 영화를 감상하듯 즐기듯이 바라보았다.

"대체 왜 그러는 건데요!"

장비는 도르곤을 좋아한다. 하지만 난 도르곤을 좋아하지 않았다. 황제는 칠 년이 지나면 우리 부부의 해후를 약속했고 그렇게 그와 조선으로 돌아가면 모든 게 끝날 줄 알았다. 도르곤과의 악연도 황제의 약조가 지켜지는 한은 보호받을 것이라고 믿었으니까. 일단 조선으로 돌아간다면 도르곤도 어찌하진 못할 것이라는 게 내 생각이었고 판단이었다.

"전부터 네가 마음에 안 들었어."

그게 이유였다면 시백은 이 자리에 없어야 했다. 저 자리에 차라리 나를 묶고 매질을 가했어야 했다.

"반반한 얼굴만 믿고 사내에게 꼬리나 치는 계집애들……."

그녀가 의자에서 벌떡 일어서더니 감옥 구석에 놓인 화롯불에서 뜨겁게 달군 인두를 집어 들었다.

– !

그녀가 인두를 들고 내게 다가오자 환관들이 양옆에서 내 팔을 붙잡아 꼼짝도 못 하게 만들었다. 인두에서 뿜어져 나오는 열기가 바로 내 얼굴 앞까지 다가온 그때였다.

시백이 장비에게 소리쳤다.

"그만하시오! 내게 하시오! 내게!"

"흐흐흑……."

무서워서 흐느끼는 나를 두고 장비가 또 한 번 크게 웃었다.

"어머? 이거 너무 애달프잖아. 슬퍼지려고 그래애. 그래서 우리 언니는 대리만족이라도 했나봐. 자신이 선택한 사내는 자신을 버렸거든. 언니도 참 모질지 못했어. 내가 언니였다면 폐하의 손길이 닿은 계집들은 다 이렇게 인두질을 해버렸을 텐데!"

그녀가 손에 인두를 들고 내 얼굴 가까이 다가온 그때였다.

"옥아!"

감옥을 쩌렁쩌렁하게 울리는 소리에 장비가 뒤를 돌아보았다. 그곳에서 황후가 서 있었다. 황후를 본 장비가 손에 든 인두를 바닥으로 떨어드렸다.

"고모님……."

"지나치구나. 지나쳐."

"저는……! 저는 그저……!"

황후가 혀를 차며 말했다.

"그만하고 영복궁으로 돌아가렴."

"하지만……!"

"여긴 내게 맡기고."

장비가 아랫입술을 깨물더니 나를 한 번 쳐다보고는 홱 돌아서서 감옥을 떠났다. 그때까지도 환관들은 나를 양옆에서 붙들고 있었다. 황후는 눈물로 범벅이 된 내게로 다가왔다. 그녀는 나를 붙들고 있는 환관들을 향해 말했다.

"놓아주거라. 어서."

"예, 황후마마."

환관들이 날 잡은 손을 놓고 물러섰다.

황후는 우리를 구해주러 온 것일까?

애초에 이 사달을 만든 것은 장비였다. 황후는 이 상황을 정리하기 위해 온 것인지도 모른다. 난 희망을 가지고 황후를 쳐다보았다. 바로 그 순간이었다. 황후가 장비가 떨어뜨리고 간 인두의 손잡이를 잡아 들더니 나를 쳐다보며 그대로 시백의 몸에 갖다댔다.

"아악!"

인두는 시백의 옆구리에 닿았고 곧바로 살이 타는 냄새가 감옥 안에 가득 퍼졌다.

"서방님!"

놀랄 틈도 없이 벌어진 끔찍한 일에 나는 입만 벙긋거리며 숨조차 제대로 쉴 수가 없었다.

- 탁.

황후가 인두를 손에서 떨어뜨리더니 나를 보며 웃는다. 아주 자애롭고도 부드러운 표정을 지은 채 말이다.

"하아…… 하아……."

시백이 내뱉는 거친 숨소리가 내 귓가를 아프게 파고들었다.

나는 황후의 웃는 미소에 꼼짝없이 시선을 사로잡혀 시백에게 눈길조차 줄 수가 없었다. 황후가 그런 나를 바라보며 말했다.

"이제부터 네게 제안을 하나 할까 하는데…… 들어보겠느냐?"

❦

"언니. 울면 안 돼. 그만 울어. 화장 지워지잖아."

화장대 앞에 앉은 나를 화장 시키는 수아도 함께 운다.

"흑…… 흐흑."

아무리 눈물을 참으려고 해도 도무지 내 의지와 상관없이 흐르는 눈물을 멈출 수가 없다.

["이제부터 네게 제안을 하나 할까 하는데…… 들어보겠느냐?"]

장비를 대신해서 감옥 안에 나타났던 황후는 내게 말했다. 시백의 목숨을 걸고 내게 황제의 시침을 들 것을 요구했다. 난 동의한다는 말도 그렇다고 거절한다는 말도 할 수가 없었다. 황후는 뜸도 들이지 않고 시백의 몸에 인두를 들이댔다. 그런 그녀가 시백의 목을 베는 것은 아주 쉬운 일처럼 다가왔다.

"흐흑……."

마침내 나는 입술 사이로 막힌 듯 흐느끼던 울음을 엉엉 토해냈다. 하룻밤 황제의 시침을 드는 일 따위는 아무래도 상관없었다. 다만 너무나도 분하고 억울해서 참을 수가 없었다.

내 힘으로는 시백을 지켜줄 수가 없다는 사실이.

그를 지켜줄 방법이 이것밖에는 없다는 사실이.

또한 하룻밤으로 끝나지 않으면 어떻게 되는 것인가? 황제가 나를 후궁으로 들이기라도 한다면 시백과 조선으로 돌아가는 일은 영영 물거품이 되고 만다. 내가 황제의 시침을 드는 일보다도 더 두려워하는 일이 바로 이것이었다.

"언니. 이제 가야 해. 계속 울면……."

["폐하는 우는 계집을 안는 것을 매우 싫어하신다."]

"알아. 안다고."

"언니……."

난 입술이 터질 정도로 세게 물고는 옷깃으로 젖은 얼굴을 훔쳐냈다.

"다시 해줘."

수아가 처음부터 다시 내 입술에 붉은 연지를 바르기 시작했다.

◦❧◦

늦은 밤.

하루 종일 숭정전에서 홀로 술잔을 기울이며 시간을 보내던 황제는 관저궁으로 향했다. 그러나 주인을 잃은 관저궁은 깨끗하게 비워진 채 한기만이 맴돌았다. 그곳에서도 머물 곳을 찾지 못한 황제는 결국 황후의 궁으로 왔다. 황후는 궁에 없었다.

"황후는 어디에 갔느냐?"

수아는 황후가 시킨 대로 말없이 침전 안쪽으로 황제를 안내했다. 의문을 품은 황제가 수아를 지나 침전 안으로 들어갔을 때였다. 온통 붉게 치장된 침전의 가장 안쪽, 침상 위를 가린 얇은 장막 뒤로 한 여인의 꿇어앉은 나신이 보였다. 술에 취한 황제는 잠시나마 장막 뒤의 여인을 보며 신비를 떠올렸다.

"해란주?"

신비의 이름을 부르며 침상 앞까지 다가간 황제가 한 손으로 장막을 천천히 거둬 올렸다. 그 안에 무릎 꿇고 앉아 있던 여인이 고개를 들어 황제를 쳐다보았다.

맨 어깨가 다 드러나는 얇은 민소매 상의 하나만 걸치고 하의는 허벅지를 살짝만 가릴 정도로 아주 짧은 바지를 입은 여인이 있었다.

　화진이었다.

❧

　"너······."

　황제는 술에 취했지만 신비와 나를 헷갈리진 않았다.

　"너는······."

　황제와 눈을 마주친 나는 두 손을 앞으로 가지런히 포개며 고개를 숙였다. 풀어헤친 긴 머리카락이 앞으로 쏠리며 내 손을 덮었다.

　"인사 올립니다. 폐하."

　"네가 어찌 이곳에 있느냐? 여긴······."

　황제는 이곳이 황후의 궁임을 알고는 실소를 터트렸다.

　"또 황후의 짓이더냐."

　난 엎드린 채 아무 말도 하지 않았다. 길든 짧든 어차피 지나가야 할 밤이라면 황제가 무슨 말을 하든 상관이 없었다.

　"실로 어처구니가 없구나. 네 남편은 널 위해 칠 년간 전장을 누볐다. 헌데 너는 어찌 이곳에 있느냐?"

　"······."

　"아, 그래. 황후의 짓이겠지."

　황제는 스스로 질문을 던지고 스스로 해답을 찾았다. 그는 손을 뻗어 내 턱을 들어올려 자신의 얼굴을 바라보게 했다.

"아름다워. 아름답구나……! 짐이 수많은 전장을 누비며 각국과 각 부족의 미녀를 취하였으나 너만한 미모를 지닌 미녀를 만난 적은 단 한 번도 없었다! 어느 사내라도 너 같은 미인이라면 마음이 동할 터, 짐이라고 다르겠느냐. 그래, 한낱 소국의 장수보다는 짐과 같은 천자가 너를 품어 귀비로 삼아주마!"

황제가 두 팔로 나를 번쩍 안아 들더니 그대로 침상 위에 눕히며 그 위로 올라왔다. 나는 얼음처럼 굳어버린 몸을 길게 뻗은 채 천장을 뚫어져라 응시했다.

눈을 감으면 울 것 같았다. 그렇다고 눈을 떠도 울 것 같은 건 매한가지였다. 하지만 울어서는 안 된다. 내가 울어 황제가 마음을 바꾼다면 황후는 정말로 시백을 죽일지도 모른다. 나는 밀려오는 감정에 복받쳐 터져 나오려는 눈물을 참으려고 입술을 꽉 깨물었다. 그럼에도 불구하고 입술은 심하게 덜덜 떨려왔다. 오늘 밤 내게 무슨 일이 일어나든 내 몸은 내 것이 아니다. 그렇게 생각하고 꾹 참으려고 했다.

황제가 내 얼굴을 내려다보며 얼굴을 쓸었다.

"너를 이대로 품에 안는다면 짐은 적어도 오랫동안 네게서 벗어나지 못할 것을 안다. 네게 빠져들겠지. 너를 품에 안을 때마다 신비를 잃은 위안을 찾을 것이고 쾌락 또한 얻을 것이다. 그렇게 신비를 잃은 고통을 잊어가며 살아갈 수 있겠지."

여기까지 말한 황제가 침상에서 몸을 일으킨다.

"허나 너는 신비가 아니다."

그는 내게서 돌아서 침상에 걸터앉았다. 황제의 앞에서는 모두가 등을 보일 수 없다. 또한 황제의 등을 볼 수도 없다. 그러나 지금 내 눈에 보이는 황제의 뒷모습은 처량하고 초라해 보였다.

"신비도 처음에는 마치 지금의 너처럼 짐에게 안겼다. 그 얼음장 같은 마음이 녹기까지 많은 시간이 필요했지. 후에 그녀가 마음을 열고 짐을 받아들였을 때의 특별한 느낌을 짐은 기억한다. 짐은 그 순간 느낀 특별함을 다른 여인과 나누고 싶지 않다. 그래서 짐은 너를 안지 않을 것이다."

황제가 침상에서 일어서더니 탁자로 다가갔다. 그곳에는 황후의 명으로 수아가 가져다놓은 술병이 놓여 있었다. 황제는 스스로 그 술병을 들어 술잔에 술을 부어 마셨다. 몇 잔을 연거푸 마신 황제가 나를 돌아보지도 않은 채 말했다.

"허나 너를 계속 황궁에 두는 것은 좋지 못한 것 같구나. 도르곤은 너를 원하지. 너를 본 사내라면 그 누구라도 도르곤과 같이 탐을 낼 것이다. 분란만 일겠지. 그게 아니어도 오늘처럼 황후가 다시 너를 이용하려 할 것이 분명하다. 그러니 네 존재는 이 제국에 도움이 되지 않는다."

황제가 한 말의 의미를 몰라 나는 이불을 끌어당기며 일어나 앉았다. 그때 황제와 침상에 있는 나 사이에 황제의 호위 무관들이 나타났다. 그들은 침상 위에 있는 내게로 달려들더니 내 입에 재갈을 물리고 꽁꽁 묶어 보자기를 씌웠다.

"너는 대청제국의 앞날을 위해서도 이 세상에서 없어져야 한다."

"!"

황제의 이 말을 끝으로 무관이 보자기 안에 있던 내 어깻죽지를 아프도록 눌렀다. 동시에 난 의식을 잃고 말았다.

৩৩৩৩

무관들에게 화진을 끌어내게 한 후에도 황제는 계속 술을 마셨다. 아무리 마시고 마셔도 채워지지 않는 갈증이 그에게 있었다. 황제는 여전히 자신의 선택이 옳은지 그른지에 대한 확신이 들지 않았다. 만약 화진을 죽이지 않고 도르곤에게 넘긴다면? 길이를 알 수 없는 그의 충성심이 조금이라도 더 오래가지 않았을까?

고민하던 황제가 가져온 무언가를 품속에서 꺼내 들었다. 그것은 황제의 명을 담은 조서였다. 그 안에 담긴 내용을 황제는 한동안 물끄러미 바라보았다.

"휴우-"

황제가 길게 한숨을 내쉬며 그것을 들어 찢어서 없애버리려던 그때였다.

"윽!"

가슴 깊은 곳에서부터 무언가 뜨거운 느낌이 치고 올라왔다. 그것은 곧 참기 힘든 통증으로 변해버렸다.

"밖에 누구……!"

누군가를 부르기 위해서 황제가 의자에 일어섰다.

- 쿠당탕!

황제는 그대로 힘없이 넘어지며 바닥에 쓰러졌다.

"누…… 누구…… 밖…… 밖에……."

목에서 소리를 내는 것조차도 힘들었다. 몸부림치던 황제가 손을 힘겹게 뻗었을 때였다. 그 끝에 없던 무언가가 닿았다. 황제가 어렵게 고개를 들어올리자 그곳에는 황후가 서 있었다.

"화, 황후……!"

"폐하."

자신의 상태를 보고도 너무나 담담한 황후와 마주하고 나서야 황제는 무언가 잘못되었음을 깨달았다.

"그…… 그대의 짓이었소?"

"무엇을 말씀하시는지 본궁은 잘 모르겠습니다."

황후의 이러한 태도에 황제의 눈이 번뜩였다.

황후는 쓰러진 황제를 지나쳐 침상으로 다가갔다. 침상이 비워져 있는 것을 확인한 황후의 표정이 싸늘하게 굳어버렸다.

"그 계집은 어디에 있습니까!"

이 모든 죄를 뒤집어써야 할 화진이 사라져버린 것이다!

"하…… 하하하! 하하하하……!"

황제는 통증에 고통스러워하면서도 보란 듯이 웃음을 터트렸다.

"짐에게 독을 먹였느냐?"

황후는 짜증 섞인 얼굴로 침상에서 돌아서 쓰러진 황제를 내려다보았다.

"독? 본궁이 어찌 감히요. 그 남편에게 정조를 지키고자 한 무서운 조선 계집이 그리하였겠지요."

"다…… 네가 꾸민 짓이었군!"

"본궁은 무슨 말인지……."

"혹 해란주도 네가 죽였느냐? 이처럼…… 짐과 같이?"

신비의 이야기에 황후의 표정이 딱딱하게 굳었다. 황제는 그런 황후를 보며 기가 막히다는 표정을 지었다.

"해란주는 네 조카였어! 짐이 황후의 자리를 준다 하여도 고모인 널 위해 거절했던 여인이었다! 심지어 네가 남편을 죽인 일도 용서하였지……!"

황후는 아예 황제에게서 고개를 돌려버렸다. 그녀에게는 이미 죽어서 없어져버린 해란주의 자비보다 자신의 지위가 더 중요했다.

"잔악한 것. 잔악한……."

황제는 이 말을 마치고 눈을 감으며 축 늘어졌다. 황후는 몸을 숙여 황제의 코에 손가락을 가져다대었다. 숨을 쉬지 않았다. 황제가 죽은 것을 확인한 황후가 누군가를 부르려는 듯 나가려던 그때였다. 탁자 위에 황제가 떨어뜨린 조서가 놓여 있는 것이 보였다. 그것을 들어 살피던 황후가 눈을 크게 떴다. 잠시 후 황후는 그것을 곱게 접어 자신의 옷 속으로 숨겨 넣고는 소리쳤다.

"여봐라! 밖에 누구 없느냐?! 폐하께서 쓰러지셨다!"

❧

황제의 갑작스러운 죽음은 모든 이들에게 충격을 주었다. 무엇보다도 황제는 아직 자신의 후계자를 공식적으로 지명하지 않았다. 그가 유일하게 후계자로 지명했던 것은 신비가 낳았던 일찍 죽은 황자뿐이었다.

원정을 떠났던 도르곤이 돌아왔다. 황궁에서는 의정왕대신회의가 매일같이 열렸다. 이곳에서는 다음 청나라의 황제를 선택하기 위한 지루한 회의가 이어졌다.

시백은 종인부 감옥에 있었다. 그가 이곳에 있다는 사실을 아는 조선 사람은 아무도 없었다. 며칠 동안 그곳에서 아무런 치료도 보호도 받지 못한 채 갇혀 있던 그를 구하러 온 것은 용골대였다.

"은공!"

쉽게 정신을 차리지 못하는 시백을 용골대가 부축하며 일으켜 세웠다.

"……으."

시백이 겨우 정신을 차리고 눈을 떴다. 시백은 자신의 앞에서 새하얀 관복을 입고 있던 용골대를 보고는 물었다.

"누가…… 죽었소?"

용골대가 깊은 한숨을 내쉬며 말했다.

"폐하께서 급서하셨소."

그때까지도 황제의 급서 이유는 뇌일혈이었다. 과음한 채 황후 궁에서 쉬던 황제는 갑자기 붕어했다. 시백은 놀라면서도 한편으로 화진을 떠올렸다. 황후가 무슨 제안을 한다면서 화진을 데리고 감옥을 나간 것이 마지막.

"내 아내를…… 본 적이 있소? 며칠 전만 해도 이곳에 있었소."

용골대가 힘없이 고개를 가로저었다.

"근래에는 전혀 소식을 듣지 못하였소. 아마도 공의 부인은 궁녀 처소에 머물고 있을 것이오."

어떤 불안감이 시백을 덮쳐왔다. 그렇다고 조선인인 그가 화진을 찾겠다고 황궁을 마음대로 휘젓고 다닐 수는 없는 노릇이었다.

"일단 조선관으로 모시겠소."

시백이 힘없이 고개를 끄덕였다.

❦

수일간 이어진 의정왕대신회의 끝에 다음 청나라 황제로 좁혀 진 이들은 다음과 같았다. 붕어한 황제의 이복동생인 예친왕 도르 곤과 황제의 장자인 숙친왕 후거였다. 도르곤이 전장을 누비며 이 룩한 공을 많은 이들이 높게 샀다. 또한 후거는 황제의 장자였다.

결론은 좀처럼 나지 않았다.

"구황자님."

회의장에서 잠시 벗어난 도르곤에게 장비를 모시는 궁녀가 인사를 하며 다가왔다. 직감적으로 도르곤은 장비가 자신을 불렀음을 알고 그녀를 따라나섰다.

영복궁.

도르곤이 들어서자 장비가 반갑게 웃으며 달려 나왔다. 아직 황제의 죽음을 기리는 상복을 입은 채였지만, 그녀는 어느 때보다도 밝았다.

"도르곤."

여전히 자신의 앞에서 무뚝뚝한 도르곤을 보고도 장비는 눈웃음을 지었다.

"어서 와요. 차를 마실래요?"

"곧 다시 회의에 들어가봐야 합니다."

고작 차나 마시자고 장비가 자신을 불렀다고 생각한 도르곤이 경직된 얼굴로 돌아섰을 때였다. 장비가 탁자에 앉으며 말했다.

"왜요, 당신이 다음 황제라도 될까봐?"

"!"

도르곤이 걸음을 멈추고 장비를 돌아보았다. 장비는 도르곤의 시선을 받고 여유롭게 차를 한 모금 마시며 말했다.

"어리석은 짓이에요. 이미 다음 황제는 정해진 것과 다름없는걸."

"무슨 말입니까?"

"가만히 있어도 당신이 황제가 될 것 같죠? 고모님이 내 아들 복림을 양자로 달라고 하셨어요. 복림이 고모님의 양자가 된다면 사실상 폐하의 장남이 되지요. 허나 아직 어린아이인 만큼 섭정왕이 필요하겠죠. 당신에게 불만을 지닌 친왕들과 당신에게 황제 자리를 빼앗길 것 같은 후거가 이에 동의했어요. 그들은 자신들이 지금 누리는 권력을 유지하는 것으로 만족하겠다고 했는걸."

"무슨……!"

장비가 자리에서 일어섰다.

"당신은 지금 쓸데없는 회의에서 시간을 보내고 있다고요."

"……!"

도르곤이 분노했다. 자신 모르게 뒤에서 이뤄지는 황후의 공작에 화가 난 것이다.

장비는 도르곤에게 다가와 그의 목에 팔을 휘감았다. 도르곤이 그녀의 손길을 피해 물러서려고 하자 장비가 그의 귓가에 대고 속삭인다.

"괜히 진 빼지 말아요. 난 당신의 편이니까."

도르곤이 장비의 눈동자를 가까운 거리에서 응시했다.

"당신이 바란다면 난 황후에게 내 아들을 양자로 주지 않을 셈이에요. 대신 다른 방법도 있죠."

"다른 방법?"

"내 아들을 다음 황제가 될 수 있도록 지지해줘요, 도르곤. 복림을 즉위시키고 당신이 섭정왕이 되는 거예요."

"말도 안 되는……!"

"당신이 지지한다면 내 아들은 황제가 될 수 있어요. 정친왕이 당신과의 공동 섭정왕 자리를 받아들였으니까."

조정에서 도르곤 다음으로 세력가인 정친왕을 이미 포섭했다는 장비의 말에 도르곤은 깜짝 놀랐다. 장비가 이런 여인이었던가? 그에게 목을 매고 고모인 황후의 앞에서 꼭두각시 노릇이나 하던 여인이 아니었던가?

"철철이 허락하지 않을 텐데?"

도르곤이 황후를 언급했다.

"하! 그 아들 하나 없는 이름뿐인 황후? 지금까지 난 나약한 척 고모의 손에 놀아났죠. 하지만 그건 전부 연기였어. 다만 당신을 사랑하는 마음만큼은 연기가 아닌 늘 진심이었죠."

장비는 피식 웃으며 도르곤의 귓가에 대고 그를 유혹하듯 속삭였다.

"내가 원하는 건 도르곤 당신뿐이에요. 늘 그랬어요. 처음 당신을 보았을 때부터…… 그러니 내 말을 들어요. 복림이 즉위하면 당신은 섭정왕의 자리뿐만 아니라 '황부(黃父)'의 자리도 얻게 될 터이니."

"황부라니?"

"나와 혼인하게 될 테니까요."

"뭐?"

놀라는 도르곤을 보며 장비는 그럴 줄 알았다는 듯 까르륵 웃었다.

"난 당신에게 모든 걸 다 주고 싶어요. 권력도 이 제국도. 또 알아요? 당신과 내가 혼인해서 아들을 낳는다면요? 그 아이가 복림의 뒤를 이어 이 제국의 황제가 될 수도 있어요!"

도르곤의 눈동자가 빠르게 움직였다. 서로가 원하는 것을 공유한 이들은 이제 반은 동지나 다름없었다.

도르곤이 정중한 말투를 내려놓았다.

"나를 사랑한다면 내게 주어야 할 것은 섭정왕이나 황부의 자리가 아니라 이 제국의 황제의 자리여야 해."

"물론 그렇죠. 하지만! 당신이 황제가 된다면 나와 혼인하려 하지 않겠죠. 그러나 내 아들이 황제가 된다면 당신은 나와 혼인할 수밖에 없어요."

장비의 머리가 보통이 아님을 알게 된 도르곤의 말투가 조심스러워졌다.

"그렇다고 내 마음이 네게 가진 않아."

장비는 그럴 줄 알았으면서도 못내 속상한 마음을 비치며 말했다.

"권력이 내 어린 아들의 손에 있는 이상, 당신의 마음은 못 붙잡을지언정 몸은 내 거예요."

"그대는 무서운 여인이었군."

"이제라도 그걸 깨달았다니 다행이네요."

이제 도르곤은 자신을 휘감은 장비의 손길을 피하지도 밀어내지도 않았다. 그는 오직 자신만을 올려다보며 자신과 눈을 맞추려

하는 이 여인을 정복자의 시선으로 내려다보았다. 평소 눈길 한번 준 적이 없는 여인이었음에도 그의 눈동자는 당장이라도 그녀를 품에 안아 들 듯 활활 타올랐다. 두 남녀의 욕정이 얽혀 들어갔다.

"좋아. 그 제안을 받아들이지."

장비가 바로 도르곤에게 입을 맞추려고 했다. 그러나 도르곤은 자신에게 다가오는 장비의 가슴을 살짝 밀어내며 물었다.

"헌데 궁금한 게 있다."

"뭐죠?"

"그 조선 여인. 어디로 간 것이지? 심양으로 돌아온 뒤로 단 한번도 보지 못했다. 듣기로는 폐하께서 붕어하시기 전 황후궁에서 끌어냈다고 하던데."

장비는 도르곤의 입에서 언급되는 화진의 이야기가 듣기 싫은 지 짜증스러운 표정을 지었다.

"그건 나도 들었어요. 하지만 그녀가 어디로 보내졌는지는 아무도 몰라요. 오직 죽은 폐하만이 알겠죠."

"뭐라고?!"

황후궁에 있던 황후가 소식을 듣자마자 급하게 뛰쳐나왔다.

그녀는 의정왕대신회의가 열리는 회의장 안으로 뛰어 들어갔다. 이미 황제의 자리에는 어린 복림이 앉아 있었다. 그 옆으로는 장비가 서서 활짝 웃고 있었다.

"이…… 이게…… 어찌된 일이더냐?"

당황스러운 황후의 물음에도 장비는 태연하게 그녀를 내려다보며 말했다.

"고모님. 보이지 않으세요?"

"뭐?"

"다들 새 황제 폐하께 무릎을 꿇고 계시잖아요. 그러니 고모님도 무릎을 꿇으셔야죠."

장비의 말대로 대신들은 전부 어린 복림과 장비를 향해 허리를 숙이고 있었다. 그들 한가운데에 유일하게 허리를 꼿꼿하게 펴고 서 있는 것은 황후뿐이었다.

"넌 복림을 내게 양자로 주겠다고 했어!"

"마음이 바뀌었어요. 이 제국에 태후는 한 명이면 족하니까."

"네까짓 게 나랏일에 대해 뭘 안다고?"

"몰라요. 그래서 도움이 필요한 거죠, 도르곤."

장비가 도르곤을 불렀다. 엎드려 있는 대신들 가운데 도르곤이 일어나 장비의 곁으로 다가와 그녀의 손을 잡았다.

"나, 새 황제 폐하의 모후이자 태후인 포목포태가 말합니다. 예친왕 도르곤과 정친왕 지르하란을 새 황제 폐하의 섭정왕으로 삼겠어요. 또한……."

장비가 옆에 선 도르곤을 보며 생긋 웃었다.

"그와 혼인하겠어요. 그는 황부로서 폐하께서 훌륭히 성장하여 친정하실 때까지 보필하겠지요."

황후가 떨리는 목소리로 장비에게 물었다.

"허면…… 나는?"

"훗."

장비가 짧게 웃었다. 이어 장비가 대신들을 향해 명령했다.

"모든 대신들은 물러가세요."

"예. 태후마마."

대신들이 빠르게 밖으로 빠져나갔다. 마지막에는 도르곤이 어린 황제를 안아 들고는 황후를 지나쳐 회의장을 벗어났다. 황후와 단둘이 마주하게 된 장비가 천천히 황후에게로 걸어오며 말했다.

"나중에야 알았어요. 해란주 언니의 남편을 죽인 것도 모자라 애초에 나와 도르곤의 혼담이 오가는 걸 어긋나게 만든 것도 바로 고모라는 사실을."

"너……!"

"그 사실을 알고 나서 난 이를 갈았죠. 그리고 아주 오랫동안 참 았죠. 이 황궁에서 살아남기 위해 고모의 수족이 되어서라도 참았어요. 그래서 오늘날을 본 것이겠지만."

"옥아!"

"여봐라!"

장비의 외침에 밖에서 병사들이 뛰어 들어왔다.

"태후가 되고 싶다 하셨지요? 그럼 평생 태후전에서 이름뿐인 태후로 사세요."

장비가 황후를 보며 무섭게 웃었다.

"황후를 태후전에 모시고 죽을 때까지 밖으로 나오지 못하게 하라!"

"예!"

황후가 병사들에 의해 강제로 회장에서 끌어내졌다.

"옥아! 옥아!"

끌려나가는 황후가 장비를 불렀지만 소용없었다. 장비는 황후의 모습이 눈에 보이지 않을 때까지 그녀를 노려보며 서 있었다.

❦

세자가 황궁으로 보냈던 관원이 돌아왔다.

"사라진 이 부인의 행방을 아는 자를 찾는 것은 어려웠으나 분명한 사실은 황궁 밖으로 내보내졌다 하옵니다."

초조하게 화진의 소식을 기다리던 시백이 이 말을 듣고는 자리에서 벌떡 일어섰다.

"찾으러 가야겠습니다!"

"저도 돕겠습니다!"

봉림도 시백과 함께하겠다며 일어섰다. 이 두 사람의 얼굴을 번갈아 쳐다보던 세자가 고개를 가로저었다.

"두 사람 모두 자리에 앉게."

"저하!"

"형님!"

세자가 시백을 향해 말했다.

"자네의 마음을 모르는 것은 아니네. 다만 시국을 보아야지. 지금은 국상 중이라 볼모로 온 우리가 함부로 움직이는 모습을 저들에게 보인다면 자칫 무슨 트집을 잡을지 모르네. 이는 조선에도 불리한 일이지. 위험하네."

세자의 설득에도 시백의 마음은 쉽사리 바뀌지 않았다.

"신은……."

시백이 혼자서라도 화진을 찾으러 가겠다고 말하려던 그때였다. 밖에서 또 다른 관원이 뛰어 들어오며 소리쳤다.

"다음 청나라 황제가 정해졌답니다!"

❧❧❧

머릿속에 떠오르는 기억이 조금씩 분명해지려고 한다. 그 기억을 쫓아온 신경을 집중하자 이윽고 사람들의 목소리가 들려왔다.

"폐하의 어명이다! 죽여야 해!"

여긴 어디지?

"우물에 빠트리는 게 좋지 않을까?"

"그게 좋겠어."

그들의 대화는 그리 길지 않았다. '나'를 죽이기로 결심한 이들은 내가 들어 있는 보자기를 번쩍 들어올렸다.

난 이제 겨우 정신을 차렸는데……

몸 한번 제대로 움직여보기도 전에 죽음이 가까워지는 것을 느꼈다.

안 돼……!

목을 쥐어짜 소리를 내보려고 애를 쓰던 그때였다.

"윽!"

"으윽!"

신음소리가 들리는가 싶더니 내가 들어 있던 자루가 바닥으로 떨어져 내렸다.

"아아……!"

땅에 어깨부터 부딪히며 터진 짧은 신음. 이윽고 누군가 내가 들어 있는 자루를 풀어헤쳐 열었다. 환한 햇살이 내 눈을 아프도록 콕콕 찔러오는 그때, 사람의 얼굴 하나가 그림자를 만들며 내 얼굴을 뒤덮어버렸다. 나는 한쪽 눈을 찡그린 채 그 사람이 누구인지 확인하려 힘겹게 눈을 떴다.

"언니?"

그녀는 수아였다.

"너…… 너는…….."

"정신이 들어요?"

"아파…….."

땅에 부딪힌 어깨도 아프고 머리도 아프다. 아니, 몸의 모든 부분이 아파서 꼼짝할 수가 없다.

"조금만 참아요. 내가 도와줄게요."

수아가 고개를 돌려 누군가에게 지시를 내렸다. 그들이 나를 다시 번쩍 들어올렸다. 세상이 빙그르르 돌아가는 가운데 피를 흘리며 죽어 있는 무관으로 보이는 이들이 여럿 보였다. 그들의 얼굴을 보는 것을 마지막으로 난 다시 정신을 잃었다.

두 번째로 정신을 차렸을 때는 몸이 심하게 요동치고 있었다. 몸이 요동칠 때마다 어깨와 머리가 다시 아파왔다. 눈을 뜨자마자 나는 한 손으로 벽을 짚었다. 마치 지진이 난 듯이 벽이 흔들리고 있었다.

"정신이 들어?"

수아의 목소리다. 겨우 초점을 찾은 눈으로 시선을 모으니 수아의 얼굴이 보였다.

"수아?"

"다행이야. 조금 불편하지? 그래도 참아."

"여긴……."

"마차 안이야."

"마차?"

몸이 심하게 흔들리는 이유는 마차 안이기 때문이었다. 마차를 몰고 있는 말들은 전속력으로 어딘가를 향해 내달리고 있었다.

"내가…… 내가 어디로……."

아픈 머리를 부여잡고 있노라니 수아가 한 팔로 나를 끌어당겨 자신의 무릎에 내 머리를 기댈 수 있도록 해주었다.

"일단은 움직이지 말고 쉬어. 마차가 너무 빨리 달려서 속이 울렁거릴지도 모르니까."

그 말을 들어서인지 헛구역질이 나올 것만 같았다. 수아는 내 표정만으로도 이런 상태를 알아차렸는지 재빨리 작은 약병 하나를 내밀었다. 그녀는 그것을 자신의 무릎에 기대어 누운 내 입술에 흘려 넣었다.

얼떨결에 받아 마시자마자 인상이 찡그려졌다.

"써-"

"곧 편안해질 거야."

"무슨 약인데?"

당연히 속이 울렁거리는 것을 가라앉혀 주는 약이라고만 생각했다. 그러나 내 예상과는 달리 수아의 입에서는 전혀 다른 말이 나왔다.

"수면제야."

"수면…… 뭐?"

수면제라는 말에 깜짝 놀란 나는 고개를 들었다. 동시에 마차가 빠르게 달릴수록 울렁증과 함께 자꾸 눈이 감겼다.

"내게…… 왜……."

"차라리 잠드는 게 나아. 그리고 그리 오래 걸리진 않을 거야. 곧 산해관이니까."

"산해관?"

산해관은 청나라와 명나라의 국경을 가로지르는 관문이었다.

난 그 말을 듣고도 믿을 수가 없었다.

"벌써 심양을 벗어났어?"

"응."

"우리가 왜…… 산해관으로 가는 건데?"

"그건……."

수아가 말하기를 주저했다. 감기는 눈을 애써 들어올리며 수아의 옷깃을 붙잡았다.

"말해!"

"언니…… 우린 북경으로 갈 거야."

"북경?"

난 수아가 하는 말을 듣고도 믿을 수가 없었다.

"언니를 속여서 미안해. 난…… 실은 만주인이 아니야. 한인이고 대명국 사람이야."

그녀의 말이 마치 꿈을 꾸는 것처럼 몽롱하게만 들린다.

"원래 내 성은 위씨야. 이름은 없어서 어릴 때부터 사람들은 나를 위아라고 불렀어. 일찍이 고아가 되어서 가족이라고는 내 친언니 하나밖에 없었는데…… 언니는 청나라 군인의 손에 죽었지. 그 뒤에 난 황궁으로 들어가 궁녀가 되었고 황후마마를 모셨어."

"무슨……!"

수아가 하는 말을 하나도 받아들일 수가 없었다.

그녀는 도대체 왜 날 속인 것일까?

왜 그녀는 나를 데리고 북경으로 가고 있는 것일까?

"청나라 황제는 죽었어. 그리고 그는 언니를 죽이려 했지. 그런 언니를 살린 건 나야."

"난…… 돌아가야 해…… 남편이…… 남편이 심양에 있어……."

"미안하지만 그건 안 돼."

"왜?"

"세상이 바뀌었어. 장비의 아들이 왕이 되었고 장비는 곧 도르곤 과 혼인할 거야. 그런데 그 도르곤이 언니를 원하지. 언니는 분명 이용 가치가 있어. 그러니 언니를 황후마마께 데려갈 거야."

황후라니!

명나라의 황후라니?

그녀가 있는 북경이라면 자금성이다. 자금성은 곧 반년 안에 이자성군에게 함락될 것이다. 나를 그 끔찍한 살육의 현장으로 변할 자금성으로 데려간다니!

"싫어……! 난 못 가! 싫다고! 날 보내줘……! 수아야……."

"언니는 조선 사람이잖아. 조선은 겉으로는 청나라에 굴복했지 만 마음으로는 대명국을 섬긴다고 들었어. 그러니 언니가 명나라 에 도움이 되는 일을 한다면 분명 나중에는 언니의 남편도 큰 상 을 받을 거야."

– 찰싹!

난 있는 힘껏 수아의 뺨을 때렸다. 그러나 소리만 요란했을 뿐 수면제로 인해 힘을 잃어가는 내 손찌검에 힘이 제대로 실렸을 리 가 만무했다.

"네가…… 뭘 알아?"

다시 시백과 멀어진다. 수아를 향한 분노와 원망이 치솟았다. 내 눈에서 다시 눈물이 흘러내렸다.

"잘 들어. 대명국이든 명국이든……! 이자성에게 멸망당할…… 앗!"

갑자기 머리가 깨질 듯이 아파온다. 이 통증은 약이 주는 것도 아니고, 깨어나 찾아온 어지럼증이 준 것도 아니었다. 난 알고 있었다. 하지만 말하고 싶었다.

"네가 모시는 진짜 주인이 누구인지 모르겠지만……! 그 명나라 황후도 곧 죽…… 아악!"

마치 산산이 조각나듯이 아픈 머리를 양손으로 부여잡고 난 마차 바닥에 머리를 대고 쓰러졌다.

"언니……!"

여전히 잔통이 남은 머리를 움켜잡은 채 난 울먹이며 말했다.

"난 못 가…… 아니, 안 가! 심양으로 보내줘…… 심양으로 돌려보내달란 말이야……!"

"미안해."

사과하는 수아의 얼굴이 조금씩 멀어져갔다. 난 그렇게 정신을 잃어버렸다.

◈◈◈

빛 한 점 들어오지 않는 어두컴컴한 방안.

침상에 앉아 무릎을 모은 채 나는 멍하니 앉아 있었다. 시간은 더디게만 흘러갔다. 만약 똑딱거리는 초침 소리를 내는 시계라도 있었으면 난 미쳐버렸을지도 모른다.

– 똑똑

"언니, 나야."

"……."

"들어간다?"

"……."

수아의 목소리에도 나는 대답하지 않았다. 잠시 후 문이 열리더니 수아가 안으로 들어왔다. 그녀의 손에는 찻잔과 주전자가 들려 있었다.

"또 안 먹었어?"

아침에 그녀가 가져다놓은 음식이 그대로 내 앞에 놓여 있었다. 수아는 깊은 한숨을 내쉬더니 말한다.

"이러다가 쓰러져, 언니."

"……."

"이런다고 심양으로 돌려보내 줄 수도 없는 거 알잖아."

안다. 이미 난 북경 자금성 안에 있었으니까.

자금성이 이렇게나 컸던가, 싶을 정도로 수아가 날 데려다놓은 이곳이 어디인지 알 길이 없다. 심양의 황궁과는 비교할 수도 없는 크기. 수백 년 명나라 역사가 이 안에 다 있었다. 난 지금 그중의 일부분일 뿐이다. 마치 자금성 안을 떠다니는, 주인 모를 어느 사람이 내뱉은 숨처럼.

"언니."

수아가 내 손 위에 자신의 손을 포갰을 때였다. 난 수아를 돌아보며 말했다.

"난…… 더는 그 누구에게도 이용당하고 싶지 않아."

이것이 내 솔직한 심정이었다. 어쩌면 굶는 건 지쳐서 하는 마지막 발악인지도 모르겠다. 일단 자금성 안에 있다가는 이자성군에게 죽든 무슨 치욕을 당하든 굶는 것보다는 끔찍할 테니까. 앞으로 일어날 끔찍할 상황을 설명할 수 없는 내 입장도 답답하기만 했다.

난 도대체 시간에게 무슨 벌을 받고 있는 것일까?

시백과 함께하고 싶은 것이 이런 벌을 받을 만큼 큰 죄일까?

"언니."

"날 돌려보내줘. 내가 할 말은 그것뿐이야."

입을 다문 채 속으로 한숨을 내쉰 수아가 말한다.

"황후마마께서 언니를 보자셔."

❧

심양의 황궁보다도 큰 황궁임에도 지나다니는 나인의 수는 그리 많지 않아 보였다. 수아의 뒤를 따라가는 내내 나는 고개를 숙이고 걸었고 따라서 내게 모아지는 시선은 거의 없었다. 지나다니는 궁녀들은 다들 수심이 가득한 표정들이었다. 전체적으로 자금성의 분위기는 무겁기만 했다.

한참을 걷고 또 걷고 얼마나 걸었을까? 조금씩 사람들이 많아지는가 싶더니 수아는 나를 곤녕궁까지 이끌었다.

"황후마마. 위아입니다."

안에서 돌아오는 소리는 없었다. 수아는 익숙한 듯 가만히 기다리고 있었고 잠시 후 궁녀가 안에서 문을 열어주었다.

"언니."

수아가 내게 손짓을 보냈고 난 그녀의 뒤를 따라 곤녕궁 안으로 들어섰다. 그 안에서는 지독하도록 짙은 향이 가득했다. 아마 진통 효과를 내는 약초가 섞인 향이 분명했다. 내 짐작대로 황후는 머리맡에 향로를 놓은 채 침상에 누워 몽롱한 표정을 짓고 있었다.

"마마. 위아입니다."

"……위아?"

수아를 발견한 듯 황후의 표정이 밝아졌다. 황후의 나이는 서른셋. 이 시대 여성들치고는 작지 않은 키에 빼빼 마른 몸이 상당히 허약해 보였다.

"가까이 오거라."

침상에 누운 황후가 손짓했다. 수아가 재빨리 다가가 허리를 숙이자 황후는 수아의 뺨을 쓰다듬으며 말했다.

"그래. 위아가 맞구나."

"몸은 어떠신지요?"

"네가 걱정해주니 낫다. 머리가 조금 아플 뿐이지."

"마마. 그 조선인을 데려왔습니다."

"그래?"

수아가 옆으로 물러섰다. 난 눈치껏 고개를 숙인 채 황후의 앞까지 걸어갔다. 황후는 자신에게 다가오는 나를 몽롱한 눈길로 응시했다. 마침내 내가 수아의 옆까지 다가가자 황후가 반쯤 누운 채로 내게 말했다.

"고개를 들어라."

난 순순히 황후가 말한 대로 고개를 들었다. 시선은 바닥에 둔 채였다. 황후는 내 얼굴을 찬찬히 살펴보더니 말했다.

"고생이 많았겠구나."

생각지도 못한 말에 나는 눈을 크게 떴다.

"위아에게 들으니 심양에 남편이 있다지?"

대답을 원해서 한 물음인지 아니면 혼잣말처럼 한 말인지 몰라 나는 입을 열지 못했다. 수아가 내게 눈짓을 보냈고 난 서둘러 입을 열었다.

"네."

"너와 같은 조선인이냐?"

"네. 그렇습니다."

"네가 이곳으로 온 것을 알고?"

"모를 겁니다……."

질문이 이어지는 동안 이상하게 가슴 한구석이 울컥하는 기분이 들었다. 시백이 그리워서인지 그리워서 참고 있던 눈물이 터져 나오려는 건지는 알 수 없었다.

"위아를 너무 미워하지 말거라. 이 아이는 나보다도 더 이 대명국을 위하는 아이일 뿐이니까."

난 그녀의 앞에 무릎을 꿇었다.

"심양으로 돌아갈 수 있게 해주세요. 남편에게 돌아가야 합니다!"

"나도 그렇게 해주고 싶구나. 허나 지금은 불가능하다."

"어째서요?"

"위아가 너를 데리고 산해관을 지난 지 얼마 안 되어서 산해관이 닫혔다. 지금은 어린아이조차도 산해관을 살아서 지나지 못할 것이다. 이뿐만 아니라 북경으로 오는 모든 길이 닫혔지."

"그게 무슨……."

수아가 옆에서 내게 말했다.

"곧 전쟁이 일어날 거야."

1451년 (조선 문종 1) 파주.

송도를 바라보며 임진강 위 우뚝 선 작은 정자가 있었다. 낙하정이었다. 낙하정 아래 앉기 좋은 바위 위에 삿갓을 쓴 노인이 홀로 앉아 낚싯줄을 드리우고 있었다.

그 노인의 곁으로 또 다른 노인이 다가와 섰다.

"고기는 많이 잡히는가?"

이 물음에 고개를 든 노인이 옆에 선 노인의 얼굴을 보더니 함박 웃음을 지었다.

"하하하……."

노인이 웃자 옆에 선 노인도 따라 한참을 웃었다.

"올해도 안 오는 줄 알았는데, 풍형."

"약속했지 않은가. 가지러 오겠다고."

"언제인지 말은 하지 않았지."

앉아 있던 노인이 자신의 옆에 놓아둔 바구니 안에서 무언가를 꺼냈다. 접혀 있는 플라스틱 낚싯대였다. 그가 풍형이라 불린 이에 게 그것을 내밀었다.

"거의 새것이군. 자네에게 이를 준 것도 몇 년이 지났을 텐데."

"물고기는 기다리는 맛으로 잡는 것인데 자네가 준 이 낚싯대는 드리우는 족족 물고기가 잡히니 영 재미가 없어."

"그런가?"

풍형이 노인의 곁에 자리를 잡고 앉았다. 강 너머로 머리 개경 송악산이 희미하게나마 눈에 들어왔다.

"오늘은 많이 잡았는가?"

노인이 혀를 찼다.

"물고기를 잡고자 이곳에 있는 줄 아는가? 다 늙어 한가하니 시간이나 보내자고 나와 있는 것이지."

"그렇군…… 그래."

"참, 내가 이름을 지어준 그 아이, 잘 지내는가?"

"누구?"

"자네 여식이지."

"아…… 잘 지내지."

잠시 고민하던 풍형이 노인에게 물었다.

"헌데 어찌하여 이름을 '경민(京珉)'이라 지었는가?"

"내가 말해주지 않았던가?"

"기억이 나지 않아. 오래전 일인지라."

노인이 잠시 생각하다 말했다.

"그때 자네는 소연이 죽고 한동안 은거한다며 깊은 산속으로 들어갔지. 자네야 그리 살아도 상관없네만 갓 태어난 여식은 산 중에 은거하여 살아야 하는 것이 무슨 죄인가. 자고로 여인에게 가장 큰 출세는 출세할 사내와 연이 닿는 것이 아니겠나? 하여 수도에서 출세할 사내를 만나 귀인이 되라는 뜻에서 그리 지었지."

"그럼 화진이는?"

"자네 손녀는……."

노인이 바로 대답을 하려다 머뭇거리더니 활짝 웃었다.

"내년에 와서 듣게."

"참 알다가도 모를 사람이군."

풍형이 자리를 털고 일어섰다. 노인이 말했다.

"자네가 그랬지. 그 낚싯대를 찾으러 올 때가 우리가 마지막으로 보는 날이 될 것이라고."

"기억하는가, 그 말을."

"나도 내년이면 구순이네. 살날이 얼마 남지 않았다는 건 잘 알아."

노인이 낚싯대를 잡으며 말했다.

"바구니 안에 든 것을 가져가게나."

"무엇을?"

풍형이 바구니 안을 들여다보자 향초를 담는 길고 납작한 상자가 놓여 있었다. 그 뚜껑을 열자 향초 몇 개가 들어 있었다.

"소연이 죽었을 때 찾아가지 못한 것이 미안하여 챙겨두었던 것이네."

"……."

"인생사 새옹지마라 하였던가. 소연이 자네 곁에서 오래 머물다 가지 못한 것은 애석한 일이지만, 자네의 여식을 낳았고 또 그 여식도 손주를 낳지 않는가? 화진이 말일세."

"화진이…… 안 그래도 지금 그 아이를 찾으러 갈 참이야."

"찾다니?"

"안전한 곳에 두고 왔는데 그곳에서 사라져버렸어."

"경민이도 한 번은 잃어버리더니."

"그 아이는 경민이와 달라. 고집도 세고 어른의 말을 통 들으려 하지 않아. 지나치도록 영특하고 재주도 많지만 제멋대로지. 어릴 때부터 그랬어. 커서도 달라진 게 없더군."

"그래? 헌데 난 그 아이의 이름만 지어주고 얼굴 한번 본 적이 없어. 한 번은 보고 싶었는데 말이지. 누굴 닮았던가? 경민이는 소연이를 닮았다며."

풍형이 입술을 삐쭉거렸다.

"사위."

"이런 이런…… 하하하. 애석하구먼! 애석해! 하하하!"

1644년 (청 순치 원년, 인조 22년) 1월.

자금성에서 맞는 겨울은 생각보다 그리 춥지 않았다. 황궁 안은 모든 것이 풍족했다. 아무리 낮은 직급의 궁녀라도 마음껏 땔 수 있는 탄이 지급되었다. 황궁 곳곳에서는 탄을 때우고 올라오는 연기가 가득했다.

이에 반해 황궁 밖의 민가는 사람이 살지 않는 것처럼 연기가 올라오는 굴뚝을 찾아 보기 힘들었다. 몇 년간 이어진 기근과 전염병으로 인해서 북경의 열 가구 중 아홉 가구가 비어 있었다. 모든 것이 풍족한 황궁과는 분명 차이 있는 바깥의 풍경은 무언가 문제가 있었다. 그러나 황궁 안의 그 누구도 이 문제에 대해 크게 인식하지 못하는 것 같았다.

황궁 안에서 겨울을 지내는 동안 내가 하는 것이라고는 다른 궁녀들과 함께 그림자극을 구경하는 일이었다. 난 궁녀가 아니었고 따라서 내겐 특별한 일이 주어지지 않았다. 곧 패망을 앞둔 명나라 자금성 안에서 난 방명록에 이름이 적히지 않은 손님과 같은 대접을 받았다.

그림자극의 주제는 매일 바뀌었지만 내겐 지루하기만 했다. 극이 진행되는 동안 울리는 칠현금은 매우 구슬퍼서 나는 심양에 있을 시백을 생각하며 집중하지 못했다. 이 지루한 기다림 속에서 난 명나라의 패망이 어서 오기만을 기다리고 있었다.

"언니."

"응?"

그림자극이 만들어내는 몽롱함 속에 잠겨 있던 나를 뒤에서 흔든 건 수아였다. 내가 고개를 돌리자 수아가 손짓했고 난 의자에서 일어나 궁녀들 사이를 헤치고 그녀의 뒤를 따랐다. 어디로 가는지는 궁금하지도 묻고 싶지도 않았다. 그저 그림자극보다는 더 나은 흥미 있는 일이 기다리고 있기만을 바랄 뿐이었다.

수아가 나를 데려간 곳은 궁녀들의 출입이 거의 없는 한적한 곳이었다. 오랫동안 사용하지 않은 듯 보이는 작은 전각 앞에 눈에 띌 정도의 큰 가마와 수많은 환관들이 서 있었다.

"황태감."

입구에 서서 누군가를 기다리고 있는 중년의 태감에게 수아가 고개를 숙이며 인사를 했다. 황태감이라는 자는 나를 흘깃 쳐다보더니 고개를 한 번 끄덕였다. 잠시 후 전각의 문이 열리고 수아가

115

앞장서서 안으로 들어갔다.

그 안에는 단 한 사람만 있었다. 고개를 숙인 채 턱을 괴고 생각에 잠긴 듯 보이는 삼십 대 초반의 사내. 그가 수아의 발소리를 듣고 고개를 들었다. 동시에 난 그와 눈이 마주쳤고 직감적으로 그가 누구인지 깨달았다.

명나라의 마지막 황제, 숭정제 주유검.

내가 그를 만난 것은 수아에게 납치되어 자금성으로 들어온 지 4개월 만의 일이었다.

"폐하를 뵈옵니다. 만수무강……."

수아가 먼저 인사를 했다. 황제는 수아의 말이 다 끝나기도 전에 입을 열었다.

"은밀히 온 것이니 예는 생략해도 좋다."

"예."

수아가 고개를 숙이며 뒤로 물러섰다. 이제 내가 황제와 가장 가까운 거리에 서게 되었다. 난 황제를 보며 말했다.

"은밀히 온 것치고는 일행이 너무 많으시던데요?"

"언니……!"

나의 말투에 오히려 놀란 것은 수아였다. 황제는 눈을 부릅뜨며 나를 쳐다보았다.

"짐이 너의 그 반반한 미모에 홀려 무례함을 용서할 것이라 여기느냐?"

주유검.

그는 결코 무능한 황제가 아니었다. 시대를 잘못 타고난 황제였을 뿐. 하지만 명나라의 마지막 황제라는 오명으로 인해서 두고두고 비난을 받았을 뿐이다. 여기까지 생각이 미친 나는 뒤늦게 두 손을 모으고 공손히 고개를 숙였다.

"예가 늦었음을 용서해주세요."

이것으로도 황제의 분이 풀리지 않는다면 난 이대로 끌려나가 목이라도 잘리게 될까? 그래봤자 이자성군에 의해 죽는 것보다 조금 일찍 죽는 것뿐이겠지.

고개를 숙인 채 황제의 다음 반응을 기다렸다. 황제는 오랫동안 말이 없었고 시간은 더디게만 흘러갔다. 이에 지친 내가 먼저 고개를 들었다. 여전히 황제는 나를 쳐다보고 있었다. 그리고 조금 전 내 태도에 화가 난 얼굴 역시 그대로였다. 그는 숨 고르기를 하고 있었는지도 모른다. 다시 고개를 숙이려는데 드디어 황제의 입이 열렸다.

"지금 형국이 어쩔 수 없어 네 목을 치지 못함이 아쉬울 뿐이다."

황제의 말에서 진심이 느껴졌기에 등골이 서늘해졌다.

"망국으로 가는 지름길이야말로 경국지색을 가까이하는 것이라 했다."

그가 갓 즉위했을 때 권력을 잡고 있던 환관 위충현이 그를 조종하기 위해 쓴 방법이 미인계였다. 어지간한 미인으로도 황제는 흔들리지 않았고 결국 미혼향까지 사용했었다고 한다. 그럼에도 주유검은 넘어가지 않았다. 그 이유는 모르겠지만 경계와 의심만큼은 명나라 황제들 중 가장 최고였다는 사실만 전해질 뿐.

"오늘 네 무례함을 짐이 용서하는 대신에 널 이용해야겠다."

"예?"

"지금 이자성이 대군을 이끌고 북경으로 진군하고 있다. 안타깝게도 지금 북경은 이자성의 대군을 막아낼 병력이 없다. 남은 방법이라고는 산해관 너머에 있는 청나라군에게 원군을 요청하는 길뿐이다."

"하지만……!"

내가 알기로 주유검은 이미 한 번 청나라에 원군을 요청한 적이 있었다. 청나라를 오랑캐라 취급하며 무시하던 조정의 대신들로 인해 이 일은 비밀리에 추진되었다. 그러나 결국 실패했고 주유검은 청나라에 원군을 요청하는 것을 포기해야만 했다.

"알고 있는 얼굴이로구나. 그렇다. 짐은 과거 병부상서를 보내 비밀리에 원군을 요청한 일이 있었다. 화의를 맺는 조건으로 원군을 달라 하였지. 그러나 이 사실을 알게 된 대신들의 반대가 끊이지 않았고 결국 황위를 유지하기 위해서라도 없던 일로 만들어야만 했다."

"그런데도 다시 원군을 요청하시겠다고요?"

"지난번처럼 화의를 조건으로는 어렵다. 허나 위아에게 들으니 네가 도르곤의 마음을 사로잡은 여인이라고 하더구나."

설마 날 청나라에 보내주려는 걸까?

"한낱 여인을 이용하는 치졸한 짓은 벌이고 싶지 않으나 도르곤은 지금 어린 황제를 등에 업고 청나라의 최고 권력자가 되었다지. 그렇다면 너를 대가로 원군을 요청하려 한다."

"저를 심양으로 돌아가게 해주실 건가요?"

"도르곤이 원군을 보낸다면."

"그건……!"

그런 일은 없어.

적어도 내가 아는 역사에서는 그런 일은 벌어지지 않아.

명나라는 이자성군에게 멸망당하고 그 자리에 청나라가 쳐들어와 북경의 새 주인이 될 것이다. 그게 바로 내가 아는 진짜 역사다.

겨우 나 하나 때문에 이 역사가 바뀔 리가?

"도르곤이 널 원한다는 위아의 말이 거짓이냐?"

"거짓은 아니에요. 제 입으로 말하기는 그렇지만 말이죠."

무엇보다도 난 도르곤의 계집이 될 생각은 추호도 없고 말이다.

"오늘 청나라로 원군을 요청하는 짐의 칙서를 보낼 것이다. 이편에 도르곤이 원하는 네가 북경에 있다는 사실을 알리는 글도 동봉하려 한다. 그 글을 네가 쓰거라."

"제가요?"

"어차피 너를 데리고 있다고 하더라도 도르곤이 믿지 않으면 끝날 일이다. 가장 정확한 일은 너 스스로 자신을 드러내는 글을 쓰는 것이겠지."

탁자 위에 종이와 붓이 놓여 있는 것이 보였다. 난 그 탁자로 다가갔다. 아무것도 적혀 있지 않은 흰 종이를 가만히 내려다보는데 갑자기 가슴이 먹먹해졌다. 금방이라도 왈칵 눈물이 터져 나올 것 같았다.

"쓰거라."

황제가 말했다.

난 고개를 들어 황제를 향해 말했다.

"전 조선인이니 조선말로 쓰겠어요."

"상관없다."

의외로 쉽게 나온 허락에 난 놀라 물었다.

"정말인가요?"

"이 황궁에 조선 출신의 여인이 하나도 없을 줄 아느냐? 네가 무슨 말을 적든 그게 무슨 내용인지 알려줄 조선인들은 많다."

"그리고 또 하나."

"무엇이냐?"

"도르곤에게 쓰지 않겠어요."

"도르곤에게 쓰지 않겠다니?"

"제 남편에게 쓸 거예요."

남편인 시백을 언급하자 황제가 잠시 고민하는 듯 망설이는 모습을 보였다. 원군을 요청하는 것은 도르곤인데 도르곤에게 쓰는 편지가 아니라니. 오히려 내가 도르곤이 아닌 시백에게 씀으로써 도르곤을 분노케 할까 염려하는 표정이다.

난 황제를 안심시켰다.

"걱정 마세요. 어차피 도르곤에게 무슨 말을 하든 그는 제가 자신에게 편지를 쓴 것 자체를 믿지 않을 테니까. 차라리 제 남편에게 편지를 쓰면 도르곤은 제가 북경에 있다는 사실에 확신을 가지게 될 거예요."

고민하던 황제가 고개를 끄덕였다.

"좋다."

황제의 허락이 떨어졌다.

나는 붓을 들고 다시 종이로 시선을 돌렸다. 그리고 첫 단어를 적어 내려갔다.

서방님

이 한마디에 눈물 한 방울이 그의 이름 옆에 떨어져 종이를 적셨다. 내가 편지를 쓰는 것을 지켜보던 황제가 말없이 내게서 등을 돌리고 섰다. 나는 무거운 침을 삼킨 채 글을 한 자, 한 자 정성스럽게 써내려가기 시작했다.

.

.

.

서방님.

언젠간 당신에게 꼭 한번 묻고 싶은 말이 있었어요.

당신은 나를 처음 만난 순간을 떠올리면 제일 먼저 어떤 모습이 떠오르나요? 나는 당신과 처음 만난 순간을 떠올리려 하면 제일 먼저 떠오르는 기억이 있어요. 난 그 추운 겨울날. 식어가던 물속에서 아이를 잃었던 때가 떠올라요. 그때가 정말 내 생의 마지막 순간이라고 생각했었거든요. 그 이전부터 난 내게 주어진 삶을 다 살아갈 용기도 힘도 없었어요. 난 어쩌면 여기까지 오기도 전에 이미 죽었어야 할 사람이었어요.

그런 나를 살린 게 바로 당신이에요.

당신은 나를 살렸고 내 삶도 살렸어요.

내가 앞으로 살아갈 날이 얼마나 남았는지는 오직 하늘만이 알겠죠. 그러나 감히 고백하건대 내 남은 생은 당신만을 위해 살겠어요.

보고 싶어요. 보고 싶어요.

시백이 이 편지를 받아든 것은 도르곤의 앞에서였다.

도르곤은 어린 황제를 단 위에 용상에 앉히고 바로 그 옆에 의자에 앉아서 시백을 내려다보고 있었다. 도르곤을 통해 화진의 편지를 받아든 시백의 눈시울이 뜨거워졌다. 그는 마지막 문장에 적힌 글자가 눈물로 번져 있는 것을 보았다.

"그녀의 것이 맞느냐?"

도르곤이 물었다.

시백은 떨리는 손으로 편지를 소중히 접은 후 대답했다.

"맞습니다."

"그래? 그렇단 말이지?"

그때 그의 맞은편 의자에 앉아 있던 장비, 이젠 태후가 된 그녀가 말했다.

"설마 그 조선인 계집 하나 때문에 명나라에 원군을 보내려는 건 아니겠죠?"

"그 계집 때문이 아니라도 원군은 보낼 생각이요."

"거짓말."

태후의 목소리가 날카로워지자 도르곤이 그녀를 노려보았다. 이 자리에는 시백뿐만 아니라 청나라의 대소신료들이 모두 자리하고 있어서였다. 태후는 바로 시선을 내렸고 이 틈에 도르곤이 말했다.

"생각해보시오. 어차피 북경은 가만 놔둬도 이자성이 손쉽게 차지할 것이오. 그런데 명나라의 황제는 다른 누구도 아닌 청나라에 원군을 요청했지. 이제 우리에겐 명분이 생긴 거요."

"명분?"

"이대로 남하하여 망해가는 명나라를 도와준다면 우리는 명나라 내정에 간섭할 수 있는 명분을 얻게 될 것이오. 어찌되었든 명나라 황제는 앞으로 우리 청나라의 말을 들어야 하겠지."

도르곤이 자리에서 일어섰다.

"명나라로 보낼 원군을 조직하라."

"그래도 직접 나서는 건 위험해요. 심양을 비울 생각은 하지도 말고요."

태후의 말에 도르곤이 피식 웃으며 말했다.

"그럴 것이오."

회의가 끝나고 도르곤은 대신들을 모두 내보내고 시백만 남겨 두었다.

"당장 북경으로 떠날 태세군."

"허락하지 않으신다고 하더라도 전 아내를 찾으러 갈 것입니다."

"군이 위험을 무릅쓰고 홀로 갈 필요가 있나."

"무슨……."

"이번에 보낼 원군에 합류하게. 자네가 선봉을 맡고."

예상치 못한 도르곤의 제안에 시백이 망설였다. 망설이는 시백을 보며 도르곤이 그를 부추겼다.

"조선이 그토록 떠받드는 명나라를 구원하러 가는 원군이 아닌가? 게다가 자네의 아내도 구하는 길이고. 혼자보다야 우리 청나라 대군과 함께 가는 것이 큰 도움이 될 텐데?"

고민하던 시백이 고개를 끄덕였다. 도르곤이 크게 웃더니 그의 어깨를 두드리며 말했다.

"나가보게. 곧 출정 준비를 해야 하지 않겠는가?"

시백이 나가자 어린 황제를 끌어안고 그들의 대화를 지켜보던 태후가 나섰다.

"당신이 그 계집을 포기할 리가 없을 텐데. 도대체 무슨 꿍꿍이에요?"

도르곤이 단 위에 앉아 있는 태후에게로 돌아섰다. 그는 천천히 단 위로 올라가는 계단을 밟으며 말했다.

"그 계집이 보낸 편지를 이시백에게 보여주기 전에 난 이미 이자성군에게 서신을 보냈소."

"서신?"

"북경에 중원을 뒤흔들 만한 엄청난 미인이 있다고."

"그게 무슨……! 혹시 지금 그 조선인 계집을 말하는 거예요?"

"그렇소."

"그럼 북경이 함락되기라도 하면 이자성이 그 계집부터 손에 넣겠군요."

"그렇겠지."

"난 도무지 이해를 못 하겠네요. 조금 전 그 계집의 남편에게 원군의 선봉에 서라고 했으면서 이자성에게는 그 계집이 북경에 있다는 사실을 알려주다니요?"

"생각해보시오."

도르곤이 태후의 곁으로 다가오더니 그녀의 매끈한 턱을 한 손으로 들어올렸다. 그와 거리가 가까워진 태후가 얼굴을 붉혔다.

"이자성이 북경을 함락하면 아비규환이 되겠지. 이자성이 누구요? 명나라 백성이 아니오? 명나라 황제가 사는 자금성에 들어가면 닥치는 대로 전부 죽이겠지. 그 아비규환에서 조선인 계집이 살아날 가능성이나 있겠소? 살리고자 하면 미리 존재를 알려주는 것이 도움이 되겠지."

"이자성이 손에 넣어서 제 계집으로 만들면 어쩌려고요?"

도르곤이 어깨를 으쓱했다.

"어쩔 수 없지만, 며칠은 그 계집을 끼고 즐기게 해줘야지."

"그 말은 명나라를 돕지 않겠다는 거예요?"

"북경이 함락되도록 놔둘 생각이오. 이자성은 분명 황제의 목을 치겠지. 그다음에 천천히 남하하여 '명나라 황제의 복수를 한다'는 명분으로 이자성을 죽이고 북경을 차지할 거요."

"어떻게 그런 생각을……."

놀라워하는 태후의 뺨에 도르곤이 살짝 입 맞추며 말했다.

"북경을 차지하는 자가 중원의 주인이라지. 우리가 그 주인이 될 거요."

태후가 만족스러운 웃음을 지었다. 그러나 곧 그녀는 화진을 떠올렸는지 도르곤을 쏘아보았다.

"그 계집은요? 그다음에 그 계집은 당신 차지가 되는 거잖아요!"

"나도 사내인데 가끔 즐길 거리가 필요치 않겠소?"

"그래도 그 계집은 안 돼요. 다른 계집은 전부 가지고 놀아도 그 계집만은 싫다고요."

"날 가지고 이 대청제국을 손에 넣고도 그런 작은 투기를 하시오?"

"그래도 그 계집은 싫어요. 그냥 싫다고요."

"어허. 옥아."

도르곤이 다정하게 태후의 이름을 불렀다.

태후는 궁녀에게 재빨리 어린 황제를 데리고 나가라고 손짓했

다. 어린 황제가 궁녀와 나가자 도르곤의 목을 끌어안으며 그에게
입을 맞췄다.

❦

황궁에서 있었던 일을 모두 들려주며 시백은 세자에게 출병을
요청했다. 세자의 입장에서는 도르곤이 허락한 일에 반기를 들 수
도 없으니 어쩔 수 없이 받아들여야만 했다.

"정말 이 서신이 그녀가 쓴 것이 맞는가?"

"예. 맞습니다."

확신에 찬 시백의 말에 세자는 한숨만 내쉴 뿐이었다. 세자는 시
백에게 받은 서신을 곱게 접어 탁자 위에 올려놓으며 말했다.

"잠시, 나와 이야기 좀 하세."

"예."

세자가 앞장서서 밖으로 나갔고 시백이 그 뒤를 따라 나갔다.
그들이 나간 지 얼마 되지 않아서 봉림대군이 세자의 처소를 찾았
다. 그러나 세자는 이미 시백과 나간 뒤였다. 아무도 없는 것을 확
인한 봉림대군이 도로 나가기 위에 돌아선 그때였다. 그의 눈에 탁
자 위에 곱게 접혀 있는 서신이 눈에 들어왔다. 봉림대군이 걸음을
멈추더니 탁자로 다가가 그 서신을 집어 올렸다.

"응?"

서신을 코끝에 살짝 가져다댄 봉림대군이 고개를 갸웃거렸다.

왠지 모를 익숙한 향이 그의 코를 자극했다.

"어디선가 맡아본 향 같은데."

아주 오래전이라 기억이 희미해 잘 떠오르지 않았다. 그러나 봉림대군은 이 향과 똑같은 향을 맡았던 공간을 기억해냈다.

'피화당.'

낯선 서신에서 느낀 화진의 흔적에 봉림대군은 씁쓸한 마음을 감출 수가 없었다.

"시간이 아무리 흘러도 여전히 그리움에 붙들어 매여 있구나."

누가 썼는지도 모르는 낯선 이의 서신에서도 그는 화진의 존재를 느낀 것에 괴로워했다.

✤✤✤

달이 만들어낸 자신의 그림자를 따라 걷던 세자가 걸음을 멈추며 돌아섰다.

"연안군."

"예."

아무것도 모르는 얼굴로 세자의 다음 말을 기다리며 시백이 대답했다.

세자는 속으로 답답한 한숨을 삼키며 말했다.

"이번에 자네의 부인을 되찾거든 나를 만나지 말고 조선으로 돌아가게. 나도 봉림도 신경 쓰지 말고. 청국에 댈 만한 핑곗거리는 만들어낼 수 있으니."

"무슨 말씀이십니까?"

"그러니까……."

세자는 하려던 말을 꺼내려다 멈칫했다. 진실을 밝히기엔 대가가 너무 컸다. 그는 이시백도 봉림대군도 모두 잃고 싶지 않았다.

"조선으로 돌아간 이후에는 이 세상에 나오지 말게. 아바마마도 나도 봉림에게도 그 누구에게도 모습을 드러내지 말고 죽은 듯이 살아가게. 나 역시 자네가 죽었다 여기고 살 것이니."

"예친왕 때문입니까?"

"……."

예친왕은 세자가 품고 있는 비밀에 비한다면 문젯거리가 될 수 없었다. 그러나 아무것도 모르는 시백은 세자의 이러한 말이 바로 예친왕 때문이라 여긴 듯하다. 세자가 대답을 망설이는 사이 시백이 고개를 끄덕였다.

"그리하겠습니다."

"그래. 고맙네."

청나라 원군은 끝내 오지 않았다. 산해관에 도착한 뒤에도 남하하지 않았던 것이다. 청나라군은 산해관에 도착한 뒤 그곳에서 계속 주둔하며 시간을 끌고 있었다. 그사이 이자성군이 북경 외성을 순식간에 뚫고 자금성으로 진격했다.

이 소식을 전해 들은 명나라 황제는 제국의 마지막을 직감했다. 그는 아직 태자와 두 아들인 영왕과 정왕을 불러 훗날을 도모하라는 말을 남긴 채 피신시켰다. 그러나 자신은 자금성을 떠나는 것을 포기했다. 구차하게 살아남기 위해 도망치는 대신에 장렬한 죽음을 선택했다.

– 부우우우~

낮부터 나팔소리가 요란스러웠다. 자금성을 뒤흔들 만한 이 소리가 무엇인지 깨닫는 것은 그리 오래 걸리지 않았다.

신하들을 전부 소집시키는 소리였다. 보통 십 분 간격으로 서너 차례 하는 것이 보통인 저 소리가 두세 시간 동안 쉬지 않고 이어졌다. 그 말은 황제가 만족할 만큼의 신하들이 모여들지 않았다는 뜻이다. 자금성과 명나라 황제의 마지막이 가까워지고 있었다. 이 사실을 역사를 알고 있는 나만 느끼는 것은 아닌가보다.

나팔소리가 끝날 즈음부터 자금성이 소란스러워졌다. 환관과 궁녀들이 저마다 짐을 싸 들고 도망치느라 어수선했던 것이다. 일부는 황궁을 장식한 귀중품에도 손을 댔다. 보자기에 가릴 만한 귀중품들은 이미 많은 이들이 챙겨서 달아나고 있었다. 내성을 지키는 몇 안 되는 병사들은 귀중품을 훔쳐 달아나는 궁녀들을 죽이거나 아니면 그들에게서 그것을 빼앗아 달아났다.

편지가 제대로 전달되지 못한 걸까?

도르곤에게 그 편지가 무사히 도착했는지는 황제에게서 전해 듣지 못했다. 답장이 왔는지 안 왔는지도 알 수 없다. 애초에 내가 시백에게 쓴 편지가 그에게 전달되지 않았을지도 모른다. 분명한 사실은 내가 아는 역사대로라면 청나라 원군은 도착하지 않는다.

– 탁!

"언니!"

수아였다. 난 멍하니 앉아 있다가 자리에서 일어섰다.

"이럴 때가 아니야! 도망쳐야 해!"

"어디로?"

남의 일인 양 무뚝뚝하게 답해서인지 오히려 수아가 답답한 한 숨을 내쉬었다.

"외성이 뚫렸어! 적군이 자금성으로 들이닥치는 것도 시간문 제야!"

"그렇다면 지금 도망가도 늦겠네."

"내가 길을 알려줄게!"

오히려 수아가 나서서 내 짐을 허겁지겁 싼다. 대충 싼 짐을 내 손에 들려주더니 팔을 잡아끌었다.

"넌?"

이 물음에 수아의 걸음이 멈칫한다.

"황후마마께…… 난 황후마마의 곁에 있어야 해."

나를 잡아끄는 수아의 힘에 끌려가지 않으려 두 다리에 힘을 주 어 버텼다. 내가 움직이지 않자 수아가 나를 돌아보았다. 수아와 눈을 맞댄 내가 말했다.

"거기 가면 죽어."

"죽는 건 두렵지 않아."

"그렇겠지. 죽는 거 두려운 애가 심양 황궁에 잠입했을 리도 없으니……."

"언니!"

"언니라고 부르지 마. 이 상황까지 오니까 그 소리 더는 듣기 싫어."

난 수아가 들려준 짐을 다시 그녀의 손에 들려주며 말했다.

"이렇게 된 상황에 너도 나랑 같이 갈 거 아니면 나도 안 갈 거야."

"뭐?"

"네 말대로 외성이 뚫렸다면 기껏 여인들 걸음으로 도망쳐봐야 얼마나 갈 수 있겠니? 도망치다 죽느니 차라리 가만히 있다가 죽겠어."

"적군이 몰려온다고! 어떻게든 살려고 노력해야 할 거 아니야?!"

"노력이라……."

난 시백과 남한산성으로 향했던 순간을 떠올렸다. 그곳으로 가는 건 처음부터 미친 짓이었다. 위험 속으로 스스로 자청해서 들어가는 것과 마찬가지였으니. 하지만 그러지 않았다면 난 시백과 혼인하지 못했을 것이다. 우린 적군에게 둘러싸인 남한산성에서 맞절을 올리고 맹세했다. 부부로 살고 부부로 죽기로. 그 약조는 끝까지 지켜질 수 있을까?

132

"위아!"

밖에서 궁녀 하나가 수아를 찾으며 뛰어 들어왔다.

"큰일 났어!"

"무슨 일인데?"

"폐하께서……!"

"폐하께서 뭐? 도대체 무슨 일인데?"

수아가 다그치자 그 궁녀가 눈물을 뚝뚝 흘렸다. 난 그 궁녀가 다음 말을 하기도 전에 무슨 말을 할지 알 것 같았다.

"폐하께서 황후마마께 자진을 명하셨어……."

❧

앙상하게 마른 황후의 몸이 높디높은 황후궁 대들보에 매달려 있었다. 그 아래에서 황후를 모시던 궁녀들이 엎드려 통곡하고 있었다. 수아와 함께 황후궁에 도착한 나는 눈앞에 펼쳐진 광경에 할 말을 잃었다.

"황후마마!"

수아도 매달린 황후의 시신 아래에 엎드려 통곡했다.

얼마 전까지도 멀쩡하게 살아 있었던 황후의 모습을 떠올리며 나는 말을 잇지 못했다.

꼭 죽어야만 했을까?

이 시대를 살았던 여인들의 운명은 신분의 높고 낮음과는 상관이 없었다. 남편의 명운(命運)을 따랐다. 이 명나라의 황후 역시 그러했다.

하지만 난 달라! 나는 이렇게 살지 않을 것이다. 반드시 이 자금성에서 살아남아서 시백과 만날 것이다. 식어가는 황후의 시신을 올려다보며 나는 다짐하고 또 다짐했다.

"폐하……?"

누군가 황제를 불렀고 난 문 쪽으로 돌아섰다.

- !

그곳에 피가 잔뜩 묻은 칼을 들고 있는 황제가 서 있었다. 이런 모습을 한 황제의 등장에 통곡하던 궁녀들이 일제히 숨을 죽였다.

황후는 죽었다.

그렇다면 황제는 무슨 볼일로 이곳에 다시 나타난 것일까? 난 황제의 손에 들린 피 묻은 칼에서 대답을 찾았다.

명나라 최후의 날.

황제는 황후를 비롯한 자신의 후궁들의 자진을 명했다. 그리고 아들들만 피신시킨 채 공주들은 전부 자신의 손으로 베어 죽인다. 광기 어린 황제가 칼을 들고 자금성을 휩쓸던 그 시각, 난 바로 그 시각에 자금성에 있었다.

"……."

나와 눈을 마주친 황제가 천천히 내게로 걸어오기 시작했다. 그에게서 뻗어 나오는 살기가 정확히 나를 관통하고 있음을 알아챈 순간, 난 빨리 이곳에서 도망쳐야 한다.

"넌 도움이 되지 못했다. 그러니 너 역시 이 제국과 최후를 함께 해야겠지."

"!"

칼을 든 황제가 나와의 거리를 점점 좁혀왔다. 뒷걸음치던 나는 탁자와 허리를 부딪히며 걸음을 멈춰 섰다. 딱히 도망갈 곳도 없었다. 황제도 이를 깨달았는지 들고 있던 칼을 나를 향해 내리쳤다.

"죽어라!"

"!!"

눈을 질끈 감은 나는 두 팔을 뻗어 황제의 칼을 막으려 했다. 어차피 소용없는 짓임을 알면서도 말이다.

"윽……!"

그 칼은 나를 베지 못했다. 눈을 뜬 내 앞에는 나를 대신해서 칼을 맞아 쓰러진 수아의 모습이 보였다.

"수아야!"

"으…….."

황제가 나를 향해 내리친 칼은 정확히 수아의 몸을 대각선으로 베었다.

베인 곳에서 피가 흘렀고 그 피는 곧 솟구쳐 그녀의 입을 통해서도 흘러나왔다. 수아가 흘린 피로 내 주변이 붉게 물들어가고 있었다. 나는 고개를 숙여 쓰러진 수아를 부축했다.

"괜찮니? 괜찮아?"

"어…… 언니……."

황제는 나를 대신해서 수아가 쓰러진 것을 보자마자 다시 칼을 들어올렸다.

"폐하! 적군이 오문을 지났다 하옵니다! 어서 피하셔야 합니다!"

태감이 들어와 황제의 팔을 잡아끌었다.

"놓아라! 이것 놓지 못하겠느냐!"

"어서! 어서 피하셔야 합니다!"

"놓아라!"

황제는 이글거리는 눈빛으로 나를 노려보았고 태감들은 그런 그를 강제로 잡아끌어 황후궁을 벗어났다. 태감들에게 이끌려가면서도 황제가 내지르는 처절한 고함소리가 한동안 내 귓가를 맴돌았다.

"윽……."

수아가 숨을 쉴 때마다 그녀의 입에서 다량의 피가 쏟아졌다. 난 본능적으로 그녀의 마지막을 직감했다.

"언니……."

"응."

눈물을 참으려 입술을 깨물었지만 소용이 없었다. 흐느낌만 나오지 않을 뿐 소리 없는 눈물은 계속 흘렀다. 그녀와 함께한 세월이 자그마치 칠 년이었다.

"내게…… 친언니가 있었다고 했지? 청나라군에 죽은."

"응…… 기억나."

"언니를 부를 때마다…… 친언니가 생각났어…… 그래서 좋았는데…… 언니와 함께 지내던…… 욱."

"수아야!"

수아의 눈에서 눈물이 흘러내렸다.

"언니를 북경으로 데려와서 미안…… 용서해줘……."

"넌 나를 살렸잖아."

"내가…… 내가……."

한 마디, 한 마디 어렵게 내뱉던 수아가 마지막 힘을 다해 내 손을 꽉 움켜잡았다.

"꼭 살아서…… 돌아가."

이 말을 마지막으로 내 손을 움켜잡았던 수아의 손의 힘이 풀렸다.

"수아야!"

그녀는 눈을 감지 못한 채 내 품에서 그렇게 숨을 거뒀다.

❧

수아가 죽은 뒤에도 한참 동안 시끄러웠던 자금성이 어느 순간 조용해졌다. 이 크고 넓은 황궁에 사람 하나 살지 않는 것처럼 말이다. 정신을 차리고 주변을 둘러보니 황후의 시신 앞에서 흐느끼던 궁녀들도 하나둘씩 모두 사라진 뒤였다.

"……."

나는 눈물이 모두 말라버린 다음에야 수아의 시신을 놓고 자리에서 일어설 수 있었다. 여전히 대들보에는 황후의 시신이 그대로 매달려 있었다. 천천히 황후궁을 나와 봉천전(奉天殿)까지 걸어 나오는 동안 단 한 명의 사람도 보지 못했다. 봉천전 앞 월대 위에 서서 탁 트인 광장을 내다보고 있는데 멀리서 천지가 진동하는 듯한 울림이 전해져왔다.

"까악!"

곧 봉천문 안으로 비명을 지르며 도로 뛰어 들어오는 수백 명의 궁녀들이 보였다. 도망치려던 그녀들이 도로 자금성으로 돌아오는 이유는 단 하나였다. 뒤이어 그들을 쫓아 몰려오는 이자성의 대군이 보였다. 무기를 든 그들이 파죽지세로 봉천문을 뚫고 진격하는 모습을 보며 난 잠시 숨이 멎는 듯했다.

- 와아아아아아!

봉천전 안으로 뒷걸음쳐 들어간 나를 순식간에 이자성군이 에워쌌다. 이미 비명과 뒤섞인 피비린내가 봉천전 안까지 몰아쳐 들어오고 있었다. 아무런 힘이 없는 여인들의 비명은 곧 내가 지르는 비명이 될지도 모를 일이었다.

"헤헤헤……."

봉천전 안에 홀로 있는 나를 발견한 병사들의 입가에 비릿한 미소가 담겼다. 그들에게 홀로 남겨진 여인이 얼마나 우습고 만만하게 보일지는 상상하지 않아도 충분했다.

"저리 가!"

"헤헤……."

"저리 가란 말이야!"

나는 다가오지 말라는 듯 손을 휘휘 저으며 뒷걸음쳤다. 그럴수록 병사들은 즐기듯이 느릿한 걸음으로 나를 한가운데로 몰아세웠다.

"저 정도 미녀라면 황제의 귀비일 거야!"

"내가 먼저 봤어! 그러니 내 거야!"

"저런 미인을 어찌 독점하려고 하나?"

"순서를 정하자고 순서를!"

그들이 나를 두고 실랑이를 벌이다가 누군가 뒤에서 내 머리채를 낚아챘다.

- !

"내가 먼저지!"

그가 내 머리채를 잡은 채로 봉천전 용상 뒤로 끌고 들어갔다. 병사들이 그를 따라 우르르 몰려들었다. 머리채를 잡았던 병사가 나를 용상 뒤에 눕히더니 두 손을 거칠게 잡아 머리 위에 고정시켰다.

"못생긴 궁녀 따위를 마누라로 얻느니 이런 미인을 한번 안아보는 게 훨씬 낫지!"

"싫어!"

몸부림치는 나를 위에서부터 힘으로 내리누른 병사가 급하게 치마를 잡아 뜯었다. 차라리 이대로 정신을 잃어버리는 것이 낫다 싶었다. 하지만 그럴수록 내 정신은 더욱 또렷해졌다. 바로 그때

139

였다.

"물러서라! 우 대인이시다!"

"물러서라!"

병사들이 전부 자금성에 흩어져 사라진 명나라의 황제를 찾고 있던 그 시각.

"그만. 그마안."

봉천전 안으로 들어온 그가 내 몸을 짓누르고 있던 병사의 어깨를 두드렸다. 잠시 내게서 눈을 떼고 고개를 들어올린 병사가 그를 알아보고는 허겁지겁 바지춤을 붙잡고 일어섰다.

"우, 우 대인!"

병사가 물러서자 그가 바닥에 등을 대고 누워 있는 나를 놀라운 눈빛으로 내려다보았다. 그가 내게로 한 손을 뻗는다.

- 흠칫!

다가온 그의 손에 난 흠칫하며 고개를 옆으로 돌렸다. 그는 이런 내 행동에 잠시 주저하더니 곧 내 눈가에 맺힌 눈물을 조심스럽게 손가락으로 쓸었다.

"눈물조차 꽃잎에 맺힌 이슬 같구나. 어느 사내가 너를 두고 그저 눈길만 주려 할까."

나는 눈을 질끈 감은 채 고개를 옆으로 돌렸다. 다음에 무슨 일이 벌어질지는 상상하고 싶지도 않았다. 그도 다른 병사들과 똑같은 행동을 할 것이라고 믿었으니까. 그런데 그는 그러지 않았다.

"자, 일어나거라."

난 다시 눈을 떴다. 그가 내게 내민 한 손이 보였다.

"……."

나는 섣불리 그 손을 잡지 못했다. 그는 그런 나를 가만히 바라보더니 자신의 어깨에 걸치고 있던 망토를 벗어 내게 내밀었다. 난 그것은 받아 이불처럼 몸에 두르고 스스로 일어섰다.

그가 일어선 나를 훑어보며 말했다.

"폐하께서 찾으라 하신 '화씨지벽'이 바로 너로구나."

조선에 온 뒤로 나를 지칭하는 말들은 많았다.

우미인.

경국지색.

불고륜.

그리고 '화씨지벽'까지.

그중 어느 하나도 내 스스로 정한 것이 없었다. 다 사내들이 멋대로 지어 불렀을 뿐이다. 이 중에서 내 진짜 이름을 알고 불러준 사내는 단 한 사람, 이시백뿐이다.

꿨꿨

산해관에서 머무는 시간이 길어질수록 시백의 초조함은 안타까움으로 변해가고 있었다.

"이자성이 북경으로 진격했다는 소식이 들린 지 여러 날이오! 어찌 원군이라면서 이를 지켜만 보고 있단 말이오?"

"폐하께서 산해관에 주둔하고 대기하라 하셨으니 나는 그 뜻을 따를 뿐이오."

어린 청나라 황제는 아직 한문도 떼지 못했다. 그 황제의 명을 기다린다는 말은 거짓말이다. 그들이 기다리는 것은 도르곤의 명이었다. 그런데 도르곤은 산해관에서 대기하라는 것 외에는 그 어떤 명도 일절 내리지 않고 있었다.

"그럼 예친왕께 서신을 쓰시오. 이미 북경의 상황이……."

"이미 그 내용은 전달 드렸소."

"한데 어찌 진군하라는 명이 아직도 하달되지 않았단 말이오?"

"글쎄, 그걸 우리가 어찌 알겠소?"

청나라 장군이 짜증을 내며 회의장 안을 나가버렸다. 뒤를 이어 들어온 이는 용골대였다.

"은공."

시백을 부르는 용골대의 표정도 답답하긴 매한가지였다. 그의 심정을 몰라서가 아니었다.

"애타는 마음은 알겠소. 허나 이자성이 북경을 공격하기도 전에 우리군이 먼저 남하해 북경에 도착한다면 오히려 우리가 먼저 북경을 공격하는 모습처럼 보일 것이니, 민심이 어디로 향하겠소?"

"명나라 황제가 직접 요청한 원군이 아니오?"

"명국 황제는 지난번에도 우리에게 원군을 요청했다가 내부 반발로 철회한 일이 있소. 이번에도 그렇게 된다면 일이 복잡해지오."

"그럼 예친왕의 뜻은 무엇이오? 정녕 명나라를 도울 생각은 있는 것이오?"

"나 역시 예친왕의 뜻을 전부 다 알 순 없지만⋯⋯."

망설이던 용골대가 말한다.

"적기를 기다리시는 것 같소."

"적기?"

"이자성군이 북경을 점령하는 그때를 기다리시는 것 같소."

"그리되면⋯⋯."

"명나라 황제는 살릴 수 없을지도 모르오."

시백이 힘없이 의자에 주저앉았다.

"내 아내가 그곳에 있소."

"알고 있소."

"나 혼자라도 북경에 갈 수 있게 해주시오."

"그건⋯⋯."

"그리 못하더라도 이젠 나 혼자라도 북경으로 갈 것이오."

시백의 강한 의지가 담긴 말에 용골대가 속으로 한숨을 내쉬며 고개를 끄덕였다.

"내 은공이 혼자서라도 북경으로 갈 수 있게 도와보리다. 기다려보시오."

"고맙소."

용골대가 회의장을 나가려는 듯 자리에서 일어섰다. 그때 밖에서 전령이 급하게 뛰어 들어왔다. 전령은 용골대를 보자 그의 앞에 무릎을 꿇으며 말했다.

"예친왕께서 전하시는 말씀입니다!"

"그것이 무엇이냐?"

"서둘러 북경으로 진격하라 하십니다!"

전령의 말에 용골대가 두 눈을 힘주어 뜨더니 시백을 돌아보았다.

"때가 왔소."

꾸ꟾꭗ

하루 전만 하더라도 바쁘게 움직이는 궁녀들만 보였던 자금성이었다. 하지만 이제는 그 자금성이 이자성의 병사들로 가득 찼다. 그들은 사라진 명나라 황제를 찾기 위해 자금성의 구석구석을 뒤졌다. 물론 '황제'만을 찾진 않았다.

"까악!"

비명을 지르며 도망가는 궁녀의 목소리도.

풍덩, 하며 제 몸을 연못에 내던지는 궁녀의 소리도.

심지어 우물에도 제 몸을 던졌지만, 병사들에 의해 강제로 끌어올려지는 궁녀의 목소리도 내 귓가를 무섭게 파고들었다.

들려오는 소리를 막을 방법은 없었지만, 난 최대한 그들을 보려 하지 않았다. 그들의 운명이 곧 내 운명이 될지도 모르는 상황이었으니까.

이자성은 자금성에 없었다. 그는 자금성 밖, 주인이 떠난 관청에 주둔하고 있었다. 자금성을 나온 내가 그가 머문다는 관청에 들어서자 곳곳이 병사들로 가득했다. 그들의 묘한 시선이 망토 하나 두른 채 걸어가는 나를 훑고 지나갔다. 가끔 농민의 아내처럼 보이는 여성 몇몇이 술이나 음식 따위를 나르며 지나가긴 했지만 병사들에 비하면 소수였다.

"폐하. 우전입니다."

내게 망토를 건넸던 사내가 어느 방문 앞에 서서 입을 열었다. 곧 안에서 문이 열렸는데 안에도 병사들로 보이는 사내들이 한가득이었다. 그들은 한 탁자를 중심으로 모여서 무언가를 의논하고 있었다.

그들 중에서 담비 털로 만든 모자를 쓴 삼십 대 후반으로 보이는 사내가 있었는데 본능적으로 그가 이자성임을 알 수 있었다. 그들은 내가 들어온 뒤에도 한참 동안이나 탁자 위에 놓인 지도를 보면서 회의에 몰두하고 있었다. 나를 이곳까지 데려온 우전도 일부러 이자성을 부르지 않고 가만히 내 옆에 서 있었다.

잠시 후 이자성은 목이 마른지 찻주전자를 들어 스스로 찻잔에 물을 따랐다. 그 잠깐의 시간, 그가 고개를 들더니 드디어 나와 눈을 마주쳤다.

"……."

찻물을 따르던 그의 손이 멈췄다. 그는 빙그레 웃더니 차를 마시는 것도 잊은 채 내 앞으로 다가왔다.

"역시 북경인가. 세상의 미인들이 다 이곳에 모인다더니."

"그 '화씨지벽'인 것 같습니다."

내 옆에 선 우전이 말했다. 이자성이 껄껄 웃더니 내가 두르고 있는 망토에 손을 얹었다.

- !

난 그의 손길을 피해 뒷걸음쳤다. 이런 내 행동에 그가 잠시 당황한 듯 눈을 크게 뜨더니 소리 내어 웃었다.

"아직 다듬지 않은 옥인가?"

그의 이 한마디에 방안에 모여 있던 사내들이 웃음을 터트렸다.

"네 이름이 무엇이냐?"

그의 태도는 나를 불쾌하게 만들었지만, 그 불쾌감보다는 두려움이 더 컸다. 나는 아랫입술을 살짝 깨물었다 놓은 채 퉁명스럽게 말했다.

"명옥이겠지요."

화씨지벽도 옥을 가리키는 말이니 명옥(名玉)도 틀린 말은 아니다. 만약 이자성이 이를 불쾌하게 받아들인다면 이야기는 달라지겠지만.

"하하하! 맞다! 명옥은 명옥이지. 다듬지 않아도 명옥이고 다듬어도 명옥이고!"

난 불쾌한 듯 그를 쏘아보았다.

그가 망토 속에 숨기고 있던 내 손목을 잡아 자신 앞으로 끌어당겼다. 나는 그에게 끌려가지 않으려 손목을 비틀었다. 그러나 그

146

의 힘이 더 세서 오히려 손목에 통증만 느껴졌다.

그가 이런 나를 재미있다는 듯 바라보며 말했다.

"아직 황제를 잡지 못한 것이 아쉽구나. 황제를 잡아 연회를 크게 열면, 네가 따라주는 술잔을 받을 수 있을 텐데."

"전 혼인했어요! 남편이 있다고요!"

"황제?"

"아니요. 황제는 아니에요."

이자성이 내 손목을 붙든 채로 우전에게 물었다.

"이 계집을 자금성에서 데려온 것이 아니냐?"

"맞습니다. 대전에 있었습니다."

이자성이 우전의 대답이 틀린 말이냐는 듯 눈짓으로 내게 묻는다. 난 여전히 그에게 잡힌 손목을 빼내려 안간힘을 쓰며 말했다.

"전 잡혀 왔다고요! 남편에게 돌아갈 수 있도록 해주세요!"

"짐이 왜?"

난 그의 손아귀에서 벗어나는 것을 포기한 채 이를 악물었다.

"아니면 죽어버릴 테니까."

"하하하!"

그가 다시 웃었고 이번에도 이곳에 있던 사내들이 그를 따라 함께 웃었다.

"내가 누구인지는 아느냐?"

"황제로 즉위했다고 들었어요. 그러면 황제겠죠."

그래 봤자 올해 안에 목숨을 잃겠지만.

"그래. 황제다. 이 세상에 황제를 거부하는 계집도 있다더냐?"

"이번에 만나보시겠네요."

"계집이 겁도 없이 독만 품었구나."

그는 더 이상 나를 보고 웃지 않았다.

"자금성의 새 주인이 될 짐을 언제까지 거부할지 두고 보자.
우전."

그가 날 잡은 손목을 놓으며 우전에게로 내던지듯 밀어냈다.

"잘 '보관'해두거라. 이 화씨지벽에겐 다리가 달려 있어 도망이
라도 갈지 모르니."

이자성의 이 한마디에 사내들이 다시 크게 웃는다.

"예."

우전은 내 뒤에서 어깨를 잡아 돌려세우더니 엄하게 말했다.

"가자."

❧

사흘은 관청의 빈 방에 갇혀 있었다. 또 사흘 뒤에는 자금성의
내궁으로 옮겨졌다. 그나마 내 대우는 전보다 나아졌다. 나는 원귀
비가 쓰던 처소에서 지내게 되었으니까. 하지만 이 처소는 마음에
들지 않았다.

원귀비는 황후와 마찬가지로 황제에 의해 자진을 명받았다. 그
녀는 목을 매달았지만 운 좋게 줄이 끊어져 바닥으로 떨어진다. 아

직 숨이 붙어 있다는 사실을 알게 된 황제는 칼로 여러 차례 그녀를 찔렀다. 그녀가 어떻게 되었는지는 모르지만, 그때 흘린 그녀의 피가 아직 처소 바닥에 말라붙어 남아 있었다.

"……."

밤이 되면 오싹한 기분에 쉽게 잠을 이루지 못했다. 황후가 목을 매달고 있는 장면과 수아의 죽음, 여기에 여인들의 처절한 비명소리까지. 또한 원귀비가 목을 매달았던 그 장소가 내가 있는 침상과 문 하나를 사이에 두고 있었다.

두려움이 몰고 온 공포가 옥죄어 올 때마다 나는 시백과 함께하던 순간을 떠올렸다. 그가 내 옆에 누워 잠들어 있을 때는 전혀 무섭지 않았다.

그 순간 느꼈던 그의 숨소리.

그의 체취.

그의 작은 움직임 하나까지도 마치 내 곁에 실재하는 것처럼 상상하려 애를 썼다.

난 아직 살아 있었다. 그리고 반드시 그를 다시 만날 것이라는 확신이 있었다. 꺼져가는 불씨 같은 확신이라도 난 지켜내기 위해 몸부림쳤다.

❧

며칠 후 명나라의 궁녀 옷을 입은 여인들이 나를 찾아왔다. 옷만 궁녀들의 옷을 입었을 뿐 그들은 자금성의 궁녀들이 아니었다. 이 자성과 함께 온 여인들이었다.

그녀들이 내게 말했다.

"오늘 밤에 연회가 있습니다. 폐하께서 부인도 연회에 참석하라 하셨습니다."

어디서 구해왔는지 알 수 없는 화려한 옷이 내 앞에 놓였다.

"연회라니요?"

"명조 황제의 시신이 발견되었어요. 그걸 기념하기 위한 거죠."

"황제의 시신이?"

"네. 폐하의 명으로 지금 황후의 시신과 함께 동화문에 걸려 있지만요."

황제는 경산에서 목을 매달았다. 황제를 호종한 유일한 태감도 함께 목을 매달았기 때문에 황제의 자살 소식이 알려진 것은 상당한 시일이 지난 후였다.

결국 명나라는 멸망했다. 이자성은 이를 축하하기 위해 연회를 연 것이다.

"폐하께서 이 말도 함께 전하라 하셨습니다. 오늘 연회에 부인께서 참석치 않으신다면, 명조 황제의 시신 옆에 매달릴 다음 시신이 바로 부인이시라고요."

어떻게 눈 하나 깜짝하지 않고 저런 말을 할 수 있을까.

말이나마 안 가겠다고 하려던 나는 입을 굳게 다물고 말았다. 지금은 격변기였고 북경의 주인은 한 해에만 세 명이 바뀌게 된다.

난 여기서 살아나갈 수 있을까?

참담함에 그녀들이 놓고 나간 화려한 옷을 만지작거리던 내게 무언가 잡혔다. 그것은 내 손바닥만 한 화려한 장식이 달린 큰 비녀였다. 난 과거에 그 비녀를 본 적이 있었다. 이것은 황후의 것이었다. 내가 그녀를 처음 만났던 날, 그녀의 머리에 꽂혀 있던 바로 그 비녀였다. 황후의 비녀는 이제 내가 원하든 원치 않든 내 것이 되었다. 그리고 그 값을 응당 치러야 하는 것도 내 몫이 되어버린 것이다.

연회장 안에서는 사내들의 웃음소리만 가득했다. 이자성과 그의 장수들 곁에는 어색한 얼굴로 앉아 있는 여인들이 있었다. 그녀들은 얼마 전까지만 하더라도 명나라의 궁녀였다. 명나라 황제의 눈에 띄기 위해서 곱게 단장했을 그녀들은 지금 이자성 휘하의 장수들에게 내려진 상품으로 전락했다.

나도 그중 하나였다.

"역시!"

연회장 안으로 들어서는 나를 보고는 이자성이 탄성을 내뱉었다. 그는 내가 들어서기 전까지 자신의 옆자리를 지키고 있던 여인을 내쫓더니 직접 자리에서 일어서 내 손을 잡고 옆자리에 앉혔다.

"자."

이자성이 두 손으로 손뼉을 쳐서 소리를 냈다. 악공들의 연주 소리가 멈추고 모두의 시선이 이자성과 내게로 모아졌다.

"화씨지벽이 따라주는 술맛은 어떠한지 궁금하군."

그가 내게 빈 술잔을 내밀었다. 난 그 술잔에 술을 따를 마음이 추호도 없었다. 그러나 그럴 경우 오늘밤이 지나기 전에 동화문에 내걸린 명나라 황제의 시신 옆에는 내 시신이 걸리게 될 것이었다.

"……."

굳은 표정으로 이자성의 술잔에 술을 따랐다. 그는 바로 그 술을 들이켜더니 기분 좋은 소리를 냈다.

"술맛이 달아."

그는 내 앞에도 술잔을 놓아주며 술을 따랐다.

"자, 마시거라. 어서."

엄밀히 말하면 황제가 내리는 술잔이었다. 거절은 곧 목숨을 담보로 한 항명. 난 한숨과 함께 그 술잔을 단번에 마셨다. 맨정신에 들이키는 술맛은 매우 썼다.

"이야!"

그가 감탄하며 내 어깨에 팔을 둘렀다. 내가 그 팔을 밀어내려 어깨를 비틀었다. 그가 강제로 내 얼굴을 잡아 뺨에 입을 맞췄다.

"싫어……!"

그를 거부하려 난 자리에서 벌떡 일어섰다. 그 순간 휘청하며 다시 의자에 털썩 주저앉고 말았다. 동시에 팔과 다리에 힘이 풀리는 듯한 느낌이 들었다. 무언가 이상했다.

"효과가 빠르네."

이자성이 그런 나를 보며 재미있다는 듯 히죽거렸다.

이상했다. 분명 그도 나도 같은 술병 안에 있는 술을 마셨는데 말이다.

"뭘…… 탔어요?"

그가 조금 전 내게 술을 따라주었던 술잔을 들어올리며 말했다.

"자금성에는 참 재미있는 게 많더군. 이게 미혼단이라던가…… 사내에게는 정력을 돋우고 계집에게는 요염함만 남긴다던데."

몸에 힘이 빠지려는 것을 버티려 난 두 주먹을 불끈 쥐었다. 그럴수록 몸은 계속 내 의지와 상관없이 휘청거렸다.

이자성이 궁녀를 불러 말했다.

"내 침소에 데려다놓거라."

그의 명을 받은 궁녀들이 내게 다가와 양옆에서 부축했다. 팔과 다리에 힘이 풀려버린 나는 힘없이 그녀들이 이끄는 대로 움직였다.

졸음이 오는지 계속 눈이 감겼다. 거짓말처럼 정신은 깨어 있었다. 눈을 몇 번 감았다 뜨는 사이에 난 옛 황제의 침소 위에 눕혀져 있었다. 방안에 나만 두고 나갔는지 궁녀들은 전혀 보이지 않았다. 가만히 힘주어 눈을 뜨고 천장을 바라보자 화려한 침상의 휘장이 눈에 들어왔다. 뜨거운 눈물이 뺨을 타고 쉴 새 없이 흘러내렸다.

이럴 순 없어.

연회가 끝나면 이자성이 이곳으로 올 것이다. 그에게 이렇게 가만히 누워서 당할 생각을 하니 서러움과 더불어 끔찍한 기분마저 들었다.

반드시 살아 있겠다고 약속했는데…….

그와의 약속을 잊은 것이 아니다. 매번 매 순간마다 되새기며 버텨왔다. 그러나 어느새 난 지쳐버렸다.

시백은 지금 어디에 있을까?

그는 혹시 아직도 내가 북경에 있다는 사실조차 모르고 있을까?

이럴 순 없어. 이럴 순…….

있는 힘을 다해 침상에서 일어나려 허리에 힘을 주었다.

- 탁

그 순간 머리에 꽂혀 있던 장신구가 내 얼굴 옆으로 떨어졌다. 바로 황후의 비녀였다. 화려한 장식 아래로 날카로운 못과 같은 막대가 보이자 나는 눈을 크게 떴다.

- ……!

죽음.

내 인생에서 지금까지 단 한 번도 머릿속에 떠올려본 적이 없는 단어다. 난 죽기 위해 살아온 사람이 아니었다. 살기 위해 살아왔다. 정운이 죽었을 때도 따라 죽지 않았던 나였다. 내 의지가 아닌 죽음을 맞이하는 그날까지 살아가기 위해 끊임없이 노력했던 나였다. 죽음이라는 그 단어를 머릿속에 떠올리며 서러움에 복받쳐 통곡을 했다.

몸을 자유자재로 움직일 수 없는 상황에서 울음까지 터지자 숨이 막혀오는 기분이었다. 그렇게 죽음은 늘 내 곁에 가까이 있었다. 난 그 죽음에 눈길을 주지 않았을 뿐. 겨우 울음을 진정시킨 나는 그 비녀의 끝을 한 손으로 힘껏 움켜잡았다.

옛 명조의 황제의 침실에서 죽은 이자성의 화씨지벽이 다름 아닌 나 이화진이라는 사실을 시백도 아는 날이 올까?

— !

난 있는 힘을 다해 날카로운 비녀의 끝으로 반대쪽 손목의 동맥을 찔렀다. 약에 취해서인지 통증조차 전혀 느껴지지 않았다. 코끝에 닿는 피비린내에 정신이 조금씩 돌아왔을 때 비녀를 잡았던 손으로 머리맡에 짧은 글을 적었다.

宁为玉碎 不为瓦全(영위옥쇄 불위와전)
부서진 옥이 될지언정 온전한 기와로 남지 않겠다.

이것이 내가 세상에 남긴 마지막 말인가? 절개를 지키다 죽는다는 건 옛날 여인들이나 하는 짓이다. 그런데 지금은 그 옛날 여인들이 어쩔 수 없이 한 선택을 조금은 이해할 수 있을 것 같았다. 이 글을 적은 후 얼마 지나지 않아 내 기억도 거기서 뚝, 끊어져버렸다.

3장

영위옥쇄 불위와전

누군가의 고함 소리가 계속 내 귓가를 터질 듯 울렸다. 그 고함 소리에 가냘프게 뜬 눈꺼풀 사이로 많은 사람들이 분주하게 움직이는 것이 보였다.

나는 다시 힘없이 눈을 감았다.

'화진아.'

– ……

'화진아.'

– ……

'화진아.'

"…… 할아버지?"

'그래. 나다.'

내 어린 시절이 눈앞에 보였다. 어린 나는 외할아버지를 보며 고개를 갸웃거리고 있었다.

'네 능력을 함부로 써서는 안 돼. 이건 시간이 네게 준 특별한 선물이니까.'

"시간?"

'그래. 넌 네 엄마와는 달라. 지금까지 우리 가문의 여성들은 마음대로 과거로 갈 수 있어도 마음대로 돌아올 순 없었어. 하지만 넌 마음대로 과거를 오고 가는 것이 가능하잖니. 시간은 너를 아주 특별하게 여기고 있어. 넌 특별한 아이야. 그러니 특별한 삶을 살게 될 거야.'

"특별한……."

'우리가 다른 사람들에게 없는 특별한 능력을 가졌다는 건, 그 능력을 준 시간에게 복종하며 살아야 한다는 뜻이야. 할아버지는 그걸 깨닫기까지 아주 오래 걸렸지.'

"복종이 뭐예요?"

'네 운명을 네가 스스로 개척하려고 하면 안 된다는 거야. 그 대가가 반드시 따를 테니까.'

"대가……."

'그리고 깨닫게 될 거다. 넌 시간이 만든 공간 안에서 맴돌고 있었다는 걸.'

"그건 감옥이에요. 갇힌 거예요."

'동시에 보호받고 있다는 뜻이기도 하지.'

"보호?"

'시간여행자에게 시간은 신이자 동시에 부모와도 같아. 부모의 뜻을 거스르는 것은 옳지 못한 일이다.'

"부모……."

.

.

.

"당장 이 계집을 살려내지 못하면 다 죽여 산 채로 성벽에 매달 것이다!"

길길이 날뛰고 있는 것은 이자성이었다. 그의 발아래에 엎드려 어찌할 줄 모르고 있는 것은 명조의 어의들이다.

그리고 난 아직 살아 있었다.

내가 살아 있다는 것을 깨닫는 순간…… 내 운명도 내 마음대로 할 수 없다는 생각이 든 이유는 무엇일까?

"아아…… 아아!"

손목에서 느껴지는 엄청난 통증에 정신이 번쩍 들었다.

"어의님!"

깨어난 나를 보고 어떤 궁녀가 소리쳤다. 흰 수염이 난 나이 지긋한 노인이 뛰어와 내 맥을 잡는다.

"통증이 엄청 심한가보군."

그는 내 입에 무슨 담배와 같은 긴 막대를 물려줬다.

"어서 빨아보시오. 어서."

그의 지시에 숨을 쉬듯이 막대를 빨아들였다.

순간 그 막대 안에서 독하고 쓴 연기가 그대로 목을 타고 들어오더니 머리를 깨트릴 정도의 엄청난 통증이 느껴졌다.

"아악……!"

연기가 내 머릿속을 가득 채우는 듯한 기분. 머리가 깨어질 듯이 아파 손을 들어올려 머리를 잡으려 하자 누군가 그러지 못하도록 내 손을 막는다.

"처음이라 그럴 거요. 효과는 금방 있을 테니 조금만 참아보시오."

노인의 말은 사실이었다. 내 머리를 두 조각내는 듯한 통증은 금세 빠르게 가라앉았고 동시에 몸이 구름 위에 둥둥 뜨는 듯 그 어떤 통증도 느껴지지 않았다.

"하아……."

내 숨이 다시 편안해지자 노인이 안도의 한숨을 돌렸다.

"약이 효과가 있는 것 같군."

노인의 이 말을 마지막으로 난 다시 깊은 잠 속에 빠져들었다.

통증 없이 맨정신으로 잠에서 깨어난 것은 그로부터 열흘 후였다. 그동안 계속 약 기운에 취해 몽롱한 상태였기 때문에 식사를 어떻게 했는지조차 기억에 없었다. 궁녀들이 간간이 죽 같은 것을 먹었는지 크게 배가 고프진 않았다. 그럼에도 살아 있다는 사실은 안도감보다는 좌절감을 느끼게 만들었다.

"폐하께서 부르세요."

몸에 힘이 없어 혼자서 두 발로 걷기 힘든 상태였지만 정신력으로 궁녀들의 부축을 거절했다. 어쩌면 이자성은 나를 황제의 시신 옆에 매달기 위해 부르는 것일지도 몰랐으니까. 내 스스로 택할 수 없는 죽음을 맞이해야 한다면 끝까지 당당하고 싶은 것이 내 바람이었다.

이자성은 대전에 있었다. 그는 과거 명나라 황제들과는 분명 달랐다. 아직 황제로 즉위한 지 얼마 되지 않아서인지 용상을 뻔히 놔두고 그 아래에 탁자에서 마치 원탁회의를 하듯이 자신의 장수들과 머리를 맞대고 있었다. 내가 나타나자 이자성은 장수들을 모두 밖으로 내보냈다.

"가져오너라."

그의 지시에 병사가 무언가를 들고 왔다. 곱게 접혀진 천 쪼가리였다. 이자성이 그것을 받더니 펼쳐서 내게 내밀었다.

"!"

宁为玉碎 不为瓦全(영위옥쇄 불위와전)

바로 내가 황제의 침소에서 죽기 전 피로 새긴 글자였다. 내가 이를 알아보고 놀란 표정을 짓자 이자성이 말했다.

"침소에서 네가 손목을 찔러 죽어가고 있는 것을 보았다. 화가 났지. 그대로 죽게 내버려둘 수도 있었다. 그런데 네가 남긴 이 글을 보고 마음을 바꾸었다."

이자성이 그것을 다시 거둬 병사에게 넘겨주더니 탁자에 앉았다. 그는 내게 한 손을 내밀어 반대편에 앉도록 권했다. 나는 그를 향한 의심의 눈초리를 거두지 않은 채 천천히 자리에 앉았다. 이자성의 시선이 탁자의 한가운데를 향했다. 탁자의 한가운데에는 큰 지도가 놓여 있었다. 바로 중국의 지도였다.

"전국 각지의 군웅들이 할거하여 중원의 패자를 다투던 시대가 있었다. 그때 많은 미인들이 제 주인인 사내를 잃고 새로운 사내의 여인이 되어야 했지. 미인이 많은 사내일수록 이 중원의 땅을 많이 차지한 사내라는 뜻이기도 했다."

그가 지도에서 눈을 떼고 내 얼굴을 바라보았다.

"대부분의 미인들은 제 남편과 자식을 죽인 사내를 새로운 주인으로 받아들였다. 그 덕에 그녀들은 죽지 않고 살아서 부귀영화를 누렸다. 아주 몇몇 소수의 미인들만 스스로 목숨을 끊어 제 주인인 사내의 뒤를 따랐지. 그래서 그녀들의 이름이 후대까지 전해져 내려오게 된 것이다."

"무슨 말을 하려는 거죠?"

"너는 조선인이라던데."

"그래요."

"네 남편도 조선인이냐?"

"예."

난 고개를 끄덕이며 대답했다.

"조선의 군왕이냐?"

"아니요. 그는 평범한 장수예요."

"장수라……."

그가 자신의 수염을 쓰다듬었다.

"너와 같은 여인을 아내로 둔 사내라면 결코 평범하진 않을 것이다."

이자성이 자리에서 일어섰다. 그는 탁자 주변을 잠시 서성이더니 어렵게 말문을 뗐다.

"당장은 어렵지만 조선으로 돌아갈 수 있게 해주마."

"정말인가요?"

난 놀라서 자리에서 벌떡 일어서려다가 그만 휘청하고 말았다. 이를 본 이자성이 내게 다가와 부축하려고 했다. 내가 그의 부축을 거절하려는 행동을 취하자 그는 두 손을 흔들며 내게서 한 발짝 뒤로 물러섰다.

"사내로서 두말하지는 않으마."

"그런데 왜 당장은 안 된다는 거죠?"

이자성이 속으로 한숨을 내쉬며 말했다.

"오늘 산해관에서 소식이 왔다. 청나라 팔기군이 북경으로 남하하고 있다는구나. 쉬지 않고 내려온다면 사나흘이면 북경에 도착할 것이다."

162

어쩌면 이번이 시백을 다시 만날 수 있는 마지막 기회일지 모른 다고 생각했다.

"으차. 으차."

탁자 위에 의자까지 놓고서 대들보 위를 살피는 나를 보며 궁녀 가 다가왔다.

"뭐 하세요?"

"아……!"

나는 모르는 척 의자에서 내려오며 말했다.

"자꾸 위에서 먼지가 떨어지네? 하루 종일 한가한 내가 청소라 도 할까 싶었지."

의심의 눈초리를 내게 보내는 궁녀. 그녀가 나가자 난 다시 재빨 리 탁자 위에 놓은 의자를 밟고 올라갔다.

"여기도 그다지 공간이 넓진 않네."

더욱이 나 혼자 올라가 몸을 숨긴다고 하더라도 탁자 위에 의자 를 치워줄 사람이 없다면, 내가 이곳에 숨어 있다는 사실은 금방 들킬 것이 뻔하다.

"다음은……."

무난한 건 침대 밑. 하지만 그 누구라도 침대 밑은 한번 들춰볼 것 같다.

"휴우……."

고민 섞인 한숨이 나온 것도 잠시.

"아니야! 난 여기서 포기 못 해."

나는 각오를 다잡았다. 어차피 청나라군에 의해 자금성이 함락되는 것은 곧 일어날 역사적 사실. 피에 흥분해 이성을 잃어버린 병사들을 피해 며칠간 숨을 곳이 필요했다.

그 며칠만 버틴다면…….

"서방님을 만날 수 있을 거야."

1644년 4월 26일.

남하하는 청나라 팔기군과 이자성군이 북경 외곽에서 대규모 전투가 벌어졌다. 여기서 대패한 이자성은 북경으로 회군하고 서쪽으로 후퇴하기로 결정한다.

다시 사흘이 지난 4월 30일.

"부인! 어디 계세요? 부인!"

후퇴를 결정한 이자성은 황후와 후궁 그리고 자신의 아들들 먼저 피신시켰다. 이들의 피신을 돕는 궁녀들이 나를 찾아 원귀비의 처소까지 왔다. 하지만 난 이미 침상 밑에 몸을 숨긴 뒤였다.

"분명 아침까지 이곳에 계셨다고 했는데……."

궁녀들의 소란스럽게 움직이는 것을 보며 난 침상 밑에서 숨을 죽였다. 한참 동안 나를 찾아 두리번거리던 그녀들이 사라진 이후에 자금성은 고요해졌다.

침상 아래 내 몸을 가릴 만한 납작하고 긴 상자를 옆에 놓은 채 그 뒤에 숨어 있던 나는 밤이 되자 상자를 밀고 밖으로 기어나왔다. 닫혀 있던 문을 열고 밖으로 나가자 멀지 않은 외전 쪽에서 불빛이 아른거리는 것이 보였다. 전부 후퇴하진 않고 몇몇의 병사를 놔둔 모양이었다. 그들은 술판이라도 벌였는지 왁자지껄 큰 소리로 떠들었는데 그 소리가 텅텅 빈 자금성을 울렸다.

"죽는다는 걸 알고 저러는 거야, 모르고 저러는 거야?"

그들이 한심해 혀를 차던 나는 다시 문을 닫고 방으로 돌아왔다. 불을 켤까 하다가, 혹시라도 내가 이 처소에 있다는 사실이 알려질까봐 쉽사리 불을 켤 수는 없었다. 이불 한 장 남지 않은 침상 위에 몸을 웅크리고 앉아 있다가 깜빡 잠이 들었는데 다시 깼을 때는 무언가 타는 냄새가 나고 있었다. 문을 열고 다시 밖을 내다보니 저 멀리 후원 쪽 전각이 활활 타오르는 것이 보였다.

"불?"

누가 불을 피웠는지는 알 수 없었다. 다행인 것은 바람이 전혀 불지 않고 있었고 불길이 그리 높지 않다는 것이었다. 왁자지껄 술판을 벌이던 병사들도 물통을 들고 고함을 지르며 뛰어다니고 있었다. 불이 난 후원에서 내가 있는 처소까지는 중간에 화재를 대비한 높은 돌벽들이 있었다. 오늘처럼 바람이 아예 없는 날에는 어지간해서 불길이 이곳까지 올 일은 없었다. 다만 불을 끌 인력이 거의 없으니 불길이 잡힐 때까지는 불안하게 계속 연기 냄새를 맡아야 했다.

난 천 조각에 물을 적시고는 입 주변을 덮었다. 연기 냄새가 덜 나는 것 같았다. 계속 이 상태로 여기서 머물러야 하나 말아야 하나 고민하다가 새벽녘에 이르러 연기 냄새가 줄어들었을 때 다시 침상 밑으로 들어갔다.

"며칠이나 더 있어야 하지……."

아침에 어선방에서 훔쳐온 음식들과 물이 담긴 주전자가 머리 맡에 놓여 있었다. 빵 하나를 입에 문 채로 침상 아래에 누워 있으니 연거푸 한숨만 나왔다.

꩜

하루가 더 흘렀다.

– 와아아아아!

청나라 팔기군이 자금성에 입성했다. 몇십 명의 병력을 제외하고 이미 이자성은 북경을 떠난 뒤였다. 병사들은 기다렸다는 듯 백기를 들고 청나라군 앞에 항복했다.

성문이 쉽게 열리고 비어 있는 자금성에 당당히 입성했지만, 막상 그들이 취할 것은 아무것도 없었다. 값어치가 있는 물건들은 이자성군이 전부 싹쓸이한 뒤였기 때문이다. 그럼에도 병사들은 뭐라도 찾기 위해 자금성을 쑤시고 다녔다.

일부 병사들에겐 수확도 있었다. 명나라 궁녀였다가 이자성군의 궁녀가 되었다가 그가 철수할 때 따라가지 않으려고 몸을 숨기고 있던 궁녀들을 여럿 발견한 것이다. 만주어를 전혀 못 하는 그녀들은 곧 청나라 병사들의 놀잇감이 되었다.

"제, 제발……! 살려주세요!"

열댓 명의 병사들에게 둘러싸인 궁녀가 울먹이며 사정하고 있었다. 그러나 그녀의 말을 전혀 알아듣지 못하는 병사들은 히죽거리며 계속 창과 칼로 그녀를 몰아세웠다. 그중 한 병사는 궁녀의 옷을 찢어 겁을 주기도 했다. 여인의 흐느끼는 소리를 들은 누군가가 병사들을 헤치고 나타났다.

"비켜라."

그는 시백이었다.

시백은 병사들에게 둘러싸여 있는 궁녀를 보더니 손짓으로 병사들을 내쫓았다. 병사들이 가버리자 궁녀는 시백의 앞에 엎드렸다.

"소녀는 이자성과 아무런 관련이 없어요! 제발 살려주세요!"

시백은 속으로 한숨을 삼키더니 명나라 말로 물었다.

"찾고 있는 사람이 있다."

청나라 팔기군의 갑옷을 입고 명나라 말을 하는 시백의 목소리에 깜짝 놀란 궁녀가 고개를 들었다.

"한인이신가요?"

"아니다."

바로 아니라고 돌아오는 시백의 말에 실망한 듯 그녀가 눈물을 글썽였다.

"제발 소녀가 이곳에서 무사히 나갈 수 있게 도와주세요! 고향으로 돌아가고 싶습니다."

고향으로 돌아가고 싶다는 말은 시백의 가슴을 울렸다.

"혹시 이곳에서 조선 여인을 본 적이 있느냐?"

"조선 여인이요? 아니요."

그녀가 고개를 내저었다. 시백이 실망한 듯 한숨을 내쉬었을 때였다.

"그런데 들어본 적은 있어요."

"뭐?"

"이자성이 황궁을 점령할 때 우 장군에게 붙잡힌 아름다운 여인 이야기를 들었는데 그녀가 조선인이라고 얼핏 들었던 것 같아요."

"그녀는 지금 어디에 있느냐?"

"아마 이자성이 후퇴할 때 데려가지 않았을까요?"

이자성이 화진을 데려갔다는 말에 시백이 자조적인 웃음을 지었다. 자금성까지 왔지만 정작 화진은 이곳에 없었던 것이다. 시백의 이런 모습을 불안한 듯 쳐다보던 궁녀가 말했다.

"그녀가 자금성에서 머물 때 지낸 처소는 알고 있습니다."

"처소?"

"그녀가 원귀비의 처소에서 지냈다고 들었으니까요."

시백의 눈동자가 말없이 궁녀의 눈을 응시했다.

연기 때문에 잠을 설쳤다. 깨어났을 때는 연기 냄새는 더는 나지 않았다. 대신 황궁이 시끄러웠다. 그 소리는 얼마 남지 않은 이자성의 병사들 때문이 아님을 나는 알았다. 만주어가 내 귀에 똑똑히 들려왔으니까.

"이쪽으로 가보자!"

청나라군이 왔구나.

이자성군보다야 반가운 마음은 컸지만 그렇다고 뛰어나가 환영할 생각은 결코 없었다. 그들이 조선에서 벌인 일들을 그 누구보다도 잘 알고 있었으니까. 그들은 아마 자금성에 남아 있는 값비싼 물건들이 없나 찾으며 돌아다니고 있을 것이다. 또한 그들이 원하는 전리품 중에는 '여성'들도 있겠지. 그러니 지금 나가는 것은 바보 같은 짓이다.

– 쾅당!

닫혀 있던 내 처소의 문이 요란스럽게도 열렸다. 침상 아래 숨을 죽인 채 누워 있던 심장이 다 벌렁거렸다. 세차게 뛰는 심장 소리가 어찌나 크게 울리는지 처소 안에 들어온 이들에게도 들릴까봐 겁이 날 정도였다.

달달 떨려오는 두 손을 맞잡은 채로 숨을 죽였다.

제발…….

아무 일도 없이 나가기만을 마음속으로 바라고 또 바랐다.

"하나도 쓸모없는 가구들뿐이잖아?"

짜증이 났는지 병사 하나가 의자를 발로 찼다. 의자가 쓰러지며 내가 숨어 있는 침상 아래까지 굴러왔다.

"히익!"

이에 깜짝 놀란 내가 비명을 내지르려다가 두 손으로 입을 틀어막았다.

"잠깐? 여기 무슨 공간이 있는데?"

"공간?"

"침상 밑에 말이야. 보통 이런 데 값비싼 보물 같은 걸 숨겨두지 않나?"

"그럴지도 모르지."

"비켜봐."

병사들이 침상으로 다가오더니 그 아래를 가리고 있던 천을 걷어올린다.

"!"

난 두 눈을 질끈 감은 채 숨을 죽였다.

이제 그들에게 들키는 것은 시간문제였다. 그들은 제일 먼저 내 몸을 감추기 위해 놓았던 상자를 밖으로 잡아당겼다.

"역시! 뭐가 있을 줄 알았다니까!"

그들은 큰 상자를 보며 기대한 듯 그것을 열어젖혔다. 상자 안에서 나온 것은 여인이 입는 옷들뿐이었다.

"비싸 보이기는 하는데 이걸 누구에게 팔아야 하지?"

"일단 챙겨볼까?"

"쓸데없이 짐만 될 것 같은데?"

"혹시 더 안쪽에는 장신구를 넣어둔 상자가 있지 않을까?"

병사들이 의기투합하여 다시 침상 아래를 살펴보려는 듯 몸을 숙여오던 그때였다.

"야! 어서 나와!"

밖에서 또 다른 병사가 나타나 그들을 불렀다.

"왜?"

"예친왕께서 오셨어!"

그들이 주고받는 말은 침상 밑의 내 귀에도 똑똑히 들렸다.

도르곤이 이곳에 왔다고?

차라리 잘되었다 싶었다. 이대로 들킨다면 도르곤에게 데려다 달라고 말이라도 하면 될 테니까. 어쩌면 그게 여러 명의 병사들을 상대하는 것보다는 나을지도 모른다.

과연 병사들이 내 말을 들어줄 여유를 부릴지는 장담할 수 없 지만.

"……."

병사들이 모두 물러가고 처소 안은 더 이상 사람의 목소리가 들리지 않았다.

침상 밑에서 연거푸 한숨을 내쉬다가 갑갑함에 조심스럽게 침상 밖으로 나가려고 했다.

그때였다.

- 탁탁.

사람의 발걸음 소리가 다시 들려왔다. 난 다시 얼음이 되어 침상 밑에서 두 눈을 질끈 감았다.

- 끼익. 끼익.

누구인지 모르겠지만 몸에 걸친 갑옷의 무게가 상당한 듯싶었다. 그가 걸을 때마다 마룻바닥이 삐꺼덕거리며 요란한 소리를 냈으니. 그럴수록 더욱 겁이 났다.

제발 그냥 가라. 가라구…….

심장은 터질 듯이 뛰는데 그 소리 사이로 처소 안으로 들어선 누군가의 숨소리가 귓가에 들려온다.

그것은 공포였다.

마치 먹잇감을 찾아 들어온 늑대를 피해 숨은 양처럼 두려움에 떨었다. 그의 숨소리가 가까워진다면 분명 침상 밑에 호기심을 느끼고 몸을 숙여서일 것이라고 생각했다.

바로 그 순간이었다.

바깥에서 누군가 뛰어오는 소리가 들리더니 내 처소 앞에서 멈춰 섰다.

"여기에 계셨군요! 예친왕께서 찾으십니다!"

-!

난 눈을 떴다.

나무로 만들어진 침상의 밑이 눈에 들어왔다. 이틀간 내가 눈을 뜨면 제일 먼저 보이던 바로 그곳이었다. 나는 귀를 쫑긋 세운 채 모든 촉감에 의지했다. 병사의 말이 끝남과 동시에 더는 발소리가 들려오지 않았다. 병사가 다시 어디론가 뛰어가버리고 처소에 들어온 새 침입자도 병사와 함께 가버렸는지 모를 일이었다.

어쨌든 예친왕이 찾는데 그 누가 바로 달려가지 않을까?

그래도 의심이 많은 나는 침상 밑에 누워 계속 숨을 죽인 채 시간을 보냈다. 또 그렇게 얼마의 시간이 흘렀을까? 멀리서 들려오는 새의 지저귐 외에 아무런 소리도 들려오지 않는다는 것을 확인한 나는 침상 밖으로 나가 주변 상황을 살펴보기로 결심했다.

결심을 하고서도 나가기까지 오래 걸렸다. 한 시간 가까이를 고민만 반복하다가 미리 준비해둔 긴 비녀를 무기 대신해 손에 움켜 쥔 채 천천히 침상 밖으로 기어 나왔다. 나를 지켜줄 수 있는 건 이 비녀뿐이었다. 어쩌면 내 목숨을 다시 앗아갈 수 있는 것도 이 비녀뿐인지도 몰랐다.

"아휴. 허리가 부서지는 줄 알았네."

아무도 없는 것을 확인한 채 침상 아래에서 허리를 일으켜 세우던 그때였다! 내 등 뒤에 위치한 침상 위에서 누군가의 한 손이 뻗어 나와 내 어깨를 붙잡은 것이다.

- !

너무 놀라 소리 지를 수도 없었다.

나는 침상으로 돌아서며 손에 들고 있던 비녀의 날카로운 부분으로 내 어깨에 손을 올린 사람의 손등을 두 손으로 힘껏 찔렀다.

얼마나 세게 찔렀는지 찌른 두 손이 덜덜 떨려왔다.

내가 찌른 손등에서 붉은 피가 흘러내리기 시작했다. 그런데도 비녀에 손등을 찔린 그 사람에게서는 아주 작은 신음소리조차 흘러나오지 않았다. 이상하다 싶어 고개를 들어 그의 얼굴을 확인한 순간이었다.

"아……!"

눈으로 보고도 믿을 수가 없는 일이 벌어졌다. 그의 얼굴을 본 순간 비녀를 쥐고 있던 손의 힘이 맥없이 탁 풀렸다. 비녀는 그대로 바닥으로 떨어졌고 나도 비녀 옆에 털썩 주저앉았다.

"당신……."

운을 겨우 뗐을 뿐인데, 뜨거운 눈물이 터져 뺨을 타고 흘러내렸다. 그런데 정작 침상 위에서 나를 바라보고 있는 이는 미소를 짓고 있었다.

허상일까?

허상일까 두려워 두 손을 그의 얼굴로 뻗던 그때였다. 그가 두 팔을 뻗어 나를 자신의 품으로 끌어안는다.

"부인."

"아아……!"

그대로 그의 품안으로 끌려들어 간 나는 통곡하듯 울음을 쏟아냈다. 그가 입은 거친 갑옷에 얼굴을 비벼대며 오열했다.

그는 내 낭군.

내 서방님.

내 사내.

이시백이었다.

꿍꿍

그의 손등에 난 상처를 보듬던 나는 약부터 꺼냈다.

"다행히 피는 멎었어요."

흉터가 남을 것 같아서 속상한데 시백은 연신 나만 보고 싱글벙글이다. 이 못난 사내는 내가 그렇게나 좋을까?

"약 바를 거예요."

그가 고개를 한번 끄덕였고 난 손등 위에 난 상처에 조심스레 약을 펴 발랐다. 피는 멎었어도 상처의 깊이가 있는데 그는 신음한번 내지르지 않는다. 이러니 오히려 미안함만 더 커진다.

"그나저나……."

손등을 유심히 살펴보던 나는 약을 다 바른 손등을 뒤집었다. 그의 손바닥의 한가운데를 가르는 상흔이 눈에 들어왔다. 오래전 칼로 죽으려던 나를 막다 생긴 상처였다. 참고 또 참았는데 이 두 번째 상처 앞에서는 결국 방울방울 흘러내린다.

"부인?"

"흐흑……."

내가 우는 모습을 본 시백이 깜짝 놀라며 한 손으로 내 턱을 들어올린다.

"어째서 우시오?"

"몰라요."

"나를 만난 것이 기쁘지 않소?"

그의 손길을 거부하려 얼굴을 돌렸지만, 그는 끝까지 놓아주려 하지 않았다. 난 결국 눈물을 흘리며 그의 눈을 흘겨보았다.

"전 그때 죽었어야 해요."

"부인."

"서방님이 겪은 일들이 전부 나 때문인걸. 흑."

내가 겪은 일 따위는 그가 겪은 일에 비하면 아무것도 아닌 것 같다. 애초에 그를 만나지 않았더라면 그가 나와 엮이지 않았더라면 나 홀로 겪었을 일들이었다. 그 일들이 이젠 내 일뿐만 아니라 그의 일이 되어버렸다.

"우린 부부지 않소."

"……흑."

그의 이 말 한마디에 난 그의 어깨에 머리를 기댄 채 엉엉 울었다.

꾸꾸

자금성이 함락되었다는 소식에 북경 밖에서 머물던 도르곤도 북경으로 들어와 자금성에 입성했다. 그런 그가 제일 먼저 알아본 소식은 화진에 대한 것이 아니었다. 시백의 위치였다. 그는 시백이 있는 곳에 화진이 있을 것이라는 확신이 있었다.

"저쪽에 계십니다."

말에서 내리는 도르곤에게 병사가 말했다. 도르곤이 한 손을 내밀자 병사는 그의 손에 망원경을 쥐여주었다. 망원경을 받아든 도르곤이 병사가 말한 곳으로 눈을 돌렸다. 망원경을 통해 본 그곳에 시백과 함께 걸어가는 화진의 모습이 보였다.

"찾았군."

도르곤의 입가에 묘한 미소가 지어졌다.

⟨⟨⟨•⟩⟩⟩

심양으로 돌아온 후 나는 황궁으로 돌아가지 않았다. 그가 학사들과 함께 지내는 집으로 들어갈까도 생각했지만, 그곳은 온통 남자들만 지내는 곳인 데다가 바로 옆이 조선관이었다. 언제 세자나 봉림대군의 출입이 있을지 모르는 곳.

다행히 심양으로 돌아온 후 용골대가 자신의 집 별채를 내줬다. 그의 집은 조선관만큼이나 매우 컸다. 별채라고 하더라도 출입문이 따로 있는 하나의 집과 같은 곳이었기 때문에 지내는 데는 불편함이 없었다.

처음 시백은 용골대의 집에 들어가는 것에 반대했지만 난 적절한 이유를 둘러댔다. 용골대가 청나라 고관이기 때문에 여차하면 그의 도움을 받을 수 있다는 것이 그 이유였다. 심양 황궁에서는 더는 나를 찾지 않았지만 내가 궁녀 신분으로 있었던 이상 나중에 문제가 될 수 있었다. 용골대는 그럴 경우 힘껏 돕겠다는 말로 시백을 안심시켰다. 그렇게 전혀 불편하지 않은 더부살이가 시작된 것이다.

"흠……."

침상에 등을 대고 누운 나를 내려다보며 시백의 고민 섞인 신음이 깊어졌다.

"왜요?"

난 그를 올려다보며 어서 침상 위로 올라오라는 듯 손짓을 보냈다. 그러나 여전히 그는 무언가 불만스러운 표정이다.

"청국 여인들의 옷은 불편하군."

"응?"

반문하고 나서야 난 그의 고민을 깨달았다.

그랬다. 청국 여인들이 입는 옷을 벗기는 건 조선인인 그에게 힘든 일이었다.

"매번 방식이 헷갈리니……."

"풋."

"난 심각한데 부인은 웃기요?"

"그럼요. 웃을 일이죠."

"어째서?"

나는 두 팔을 뻗어 그에게 가까이 오라는 신호를 보냈다. 그가 나를 끌어안으며 침상 위로 올라오자 난 두 팔로 그의 목을 휘감

듯 끌어안았다.

난 그의 귀에 대고 낯선 이를 대하듯 속삭였다.

"청나라 여인을 가까이하신 적이 없으신가봐요, 나으리는."

"뭐요?"

왠지 이 상황이 웃겨서 계속 깔깔거리며 웃음이 터져 나온다. 그랬다. 그가 만약 다른 여인들을 가까이했다면 이런 옷을 벗기는 일쯤은 익숙했겠지.

"자, 내가 가르쳐줄게요."

나는 내 옷자락을 더듬으며 맴돌던 그의 손을 잡아 가슴에서 허리로 이어지는 곳에 있는 매듭에 올려놓았다.

"여기서부터 푸는 거예요. 알았죠?"

그의 손은 매듭 위에 올려놓았는데 그의 눈은 내 눈동자의 바로 앞에 있었다. 서로가 서로를 바라보는 눈동자의 움직임이 조금씩 느려지는 가운데 그가 내 옷의 매듭을 풀었다. 그 순간 난 허리를 들어 그의 입술에 입을 맞췄다.

༺ح༻

심양으로 돌아온 후 며칠 후 황궁 연회에 초대받았다.

"부인도 동행하라 하셨습니다."

황제의 뜻을 전하는 환관이 다녀가며 한 말이다. 고작 일곱 살인 황제가 이렇게 말했을 리는 없으니 도르곤의 뜻이겠지만. 불안한

179

듯 시백을 쳐다보는데 함께 그 자리에 있던 용골대가 시백을 부른다.

"잠시만."

용골대가 먼저 자리를 나가자 시백이 나를 보며 말한다.

"곧 돌아오리다."

"알았어요."

시백이 나간 후 난 짧은 한숨을 내쉬었다.

◦◦◦

용골대는 넌지시 시백에게 말을 꺼냈다.

"이번 연회와 관련하여 들은 소문이 하나 있소."

"무엇이오?"

"정확한 것은 아니라 입에 담기는 그렇지만 그보다 선황제께서 약속하신 칠 년의 기한을 모두 채웠으니 이제 은공과 부인이 조선으로 돌아가도 되지 않겠소?"

이 말에 시백은 제일 먼저 조선에 있는 가족을 떠올렸다. 조선관을 통해서 아우인 시담과 종종 서신을 주고받고 있었다. 다행히 그의 가족은 모두 건강했다. 또 시담은 몇 년 전 혼인하여 아이를 여럿 두었고 집안은 화목하다고 했다.

그러나 그의 어머니는 타국에서 지내는 시백을 걱정하고 있었다. 시담의 서신에서는 그가 서신을 보낼 때마다 그의 어머니가 눈물로 밤을 지새운다는 내용이 담겨 있었다. 한 여인의 남편이기 전에 아들인 시백의 마음이 무거웠다.

"선황제께서 살아계셨더라면 뵙고 허락을 구하면 되는 일이지만 이제 새 황제께서 즉위하셨으니……."

더 정확히는 어린 황제를 앉혀놓고 조정을 좌지우지하는 사람은 다름 아닌 도르곤이었다. 도르곤은 여전히 화진을 노리고 있었고 그는 쉽사리 그들을 조선으로 돌려보내주려 하지 않을 것이다. 도르곤이 선황제의 약조를 지켜주기를 마냥 기다리다가는 더 많은 세월이 흐를지도 모를 일.

"이번 기회에 섭정왕을 뵙고 아뢰어보시오. 나도 함께 말씀을 드려볼 터이니."

"고맙소."

시백이 고개를 끄덕이며 돌아서려 할 때였다. 용골대가 시백을 붙잡았다.

"은공. 이번에 입궁할 때 '그것'을 가져가시오."

"'그것'이라면……."

"혹시 몰라 그러는 것이니 내 말대로 해보시오."

용골대의 말에 고심하던 시백이 고개를 끄덕였다.

"그러겠소."

일곱 살의 어린 황제는 유모의 품에 안겨 화려한 연회장을 내려다보고 있었다. 그 옆에는 태후와 섭정왕인 도르곤이 나란히 앉아 있었다. 초대받은 황족들이 술을 마시며 연회를 즐기는 가운데 시백은 세자와 함께 황자들 틈에 앉아 있었다.

나는 황자의 부인들과 공주들이 모여 앉은 단 아래 탁자에 있었다. 탁자에 빙 둘러앉은 여인들은 내게 눈길을 주며 수군대기만 할 뿐 나서서 말을 거는 사람은 없었다.

그녀들이 수군대는 말은 가끔씩 내 귓가에 들려왔다.

"세월이 흘러도 늙지는 않아. 그대로야."

"요녀가 아닐까요?"

"명조 때부터 조선 계집들이 아름다워 황제의 마음을 사로잡았다는 말이 있었지."

"제 남편도 저 계집을 본 날이면 하루 종일 저 계집 이야기만 한답니다. 오늘도 그러겠네."

들으라는 건지 말라는 건지.

나는 안 들리는 척 시선을 이리저리 돌리다가 연회장 안에서 분주히 움직이는 궁녀들을 발견했다. 있는 듯 없는 듯 술과 안주를 나르는 그녀들을 쳐다보고 있자니 수아가 떠올랐다.

['언니!']

늘 쾌활했던 수아의 모습과 자금성에서 피를 흘리며 죽어가던 마지막 모습의 교차점에서 난 홀로 서 있는 듯한 느낌에 숨이 막혀왔다.

나는 살아 있었다. 살아서 심양으로 돌아왔다. 하지만 수아는 나를 지키려다 죽었다.

"자."

도르곤이 자리에서 일어서며 술잔을 높게 들었다. 그가 일어서자 탁자에 앉아 있던 모든 이들이 일어섰고 나도 자리에서 일어섰다.

"북경을 손에 넣는 것은 선황제의 오랜 염원이었소! 드디어 이를 이루었으니 저승에 계신 선황제께서 감격의 눈물을 흘리실 것이오!"

그가 건배를 했고 모든 이들이 술을 마셨다. 나도 들고 있던 술잔의 술을 입에 살짝 갖다댔다.

도르곤이 손짓으로 일어선 모든 이들을 자리에 앉으라고 지시했다. 나를 포함한 다른 이들이 모두 자리에 앉았을 때였다. 도르곤이 정확히 내가 있는 곳을 바라보며 말했다.

"이번 북경 함락에서 되찾은 보물이지. 이자성은 그녀를 '화씨지벽'이라 불렀다지?"

연회장의 모든 사람들의 시선이 내게 모아졌다. 환관 한 명이 내 뒤로 다가오더니 서둘러 앞으로 나가라는 듯 등을 떠밀었다. 어쩔 수 없이 자리에서 일어선 내가 어색한 걸음으로 도르곤이 앉아 있는 단 아래로 걸어갔다. 날 도르곤 앞에까지 밀고 간 환관이 가버리고 나는 혼자 모든 이들의 시선을 받으며 서 있었다.

"화씨지벽이라…… 천하의 보물을 이르는 말이지. 그런 보물이 우리 대청제국에 있다니."

그가 하는 말들이 묘하게 거슬렸다. 나도 모르게 시백에 앉아 있는 곳을 바라보았다. 시백은 걱정스러운 표정이었고 그 옆에 앉아 있는 세자는 싸늘한 표정으로 나를 쳐다보고 있었다.

"자고로 천하의 보물은 천하를 손에 넣은 자의 것."

도르곤이 한 손을 들었다. 그러자 뒤에서 무언가를 손에 든 궁녀 여럿이 줄지어 들어왔다. 그녀들의 손에 들린 것은 화려한 비단옷과 장신구들이었다. 특히 가장 맨 앞에 선 궁녀의 손에 들린 쟁반 위에 있는 것은 금과 은으로 만든 비녀들이 박혀 있는 대랍시였다. 대랍시 옆으로 길게 늘어뜨려진 풍성한 술을 본 순간 난 무거운 침을 삼켰다. 술이 달린 대랍시를 머리에 얹을 수 있는 여인은 청나라에서 황후와 후궁들뿐.

물론 섭정왕인 도르곤의 정실부인도 술을 달 수 있다. 그러나 그의 첩들은 달지 못한다. 술이 달린 대랍시를 들고 들어온 궁녀들은 무슨 이유 때문일까? 불안한 마음이 내 심장을 빠르게 뛰게 만들었다. 궁녀들이 내 옆에 무릎을 꿇고 앉았다.

도르곤이 나를 내려다보며 입을 열었다.

"너를 폐하의 제1후궁으로 삼겠다."

"!"

이 말에 유모의 품에 안겨 있던 어린 황제가 나를 돌아보며 고개를 갸웃거렸다.

고작 일곱 살짜리, 국혼도 치르지 않은 황제의 제1후궁이라니?

너무나도 황당하고 당황스러워 말을 잇지 못하는데 시백이 내 곁으로 다가왔다.

"선황제의 약조를 모르시진 않겠지요?"

그의 눈은 도르곤을 향해 있었다.

"칠 년의 약조를 지켰으니 이제 제 아내와 함께 조선으로 돌아가겠습니다."

도르곤이 피식 웃더니 천천히 단 위에서 내려왔다. 그는 시백의 바로 앞에 서서 그를 향해 말했다.

"선황제께서 네게 무슨 약조를 하셨든 이젠 새 황제 폐하께서 즉위하셨다. 게다가 조선으로서도 네 아내를 황제폐하의 제1후궁으로 바치는 것은 매우 영광스러운 일일 텐데?"

시백의 주먹 쥔 손이 떨려오고 있었다.

"예친왕."

그때 가만히 앉아 있던 세자가 일어나 시백의 옆으로 다가와 섰다. 세자는 어눌하지만 또박또박한 만주어로 도르곤에게 말했다.

"청국은 대국이지만 이젠 북경까지 손에 넣은 중원의 패자가 되었습니다. 헌데 어찌하여 명조 때도 들어본 적이 없는 일을 벌이려 하십니까?"

도르곤이 그런 세자를 비웃으며 말했다.

"남한산성에서 기어나와 선황제 앞에 무릎을 꿇은 네 아비에게 한번 물어보거라. 저 계집 하나에 청나라와 조선의 우호가 돈독해진다면 어찌할 것인지? 대답은 세자인 네가 더 잘 알지 않겠느냐?"

"예친왕!"

"자, 받아들이거라."

예친왕이 나를 쳐다보며 말한다.

두 남자의 발언 따위는 애초에 관심도 없는 그였다. 내 입으로 내 스스로 받아들여야 했다. 그리고 그에 대한 책임도 그는 내게 물을 것이다.

"……."

난 단 위에 유모의 품에 안긴 어린 황제를 쳐다보았다. 황제는 우리가 주고받은 말의 의미조차도 모르는 어린아이였다. 애초에 그런 황제의 제1후궁이라는 말은 거짓말이 분명했다. 난 그 옆에 앉아 있는 태후도 바라보았다. 그녀는 이 일을 흥미 있다는 듯 웃으며 지켜보고 있었다. 난 다시 도르곤을 돌아보았다. 그의 속셈은 분명했다.

제1후궁. 그것은 황제의 후궁이 아니라 그의 후궁이 되라는 말인 것이다. 태후의 입장에서는 후궁으로 들면 도르곤의 사저가 아닌 황궁에 나를 둘 수가 있게 된다. 그리되면 그녀는 도르곤 몰래 나를 언제든지 죽일 수 있게 될 터였다. 그러니 제1후궁이 되라는 것도 도르곤이 아닌 태후의 뜻인지도 모른다. 내가 이를 절대 받아들이지 않겠다고 한다면 분노한 도르곤이 직접 날 죽일지도 모르니까. 역사에 기록된 대로 태후는 절대 만만한 상대가 아니었다.

"못 합니다."

나의 이 한마디에 나를 둘러싼 사내들의 시선이 크게 놀랐다. 그 중 가장 당황한 도르곤이 내게 재차 물었다.

"거절했다가는 어떤 대가를 치르게 될 것인지 모르진 않겠지?"

도르곤의 이 물음은 내게 죽음의 대가에 대해서 언질을 주고 있는 것이었다. 난 이미 죽음을 각오했다. 이자성의 품에 안기기 전, 한 번 죽음의 강을 건너려고 했었다. 그런 날 살린 것이 이자성인지 '시간'의 장난인지는 알 수 없지만 말이다.

"못 합니다."

두 번째로 '못 한다'는 말이 내 입에서 나왔을 때였다. 시백이 내 앞을 가로막고 섰다.

도르곤이 그런 나를 보며 말했다.

"네 선택이 네 사내를 죽이는 짓이라는 걸 깨닫게 해주마."

그가 이를 갈고 있었다.

"여봐라! 당장 이자를 끌어내 참수하라!"

그가 병사들을 향해 명령했다.

"예!"

명을 받은 병사들이 시백에게 달려들었다. 시백은 그중 제일 먼저 달려든 병사를 발로 차더니 그가 지닌 칼을 빼앗아 들었다.

-!

시백이 칼을 들자 도르곤이 눈을 크게 떴다.

"감히 폐하가 계신 자리에서 검을 뽑다니."

"이 검은 제 아내를 지키려는 검일 뿐입니다."

"네 사지를 찢어놓은 곳에서 네 계집을 겁간해주마."

바로 그때였다.

"하하하!"

앙칼진 여인의 목소리가 연회장 안을 울렸다. 우리 모두의 시선이 향한 곳에는 선황제의 황후였던 철철이 연회장 안으로 걸어 들어오고 있었다.

"고모?"

갑작스러운 철철의 등장에 단상 위에 앉아 있던 태후가 자리에서 벌떡 일어섰다.

"후궁? 후궁? 하하하!"

그녀는 정신 나간 사람처럼 웃으며 연회장 한가운데까지 걸어 들어왔다.

"겨우 젖을 뗀 어린 황제에게 후궁이라니? 딱 보아도 도르곤, 네 놀잇감으로 삼겠다는 것이 아니더냐?"

"고모님, 초대받지 않으셨으니 이만 물러가시지요."

"이 황궁에서 태후궁에 사는 태후는 나 하나인데, 그런 내가 이 황궁에서 가지 못할 곳이 어디에 있겠니?"

태후궁에 철철을 가둬버린 것은 황제의 생모인 태후다. 그녀가 어떻게 그곳을 빠져 나왔든 분명한 사실은 그녀는 명목상 선황제의 제1황후로서 태후의 직함은 가지고 있다는 것이다.

"옥아. 태후가 되더니 네 마음이 하늘처럼 높고 바다처럼 깊어졌구나. 딱 보아도 도르곤이 저 조선인 계집을 황제의 후궁으로 삼아 궁에 두고 즐기려는 것 같은데, 이를 모르지 않을 네가 받아들였다니 말이다. 태후가 되더니 독점할 수 없는 사내를 나눠 갖는 법을 배웠더냐."

"고모님!"

태후와 철철이 붙으려는 모양새를 취하자 도르곤이 재빨리 궁녀들을 손짓으로 불렀다. 철철을 연회장에서 내쫓으려는 것 같았다. 그 순간 철철이 옷 속에서 무언가를 꺼내 펼쳐 들었다.

"보아라! 선황제께서 남기신 조서다."

"조서?"

조서라는 말에 이 자리에 있는 모든 청나라인들이 멈칫했다. 황후는 조서를 펼쳐 든 채 연회장에서 읽어 내려갔다.

[총애하던 신비를 잃고 첫 번째 중양절을 홀로 맞이하니 감회가 깊도다. 생전에 신비가 많은 것을 걱정하고 염려하다 세상을 떠났는데 이제라도 짐이 그것을 이루어주고자 한다. 짐이 죽거든 예친왕과 장비를 허혼하고……]

철철이 여기까지 읽었을 때 이를 듣던 태후의 표정이 밝아졌다.

[…… 조선인의 아내는 그 조선인 남편에게 돌려주어라. 그는

짐과의 약조를 충실히 지켰으니 그 대가를 받아야 한다.]

"서방님!"

시백이 칼을 떨어뜨렸고 난 기뻐하며 칼을 떨어뜨린 시백의 손을 잡았다.

조서를 다 읽은 철철이 말했다.

"들었느냐 도르곤? 네 짝은 옥아다. 그러니 엄한 조선인 계집에게 화풀이는 말거라."

선황제의 조서로 인해서 도르곤은 눈앞에서 나를 빼앗긴 것이 되었다.

"미쳤군! 저년은 미쳤어!"

"도르곤."

흥분한 도르곤의 뒤에서 태후가 걸어 내려왔다. 그녀는 도르곤을 지나쳐 철철에게 다가가더니 예전처럼 친근하게 그녀의 팔짱을 꼈다.

"고모님께 제가 배울 것이 아직 많아요."

"훗. 모든 것을 다 가진 네가? 내게?"

"우리 조용한 곳에 가서 얘기 좀 해요."

속셈을 알 수 없는 태후가 철철의 팔을 잡아 연회장을 빠져나갔다. 그로 인해 잠시 고요해졌던 연회장에 소란이 인 것은 도르곤 때문이었다.

"좋다. 선황제의 조서대로 계집을 돌려주마. 허나! 감히 폐하의 앞에서 검을 든 것은 용서할 수 없는 중죄이다! 조선인 계집은 조선으로 돌아가든 말든 내 알 바 아니지만, 이시백, 너는 살아서 조선으로 돌아갈 수 없다. 이시백을 끌어내 처형하라."

"안 돼!"

놀란 내가 시백을 잡은 손에 힘을 주었다. 병사들이 다가와 먼저 나를 시백에게서 떨어뜨리려고 했다. 온 힘을 다해 시백의 손을 움켜잡은 그 손을 병사들이 풀어버리려 안간힘을 주던 순간이었다.

"잠깐."

시백이 도르곤에게 말했다.

"마지막 할 말이라도 있느냐?"

도르곤이 자비를 베풀겠다는 듯 병사들을 잠시 뒤로 물렸다.

시백이 자신의 품에 지니고 온 무언가를 꺼내 들었다. 그것을 본 도르곤의 얼굴이 순식간에 굳어버렸다.

"그건!"

'사면패'라는 글자가 선명하게 새겨진 직사각형의 얇은 패였다.

"선황제께서 내리신 것이니 예친왕께서는 더는 죄를 묻지 마십시오."

당황한 듯 시백이 든 사면패를 바라보던 도르곤이 고개를 흔들며 비웃었다.

"용골대의 것이겠지."

도르곤이 용골대가 앉아 있는 곳을 바라보았다. 도르곤의 시선을 받은 용골대도 살짝 긴장한 듯 얼굴을 굳혔다.

"선황제께서 용골대에게 사면패를 내리신 적이 있다. 이 자리에 있는 모든 사람들이 알고 있는 일이지. 그것을 네게 주었다는 걸 안다. 하지만! 사면패는 그것을 받은 당사자만이 사용할 수 있는 것. 양도할 수 있는 물건이 아니다."

도르곤은 오늘 시백을 죽이기로 작정한 것이다.

"그러므로 넌 그 사면패를 쓸 수 없다!"

"아니오, 예친왕."

그때 가만히 앉아 있던 용골대가 일어섰다. 그는 시백의 곁으로 다가오더니 도르곤을 바라보며 품에서 무언가를 꺼내 들었다.

바로 시백이 꺼낸 사면패와 똑같은 사면패였다.

"아니!"

그것을 본 도르곤은 크게 놀란 얼굴이었다. 용골대가 자신의 사면패를 도르곤에게 내보이며 설명했다.

"이 사면패가 선황제께서 내게 내리신 사면패요. 난 사면패를 이 시백에게 준 적이 없소이다."

"그럴 리가 없다! 어떻게 사면패가 두 개가 될 수 있단 말이냐?"

놀라 묻는 도르곤에게 용골대가 주변에 있는 사람들을 둘러보며 설명했다.

"이시백은 조선인으로서 아내를 위해 칠 년간 우리 대청제국을 위해 종사하였소. 선황제께서 그 공을 아시고 조선인인 그에게만 특별히 사면패를 내리신 것이오."

"나, 나는…… 그러한 사실을 들어본 적이 없다!"

도르곤의 강한 부정에 대한 답도 용골대의 입에서 나왔다.

"사면패를 하사받는 것은 가문의 크나큰 영광. 그러나 이시백은 다른 장수들과 다르오. 사면패를 받은 것을 자랑하지 않았소. 그러나 그가 사면패를 선황제께 하사받는 그 자리에 내가 있었으니, 나 용골대가 바로 그 증인이오."

용골대의 이 한마디로 모든 상황이 종료되었다.

도르곤의 명을 받았던 병사들이 모두 뒤로 물러서자 난 시백에게 다가가 그의 품에 안겨들었다. 거짓말처럼 두근거림이 평온을 불러왔다. 그 순간 우리 두 사람의 머릿속에 떠오른 생각은 단 하나였다.

조선으로 돌아갈 수 있다! 이 얼마나 길고 긴 기다림이었던가!

❧

오랜만에 입은 한복은 신기하게도 딱 맞았다.

심양 외곽. 소현세자가 조선으로 떠나는 시백과 나를 배웅하러 나와 있었다. 시백이 잠시 마차를 살피러 간 사이 세자가 내게 말했다.

"봉림이 나오고 싶어했소."

봉림대군의 소식이었다.

"아직은 모르시죠?"

"내가 말을 안 했으니."

난 잠시 고민하다 대답했다.

"고맙습니다."

세자는 말을 아꼈다. 그는 아직 시백이 멀리 있는 것을 확인하고 나서야 내게 물었다.

"어째서 이시백이었소?"

"예?"

"우리 형제와 시백의 사이를 알고서도 그를 선택했을 것이오?"

세자에게 제일 난감한 현실은 시백과 정연의 관계일 것이다. 형제와도 같은 관계. 난 그런 그들 사이에 낀, 언제 터질지 모르는 폭탄이 되어버렸다. 그러나 설사 두 사람의 관계를 알았더라도 시백에게 가는 마음을 막진 못했을 것이다. 그는 이 하늘 아래 정운의 별을 타고난 유일한 사내이니까.

어느새 정운은 내 머릿속에서 까맣게 잊혀져 있었다. 난 유정운이 아닌 이시백 그대로를 사랑하고 있었다. 그는 정운을 꼭 닮은 사내였지만 더는 정운을 떠올리게 하지 않는다. 한때는 정운이 살아서 이십 대를 맞이했다면 시백과 같은 성품을 지닌 사내가 되었을까, 라는 물음을 품은 적이 있었다.

이제는 그 답을 안다.

유정운은 지금의 이시백과는 다른 사내가 되었을 거란 걸.

정운은 이제 내 머릿속에서 시간이 흐를수록 희미해져가는 첫사랑이 되어버렸다. 끊임없이 내 머릿속에서 미화되고 재생산되었지만 이시백과는 전혀 다른 사람이 되어버렸다. 난 이시백을 만났고 그와 함께하며 진정한 사랑을 깨달았다.

이제 유정운의 그림자에서 온전히 벗어난 나는 이시백이라는 이름의 사내를 진심으로 사랑하게 되었다.

설사 그의 외모가 정운을 닮지 않았더라도.

설사 그가 정운의 별을 타고난 사내가 아니더라도.

난 그를 사랑했을 것이라는 확실을 갖게 됐다. 그러니 그가 봉림 대군 이정연과 어떠한 관계이든 난 이시백을 선택하고 그를 사랑하게 되었을 것이다. 바로 지금처럼.

"우미인?"

세자가 답을 요구하듯 나를 불렀을 때였다. 난 어색하게 웃으며 세자를 돌아보았다.

"보세요. 저하."

"응?"

"저하도 저를 '우미인'이라 부르시죠? 모든 사내들이 그랬어요. 봉림대군마마도 처음엔 우미인을 소유한 사내였을 뿐이죠. 그런데 서방님은 달라요. 그는 단 한 번도 나를 '우미인'이라 부른 적이 없어요. 그에게 난 화씨지벽도 아니었고 경국지색도 아니었죠. 그저 자신의 여인이고 자신의 아내일 뿐이에요. 제가 그런 그를 선택한 게 운명이라면 앞으로도 전 남은 생을 그의 아내로만 살다 죽겠어요."

세자가 속으로 한숨을 내쉬더니 고개를 한번 끄덕였다. 이제야 세자는 내 말의 진정성을 찾고 나를 진심으로 이해해준다. 그 과정에는 이시백의 존재가 있다. 나를 향한 변치 않는 마음을 보여주었던 이시백의 존재가.

"부인."

마차를 살피고 돌아온 이시백이 내 곁에 섰다. 난 그의 이마에 맺힌 땀방울을 옷깃으로 닦아주었다.

"마차를 직접 고치기라도 한 거예요?"

"국경까지는 마차 하나에 의지해야 하니."

"안 되면 말을 타고 가면 되죠."

"그런가?"

웃으며 대화하는 우리 두 사람을 보던 세자도 따라 웃었다.

"무사히 도착하면 심양으로 서신 한 장만 보내주게. 그것이면 될 터이니."

"예, 저하."

우리 두 사람은 나란히 서서 세자에게 인사를 올렸다. 인사를 받은 세자가 시백에게 말했다.

"연안군."

"예, 저하."

"나와의 약조를 잊지 말게. 그대는 더는 세상에 나와서는 안 되네. 자네를 위해서도 자네의 아내를 위해서도."

시백이 말없이 세자의 말을 듣더니 고개를 돌려 나를 바라본다.

나와 봉림대군과의 일을 전혀 모르는 시백으로서는 세자의 말은 그저 모두가 탐내는 아름다운 아내를 두었다는 이유라고 생각할지 모른다. 난 그와 눈을 마주치자 방긋 웃어 화답했다.

우리는 세자에게서 멀어져 마차에 올라탔다. 마차가 출발하고 마차 뒤 천을 걷어올린 뒤 나는 세자를 쳐다보았다. 세자는 마차가 거의 보이지 않을 때까지 우리 부부를 바라보며 서 있었다.

그것이 내가 본 조선의 세자 이왕의 마지막 모습이었다.

4장

금강산 유람

시담이 영은문까지 마중을 나왔다. 시백이 마차에서 내리는 것을 본 시담의 표정이 밝아졌다. 반대로 내가 시백의 뒤를 따라 내리자 그의 밝아진 표정은 사라졌다.

"형님."

"시담아!"

두 형제가 얼싸안고 기뻐하는 가운데 난 그다지 나를 반기지 않는 시동생 앞에 섰다.

"오랜만이에요."

"……예."

그나마 짧게 내 인사를 받아주는 시담. 시백은 그에게 어머니의 안부를 물었다.

"어머님은?"

이 물음에 시담은 바로 대답하지 못했다. 시백의 표정이 살짝 어두워졌다.

"집으로 가시지요, 형님."

"그래."

시담은 서신을 통해서 어머니가 잘 지낸다고 전했다. 종종 시백을 떠올리며 눈물짓는다는 것 외에는 건강하다고. 그러나 그것은 거짓말이었다.

"언니."

대부인의 곁에는 다희가 있었다. 그리고 대부인은 한눈에 보더라도 야위고 건강하지 못한 모습이었다.

"시백아……."

"어머님!"

시백이 그런 대부인에게 달려가 손을 잡았다.

"네가 살아서 돌아오다니……."

눈물짓는 대부인을 보자 나도 안타까운 마음이 들었다. 그녀는 타국에 있는 아들이 자신을 걱정할까 아프다는 소식을 일절 알리지 않았던 것이다.

"어머님, 절 받으시지요."

시백이 자리에서 일어서서 대부인에게 절을 올리려던 그때였다. 대부인이 그의 뒤에 서 있던 나를 가리킨다. 다희가 재빨리 내게 말했다.

"언니도 나으리와 함께 절을 올리세요."

조금 당황스럽긴 했지만 난 시백과 나란히 서서 대부인에게 절을 올렸다. 우리의 절을 받은 대부인이 울먹이며 내게 손짓했다. 난 그녀의 손짓을 따라 가까이 다가가 앉았다. 그녀가 먼저 내게 손을 내밀었고 얼떨결에 난 그 손을 잡았다.

"연유야 어찌되었든 지난 칠 년간 타국에서 고생이 많았겠지."

"아니에요. 저보다 서방님이 더……."

"내가 처음부터 널 우리 집안 며느리로 받아주었더라면 두 사람 모두 이런 고생은 하지 않았을 것이다."

그녀가 손짓으로 시백도 불렀다. 그녀는 우리 두 사람의 손을 하나로 포개더니 힘겹게 말했다.

"넌 이제…… 내 며느리다."

"!"

대부인의 말은 나를 놀라게 만들었다. 난 옆에 앉은 시백을 쳐다보았다. 시백도 그런 나를 바라보았다.

"시담아."

대부인이 시담을 불렀다.

"예, 어머니."

"그 일은…… 차질 없이 준비해야 한다."

"…… 예."

난 영문을 모르는 얼굴로 시담을 쳐다보았다.

"무엇을?"

시담을 대신해 다희가 대답했다.

"대부인께서 두 분이 돌아오시기만을 기다리시면서, 두 분이 돌아오시면 혼례를 치를 수 있도록 준비를 다 해놓으셨어요."

처음에는 얼떨떨한 표정으로 대부인의 말을 듣고만 있었다. 그러나 대부인 우리 두 사람의 혼례까지 준비해놓았다는 말에 대부인의 말이 진심이었음을 깨달았다.

"고맙습니다."

어렵게 꺼낸 감사의 인사에 대부인이 웃으며 고개를 끄덕였다.

우리의 혼례는 사흘 후에 있었다.

대부인이 준비해준 혼례복을 입고 연지 곤지를 찍었다. 거울 속 이런 내 모습을 보는 것이 참으로 어색하기만 했다. 화장이 잘 되었는지 확인하려 거울 속 내 얼굴을 요리조리 살펴보았다. 아무래도 밖에 몰려든 많은 손님들이 신경 쓰이지 않을 수가 없다.

조선에서의 혼례란 혼례복을 입은 신부를 많은 사람들이 볼 수 있는 기회. 어쨌든 난 이제 시백의 집안사람이었으니까.

"뭘 그리 뚫어져라 보고 있소?"

"어머나!"

언제 들어왔는지 문소리조차 내지 않고 들어온 시백을 본 나는 눈을 크게 떴다. 시백은 이런 나를 보며 껄껄 웃는다.

"마치 무슨 죄짓고 담 넘어가는 고양이 같은데?"

"혼례를 올리기 전에는 신랑은 신부의 얼굴을 보면 안 되는 거예요."

"우린 두 번째 혼례가 아니오. 이미 혼례를 치른 것과 다름없지."

"그래도 이게 사람들 앞에서 올리는 진짜 혼례라고요!"

"여인들이란."

시백은 이런 내가 귀엽다는 듯 말하는데 난 눈을 흘겼다.

"뭐가요?"

금방이라도 삐칠 태세인데 시백은 오히려 말을 돌린다.

"참, 장인어른께서도 막 당도하셨소."

"아버지가요? 어디요?"

"저~기."

그의 말에 난 문틈으로 밖을 내다보려 눈동자를 굴렸다. 바로 그 순간이었다.

– 쪽

시백의 입술이 연지 곤지를 찍은 내 뺨에 붙었다 떨어진다.

"어머!"

깜짝 놀라는 것도 잠시, 돌아본 시백은 뭐가 그리 웃긴지 배꼽 잡고 어쩔 줄을 모른다. 난 씩씩거리면서 그를 쳐다보는데 그의 입술에 연지가 조금 묻어 있었다.

202

"풋."

"응?"

이를 본 내가 웃음을 터트리자 시백이 웃던 것을 멈추고 내게 다가와 묻는다.

"웃는 건 나여야지 어찌 그대가 웃소?"

"입술에…… 풋."

"입술?"

그가 경대 안의 자신의 얼굴을 보더니 허허, 웃고 만다.

"이리 와보세요. 신랑이 이러고 나가면 놀림당하지. 소첩이 지워 드릴게요."

이 말에 시백은 순한 양처럼 내 앞에 다가와 앉는다. 난 불편한 혼례복을 입고 무릎을 세운 다음 그의 입술을 젖은 수건으로 조심스레 닦기 시작했다. 그는 고개를 든 채로 두 손으로 내 허리를 붙잡았다.

"잘 안 지워지네."

닦는 건 입술이고 내 시선도 그의 입술에만 가 있는데, 정작 그의 두 눈은 내 얼굴을 뚫어져라 바라보고 있다. 어쩌다 그런 그와 눈이 마주쳤는데 이상하게 얼굴이 화끈거렸다. 그는 무표정으로 나를 바라보며 말한다.

"연지를 안 찍어도 되겠소."

"그게 무슨 말이에요?"

"그대의 얼굴이 지금처럼 붉다면 말이지. 오늘 밤 신방에 들 때까지 그걸 유지한다면……."

"음흉해."

"음흉하다고?"

"네. 서방님은 음흉해요."

이런 나의 지적에 그는 당당하기만 하다.

"지아비가 아내에게 음흉하면 또 어떻소?"

"에구머니나!"

기가 막힌다는 내 탄식에 그가 소리 내어 웃는다.

"내가 젖은 수건보다 더 확실하게 입술을 닦는 법을 알려주
리다."

"그게 뭔데요?"

그가 잡고 있던 내 허리를 돌려세우더니 그대로 나를 뒤로 눕혀
버렸다. 그는 바로 내 입술에 자신의 입술을 가져대며 진하고 느릿
하게 비벼댄다.

"어머나! 지금 낮이에요!"

그의 가슴을 힘껏 밀어내며 내가 소리쳤다. 그러나 그는 태연하
게 내게 반문했다.

"우린 부부지간이 아니오?"

에라 모르겠다!

나는 화끈거림을 넘어서 불타오르듯 뜨거워진 얼굴을 안고서
그의 입술에 내 입술을 고스란히 내주었다.

인생에서 좋은 순간은 그리 길지 않다. 그렇기 때문에 그 좋은

순간이 찾아왔을 때 진심으로 기뻐할 수 있고 감사할 수 있는 것이 아닐까?

"형님. 형수님."

혼례가 모두 끝났을 때 시담이 시백과 나를 따로 불렀다. 시담을 따라 안채로 들어갔을 때 대부인의 숨이 끊겨 있는 것을 알 수 있었다.

혼롓날의 기쁨은 짧았다. 그래서 더 소중했고 아주 오랫동안 내 기억 속에 남았다. 혼례가 끝난 당일 밤부터 바로 대부인의 장례를 치렀다. 이후에 시백은 시담과 함께 삼년상에 들어갔다. 만 이 년의 삼년상이 끝나는 시점을 시작으로 내가 이 시대에 머문 시간도 십 년에 접어들었다.

- 휘이이잉

새해에 맞는 눈바람은 상쾌하기만 하다. 단단한 털옷으로 무장하고 난 바위 위에서 산 아래의 한양 도성을 내려다보았다. 며칠 전 내린 눈으로 도성은 온통 눈밭이었다.

"언니."

등 뒤에서 들려오는 다희의 목소리에 고개를 돌렸다. 다희가 그곳에 서서 환하게 웃고 있었다.

"오랜만이야."

"어떻게 여기까지 오셨어요?"

"정업원에 갔더니 네가 이 산속 암자에 머문다고."

"달포에 보름은요. 대부인의 삼년상 내내 그랬어요."

"그런데 왜 내게 말 안 했니? 겨울이라 힘들 텐데."

"겨울만 힘든걸요. 다른 계절은 힘들지 않아요. 게다가 걱정하실 까봐 그랬어요. 그리고 봄이면 삼년상도 끝나잖아요."

"너답다."

난 그녀와 함께 자리를 옮겼다. 암자 쪽으로 걸어 들어가는데 암자 앞 작은 탑 앞에서 탑돌이를 하며 간절히 기원하는 젊은 부인들을 보았다.

"암자에 여인이 많구나?"

"네. 여기 암자가 신통하기로는 도성에서 최고래요."

"뭐가?"

다희가 살짝 얼굴을 붉히며 말한다.

"아들을 점지해준대요."

"아들?"

"네. 예전에 세자빈마마께서…… 아차."

다희가 주변을 살피며 말을 아낀다.

그녀가 말하는 세자빈은 강씨. 강씨는 얼마 전 왕을 독살하려는 혐의로 사약을 받았다. 그녀가 낳은 세 아들은 모두 제주로 유배를 갔다. 그 유배지에서 막내아들인 경안군만 살아남았다. 그에 앞서 세자는 귀국한 지 몇 달 되지 않아서 급사했다. 지금 조선의 세자는 봉림대군 이정연이다. 여기까지는 내가 아는 역사대로 움직이고 있었다.

"지밀나인들을 보내 기도를 올려 아들을 얻으셨대요."

"그래서? 다들 저렇게 암자에서 머물며 기원하는 거야?"

"네. 저 부인들 저래 보여도 강해요. 이 추운 겨울에 매일 새벽마다 찬물로 목욕하고 해가 질 때까지 탑에서 기도를 올리는걸요."

난 어이없다는 듯 웃었다.

"그러면 아이는 언제 만들고?"

"언니이-"

뒤늦게 내 말뜻을 알아들은 다희의 얼굴이 새빨갛게 물들었다.

"참 우습지."

"네?"

"기원하면…… 아이가 생길 것이라고 믿다니."

아이라…….

난 기원하지 않았다. 그래서 아직인 걸까?

❧

봄. 나는 시백과 함께 광릉에 사는 박 처사를 찾아갔다. 혼롓날 대부인이 돌아가시면서 그 이후 박 처사를 만나지 못했다. 시백이 바로 삼년상에 들어갔기 때문에 그를 만나러 광릉까지 올 시간이 없었던 것이다. 그래서 이제야 나는 박 처사에게 청나라에서 겪은 일들을 전부 털어놓을 수 있었다.

박 처사는 매우 놀라워했다.

"참으로 많은 일이 있었구나."

"네. 그렇죠?"

시백은 우리 두 사람을 위해서 자리를 비켜주었다. 그는 박 처사의 아담한 초가를 둘러보며 시간을 때우고 있었다.

"그래서 말이다. 네 이야기를 듣고 생각난 건데. 너희 두 사람의 이야기를 글로 써보려 한다."

"책을 쓰시겠다고요?"

"책이 될 수도 있겠지. 일단 써봐야 알겠지만. 네가 중원에서 겪은 일들은 실로 엄청난 일들이 아니냐! 많은 이들이 그 이야기를 들으면 매우 놀라워할 것이다."

"그건 안 돼요."

"어째서?"

"이름을 그대로 쓰면 다들 주인공이 우리 부부인 줄 알 텐데. 게다가 우리가 겪은 일들을 그대로 옮겨 적으면 많은 이들이 알게 될 거예요."

"그럼 내용을 일부 바꾸면 되지 않겠느냐?"

난 잠시 고민하다가 고개를 저었다.

"그것도 싫어요. 그러니 쓸데없는 생각은 마셔요."

"알았다. 알았어."

박 처사 웃으며 내 말을 받더니 문밖으로 멀리 보이는 시백에게 눈길을 준다.

"참, 삼년상도 끝났으니 이제 어찌하려고?"

"금강산 유람을 떠나려고 해요."

박 처사의 시선이 다시 내 얼굴을 향했다.

"금강산? 부럽구나. 나도 아직 그곳에는 못 가보았는데."

"저도 제대로 금강산을 본 적은 없어요. 무엇보다 전 이제 조선 사람이니까⋯⋯."

"조선 사람?"

"아, 아니! 그게⋯⋯ 이제야 조선으로 돌아왔으니까요! 그런 뜻이죠!"

난 급하게 말을 얼버무렸다. 박 처사는 크게 신경 쓰지 않는 모습이다.

박 처사가 말했다.

"그나저나 널 처음 남한산성에서 보았던 날이 떠오르는구나. 어찌 그때와 외모가 전혀 달라지지 않았어. 화씨지벽이라 할 만하고 경국지색이라 할 만하구나. 그렇지?"

"부끄러워요."

"아니다. 누가 보더라도 너를 열여덟 여인으로만 볼 것이야. 이 서방이 복도 많지."

내가 복이 많은 게 아니라 시백이 복이 많다는 말인데도 괜스레 기분이 좋아진다. 난 얼굴을 붉히며 웃었다.

"이젠 행복한 일만 있었으면 좋겠어요."

"행복한 일이라⋯⋯ 이게 행복이라면 넌 행복이 무엇이라 여기느냐?"

"행복은……."

시백을 돌아보며 '그와 함께 하는 순간'이라고 대답하려던 때였다. 그때 시백의 근처로 어린 남자아이가 다가가는 것이 보였다. 시백은 그 아이를 보더니 활짝 웃으며 머리를 쓰다듬어주었다. 동시에 이를 바라보던 내 얼굴에서 미소가 사라졌다.

"아이?"

눈치 없는 박 처사가 재빨리 넘겨짚는다. 나는 한층 어두워진 표정으로 입을 열었다.

"아이가 생기지 않아요."

"무슨 말이냐?"

조선에서 십 년의 세월이 흘렀다. 말로만 듣던 그 십 년의 기한을 채운 것이다. 미래의 이화진은 사라졌을 것이고 난 이제 완전히 조선 사람이 되었다. 조선 사람이 모르는 먼 미래로 시간여행을 하는 것은 불가능하다.

"삼년상을 치르는 동안에도 부부간에 멀리한 적이 없었어요. 그런데도 아이가 생기지 않았어요. 단 한 번도요."

내 목소리에 답답함이 깃들어 있었던 것일까?

"너무 조급해 하지 마라."

"아버지."

난 박 처사를 돌아보며 말했다.

"아무리 제가 열여덟 꽃다운 외모를 가지고 있더라도 세월은 거스를 수 없을 거예요. 게다가 시백도 나이가 있어요. 그는 서른이 되었죠. 조선의 사내라면 스무 살이 되기도 전에 아이를 여럿 둔 아버지가 돼요. 만약 제가 일찍 딸을 낳았다면 그 딸아이는 벌써 시집을 갈 나이가 되었을 거고요."

현대의 시간으로 논하자면 웃으면서 하게 될 이야기가 조선에 서는 심각한 이야기가 된다.

"이 서방은 아무 말도 안 하느냐?"

난 천천히 고개를 저었다.

"그는 제가 걱정할 만한 말을 절대 입 밖으로 꺼내지 않아요. 하 지만 이젠 알죠."

내 시선은 다시 시백의 모습을 쫓는다. 그는 멀어지는 어린 남자 아이의 뒷모습을 쳐다보고 있었다.

"그는 누구보다도 자신의 아이를 기다리고 있어요."

답답함으로 시작한 이야기는 참담함으로 끝을 맺었다.

"용한 의원을 소개해줄까? 이 광릉이 작아 보여도 수태와 관련 해서는 용한 의원이 여럿 있다."

난 다시 고개를 저었다.

"그간 의원 하나 안 만났겠어요? 만나는 의원마다 하는 말이 저 만큼 건강한 여인이 없대요. 좋은 약은 일부러라도 다 먹었고요. 그런데도 소식이 없어요."

난 시백의 앞에서 꺼낸 적 없던 이야기까지 솔직하게 털어놓 았다.

"제가 낳았던 아이는 단 한 명뿐이었어요."

"난중에 사별했다던 지아비의 아이 말이냐?"

"……."

난 대답하지 못했다.

그는 죽지 않았다. 그는 지금 이 조선의 세자였다. 그리고 가까운 미래에 조선의 왕이 될 사람이었다.

정연의 아이는 그에게 처음으로 안기던 날 가졌다. 그렇게 아이는 쉽게 생기는 것이라고 생각했다. 여기까지 생각이 미치자 한 줄기의 눈물이 뺨을 타고 흘러내렸다.

"벌 받는지도 몰라요."

"네가 무슨 벌을 받을 일이 있다고?"

이 사실은 박 처사에게도 말할 수가 없었다. 난중에 잃었다고 말한 내 지아비는 죽지 않았다. 그는 멀쩡히 살아 있었으니까.

"아이를 갖고 싶지 않았어요. 적어도 십 년간은요. 그랬더니 이젠 아이를 갖고 싶어도 가질 수가 없네요."

"화진아."

"전 솔직히 아이를 바라진 않아요. 있어도 좋고 없어도 좋은 게 아이라고 생각하니까요. 하지만 그는 아이를 원하는데……."

난 계속 뺨을 타고 흐르는 눈물을 훔쳐내며 말했다.

"제가 만약 그의 아이를 낳아줄 수 없다면 어떡하죠?"

금강산을 부르는 이름은 다양했다. 봄에는 원래 이름대로 금강산. 여름에는 봉래산. 가을에는 풍악산. 겨울에는 개골산.

우리가 금강산에서 머물기 시작한 계절은 늦봄. 금강산이 주는 매력에 푹 빠진 우리는 그해 여름까지 금강산에서 머물고 있었다.

"너무 멀리 가진 마시오."

시백은 계속 호랑이 얘기뿐이었다.

"오늘은 정상까지 꼭 가보고 싶단 말이에요!"

불편한 치마를 두 겹 접어 허리에 고정시키고서는 속바지 가다드러나게 걷는 나를 시백이 불안한 듯 본다. 그래도 상관없다. 난 아직 호랑이를 못 만났고 기껏해야 고라니 새끼만 여럿 보았을 뿐이니. 또 많은 다람쥐를 만나긴 했다.

"소동파가 이런 말을 했대요!"

결국 정상으로 가는 것은 포기했다. 대신 연주담 옆 바위 위에서 쉬며 난 소동파의 글을 읊었다.

"원하건대 고려국에 태어나서 한 번이라도 금강산을 보았으면!"

願生高麗國 一見金剛山(원생고려국 일견금강산).

시백은 연주담으로 흘러내리는 물줄기에 손을 씻었다.

"어쨌든 우리는 보았잖소."

"겨울까지 지내고 싶어요!"

"스님의 말을 벌써 잊었소? 겨울이면……."

"눈이 녹을 때까지 하산은 포기하라고요."

"가을이 되면 추워질 테니 단풍이 물드는 것만 보고 하산합시다."

"금강산의 정상을 전부 올라가보고 내려가고 싶은데!"

"그러다 호랑이를 만나면⋯⋯."

"알았어요, 알았어."

또다시 꺼내는 호랑이 이야기에 난 보란 듯이 한숨을 내쉬었다.

"어차피 제겐 조선 최고의 장군님이 계신걸."

"장군?"

난 시백이 챙겨온 활을 가리켰다.

"호랑이 잡아줄 거잖아요, 그쵸?"

"이 활은 위급상황에서만⋯⋯."

"쓸 거죠, 알아요. 하지만 호랑이가 나타나서 제가 위험해지면 서방님은 반드시 절 구해줄 테니까."

"그야⋯⋯."

"꺄악!"

난 일부러 크게 소리를 내지르며 넓적바위를 따라 연주담 아래로 미끄러지듯 몸을 내던졌다.

"부인!"

놀란 시백이 서둘러 나를 뒤쫓아 내려왔다.

- 풍덩!

시원스럽게 연주담 물속에 몸을 내던진 나는 손을 휘휘 저으며 물 위에 뜬 채로 시백에게 손을 흔들었다.

"봐요! 정말 시원해요!"

"참나······."

시백이 못 말린다는 듯 혀를 찼다. 그는 바위 위에 서서 물속에 들어간 나를 가만히 내려다보고 있을 뿐, 뒤를 따라 물속으로 들어오려 하지 않는다.

"싫어요? 어서 들어와 봐요!"

"옷을 입은 채로? 누가 볼까 두렵소. 어서 나오시오."

"누가 봐요? 이 산속에서."

"스님들도 있고······."

"호랑이도 있죠."

시백이 할 말을 잃은 얼굴이 되었다. 난 그런 시백의 얼굴을 올려다보며 까르륵 웃었다. 그때 두 다리가 치맛자락 속으로 얽혀 들어가는 느낌이 들었다. 난 휘젓던 손동작을 멈추고는 고개를 갸웃거렸다.

"치마가······."

"응?"

"다리가 치마에 걸렸나봐요."

"무슨······?"

"발이 안 닿는데······."

움직이던 동작을 멈추자 몸은 점점 물속으로 빨려 들어가기 시작한다. 이를 본 시백이 크게 놀라며 들고 있던 활과 활통을 내려

215

놓고는 연주담으로 뛰어들었다.

– 풍덩!

"가만히 있으시오! 내가 구해줄 테니!"

내 곁으로 빠르게 헤엄쳐 다가온 시백이 두 팔로 나를 잡는다.

– !

그 순간 그는 깨달았다. 그가 두 다리를 바닥에 대고 벌떡 일어서자 물은 고작 그의 가슴 높이에 와 닿는다는 걸. 내게도 마찬가지였다. 난 물속에서 발을 딛고 벌떡 일어서며 소리쳤다.

"깜짝 놀랐죠?"

까르륵 웃으며 그를 속인 것을 자축하는데 나를 바라보는 시백의 표정은 화가 났…… 다?

"화났어요?"

내 목소리가 점점 기어들어가는 가운데 시백이 눈살을 찌푸렸다.

"에이~ 장난인데. 이래야 물속에 들어올 것 같아서……."

"부인."

"네?"

"조심하시오."

"예?"

"숨을 참고."

"으웅?"

난 그의 말을 다 이해하지 못해 고개를 갸웃거렸다. 순간 그가

216

내 양팔을 잡은 채로 그대로 물속으로 밀어 넘어뜨렸다.

　-!

　단순히 민 것이 아니라 그는 나의 팔을 잡은 채로 물속으로 '풍덩' 들어간 것이다. 놀랄 틈도 없이 그대로 물속으로 끌려들어간 내 앞에 시백의 검은 그림자가 점점 가까워졌다. 동시에 그의 뜨거운 입술이 내 입술에 닿으며 난 그대로 물 위로 번쩍 들어올려졌다.

　"어푸! 어푸!"

　겨우 그의 입술을 밀어내고 참았던 숨을 내쉬는데 시백이 내 팔을 잡은 채 껄껄 웃는다. 난 머리까지 흠뻑 젖어서는 그에게 성을 냈다.

　"누가 보면 어쩌려고요!"

　"먼저 시작한 건 그대요."

　"그래도……! 이런 장난도 칠 줄 알아요?"

　"방금 부인이 내게 가르쳐주지 않았소?"

　"그, 그래도……! 너, 너무해!"

　"너무하다니?"

　"난 서방님의 팔을 잡고 물속으로 끌고 들어갈 만큼 힘이 없잖아요! 그래서 거짓 연기를 한 거고! 하지만 서방님은 힘으로 그랬잖아요!"

　"그래서?"

　어쩌라는 듯 반문하는데 시백이 내 팔을 잡더니 다시 깊은 물속으로 데려간다. 그곳은 내 발이 까치발을 해야 겨우 바닥이 닿을 듯 말 듯 한 곳. 시백이 내 팔을 잡고 있었지만, 난 울며 겨자 먹기로 그의 양어깨를 붙잡은 채 의지해야만 했다. 이런 상황을 시백은 즐기는 듯 연신 나를 보며 싱글벙글이다.

"수영할 줄 알아요?"

"모르진 않소. 어릴 적 집 근처에도 이런 냇가가 많았거든."

"나가요. 깊은 데는 싫어. 무서워."

"난 하나도 무섭지 않소."

"내가 무섭다고요."

"음⋯⋯."

그는 말끝을 흐리며 전혀 물 밖으로 나갈 생각이 없어 보였다. 난 계속 그를 흘겨보다가 작전을 조금 바꾸기로 했다.

"서방니임⋯⋯ 소첩, 너무너무 무서워요."

나의 필살기인 애교에도 요지부동. 그는 작정한 듯 깊은 물속에서 나를 계속 놀리려는 모양이다.

"어떻게 하면 물 밖으로 나갈 건데요?"

잠시 고민하던 그가 씨익 웃더니 자신의 입술을 내 앞으로 삐쭉 내민다.

결국 그거면 된다 이거지? 좋다 이거야.

난 물 밖에 나가면 또 다른 복수를 반드시 하겠다는 강한 일념으로 힘껏 그의 입술에 입술 박치기를 날렸다.

강하게 부딪혀온 나의 입술을 부드럽게 받아준 시백. 차가운 물속에서 닿은 서로의 입술은 이상하리만치 따뜻했다. 난 이제 그의 어깨를 잡았던 손을 목에 두른 채 깊은 입맞춤에 매달렸다.

᠙᠗᠙᠗

물속에서 나온 뒤 시백은 어디로 튈지 모르는 나를 등에 업었다. 젖어버린 신을 한 손에 들고 흔들며 마찬가지로 젖은 그의 등에 얼굴을 기댔다.

"좋아."

그는 내가 좋다는 말을 꺼낼 때마다 입가에 미소를 지은 채 고개를 돌려 나를 보았다.

"온몸이 젖었는데도?"

"물속에 들어갔으니 당연한 거죠."

"큰스님이 보면 뭐라 하실지."

"제가 실수로 발을 헛디뎌서 물에 빠졌는데 서방님이 구해줬다고 하면 되죠."

"어디서 그런 꾀가 나오는 거요?"

"이 머릿속에서."

난 한 손가락으로 그의 이마를 콕콕 찌르며 말했다.

시백이 웃으며 말했다.

"오늘 너무 무리했소. 새벽부터 정상에 오르겠다고 나선 뒤로 쉬지 않고 산만 올랐으니."

"제가 뭐 힘든가요. 뒤따라오는 서방님이 더 힘들었지."

"그럼 내일도 산에 오를 것이오?"

"음…… 그보다 고기가 먹고 싶어요."

"고기?"

"소고기, 돼지고기, 닭고기…… 그냥 고기면 다 좋아요! 생선도 먹고 싶고."

우리가 머무는 곳은 절이다. 이렇다 보니 눈치가 보여 못 먹는 것 중의 한 가지가 고기다. 불교는 살생은 금기하니까.

"금강산에서만 살 수 있다면 고기는 평생 입에도 안 댄다고 말한 건 그대요."

"그건 금강산이 너무 좋으니까…… 하지만 사람인데 어떻게 고기를 안 먹고살겠어요?"

"그럼 내일 하산할까?"

"하산은 싫어요. 겨울까지 있을 거라니까요."

"고기를 먹으려면 하산해야지."

"몰래 고기를 가져와서 절 밖에서 먹으면 되죠. 경치 구경하면서."

"그것도 하나의 방법이 될 순 있겠군. 그럼 내일 하인을 내려보내서 고기를 구해오라고 합시다."

"아이 좋아."

"그리고 또 뭐가 먹고 싶소? 하인을 내려보내는 김에 구해오라 할 터이니."

"음……."

고민하던 내 머릿속에 떠오른 것은 시원한 사이다. 레몬 넣고 얼음 넣어서 둥둥……! 상상만으로도 입맛이 돈다.

"음?"

"사이…… 다는 어려울 것 같고."

"사이다?"

"그러니까……."

불가능한 거 말고 가능한 거! 음…… 이 조선에서 가능한 게 뭐가 있지?

"귤즙…… 감귤주스!"

"감귤?"

"황감이요. 그거 즙 짜서 시원하게 먹으면 좀 나을 것 같아요."

"황감은 제주에서나 나는 것일 텐데."

"어렵겠죠?"

"게다가 그건 겨울에만 나는 과일이라."

"알아요. 그냥 말해봤어요."

상상하다가 못 먹는다고 생각하니 진이 빠진다. 난 힘없이 그의 등에 머리를 기대며 투덜거렸다.

"안 그래도 요즘 속이 울렁거리기에 정상까지 가는 운동이나 하면 몸이 다시 좋아질 거라 생각했죠. 무엇보다……."

잠깐! 그러고 보니 내가 생리를 마지막으로 언제 했더라?

난 눈을 번쩍 떴다.

"회임한 것일지도 모른다고?"

큰스님 앞에서 말하기는 조금 부끄럽긴 하지만 난 솔직하게 고개를 끄덕였다.

"그냥 요즘 날이 덥기에 속이 자주 울렁거리나 싶었고……."

"금강산은 그리 더운 산이 아닌데."

큰스님이 내 말을 받는다.

"이상하게 단 게…… 아니, 신 게 먹고 싶었나?"

"황감을 먹고 싶다고 한 것이 그 뜻이었소?"

이번에는 시백이 내 말을 받는다.

골똘히 생각해보니 그렇게까지 신게 먹고 싶었던 것 같진 않다. 오히려 난 달달하고 시원한 사이다가 먹고 싶었을 뿐인데.

이게 임신의 징조인가?

첫아이 때는 너무 정신없이 보내서 내 몸 상태가 어땠는지 기억조차 나지 않는다. 그때 가진 아이는 축복이 아니라 불행이었으니까. 그러나 지금은 다르다.

"있어야 할 것이 끊어진 게 언제쯤이요?"

"한…… 두 달?"

뭔지는 모르지만 이 대답이 시백을 크게 기쁘게 한 것은 틀림없다. 난 이제 그의 표정만 보아도 속내를 아니까. 반대로 우리의 이야기를 지켜보는 큰스님의 희고 긴 눈썹이 살짝 일그러져 보이는 것은 내 착각이려나?

"이 절에서 머무신 지는 석 달이 넘어가시는데…… 그 말인즉슨 회임이 되었어도 이 '신성한' 사찰에서 이루어졌다?"

큰스님의 정확한 지적에 내 얼굴은 빨갛게 익은 사과가 되어버렸다. 사실 이 절에 머물 때 조건은 단 하나. 수행하는 스님들이 아주아주 많으니 부부간에 내외해달라는 것이었다. 그래서 우리는 나란히 붙은 각방을 썼다.

다시 말해서 '방'만.

밤마다 시백은 당연히 아내인 내 방으로 건너왔고 우리는 최대한 수행하는 스님들께 예의를 지키기 위해 소리를 죽여왔지.

암…… 그렇고말고! 우리는 불교를 믿진 않지만 예의는 아는 부부라고!

"스님. 저 그게 말이죠……."

정말 임신이라면 이만한 증거가 따로 없는 상황. 무슨 평계를 대야 할까 고민하며 조심스럽게 변명의 입을 놀리던 그때였다.

– 짝!

스님이 두 손을 맞부딪치며 말했다.

"이것, 참으로 기쁜 일이로군요!"

"예?"

"두 분이 오랜 기간 아이가 없으셔서 고민하신다고 하셨지요? 그런데 이곳에서 회임을 하셨다면 그야말로 우리 사찰 부처님의 전지전능한 능력 안에서 비롯된 것이 아니겠습니까? 만약 회임하여 건강한 아드님이라도 출산하신다면! 하산 후 이곳의 신성함에 대해 널리 널리 알려주시지요."

"아…… 예……."

얼떨결에 대답하고 보니 금강산에는 절이 많았다. 또 절마다 특색이 있었다. 여기서 기도하면 장원급제자가 나온다는 절. 당연히 성년이 된 아들을 둔 어머니들이 몰려와 시주하고 기도를 하곤 했다. 여기서 기도하면 남편이 출세가도를 달린다는 절. 당연히 여기도 출세와 거리가 먼 남편을 둔 부자 어머니들이 몰려와 시주하고 기도했다. 이렇듯 다양한 주제와 특색을 가진 절들이 참 많은데 이상하게 이 절에는 그러한 특색이 없다며 늘 아쉬워하던 큰스님이셨다.

다른 절들이 너무 대놓고 잘나가니…… 뭐.

"꼭 회임이시기를 부처님께 기원 올리겠습니다."

큰스님이 합장하고 나가는 동안 우리 두 사람은 서로의 얼굴을 보며 입도 벙긋하지 못했다. 그러나 큰스님이 나가자마자 우리 부부는 배꼽을 잡고 크게 웃어댔다.

"하하하!"

"호호호!"

뭐 크게 웃을 만한 일도 아닌데 계속 웃음이 나왔다. 한참 바닥을 구르며 웃던 시백이 한 팔로 나를 끌어안으며 나란히 누웠다.

"자, 그럼. 이제부터 당당히 부인과 한 방을 써도 되는 것이겠지?"

"일단은요. 하지만 정확히 알아보려면 의원을 만나야 해요."

"안 그래도 내일 하인에게 의원을 모셔오라고 보낼 생각이오."

"의원을 구해서 이곳까지 오려면 사나흘은 족히 걸릴 텐데……."

이상하게도 내 목소리는 약간 걱정스레 기어들어간다. 나 하나 만나러 금강산을 등정해야 하는 의원을 걱정해서가 아니었다. 의원이 올 때까지 사나흘이 걸린다. 회임이면 기쁠 일이지만 만에 하나 아니라면? 그 시간을 어떻게 보내야 할지 모르겠다.

나와 나란히 누워서 천장을 바라보던 시백이 갑자기 벌떡 일어섰다. 그는 무언가를 떠올린 듯 빙그레 웃으며 내게 말했다.

"그게 생각나오."

난 그를 따라 앉으며 물었다.

"뭐가요?"

"승경도."

"승경도?"

"아주 오래전 어머님께 들었는데 생전에 부친께서 어머님이 나를 회임하셨다는 말에 바로 승경도를 만드셨다고 하셨소."

"그게 뭔데요?"

"사내아이들이 즐겨 노는 놀이요."

"어떻게 하는 건데요?"

"기다란 판에 줄을 그어 간(間)을 만들고 각 간에 주요 관직의 이름을 새겨넣는 것이오. 윷놀이와도 비슷한데 사내아이에게 육조 관직의 명칭을 가르쳐주고……."

시백은 신이 난 얼굴로 붓을 들어 종이에다 그려가면서까지 승경도에 대해 설명하기 시작했다. 처음에 그가 설명하는 승경도에 대해 유심히 듣던 나는 어느새 신이 난 그의 얼굴을 바라보고 있었다.

그렇게나 좋을까?

아직 회임인지 아닌지도 확신할 수 없는 상황이었다. 그러나 시백은 이미 회임이라고 굳게 믿고 있는 것 같았다. 여기에 그는 아들을 원하고 있었다. 그 사실은 남한산성에서부터 알고 있던 일이지만.

['셋만 낳읍시다. 아들 셋이면 더 좋겠지만······']

"그다음에 패를 굴려서 그 수가 적으면 귀양을 떠나게 되는데······."

"서방님."

두 팔로 그의 한 팔을 끌어안으며 난 그의 가슴에 머리를 기댔다. 열심히 승경도를 설명하던 그의 말이 잠시 멈췄다.

"응?"

"저도 회임이었으면 좋겠어요."

"부인······."

그가 이렇게 기뻐하는 모습을 보니 꼭 아이를 가지고 싶었다.

"만약 아니면······."

난 이 말을 그가 받아주길 바랐다.

아니어도 상관없다고.

하지만 시백은 아무 말도 하지 않았다. 그저 자신의 한 팔을 끌어안은 내 어깨를 말없이 두드려주었을 뿐이다. 그래서 난 알았다.

그는 아니길 원치 않는다는 걸.

사흘 후.

"회임이 아닙니다."

어렵게 사찰까지 온 의원이 들려준 말은 우리 모두를 실망시켰다. 의원이 나가고 큰스님은 별말 없이 '나무아미타불'만 중얼거리며 밖으로 나갔다.

시백과 둘만 남게 된 상황에서 난 그의 눈치를 보았다. 그는 어쩌면 이런 내 눈치를 보고 있었는지도 모르겠다. 한참 후 생각의 정리를 끝낸 듯 시백이 내 손을 잡으며 말을 꺼냈다.

"얼마 전 시담에게서 받은 서신의 내용을 기억하시오?"

"네에……."

"넷째 아들을 낳았다고. 그래서 그대가 원한다면 내 후사는 시담의 아들 중 하나를 양자로 들여 이으면 되오. 이 역시 다른 집안에도 있는 흔한 일이니."

내가 실망할까봐?

내가 걱정할까봐?

이 시대의 보통 조선의 여인들이라면 이 말에 감동했을지도 모르겠다. 사내인 남편이 먼저 부인을 걱정하면서 부인이 책임져야 할 후사 문제를 말끔히 해결해주었으니까. 그러나 난 이 시대에 속하게 되었을지언정 이 시대에서 태어나고 자란 여인이 아니다. 그녀들과는 분명 다른 사고방식을 가지고 있었다.

난 말없이 바닥을 물끄러미 쳐다보다가 고개를 한번 끄덕였다.

"그래요. 그러죠, 뭐."

그러고는 입맛을 다시며 시백의 얼굴을 쳐다보며 말했다.

"그런데 하인이 고기는 구해왔대요?"

일부러 아이보다도 더 고기에 관심이 있는 척 뜬금없는 소리를 해대는 나를 보며 굳은 표정의 시백이 헛웃음을 터트린다. 그는 두 팔로 나를 소중히 끌어안으며 속삭인다.

"아주아주 많이."

난 그의 등을 한 손으로 쓸며 말했다.

"그거…… 좋은 소식이네요."

～◦～

절에서 떨어진 산속 공터에서 하인이 구해온 고기를 구워 먹는 동안 우리의 분위기는 연신 화기애애했다. 시백과 나는 더는 회임에 대해서 이야기하지 않았다. 어쩌면 앞으로도 우리 두 사람의 이야기 주제엔 회임이 더는 끼지 않을지도 몰랐다. 오히려 잘 되었다는 생각도 들었다. 언젠가는 정리해야 할 문제였으니까. 다만 나는 쉽게 포기해도 시백에게는 매우 어려웠을 거란 걸 안다.

"먼저 들어가보시오."

시백은 대웅전에 불이 켜진 것을 보고는 큰스님을 만나고 가겠다고 했다.

우리는 오늘 고기를 구워 먹으면서 가을이 오기 전 하산하기로 결정했다. 회임 사건 이후로 사실상 부부관계를 하고 있었다는 사실이 들통나기도 했으니까. 무엇보다 우린 큰스님과 한 약조를 어겼고 앞으로도 계속 어길 생각이라면 이만 절을 떠나 하산하기로 마음먹은 것이다.

"네."

시백을 보내고 처소로 돌아가다가 잠시 그의 처소에 들렀다. 그가 옷을 갈아입으려 이곳으로 올 테니 미리 불이라도 켜놓으려는 생각에서였다. 그런데 평소 정리만큼은 여인들 부럽지 않게 깔끔하게 하던 그의 방이 조금은 지저분했다.

이곳저곳에 널린 종이들과 먹물 묻힌 붓이 보였다. 불을 먼저 켜고 난 후 그 종이들을 한데 모아 정리하려고 손을 뻗었다. 그가 던져놓은 종이들을 정리하며 펼쳐보던 나는 잠시 숨을 멎었다.

- !

관직의 이름들이 곳곳에 적혀 있었다.

['기다란 판에 줄을 그어 간(間)을 만들고 각 간에 주요 관직의 이름을 새겨 넣는 것이오. 윷놀이와도 비슷한데 사내아이에게 육조 관직의 명칭을 가르쳐주고……']

 승경도.

 그는 의원이 오기까지 사흘간 시간이 날 때마다 승경도를 그려왔던 게 분명했다. 아이를 그리고 아들을 바랐던 그의 마음이 그곳에 그려져 있었다.

 "……."

 난 말 없이 속으로 한숨을 내쉰 후, 못 본 척 그의 처소의 불을 끄고 조용히 나왔다.

❧

 밤. 내 처소에 깔린 이부자리 위에 우리 두 사람은 나란히 누워 있었다. 어디선가 아주 먼 곳에서 늑대가 포효하는 듯한 울음소리가 들려왔다. 평소의 나라면 무섭다고 앵앵거리며 그에게 안겨들고 그는 이런 나를 놀려 먹었을지도 모른다. 그러나 나는 마치 잠든 척 어둠 속에서 눈만 뜬 채 가만히 숨을 죽이고 있었다.

 시백도 마찬가지였을까?

 "하아……."

 마치 오래 참던 숨을 내뱉는 듯 길게 한숨을 쉬는 그.

그 역시 아직 잠들지 못하고 있었다. 어둠 속에서 그에게로 고개를 돌린 내가 입을 열었다.

"실망했죠?"

불이 켜진 방안에서였다면 대놓고 던지지 못했을 물음.

그도 어둠 속에서 보이지 않는 내 얼굴 쪽으로 고개를 돌린다. 달도 구름에 가려 빛 한 점 없는 밤. 마치 우리 부부의 마음속을 그대로 비춰주는 것 같았다.

"아이는…… 아우의 아들을 양자로 삼으면 된다고 했잖소."

"그건 도련님 아이고요."

"그 아이를 키우다 보면 정이 들 테고…… 아이 키우는 재미도 느낄 수 있겠지."

"예전에 제가 아이를 원하지 않는다는 말을 했었죠."

"부인."

"그땐 그게 진심이었어요. 하지만 지금은 당신이 원한다면 나도 아이를 원해요."

여기까지 이야기했을 때 난 결국 참았던 눈물을 보이고 말았다.

"평범한 여인들이라면 다 하는 일인데…… 왜 제게만."

"그대는."

시백이 내 눈가에 흐르는 눈물을 손으로 닦아주며 말한다.

"그 평범한 여인들보다 더 위대한 일을 했소. 중원에서 살아남았지. 그리고 그 세월 동안 나를 향한 신의를 저버리지 않았소."

"그건 서방님도 그랬으니까……."

"그대가 그랬기에 나도 그럴 수 있었던 거요."

"서방님……."

"우린 서로가 함께함으로 인해서 하나가 되는 사람들이오. 그 사실이 그 무엇보다도 가장 중요하고 그 사실만은 잊지 마시오."

난 대답 대신 고개만 끄덕이며 그의 품으로 고개를 파묻었다.

끝까지 구름에 가린 달빛을 볼 수 없는 밤이었다.

❦

강원도 통천. 금강산에서 동해를 따라 북상하면 만나는 곳이다.

"오늘 이곳에 장터가 열린다고 하니, 시담에게 서신을 보내줄 만한 이가 있는지 찾아보고 오리다."

"네. 그러세요."

시백이 읍내로 간 사이, 난 오늘밤 머물 숙소인 절간 마루에 앉아 있었다.

－ 끼룩

그때 새 한 마리가 날아올랐고 그 새가 절 지붕 위에 앉았다. 흰 새였다. 그 새를 가만히 지켜보던 내 눈이 크게 떠졌다.

"갈매기?"

"예."

내 물음에 대한 답은 갑자기 나타난 절의 스님이 대신했다.

"이곳이 처음이시라 들었습니다."

"네. 맞아요."

"그럼 총석정을 들어보셨습니까?"

"총석정?"

순간이지만 내 머릿속에는 바닷가의 우뚝 솟은 여러 개의 기둥들이 떠올랐다. 떠오른 생각에 잠겨 대답을 미루는 사이 스님이 먼저 말했다.

"도성에서만 사셨다면 보기 드문 절경이지요. 기회가 되신다면 날이 저물기 전에 한번 다녀오시지요."

스님이 가버린 후 나는 금강산에서 하산한 뒤부터 데리고 다니는 어린 계집종과 함께 절을 나섰다. 계집종은 철이 없었다. 총석정으로 가는 길에 핀 들꽃에만 관심을 보일 뿐 매번 뒤돌아서 내가 불러야 겨우 총총걸음으로 뒤쫓아왔다. 한 시간여를 천천히 걷자 바닷가가 보였고 멀리 총석정과 그 주변의 거대한 바위기둥들이 모습을 드러냈다.

– 쟁쟁쟁쟁쟁!

한쪽에서는 무당이 방울을 흔들며 요란한 움직임을 보이고 있었고 그 주변으로는 많은 사람들이 몰려와 구경하고 있었다. 무당은 자연이 만들어낸 이 화려한 주상절리 속에서 용신을 불러내려 기를 쓰고 있었다. 나를 따라온 계집종은 무당이 차려놓은 푸짐한 제사상에 눈독을 들이고 있었다.

"가보거라."

나의 이 한마디에 기다렸다는 듯 계집종이 굿판으로 뛰어가버리고 난 홀로 총석정에 올랐다. 무당이 벌인 굿판으로 사람들이 다 몰려갔는지 총석정에는 사람의 그림자도 찾아볼 수 없었다.

총석정에 오르니 강한 바닷바람이 내 치맛자락을 펄럭이고 머리카락을 흐트러뜨렸다. 흐트러진 머리카락이 시야를 가려 한 손으로 머리를 쓸어 귀 뒤로 넘겼다.

그때였다.

"어릴 적 너는 네 능력을 깨닫자마자 수시로 과거를 드나들었지. 그런 네가 혹시라도 과거에서 길을 잃을까 난 네게 팔도 곳곳의 명승지와 날짜를 일러주어 길을 잃으면 그곳으로 찾아오라고 했다."

"……."

등 뒤에서 들려오는 낯익은 목소리.

아주 오랫동안 듣지 못했던 목소리였음에도 나는 단번에 그 목소리의 주인이 누구인지를 알아차렸다.

"널 피화당에 두고 떠난 뒤에도 난 매년 너와 약속한 날에 약속한 장소를 돌았다. 그런데 이제야 널 만났구나."

난 바닷가에서 불어오는 강한 바람을 맞으며 뒤로 돌아섰다. 그곳에는 도포 자락을 휘날리며 갓을 쓴 채 서 있는 노인, 바로 내 외할아버지인 김영찬이 서 있었다.

"할아버지."

"십 년 만이지?"

"십이 년 만이에요."

"벌써 시간이 그렇게 되었구나."

난 그간 내가 조선에서 보내온 시간을 되새기며 한숨을 내쉬었다.

"네……."

❦

장터를 돌며 한양으로 가는 사람을 수소문한 시백은 다행히 사람을 찾았다. 그에게 시담의 집 주소를 알려주고 다음 행선지를 담은 내용의 서신을 건넨 시백은 약간의 돈을 치렀다.

바로 화진이 기다리는 절로 돌아가려던 시백이었지만, 화려한 장신구가 가득한 상점에서 구경하는 여인들을 보자 마음이 바뀌었다. 화진에게 줄 선물을 고르려 한 것이다.

"자자, 이래 봬도 아주 귀한 것들입니다! 잘 찾아보면 명국에서 온 귀한 물건도 있어요!"

상인의 호객 소리를 들으며 자판에 시선을 보내던 시백은 무언가를 발견했다.

-?

어딘지 모르게 낯익은 물건.

그것은 비단 천에 금색의 실로 부채모양을 내 만든 작은 장신구였다. 시백이 그것을 집어 들자 상인이 기다렸다는 듯 말했다.

"아~ 손님 눈썰미 한번 기가 막히시네! 그게 한양의 귀한 자제

들이 지니고 다니는 것입니다요!"

그것을 손에 든 시백이 조심스럽게 장신구의 뒷면을 돌려보았을 때였다. 그의 눈이 크게 커졌다.

"!"

장신구의 뒷면에는 그의 이름 글자인 백(白)이 수놓아져 있었다. 그것은 바로 그의 것이었다. 어린 시절 그의 무병장수를 바라며 어머니가 만들었던 바로 그 장신구였다. 그는 이 장신구를 화진을 처음 만난 날 누군가에게 주었었다. 그들은 화진이 낳은 아이를 묻어주겠다던 부부였다. 분명 죽은 아이와 함께 땅속에 묻혀야 했을 바로 그 장신구였다. 오랫동안 잊고 있었던 기억이 떠오르자 시백이 상인을 쏘아보며 물었다.

"이것. 어디서 났소?"

"예? 무, 무슨 말씀이신지?"

"이것은 원래 내 것이었소. 내 어머님이 직접 만들어주신 것이었지. 그리고 난 이것을 병자년에 누군가에게 주었소. 그런데 어찌 이것을 여기서 팔고 있단 말이오?"

"그, 그게 그러니까!"

"사실을 고하지 않겠다면 관아에 고하겠소."

시백의 엄포에 상인이 겁을 먹은 얼굴이 되었다.

"나으리!"

"훔쳤소?"

"아닙니다요! 저, 절대 훔친 것이 아닙니다요!"

시백의 추궁이 이어졌다.

"허면 어디에서 났소?"

⸜⸝⸜⸝⸜

눈앞의 파도 소리가 귓가를 울릴 만큼 크다. 그런데도 할아버지
의 목소리는 그 파도 소리를 충분히 덮고서 똑똑히 들려온다.

"넌 어릴 적부터 늘 잘못된 선택을 했었지. 열 살이 채 안 되었을
때도. 스무 살이 채 안 되었을 때도. 그리고 서른 살이 채 안 되었을
때도."

"십 년이 지났으니 전 미래에서 없는 사람이 되었을 텐데…… 어
떻게 절 기억하시는 거죠?"

"넌 특별하니까."

"특별하다고요?"

"그래. 넌 정말 특별한 아이였다. 시간이 특별히 네게 많은 능력
을 주었지. 그런데도 넌 스스로 그 능력을 가지고 해서는 안 되는
짓을 벌였어."

"제가요?"

"죽어야 할 운명인 정운의 목숨을 한 번도 아니고 여러 차례나
살리려고 했지. 그 결과 넌 이 시간에 갇히게 되었고."

"이젠 상관없어요."

"상관없다? 궐에 있어야 할 네가 이 강원도 통천에 있는데도?"

"궐에 있어야 한다니요?"

"세자의 곁. 봉림대군의 곁에 있어야 하지 않니?"

봉림대군을 떠올리며 난 짧게 코웃음 쳤다.

"그는 제가 원하는 사람이 아니에요."

"그러나 네가 낳은 아이의 아버지야."

난 한겨울 내 품에서 죽어갔던 작은 아이를 떠올리며 화를 냈다.

"이미 죽어버린 아이를 두고 모성애라도 논하자 이거예요? 여기가 아무리 조선이라도 그런 사고방식은 전 절대 받아들일 수 없어요."

"그래서 봉림대군이 아닌 이시백을 택했니?"

"!"

할아버지의 입에서 나온 이시백의 이야기에 난 말을 잇지 못했다.

"네가 봉림대군의 곁에서 사라진 이후에 난 계속 이 시대 어딘가에 있을 너의 존재를 찾았다. 하지만 찾을 수가 없었지. 그래서 다른 방식으로 널 찾기 시작했어. 원래대로 흐르지 않는 역사. 잘못되어가는 역사부터 찾기 시작한 거야. 그 가운데에서 이시백을 찾았다."

난 더는 할아버지와 눈을 맞추지 못했다.

"그는 지금 조정에 있어야 해. 그런데 너와 함께하면서 그의 인생이 달라졌다. 그런데도 그와 혼인을 해?"

"그래서요?"

"그래서라니?"

"네. 할아버지 말씀대로 전 벌을 받았어요. 감히 제게 주어진 능력을 가지고 시간이 허락하지 않는 짓을 벌이려고 했으니까. 그 대가로 이 시대에 갇혔잖아요? 그리고 십 년이 지났으니 전 이제 이 시대에 속한 사람이에요. 이시백의 아내로 살 수 있게 되었다고요."

"아니. 그건 네가 잘못 생각한 거다."

"잘못 생각했다고요?"

난 다시 할아버지의 얼굴을 쳐다보았다.

"황 규수, 황다희. 원래 이시백의 계처가 되어야 할 여인이었지. 그런데 지금 절간에 머물며 비구니 아닌 비구니 생활을 하고 있다. 바로 너 때문에. 게다가 곧 세자가 즉위할 거야. 너도 알다시피 세자는 북벌론을 추진할 거다. 시백은 그 선봉장이 되어야 해. 그런데 이시백이 지금 어디에 있지? 너와 팔도를 유람이나 하며 쓸모없는 세월을 보내고 있잖니."

할아버지의 말은 늘 틀린 말이 하나도 없었다. 어쩌면 그래서 난 늘 반항적이었는지도 모르겠다. 무언가 하나쯤은 내가 옳다는 부분을 찾기 위해서.

"아직 너희 두 사람의 사이에는 아이가 없지?"

"!"

내 두 눈이 크게 떠졌다. 할아버지는 이런 나를 바라보며 말했다.

"왜 아이가 없을까?"

할아버지가 늘 이렇게 던지는 물음은 이미 답을 알고 있을 때뿐이었다. 그러나 지금 난 그 답을 듣고 싶지 않았다.

"시백은…… 상관없다고 했어요. 그건 저도 마찬가지고요."

아예 답을 듣지 않겠다는 식으로 나오는 나를 보며 할아버지가 화를 냈다.

"넌 봉림대군 이호의 여인으로 살아가기 위해 이 시대에 갇힌 거다! 다시 태어난 유정운의 아내가 되기 위해서가 아니라! 어리석게 그런 똑같은 실수를 하다니!"

"아니에요!"

"아니라고?"

"네! 제 운명은 제 스스로 선택할 거예요. 그러니 전 죽어도 세자의 곁으로는 안 가요. 당장 이 자리에서 죽어도 이시백의 아내로 살다 죽을 거예요."

할아버지는 정운을 살리겠다며 울부짖던 나를 바라보던 그때와 똑같은 눈으로 나를 바라보며 말했다.

"네가 계속 그렇게 고집을 부린다면 너만 죽는 게 아니야. 이시백도 죽어. 네 앞에서 유정운이 죽었던 것을 기억하니? 이제 '시간'은 유정운에 이어 이시백을 네 눈앞에서 앗아갈 거다."

내겐 다시는 떠올리고 싶지 않은 깊은 상처다. 정운이 내 품에서 숨을 거두던 그 순간은.

"차라리 날 먼저 죽이세요! 시간에게 날 먼저 죽이라고 하시라고요!”

“네가 그렇게 거부해도 네 엄마가 그랬듯이 너도 네게 주어진 운명을 소명처럼 받아들이게 되는 날이 올 거야.”

난 어이없다는 듯 헛웃음을 지었다.

“마치 무슨 예언자처럼 말씀하시네요?”

“화진아. 난 네 미래를 보고 왔다. 왕이 된 봉림대군의 곁에 있는 너를.”

“!”

내 눈꺼풀이 심하게 떨려오기 시작했다. 난 이것을 할아버지에게 보이지 않으려 고개를 숙였다. 할아버지가 이런 내게 말했다.

“지금이라도 이시백을 떠나 세자인 봉림대군 곁으로 가야 해.”

“안 가요.”

“네가 그렇게 나온다면 나도 이제 더는 너를 도와줄 수가 없다.”

다시 고개를 들었을 때 할아버지의 모습은 더는 찾아볼 수가 없었다. 오로지 파도 소리만이 나와 함께 머물고 있을 뿐이었다.

❧

열 살이 채 안 되어 보이는 남자아이가 작은 초가 앞마당에 웅크리고 앉아 있었다. 무언가를 하는가 싶었는데 소년은 나뭇가지로 바닥에 글자를 하나하나 적어 내려가고 있었다. 멀리서 그 아이를 한참 동안이나 바라보던 시백이 조심스럽게 초가의 마당으로

들어섰다. 열심히 글자를 적어가던 아이가 시백의 커다란 그림자
를 느끼고는 고개를 들었다.

소년과 시백의 눈이 마주쳤다.

"……!"

['형님!']

아주 잠깐이지만 시백은 오래전에 궐 종학에서 만났던 봉림대
군의 어린 시절을 떠올렸다. 이상하다는 생각은 들었지만 그는 그
보다 더 중요한 일을 목전에 두고 있었다.

시백은 한 손에 들고 있던 비단부채를 그 소년에게 내밀었다.

"네 것이냐?"

가만히 그것을 바라보던 소년이 고개를 저으며 대답했다.

"이젠 제 것이 아닙니다. 팔았습니다."

"어찌 팔았지?"

"저를 거둬서 키워주신 양부모님이 계신데 요즘 많이 힘드십
니다. 상점 주인이 이걸 팔면 보름치 양곡은 충분히 살 수 있다고
해서……."

"팔았구나?"

"예. 그렇습니다."

시백이 소년의 뒤로 보이는 초가를 둘러보며 물었다.

"그보다 네가 이런 귀한 물건을 지니기에는 매우 가난해 보이는

242

데 이건 어디서 난 것이냐?"

"양부모님의 말로는 어릴 적 어느 귀인이 제게 주신 것이라 하셨습니다. 그리고 이걸 지니고 있으면 언젠간 제 아버지를 만날지도 모른다고 하셔서……."

"아버지?"

"어머니는 저를 낳은 날에 돌아가셨다고 하셨습니다."

"그래…… 그렇지."

시백은 고개를 끄덕이며 소년의 말을 들었다. 소년을 거둔 양부모가 그가 병자년에 만났던 부부라면 이해가 되는 말이었다. 분명 그들이 볼 때 화진의 숨은 이미 끊어져 있었으니까.

"그런 귀한 것을 어찌 팔 결심을 했더냐?"

"한때는 아버지를 찾을 수 있을 것이라고 생각해서 소중히 여겼습니다. 하오나 어머니도 난중에 돌아가셨다고 하니, 마찬가지로 아버지도 이미 돌아가셔서 저를 찾지 않으시는 것이라면 더는 소중히 지니고 있어도 소용이 없을 것이라 여겨서……."

이야기가 길어질수록 점점 풀이 죽어가는 소년의 목소리를 듣던 시백이 입을 열었다.

"네 어머니가 살아계시다."

"예?"

소년이 놀란 듯 눈을 동그랗게 떴다. 잠깐이지만 커진 소년의 눈동자에서 화진의 눈을 본 시백이 짧게 웃었다. 갑자기 시백이 웃자 소년이 고개를 갸우뚱거렸다.

시백이 웃음을 그치고 소년에게 말했다.

"내가 네 어머니를 만나게 해주마."

◌⟡⟡◌

분명 이유가 있다. 내가 하필 이 시대에 갇히게 된 이유.

난 그것이 다시 태어난 정운인 시백을 만나기 위해서라고 생각했다. 그러나 이것은 어디까지나 내 생각일 뿐이다.

'시간'은 왜 그랬을까?

할아버지는 나를 피화당에 두고 봉림대군의 첩이 되게 했다. 그렇게 낳은 봉림대군의 아이는 죽었다. 난 그 아이가 죽었기 때문에 봉림대군과 나의 인연은 애초에 잘못된 인연이라고 확신했다.

그 아이가 죽었으니까.

"무엇을 그리 골똘히 생각하시오?"

문을 열어놓은 채 멍하니 앉아 생각에 잠긴 나를 시백이 부른다.

"서방님."

난 어색한 웃음을 지으며 자리에서 일어섰다.

"도련님께 보낼 서신은요?"

"다행히 한양으로 가는 사람을 찾았소."

"잘 되었네요."

바로 그가 방안으로 들어올 줄 알았는데 계속 밖에 서 있다. 그는 방안에 서서 자신을 기다리고 있는 내 얼굴을 보며 웃고 있다.

그런데 그 웃음은 무언가 난처한 웃음이다.

"무슨 일 있었어요?"

조심스럽게 운을 떼는 내게 시백이 난처한 웃음을 머금은 채 말한다.

"놀라지 말고 들으시오."

"네에."

그렇게 하겠다는 듯 얼떨결에 고개를 끄덕이는 나를 향해 시백이 말했다.

"병자년에 죽은 그대의 아이. 그 아이가 살아 있소."

ᘓᕲᕐᕐᘏᕲ

소년은 절간 문 앞에 앉아 나뭇가지로 바닥에 무언가를 적고 있었다. 그때 지나가던 스님이 소년에게 다가왔다.

"넌 누구냐?"

"전……."

"무슨 일로 이곳에 왔느냐?"

소년이 망설이는 사이 안쪽에서 나오던 시백의 하인이 대신 대답했다.

"저희 나으리가 데려오신 아입니다."

"그래?"

하인의 대답에 스님은 더는 별 관심을 보이지 않고 지나가버렸다. 다시 홀로 남겨진 소년에게 하인이 말했다.

"조금만 기다리거라. 나으리께서 널 데려오신 건 이유가 있으실 테니 곧 부르실 거야."

하인도 가버린 후 소년이 시백이 들어간 방향을 돌아보았다. 절을 찾아오는 손님들이 머무는 긴 행랑이 있는 곳이었다. 저 멀리 자신을 이곳까지 데려온 시백의 흰 도포 자락이 눈에 들어왔다. 그 뒤로 가려져 보이진 않지만 열린 문안에 여인의 치맛자락이 보일 듯 말 듯했다.

"……."

소년이 시백의 넓은 어깨에 가려진 여인의 얼굴을 자세히 보려 눈에 힘을 주었을 때였다.

화진이 비명을 지르듯 소리치는 목소리가 들려왔다.

"아니야! 그 아이가 살아 있을 리가 없다고요!"

"……."

소년의 손에 들고 있던 나뭇가지가 천천히 땅으로 떨어졌다.

"아니야!"

"부인."

"그 아이가 살아 있을 리가 없다고요!"

죽었다. 분명 내 품에서 죽었어. 우린 같이 죽어가고 있었다.

한겨울. 병자호란 가운데에서 그 아이가 살아난다는 것은 불가능했다.

"내가 확인했소. 그 아이를 거둬주었던 부부를 만났고, 내가 그 아이와 함께 묻어주라던 물건도 가지고 있었소."

"말도 안 돼! 거짓말이에요. 왜 그런 거짓말을 하는 거예요? 왜?"

"부인."

흥분한 나를 두고 시백은 어찌할 줄을 모른다. 아니, 나는 그의 말이 모두 꿈만 같았다.

그 아이가 살아 있어서 기쁘냐고?

전혀 그렇지 않았다.

그 아이는 지우고 싶은 내 인생의 한 부분을 차지하고 있었다. 그 아이를 떠올리면 지우고 싶어도 깨끗이 지울 수 없는 나를 향한 봉림대군의 일방적인 사랑이 떠오른다. 지옥 속에서 살아가던 내게 다가왔던 그의 집착과 그의 행위가 떠오른다.

시백에게는 결코 말할 수 없는. 그래서 죽는 날까지 시백에게 말하지 않기로 마음먹은 그 시절의 일들이.

"흡."

난 울음을 터트렸고 소리를 내지 않으려 입을 막았다. 그리고 시백에게서 돌아섰다.

"부인."

시백이 이런 나를 달래려는 듯 방안으로 들어오려던 그때였다. 그의 움직임이 멈췄다. 그것은 그의 옷자락을 붙잡은 아이의 작은 손 때문이었다.

"……."

그 아이와 나의 시선이 교차했다. 천천히 눈을 깜빡이며 나를 올려다보고 있는 아이. 그 아이를 보는 순간 거짓말처럼 그쳐버린 내 눈물. 방금 전까지 울던 내 얼굴을 그 아이는 유심히 쳐다보며 서 있었다. 어쩌면 그 아이에게는 난 큰누나뻘인 외모를 가진 소녀로 보일 수도 있었다. 그래서인지 나를 쳐다보던 아이의 얼굴이 점점 어색해진다.

"밖에서 기다리라고 했을 텐데."

시백이 허리를 숙여 아이와 눈을 맞추며 자상하게 말한다. 아이는 내게서 눈을 떼고는 시백을 돌아보았다. 그 순간 나는 그 아이와 나 사이에 놓인 문을 닫아버렸다.

༄ༀ

날이 어두워지도록 내가 닫은 방문의 문은 열리지 않았다. 시백이 어디로 갔는지 모르겠다. 그를 찾으러 가야 하는지도 모르겠다.

['그대가 나의 자존심을 끝까지 무너뜨리려 해도 난 자신 있소.']

['오늘부터 나를 대군이라 부르지 마시오. 정연이라 부르시오. 그것이 내 이름이오.']

['나라는 사내를 보아주시오! 지금 그대를 바라보고 있는 건 이

정연이라는 사내요!']

　['나는…… 나는 그대를 진심으로 아껴줄 것이오! 오직 그대만……! 다른 측실은 더는 들이지 않을 것이오! 그러니 내 여인이 되어주시오…… 제발.']

.

.

.

　['제발…… 내 여인이 되어주시오……']

　불도 켜지 않은 방에서 난 혼자였다. 무엇을 어떻게 해야 할지 몰랐다.

　"왜 그 아이가 죽었을 거라고 생각했지?"

　"……!"

　어둠 속에서 또렷하게 들려오는 할아버지의 목소리에 난 무릎 사이에 묻은 고개를 들었다. 한지 창 사이로 들어오는 희미한 빛이 할아버지의 얼굴 윤곽을 확인할 수 있게 해주었다.

　"넌 그 아이가 살아 있는 게 두려운 게 아니야. 이시백에게 말하지 못한 진실이 들킬까 두려운 거지."

　"이건 잘못된 역사예요."

　"뭐가?"

　"효종에겐 서장자 따윈 없어요. 아들은 현종 단 한 명뿐이라고요."

"그렇지. 우리가 아는 역사에서는."

"지금 저 아이 손을 붙잡고 세자에게 가라는 소리를 하려고 오신 것은 아니겠죠?"

"저 아이의 탄생은 나도 예상 밖의 일이었다. 저 아이가 오늘날까지 살아 있었다는 것도. 어쩌면 네가 저 아이를 데리고 세자에게 가려고 하더라도 저 아인 갑자기 죽을지도 모르지. 역사에 단 한줄의 이름도 남기지 못한 채."

"일부러 저 아이를 시백의 눈에 띄게 하신 거예요? 할아버지가?"

난 차가운 목소리로 따져 묻고 있었다.

"난 그러지 않았다."

"거짓말 마세요. 모든 게 우연치고는 너무 동시다발적으로 일어난 것 같은데요?"

"오늘 총석정에 온 것은 너 스스로의 발걸음이었어."

그것은 사실이었기에 난 답을 하지 못했다.

할아버지가 내게 말했다.

"넌 확인하고 싶었겠지. 네가 느끼는 지금 이 행복이 깨질까봐. 네가 조선에서 머문 지 십 년이 지났으니 내가 너를 잊어버렸을지 확인하러 온 거야. 그런데 그게 아니었지."

"언제부터였어요?"

"뭐가 말이냐?"

"언제부터 우리 주변에 계셨냐고요?"

"오늘부터."

"그 말을 어떻게 믿죠?"

"내가 낮에 총석정에서 말하지 않았니? 난 너의 미래를 보고 왔어. 그 미래는 곧 네가 만날 머지않은 미래지. 넌 왕이 된 봉림대군의 곁에 있었다. 그리고 행복해했어."

내가 어이없다는 듯 웃음을 터트렸다.

"왜 웃지?"

난 웃음을 거두고 다시 차가운 목소리로 말했다.

"설사 그런 일이 있었다고 하더라도 거짓이었겠죠. 연기겠죠. 여자들은 그런 연기 잘하거든요. 불행한데 행복한 척. 죽고 싶은데 멀쩡한 척."

"그럼 지금의 너는 진심으로 행복하니?"

"……!"

"넌 외나무다리 위를 걷고 있다. 언제 그 아래 절벽으로 추락할지 모르는 그런 다리 위를. 그런데 혼자 걷는 게 아니야. 이시백과 함께지. 두 사람이 계속 그 다리 위를 걸을수록 언젠간 반드시 둘 다 떨어지게 될 거다."

난 이유 모를 서러움이 복받쳐 왈칵 울음을 토해냈다. 그 울음으로 할아버지의 얄팍한 동정심이라도 얻어내려 하는 것은 아니었다.

"이시백이 아니면 안 돼요."

울며 말하는 내게 할아버지는 이렇게 답했다.

"정운이 죽었을 때도 넌 그렇게 말했지."

"그땐……!"

할아버지가 내 말을 끊었다.

"화진아. 연인이 죽는다고 세상이 끝나지 않는다는 건 이젠 잘 알 거다. 그러니 이젠 그가 목숨을 잃기 전에 놓아줘."

"싫어요."

이 대답만큼은 단호했다.

이렇듯 완강한 나를 설득하는 것을 포기한 할아버지가 말했다.

"그 역시 네 선택이니…… 다만 네 아이는 내가 데려가마."

"데려간다고요? 어디로요?"

"미래로."

"하지만 이 아이는……!"

"이 아이도 우리와 같은 시간여행자다. 부모인 네가 거둘 수 없다면 함부로 제 능력을 사용하지 않도록 누군가는 이끌어줘야 해. 미래로 데려가 십 년이 지나면, 이 아이 역시 이 시대에서 없었던 존재가 된다. 그래서 역사에 이 아이의 존재가 남지 않게 된 것인지도 모르지."

할아버지가 아이를 미래로 데려간다는 것은 영원히 이 아이와 내가 만날 수 없다는 걸 의미했다. 나는 이제 이 시대에 속한 사람이 되었으니까.

"넌 이 아이를 책임지고 싶지 않겠지."

"……."

책임. 난 그 아이를 책임지는 문제에 대해서 논하려는 것이 아니다. 이 아이와 함께 지워지지 않는 내 과거를 부정하고 싶은 것이다. 아직 난 과거의 기억을 정리하지 못했다. 끝없는 심연 속에 묻어두었을 뿐이다.

이 마음에 짓눌려 대답을 잃어버린 내게 할아버지가 말한다.

"그러니 내가 데려가마."

◈✦◈

아이와 한방에 있던 시백은 날이 어두워지자 등잔에 불을 붙였다. 그는 아이에게 먼저 자라는 듯 이불을 깔아주었다. 조용히 흔들리는 불빛을 가만히 응시하고 있던 시백을 이불 위에 앉아 있던 아이가 부른다.

"나으리."

"응?"

시백이 돌아보자 아이가 공손히 무릎을 꿇으며 묻는다.

"조금 전 그 부인이 제 어머니이신가요?"

진작 물었어야 할 물음을 아이는 계속 눈치만 보느라 이제야 겨우 꺼낸 것이다.

시백은 잠시 망설이다가 대답했다.

"어찌 그렇게 생각하지?"

"나으리께서 제 어머니를 만나게 해주신다고 하셔서 온 길이니까요."

"그래. 그랬다."

시백이 아이의 머리를 쓰다듬어주었다. 그제야 아이가 조금 긴
장이 풀린 듯 배시시 웃는다. 시백은 그 웃음에서도 화진의 미소를
엿보았다.

"네 어머니는 네가 죽은 줄로만 알고 계셨다. 아주 오랫동안. 갑
자기 네가 살아 있다고 하니까 믿기 어려우시겠지?"

"저도 어머니가 돌아가셨다는 말을 듣고 자랐습니다. 그러니 이
해할 수 있습니다. 많이 놀라셨을 것 같습니다."

시백이 고개를 끄덕이며 긴 한숨을 내쉬었다. 그때 시백의 얼굴
을 쳐다보던 소년이 말한다.

"저, 그럼……"

"응?"

"나으리가 제 아버지이십니까?"

시백이 잠시 할 말을 잃은 얼굴로 소년을 쳐다보았다. 그것은 소
년에 눈동자에 묻어난 어떤 간절함이었다. 오랫동안 양부모 밑에
서 크면서 소년은 성장할수록 자신의 부모의 모습을 수없이 그려
봤을 것이다. 어쩌면 시백은 소년이 바라던 이상적인 아버지의 모
습을 가지고 있는지도 모른다.

"아버지이십니까?"

"나는……"

거짓으로라도 그렇다고 대답해주고 싶은 시백이었다. 그러나

거짓은 오래가지 못한다. 잠시 고민하던 시백이 말했다.

"아니다."

"아…… 예에."

돌아오는 아이의 목소리가 퍽 실망스럽던 바로 그때였다.

"서방님."

문밖에서 화진의 목소리가 들려왔다.

⚭

두 사람의 그림자가 문에 그려졌다. 가만히 그 그림자를 응시하던 내가 입을 열었다.

"서방님."

– 끼익

닫혀 있던 문이 열리고 모습을 보인 것은 시백이었다. 그는 놀란 얼굴로 나를 쳐다보았다.

"부인."

그의 뒤로 호기심 어린 눈동자를 지닌 아이의 얼굴도 보였다.

"그 아이와 잠시 이야기를 나누고 싶어요. 그래도 될까요?"

"물론이오."

시백이 일어서서 밖으로 걸어 나왔다. 나는 시백의 얼굴을 한번 쳐다보고는 그를 지나쳐 방안으로 들어갔다. 그리고 천천히 문을 닫았다.

어디선가 풀벌레 우는 소리가 들려왔다. 그 소리만 들려올 정도로 방안에 앉은 나는 아무 말도 하지 않았다. 정적이 길어지자 아이가 천천히 고개를 숙인다. 잠시 후 시백의 발걸음이 멀어지는 소리가 들리고 나서야 난 아이의 얼굴을 바라보았다.

"네 이름이 뭐니?"

"설우예요."

"설우?"

"네."

"누가 지어준 이름이니?"

"양부모님께서 지어주셨어요."

아이가 고개를 끄덕인다.

"왜 그런 이름을 지어주셨대?"

"병자년에 저를 거두시고 며칠 동안 계속 눈이 비처럼 왔대요."

"그래서 설우구나. 그래…… 설우. 설우야."

"네?"

난 아이의 눈동자를 응시하며 천천히 입을 열었다.

"내가 널 낳은 친모란다."

이것은 아이가 원한 답이었을지 모른다. 그런데 막상 이 답을 들은 아이는 고개를 천천히 수그린다. 그리고 몇 번 힘없이 까딱거릴 뿐, 반가움의 포옹도 그리움 가득한 정도 나눌 것이 아무것도 없었다.

"병자년 겨울에 널 낳았지. 네 양부모님이 어디까지 이야기해주셨는지는 모르겠지만 추운 겨울이었어. 전쟁 중이었지. 난 그때 네 친부와 헤어지고 죽을 고비를 넘겨서 너를 낳았어. 그리고 너와……."

그날의 기억은.

"……함께 죽으려고 했단다."

다시금 떠올리면 그날의 일이 눈앞에 생생하다. 그래서 그간 나는 그날의 기억을 떠올리지 않으려 그렇게 노력해왔는지도 모르겠다.

막 태어난 아이의 태맥이 가라앉는 것을 느꼈다. 난 반 제정신이 아닌 상태에서 달궈진 낫으로 탯줄을 잘랐다. 그렇게 품에 안아 든 아이는 울지 않았다. 곧 아이가 죽을 것이라 확신했다.

['나는 더는 걸을 수 없고 너는 곧 죽을 테니까……']

내 숨이 여기서 끊어진다면 이 아이와 함께 끊어지는 것이 옳다고 여겼다. 그리고 이젠 안다. 그 아이가 조금만 늦게 태어났더라도…….

['네가 조금만 더 늦게 태어났더라면 난 좋은 엄마가 되었을지도 몰라.']

난 좋은 엄마가 되지 못했을 거란 걸.

"손. 잠깐 쥐볼래."

아이가 내민 한 손을 잡아본다. 그때 내 새끼손가락보다도 더 작았던 손은 이제 내 손의 반쯤 되는 크기가 되어 있었다.

난 정연을 떠올렸다. 그가 병을 핑계로 자신의 처소에 덫을 놓았다는 걸 알고 있었다. 정운을 잃은 나는 자포자기했고 그곳에서 무슨 일이 벌어질지 알면서도 그곳으로 갔다. 선택의 여지가 없었다. 내가 정연의 첩이라는 사실을 모르는 사람은 아무도 없었으니까.

살기 위해 갔던 것일까? 그러나 아이는 생각하지 못했다. 만약 정연이 존재를 알기 전에 내가 먼저 알았더라면…… 지워버렸을지도 모를 아이. 그 아이가 살아서 내 앞에 있었다.

"설우야."

"네."

"네겐 특별한 능력이 있어. 그리고 그 능력은 누군가의 가르침이 필요해."

"능력이요?"

"응. 그래서 넌 이곳에서 살기에는 맞지 않아. 그렇다고 내가 너를 거둬줄 수도 없고…… 시간여행자가 낳은 아이는 살아서 태어나도 성년이 되기 전에 죽거든. 그래서……."

눈물이 앞을 가렸다. 적어도 이 모든 말을 끝내기 전까지는 아이 앞에서 당당하고 싶었다. 당당하고 매몰차서 이 아이가 나를 하루라도 빨리 기억 속에서 지워버리기를 바랐다.

"그래서 이미 이 시대 사람이 되어버린 난 네 어머니 노릇을 할 수 없어."

오늘 처음 만난 아이. 그 아이가 내 말뜻을 이해했는지는 알 수 없지만 담담한 표정으로 듣고 있었다. 그때 좁은 방안에 바람이 불었다. 그 바람을 느낀 아이가 깜짝 놀란 듯 고개를 들었을 때였다.

아이는 내 뒤에 나타난 할아버지를 보고 놀란 듯 말했다.

"저, 저기에 사람이……!"

난 계속 아이와 눈을 맞추며 말했다.

"저분을 따라가렴. 네가 새로운 인생을 살 수 있도록 해주실 거야. 저분을 따라가면 넌 성년이 되더라도 죽지 않을 거고……."

아이는 어떤 이끌림을 느낀 듯 내게 잡힌 손을 놓고는 자리에서 일어섰다. 그리고 할아버지의 곁으로 다가갔다. 할아버지는 다가온 아이의 손을 잡아주었다.

할아버지가 아이에게 물었다.

"마지막으로 보는 네 어머니에게 할 말은 없니?"

아이는 나와 눈을 맞추더니 가만히 고개를 저었다.

"그래. 알았다."

두 사람의 모습이 점점 희미하게 사라지기 시작했다. 모습이 완전히 사라질 때까지 아이의 초롱초롱한 눈동자는 내 얼굴만을 향해 있었다. 마지막 잔잔한 순풍과 함께 할아버지와 아이의 모습이 사라지자 난 조금 전까지 아이가 앉아 있었던 이불을 두 손으로 끌어잡고 오열했다.

"아흐흑!"

아이를 떠올리며 흘리는 눈물은 남한산성에서 흘린 눈물이 마지막이라고 믿었다. 그렇게 결심했고 그렇게 살아왔다. 지금의 선택도 아이를 위한 것이라고 믿었다. 이 아이가 계속 조선에 살았다가는 언제 어떻게 죽게 될지 모른다. 그러나 미래로 간다면 아이는 새로운 세계에서 죽지 않고 살아가게 될 것이다. 그것이 아이를 위한 것이라고 생각하면서도 나는 후회하고 있었다.

그 아이가 바란 것은 무엇이었을까?

단지 내가 네 어머니라면서 끌어안고 보듬어주는 것을 바랐을까?

시백의 옷자락을 붙들고 선 그 아이의 눈동자를 본 순간 나는 알았다. 가슴이 미어졌고 파헤쳐지는 느낌이었다. 이런 느낌을 받는 내가 싫었다. 낳기만 했을 뿐 정을 쌓은 적도 없고 부대끼며 산 적도 없는 아이였다. 죽은 줄만 알고 살아왔던 아이를 반나절도 안 되는 시간에 딱 두 번 보았을 뿐이었다. 그런 아이에게 느낄 모성애 따위가 존재할 리가 없었다. 애초에 모성애는 따스한 어머니의 마음을 가리키는 말이 아니었던가.

그런데 지금 내가 느끼는 감정은 생살이 도려지고 그 자리가 칼로 파헤쳐지는 고통뿐이다. 이 역시 모성애라면 난 모성애의 의미에 대해 단단히 잘못 알고 있었던 것이 틀림없다.

울다 지쳐 쓰러졌는데 잠이 든 것인지 아니면 정신을 잃은 것인지 분간하지 못할 정도였다. 눈을 떴을 때는 시백이 내 곁에 있었고 난 며칠간 열병을 앓아 일어날 수 없었다. 이 원인 모를 병에 대해 시백은 원인을 캐려 하지 않았다. 그저 내 옆에 있어준 것뿐이었다.

　사나흘이 더 흐르고 나서야 시백에게서 할아버지가 그를 만나고 갔다는 사실도 들어서 알게 되었다.

　"아이의 먼 친척이라던데."

　"네……."

　"그대가 허락했다 들었소. 정녕 그랬소?"

　시백은 아이가 아이 아버지의 집안으로 보내졌다고 여기는 것 같았다. 나도 이 일에 대해서는 긴 말을 하지 않았기 때문에 시백은 여기서 더는 묻지 않았다.

　그 후 우리는 잠시 머물 줄 알았던 그 절간에서 겨울을 났다. 내 몸이 오랫동안 아팠고 쉽게 기력을 되찾지 못했기 때문이었다. 이런 나를 걱정하는 시백에게 미안했지만 나도 마냥 아픈 내 몸을 어찌하지 못했다.

어느 추운 겨울날 시백이 잠시 외출한 사이에 난 잠에서 깨어났다. 온돌방이 너무 훈훈해서 갑갑함을 느낀 내가 문을 열었다. 엄청난 양의 눈이 마루 위까지 쌓여 있었다.

"일어났소?"

갓에 내린 눈을 털며 시백이 마루 위로 올라왔다.

"눈이 이렇게 많이 왔는지 몰랐어요."

"이러다 겨울도 금방 지나가겠지."

방안으로 들어온 시백이 내게 묻는다.

"겨울의 금강산을 보고 싶어하지 않았소?"

"그랬죠."

"눈이 좀 가라앉으면 금강산에 다시 올라갈까? 늦은 눈 구경이라도 하려면 말이오."

"그건 위험해요."

"정상까지 겁 없이 올라가던 여인이 할 소리는 아닌 것 같은데?"

그의 농담에 난 입가에 희미한 미소를 띠었다.

"봄이 되고 몸이 좋아지면 다시 금강산에 오를까?"

"아니요."

"그럼 어디로 가고 싶소? 왜국?"

"싫어요."

"유구국(琉球國, 오키나와)은 어떻소?"

"배를 타고 가는 건 위험해요."

"이 세상에 위험하지 않은 곳은 없으니까……."

"더는 외국에 가고 싶지 않아요."

"그럼……."

시백이 내 눈치를 보며 조심스레 묻는다.

"도성으로 돌아갈까?"

"도성이요?"

"시담이 분가를 하면서 본가가 비었는데 본가의 주인은 장남인 나니까."

"도성은……."

세자인 봉림대군을 떠올렸다. 내가 망설이자 시백이 말했다.

"아직 겨울이 남아 있으니 천천히 생각합시다. 우리에게 시간은 많으니까."

난 이불 속에서 한 손을 꺼내 그의 손을 잡았다.

"서방님."

"응?"

난 그의 가슴에 머리를 기대며 물었다.

"저를 사랑하신 것을 후회하신 적이 있나요?"

말이라도 차라리 후회한 적이 있다고 해주길 바랐다. 그래야 그를 향한 미안함이 조금이라도 덜어질 것 같았으니까.

하지만 그는 이시백이다.

"그대를 사랑하기 전까지의 시간을 후회한 적은 있소."

남한산성에서 그는 나를 외면했다. 자신을 통해 자신이 아닌 유정운을 바라보던 나를. 그는 그 당연한 시간을 후회한다고 내게 고백한다.

"그대는?"

예상치 못한 곳에서 돌아온 그의 답변에 내 눈이 힘없이 깜빡인다. 어쩌면 그가 가볍게 던진 물음에 나는 진지하게 답을 했다.

"저는 후회하지 않는데……."

"그럼 됐소."

내 말이 다 끝나기도 전에 그는 더는 내 말을 들으려 하지 않았다. 난 차마 다 하지 못한 대답을 마음속으로 읊었다.

……앞으로 서방님이 후회할 일이 생길까봐 두려워요.

그는 내가 잡은 손 위에 또 다른 자신의 손을 올려 포갰다. 그렇게 강원도의 겨울이 깊어가고 있었다.

다음해 봄. 인조는 세자의 아들인 이연을 왕세손으로 책봉하는 교서를 내린 지 얼마 되지 않아 창덕궁 대조전에서 승하했다. 그의 뒤를 이어 조선의 새로운 임금이 된 세자는 바로 봉림대군 이정연, 서른 살의 나이로 즉위한 훗날의 효종, 이호였다.

5장

왕의 눈물

여름, 경기도 양근군.

"아무도 안 산 지 오래되어 보이는데요?"

빈 기와집이었다. 기와 사이사이로 풀이 길게 솟아나 얼핏 폐가 수준으로 보일 정도로.

"그래도 이 근방에서는 꽤나 큰 집이지요."

가쾌의 설명을 시백이 듣는 사이 난 그 집을 둘러보았다. 바깥채와 안채로 나누어진 깔끔한 구조를 가지고 있었다. 특히 안채에서는 날이 좋아서인지 멀리 남한강까지 내다보였다.

"이 집이 오래도록 팔리지 않던 이유가 있소?"

시백의 물음에 가쾌가 대답했다.

"워낙 작은 마을이니 이런 기와를 사들일 만한 부호가 없었지요. 그러다 보니 흉물이 되어가고 있었고요. 허나 잘만 꾸미면 도성에 있는 정승집 부럽지 않을 것입니다."

"음……."

시백이 마음에 든 듯 고개를 끄덕인다.

이를 알아챈 가쾌가 말을 덧붙였다.

"참, 이 집에 내려오는 전설이 하나 있습니다."

"전설?"

"예. 이 집에 살던 여인이 왕이 되었다는 전설입니다."

"여인이 왕이 되다니. 말도 안 되는 전설이군."

"그렇지요? 그래서인지 이 집에 살면 여인들의 기가 세진다는 소문 때문인지 그나마 집을 사러 온 부호들도…… 아차차."

가쾌가 실수한 듯 손으로 입을 막았다. 그때 내가 시백에게 다가와 말했다.

"이 집으로 할래요! 이 집이 마음에 들어요!"

시백도 웃으면서 고개를 끄덕였다.

가쾌가 돌아간 후 시백이 잡초가 돋아난 마당을 둘러보며 말했다.

"이 모두를 정리하려면 여러 날이 걸리겠는데?"

"가을이 되기 전에는 끝날 거예요. 그렇죠?"

팔을 걷어붙인 나를 보며 시백은 마냥 웃기만 했다.

가을, 양근군 용문사.

수천 년을 지키고 있었던 대형 사찰에는 머무는 스님만 수백 명이었다. 이 천년고찰 입구에는 수령이 언제부터 서 있었는지 모를 엄청난 높이의 은행나무가 한 그루 있었다.

갓을 쓴 선비가 제 키를 훌쩍 뛰어넘는 거대한 은행나무를 올려다보았다. 은행나무 주변에는 온통 떨어진 노란 은행잎으로 비단 천을 깔아놓은 것처럼 보였다.

은행나무를 올려다보던 선비의 곁으로 누군가 다가와 말을 걸었다.

"전하."

그 선비는 다름 아닌 이 조선의 왕인 이정연이었다.

암행으로 이곳 양근군 용문사까지 온 젊은 임금은 즉위한 지 넉 달밖에 되지 않았다. 이제 조정 일에 익숙해지고 숨을 돌릴 만한 여유를 지니자, 그는 오랜 숙원을 풀려는 듯 이곳 용문사까지 걸음 한 것이다.

"헉헉! 헉헉!"

용문사 안쪽에서 주지로 보이는 스님과 큰스님들이 줄지어 뛰어나왔다. 그들은 조금 전 왕의 수행원으로부터 왕이 이곳까지 왔다는 사실을 전해 들은 터였다.

"어, 어느 분이 전하이십니까?"

용문사 주지의 물음에 정연이 입가에 미소를 지었다. 그제야 왕을 알아본 주지가 정연에게 고개를 숙였다.

"소승 청운. 주상전하를 뵈옵니다."

주지를 따라 큰스님들도 줄지어 합장하며 고개를 숙였다.

"이리 대접을 받으러 온 것이 아니오. 편히 들렀다 가고자 함이니 주지는 무리하지 마시오."

"송구할 따름이옵니다!"

주지가 길을 열었고 정연이 앞서 절 안으로 걷기 시작했다.

주지의 행랑 안으로 들어선 정연이 방안을 둘러보았다. 천년고찰과 어울리지 않는 단출함이 유독 눈에 들어왔다. 세간도 그리 많아 보이지 않았다.

"무슨 일로 이곳까지 납시셨사옵니까?"

주지가 묻자 정연이 어렵게 입을 열었다.

"과인이 대군 시절 청나라에서 볼모 생활을 한 적이 있었소."

"예에……."

"그 때문에 난중에 죽은 첩과 그 소생을 묻어주지 못하고 조선을 떠나야 했소."

"그런 일이 있으셨사옵니까."

"듣자 하니 죽은 자의 명복을 빌기로는 이 절이 도성 근방에서는 가장 좋다 하기에……."

그제야 주지는 왕인 정연이 이곳까지 온 이유를 알게 되었다. 자신의 첩과 서자의 명복을 빌려고 하는 것이다.

"이름과 생년시를 두고 가시면 소승이 밤낮으로 극락왕생을 위해 기원드리겠사옵니다."

"고맙소."

정연이 자리에서 일어섰다. 오래 도성을 비울 수가 없어서였다.

그가 일어서자 함께 따라온 내관이 적어온 것을 주지에게 건넸다. 주지가 합장하며 산 아래까지 정연을 배웅했다. 산 아래에서 말에 올라탄 정연이 호위하던 내관을 불러 물었다.

"이 근방이라 하였지?"

"예. 전하."

"과인이 시키는 대로 하거라."

"예."

내관이 말을 타고 먼저 절을 떠났다.

집 마당 은행나무에도 노란 은행잎이 가득 열렸다.

"거기요. 거기 빛깔 좋은 거. 그걸로 따주세요."

"알았소."

시백이 나를 대신해서 은행나무에 올라가 은행잎을 한 장 한 장 정성스레 따기 시작했다. 난 예쁜 은행잎만 골라서 잘 말려두었다가 은행잎 차를 만들 생각이었다.

"응?"

은행잎을 따던 시백의 손이 멈췄다. 그는 담 너머의 어딘가를 바라보고 있었다.

"왜요?"

"누가 오고 있소."

"이쪽으로요?"

"그렇소."

이 근방에 집이라고는 우리가 사는 집 한 채뿐이었다. 시백이 나무 위에서 내려오더니 하인을 불렀다.

"밖에 나가보거라."

"예."

하인이 닫힌 문을 열고 먼저 밖으로 나갔다.

"시담이 서신을 보냈나?"

"도련님 서신은 얼마 전에 왔잖아요."

"안 좋은 일이 아니었으면 하는데……."

"걱정 마세요. 그런 일은 아닐 거예요."

시백의 말대로 얼마 지나지 않아서 말발굽 소리가 들려왔다. 말은 정확히 우리가 사는 집 대문 앞에 멈춰 섰다. 미리 나가 있던 하인이 손님을 맞는 소리가 들려왔다.

"어디에서 오셨습니까?"

"이곳이 전 수어사 이시백 나으리께서 사는 집이 맞소?"

"예. 그렇습니다만."

"난 전하께서 보내셨소. 이시백 나으리를 뵈러 왔소."

"아, 그럼 잠시만 기다려주십시오."

하인과 찾아온 누군가가 주고받는 목소리는 나와 시백의 귀에도 똑똑히 들려왔다.

"전하?"

지금의 전하는 바로 봉림대군 이정연이었다. 이 사실을 아는 내 손이 본능적으로 떨려오기 시작했다. 시백이 나를 보며 걱정하듯 불렀다.

"부인?"

"저, 전하께서 어찌 여기를 아시고?"

"글쎄, 말이오……."

시백은 당황하면서도 긴장한 나를 보며 말했다.

"부인은 안에 들어가 있으시오."

"하, 하지만 전하께서 이곳까지 오신 것이면……."

"안사람인 부인은 굳이 나올 필요는 없소."

시백이 부드럽게 나를 달랬고 난 고개를 끄덕인 채 안채로 향했다. 곧 대문이 열리며 밖에 있던 누군가가 안으로 들어왔다. 난 일부러 안채로 들어가지 않고 사랑채 기둥 뒤에 숨어 밖을 내다보았다.

- !

찾아온 사람의 얼굴을 바로 알아보았다. 정연이 봉림대군이던 시절에 그를 모시던 내관이었다.

"연안군 대감!"

내관과 시백도 안면이 있는지 서로를 보며 반갑게 인사했다.

"김 내관 아니오?"

"예. 참으로 오랜만입니다."

"어찌 이곳을 알고 오셨소?"

"전하께서 알아내셨지요."

"전하께서? 허면 전하께서는 어찌 내가 이곳에 사는 것을 아셨단 말이오?"

"대감의 아우분께서 도성에 살고 계시지 않습니까."

"시담이가……."

난 우리와 주기적으로 안부 서신을 주고받는 시담이 왕에게 가르쳐준 것임을 알게 되었다.

"전하께서 내 아우에게 물으실 정도로 나를 찾으셨소?"

"찾기만 하셨겠습니까? 늘 연안군 대감의 이야기를 입에 달고 계셨지요."

"그랬군……."

세월이 지났음에도 정연이 자신을 기억해준다는 사실은 시백을 기쁘게 한 것이 틀림없었다.

"마침 전하께서 이곳에서 멀지 않은 용문사에 암행하셨다가 연안군 대감을 뵙고자 모시고 오라 소인을 보내셨습니다."

"전하께서 이 근방에 계시다고?"

"예. 어서 가시지요."

"알겠소."

시백은 흔쾌히 대답하고는 나를 떠올렸는지 안채로 돌아섰다. 난 재빨리 안채로 뛰어 들어갔다. 시백이 안으로 들어왔다.

"부인."

"네?"

"조금 전 온 사람 말이오. 전하께서 보내셨다 하오."

"전하께서요? 어떻게요?"

난 이미 다 엿들었음에도 모른 척 시백에게 되물었다.

"시담이를 통해서 내가 이곳에 살고 있다는 사실을 아신 모양이오. 마침 이 근방에 오셨다가 나를 보고자 사람을 보내신 것이오."

"그렇군요……."

"다녀오리다."

딱히 말릴 이유는 없었다. 나도 종종 봉림대군에 대해서 시백에게 들어왔으니.

"네……."

시백이 내 손을 부드럽게 한번 잡아주고는 자리에서 일어서 밖으로 나갔다. 그가 나간 후 잠시 멈췄던 손의 떨림이 다시 시작되었다.

᭤᭢᭠

시백이 도착한 곳은 어린 은행나무들이 길게 늘어선 길가였다. 그곳에 왕을 호위하는 것으로 보이는 운검 두 사람이 서 있었다.

"가보십시오."

시백을 여기까지 데려온 내관이 말했다. 시백은 말에서 내려 은행잎 깔린 길을 따라 운검들이 있는 곳까지 갔다. 그런데 그곳에서도 정연은 보이지 않았다. 그때 눈앞에 있는 은행나무 뒤에서 언월도를 든 정연이 나타났다.

"전하!"

정연을 본 반가움에 시백이 그를 불렀을 때였다. 정연이 언월도를 두 손으로 힘주어 잡더니 무표정한 얼굴로 소리쳤다.

"검을 잡게."

"예?"

"어서."

운검이 시백에게 다가와 자신의 검을 건네주었다.

"전하. 지금……."

"어서."

정연의 재촉에 시백은 얼떨결에 운검의 검을 잡아들었다. 그때 정연이 언월도를 휘두르며 빠르게 시백에게 달려들었다.

"아아아악!"

정연이 내지르는 기합 소리에 놀란 시백이 뒷걸음치며 겨우 검을 들어올렸다.

– 챙!

사정없이 휘두른 언월도에 시백은 그저 막기만 할 뿐 별다른 대응을 하지 못했다.

"연안군! 전쟁이 끝났다고 검을 내려놓은 지 오래되었던가?"

"전하! 이러시면……!"

"이얍!"

다시 정연이 기합을 내지르며 무거운 언월도를 자유자재로 휘둘렀다. 검날과 언월도의 날이 날카로운 굉음을 내며 맞부닥치길 여러 번. 계속 막기만 하던 시백이 결국 힘주어 언월도의 날을 밀어버렸다. 이에 한 걸음 뒤로 물러난 정연이 다시 시백을 향해 달려들었다. 정연이 무슨 생각을 하는 것인지 시백으로서는 알 도리가 없었다. 그러나 정연이 왕이 아니더라도 시백은 그와 맞서 진검을 휘두를 자신이 없었다. 결국 시백이 달려드는 정연을 보더니 검을 바닥에 내던진 채 두 눈을 감아버렸다.

"이야앗!"

정연은 그런 시백을 베어버리겠다는 듯 언월도를 높게 쳐들었다.

- 탱

언월도에 매달린 쇠고리가 날에 부딪히는 소리를 냈다. 그 날은 바로 시백의 이마 앞까지 닿아 있었다. 하지만 정연은 시백을 베지 않았다. 그는 들고 있던 언월도의 손잡이 부분을 땅에 박히도록 세게 내리꽂았다. 그 소리에 시백이 감았던 눈을 떴다.

"헉…… 헉…….."

참았던 숨을 천천히 몰아쉬는 정연의 이마에 땀방울이 송골송골 맺혀 있었다. 무표정으로 시백을 응시하던 정연의 입이 열린 것은 그때였다.

"연안군…… 형님."

'형님'이라는 단어에 시백의 얼굴에 웃음꽃이 피어났다. 정연은 들고 있던 언월도를 운검에게 건네고는 시백에게 다가와 두 팔로 그를 끌어안았다. 시백도 그런 정연을 함께 끌어안았다. 두 사람은 서로를 얼싸안은 채 오랜 그리움을 나눴다.

"어찌 그리도 매정하십니까? 세자 형님이 돌아가셨을 때는 오실 줄 알았습니다."

"그저 송구하여 저하의 명복을 멀리서 기원하고 있었습니다."

"그때 제가 슬픔을 나눌 사람은 오직 연안군 형님뿐이라 얼마나 기다렸는지 모르실 겁니다."

"황공하옵니다, 전하."

"저는 형님이라 부르는데 형님은 계속 저를 전하라 부르실 것입니까?"

시백이 주변에 선 운검들의 눈치를 보았다. 이를 알아챈 정연이 면박을 주듯 눈을 흘기자 시백도 포기한 듯 껄껄 웃으며 다시금 정연을 얼싸안았다.

"아우님."

"형님!"

두 사람은 그렇게 서로를 친형제처럼 얼싸안으며 한참을 소리 내어 웃었다.

은행나무가 만들어준 길을 따라 나란히 걸으며 정연이 말했다.

"이곳에 오면 반드시 형님을 만날 수 있을 줄 알았습니다."

"어찌 저를 찾으셨는지요?"

"아바마마도 승하하시고 어마마마도 곁에 안 계시고 세자 형님마저도…… 이런 과인에게 힘이 되어줄 사람은 오직 연안군 형님뿐이라는 걸 알기 때문입니다."

"전하……."

"이제 그만 과인과 함께 도성으로 돌아갑시다."

"신은……."

"형님."

왕인 정연의 재차 부탁에 시백도 계속 거절할 수는 없었다.

"부인이 원치 않습니다."

"부인? 아…… 형님의 부인께서도 무탈하십니까?"

"예."

"아이는?"

아이 소식부터 묻는 정연의 말에 시백이 말을 아낀다. 눈치 없는 정연이 활짝 웃으며 말했다.

"딸아이가 있습니까? 있으면 말만 하십시오. 형님의 여아라면 외모는 보지도 않고 원자의 짝으로 삼을 터이니!"

"아직…… 아이는 없습니다."

민망함을 느낀 정연이 말을 돌렸다.

"자고로 여인은 사내 하기 나름이라지요. 부인을 잘 설득하셔서 도성으로 돌아오세요. 과인에겐 연안군 형님 같은 신하들이 필요합니다."

"전하……."

"남한산성에서의 치욕을 잊지 않으셨겠지요? 조선은 이제 강국이 되어야 합니다. 그저 유목이나 하던 만주인들도 해낸 일입니다. 조선도 해낼 수 있습니다."

강한 의지가 담긴 정연의 눈을 시백은 외면할 수가 없었다. 정연이 멀리 서 있는 내관을 가까이로 불렀다. 내관이 무언가를 가져와 정연에게 내밀었고 정연은 그것을 시백에게 주었다. 시백이 그것을 펼쳐 들고는 그 안에 적힌 내용을 보고는 깜짝 놀랐다.

- !

그것은 시백을 병조판서에 제수한다는 교서였다.

"전하. 이것은……!"

"과인이 오래전부터 구상하고 있는 계획들이 있습니다. 이를 실행하기 위해서는 형님이 꼭 필요합니다. 돌아와주십시오."

정연이 말하는 계획을 시백은 알 순 없었다. 다만 이 제안을 받는 순간부터 시백은 자신의 가슴이 뛰기 시작한 것을 알아차렸다.

정연은 해가 지기 전까지 나루에서 도성으로 가는 배를 타야 한다는 일정도 변경한 채 시백과 보냈다. 결국 하루를 양근군에서 머물기로 한 정연은 관사에서 머물렀고 그곳에서 시백과 술을 나눴다.

먼저 하인을 보내 오늘은 늦는다고 화진에게 알린 시백이었지만 막상 날이 어두워지자 계속 밖에만 내다보게 되었다.

"춥지 않습니까?"

열어둔 창문 밖으로 자꾸 시선을 주는 시백을 보며 정연이 물었다. 시백이 그제야 정연의 말뜻을 알아차리고는 창문을 닫으며 말했다.

"밤이 늦었기에……."

"여기서 과인과 함께 주무시지요. 내일 아침 일찍 집으로 돌아가시면 되지 않겠습니까?"

"부인과 떨어져 밤을 보낸 지가 너무 오랜만이라 걱정되어……."

"아……."

정연이 얼굴을 붉혔다.

"아이가 없으신데도 부부간에 사이가 좋은 일은 놀라운 일입니다."

"그렇습니까?"

"그리 오랫동안 부부간에 정을 나누고도 후사가 없다는 것은…… 형님의 문제입니까?"

시백이 헛웃음을 터트렸다.

"어찌 웃기만 하시고 대답은 안 하십니까?"

정연은 당연한 듯 시백에게 다른 여인을 가까이한 적이 있는지를 물었다. 하지만 시백에게 여인이라고는 먼저 죽은 첫 번째 부인을 제외하고는 화진이 유일했다. 그래서 시백은 할 말이 없었다.

"설마 부인뿐이십니까?"

이번에도 시백은 어색한 웃음만 흘렸다. 정연이 그런 시백을 보며 크게 웃었다.

"사내가 아내의 눈치를 보는 것이 아니고서야……."

시백이 입술을 삐쭉거리며 정연에게 변명하듯 말했다.

"전하께서는 신의 부인을 본 적이 없으시지요?"

"뭐…… 심양에서도 세자 형님만 보신 걸로 알고 있습니다."

"신이 무슨 복이 있는지 신의 부인을 한 번이라도 본 사내라면 모두 가지고 싶어 안달할 정도의 아름다운 여인을 부인으로 맞이했습니다."

"흠……."

정연이 그 말에는 동의할 수 없다는 듯 팔짱을 꼈다.

"죽은 제 첩을 한 번이라도 보셨다면 형님은 그런 소리를 못 하실 겁니다."

"아직도 그 첩을 잊지 못하셨습니까?"

"예……."

정연이 무겁게 술잔을 들어 한 모금을 마셨다.

"잊으려고 노력하지 않은 것은 아닙니다. 다 쓸모가 없는 노력들이었을 뿐. 그녀를 잃은 후 아무 계집이나 취하지 않은 일이 없었습니다. 세자가 된 이후에도, 왕이 된 이후에도. 심지어 두 눈을 천으로 가린 채 여인을 취하기도 했었지요."

이 고백에는 시백도 조금 놀란 표정이었다.

"어차피 잊을 수 없다면 차라리 눈을 가리고 지금 안는 여인이 그녀라 생각하려고 한 것인데……."

"……것인데?"

"체취가 달랐습니다. 체취마저도 그녀를 잊을 수가 없었습니다. 괴로운 일이지요."

"그런 여인이 전하께 있었다는 사실이 놀랍습니다."

"형님은 뭐, 과인과 같지 않습니까?"

시백이 얼굴을 붉혔다.

정연이 술 한 모금을 더 마신 후 자리에서 일어섰다. 시백이 일어선 정연을 올려다보았다.

정연이 시백에게 말했다.

"다음 술은 창덕궁에서 함께하시는 겁니다. 자, 배웅해드리겠습니다."

꽃°c•e•ㄱ•ʼo

정연의 배웅을 친히 받으며 시백은 관사를 나왔다. 집으로 돌아가기 위해 말을 탔음에도 그는 말을 달리지 않았다. 사람의 걸음보다 느릿느릿 말을 움직이게 하면서 달을 등진 그의 고민이 깊어졌다.

'병조판서……'

한때 그는 세자의 신하가 되길 바랐었다. 그러나 그 세자는 죽었다. 대신 세자가 되고 왕이 된 것은 봉림대군이었다. 오늘 시백이 본 그의 모습은 자신이 죽은 세자에게서 바랐던 군왕의 모습 그 자체였다. 그래서 시백은 그가 건넨 제안에 가슴이 뛰었다.

하지만 그의 아내인 화진은 도성으로 돌아가는 걸 원치 않았다. 물론 병자호란을 겪었던 화진이 도성에 좋은 기억이 있을 리 없었다. 시백도 이를 이해하기에 그녀와 함께 정처 없이 떠돌다가 최근에야 이곳 양근군에 정착했던 것이다. 그러나 그는 조상님과 부모님의 위패가 모셔진 사당이 있는 한양 본가가 늘 마음 쓰였다.

"……."

속으로 한숨을 내쉬던 시백이 한밤중 집에 도착했다. 대문을 열고 들어서자 안채가 불을 밝히고 있는 것이 제일 먼저 눈에 들어왔다. 화진이 잠들지 않고 자신을 기다렸다는 것을 알아차린 시백이 안채로 걸음을 옮겼다.

안채 앞에 멈춰 선 시백에 신을 벗고 마루에 올라선 그때였다. 안에서 걸음을 급하게 옮기는 소리가 들리더니 문이 열리며 화진이 나타났다.

"부인……."

◦◦✦◦◦

가만히 타들어가는 촛불만 하염없이 쳐다보고 있는데 멀리 대문이 열리는 소리가 들렸다. 시백이 온 것을 깨닫고는 난 서둘러 방문을 열고 나갔다.

"부인……."

마루 위에 올라선 시백을 본 순간 나는 두 팔 벌려 그에게 달려들었다. 그의 목을 매달리듯 끌어안고는 한동안 그를 놓아주지 않았다.

"걱정했어요. 정말 걱정했어요."

"내가 늦을 거라고 그래서 먼저 쉬라고 하인을 보냈지 않소?"

"그래도 걱정했어요……."

울먹거리는 내 목소리에 시백이 한 손으로 내 등을 쓸어내렸다.

"자, 들어갑시다."

그와 손을 잡고 안채로 들어갔다. 나란히 마주 앉아 그를 쳐다보는데 그는 나를 보면서도 보고 있지 않다. 멀리 어딘가를 바라보는 그의 눈빛. 약간 피곤한 기색도 보이고 술기운도 묻은 듯 보인다. 그리고 무엇보다 그는 내게 쉽게 꺼내지 못할 말이 있는 표정이다.

"전하는 잘 뵈었어요?"

내가 먼저 물었다.

"아…… 그랬소."

"전하께서 뭐라 하셔요?"

"오랫동안 소식을 전하지 않은 것에 매우 섭섭해 하셨소. 저하께서 돌아가셨을 때도 도성에 오지 않은 일도 이야기하셨고……."

"전하께서 화가 나셨나요?"

"그건 아니오."

걱정하며 묻는 나를 보며 시백이 웃으며 말한다.

"단지 전하께서 큰 계획을 갖고 계신데……."

"계획?"

"내가 그 계획에 동참해줬으면 하시오."

"그게 무슨 말이죠?"

"전하께서 오늘 내게 병조판서 자리를 제수하셨소."

"!"

정연이 시백에게 관직을 내렸다.

"부인."

놀란 표정의 나를 본 시백이 내 손을 잡았다. 난 이제 그의 얼굴을 똑바로 바라볼 수가 없었다.

"받아들였어요?"

"아직은."

그렇다면 안심해야 할까?

"받아들이고 싶어요?"

"부인."

부정하지 않는다. 난 거절하라고 강요할 수도 없다.

"도성으로 가야 하는 거죠?"

"부인이 원치 않는다면…… 가지 않을 것이오."

원치 않는다. 조금이라도 더 멀리, 왕이 된 정연의 곁에서 멀어지고 싶다. 조금이라도 그의 가까이에 갔다가는 할아버지가 예견한 대로 될까봐 두려웠다. 다시 말해 그 말은 시백과 헤어지게 될지도 모른다는 것이니까.

"사내로서 큰 포부는 남한산성에서 접었소. 그것은 부인을 만난 것과는 상관없는 일이오."

"그런데요?"

"단지 나는 무언가 큰일을 이루려는 전하의 힘이 되어드리고 싶소."

시백은 사내였다. 큰 포부를 접었다고 하나 다시 생기지 않으리라는 보장은 없을 것이다. 정연이 무슨 제안을 했든 그는 가슴 떨리는 고민을 안고 돌아온 것이다. 그리고 나는 마음의 눈길을 도성으로 돌린 시백을 붙잡을 만한 것이 아무것도 없다. 아이라도 있었다면 조금이라도 그의 마음을 도성으로 향하지 못하도록 붙잡을 수 있었을까?

난 그에게……. 나를 위해 모든 것을 포기하고 희생한 그에게 줄 것이 없다. 아이조차 줄 수 없다면 원래 정해진 역사대로 또 그가 사내로서 큰 포부를 이루려는 것을 막아서는 안 된다고 생각했다.

"우리 도성으로 돌아가요."

"부인?"

시백이 놀란 눈빛으로 나를 쳐다보았다.

"소첩은 본가 안에서만 머물면 되니까요. 또 서방님이 함께 계시니 두려울 것도 없고요. 그러니까 도성으로 돌아가요, 우리."

"정녕 괜찮겠소?"

"네. 그러니 서방님은 전하를 도와 원하는 바를 이루세요."

이 선택이 결국 후회로 마무리될 것이라는 걸 잘 안다. 그런데도 이런 선택을 할 수밖에 없다. 이것이 내가 시백에게 줄 수 있는 가장 큰 선물이라면.

"고맙소, 부인."

그가 나를 끌어안았고 난 끌려가듯 그의 품에 살포시 안겼다.

⌘

한양의 본가로 돌아온 지 보름째.

매일매일 바빴다. 우리 부부 중 더 바쁜 것은 당연히 병조판서가 된 시백이었다. 그는 매일 새벽부터 일어나 조정에 나아갔다. 내게도 일은 있었다. 난 큰 대갓집의 안주인이자 병조판서의 정실부인이었다.

여기에 시담의 일곱 살 난 둘째 아들을 양자로 들였다. 아이는 생각보다 적응을 빨리해서 시백을 큰아버지로, 나를 큰어머니라고 부르며 잘 따랐다. 이상하게도 난 그 아이에게 정이 가진 않았다. 아이는 영특했고 선생을 따로 집으로 불러들여서 가르쳤는데 시백은 그 아이를 매우 마음에 들어했다. 어쨌든 아우인 시담의 아이이니 그에게는 피붙이나 다름이 없었다.

"방이 안주인을 제대로 찾았네요."

오랜만에 찾아온 다희가 깔끔하게 정리된 안채를 둘러보며 극찬했다.

"그래?"

"예. 전에 대부인께서 머무실 때보다도 더 분위기가 좋아요."

"하루 종일 할 일이라고는 집을 꾸미는 일뿐이니……."

"바깥나들이는 안 하시고요?"

"응?"

"누구는 병자년보다 더 도성이 좋아졌다고 해요. 심심하시면 나들이도 하시고 그러세요."

난 한숨을 쉬며 고개를 내저었다.

"난 이 집 안에 머무는 게 편해."

"어째서요?"

"보호받는 느낌이거든."

다희는 이런 나의 고민을 다른 곳에서 원인을 찾았다.

"다시 난이 일어날까 두려우세요?"

"그럼 안채 이름을 피화당이라 짓게? 그건 아니야."

"피화당?"

– !

무의식에 꺼낸 '피화당'이라는 말을 다희가 받았다. 난 깜짝 놀라 들고 있던 찻잔을 떨어뜨리고 말았다.

"어머, 괜찮으세요?"

"괜찮아……."

엎어진 찻잔을 다시 집어올리고 흘린 물을 대충 훔쳤다. 그런데도 뛰기 시작한 가슴이 쉽사리 가라앉지 않는다.

"너무 집 안에만 계셔서 그래요. 다음에 제가 언니를 모시게 해주세요. 도성에 부녀자들이 나들이하는 명승지를 여럿 알고 있으니까요."

"금강산을 봤는걸. 그 어떤 명승지도 내 눈에는 안 찰 거야."

다희가 돌아간 후 난 안채에 앉아 방을 둘러보았다. 내가 꾸민 방안은 단아하면서도 깔끔했다. 가끔씩 피우는 향초 때문인지 은은한 향이 방안을 맴돌았다. 시백도 좋아하는 향이었다. 그런데도 난 무의식적으로 이곳을 '피화당'이라고 느끼고 있었던 걸까?

봉림대군 사저 시절의 피화당은 그를 피하기 위해서였다. 그의 첩이 되었지만 몸도 마음도 그에게 내어주지 않겠다는 그런 의미로 받아들였다. 그곳에서 내가 피해야 할 사람은 같은 집 안에 사는 봉림대군 이정연뿐이었다.

그러나 이곳 안채가 내게 피화당이라면…… 내가 피해야 할 사람은 이 도성에서 가장 큰 집. 대궐에 살고 있는 왕이 된 이정연이었다. 그를 언제까지 피할 수 있을까? 그것이 영원히 가능할까?

"큰 아버님. 큰 어머님. 쉬십시오."

양자가 저녁 인사를 올리고는 물러가자마자 난 관복을 벗는 시백을 도왔다. 그의 관모를 높은 선반 위에 올리고 관복은 따로 펼쳐서 옷걸이에 걸었다. 그제야 숨통이 트이는지 시백도 편안하게 앉더니 뒤따라 앉은 내 무릎을 베고 눕는다.

난 그의 이마를 쓸며 말했다.

"매일 조금씩 늦으시는 것 같아요."

"기다렸소?"

"소첩이 하는 일이 바로 그것인걸요. 서방님을 기다리는 것."

난 고개를 숙여 그의 입술에 짧게 입 맞췄다. 돌아오는 것은 얕지만 알싸한 술향.

난 인상을 찌푸렸다.

"술 드셨어요?"

"퇴궐 길에 전하께 불려갔소. 갔더니 술상이 있지 않겠소?"

"어제도 그제도 전하와 술을 드셨다고 했잖아요."

"맞소."

"왜 전하께서는……."

"하루 종일 수고했다며 내리시는 것이니 거절하기가 어려웠을 뿐이요."

"핑계예요. 단호하게 거절하셔야지요. 전하와 형님 아우님 한다면서요?"

"그건 단둘만 있을 때고 궐에는 보는 눈이 많으니 늘 그러진 않소."

"아무리 그래도…… 제가 싫어요."

"부인."

시백이 내 두 손을 잡으며 자리에 앉았다.

"오늘도 밤새워 마시자는 것을 거절하고 나오느라 얼마나 힘들었는지 아시오?"

나는 답답한 마음에 한숨을 내쉬었다.

"언제부터 전하께서 그리 술을 잘 드셨다고 그러셨대요?"

"어찌 아셨소?"

"예?"

"전하께서 술을 잘 못 드신다는 사실 말이오."

"아…… 그게……."

당황한 나는 시백이 추궁할까 말끝을 흐렸다.

오늘만 두 번째 실수였다. 난 집 안에서만 지내며 집안일에만 몰입하면서도 늘 신경 쓰고 늘 두려워하고 있었던 것이다.

이정연이라는 존재를……

시백이 씩 웃더니 내 입술에 입을 맞춘다. 짧게 시작된 입술은 떨어질 줄 모른 채 길게 이어졌다. 그의 말캉한 혀가 내 입술 사이를 비집고 들어와 장난을 치는 동안에도 나는 집중할 수가 없었다. 눈을 감았던 그가 눈을 뜨더니 내게서 떨어졌다.

"내가 전에 말했겠지. 그렇소. 전하께 술도 내가 가르쳐드렸지."

"아, 그랬죠…… 서방님이 말했던 것 같아요."

"전하는 술을 잘 못 드시니…… 그나마 내가 같이 마셔드리면 과음은 안 하시오. 그래서 어쩔 수 없었소."

"네에……."

"게다가 술이 한잔 들어가야만 속내를 편히 털어놓으신다오."

290

"속내요?"

"주로 조정 일이지. 노련한 대신들이 젊으신 전하를 많이들 괴롭히고 있으니 고충이 이만저만이 아니시고 또 우미인을 잊지 못해 괴로워하시니."

"……우미인?"

"대군 시절 첩실인데…… 요즘 따라 그 여인이 많이 생각나시는지 매일 밤 술을 드시지 않으면 잠을 이루지 못하신다더군."

심장이 터질 듯이 뛰었다. 가슴에 통증이 느껴질 정도였다.

"그대가 내 여인이라 다행이오."

아무것도 모르는 시백이 나를 이불 위로 눕히며 다시 입술을 진하게 맞춰온다.

"전하는 그리워하는 여인이 죽어 괴로워하시지만 나는 매일 보아도 그리운 그대가 이리 나를 기다려주고 있으니……."

술향을 머금은 그의 입술이 내 몸 곳곳을 헤집는다. 그때마다 내가 입고 있는 옷이 한 겹 한 겹씩 벗겨져 바닥으로 내던져졌다. 이 순간 풀린 내 눈은 먼 대궐 방향을 응시하고 있었다. 매일 밤 나를 잊지 못해 술잔을 기울인다는 그 사내를 떠올리면서.

창덕궁.

시백이 돌아간 후 홀로 술잔을 기울이고 있던 정연이 술병이 빈

것을 확인하고는 상궁을 불렀다.

"술을 더 가져오너라."

상궁이 어찌할 줄 모르며 아뢰었다.

"전하. 아뢰옵기 황송하오나 중전마마께서 과음은 해로우시다면서 더는 술을 올리지 말라 이르셨사옵니다."

"중전이?"

정연은 오늘 하루 종일 중궁전에서 지내는 왕비 장씨를 마주친 일이 없었다. 그런데도 그녀는 정연에게 일어나는 모든 일들을 알고 있었고 또 지시하고 있었다.

"중전이 하는 말은 틀린 말이 없으니……."

정연이 손짓으로 술상을 치우라고 명령했다. 상궁이 다가와 왕의 앞에 놓인 술상을 들어올렸다.

"잠깐."

정연이 그런 상궁의 움직임을 제지하고는 도로 술상을 내려놓게 했다. 술상이 앞에 내려지자 왕의 손이 뻗어진 곳은 시백이 마시고 간 술잔이었다. 술이 반만 남은 술잔을 들어 눈앞에서 이리저리 흔들어보던 정연이 피식 웃었다.

"과인이 내린 어사주를 남기다니…… 무엄한."

정연은 직접 시백이 남긴 술잔을 마셔 깨끗이 비웠다.

"이상하구나. 분명 병판이 편전에 머물 때는 그 향이 났는데. 지금은 전혀 맡을 수가 없구나."

"향이라 하심은?"

"오래전에…… 아주 오래전에 맡았던 향이었던 것 같은데……."

술에 취한 정연의 눈이 느리게 깜빡였다.

჻჻჻჻

아침 햇살이 창문을 비집고 들어왔다. 눈을 뜬 나는 밤새 나를 지치도록 괴롭혔던 사내가 사라졌음을 깨닫고는 깜짝 놀랐다. 고개를 돌려 관복을 걸어둔 곳을 쳐다보니 그곳은 비어 있었다. 이불을 끌어당기며 난 투덜거렸다.

"지치지도 않아. 대단해."

밤새 매달려 그를 지치게 만들면 내일 하루쯤은 조정에 나아가지 않을 것이라 내심 기대한 마음이 산산 조각난 것이다.

჻჻჻჻

"아니 되옵니다!"

정연이 왕으로 즉위하던 해, 청나라에서 정축화약(丁丑和約)을 근거로 병력을 요청해왔다. 핑계는 조선 쪽으로 남하하는 아라사(러시아)를 막아야 한다는 것이었다. 그러나 청나라 단독으로도 가능한 일을 조선에 요구한 것은 새로 즉위한 왕의 충성심을 확인하고자 하는 것이었다.

청나라에서 요구한 병력은 고작 백 명이었지만 문제는 여론이었다. 병자년의 치욕을 잊지 않은 조정에서는 표면적으로라도 이를 강하게 반대했다. 그러나 당장 거절했다가는 이것은 또 다른 전쟁을 알리는 것이었다. 아직 조선은 병자년의 피해로부터 완전히 복구하지 못한 상태였다.

정연의 고민이 깊어졌다.

❦

"오늘도 퇴궐이 늦으시는 것입니까?"

시백이 퇴궐하기만을 기다리던 하인의 물음에 시백이 고개를 저었다.

"궐에서 당직을 설 것 같구나."

"병판 대감도 당직을 섭니까?"

하인이 되묻는 말이 꼭 화진이 그에게 되묻는 말 같아서 시백은 바로 대답하지 못했다.

사실 오늘 청나라에서 병력을 요청한 일로 정연은 오후에 이어진 경연에서까지 노대신들에게 대차게 까였다. 처음 정연은 병력을 백 명까지는 아니더라도 일부만 보여서 청나라를 달래자고 했다. 이 일을 크게 보지 않았던 것이다. 때마침 여름부터 시작된 가뭄에 이번 해 가을에는 추수 양이 현저히 적어 백성들이 식량난을 겪고 있었다. 백성들의 입장에서는 고작 병력 몇십 명 때문에 또다시 전쟁의 위기를 겪고 싶진 않을 테니까.

그러나 입만 산 노대신들은 또다시 병자년의 치욕을 되새길 것이냐면서 정연이 젊은 왕이라 나랏일을 잘 모른다며 몰아갔다. 사헌부장령 송시열도 가만있지 않고 마치 할아버지가 어린 손자를 꾸짖듯 한 내용의 상소를 하루에 다섯 번이나 올렸다. 정연에게 기분 나쁜 상소였으나 왕으로서 답은 해주어야 했다. 편전의 불은 꺼지지 않았고 시백은 그 옆에서 정연을 도와야 했다.

"네가 가서 잘 말하거라."

"말이야 잘 하겠지만…… 부인께서 많이 상심하실 것입니다."

시백이 속으로 한숨을 내쉬며 하인을 집으로 돌려보냈다. 도로 편전으로 돌아온 시백은 문이 열리기 전 피곤한 눈을 깜빡였다.

확실히 그는 지난밤 무리했다. 화진이 파놓은 구덩이라는 걸 알면서도 무턱대고 뛰어든 자신도 잘못이란 걸 알았다. 그래도 오늘처럼 큰일이 갑자기 터질 줄은 예상하지 못했던 그였다. 당연히 얼추 마무리하고 해가 지기 전 퇴궐해 화진을 달랠 생각이었다.

"전하!"

문이 열리자마자 보이는 술상과 그 술상에 놓인 술잔을 들어올리는 정연을 본 시백이 소리쳤다. 정연은 그런 시백을 보며 껄껄 웃었다.

"뭐든지 적당한 술은 도움이 되지 않겠습니까."

시백이 정연의 앞에 놓인 상소들을 보며 말했다.

"이중 반만 해결하시고 드셔도 늦지 않습니다."

"반을 해결하면 해가 뜰 텐데? 그럼 곧 조회이니 술은 못 마실

게 아닙니까?"

"전하. 제발."

시백이 애원하자 정연도 아쉬운 듯 술잔을 내려놓았다. 그러면서도 못내 아쉬운지 시백에게 짜증을 냈다.

"오늘은 일찍 퇴궐하신다더니……."

"못 간다고 기별했습니다. 흐음!"

시백이 상소를 들어올리며 헛기침을 했다.

"형님의 부인이 화가 단단히 날 것입니다."

"그래도 나랏일이 더 중하니까요. 이해 못 할 속 좁은 여인은 아닙니다."

"그럼 이참에 과인이 정경부인 칭호라도 내려줄까요?"

"전하."

농담하지 말라는 듯 시백이 핀잔을 주었다. 정연도 바로 꼬리를 내리며 상소를 하나 집어 들었다.

"송 장령의 상소부터 처리합시다. 그리고 딱 한 잔만 나눠 마시는 겁니다?"

시백이 한숨을 내쉬며 고개를 저었다. 정연은 이런 시백을 보며 껄껄 웃었다.

❧

조정 일 때문에 밤을 새운다는 건 알고 있었다. 그래서 오히려 지난밤 그를 무리시킨 게 너무나도 미안했다. 하지만 아침이면 돌아올 줄 알았는데 시백은 아침까지도 돌아오지 않았다. 하인을 시켜 그가 갈아입을 옷만 챙겨 보냈는데도 돌아온 하인은 옷만 내관에게 전달했을 뿐 그를 만나지 못했다고 했다.

"휴우……."

안채에 앉아 하릴없이 시간을 보내는 동안 별당 쪽에서 아이의 글 읽는 소리가 들려왔다. 그제야 아이의 선생이 찾아오는 늦은 오후가 되었음을 알았다. 가을이라 해가 짧아 곧 석양이 질 시간이었다. 보통이라면 시백이 퇴궐할 시간.

"오늘도 퇴궐을 못 하는 건 아니겠지?"

걱정하며 다시 하인을 보내 소식을 알아볼까도 싶었지만 괜히 그랬다가 부인이 극성맞다는 소리나 그가 들을까 신경 쓰였다. 그저 평소처럼 그가 먼저 하인을 보내 소식을 알려주기만 기다리다 깜빡 잠이 들고 말았다. 그러다 눈을 뜨니 계집종이 어두컴컴한 방에 초에 불을 붙이고 있는 것이 보였다.

계집종에게 물었다.

"지금이 몇 시냐?"

계집종이 눈을 비비며 말했다.

"삼경(새벽 1시~4시)입니다."

"삼경…… 대감은?"

"아직 퇴궐하지 않으셨습니다."

"기별도 없었느냐?"

"예."

불을 켠 계집종이 밖으로 나가자 나도 그 뒤를 따라 나왔다. 쌀쌀한 가을밤에 보름달만 해처럼 밝았다. 문지기도 시백이 돌아오지 않은 것을 알았는지 문 옆에 짚단을 의자 삼아 앉아서는 꾸벅꾸벅 졸고 있었다. 불안함에 하인을 궐로 보낼까도 싶었지만 이미 궐문은 닫힌 시각이었다. 당연히 하인은 그를 만날 수도 소식을 들을 수도 없다는 걸 잘 알고 있었다.

마냥 불안해하며 대문 안쪽 마당을 서성이는데 멀리서 사내의 목소리가 들려왔다. 밤이라 크고 분명하게 들려오는 목소리는 분명 시백의 목소리였다.

"지금 아우님 심정에 딱 맞는 시조가 하나 생각나는군!"

그가 시조를 흥얼거리듯 읊었다.

" 이별의 한이 평생의 병이 되어(平生難恨成身病)

술로도 고치지 못하고 약으로도 다스릴 수가 없네(酒不能療藥不治)

이불 속에서 흘리는 눈물이야 단단한 얼음 아래 흐른 물 같아서

(衾裏泣如氷下水)

밤낮으로 흘러도 알아주는 이가 없네(日夜長流不我知)."

시백의 목소리를 문지기도 들었는지 벌떡 일어서서 내게 말했다.

"대감께서 퇴궐하셨나봅니다. 소인이 나가보겠습니다."

하인이 문을 열고 밖으로 나갔다. 얼마 후 하인의 목소리가 들려왔다.

"대감마님! 어찌 이리 취하셨습니까?"

"기분 좋은 일이 있으니 취하였겠지!"

"아무리 그래도 이리 몸을 가누지 못하시니……."

시백이 몸을 가누지 못한다는 말에 난 바로 대문 밖으로 뛰쳐나갔다. 하인의 말대로 시백은 갓을 쓴 선비의 부축을 받아 걸어오고 있었다. 하인은 그 반대편에서 시백을 부축했다.

그가 이렇게까지 술에 취한 일은 본 적이 없었다.

"서방님!"

난 얄밉다는 듯 그를 부르며 가까이 다가갔다. 하인이 선비에게서 시백의 부축을 넘겨받았다. 난 그를 부축해서 온 선비에게 고맙다는 듯 고개를 숙이며 인사를 올렸다

"뉘신지는 모르오나 초면에 송구하기 그지없습니다. 평소 저희 서방님이 이리 몸을 못 가눌 정도로 술을 드시는 분이 아니신데……."

내 목소리를 들은 그가 한 손으로 갓을 들어올리며 나를 보았다. 바로 그 순간이었다. 내 옆에서 하인의 부축을 받은 시백이 취한 목소리로 웃으며 말했다.

"부인. 그분은 바로 주상전하시오."

숨이 멎었다. 약간 취한 듯 갓을 들어 내 얼굴을 바라보던 사내의 얼굴에서도 더는 취기를 찾아볼 수가 없었다. 우린 침묵으로 서

로를 바라보고 있었다. 난 그의 시선에 묶였고 그는 내 시선에 묶여 있었다.

병자년에 이별하고 나서, 햇수로만 십사 년 만이었다. 그간 세월은 나를 비껴갔고 난 그와 헤어지던 열여덟 소녀의 얼굴을 하고 있었다. 그러나 헤어질 때 대군이었던 그의 모습은 달랐다. 소년티를 막 벗어난 듯했던 그는 풍채 좋은 사내가 되어 있었고 왕으로서의 위엄도 지니고 있었다. 외관상으로 그는 변했고 그는 달라졌고 난 그대로였다.

─ ……

놀란 듯 나를 바라보던 정연이 천천히 내게로 한 손을 들어올렸을 때였다. 난 그 손을 외면하듯 돌아서며 하인에게 말했다.

"어서 대감을 안으로 모시지 않고 무엇 하느냐?"

"예, 예 마님!"

하인이 취한 시백을 부축해 대문을 넘었다. 난 시백이 들어가는 것을 지켜보고 있었지만, 이런 나를 향한 시선 역시 느끼고 있었다.

언젠간 이런 날이 한 번쯤은 올 줄 알았다. 다만 오지 않길 바랐을 뿐.

정연에게로 돌아선 나는 공손히 고개를 숙였다.

"송구하오나 서방님께서 많이 취하시어 주상전하께서 납시셨는데도 맞이가 변변찮아 황송할 따름입니다."

운검으로 보이는 칼을 찬 사내가 정연의 뒤에 나타났다.

"전하. 궐로 돌아가시옵니까?"

운검의 말이 끝나기가 무섭게 정연의 입이 열렸다.

"피화당?"

"……!"

나도 모르게 어깨가 움찔거렸다.

여전히 고개를 숙인 채 그의 시선을 피하고 있는 나로서는 무사히 이 순간이 지나가기만을 바랄 뿐이었다. 말도 안 되는 일이지만 그가 착각했다고 여기기를, 세월이 비껴간 나의 겉모습만 보고서 오해했다며 그저 지나가기만을 바랄 뿐이다.

"피화…… 난아?"

피화당이라고 나를 부르려던 정연이 말을 바꾸어 '난아'라고 부른다.

['이난?']

['네. 오얏나무 '이'에 옥광채 '난'을 써서요. 이난.']

['이난…… 그럼 난아? 예쁜 이름이군. 누가 지어주었소? 부모님이시오?']

['태어나자마자 지어졌으니 누군가는 지었겠지요. 그걸 제가 어찌 다 알겠어요.']

['그나저나 아주 좋은 이름인데. 신경 쓰고 고심해서 지었겠군.']

['그런가봐요…….']

['앞으로 그대를 '난아'라고 부르리다.']

그가 나를 뜨겁고 격렬하게 안을 때만 부르던 그 이름. 그 이름을 떠올릴 때마다 드러내지는 않았지만 소름 끼치도록 싫었다. 정운과의 추억은 그렇게 더럽혀졌고 사그라들고 있었으니까.

['난아…… 난아…….']

봉림대군 이정연은 그렇게 내 몸과 마음을 천천히 잠식해나가고 있었다. 그것이 십사 년 전, 되새기자면 내겐 마치 엊그제와 같은 일이었지만.

"전하?"

왕의 태도가 평소와 다르다 느꼈는지 운검이 그를 불렀다. 뒤늦게 정신을 차린 듯 그가 헛웃음을 짓는다.

"과인이 이런 실례를…… 이미 죽은 지 오래된 이를 아무리 그리워해도 그렇지……."

"전하께서 허락하신다면 서방님께 가보겠습니다."

허락이 떨어지기도 전에 난 그에게서 돌아섰다. 어찌 보면 대범한 행동이었다. 다르게 보면 나는 그를 잘 알았다. 그는 나를 두고 늘 어찌할 줄 모르던 사내였다.

"!"

돌아선 내 손목을 누군가가 강한 힘이 서린 손으로 붙잡았다. 고개를 돌리자 흔들리는 동공으로 나를 바라보는 정연이 있었다.

"아니다……! 과인의 눈이…… 과인의 귀가…… 틀릴 리가 없어! 그대는 분명 피화당이야! 나의 난이라고!"

가슴은 새가슴처럼 터질 듯이 뛰는데 의외로 내 입에서 나오는 목소리는 침착하기 그지없었다.

"찾으시는 분이 누구신지는 모르오나…… 아닙니다."

"그 목소리."

"과음하셨습니다."

"그 눈."

"놓아주십시오."

내가 그에게 잡힌 손을 빼내려 뒷걸음쳤다. 그는 놓아주려 하지 않았다. 그에게서 벗어나려는 나를 더욱 세게 움켜잡는다.

"전하……."

오히려 당황한 것은 그를 호위하는 운검이다. 왕이 한밤중에 부녀자를 추행하는 모습으로밖에는 보이지 않을 테니까. 정연은 운검의 만류에도 상관없다는 듯 다른 한 손으로 내 볼을 감쌌다.

"아아……!"

난 가까워지는 그의 집요한 시선을 피해 눈을 아래로 내리깔았다. 그가 내쉬는 숨이 코끝에 닿을 정도로 거리가 가까워졌다. 터질 듯이 뛰는 그의 심장이 그의 숨을 거칠게 만들었다. 그 거친 숨이 반복해서 내 얼굴로 흩뿌려졌다.

"심양 시절에 들었지. 이시백의 아내가 경국지색이라 중원의 패자들이 전부 손에 넣으려 한다고. 그런데 이시백이 목숨을 걸고 자신의 아내를 지켰다고. 그 여인이 그대였소?"

결국 운검이 무례를 무릅쓰고 왕의 어깨를 잡았다.

"전하. 과음하신 듯하옵니다. 이만 궐로 돌아가시지요."

운검 덕분에 왕이 내 볼을 감쌌던 손을 놓았다. 어느 정도 거리가 생기자 난 두 눈을 들어 왕을 똑바로 쳐다보며 말했다.

"전하. 이 일을 서방님께서 아신다면 크게 상심하실 것이니 없었던 일로 하겠습니다."

"!"

그는 내 한마디, 한마디에 전율하듯 크게 흔들리는 눈을 하고 있었다. 난 이 말을 남긴 채 왕에게서 돌아서 대문을 넘었다. 대문을 넘어서자마자 보이는 문지기에 난 서둘러 말했다.

"대문을 닫게. 어서."

"아, 예에…… 마님."

문이 닫히는 소리가 들린 뒤에도 한동안 궐로 돌아갈 것을 권유하는 운검의 목소리가 들려왔다. 얼마 후 도착한 내관까지 왕을 설득하여 걸음 소리가 멀어지자 난 서둘러 사랑채로 들어가버렸다.

"……하아. 하아."

사랑채 안에 들어서고 나서야 참았던 숨이 일시에 터져 나왔다. 아주 오랫동안 놀란 가슴은 쉽사리 진정되지 않았다.

시백은 하인이 깔아준 이불 위에서 잠들어 있었다. 무슨 일이 일어난지도 모른 채 잠들어 있는 시백을 가만히 내려다보고 있으니 뺨을 타고 뜨거운 눈물이 흘러내렸다.

도대체 무슨 일이 일어난 거지?

난 입술을 깨물며 애꿎은 천장만 노려보았다.

◈

다음 날 아침 시백은 술에 취했어도 입궐할 시간에 맞춰서 눈을 떴다.

"흐음!"

기지개를 켜며 일어난 그가 제일 먼저 향한 곳은 바로 자신의 옆자리, 내가 누워 있어야 할 곳이었다. 그러나 난 그곳에 없었다.

"일어나셨어요?"

일어나 단정하게 준비를 마친 채 경대 앞에 앉아 있는 나를 본 시백이 깜짝 놀랐다.

"그대는 아침잠이 많지 않소? 어찌 오늘은 그리 일찍 일어났소?"

시백은 장난스럽게 내게 되묻는다. 난 거울 속에 비치는 그를 흘겨보며 차갑게 말했다.

"밤새 잠을 못 잤어요."

"어째서?"

"지난밤 일은 하나도 기억나지 않으시지요?"

"지난밤?"

시백이 눈동자를 이리저리 굴리더니 피식 웃는다. 그는 내 뒤로 다가와 허리를 끌어안고 턱을 내 어깨 위에 올려놓는다.

"우- 술 냄새."

인상을 찌푸리는 나를 보며 시백이 어리둥절한 얼굴이었다.

"냄새가 난다고?"

"나요. 많이."

"내겐 술 냄새가 전혀 나지 않는데?"

"원래 마신 사람은 못 느껴요."

"아니요. 난 아주 잘 맡소. 지금도 그대의 향기만 나는걸."

"됐어요. 어서 입궐 준비를 하셔야죠."

난 팔로 그를 밀어내며 자리에서 일어섰다. 평소처럼 장난을 받아주지 않는 나를 의아한 듯 바라보던 시백이 순순히 일어나 관복으로 갈아입었다.

난 그가 옷을 갈아입는 것을 도와주며 은근슬쩍 물었다.

"어제 전하께서 오셨어요."

"전하께서?"

"기억 안 나요?"

일부러 그의 시선을 피하며 태연스럽게 말을 이어나갔다. 시백은 곰곰이 생각해보더니 말했다.

"어제 전하를 골치 아프게 하던 상소 문제를 해결하고 나니 암행을 나가자고 하시더군. 궐에서는 중전마마 눈치에 마음껏 술을 드실 수 없다 하시면서. 그래서 궐 밖 주막에서 술을 마셨소. 마시다가 너무 늦은 것 같아 집으로 돌아가야겠다고 생각했었는데……."

난 허리를 펴고 그와 눈을 맞댔다.

"다시는 그렇게 술 많이 마시지 마세요."

시백이 소리 내어 웃는다.

"전하께서 오셔서 당황하셨소?"

"놀랬죠. 물론 당황하기도 했지만."

"그래서?"

"그래서라뇨?"

그가 두 손으로 내 양 볼을 감싸쥔다. 순간 어제 정연의 손길이 떠오른 나는 무의식에 뒤로 물러서 그의 손길을 피했다.

- !

시백도 조금 놀란 얼굴로 나를 쳐다보았다. 난 서둘러 고개를 돌리며 말했다.

"늦었어요. 장난은 그만하세요."

평소와 다르게 차가운 내 모습 때문인지 시백의 말수가 적어졌다. 그가 관복으로 갈아입고 입궐 준비를 모두 마칠 때까지 우리 부부는 말이 없었다. 난 묵묵히 그를 돕기만 했다.

마지막으로 입궐하기 전 그가 말에 오르며 내게 말했다.

"오늘은 술도 마시지 않고 일찍 퇴궐하리다."

그의 이 말을 듣고 보니 그는 내가 평소와 다르게 차가운 이유가 지난밤 몸을 못 가눌 정도로 술에 취해 돌아온 것 때문이라고 여기는 것 같았다.

"조심히 다녀오세요."

긴 침묵 끝에 나온 짧은 인사에도 그는 뭐가 좋은지 싱글벙글하며 집을 나섰다.

༄༅

창덕궁.

아침에 눈을 뜬 정연의 주변이 바빠지기 시작했다. 궁녀들은 그에게 소셋물을 올리고 또 소세를 마친 정연의 머리를 모두 풀어 빗질하여 새 상투를 틀었다. 아침조회를 위해 조복으로 갈아입었다. 평소와 똑같은 일들이 벌어지는 동안 정연은 단 한마디도 하지 않았다.

"……."

모든 준비를 마친 정연에게 잠시 시간이 생겼다. 그는 침전에 앉아 승지로부터 조회에 참석하기 위해 입궐한 당상관들의 관직과 이름을 쭉 들었다.

"병조판서 이시백."

승지의 입에서 이시백의 이름이 나왔을 때였다.

"……!"

정연의 눈동자가 미세하게 움직였다. 승지가 읊던 것을 멈추었다.

"전하?"

"병판도 입시하였더냐?"

"예. 늘 그렇듯 부지런하시지요."

"그래…… 이시백은 늘 그러하지."

사실 정연은 지난밤 한숨도 자지 못했다. 침전에 누워 뜬눈으로 밤을 지새웠다. 그 때문에 그는 지금 매우 피곤했고 무기력한 상태였다. 그런데도 정신만은 어젯밤의 기억 속에서 또렷하게 살아 움직였다.

"도승지."

"예, 전하."

"과인은 오늘 몸이 좋지 않아 아침 조회와 경연을 파하겠다."

"예?"

정연이 더는 말을 않겠다는 듯 두 눈을 감아버렸다. 승지가 이런 왕을 향해 머리를 조아렸다.

"그리 전하겠사옵니다."

예를 올린 승지가 침전을 나가자 정연이 감고 있던 눈을 떴다.

"상선 밖에 있느냐."

"예이~"

밖에 있던 내관이 뛰어 들어오자 조복 차림으로 근엄하게 앉아 있던 정연이 입을 열었다.

"암행을 나갈 것이다. 준비하라."

"예? 지금 말이옵니까?"

이번에도 정연은 이유를 알려주지 않았다. 왕인 그가 입을 다물면 내관들은 그 이유를 알고 싶어도 더는 묻지 못했다. 정연이 대

답할 의사를 보이지 않자 내관은 그리 알고 준비하겠다며 뒷걸음
쳐 침전을 나갔다.

　다시 혼자가 된 왕이 두 눈을 지그시 감았다. 지난밤 자신의 손
길을 거부해 시선을 돌리던 화진을 떠올렸다.

　'난아⋯⋯.'

∽≪≫∽

　정업원.

　"그게 무슨 말이에요, 언니?"

　다희가 놀란 듯 내게 되묻는다.

　"지금 말한 대로야. 당분간 친정인 광릉에 가 있으려고 해."

　"언니 혼자요?"

　"서방님은 조정 일로 바쁘시니까."

　"그런데 오늘 가신다고요?"

　"응⋯⋯."

　이미 했던 말이지만 재차 확인해주는 내 목소리가 점점 작아
진다.

　"대감께는 말씀을 아직 안 드리셨다면서요?"

　"그래서 네게 부탁하려고 해. 하인에게 전하라고 한다면 그는 믿
지 않을 거야. 하지만 내가 너와 가장 가까운 것을 아니까 네 말이
면 믿어줄 거고."

"언니."

다희가 도무지 믿을 수 없다는 표정을 지었다.

"혹시 싸우셨어요?"

"아니야……!"

"그럼요? 왜 갑자기 대감께서 입궐하셨을 때 친정에 가신다는 거예요? 그 말은 왜 제게 전하라고 하시고요. 도무지 앞뒤가 안 맞는 말이잖아요."

"우린 정말 싸우지 않았어. 돌이켜보면 십사 년을 함께하면서…… 거의."

그건 어쩌면 당연했다.

그 십사 년간 함께한 시간보다도 떨어져 지낸 시간이 더 많았다. 그래서 그와 함께하는 순간은 늘 애틋하고 소중하기만 했다. 그런 내게 그를 떠나 광릉으로 간다는 사실은 입에 담는 것 자체가 아픔이었다. 직접 그를 보고 말할 용기가 나지 않는다. 그가 허락할 리도 없을 테고…….

"그런데 왜 친정에 가려 하세요?"

"당분간이야. 당분간 그래야 서로에게 좋을 것 같아서."

정연이 언제 다시 찾아올지 모른다는 생각이 들었다. 적어도 그가 다시 찾아왔을 때 시백과 삼자대면만큼은 피하고 싶었다. 그런다고 정연이 나를 본 것을 쉽게 잊어줄 리도 없을 것이다. 그러나 지금 내가 택할 수 있는 방법은 이것뿐이다.

"그러지 마세요. 고민이 있으시다면 대감과 나누세요."

내 말이라면 팥으로 메주를 쑤어도 믿는 다희가 오늘따라 계속 내 청을 거절한다.

나도 답답한 마음에 다희에게 소리를 지르고 말았다.

"나눌 수 있는 고민이 아니야, 이건!"

"언니……."

다희가 놀랐는지 말을 제대로 잇지 못했다.

흥분을 가라앉히고 보니 괜히 괴로운 내 마음을 애꿎은 사람에게 푼 것 같아 미안했다.

"미안해. 오늘 내가 한 부탁은 없었던 것으로 하자."

"언니?"

난 자리에서 일어서서는 밖으로 나갔다.

"언니! 잠깐만요!"

다희가 나를 불렀지만 나는 뒤도 돌아보지 않은 채 정업원을 나왔다.

❧

정업원을 나올 때까지는 빠른 걸음이었는데 막상 시전에 들어서자 내 걸음은 느려졌다. 외출하며 데리고 나온 계집종은 어느새 시전 구경에 빠져서 계속 나와 거리가 멀어졌다. 나는 장옷을 뒤집어쓴 채 연거푸 한숨을 내쉬며 땅만 보고 걸었다.

"비키시오! 달구지 지나가오!"

시전 한가운데에서 우렁찬 목소리가 들렸다. 고개를 들어 보니 짐을 잔뜩 실은 수레가 지나가고 있었다. 많은 사람들에 흥분한 소가 고개를 쳐들며 이리저리 움직이자 나도 다른 사람들과 함께 길옆으로 물러섰다.

"마님!"

저 멀리 떨어진 계집종이 나를 부르는 소리가 들려 돌아서려는데 누군가 내 시야에 들어왔다. 시전에 붐비는 많은 사람들 틈에 홀로 서서 나를 뚫어져라 응시하는 두 눈.

그는 바로 이정연이었다.

"!"

처음에는 헛것을 본 줄만 알았다.

그는 왕이었다. 지금쯤 시백은 그가 참여하는 조회에 참석 중이리라. 당연히 그도 궐에 있어야 했다. 그런 그가 백주대낮에 시전 한복판에 홀로 서서 나를 바라본다는 건 말도 안 되는 일이다.

정말 헛것인가 싶어 그를 쳐다보며 눈을 깜빡이는데 나를 응시하던 그의 눈이 점점 차가워진다. 그리고 그가 내게로 점점 가까워진다. 그가 내게로 빠르게 걸어오고 있다는 것을 알아차린 순간 나는 장옷을 뒤집어쓴 채로 사람들 사이를 비집고 내달리기 시작했다.

"잠시만요! 비켜주세요!"

붐비는 사람들을 밀치며 나아간다는 것은 쉬운 일이 아니었다. 난 길에서 벗어나 사람들이 거의 지나다니지 않는 골목길로 몸을 피했다. 초가집들이 뒤엉켜 벌집 같은 통로를 만들어놓은 그곳에서 그저 앞만 보고 내달렸다. 몇 번 길이 막히고 옆길로 빠져나갔다가 막힌 것을 보고 되돌아 나오기도 했다.

한참을 헤매다보니 다시 내가 나온 곳은 시전 출구 쪽. 골목 끝에 사람들이 붐비는 시전을 눈으로 확인하자마자 다시 골목 깊숙한 곳으로 돌아가기 위해 돌아섰을 때였다. 누군가 내 뒤에서 양팔을 세게 붙잡았다. 돌아보니 정연이었다.

"!"

놀라 입만 벌린 채 아무 말도 못 하는데 머리를 덮고 있던 장옷이 어깨까지 흘러내렸다. 그는 그렇게 드러난 내 얼굴을 무서운 눈으로 내려다보았다.

시전 출구 쪽에서 계집종의 목소리가 들렸다.

"마님?"

그녀는 뒷모습만 보고 나를 알아보았는지 정연과 함께 있는 내게로 다가오고 있었다. 계집종의 존재를 알아차린 정연이 갑자기 내 양팔을 붙잡은 채로 어디론가 끌어당겼다.

"놔주세요……!"

나는 그의 손아귀에서 빠져나가려 몸을 틀었다. 하지만 정연은 팔근육이 옷 위로 도드라질 정도로 나를 아프도록 세게 붙잡았다. 이윽고 그는 어느 시전 가게의 뒷문처럼 보이는 곳을 열고 나를 밀어 넣었다.

"아얏!"

햇빛이 창고 틈 사이로 새어들어오는 그곳에서 나는 엉덩방아를 찧으며 넘어졌다. 다행히 내 밑에는 포목들이 잔뜩 펼쳐져 있어서 다치지는 않았다. 이때 소란을 들었는지 가게 입구 쪽에서 한 남자가 다가와 소리쳤다.

"아니, 여기가 어디라고 들어와!"

그 순간 그의 뒤쪽에서 지난밤 보았던 운검이 나타나더니 그의 팔을 잡고 밖으로 데리고 나가버렸다. 상황이 이렇게 되자 더는 나를 도와줄 사람은 아무도 없었다. 게다가 정연은 이 조선의 왕이었다. 그가 무슨 짓을 하려 하든 도대체 누가 막을 수 있단 말인가?

"마님! 마님!"

가게 문밖에서 나를 찾는 계집종의 목소리도 멀어져갔다. 그제야 나를 돌아본 정연이 내 팔을 잡아 강제로 일으켜 세웠다.

"앗!"

그가 소리가 나도록 가게 벽에 내 등을 몰아세운다. 그의 머리 위, 높게 난 창문에서 쏟아지는 빛이 정확히 내 얼굴로 쏟아졌다. 반대로 어두운 창고의 그림자에 가려진 정연의 얼굴은 내게 잘 보이지 않았다. 그럼에도 그의 눈동자만큼 또렷하게 가까이서 들여다보았다. 그가 고개를 틀어 내 목에 얼굴을 파묻고 숨을 크게 들이쉰다.

"이 내음이야. 과인이 늘 그리워한 향인데……."

그의 목소리에는 그리움과 어떤 분노가 뒤섞여 있었다. 자신도 분명하게 정의하기 어려운 감정을 내게 토해내기 시작했다.

"과인은 늘 과인의 기억이 정확한지 의심해야 했다. 그 역시 고통이었지."

"놓아주세요, 전하!"

"전하?"

그를 전하라고 부른 말이 그를 분노하게 만들었다. 그가 다시 내 어깨를 아프도록 잡더니 포목이 깔린 그 위로 나를 내동댕이쳤다. 다행히 두 손을 먼저 짚은 나는 얼굴이 땅에 닿는 것만큼은 피할 수 있었다. 그러나 그는 바로 몸을 숙이더니 내 멱살을 잡아 자신의 얼굴 앞에 가깝게 들이댔다.

"연안군이 심양에 아내를 찾으러 왔다고 했었지. 그는 과부와 혼인했다고 했어. 과부? 허면 죽었다던 지아비가 과인인 것이냐?"

"……!"

내가 가장 두려워하고 꿈속에서조차도 보지 않길 원하던 장면이 현실에서 펼쳐졌다.

"과인이 심양에! 연안군 곁에 가장 가까이에 있었음에도! 어찌 과인이 몰랐을 수가 있지?"

"무슨 말씀을 하시는지 모르겠어요. 놓아주세요…… 제발."

사정하는 내게 그는 크게 분노했다. 그는 멱살을 잡은 채로 나를 자신에게 끌어당겨 강제로 입을 맞췄다. 그에게서는 애끓는 그리움을 토해내는 행위였을지 몰라도 내게는 거부감만 몰려오는 입맞춤일 뿐이었다. 난 두 손으로 그의 어깨를 힘주어 밀어냈지만 전혀 밀리지 않았다. 난 그의 입술을 깨물었다.

"악!"

그가 짧은 신음을 내지르며 내게서 떨어졌다. 그의 입술에 맺힌 핏방울이 눈에 들어왔다. 그가 한 손으로 제 입술을 쓸어 핏방울을 확인하더니 성난 야수처럼 내게 말했다.

"과인에게 이런 짓을 하고도 목숨을 부지하길 원하느냐?"

"전하야말로 친형님처럼 따른 연안군의 내자인 제게 이러실 수 있습니까?"

"그대는 연안군의 처가 아니야!"

"그럼 전하가 아시는 연안군의 처는 누구입니까?"

쌀쌀맞게 되묻는 나를 보며 정연은 잠시 할 말을 잃은 얼굴이 되었다.

그가 아는 피화당이라면 그가 아는 난이라면, 절대 보이지 못할 당당함으로 난 그에게 맞서고 있었다. 그는 이런 나의 모습을 분명 처음 보았을 것이다.

"이러시면 안 됩니다. 연안군이 알면……."

정연을 설득하기 위해 꺼낸 시백의 이야기가 내 가슴을 울린다. 눈물이 앞을 가리는 가운데 난 자리에서 힘겹게 일어섰다.

"……전하께 실망할 거예요."

내게도 실망할지 모른다. 모든 진실을 그가 알게 되는 날.

"……."

시백의 이야기가 정연의 마음을 흔든 것일까? 돌아서서 가게의 입구 쪽으로 가려는 나를 정연이 붙잡지 않는다. 난 금방이라도 쓰러질 것 같은 걸음을 움직여 천천히 그에게서 멀어지려고 했다.

그때였다. 내 등 뒤에 대고 정연이 입을 열었다.

"죽었던 네가 살아 있다면…… 우리의 아이. 그 아이도 살아 있겠지?"

"!"

그의 곁에서 멀어지던 내 걸음이 멈췄다. 아이의 앞에서도 보인 적이 없던 눈물이 그가 건넨 이 말 한마디에 폭포처럼 쏟아져 내렸다. 그가 이 물음을 던진 순간 나는 그가 영원히 제 자식을 볼 수 없게 만들었다는 걸 깨달은 것이다.

아이에게도 마찬가지였다. 자신의 아버지를 보지도 못한 채 그 아이는 이 시대에서 사라졌다. 내가 벌인 일이 얼마나 잔인하고 못된 짓이었는지를 통천이 아닌 도성, 바로 아이의 아버지인 정연의 앞에서 깨달았다.

난 무너져 내렸다. 그에게 등을 보인 채로 어깨를 들썩이며 흐느꼈다. 더는 거짓으로라도, 시백의 핑계를 대서라도 그의 앞에서 태연한 척 연기를 할 자신이 없었다. 그런 내 어깨 위로 조금 전과 다른 따스한 손길이 닿았다.

"그대가 끝까지 과인을 속이려 하더라도 과인의 마음에 새겨넣은 그대를 영원히 지울 순 없다."

"흐흑……."

"과인이 난중에 그대를 잃고 얼마나 고통스러워했고 괴로워했는데……."

난 그의 손길을 밀어내며 돌아섰다. 그리고 울며 그를 향해 소리
쳤다.

"아직도 모르시겠어요? 제가 숨겼어요. 제가 전하를 피해 다녔
어요. 심양에서도 조선관 근처에는 얼씬도 하지 않았다고요!"

이 고백에 나를 바라보는 정연의 눈가가 붉어졌다.

"어째서? 그대는 어째서 그리 모질고 잔인한 말을 아무렇지도
않게 하느냐?"

난 두 눈에 힘주어 그를 올려다보았다.

"전 전하의 여인이었던 피화당이 아니니까요."

"이시백의 아내가 되었기 때문에?"

"그래요!"

"그럼 우리의 아이는? 그 아이는?"

"죽었어요……."

내가 해줄 말은 그것뿐이다. 살아 있다고 하더라도 그는 이 조선
어디에서도 그 아이를 찾아낼 수 없을 테니까.

"죽었…… 다고?"

"네. 죽었어요. 그래서 전 전하와의 인연이 모두 끝났다고 믿었
어요. 그래서 돌아가지 않았고…… 그래서! 이시백의 아내가 되었
다고요."

그는 내가 하는 고백들을 전부 믿을 수가 없다는 표정이었다.
두 손을 뻗어 내 얼굴을 소중히 감싸쥔 그는 이제 울고 있었다. 나

도 울고 그도 울고 있었다. 어쩌면 서로를 향한 이 눈물은 난중에 재회해서 흘렸어야 할 눈물이었는지도 모른다.

"어찌하여! 아무리 아이를 잃었다 한들! 그 아비인 내게 그 소식을 전하려 하지도 않고 이시백의 아내가 되었느냐? 어찌하여!"

난 우는 얼굴로 그에게 차갑게 쏘아붙였다.

"전하께는 이미 중전마마이신 부인이 계시잖아요? 저는 첩 같은 천한 계집이 아니라 누군가의 아내이고 부인이면 안 되나요?"

그의 첩이 아니라 아내가 되었다고 하더라도 난중에 헤어진 그에게 돌아갔을까? 솔직히 나도 나를 잘 모르겠다. 분명한 사실은 그의 첩이 되었던 때의 나는 누구의 첩이 되든 상관이 없었다. 왕의 후궁이 되든 세자의 후궁이 되든 상관이 없었을 것이다.

내 영혼은 죽었고 내 생명은 죽지 못해 겨우 이어나가는 가냘픈 솜털과도 같았다. 그렇게 나약해진 내게 정연은 사랑을 갈구하고 또한 밀어붙였다. 그때의 나는 그에게 의지한 것이 아니었다. 내 육신도 내 스스로 감당할 수 없었던 그때의 나는 그가 이끄는 대로 끌려갔을 뿐이었다.

"안 된다."

단호하게 내 생각을 끊어버린 그가 갑자기 나를 포목 위에 쓰러뜨렸다. 그리고 치맛자락을 밀쳐 올렸다.

"전하!"

그가 무엇을 하려는지 알아차린 내가 도망치려 돌아서 뒷걸음치자 그가 내 허리를 양손으로 붙들었다. 내 움직임을 누른 그가 등 뒤에서 나를 덮치더니 한 손으로 어깨를 바닥으로 누르듯 밀어 강제로 숙이게 만들었다.

"이러시면 안 돼요!"

"가만있어라!"

"전하께서 이러시면 안 돼요!"

이 순간 나를 정복함으로써 자신의 오랜 그리움을 이해시키려는 그였다. 이곳에서 나를 구해줄 사람은 아무도 없었다.

"임금도 사내다! 어차피 한낱 계집인 넌 과인을 거부하지 못해!"

강제로 취하려 드는 그의 자만심이 하늘을 찔렀다. 난 있는 힘껏 반항했다. 그로 인해 자세가 불편해진 그가 내 몸을 다시 뒤집었다. 그대로 그를 올려다보며 바닥에 등을 대고 눕자마자 그는 내 얼굴을 바라보며 고개를 숙여왔다. 입을 맞춰오려는 그를 보자마자 나는 한 손으로 그의 뺨을 내리쳤다.

- 찰싹!

"차라리! 절 죽이세요!"

난 강하게 울부짖었다.

그것은 내 속을 잠식해나가는 처연함을 가리기 위한 마지막 발악이었다. 그의 움직임이 잠시 멈추자 난 다시 그의 뺨을 쳤다.

- 찰싹!

"대군이시던 전하의 첩실이 된 것도 제 뜻이 아니었어요! 정인을 잃고 삶의 의지도 잃었던 갈 곳 없던 제가 잠시 의탁한 것일 뿐. 피화당? 아직도 모르시겠어요? 제가 피화당에서 피하고자 한 이는 바로 전하란 걸!"

"그래서!"

정연이 뺨을 두 번이나 친 내 손목을 아프게 움켜잡더니 내 머리 위로 올려 고정시킨다.

"지금은 살 용기가 났느냐? 이시백 때문에?"

정연이 울부짖으며 묻는 그 순간, 그의 뺨을 타고 흘러내린 눈물 한 방울이 내 눈 밑에 톡, 하고 떨어졌다. 그 작은 눈물 방울 하나에 지난 십사 년간 변치 않았던 나를 향한 그의 그리움이 비가 되어 내 몸을 적셨다. 그런데도 난 이 순간을 모면하고 싶은 마음이 제일 컸다.

"그가 없었으면…… 전하께선 아직도 신주 속에 있는 죽은 피화당과 마주하고 계셨겠죠."

"……!"

이 말 한마디에 내 손목을 잡고 있던 그의 손힘이 풀렸다.

난 바로 흐트러진 저고리 고름을 움켜잡은 채 그의 몸 아래에서 빠져나왔다. 장옷을 걸친 채 닫힌 가게의 뒷문을 열고 도망치듯 밖으로 나갔다. 골목을 서성이던 계집종이 나를 발견하고는 뛰어왔다.

"마님! 여기에 계셨어요?"

"가자."

"그런데 머리가 흐트러지셨어요."

"쓸데없는 말 말고, 어서!"

"아, 네에……."

난 혹시라도 정연이 따라올까 싶은 두려움에 뒤도 돌아보지 않은 채 시전 방향으로 빠르게 걸었다.

꼬∼꾸

경멸하듯 자신을 바라보던 화진이 떠났다.

"마님! 여기에 계셨어요?"

"가자."

"그런데 머리가 흐트러지셨어요."

"쓸데없는 말 말고, 어서!"

"아, 네에……."

그녀의 발소리가 계집종과 함께 멀어지자 정연은 조금 전까지 화진이 있던 포목 위를 양손으로 세게 움켜쥐었다. 그의 행동은 마치 자신의 심장을 두 손으로 쥐어짜는 것과 다름없었다.

자신을 쳐다보던 화진의 두 눈! 그런 눈을 지닌 여인은 지난 십사 년간 그가 마주한 신주 속의 화진과는 전혀 다른 여인이었다. 정연은 이 현실을 도무지 받아들일 수가 없었다.

그녀가 죽었다는 소식에 그는 자해까지 벌이며 그녀의 뒤를 따르려고 했었다. 이런 깊고 깊은 그의 사랑을 함께하던 시절의 그녀가 모를 리가 없다고 굳게 믿던 그였다. 그런데 화진은 몰랐다. 다시 재회한 화진은 그를 미워하고 경멸했다. 그 시절 그녀가 자신에게 보인 작은 미소 하나를 소중한 추억으로 간직하며 버텨온 정연에게는 모든 것이 충격이었다.

"아아악!"

정연은 홀로 남아 통곡했다.

◌◦✤◦◌

─ ······

정연에게서 돌아와야 할 답 대신 침묵이 길었다. 용상에 앉은 정연은 멍한 표정에 가까운 얼굴로 대답해야 할 때를 놓친 것도 모르고 있었다.

"전하?"

가장 가까이 있던 승지가 정연을 조심스럽게 불렀다. 그제야 정연은 꿈속에서 깬 듯한 얼굴로 눈을 깜빡이며 고개를 들었다.

"다음."

다음 상소를 읽으라는 짤막한 지시에 당황한 것은 정연을 제외한 모든 이들이었다.

"동래부사가 올린 상소에 대한 답을 주실 차례이옵니다."

"아······ 그랬지."

정연이 당황함을 숨기려 헛기침을 했다.

"다시 낭독하게."

"예에."

승지가 다시 상소를 펼쳐 들었고 정연은 속으로 깊은 한숨을 내쉬었다.

❧

"어제 조회는 병환으로 파하시지 않았던가? 병환이 깊으신 모양일세."

"아직 젊으신데 병치레라니…… 걱정이 이만저만이 아니야."

조회가 끝난 후 대전을 나가는 삼정승들이 걱정스러운 말을 주고받았다. 우연찮게 이를 엿들은 시백도 왕이 걱정되었다. 어제는 갑작스레 조회를 파하고 하루 종일 침전에만 머물렀다고 들었다. 그가 알현을 청하러 가서도 왕을 만날 수 없었다. 그랬던 정연이 오늘 조회에서는 계속 넋 놓은 얼굴로 앉아 있었으니 더욱 그랬다.

정말로 아픈 것일까?

"전하를 뵈러 왔소."

조회가 끝난 왕은 경연이 시작하기 전까지 침전에서 쉰다. 이 사실을 아는 시백은 바로 침전으로 향했다.

"전하. 병조판서 대감께서 드셨사옵니다."

평소의 정연이라면 활기찬 목소리로 어서 들이라며 반갑게 맞이했을 터였다. 그런데 안에서 돌아오는 대답이 없었다. 이에 시백도 당황했고 내관도 당황했다.

"전하. 병조판서 대감께서 드셨사옵니다."

내관이 조금 전보다 목소리를 높여 시백이 왔음을 알렸다. 잠시간의 침묵 후 안에서 정연의 목소리가 되돌아 나왔다.

"들라 하게."

"예, 전하."

궁녀들이 양쪽에서 문을 열자 내관이 시백에게 말했다.

"드시지요."

"고맙네."

안으로 들어선 시백은 침전에 홀로 앉아 있는 정연을 보았다. 보통 쉬더라도 왕의 주변에는 내관이나 상궁을 비롯한 나인들이 여럿 함께 자리했다. 그들은 왕의 사소한 명령을 바로바로 이행하기 위해 곁을 지켰다. 그런데 지금 정연의 곁에는 아무도 없었다.

"전하?"

시백이 정연을 부르자 정연이 눈을 들어 시백을 바라보았다.

"앉게."

짧게 돌아온 한마디.

시백은 그가 시키는 대로 그의 맞은편에 앉았다.

"혹 어디가 불편하신지요?"

"아닐세."

이번에도 답은 짧았다. 시백은 며칠 전 정연과 단둘이 함께했던 자리를 떠올렸다.

['형님도 참, 걱정도 많으십니다.']

둘만 있는 자리에서는 누가 왕이고 누가 신하인지 알 수 없을 정도로 정연은 시백에게 깍듯했다. 시백이야 그가 왕이라는 사실을 잊지 않고 경어로 늘 높였음에도 정연은 그를 친형제처럼 대해 왔던 것이다.

그런데 오늘 그는 달랐다.

"어제 조회는 어찌하여 파하셨습니까?"

시백이 꺼낸 '어제' 이야기에 정연의 눈동자가 살짝 흔들렸다. 시백은 이를 놓치지 않았다.

"어, 어제는 몸이 좋지 않아……."

"의관의 진맥은 받으셨습니까?"

"그 정도는 아닐세."

말이 뚝뚝 끊어졌다.

정연은 시백과 대화를 길게 이어나갈 생각이 없어 보였다. 게다가 그는 대답할 때를 제외하고는 계속 시백의 시선을 피하고 있었다. 시백은 그것이 그가 어릴 적 잘못을 숨기거나 저지를 때만 했던 행동이라는 것을 알아차렸다.

어릴 적의 정연이라면 시백이 부드럽게 추궁하고 타이르면 술술 털어놓았었다. 그러나 지금 그는 대군이 아니라 이 조선의 임금이었다. 정연의 안색을 살피던 시백이 고개를 숙이며 자리에서 일어섰다.

"신은 이만 물러가겠사옵니다."

"그러게."

정연이 그대로 시백에게서 고개를 돌려버리며 조용히 찻잔을 들어올렸다. 뒷걸음치다가 돌아서 나온 시백은 가슴 한구석이 왠지 모를 씁쓸함을 느꼈다. 아쉬운 마음도 일었다. 갑자기 정연이 왜 저런지도 궁금했다.

"저, 대감."

문을 나와 그대로 침전을 떠나려는데 평소 시백과 안면 있는 젊은 내관이 다가왔다.

"무슨 일인가?"

"전하께서 대감을 각별히 생각하시는 것을 알기에 드리는 말씀입니다만. 전하께서 어제 병으로 일정을 모두 파하시지 않았사옵니까?"

"그랬지."

"하나 전하께서는 아프신 것이 아니었사옵니다."

"아프신 것이 아니라니?"

내관이 주변을 둘러보더니 작은 목소리로 말했다.

"전하께서는 어제 조회 시작 전 운검만 대동하신 채 암행에 나가셨사옵니다."

"암행을? 아침에?"

"예."

"어디로 가셨다던가?"

"그것까지는 소인도 모르옵니다. 다만 암행에서 돌아오신 후 내

328

내 침전에 홀로 머무셨사옵니다."

"그래…… 고맙네."

"예. 소인은 이만."

내관이 가버리자 시백은 알 수 없는 표정을 지었다.

정연은 도대체 어디를 다녀왔던 것일까?

시백의 의문이 깊어졌다.

해가 뉘엿뉘엿 지기 시작했다.

노란빛 석양이 열어둔 창문을 통해 안채로 쏟아져 들어왔다. 난 멍하니 보료 위에 앉아 생각 아닌 생각에 잠겨 있었다. 어제 정연을 만난 뒤부터 내내 이 상태였다. 보통 해가 진 다음에 퇴궐하는 시백임을 알기 때문에 나는 일부러 그가 퇴궐하기 전, 피곤하다며 안채의 불을 끄고 먼저 누워버렸다. 시백이 들어오는 소리도 들었고 그가 내 안부를 묻는 소리도 들었다.

나는 겁에 질려 있었다. 혹시라도 궐로 돌아간 정연이 그에게 무슨 말을 하거나 적어도 언질을 주었을까봐. 그러나 그는 평소와 다름없이 알겠다는 말을 하더니 사랑채로 들어가버렸다. 늦게까지 사랑채의 불이 꺼지지 않았고 그는 병조의 일을 살펴보는 것 같았다.

다음 날 아침 내가 눈을 떴을 때, 그는 이미 입궐한 뒤였다.

만약 오늘 정연이 시백에게 모든 것을 털어놓는다면……?

이러한 긴장감이 하루 종일 나를 지치게 만들었고 해가 질 무렵이 되자 바보처럼 넋을 놓게 만든 것이다.

"부인?"

"……."

"부인?"

"아!"

석양을 가리고 앉은 시백이 내 두 눈앞에서 손을 흔들어대고 있었다. 난 깜짝 놀라 눈을 크게 떴다. 이런 나를 보며 시백이 크게 웃는다.

"내가 그리 소리를 냈는데도 답이 없어 걱정했잖소."

"예?"

"문밖에서 내가 부르는 소리를 듣지 못하였소?"

"아…… 아니요."

"피곤한 듯 보이는군."

"조금요……."

"어제도 그랬소?"

"예?"

"어제 정업원에 갔다더니 황 규수를 보러 간 듯한데…… 너무 무리하지 마시오."

"아…… 네."

잠이 덜 깬 것 같은 얼굴로 짧은 답만 반복하는 나를 보던 시백이 다시 웃는다.

"궐에도 그대와 같은 사람이 하나 있소."

"누군데요?"

난 그가 편하게 누울 수 있도록 상을 치우며 되물었다.

"주상전하."

"!"

정연을 언급하는 시백의 말에 상을 치우던 내 손길이 멈췄다. 난 시백이 이런 내 행동에 의구심을 가질까 서둘러 그의 어깨를 잡아 끌었다. 그는 내 지시에 따라 순순히 내 무릎을 베고 누웠다.

"오늘 퇴궐이 빠르셨네요?"

"일이 없으니."

"일이 없었어요?"

"보통은 전하께서 늦게까지 침전에 붙들어놓으시는데 오늘은 부르지 않으셨소. 그러니 이때가 기회다 싶어서 서둘러 퇴궐했지."

"아……."

"내 퇴궐이 빠르니 좋소?"

다행히 정연에게 들은 말은 없는 것 같았다. 그러나 이런 상황이 언제까지 계속될지는 알 수 없었다. 난 그것이 두려웠다.

"서방님."

"응?"

"서방님께 전하는 어떤 존재죠?"

"음……."

시백이 잠시 생각하더니 말했다.

"승하하신 세자 저하는 내가 유일하게 신하가 되어 모시고 싶은 분이셨소. 반대로 대군이시던 지금의 전하는 곁에서 모시고 싶은 분이셨지."

"왜죠?"

"늘 도움이 되어드리고 싶은 분이랄까. 내가 곁에서 챙겨드려야 한다는 생각이 들게 만드는 분이랄까."

시백이 옛 생각을 떠올렸는지 피식 웃었다. 나는 이때를 놓치지 않고 그에게 물었다.

"만약에요. 만약에 전하와 저, 둘 중에 하나를 택하라고 한다면 누굴 택할 것 같아요?"

"그대."

그의 손길이 장난스레 내 콧등에 닿았다 떨어진다. 너무 쉽게 나온 대답에 난 진이 빠져버렸다.

"그런 빈말 말고요. 솔직히요."

"그걸 꼭 솔직히 대답해야 하오?"

"그럼 진심으로요."

시백이 한숨을 내쉬며 말한다.

"솔직히 말하자면 결정을 못 하겠소."

"그건 또 왜죠?"

"전하는…… 걸음마를 떼기 전부터 알았지. 내 손을 잡고 처음 걸었으니까. 전하께서 스스로의 이름을 배우신 것도 내가 가르쳐

드린 것이었소. 정연이라는 이름도 내가 지어드렸고. 술을 가르쳐 드린 것도 나였으니까."

"아……."

"어쩌면 전하는 내게 아우 같은 존재이기 전에 친아들 같은 존 재요. 나이 차이는 그리 크게 나진 않지만."

맥 빠지는 답이었다.

내가 원하는 대답과도 거리가 멀었다. 지금 내가 시백에게서 들 은 대답은 정연과 그의 아주 오랜, 돈독한 관계에 대한 것이기 때 문이었다. 내가 넘을 수 없는 사내들만의 벽이 있었다.

난 도대체 어떤 벽을 깨트리려 하는 것일까?

"그렇군요……."

내게서 기운 없는 대답이 돌아오자 순간 시백이 내 어깨를 잡더 니 나를 그대로 돌려 이불 위로 눕혀버리고 그 위로 올라온다. 당 황한 내 눈이 크게 떠지자 시백이 피식 웃더니 나를 내려다보며 묻 는다.

"질투하시오?"

난 그의 시선을 피해 말을 둘러댔다.

"그야…… 서방님이 전하와 함께 시간을 보내시느라 매일 늦게 퇴궐하시니까……."

"그럼 지금부터는 부인과 시간을 함께 보내야겠군."

그가 고개를 숙여 내 뺨에 입을 맞췄을 때였다. 난 그의 어깨를 조심스레 밀어내며 말했다.

"저 서방님."

"응."

그는 내 부름을 전혀 듣지 않는 듯 이번에는 내 목에 입을 맞춘다.

"드릴 말씀이 있어요."

"말해보시오."

이곳저곳에 닿는 그의 입맞춤이 점점 농도를 진해가던 그때였다. 난 두 손으로 그의 뺨을 감싸쥐었다. 그리고 얼굴을 내 앞에 놓이게 하고는 그와 두 눈을 맞췄다.

"화내지 말고 끝까지 들어주세요."

"무슨 일이오?"

평소와 다른 내 모습에 시백이 조금 의아한 듯 나를 쳐다보았다. 난 쉽게 떨어지지 않으려는 입술을 간신히 벌려 소리를 냈다.

"실은…… 죽은 제 지아비가 살아 있어요."

"……."

시백이 멍한 표정으로 나를 바라보았다. 그는 아마도 내 말을 잘못 들었다고 생각하는 듯한 얼굴이었다.

"그리고 그가…… 제가 그에게로 돌아오길 원해요."

"!"

이어진 말에 무언가를 깨달았는지 시백이 놀란 얼굴로 내게서 몸을 일으켜 세운다.

"말하려고 했는데……."

"언제 알았소?"

"네?"

"그가…… 살아 있다는 걸."

처음부터 알고 있었다. 시백을 만나기 전부터. 하지만 사실대로 말을 할 순 없었다. 아니, 할 자신이 없었다. 난 힘없이 고개를 숙인 채 대답했다.

"오래전에요……."

"……!"

이 말에 그는 큰 충격을 받았는지 내게서 돌아앉았다. 지금 그가 받은 충격이 어느 정도인지 감이 안 잡혔다.

나는 감히 상상이나 할 수 있을까? 그런데 여기에 그 지아비가 다름 아닌 정연이라는 사실을 알게 된다면?

난 내가 내뱉은 말을 후회했다. 물론 내 입이 아니라 정연의 입을 통해 듣는 말이 그에게 더 잔인할지도 모른다. 누가 먼저 말하든 시백에겐 큰 충격이자 큰 상처이겠지만.

– ……

침묵이 길어지는 가운데 문밖에서 하인의 목소리가 들려왔다.

"대감마님! 손님이 오셨습니다!"

우리의 침묵을 깨는 첫 목소리에 시백이 문밖을 하인을 향해 무섭게 소리쳤다.

"출타 중이라 전하거라!"

그의 이 한마디에 정리되지 못한 감정이 뒤섞여 있었다. 하인은 바로 조용해졌고 내 어깨는 더욱 움츠러들었다.

　잠시 후 하인이 말을 이었다.

　"저…… 그게 궐에서 오신 분이시라는데……."

　"궐?"

　"이정연이라고 하시면 아실 것이라 하셨습니다."

　"!"

　왕의 이름이 불리자 시백이 자리에서 벌떡 일어섰다. 그는 자신
이 벗어놓은 갓을 챙겨들며 나와 눈도 마주치지 않은 채 말했다.

　"부인은 나올 필요 없으시오."

　"서방……!"

　이 말을 뒤로한 채 그는 안채를 떠났다.

　- 또르르르

　술잔이 느리게 돌았다. 술을 따르는 모양까지도 그러했다.

　시백은 안채에 남아 있을 화진에게로 빼앗기는 생각을 다잡으
려 연거푸 술잔을 들이켰다. 이를 보다 못한 정연이 자신이 술을
따르기 시작했는데 이 역시 시백의 눈치만 보느라 느리게 따르고
있었다.

　"상선을 보내 찾았더니 이미 퇴궐을 하였다 들었습니다."

　"아…… 예, 전하."

"몸이 어디 불편하신 것은 아닙니까?"

시백이 어색하게 웃으며 아니라고 대답하려다가 오늘 낮과 달라진 정연의 모습에 말을 바꾸었다.

"실은 전하께서 오시기 전 내자와 함께 있었는데……."

"있었는데……?"

"내자가 실로 놀라운 이야기를 하여 전하를 뵈옵고도 온통 그생각만 나는지라……."

"무슨 일입니까? 과인에게 말씀해보시지요."

시백이 망설였다. 아무리 가까운 사이라도 쉽게 말을 꺼낼 수 없는 주제였기 때문이다. 그러나 정연은 화진이 실제 혼인한 적이 있다는 사실을 알고 있는 몇 안 되는 시백의 사람 중 하나였다.

고민하던 시백이 입을 열었다.

"내자가 신과 혼인하기 전 혼인한 적이 있었다는 사실을 아시지요?"

"물론…… 심양에서 그리 들었습니다만."

정연이 시백의 눈치를 보며 말끝을 흐렸다.

"난중에 죽은 줄 알았던 그이가 살아 있다는 말을 하였습니다."

"뭐라고요?"

정연은 놀랐다. 이것은 진심이었다. 화진이 스스로 그 사실을 시백에게 말할 줄은 몰랐기 때문이었다.

"그래서……."

끝까지 다 말을 잇지 못하는 시백을 보며 정연이 되물었다.

"그래서 어찌할 것입니까?"

국법에 따르면 이런 경우에는 여인은 소유권은 전남편의 것이다. 만약 첩이라고 해도 이것은 마찬가지였다. 이 법은 시백도 정연도 잘 알고 있었다.

"그래서……."

뒤늦게 취기가 올랐는지 시백이 질끈 눈을 감았다 떴다. 조선의 국법대로라면 그는 화진을 보내줘야만 했다. 그게 옳았다. 하지만 화진과 함께했던 시간들이 주마등처럼 스쳐 지나가자 그의 가슴을 후벼파는 고통으로 되돌아왔다.

"……."

차마 뒷말을 잇지 못하는 시백을 지켜보는 정연의 표정도 무거워졌다. 잠시 후 정연이 술병을 들어 자신의 빈 잔에 따르고 시백의 잔에도 술잔을 따랐다.

"기억하십니까?"

정연이 술잔에 담긴 술을 한 모금 마시며 말했다.

"심양에서도 이리 술잔을 나눈 적이 있었지요. 그때 주고받았던 이야기를 혹시 기억하십니까?"

시백은 말없이 고개만 끄덕였다. 정연이 말을 이었다.

"과인이 대군 시절 맞아들인 첩이 있는데 난중에 그 첩을 잃었다고 말씀드렸었지요."

정연이 술 한 모금을 더 들이켰다.

"처음 그 첩을 들인 것은 아바마마의 뜻이었습니다. 너무 얼굴이 아름답고 고와서 세자 형님과 과인은 우미인이라 불렀지요."

정연의 기억 속에 달밤, 비석 앞에서 눈물을 흘리던 화진이 떠올랐다.

"과인은 달밤에 그녀의 얼굴을 처음 보았고 마치 월궁의 항아가 내려온 줄만 알았습니다."

시백이 그 말에 힘없이 웃었다.

정연도 따라 짧게 웃더니 말했다.

"과인도 사내라 바로 취하려 들었는데 그 여인이 이리 말하더군요. '정인이 있었다.' '스스로가 원해서 대군마마의 첩실이 된 것이 아니다.' '정인만 마음에 담고 살겠다.' '그러니 나를 놓아달라, 무시해달라. 잊어달라'……."

"그래서 어찌하셨습니까?"

시백의 물음에 정연의 표정이 일순간 굳어졌다.

"병을 빙자하여 처소로 끌어들였고 강제로 취했지요. 그러나 그 일을 후회하진 않습니다."

"……."

시백의 눈동자가 느리게 돌아 정연의 얼굴을 향했다.

❧

"흐흐흐흑…… 흐흑…… 흐흐흑……."

시백이 나간 후부터 터진 눈물은 그칠 줄 몰랐다. 난 동물처럼 엎드려 보료를 부여잡고 연신 울음을 쏟았다. 예고도 없이 찾아온 정연이 두려웠다. 진실이 밝혀질까 두려웠다. 내가 시백에게 밝힌 사실에 두려웠다. 모든 것이 두려웠다.

우리의 인연은 도대체 어디서부터 잘못된 것일까?

내가 잘못한 것은 그를 사랑한 죄밖에 없다고 믿었었는데…….

❧

정연의 이야기가 길어졌다.

"난중에 헤어지고 아이를 낳고 죽었다는 소식만 들었습니다. 땅에 묻어주지도 못했지요."

"그래서 그 신주를 심양까지 품고 오셨습니까?"

"최근에야 용문사에 맡겼지요."

"그렇게 잊으셨습니까?"

"잊은 것이 아닙니다. 살아생전 그 마음을 얻지 못했으니 죽은 다음에 재회할 날에 얻으려 미리 공덕을 쌓고 있는 것입니다."

"전하께서 한낱 여인에게 무엇이 그리 아쉽다고 공덕을 쌓으십니까?"

"형님은요?"

"예?"

"형님의 부인도 형님에게는 그저 한낱 여인입니까?"

"……."

정연의 물음에 시백은 잠시 할 말을 잃었다.

"그 여인을 위해서 칠 년간 청나라 황제의 개라는 소리까지 들었다는 것을 잘 알고 있습니다. 그 칠 년간 살기 띤 눈으로 조선관을 드나드실 때마다 과인의 마음이 무너졌습니다. 한편으로는 과인은 첩이 살아 있었으면 그녀를 위해서 그렇게까지 할 수 있을까 스스로 되묻기를 여러 번 했었지요."

"신은……."

정연이 손을 들어 시백의 말을 가로막았다.

"과인은…… 그리는 못 합니다."

이 말 한마디가 끝나자 정연의 한쪽 눈에서 눈물이 흘러내렸다.

"그래서 차마 형님께 더는 잔인한 말씀을 올리지 못하겠습니다."

"전하?"

한쪽 눈에서 시작된 눈물이 다른 쪽에서 흘러내렸다.

시백이 당황하며 옥루를 응시하자 정연이 옷깃으로 제 얼굴을 가리며 자리에서 일어섰다.

"잠시만……."

사랑채를 나선 정연이 기둥에 등을 대고 서서 조용히 눈물을 흘렸다. 사실 정연은 오늘밤 시백을 보러 온 것이 아니었다. 화진을 보기 위해서 온 길이었다. 그녀를 보기 위해서라면, 그녀를 다시 되찾기 위해서라면 시백에게 그 어떤 잔인한 말도 할 수 있을 줄 알았다. 그러나 그는 하지 못했다.

시백의 부인이 화진이라는 사실을 알기 전부터 정연은 그의 부인을 향한 지고지순함을 잘 알고 있었다. 진심으로 그를 응원했었다. 모두가 그를 비난할 때도 정연은 진심으로 그의 편이 되어주겠노라고 다짐했었다.

화진만 아니었다면.

그녀만 아니었다면.

세상에 그 어떤 여인도 모두 시백에게 내어줄 수 있는 정연이었다. 그러나 화진만큼은 그럴 수가 없었다. 처음으로 자신의 가슴을 뛰게 만들었던 여인이었다. 그녀를 처음으로 소유할 때 얻었던 쾌감은 다른 그 어떤 여인에게서도 얻지 못한 기쁨이었다.

그는 그녀를 되찾아야 했다. 다시 자신의 곁에 두고 사랑으로 어루만지려 했다. 그것이 그가 마음에서부터 행복감을 얻을 수 있는 유일한 방법임을 잘 알았다. 그녀가 죽은 줄 알았을 때 그의 영혼도 함께 죽어버렸다. 하지만 그녀가 다시 살아 있다는 것을 알았을 때 죽었던 그의 영혼이 되살아났다. 화진은 그에게 그런 존재였다.

마지막 남은 눈물까지 훔쳐낸 정연이 다시 사랑채로 들어가려고 돌아선 그때였다.

- !

홀린 듯 그의 눈 안에 한 여인이 들어왔다. 안채 쪽에서 홀로 걸어 나온 그 여인은 정연을 발견하자 걸음을 멈춰 선 채 그를 똑바로 응시하고 있었다.

화진이었다.

꩜

내가 안채를 나선 건 정연을 만나기 위해서가 아니었다.

그들의 대화는 밤이 깊도록 끝날 줄 몰랐다. 그 대화의 주제가 무엇이든 간에 오늘밤 정연이 시백에게 나에 대해 털어놓는다면 나도 알아야 한다고 생각했다. 그런데 사랑채에 도착하기도 전에 난 밖에 나와 있던 한 사내를 발견했다.

그는 정연이었다.

정연을 보고 두 다리가 얼음처럼 굳어버렸다. 처음 내 존재를 알 아차리지 못했던 정연은 돌아서서 사랑채로 도로 들어가려다가 나를 발견했다. 멀리 선 나를 바라보던 정연이 신을 신고 마루를 내려와 내 곁으로 다가왔다. 그가 내 곁으로 오는 것을 보면서도 난 물러설 수도 돌아서서 도망갈 수도 없었다. 그렇게 그를 처음 발견해서 멈춰선 그 자리에 서서 그와 마주서게 된 것이다.

"……."

"……."

가까이서 내 얼굴을 본 그의 표정은 매우 차가웠다. 나를 노려보 듯 쳐다보던 그가 첫 말문을 뗐다.

"시간을 주겠다."

"……시간?"

"네가 마음을 정리할 시간을."

"……!"

나는 당황한 얼굴로 그에게 되물었다.

"서방님에게 말했나요? 전부?"

"무엇을?"

"우리에 대한 이야기요."

"아직 말 안 했다."

안도해야 할지 말아야 할지 알 수 없는 가운데 그가 짧게 조소를 내뱉었다.

"영원한 비밀이란 없겠지만."

"말할 건가요?"

"말하지 않을 것이다."

"왜죠?"

"진실이 밝혀져도 연안군은 과인을 실망시키지 않을 테니까."

"그 말은…… 저는 전하를 실망시킬 거란 말이군요."

"연안군이 과인에게 널 돌려주리란 확신이 있다. 그러나 너는 과인에게 돌아오지 않으려 하겠지. 그러니 네게 시간을 주겠다는 것이다."

"서방님을 정리할 시간을?"

내가 어처구니없다는 듯 반문하자 정연이 차가운 목소리로 말했다.

"과인의 첩이었던 네가 연안군의 아내가 된 사실이 알려진다면 연안군이 어찌될지는 네가 더 잘 알 터. 과인이 그를 벌하기 전에 세상이 그를 벌할 것이다. 너도 이를 모르진 않을 텐데?"

"……!"

"그러니 그를 위해서라도 넌 과인에게 돌아올 수밖에 없을 것이다."

바로 그때였다.

"그게 무슨 말입니까?"

시백의 목소리가 들려왔다.

"!"

깜짝 놀라 쳐다본 곳에는 정연의 그림자에 가려져 있던 곳에서 달의 푸르름보다도 더 파랗게 질린 얼굴의 시백이 서 있었다.

"혀, 형님……!"

정연도 당황했다.

시백은 마주서 있던 우리 두 사람의 얼굴을 번갈아 보며 묻는다.

"신의 아내가 전하의 첩이었다니요? 그게 도대체 무슨 말입니까?"

정작 시백의 물음에 답해줄 사람은 이 자리에 아무도 없었다. 시백의 일방적인 시선을 받은 내 몸이 사시나무 떨리듯이 떨리기 시작했다.

이것을 본 정연이 내게서 돌아서더니 시백에게 다가가 말했다.

"그녀가 진실을 말해줄 겁니다."

정연은 시백을 지나쳐 자리를 떠났다.

정연이 가버렸다. 그가 가버린 뒤에도 한동안 시백은 내게서 눈을 떼지 못했다. 그 눈이 무슨 감정을 담고 있는지 아는 것이 두려운 나는 고개만 숙인 채 말이 없었다. 한참을 그렇게 나를 바라보던 시백은 그대로 돌아서 사랑채로 들어가버렸다.

"서방님!"

그가 내게서 돌아선 것을 보자마자 난 곧장 뒤를 따라 사랑채로 들어섰다. 시백은 등을 돌리고 앉아 있었다. 난 그의 뒤로 다가가 어깨를 붙들었다. 붉게 충혈된 눈이 힘없이 나를 돌아본다. 난 터져 나오려는 눈물을 간신히 참으며 그에게 말했다.

"우리 떠나요. 다시 양근군으로 돌아가도 좋고, 금강산도 좋아요. 그러니 우리 떠나요. 네?"

그는 마치 눈만 뜨고 잠이 든 사람처럼 반응이 전혀 없었다. 난 이런 그를 보는 것이 너무나도 두려웠다. 다급한 마음에 그의 앞으로 돌아가 두 팔로 그의 가슴을 와락 끌어안았다.

"제발요! 네?"

그에게서는 아무런 움직임이 없었다. 이런 그의 모습은 처음이어서 난 너무나도 무서웠다.

"제발……."

마치 죽은 사람에게서 답을 얻어내듯 난 간절함으로 그를 꽉 끌어안고 놓아주지 않으려 했다. 이렇게라도 하지 않으면 그가 나를 밀어낼 것만 같아서.

"어찌…… 하필 전하요?"

"!"

힘없이 돌아온 그의 목소리에 그의 가슴을 응시하던 내 눈에 힘이 실렸다.

"전하와 내 사이를 알고 있었으면서도 어찌……."

"처음부터 알았던 건 아니에요!"

난 그를 끌어안고 그의 얼굴을 올려다보며 간절한 마음을 담아 소리쳤다.

사실이었다. 처음부터 정말 처음부터 알았던 것은 아니었다. 그 래서 난 할 말이 있었다.

"꼭 전하여서 문제가 되는 건 아니잖아요? 그렇죠? 전하가 아닌 다른 사내였다면 두말없이 날 차지하고 지켜줄 거잖아요! 그게 하 필 전하라서 문제가 되는 건 아니잖아요?"

"화진."

그가 내 이름을 부른다.

동시에 그의 얼굴에서 눈물이 흘러내렸다. 난 그의 눈물을 보고 같이 울었다. 우는 내 얼굴을 그의 눈물이 흐르는 뺨에 갖다대며 간절하게 사정하듯 말했다.

"우리 떠나요…… 네?"

"……."

"제가 서방님을 사랑하는데…… 누가 저를 달라고 하든 그건 상관없잖아요? 처음부터 제가 진실을 말했더라도 서방님은 저를 사랑했을 거잖아요? 네?"

"그랬겠지만…… 내 마음을 일평생 드러내는 일은 없었을 거요. 홀로 품은 채 살아갔겠지……."

"아니야! 아니라고! 도대체 왜 그래요?!"

난 허리를 세워 그의 목을 끌어안으며 엉엉 울었다.

그는 아무런 반응도 보이지 않았다. 차라리 나를 때리고 욕하고 비난하고 모욕했다면 난 덜 슬프고 덜 괴로웠을지 모른다.

난 다시 그와 마주 앉아 눈을 맞췄다.

"제가 어떻게 하길 바라요? 서방님이 하라는 대로 다 할게요!"

그가 천천히 눈을 감아버린다. 나를 보지 않는다. 그것은 나를 거부하는 것으로만 느껴졌다.

"전하께 갈까요? 아니면 이 자리에서 목숨을 끊을까요? 나를 좀 봐요! 보고 말을 좀 해봐요!"

"……."

"이시백!"

"……."

나는 그날 밤 끝내 그의 목소리를 들을 수 없었다.

다음 날 아침이었다.

뜬눈으로 밤을 새운 정연이 나인들의 도움을 받아 아침을 맞고
있었다. 소세하고 머리를 단장하는데 승지가 왔다는 소식이 들렸
다. 정연은 서둘러 의관을 갖춘 후 금침 정리가 다 끝나지도 않은
나인들이 물러가기 전에 승지를 침전으로 들였다.

"이른 아침부터 무슨 일인가?"

"전하. 아뢰옵기 송구하오나……."

정연은 눈을 날카롭게 떴다.

"무슨 일이냐?"

– 짹짹짹짹

새가 지저귀는 소리에 눈을 번쩍 뜨며 난 자리에서 일어났다.

어제 정연이 다녀갔던 흔적만 남은 방안에는 술상이 그대로 놓
여 있었다. 내 몸에 덮인 이불만이 어젯밤에 이 방안에 없었던 것
이다. 여기에 이불을 대신해 있어야 할 존재가 있다.

"서방님?"

시백이 없는 것을 깨닫고는 서둘러 문을 열고 밖으로 나왔다. 겨
울이 오려는지 어제와 다르게 날씨가 매우 추웠다. 추위에 어깨를
감싸며 주변을 두리번거리는데 갑자기 하늘에서 싸락눈이 내리기
시작했다.

– ……

눈을 보고 잠시 멍해져 있는데 빗질하는 소리가 들려왔다. 하인이었다. 난 하인을 돌아보며 물었다.

"대감께서는 어디에 계시지?"

"조금 전에 입궐하셨습니다만."

"입궐?"

"예. 평소에도 이때쯤 늘 입궐하시지 않습니까?"

"그가 입궐했다고?"

병조판서가 된 이후로 단 한 번도 조정 일을 게을리한 적이 없는 그였다. 하지만 오늘은 다르다. 오늘 그가 입궐한다는 것은 도대체 어떤 의미로 받아들여야 하는 것일까? 도무지 그의 생각을 알 수가 없었다.

육조거리에 위치한 병조(兵曹).

호위들과 나타난 정연이 말 위에서 급히 뛰어내렸다.

"비켜라, 전하시다!"

먼저 길을 연 운검이 소리치자 병조를 드나들던 하급 관리들이 놀라 바닥에 머리를 조아렸다.

"저, 전하!"

그들에게 눈길조차 주지 않은 정연이 급히 병조 안으로 발을 들였다. 그가 걸음 하는 곳은 병조에서도 가장 안쪽. 병조판서가 집

무를 보는 곳이었다. 시백은 이곳에서 문서를 정리하고 자신의 서책을 챙기고 있었다.

"형님!"

시백이 있는 방의 문을 열자마자 정연이 시백을 소리쳐 불렀다. 서책을 들고 있던 시백이 갑작스러운 정연의 등장에 놀라 고개를 숙였다.

"전하."

"형님!"

정연이 다짜고짜 시백에게 달려들어 그를 끌어안았다. 이를 본 운검들이 문을 닫고는 두 사람만 남겨둔 채 밖을 지켰다. 시백이 당황한 얼굴로 정연을 쳐다보았다. 정연이 그런 시백을 향해 물었다.

"어찌하여 사직을 청하셨습니까?"

시백이 머쓱한 표정을 지으며 대답했다.

"신하로서 임금께 죄를 지었으니 사직을 청하는 것은 당연한 일입니다."

"형님……."

"전하."

시백이 어릴 때처럼 정연을 다독이듯 자상하게 말했다.

"신은 사직하더라도 조선 사람이며 조선 임금의 신하입니다."

"과인에게는 형님이 필요합니다!"

"하오나 전하는 그녀도 필요하시지요?"

"과인은⋯⋯!"

시백이 먼저 꺼낸 화진의 이야기에 정연의 말문이 막혔다.

"전하께서 평소 하시던 말씀대로 이 세상에 영원한 비밀은 없습니다. 후에라도 그 사실이 알려진다면 신하가 주군의 여인을 빼앗았다고 사람들은 수군댈 것입니다."

"형님은 이 일에 아무런 잘못이 없습니다."

"그녀도 잘못은 없습니다. 모두 신의 잘못입니다."

시백은 진심으로 그렇게 생각했다. 그도 그녀의 아름다움에 끌렸었다. 그래서 정연이 화진의 아름다움에 끌린 이유를 알 수 있었다. 그는 그녀를 사랑했다. 사랑하지 말았어야 했음에도 사랑했다. 그 대가는 오롯이 자신이 받아야 한다고 판단한 시백이었다.

"형님⋯⋯."

이시백.

조선을 무너뜨린 청나라 황제 황태극이 그를 두고 그 어떤 만주족 용사보다도 뛰어나다고 극찬했던 사내였다. 그러한 사내 이시백은 자신의 여인을 두고 무너졌다. 자신의 주군과 자신의 여인의 앞에서 무너졌다. 그는 이러한 결과를 초래한 것을 자신의 탓으로 받아들였다.

"그녀는 전하께 돌아갈 것입니다. 그러나 그 마음을 예전처럼 강요는 하지 마십시오."

"형님⋯⋯."

정연의 예상대로였다. 시백은 그 누구 어느 한쪽도 선택할 사내가 아니었다. 오롯이 스스로 모든 짐과 고통을 지고 갈 사내였다.

◦◦◦

집으로 돌아온 시백은 바로 안채로 향했다. 지난밤 제대로 잠을 이루지 못했던 화진은 보료 위에 몸을 웅크린 채 잠들어 있었다.

"깨울까요?"

계집종의 말에 시백은 고개를 가로젓고는 조용히 안채를 나왔다. 사랑채로 간 시백은 벽장에서 궤짝을 꺼내 자신의 관복과 관모를 넣었다. 이것을 다시 벽장 안에 넣으려던 시백은 구석에 놓인 작은 상자를 발견하고는 멈칫했다.

– !

['지금 펼쳐보려 하지 마십시오.']

금강산에서 만났던 노인의 얼굴이 떠올랐다. 화진은 그가 자신의 전남편의 먼 친척이라고 했다. 모든 진실이 드러난 지금에서 생각해보니 그는 정연과 관련 있는 사람이 아니었다. 망설이던 시백이 그 상자를 열었다. 그가 지인들과 주고받은 다양한 서신들이 담긴 상자 속에서 시백은 손쉽게 그 노인이 주고 간 종이를 찾아 냈다.

['때가 되면 분명 이것을 열어보게 될 날이 올 것이니.']

– ……

시백이 그 종이를 펼쳐 들었다.

그곳에는 연도와 날짜가 적혀 있었다. 그 날짜를 속으로 셈을 하던 시백이 어이없다는 듯 짧게 웃었다.

"달포도 남지 않았군."

밖에서 다급한 발소리가 들려왔다. 시백은 다시 그 종이를 접어 상자 속에 넣고는 벽장문을 닫았다.

"서방님!"

문이 열리며 들어온 것은 화진이었다.

◦◦◦

시백이 언제 돌아올지 몰라 잠을 자지 않고 버티려 했지만, 지난 밤 설친 잠이 몰려와 깜빡 잠이 들고 말았다. 눈을 뜨자 해는 아직 중천이었다. 계집종이 안방 문 앞에 앉아 바느질을 하고 있었다.

"일어나셨어요?"

"서방님은?"

"아까 돌아오셨어요."

"뭐? 서방님이 돌아오시면 깨우라고 하지 않았느냐."

"대감마님께서 깨우지 말라 하시는데 소인이야 어쩔 수 없었지요."

"서방님이 날 깨우지 말라고 하셨다고?"

"예."

난 자리에서 벌떡 일어나 사랑채로 향했다. 사랑채 앞 섬돌에 놓여 있는 그의 신을 보자 반가운 마음에 급히 뛰어 들어갔다.

"서방님!"

문을 열자 그가 벽장문을 닫으며 돌아서는 것이 보였다. 그는 나와 눈을 마주치자 천천히 자리에 앉았다. 난 그의 바로 앞으로 다가가 앉으며 대뜸 그의 손부터 잡았다.

"언제 오셨어요?"

그는 내가 잡은 손길을 밀어내지 않았다. 그는 평소처럼 나를 보고 다정히 웃으며 말했다.

"조금 전에."

그가 평소와 똑같은 모습을 보여서인지 오히려 안심이 되었다. 어젯밤의 일이 모두 꿈이었던 것처럼 말이다.

"드릴 말씀이 있어요. 어젯밤 일은……."

"부인."

그가 내 말을 끊었다.

"네?"

"오랜만에 일찍 돌아왔는데…… 이야기보다는 밖으로 나갑시다."

"예?"

"도성에 돌아오자마자 병조판서가 되면서 그간 부인과 도성 한 번 제대로 구경한 적이 없었소. 오늘 같이 합시다."

"아…… 네."

그가 무슨 생각을 하고 있는지는 알 수 없었다. 그래도 난 그의 청을 거절하지 않고 자리에서 일어섰다.

❧

그는 평범한 선비처럼 갓을 쓰고 도포를 입었다. 가마를 타지도 않았고 말을 타지도 않았다. 난 장옷을 뒤집어쓴 채 그의 뒤를 따랐다. 사대부가의 여인들이 밖에서 사내보다 한 걸음 뒤처져 걸어야 한다는 사실을 알아서였다. 그는 앙상하게 가지만 남은 흰 자작나무 숲에 들어서자 걸음을 멈추고 돌아서 내게 손짓했다.

"보는 이들이 없으니 나란히 걸읍시다."

"네."

나는 기다렸다는 듯 재빨리 그의 옆으로 다가가 섰다. 그는 곧 다가온 겨울의 색으로 물든 주변을 둘러보았고 나는 그런 그의 얼굴을 쳐다보며 걸었다. 내가 그의 얼굴만 바라보고 있다는 사실을 알아차린 그가 나와 눈을 맞추며 웃는다.

"바깥 구경을 하러 나왔는데 부인은 내 얼굴을 구경하러 나왔소?"

"그게 아니라……."

할 말이 많았다. 어제의 일에 대해서 다시금 설명할 기회가 필요했다. 아니, 그 설명은 필요하지 않다. 내가 사랑하는 것은 그였다. 그것에 대해서만 끊임없이 반복해서 이야기해주고 싶었다. 그것이 나를 향한 그의 마음을 붙잡을 수 있는 유일한 길이라면.

"자."

그가 내게 한 손을 내밀었다. 잡으라는 뜻으로 내민 것은 바로 알아차렸지만 난 혹시라도 누가 볼까 걱정되었다.

"누가 본다면……."

"금강산에서는 그리도 잘 잡던 이가."

"그건 산속이었으니까요!"

"여기도 산속이라고 생각하시오."

냉큼 내 손을 잡은 그가 앞장서서 걷기 시작한다. 거의 끌려가다시피 걸어가던 나를 알아채고 나서야 그의 걸음이 느려졌다. 그러나 오래 잡진 못했다. 사람들이 하나둘씩 지나가기 시작하자 시백이 먼저 그 손을 놓은 것이다.

"이쪽으로."

그는 한양 지리에 익숙한 듯 자작나무 숲 사이로 난 좁은 길로 들어섰다. 그를 따라 걷자 얼마 지나지 않아서 넓은 공터가 나타났다.

"여기가 어디죠?"

"내가 어릴 적 무예 수련을 하던 곳이라오."

"아……."

"아?"

"그러고 보니 서방님은 도성에서 태어나셨네요."

"그렇소."

여기까지 답한 시백이 무슨 생각이 났는지 내게 물었다.

"생각해보면 도성에서 오래 살아 어지간한 것은 다 안다고 생각했었는데…… 기억나시오? 남한산성에서 내가 그대에게 물었지. 어찌 그대와 같은 미인이 도성에 있다는 소문을 내가 듣지 못했던 것일까 하고."

"그건……!"

그가 공터로 눈길을 주며 말한다.

"어젯밤 이후로 우리가 처음 만난 날부터 되새겨보았소. 그대는 바느질을 전혀 할 줄 몰랐지. 난이 일어나기 전까지는 고생 한번 한 적 없는 귀한 손을 가지고 있었고."

"그랬죠……."

"난 그때 죽었다던 그대의 지아비가 그대를 집 안에 꽁꽁 숨겨두었다고 생각했지. 하긴, 대군의 여인을 누가 감히 입방아에 오르내리도록 놔두었겠소."

그의 자상한 이야기 끝에서 결국 정연이 나오고 말았다.

"서방님. 전하와 저는 다 끝난 사이예요."

"전하가 아니라 하시니."

"서방님만 저를 포기하지 않으시면 되잖아요."

"화진."

그가 내 이름을 부른다.

그는 두 손으로 내 얼굴을 감싸쥐었다. 나는 내가 흉내 낼 수 있는 가장 애처로운 눈빛으로 그를 올려다보았다. 조금이라도 그의 동정을 사서 매달리고 싶은 심정이 그 눈빛에 드러나도록 말이다. 그는 이러한 내 눈빛을 모두 받아주면서 말했다.

"그대는 지혜로운 여인이요."

"왜 그런 말을 하세요?"

"그러니 전하께 돌아가시오."

"서방님!"

흥분한 나를 시백이 진정시키려 애를 썼다.

"자자, 내 말을 들으시오. 내 말을……."

"싫어요! 절대 못 가요! 안 가요!"

"부인."

"서방님!"

"화진."

도저히 얼굴을 보고서는 더는 대화를 나누는 것이 불가능하다 여겼는지 시백이 나를 끌어안는다. 난 그의 품에 안기고서도 불안했다. 그가 내게 정연에게 가라고 말한 직후였으니까!

"잘 들으시오. 내 말 잘 들으시오."

그가 내 귓가에 입술을 대고 속삭이듯 말했다.

"가라는 이야기라면 안 들을 거예요!"

내가 그에게 안겨 몸부림치자 그는 있는 힘껏 나를 속박하듯 끌어안았다. 그제야 나는 조금이나마 내 안에서 반항을 일으킨 불안함에서 벗어날 수 있었다. 난 몸에 들어간 힘을 빼고 그의 어깨에 머리를 기댔다.

"화진. 난 누구보다도 그대에 대해 잘 알고 전하에 대해서도 잘 알고 있는 사람이오."

"그래서요?"

"전하께서 그대의 진심을 아신다면 분명 그대를 놓아주실 거요."

그의 말을 듣는 동안 내 눈에서는 눈물이 흘러내렸다.

"나는 언제까지나 그대를 기다릴 거요. 그대가 늙고 노쇠하여 걸음조차 제대로 걷지 못하고 왕년에 중원의 패자들의 마음을 휘어잡던 미모가 다하는 날이 온다 해도."

그의 말을 상상하며 듣던 내가 어이없어 헛웃음을 흘렸다. 난 고개를 들어 그의 얼굴을 바라보았다. 여전히 난 울고 있었다.

"서방님은 거짓말을 잘 못 해요."

날 끌어안고 있던 그의 팔에 힘이 풀렸다. 그때 멀지 않은 곳에서 많은 사람들의 발소리가 들려오기 시작했다. 난 울며 그에게서 한 발자국씩 멀어졌다.

"결국은 아들 같은 전하를 선택한 거죠? 난 당신에게 아들을 낳아주지 못했으니까."

"화진……!"

"사내들은 결국 다 똑같아. 이시백. 당신도……."

이 순간 내가 느끼는 감정은 배신감이 아니었다.

실망감도 아니었다.

좌절감이었다.

중원에서 적국에 맞서 나를 지켰던 사내 이시백은 제 안을 비집고 자리한 정연을 내치지 못했다. 그에게 칼을 겨누지 못했다. 만약 그가 정연에게 칼을 겨눴다면 난 그와 함께 죽을 각오도 되어 있었다.

사내들은 어쩜 이렇게나 어리석을까!

여인의 진심보다도 자신의 진심을 더 우선시하다니?

나를 향한 그의 마음이 거짓이라고 생각하진 않는다. 그러나 난 그가 정연과 나 사이에서 정연을 택했다고 판단했다.

"아씨!"

저 멀리서 몰려오는 사람들 틈에 오랜만에 듣는 낯익은 목소리가 섞여 있었다. 돌아선 그곳에서는 계화의 모습이 보였다.

"아씨이!"

오랫동안 내가 죽은 줄만 알고 있었던 날 본 계화는 반가움에 울부짖으며 달려오기 시작했다. 그런 계화의 뒤로 궁궐의 나인들로 보이는 이들이 뒤따르고 있었다. 이들을 보고 나서야 이곳까지 날 데려온 시백에게 숨은 계획이 있음을 알아차렸다.

난 시백을 돌아보며 한 서린 목소리를 내뱉었다.

"죽을 때까지 당신을 증오할 거예요."

다시 흐르기 시작한 눈물이 뜨겁다. 내 뺨을 타고 흘러내리는 순간 살갗을 태워버릴 것 같은 느낌이었으니까.

"죽을 때까지…… 증오할 거라고요."

나를 바라보는 그의 눈에 슬픔이 어렸다. 그러나 나는 그 슬픔
보다도 더 큰 슬픔 속에 빠져들고 있었다.

6장

증오

"죽을 때까지 당신을 증오할 거예요."

진심은 통하지 않았다.

"죽을 때까지…… 증오할 거라고요."

나인들에게 둘러싸여 궁중마마가 된 듯 가마 속으로 화진은 사라졌다. 가마를 타기 직전까지 그녀는 시백을 향해서 처절한 분노의 눈빛을 숨기지 않았다. 그 눈빛은 비수가 되어 시백의 가슴을 수백수천 번을 찔러댔다. 시백은 화진이 탄 가마가 사라질 때까지 그 자리에서 서서 오롯이 모든 고통을 감내하고 있었다.

화진과 그녀를 모시는 나인들이 그의 눈앞에서 모두 사라졌을 때였다. 시백은 가슴을 괴롭히던 통증이 역으로 치솟아 오르는 느낌을 받았다.

"욱. 우욱─"

구역감이라고 느끼고 그가 뱉은 것은 검붉은 피였다. 굵은 핏덩어리가 섞인 피는 그러고도 한참을 그의 몸속에서부터 치고 올라왔다.

"우욱!"

그의 몸속에 있는 뿌리까지 모두 뒤집을 고통이 피를 토해내게 만들고 있었다. 자신이 서 있는 주변을 모두 피로 붉게 물들인 다음에야 시백은 그 위에 쓰러졌다. 쓰러진 뒤에도 입을 통해 흘러나오는 피는 쉽게 그치지 않았다.

['죽을 때까지 당신을 증오할 거예요.']
['죽을 때까지…… 증오할 거라고요.']

화진이 가버린 방향을 응시하던 그의 눈이 천천히 감겼다.
'부인……'

❧

"세상에나!"

소식을 듣고 제일 먼저 달려온 이는 중전 장씨였다. 그녀는 울먹이는 계화의 옆에 서 있는 나를 보고는 그 자리에 우뚝 멈춰 섰다.

"살아 있었다는 말이 사실이었다니……!"

그녀는 진심으로 내가 살아 있는 것을 기뻐하고 있었다.

"전하께 들었네. 태중에 아이는 난중에 잃었다고?"

"네."

"얼마나 모진 세월을 견뎌왔을까…… 한데도 미모는 그때 그대로이니 참으로 놀라운 일이야."

중전인 그녀가 내 손을 친히 잡아 이끌어 곁에 앉혔다. 그녀는 내 손을 쓰다듬으며 자상하게 말했다.

"전하를 잘 부탁하네. 전하께서는 앞으로 큰일을 하실 분일세. 자네가 그 옆에서 본궁과 함께 힘이 되어드려야 하네."

나는 울분에 차 있었다. 시백과 생이별을 하고 창덕궁으로 들어온 후 비명을 지르며 잡히는 물건을 전부 내던져버리고만 싶었다.

당연하다는 듯! 내가 정연의 곁에 있는 것이 당연하다는 듯 말하는 모든 이들을 저주하며 폭언을 내뱉고만 싶었다. 그러나 그러지 못했다. 내가 할 수 있는 반항이라고는 짧은 대답과 침묵뿐이었다.

"중전마마, 아씨께서 오늘 몸이 많이 피곤하신 듯 보이니 일찍 쉴 수 있도록 해주시옵소서."

"물론이지. 물론 그렇게 해야지. 그래야 전하도 모실 수 있지 않겠느냐?"

장씨가 나를 두고 처소에서 나가려는지 자리에서 일어섰다. 그러나 스스로의 의지로 앉은 것이 아닌 나는 스스로의 의지로 다시 일어서는 것조차 불가능했다. 계화가 눈치 빠르게 다가와 나를 일으켜 세웠다. 그렇게 중전을 배웅하고 계화만이 내 곁에 남은 상황.

"아씨?"

아슬아슬한 자세로 서 있는 나를 계화가 걱정스레 불렀을 때였다. 난 그대로 정신을 잃으며 바닥으로 쓰러져버렸다.

"아씨."

"으······."

"아씨?"

"으으······."

대답을 하려고 하는데도 입에서 제대로 된 소리가 나오지 않는다.

"아씨!"

- !

계화가 부르는 소리가 귀청을 울릴 정도로 크게 들려온 순간이었다. 난 감고 있던 눈을 번쩍 떴다. 눈앞에 계화의 얼굴이 보였다.

"정신이 드세요?"

"여······ 여기는······."

"동궐이에요."

"궐······."

겨우 몸을 일으켜 세워 앉으니 계화가 이런 나를 도왔다. 겨우 보료에 등을 대고 앉으니 계화가 죽을 가져온다.

"드세요. 궐에 오시고 아직 아무것도 못 드셨잖아요."

거절할 새도 없이 계화가 죽을 한 수저 퍼서 내 입에 가져다댔다. 난 고개를 가로저었다.

"지금이…… 때가 언제니?"

"밤이에요."

"밤?"

방안에 등잔이 켜져 있는 것이 보였다. 난 등잔불을 가만히 바라보다가 낮에 헤어졌던 시백의 얼굴을 떠올렸다. 눈물이 뺨을 타고 흘러내렸다.

"아씨!"

계화가 죽 그릇을 내려놓고는 수건으로 내 뺨에 흐르는 눈물을 닦아주었다. 난 그것마저도 거절한 채 등을 보이고 보료 위에 누웠다.

"뭐 좀 드셔야죠."

"싫어. 입맛이 없어."

"잘 드셔야 해요. 전하께서도 얼마나 걱정하시는데요. 조금 전에 온 산해진미도 다 식어서 수라간으로 도로 돌아갔다니까요."

"……"

"아씨. 뭐 드시고 싶은 거 없으세요? 중전마마께서 수라간에 일러서 아씨가 드시고 싶은 것은 언제라도 만들어서 대령하라고 하셨어요. 그러니까……."

"싫어. 자고 싶어. 그러니 나가줘."

"그럼 이 죽만 드세요. 죽만 드시는 거 보고 나갈게요."

계화가 이렇게 고집을 피우던 아이던가? 나는 그녀를 쫓을 생각에 대충 대답을 했다.

"알았어. 두고 가면 먹을게. 그러니 나가줘."

"꼭 드셔야 해요?"

계화가 나간 후 나는 이불을 머리까지 뒤집어썼다.

"흐흐흑……."

소리 없이 흘리던 눈물이 소리를 되찾아 흐르기 시작했다.

◦◦◦

입궐 후 얼마나 시간이 흘렀는지 기억나지 않는다. 분명한 사실은 난 단 한 번도 처소에서 나가지 않았다는 것이다. 난 내가 머무는 곳이 정확히 동궐에 어디에 위치한 곳인지도 알지 못했다.

"제발요…… 아씨, 이러지 마세요? 네?"

나는 입궐 후 물 한 모금도 제대로 입에 댄 적이 없었다. 계화가 이 사실을 어떻게 새어 나가지 않도록 했는지 장씨가 나를 찾아오는 일은 없었다. 또 신기하게도 아직 정연의 얼굴을 단 한 번도 본적이 없다.

그는 나를 원해서 데려왔으면서 정작 왜 나를 찾아오지 않는 것일까?

궁금하진 않다. 그저 다행이라고만 여길 뿐.

"이러시면 정말 큰일 나세요. 네?"

계화는 하루 종일 내 곁에 붙어서 징징대기만 한다. 그건 내가 아무것도 먹지 않기 때문이다. 처음에는 먹고 싶지 않아서 먹지 않았다. 입맛이 돌지 않았으니까.

그러나 지금은? 생각이 바뀌었다. 이렇게 굶다가는 계화의 걱정처럼 '큰일'이 날지 모른다. 기껏해야 죽는 것뿐이겠지만. 그리고 난 바로 그 죽음을 기다리고 있었다.

내가 입궐한 지 얼마 안 되어 죽었다는 소식을 듣는다면 시백은 슬퍼할 것이다. 크게 좌절하고 괴로워할 것이다. 차라리 그렇게라도 그에게 슬픔을 줄 수 있다면 그 역시 그를 향한 내 증오가 완벽하게 실행되는 것이 아닐까?

༺ৎ❧

간간이 계화가 억지로 떠먹이는 물 덕분에 사흘까지 버틸 수 있었다. 하지만 닷새가 되자 그나마 마시는 물로도 입술이 바짝 마르고 몸이 뒤틀리는 것 같은 통증까지 느껴졌다.

시기는 겨울이었다.

머리가 하루 종일 아팠고 눈을 뜨는 것도, 숨을 규칙적으로 들이쉬고 내쉬는 것도 어려워졌다. 이러다 의식을 놓아버리면 바로 숨이 끊어질 수도 있겠다는 생각을 했다. 배고픔은 잊었고 아무것도 먹지 않은 채 죽는 날만 다가오기를 기다리는 기분이었다.

"아씨이……."

계화는 내 앞에서 통곡을 했다. 그 소리가 너무나도 크게 들려서 배를 곯는 것보다도 더 힘들었다.

"미음이라도 좀 드세요? 네?"

내가 단식하는 이유에 대해서 캐묻던 계화는 이제 방향을 바꿨다. 그냥 사정했다. 불쌍해서 한 입 먹어주기라도 하고 싶은데 바짝 말라버린 입술은 쉽게 열리려고 하지 않는다.

"이러시면 저도 같이 죽을 거예요!"

감고 있던 눈을 뜨니 아침부터 울어서 눈이 퉁퉁 부어 있는 계화의 얼굴이 보였다. 나도 모르게 웃음이 터져 나왔다. 하지만 곧 웃음은 복통으로 돌아왔다.

"울지 마. 네가 우니까…… 아파."

"아씨?"

"먹을게…… 먹을 테니까. 울면 안 돼."

"네! 안 울게요! 자, 여기요. 여기 드세요, 아씨!"

계화가 미지근한 미음을 한 수저 떠서 내 입에 가져다댔다. 힘겹게 벌린 입으로 미음이 들어서자 순간 역한 느낌에 구역질이 올라오고 말았다.

"욱…… 욱……."

고작 먹은 것은 미음 한 수저인데 그보다도 더 많은 물을 토했다. 내 안에 이런 수분이 아직 남아 있나 의심스러울 정도로 적지 않은 양이었다. 결국 속을 게워냈는지 핏물까지 보이고 나서야 나는 어지럼증을 느끼며 눈을 감았다.

"아씨!"

계화가 나를 부르는 소리도 다시 멀어져 갔다.

⟨⟨❦⟩⟩

"어찌 이 지경이 될 때까지 숨겼느냐!"

"그게……!"

"전하께서는?"

"지금 편전에서 소식을 듣고 급히 오고 계시옵니다!"

"전하께서 이를 아신다면……! 이를 어찌한다……!"

다시 정신을 차렸을 때 주변에는 많은 나인들이 나를 에워싸고 있었다. 그중에는 중전인 장씨도 있었다. 장씨는 힘겹게 눈꺼풀을 들어올린 나를 보자 내 손을 덥석 잡는다.

"정신이 드는가?"

"네에……."

"어쩌자고 입궐한 지 닷새 만이 이 지경이 되었는가?"

계화가 장씨의 옆에 앉아 울고 있었다. 난 계화를 한 번 쳐다보고는 장씨에게 말했다.

"계화는 아무런 잘못이 없습니다. 다 제가……."

말을 이어야 하는데 다음에 무슨 말을 하려고 했는지 생각이 나지 않았다. 이렇게 곧 숨이 넘어가버릴 것만 같았다.

그때였다.

"주상전하 납시오!"

일순간 주변이 소란스러워지면서 감기려던 눈이 겨우 다시 떠졌다. 방안에 있는 모든 사람들이 자리에서 일어섰고 누워 있는 사람은 오직 나 하나뿐이었다.

"난아!"

정연이었다. 붉은 곤룡포가 눈앞에서 물먹은 수채화 물감처럼 번져나가 시야를 가득 채웠다. 그의 얼굴은 또렷하게 보이지 않는다.

"어찌 이리된 것이냐!"

정연이 누군가에게 호통쳤다.

"어의는? 어의는 어디에 있느냐!"

"여기에 있사옵니다, 전하!"

"상태가 어떤지 진맥해보았느냐?"

"예. 그러하옵니다."

"약은? 처방이 있을 것이 아니냐?"

"약을 쓰기에는 기력이 쇠하여 잘못 약을 썼다가는 자칫 위험할 수 있사옵니다."

"무어라?"

정연이 손을 뻗어 누군가의 멱살을 잡는다. 그것은 다름 아닌 계화였다.

"네 주인이 궐에 적응할 때까지 시간이 필요하다 하였지! 한데 일이 이 지경이 될 때까지 숨기려고 한 계략이었느냐?"

"소, 소인은……! 소인은……!"

계화가 다시 울먹인다. 난 그에게 잡혀 있는 손을 움직이려 애를 썼다. 그 노력이 그에게도 전해진 것일까?

"난아? 난아!"

그가 계화를 놓고 나를 돌아본 것 같았다. 난 힘겹게 입을 열었다.

"전하……."

"그래. 듣고 있다. 말해보거라."

"계화는…… 잘못이…… 없어…… 요."

"난아!"

"계화는…… 아무런…… 잘못이…… 다…… 제…… 제 탓……."

정연이 계화를 오해하고 있다면 그 오해를 풀어줘야 한다고 생각했다. 그러나 더는 말을 잇는 것이 어려웠다. 이제 정말 마지막이라는 생각이 들었다. 내 몸의 머리부터 발끝까지 남아 있던 기력이 모두 하나로 모아져 수증기처럼 증발되는 느낌을 받았다.

서방님…….

죽는 순간이 온다면 그를 증오하며 죽어갈 줄 알았다.

['죽을 때까지 당신을 증오할 거예요.']

그에게 마지막으로 한 말이 그 말이었으니까. 그런데 증오 따위는 없었다. 그가 미치도록 그립기만 할 뿐.

보고 싶었다. 설사 그가 정말 날 버렸다고 하더라도.

이게 사랑이었나……?

.

.

.

"수, 숨을 안 쉽니다! 전하! 아씨가 숨을 안 쉬세요!"

눈을 감은 화진을 살펴보던 계화가 울부짖었다.

화진의 손을 움켜잡고 있던 정연도 느끼는 것이었다. 메마른 화진의 얼굴이 점점 파랗게 물들어가는 것 같았다. 그때 정연이 옆에 앉아 있는 중전의 가슴에 달린 은장도 노리개를 잡아 뜯었다.

"전하! 도대체 무얼 하시려고……!"

장씨가 놀라 말을 다 잇기도 전에 정연이 그 은장도의 칼을 빼 들었다.

"전하!"

장씨가 놀라 비명을 지른 순간이었다.

정연이 그 은장도로 자신의 한 손의 정 중앙을 힘껏 찔렀다.

"꺄악!"

주변에 있던 나인들이 이를 보며 비명을 내질렀다. 정확히 그 은장도의 날은 정연의 손바닥을 뚫고 지나갔다.

-!

그는 신음 한번 흘리지 않은 채 이를 악물고 견뎌냈다. 붉은 피가 마치 물이 꽉 찬 가죽 주머니가 찢어져 새어 나오듯 끝없이 흘러나오기 시작했다. 정연은 다친 손을 화진의 입가에 가져다대고는 흘러나오는 피를 그녀의 입안으로 흘려보냈다.

"전하⋯⋯!"

장씨가 울먹이며 어쩔 줄을 모르는 그 순간에도 정연은 마치 자신의 몸 안에 남아 있는 한 방울의 피라도 모두 화진에게 주려는 듯 미동조차 하지 않고 그대로 실행했다.

상당히 많은 피가 화진의 입안으로 흘러들어갔을까?

"쿨럭⋯⋯ 쿨럭⋯⋯ 욱!"

화진이 목구멍으로 계속 쏟아져 들어오는 피의 역한 비릿함에 구역질을 하며 몸을 뒤틀었다.

"시⋯⋯ 싫어⋯⋯ 피 냄새는⋯⋯ 싫어⋯⋯ 욱!"

"아씨!"

죽음의 문턱에서 살아 돌아온 화진을 본 계화가 펑펑 눈물을 쏟았다. 화진이 깨어나자 장씨는 제 옷자락을 찢어 여전히 피가 흐르는 정연의 손을 지혈하듯 세게 눌렀다.

정연이 그런 장씨를 노려보았다. 장씨는 애원하듯 정연에게 말했다.

"살았습니다. 피화당은 살았습니다. 그러니 이제 그만하시옵소서⋯⋯."

"……."

장씨의 간청에 정연도 자신의 손을 거뒀다.

"어서, 어서 전하의 손을 봐드리게! 어서!"

장씨가 어의를 재촉했다.

정연은 장씨가 지혈한 옷자락을 다른 손으로 누르며 아무렇지 않은 듯 어의에게 말했다.

"그녀를 살펴라. 과인은 되었으니."

"아…… 그게……."

정연과 장씨의 눈치만 번갈아 보며 어의가 쭈뼛거리자 정연이 호통쳤다.

"과인이 뭐라 하였는가! 어서 그녀를 살피라 하지 않았느냐?"

"아…… 예!"

어의가 화진에게 다가가 맥부터 짚었다.

잠시 후 어의가 고개를 갸웃거리더니 정연을 돌아보았다.

"전하."

"어찌 그러느냐?"

"저…… 그것이…… 조금 전에도 맥을 짚었사온데 그때는 오랫동안 곡기를 끊으셨기에 맥이 불안정한 줄만 알았사옵니다. 하온데……."

"말을 길게 하지 말라."

정연이 지적하자 어의가 바닥에 머리를 조아리며 말했다.

"회임입니다. 분명 배 속에 아기씨가 계신 것이 틀림없사옵

376

니다!"

"!"

정연의 눈동자가 크게 떠졌다.

❧

도성에 눈이 많이 내렸다. 시백은 이를 핑계로 집 밖으로 거의 나가지 않았다. 찾아오는 사람도 만나지 않았다. 그는 그저 집 안에서만 두문불출하며 지내고 있었다. 조용하기만 하던 그의 집 앞에 말 울음소리가 들려온 것은 눈이 그친 뒤였다.

"죄송하지만 저희 대감마님은 그 누구도 만나지 않겠다 하십니다."

"나는 만날 것이네."

"아무리 그러셔도 안 됩니다. 얼마 전에 대감마님의 아우분도 다녀가셨지만 만나 주지 않으셨습니다. 그러니 포기하고 돌아가시지요."

시백의 하인은 충실했고 또 고집도 셌다. 그러나 찾아온 손님도 만만찮았다. 그는 동행한 무사를 앞세워 기어코 대문을 열고 들어섰다.

"아니! 안 된다니까요!"

하인이 극구 반대하며 무사와 길을 막으며 씨름을 벌이던 그때였다.

– 탁.

닫혀 있던 사랑채의 창문이 열리더니 망건 차림의 시백의 모습이 나타났다.

"콜록콜록……."

그는 찬바람에 짧은 기침을 내뱉었다. 그러고는 마당에 서 있는 이들을 보며 하인에게 말했다.

"물러가거라. 오늘 손님은 받을 것이니."

"아…… 예. 대감마님."

하인이 물러가자 시백은 쓸쓸하게 웃으며 막무가내인 손님을 향해 입을 열었다.

"이곳까지는 어인 일이십니까, 전하."

눈이 그친 뒤 시백을 찾아온 이는 다름 아닌 조선의 왕 정연이었다.

⁂

정연이 사랑채로 들어서자 대낮에도 깔려 있는 이불이 눈에 들어왔다. 시백은 곧바로 이불을 반쯤 걷어치우며 먼저 말했다.

"겨울이라 고뿔을 달고 삽니다."

"형님께서 어디 고뿔을 달고 사실 분이십니까? 어디가 많이 편찮으신 게 아닙니까?"

"세월도 거스를 수 없으니."

시백은 농담처럼 정연의 말을 받았다. 정연은 이를 예사롭지 않게 보았다.

"과인이 가장 아끼는 이들이 모두 아프니 마음이 편치 않습니다."

"……."

시백의 말 없는 눈빛이 정연을 향했다.

그 눈빛에서 정연은 화진의 안부를 묻는 시백의 마음을 읽었다. 그러나 시백은 감히 물을 수가 없는 처지였다. 정연이 그런 시백의 마음을 알고 먼저 말했다.

"궁금한 것이 있으면 편하게 물으십시오."

"아닙니다. 신은 죄인이라……."

시백의 말이 끝나기도 전에 정연이 되물었다.

"한때 과인의 첩을 아내로 삼았기 때문에?"

"그 여인을 사랑했기 때문에 그리고 지금도 사랑하기 때문에."

시백의 솔직한 고백에 정연은 할 말을 잃어버렸다.

정연은 곧 마음을 가다듬으며 시백에게 말했다.

"그녀의 미모야 중원을 뒤흔들었으니 형님께서도 사내인 이상 마음이 흔들리신 것은 어쩔 수 없었겠지요."

"아닙니다, 전하."

"예?"

"신이 그녀에게 이끌린 이유는 그녀가 지닌 고결한 성품 때문이었습니다. 그녀의 타고난 미모는 부가적인 것일 뿐."

이번에도 정연은 할 말을 잃었다. 그는 화진의 미모에 먼저 끌렸었다. 화진에게 타고난 미모가 없었다면 이토록 소유하고 싶은 욕심이 그에게 들었을지도 의문이었다.

시백은 정확히 이 부분을 지적했다.

"전하께서는 그녀의 미모에 반하셨습니까?"

"그렇습니다. 그 어떤 사내라도 그녀의 미모를 보고 반하지 않을 사내는 없을 테니까요."

지금도 그러했다. 식음을 전폐하며 죽어가던 화진은 그 모습조차도 아름다웠다. 전혀 추하지도 않았고 전혀 흉측하지도 않았다. 그저 평소에는 볼 수 없는 나약함과 가냘픔만 더해졌을 뿐. 이 역시도 사내인 정연의 마음을 흔들었고 화진의 아픔을 공감할 정도의 고통을 주었다.

"하오면 전하. 그녀가 지닌 미모가 다 하는 날, 그녀를 놓아주시겠습니까?"

"형님……."

"훗날 전하의 곁에 그녀보다도 더 젊고 아름다운 미인들이 있어, 더는 그녀를 찾지 않게 되는 날이 온다면 그녀를 다시 신이 거둘 수 있게 하여주십시오."

"……!"

그 순간 정연은 깨달았다.

화진은 그에게 한낱 소유물이었다. 정연은 단 한 번도 그녀와 함께하는 미래를 생각해본 적이 없었다. 그저 자신이 가장 원하는 순간에 화진을 소유하고 싶었을 뿐이었다.

"그리하도록 윤허해주시겠습니까?"

시백이 정중히 청했다. 정연이 자리를 박차고 일어서며 말했다.

"이제야 그녀가 어찌하여 형님을 선택했는지 알 것 같습니다."

시백이 그 대답이 만족스러운 듯 희미하게 웃었다. 곧 그 웃음은 기침으로 끝맺고 말았지만.

"형님의 몸 상태를 모르고 찾아온 것이 아닙니다."

정연의 말에 시백의 얼굴에 가득 찼던 웃음이 일순간 사라졌다.

"어쩌면 형님께서 말씀하시는 먼 훗날, 그녀의 곁에는 형님이 아니라 지금처럼 과인이 있을지도 모를 일이지요."

화진의 문제에 있어서 정연은 단호한 입장을 취했다. 더불어 정연도 자신이 있었다. 시백이 늙고 병드는 생에 마지막 순간까지 화진과 함께하고 싶다면 정연도 그렇게 할 자신이 있었던 것이다. 화진의 문제에 있어서만큼은 이 세상 그 어떤 사내하고 겨루어도 지고 싶지 않은 정연이었다.

◗◖∾◗◖

정연이 궐로 돌아왔다는 소식에 장씨가 침전으로 찾아왔다.

"중전마마께서 드셨사옵니다."

내관의 도움도 거절한 채 스스로 갓끈을 풀고 있던 정연이 장씨를 돌아보았다. 장씨는 평상시와 다르게 어깨가 축 처지고 기운

없는 정연을 보며 속상함을 감출 수가 없었다.

그녀는 대뜸 화진의 이야기부터 꺼냈다.

"예전에도 그리 고집이 많은 이라는 걸 알았지만 이처럼 죽겠다고 제 몸을 상하면서까지 식음을 전폐하는 이는 아니었사옵니다."

화진의 이야기라는 것을 안 정연의 표정이 더욱 어두워졌다.

"더욱이 지금 아이까지 가진 몸으로……."

"말했소?"

정연의 예리한 시선이 장씨의 얼굴에 닿았다.

"예?"

장씨가 당황한 듯 반문하자 정연이 날카롭게 물었다.

"회임한 사실을 피화당에게 말했냔 말이오."

"아, 아직…… 아무래도 기력을 회복하는 것이 우선인지라…… 어의의 말에 따르면 지금 상태로는 자칫 유산할 수도 있다 하니 미리부터 말을 했다가 정녕 그리되면 더욱 힘들어할 것이 아니 옵니까."

"계화에게도 그리 말했소?"

"예. 이번 일이 이렇게까지 커진 것도 계화가 제 주인을 위한다고 입을 다물어 이리 된 것이 아닙니까? 하여 이번에도 피화당의 상태를 숨겨 잘못되었다가는 목숨을 보전하기 힘들 것이라 엄히 주의를 주었사옵니다. 이 정도라면 계화도 신첩의 말뜻을 알아들 었겠지요."

정연이 갓을 벗자 장씨가 한 걸음 더 가까이 다가가 갓을 받아

들었다.

정연의 눈치를 살핀 장씨가 조심스럽게 운을 뗐다.

"전하. 피화당의 배 속 아기씨는 용종이 맞사옵니까?"

ㅡ!

도포의 끈을 풀던 정연의 손이 멈칫했다. 장씨는 이를 놓치지 않았다.

"전하께선 십수 년간 피화당이 죽은 줄로만 알고 사셨사옵니다. 그러다가 갑자기 피화당을 찾으셨다며 궐로 데려오셨지요. 그게 길어야 보름이 채 못 되옵니다. 한데 의관은 태맥이 잡히려면 적어도 달포는 지나야 한다며……."

장씨의 말이 끝나기도 전에 정연이 답했다.

"과인의 씨요."

평소와 정연과 다른 태도를 장씨가 모를 리 없었다. 그녀는 더 캐고 싶은 말들이 많았다. 하지만 정연이 이를 원치 않는다는 것도 알았다.

"이 문제로 중전과 두 번 말하는 일은 없었으면 좋겠소."

자신의 시선을 계속 피하는 정연의 얼굴을 집요하게 바라보던 장씨가 고개를 숙였다.

"예, 전하."

"읍…… 으읍."

음식을 입에 가져다댄 순간 속이 울렁거린다. 아무리 산해진미를 눈앞에 두어도 도무지 사라진 입맛이 돌아오려 하지 않는다.

숨이 끊어졌다고 생각한 그 순간, 내 입술을 타고 흘러들어오던 비릿한 피의 맛과 냄새가 다시금 떠올라 나를 괴롭혔다. 그것은 정연의 피였다.

"어찌 그리도 독하게 마음을 먹으셨어요?"

기력이 딸려 목소리를 내는 것조차도 힘들었다.

"독하게 마음을 먹은 게 아니야. 나도 먹으려 해. 그런데 정말 먹기 싫어."

"어떻게든 드세요. 이것만이라도 드세요. 이러다 다시 아씨 사경을 헤매시면 정말 큰일 나요!"

내가 정신을 차린 뒤로 계화는 이상하게 더 안달이 났다.

"그래봤자 죽는 것밖에 더하겠니?"

"그럼 저도 아씨를 따라갈 거예요."

의지를 불태우는 계화를 보며 난 실없는 웃음을 흘렸다. 계화는 이런 내가 얄밉다는 듯 쳐다본다.

"지금 상황에서 웃음이 나오세요?"

"네 말대로 이 음식들…… 잘 먹어서 살면? 그다음엔?"

"아씨 좋으라고 그러는 거 아니에요. 전하를 위해서예요."

"전하를 위해서라고?"

"네."

계화가 울먹였다.

"아씨가 그렇게 가신 줄만 알고 전하께서 얼마나 괴로워하셨는지 아세요? 저는 그걸 다 곁에서 지켜봤어요. 청나라로 가신 전하

384

의 뒤를 따라가진 못했지만, 그곳에서 전하를 모신 나인들 말로는 아씨와 죽은 아기씨 신주를 떠받들 듯 모시다가 중전마마와 크게 다투시기까지 하셨대요."

"그건 그의 마음이지."

"예?"

"내 마음이 아니잖아. 내가 원한 것도 아니고…… 내가 그리해달 라고 한 것도 아니고…… 지금 알고 나서도 하나도 기쁘지 않아. 고맙지도 않고."

계화가 답답하다는 듯 제 가슴을 친다.

"아씨! 전하께서 아씨만큼 마음을 주신 여인은 없었어요! 세상 모든 여인들이 원하는 전하의 마음을 얻으시고도 어찌 그리 매정 하세요?"

오랫동안 떨어져 있으면서 소녀이던 계화는 여인이 되었다.

조선의 여인. 계화는 임금의 사랑을 받는 나를 부러워함과 동시 에 이해하지 못했다. 예전에 조금이라도 그녀가 내 편이라는 생각 을 했었다면 이제 그녀는 나보다는 정연의 곁에 더 가깝게 서 있 는 사람이었다. 이 궁궐에서 단 한 명도 내 편을 들어주고 내 마음 을 이해해줄 이가 없다는 생각에 왠지 모를 서러움이 밀려왔다.

"참 가혹하지……."

이 첫 마디에서 그친 줄 알았던 눈물이 내 뺨을 타고 흘러내 렸다.

"내가 사랑한 사람이 날 사랑하는 것도 기적이고……."

"아씨?"

"서로 사랑하기에도 삶의 시간은 짧기만 한데 서로 사랑하고 싶어도 더는 할 수가 없고. 한쪽이 사랑을 포기하면 그것은 사랑이 아니게 되고. 권력을 지닌 자의 일방적은 사랑은 칭송받으니……."

난 계속 눈물이 흘러내리는 얼굴로 계화를 돌아보았다.

"계화야. 사랑은 사내와 여인이 단둘이 만나서 하는 거야. 너처럼 다른 이들의 입을 통해하는 게 아니라."

"아씨……."

"전하가 나를 사랑해도 내가 전하를 사랑하지 않으면 그건 사랑이 아니야."

༶༶

침전에서 포근한 금침 위에 누운 정연은 깊은 잠 속에 빠져 있었다. 그런 그의 잠을 방해하는 이의 손길이 있었다. 누군가 부드러운 손길로 그의 매끄러운 턱을 매만지며 쓰다듬었다. 그 기분이 너무나도 좋아 정연은 잠에서 깨어나고 싶지가 않았다.

"후훗."

그때 그를 매만지던 손길이 멈추더니 여인의 웃음소리가 들려왔다. 정연이 눈을 번쩍 뜨자 보이는 것은 늘 보던 침전의 천장이었다.

'꿈이었나…….'

정연이 눈을 깜빡이며 고개를 옆으로 돌렸을 때였다. 그의 눈앞에 활짝 웃은 채 돌아누워 자신을 바라보고 있는 화진이 보였다.

"피화당?"

"후훗."

화진이 그런 정연을 보고 다시 소리 내어 웃더니 한 손을 뻗어 그의 턱선을 장난치듯 만지작거렸다. 처음에는 멍하니 화진의 얼굴을 바라보던 정연이 손을 뻗어 자신의 턱을 매만지는 화진의 손을 잡았을 때였다. 신기루처럼 화진이 그의 눈앞에서 사라졌다.

그는 허리를 벌떡 일으켜 세우며 잠에서 깨어났다.

"하아……!"

일어나고도 남아 있는 화진의 존재감에 그는 주변을 둘러보았다. 그러나 침전에는 오직 그 혼자 있을 뿐이었다.

"전하? 무슨 일이 있사옵니까?"

깨어난 정연의 숨소리를 들었는지 문밖의 내관이 다급히 정연의 안부를 물었다. 정연은 내관의 물음에도 응답하지 않은 채 조금 전까지 화진이 누워 있었던 자리를 조심스럽게 매만졌다.

"전하?"

내관은 정연이 대답을 하지 않으면 당장 침전 안으로 들어올 기세였다. 이를 깨달은 정연이 말했다.

"아무 일도 없다. 과인은 잠에서 깬 것뿐이다."

문이 열리며 내관이 당직 상궁과 함께 들어왔다. 내관은 잔에 물을 따랐다. 당직 상궁은 이마에 식은땀이 맺힌 정연을 보고는 수건을 들어 조심스럽게 그의 이마에 가져다댔다. 정연이 본능적으로 고개를 저으며 상궁의 손길을 거부했다. 여전히 그는 자신의 얼굴을 매만지던 화진의 손길에서 헤어나지 못하고 있었다.

"지금이 언제이냐?"

"삼경에 이르렀사옵니다."

잠시 고민하던 정연이 자리에서 일어섰다.

"피화당에게 가겠다."

◦❧◦

화진이 머무는 동온돌에 딸린 작은 협방에는 밤새 당직을 서는 의녀들이 앉아 있었다. 그녀들과 함께 의관 한 명도 함께했다. 의관이 등불을 켜놓고 약재를 살피는 동안 의녀들은 그런 의관의 눈치를 보며 수다를 떨고 있었다.

"정말이야?"

"그렇다니까. 대전 나인들이 그러는데 아마 곧 귀인마마가 되실 거래."

"회임을 하셨으니 뭐, 왕자 아기씨라도 낳으면 빈마마 정도는 그냥~ 캭."

"그게 아니지. 전하는 후궁이 없으시잖아. 다들 중전마마와 사이가 좋아서 그런지 알지만 실은 그게 아니었던 거지."

"그럼?"

"저기."

의녀가 방문을 하나 사이에 둔 동온돌 쪽을 손짓으로 가리켰다.

"얼굴 못 봤어? 여인인 내가 봐도 반하겠더라. 식음 전폐해서 죽어가는 얼굴이 저 정도로 반반한데 생기 있게 활짝 웃어봐라? 전하도 사낸데 그냥 무너지는 거지."

"씁!"

의관이 의녀를 보며 입을 함부로 놀리지 말라는 듯 혓소리를 냈다. 의녀가 헛기침을 하더니 더 작은 목소리로 떠들기 시작했다.

"전하께서 저 여인을 대군마마이시던 시절에 맞아들이셨대."

"저 정도 미인이라면 대군마마라도 당장 첩으로 삼으실 만했겠다."

"그치? 그런데 중전마마가 부부인이던 시절부터 모신 상궁마마 말이야. 저 여인을 '요녀'라고 부른대."

"요녀?"

"처음 전하의 첩이 되었을 때가 스무 살이 안 되었을 때래. 근데 지금 얼굴 봐봐라? 많아야 열여덟으로 보이잖아?"

"그게 정말이야?"

"그렇다니까! 그러니 요녀가 아니고서야…… 응?"

누군가 동온돌의 문을 여는 소리가 들려왔다. 약재를 살피던 의관도 이 소리를 들었는지 하던 일을 멈추고 고개를 들어올렸다. 의녀가 동온돌과 협방을 가로막는 문을 슬그머니 열더니 깜짝 놀라 도로 문을 닫으며 말했다.

"에구머니나!"

"왜?"

"전하셔!"

"전하라고? 이 시각에?"

의녀가 의관을 돌아보며 얼굴을 붉힌 채 물었다.

"어찌하옵니까? 어의영감께서 여인의 기력이 쇠하고 회임 초라 합궁은 아직 무리라 하셨는데……."

당직을 서는 의관은 아직 임금을 독대해본 적도 없는 신임 의관이었다. 고민하던 그가 협방을 밝히는 등잔불을 훅, 불어 끄고는 의녀들에게 말했다.

"없는 듯 조용히 있거라. 소리 내지 말고."

"네에."

고분하게 대답한 의녀가 옆에 앉아 있는 의녀를 보며 입을 가린 채 탄성을 내질렀다.

"어떡해. 여기까지 다 들릴 텐데!"

"나도 이런 건 처음이야."

"완전 기대된다."

"아, 몰라몰라!"

정연의 귀에 들려오는 그녀의 숨소리마저도 가냘프다. 화진은 그랬다. 그에게 화진은 사내의 보살핌이 간절한 여인이었다. 한때는 그것이 자신이었고 자신이 그녀를 잃은 순간에는 이시백이었을 뿐이다. 정연은 모든 것을 용서할 수 있었다. 이제 그녀가 그에게 마음을 돌리기만 한다면.

– ……

잠든 화진의 곁으로 다가가 앉은 정연이 그녀의 얼굴로 손을 뻗었다. 조금 전 꿈속에서 자신의 얼굴에 닿았던 화진의 손길이 닿은 그곳이었다.

촉촉했다.

눈물이 흐르고 흘러 얼룩진 촉촉함을 손끝으로 느낀 정연이 멈칫한 순간이었다. 잠든 줄 알았던 화진이 두 눈을 뜬 것이다.

∽∾∾∽

궁궐의 벽은 얇다. 옆 협방에 머무르는 의녀들이 무언가를 소곤거리는 소리가 자꾸 귀를 간지럽혔다. 눈을 뜨니 그녀들의 그림자가 내가 누워 있는 동온돌의 반대편 벽을 비췄다. 뭐가 그리도 재미있는지 서로 소곤거리던 의녀들이 웃기도 한다. 이 세상의 모든 재미는 나를 제외하고 찾아온 것 같은 기분. 궁궐의 전각 동온돌 하나를 차지하고 누운 나의 신세가 처량하기만 했다.

가만히 누워 있는데도 잠이 오지 않는 밤. 아무 생각을 하지 않는데도 뺨을 타고 흐르는 눈물. 내일 아침에 눈이 퉁퉁 부어 있다면 계화는 또다시 저만의 상상을 더하며 속상해 하겠지.

집에 가고 싶어……

내가 생각하는 집은 어디일까?

난 시백과 정착을 꿈꿨던 양근군의 집을 떠올렸다. 대문 옆 담벼락 안으로 커다란 은행나무가 자리했던 집. 끝내 그 은행잎 차는 마시지 못했지만 그날 땄던 은행잎을 어디에다가 말려두었더라?

"응?"

많은 이들의 발소리가 가까워지고 있었다. 이 정도의 발소리를 이끌고 올 사람이라면 이 궁궐에는 단 한 사람뿐이다.

이정연.

잠시 후 닫혀 있던 동온돌의 문이 열리는 소리가 들려오자 난 두 눈을 감았다. 이어 소곤거리던 옆 협방에서도 소리가 뚝 끊겼다. 내게로 가까이 다가오는 검은 그림자. 그 그림자가 내 몸을 완전히 덮은 그때 한 사내의 손길이 내 뺨에 닿아 어루만지기 시작한다. 난 그제야 감고 있던 두 눈을 떴다. 유난히 까맣게 보이는 익선관의 형체 아래로 회색빛 그림자를 머금은 두 눈동자가 바로 보였다.

정연이 분명했다.

"언제부터 깨어 있었느냐?"

"밤엔…… 도통 잠이 오지 않아요."

"그래서 낮에도 하루 종일 잠만 자는 것이었구나."

"그런가봐요."

내가 몸을 일으키려 하자 그가 만류한다.

"계속 누워 있거라."

그가 이불 밖 맨바닥에 눕는다. 나는 얼떨결에 그와 마주 본 채 누워 있게 되었다.

"꿈을 꿨다. 꿈속에서 그대와 과인이 이리 마주보며 누워 있었지."

그의 한 손이 다시 내 뺨에 닿았다.

"그대의 손길이 과인에게 닿았다."

꿈을 되새기는 그의 눈동자가 촉촉해졌다. 반대로 그런 그를 바라보는 내 눈동자는 메말라간다. 난 내 뺨에 닿은 그의 손을 부드럽게 움켜잡았다.

"!"

이런 나의 행동에 놀란 그의 눈에 힘이 들어갔다. 난 그의 손을 잡고 가슴 위에 놓았다. 작은 고리 하나만이 묶인 얇은 속적삼 위에.

"저를 원하시나요?"

"그렇다."

"그럼 취하세요."

"!"

"마음껏······ 전하가 원하시는 대로 하세요."

그의 꿈이 현실이 되었다. 그러나 꿈과 다른 점도 있을 것이다. 난 그에게 마음을 내어주는 것이 아니었다. 몸만 내어주는 것이었다. 시백의 말대로 그가 어느 날 내게 질리는 순간이 온다면 난 자유를 얻을 수 있을 테니까. 이처럼 내 안에 숨겨진 먼 훗날의 자유에 대한 갈망을 정연도 본 것 같았다.

"과인에게 몸은 주어도 마음은 주지 않겠다는 것이냐?"

숨기기 위해 노력하지도 않았지만 일부러 숨길 생각도 없었다.

"처음부터 마음보다 몸을 먼저 원하신 건 전하셨잖아요."

내 마음이 열리지 않았다. 내 마음 안에는 아직 정운이 숨 쉬고 있었다. 그러나 열일곱 순정 정연에게 그런 것은 중요하지 않았다. 그는 여인을 정복의 대상으로 보았고 사내가 취하는 물건으로 보았다. 그 소년이, 그 사내가 이제 이 나라의 왕이 되었다. 이 조선 안에서는 그를 거부할 수 있는 여인은 아무도 없었다.

"그때처럼 과인을 시험하려 드는구나."

"제가 전하를 시험할 자격이나 되나요?"

"된다."

그가 허리를 세우더니 누워 있는 내게로 몸을 숙여온다. 곧바로 내 입술에 다가온 그의 입술. 살며시 다가와 깊게 파고드는 그의 입술이 내뿜는 그의 숨 향이 짙었다. 거부하기에는 너무 물밀 듯이 몰려와 내가 감당할 수 있는 수준이 아니었다. 난 두 손으로 그의 어깨를 힘껏 잡았다. 밀어내려 한 것은 아니었다. 다만 그의 열정을 버텨내려 하는 것일 뿐.

"아……!"

그는 오랫동안 제대로 먹지 못해 체력이 약해진 내 몸이 감당할 수 있는 몸이 아니었다. 그의 무게가 내 몸 위에 실리자 나는 아픔을 참는 소리를 냈다. 이 소리를 분명 들었을 그는 약간 자신의 허리를 들어 내게서 떨어졌다. 그 상태에서 바쁘게 움직이는 그의 손이 내 속적삼을 벗기고 가슴을 동여맨 치마를 끌어내렸다. 동시에 봉긋하게 솟아난 가슴으로 고개를 숙이더니 자신의 입술을 가져다댄다.

"으읏⋯⋯!"

아릿한 비명이 내 입에서 터져 나왔다. 이어지는 것은 힘겨움에 내뱉는 가쁜 숨소리뿐이었다.

⋘∾⋙

남녀의 숨소리가 뒤엉키는 소리가 진해지자 협방안의 의관은 물론이고 의녀들도 어쩔 줄 몰라 했다. 예상은 했었지만 실제 벌어지자 감당할 수가 없었던 것이다.

"이래서 숙직을 서는 상궁마마님들이 따로 있나봐."

"우리 계속 여기에 있어야 하나?"

서로의 눈치만 보고 있는데 협방의 문이 조용히 열렸다. 그리고 나타난 것은 대전 상궁이었다. 대전 상궁을 본 의녀들이 깜짝 놀라 큰 소리로 비명을 질렀다.

"꺄악!"

"악!"

비명을 지르는 의녀들을 향해 상궁이 쉿 소리를 내며 인상을 찌푸렸다.

"쉿!"

"소, 송구하옵니다!"

"저, 저희는 오늘 이곳 당직이라……."

"어서 나오거라. 어서."

"네엣!"

혹시라도 크게 꾸지람을 받을까 의녀들이 겁에 질린 얼굴로 밖으로 뛰쳐나갔다. 상궁이 혼자 남아 있는 의관을 향해 눈총을 주었다.

"뭐 하십니까? 나으리께서도 어서 나오십시오."

"아, 예에……!"

상궁에 말에 펼쳐놓은 약재를 서둘러 모으기 시작하자 상궁이 낮은 목소리로 말했다.

"나중에 하십시오."

"아…… 네네!"

의관마저 밖으로 나가자 상궁은 마지막까지 협방에 남아 있는 사람이 없는지를 살폈다. 그사이에도 옆 동온돌에서 끈적한 남녀의 숨소리가 뒤섞이는 것이 들려왔다.

"……."

점검을 마친 상궁이 조용히 협방의 문을 닫고는 사라졌다.

"까악!"

"악!"

의녀들이 지르는 비명에 난 질끈 감고 있던 두 눈을 번쩍 떴다. 오로지 내 몸에 몰입하느라 다른 소리에는 전혀 귀를 기울이지 않는 정연의 얼굴이 보였다.

['화진아. 난 네 미래를 보고 왔다. 왕이 된 봉림대군의 곁에 있는 너를.']

나는 사랑에 빠져 어리석은 행동을 했을지언정 바보는 아니었다.

['넌 왕이 된 봉림대군의 곁에 있었다. 그리고 행복해 했어.']

할아버지는 거짓말을 하지 않는다. 차라리 잔인한 진실을 고백하는 것을 택할 뿐. 내 앞에서만큼은 언젠간 드러날 진실을 숨기려고 하신 적이 단 한 번도 없었다.

진실.

내가 이정연의 곁에 있어야 하는 이유.

그의 여인이 되어야 하는 이유.

하지만 설우와 마찬가지로 그것이 나를 정연의 곁에 남아 있게 하는 족쇄는 될 수 없다. 족쇄가 될 수 있는 아이는 오직…… 단 한 명뿐이다.

설마!

그 순간 난 손끝으로 땀에 젖은 그의 어깨를 밀어냈다.

"……?"

정연이 이런 내 행동을 의아하게 내려다보았다.

난 그를 올려다보며 물었다.

"혹시 제가 아이를 가졌어요?"

어쩌면 이 물음은 정연이 아니라 나 스스로에게 던졌어야 했다. 그러나 돌아온 정연의 표정이 모든 것을 말해주고 있었다. 난 다리를 모은 채 이불을 끌어당겨 내 몸을 가렸다.

"어떻게 이런 일이……."

내 몸에 일어났던 낯선 반응들이 떠올랐다. 시백과 헤어져 그를 미워하고 증오하느라 난 내 몸을 돌볼 겨를이 없었다. 이런 상황에서 정연에게 안겼다면…… 난 이 아이가 정연의 아이라고 믿었을 것이다.

"알고 있었어요?"

"난아."

정연을 알고 있다.

나를 바라보는 그의 두 눈이 이를 말해주고 있어.

"알면서…… 어떻게?"

나는 정연을 경멸하듯 쳐다보았다.

그랬다. 그는 아직 임신 사실을 모르던 나를 속이려 했다. 어쩌면 그가 속이려 한 것은 나뿐만 아니라 세상을 속이려 한 짓인지도 모른다. 이대로라면 이 아이는 왕의 아이로 태어나게 된다. 그리고 난 사랑하는 사람의 아이를 지키기 위해 삶을 포기했겠지. 할아버지의 말이 맞을 수도 있다. 난 행복한 척 정연의 곁에서 살아갔을 것이다. 모든 것을 포기하고 단념한 채. 이 생각만으로 온몸에 소름이 돋았다.

"시백도 알아요?"

"난야, 그는……."

정연이 대답하려 했지만 난 고개를 가로저었다. 그의 입을 통해 듣는 대답을 거부했다. 그가 무슨 말을 하든 그는 내게 충분히 거짓말을 할 수 있는 사람이니까.

"아니야. 안다면 그가 나를 여기로 보냈을 리가 없어……."

이유를 알 수 없는 불안함이 나를 덮친다. 난 지금까지 시백이 내가 아닌 정연을 선택했다고 믿었다. 왜 그 이외의 이유를 찾지 못했을까?

한때 내가 사랑한 정운의 남은 생은 나를 만나 사랑했기에 사라져버렸다. 역사가 바뀌어버린 것이다. 그 대가는 죽음. 그는 나를 사랑했다는 이유 하나로 수십 년의 생을 빼앗긴 채 젊은 나이로 숨을 거뒀다. 마찬가지로 나를 만난 시백은 정해진 역사와 다른 삶을 살아가고 있었다.

['네가 계속 그렇게 고집을 부린다면 너만 죽는 게 아니야. 이시 백도 죽어.']

시간이 내게 준 마지막 형벌은 정운의 목숨을 앗아간 것이라고 생각했다. 그래서 난 미처 생각하지 못했다. 내가 선택한 이시백의 목숨 역시 시간이 앗아갈 수 있다는 사실을.
"그에게 무슨 일이 생긴 거죠? 그렇죠?"

꼬❀꼬

설우를 데려간 노년의 선비는 시백을 만난 자리에서 묘한 말을 남겼다.
"전 그 아이가 이 세상에 태어나던 날부터 지켜봐왔습니다. 그리고 그 누구보다도 행복하게 살기를 바랐지요."
그가 말한 아이는 바로 화진이었다.
"불행하게도 이 조선에서는 어려운 일이었지만."
"그녀의 죽은 지아비를 일컫는 것이오?"
그가 고개를 저었다.
"그 아이에게서 죽은 정인에 대한 이야기를 들으셨겠지요. 나으리와 겉모습이 많이 닮았다던."
"그렇소."
"정인이 죽었을 때 그 아이가 무너지는 것을 본 적이 있습니다.

아마 나으리가 잘못된다면 그 아이는 또다시 무너져 다시는 일어날 수 없게 될지도 모릅니다."

"그런 일은 절대 일어나지 않을 것이오."

그가 시백을 말없이 쳐다보더니 옷 주머니 속에서 서신 한 장을 내밀었다. 시백이 그것을 받아 펼치려 하자 그가 만류했다.

"지금 펼쳐보려 하지 마십시오. 때가 되면 분명 이것을 열어보게 될 날이 올 것이니."

"이것이 무엇이오?"

조금도 흔들림 없는 표정으로 그가 답했다.

"나으리께서 이 세상을 하직하시는 날짜가 적힌 종이입니다."

"!"

놀란 얼굴의 시백에게 그는 이렇게 말했다.

"그날 나으리를 뵈러 다시 찾아오겠습니다."

.

.

.

"나으리?"

"……."

"나으리?"

"……으음."

두 손을 가지런히 모은 채 잠들어 있던 시백을 다희가 깨웠다.

시백이 천천히 눈꺼풀을 들어올리자 다희가 안도의 숨을 내쉬었다.

"걱정했습니다."

"황 규수 아니오?"

"지금이 언제인지 아십니까?"

시백이 모르겠다는 표정을 짓자 다희가 쓸쓸한 웃음을 지으며 대답했다.

"해가 중천이랍니다."

"벌써…… 그리되었나?"

"예. 그런데도 깨어나지 못하시니 집사가 걱정되어 정업원까지 저를 찾아왔습니다."

다희는 화진이 광릉 친정으로 간 줄만 알고 있었다. 시백이 화진이 입궐했다는 사실을 주변에 전혀 알리지 않았기 때문이었다. 이를 잘 모르는 다희는 종종 들러 안채를 살폈다. 시백은 이런 다희를 내버려두고 신경 쓰지 않았다. 평소 화진과 친자매 같던 사이를 알고 있었기 때문이었다. 반대로 그는 시담을 비롯한 자신의 친인척들의 출입은 일절 막고 두문불출하고 있었다.

"괜히 규수를 번거롭게 하여 미안하오."

"아닙니다. 그보다 의원은 다녀갔답니까?"

"어제인가…… 의원이 말하길 치료할 수 있는 선은 이미 지났다 하오."

"집사의 말로는 전하께서 어의를 보내셨다고 하던데요?"

"들이진 않았소."

"정녕 이러다가 큰일 나십니다."

"그럴지도…… 쿨럭쿨럭."

우스갯소리처럼 다희의 말을 받던 시백이 몸을 일으키려다 기침을 했다. 다희가 서둘러 수건을 건네자 시백이 그것으로 입을 막았다.

그 수건에서 붉은 핏물이 묻어 나왔다. 이를 본 다희의 얼굴이 사색이 되자 시백이 미안한 듯 웃었다.

"별일 아니오."

"어쩌다 이리 몸이 상하셨습니까?"

"괜히 규수를 신경 쓰게 만들었군."

다희가 속으로 안타까운 한숨을 삼켰다.

"병에 크고 작음이 있겠습니까만, 대감께서는 이런 병에 무너지실 분이 아니십니다. 꼭 쾌차하실 것입니다."

"고맙소."

"광릉에는 가보지 않으실 것입니까?"

화진의 이야기를 한다는 것을 알아차린 시백이 두 눈을 감아버렸다.

"서신이라도 보내 이 사실을 알리셔야지요? 그럼 바로 돌아오실 터인데……."

"……."

"나으리?"

시백이 감았던 눈을 떴다. 그는 말없이 천장을 쳐다보며 말했다.

"이만 돌아가주시오."

다희가 속으로 한숨을 내쉬며 조용히 자리에서 일어섰다.

그녀가 떠난 후 시백은 다시 눈을 감았다.

◦◦◦◦◦

첫사랑이었던 유정운과 나는 어린 시절부터 친구 사이였다. 그의 아버지 유응부는 내 할아버지가 아끼는 제자 중 한 사람이었다. 그렇게 시작된 인연이었다.

어릴 적 정운은 아버지처럼 무관이 되어 출세하길 원했다. 어린 마음에 나는 그를 돕고 싶었다. 그래서 그를 궁궐로 데려갔다.

그때 조선의 임금은 세종대왕이었다. 임금에게 잘 보이면 정운은 출세할 것이라고 그렇게 믿었으니까. 그래서 난 절대 하지 말아야 할 짓을 벌이고 말았다. 정운을 데리고 과거로 갔다. 그리고 세종대왕을 만났다. 거기서부터 예상하지 못했던 일들이 벌어졌다.

"전하. 정운이는요, 정말 훌륭한 무관이 될 거예요. 그러니까 정운이 꼭 기억했다가 키워주셔야 해요!"

세종은 웃으며 내 말을 듣더니 우리를 어디론가 데려갔다.

"쉬잇."

입가에 손을 가져다댄 왕의 아래에 작은 손을 꼬물거리며 누워 있는 사내아이가 있었다.

"네가 앞으로 지켜야 할 주군은 과인이 아니라 이 아이가 될 것이다."

"이 아이는 누구죠?"

"이홍휘."

이 날 정운은 자신의 주군을 마음에 새겼다. 먼 훗날 자신이 그로 인해 목숨을 잃게 된다는 사실도 알지 못한 채 말이다. 그를 그렇게 만든 건 바로 나였다.

.

.

.

하늘에 물어본다.

사랑이란 무엇인지.

땅에 물어본다.

사랑이란 무엇인지.

그리고 '시간'에 물어본다.

사랑이란…… 정녕 무엇인지.

나는 정운의 시신을 끌어안고 울부짖었다.

"아아악!"

"서둘러야 해. 곧 관군이 들이닥칠 거다. 그러니 그를 이곳에 두고 가야 해, 화진아. 어서!"

"너는 너의 왕을 위해 살고, 나는 너를 위해 산다 말했지……."

"화진아, 정운이는 죽었어."

"흐윽…… 흐윽……."

다음 생이 있다면 너를 그런 운명이 끌어들이지 않을 거야.

그러니 너는 다음 생에선 네 주군이 아닌 나를 위해 살아줘.

.

.

.

– 쾅!

"열어! 계화야 어서 열어!"

"아씨이……."

"열어달라고! 어서!"

"저는…… 저는 못 해요."

– 쾅!

"어서 열어달라고! 어서!"

"아휴! 이를 어쩌나?"

내 처소의 모든 문이 바깥에서 잠겼다. 정연의 짓이었다. 난 방
안에 있는 물건들 중 잡을 수 있는 물건을 전부 문으로 집어던졌
다. 그런데도 문은 꼼짝도 하지 않았다.

"하아…… 하아……."

어디서 이런 체력이 나왔는지 알 수 없었다. 몇 시간을 이러고
나서야 없는 체력까지 모두 소진한 채 난 바닥에 털썩 주저앉았다.

그에게 가야 해…….

그에게 무슨 일이 일어났다. 지난밤 정연은 내게 끝까지 말하지 않았지만, 분명 그에게 무슨 일이 일어난 게 확실했다.

내 서방님에게…….

문고리를 잡아당기려고 다시 자리에서 일어서는데 어지럼증이 느껴지며 휘청거렸다. 순간 누군가 휘청거리는 내 팔을 붙잡았다. 돌아보니 그곳에는 할아버지가 서 있었다.

"계속 그러다가는 배 속 아이가 다칠 거야."

난 할아버지의 부축을 밀어내며 말했다.

"상관없어요."

"어리석기는…….

"당장 그에게 가야 해요."

"가서? 그가 널 만나줄까?"

이 말에 내 눈이 번쩍 뜨였다.

"아직 살아 있죠? 무사한 거죠? 도대체 그에게 무슨 일이 일어난 거예요?"

"네 말대로 아직 그는 살아 있어. 하지만 넌 그에게 가선 안 돼."

"그가 무사한지 봐야겠어요. 내 두 눈으로 확인할 거예요!"

"그는 널 만나주지 않을 거다."

"아니요! 만나줄 거예요! 내가 그의 아이를 가진 걸 안다면…….

그가 그토록 기다렸고 바랐던 아이였다.

내가 아이를 가진 것을 안다면 그는 슬퍼할까? 아니면 기뻐할까?

　아이가 생겼다는 기쁨보다도 슬픔을 먼저 느껴야 하는 현실이 차갑게만 느껴지던 그때였다. 할아버지가 내게 말했다.

　"아직 모르는구나. 왕은 이미 배 속에 있는 그 아이를 자신의 아이라고 인정했다."

　"뭐라고요?"

　이건 내가 모르고 있던 사실이었다.

　"그 아이는 태어나는 순간부터 왕의 아이가 될 운명으로 정해졌어."

　난 이 기막힌 현실을 도저히 받아들일 수가 없었다.

　"그에게 돌아갈 거예요! 그에게 가겠어요!"

　"화진아."

　"도와줄 거 아니면 더는 아무 말 하지 마세요! 아무것도 안 들을 거니까!"

　난 바닥에 떨어진 작은 서랍장을 낑낑거리며 들어올렸다. 그것을 문 쪽으로 내던지려는데 뒤에서 할아버지의 목소리가 들려왔다.

　"이시백은…… 곧 죽는다."

　– 탁. 타탁!

　내 손에 들려 있던 서랍장이 바닥으로 떨어졌다. 내가 절대 받아들일 수 없는 말을 할아버지는 아무렇지도 않게 내게 말했다.

　"아…… 아니야."

그에게는 십 년이나 더 시간이 남아 있었다. 적어도 그는 현종 때까지 살아 있어야 할 사람이었다.

"그에게는 시간이 더 남았어요! 올해가 아니에요!"

"그의 생을 단축한 게 바로 너야. 그의 인생을 그렇게 바꾼 것도 너고."

"!"

충격을 받아 바닥에 털썩 주저앉은 내 곁으로 할아버지가 다가 왔다.

"그는 너를 만나지 않았으면 만인지상의 자리에 올라 우리가 알고 있는 대로 역사에 뚜렷한 족적을 남겼을 거다. 그런데 그는 지금 어떻게 되었니? 병자호란에서 살아남아 그 공으로 관직에 올라야 했을 그가 중원에서 어떤 고난을 겪었지? 너로 인해? 그나마 효종에 의해 병조판서에 기용되었지. 그마저도 병으로 사퇴하고 말았지만……."

"병? 그가 아파요?"

아니다. 그는 전혀 아프지 않았다. 난 그와 헤어질 때까지 그가 아픈 모습을 단 한 번도 보지 못했었다. 그는 매우 건강한 사람이었다. 심양에서 지낼 때도 작은 잔병치레 한번 한 적이 없었으니까.

그런 그가 아프다고?

"할아버지는 알고 있겠군요."

할아버지는 통천에서 나를 만났을 때, 내 미래를 보았다고 했다.

그 미래에 내가 정연과 함께 있었다면 반대로 시백은……

"그가 정말 죽어요?"

난 두 손으로 얼굴을 가린 채 울었다. 정운이 죽던 날이 떠올랐다. 되새기고 싶지 않은 기억이었다.

"시백이 죽으면 넌 돌아갈 곳이 없어지겠지. 그런 너를 효종이 거둬줄 거다. 네 배 속 이시백의 아이도 효종의 아이로 자라게 될 것이고."

모든 것이 할아버지가 말한 이야기대로 흘러가는 결말이었다. 난 흘러내리는 눈물을 훔치며 자리에서 일어섰다.

"그런 일은 절대 일어나선 안 돼요!"

"이미 시작됐다."

"그런 일이 일어나느니 차라리 그를 따라 죽겠어요."

"그 아이도? 함께? 이시백이 간절히 기다린 아이일 텐데."

난 할아버지를 노려보며 말했다.

"이 아이가 제 약점이란 말이죠?"

순간 보지도 못한 배 속 아이를 향한 원망과 미움이 샘솟았다. 정연이 내게 채운 족쇄보다도 더 크고 무거운 족쇄가 내 배 속에 있었다.

한때 내가 누리던 유일한 자유는 과거를 자유롭게 넘나드는 능력이었다. 난 그것을 잃었고 사랑하던 연인도 잃었다. 시백을 다시 만나 사랑에 빠지고서야 난 새로운 자유를 얻었다고 생각했다. 하지만 이제는 내가 겪어본 적이 없는 아주 크고 무거운 족쇄가 나를 옥죄인다.

"그럼 이 아이와 함께 죽겠어요! 얼굴도 보지 못한 아이 때문에 못 죽을 이유는 없죠!"

이 외침에는 할아버지도 아무런 대답을 하지 않는다. 기가 막히고 황당하고 어이가 없어서 그럴 수도 있다. 이 세상에 그 어떤 어머니가 태어나지도 않은 자신의 아이를 두고 협박할까? 결국 말뿐이었다. 그렇게 하지 못할 테니까. 그리고 이 말을 두려워할 존재는 모든 원흉인 '시간'뿐일 것이다.

"할아버지가 제일 두려워하시는 거, 바로 역사가 달라지겠네요? 이제 어찌하시겠어요?"

난 눈으로 볼 수 없는 시간 대신에 내 목숨을 가지고 눈앞에 있는 할아버지를 협박하는 것을 선택했다.

❧

정운이 때도 그랬다. 할아버지는 그 누구보다도 시간의 충실한 종이었다. 마치 역사의 수호자라는 타이틀을 큰 소명으로 여기는 사람처럼. 앞뒤가 꽉 막히고 말이 통하지 않는 노인네! 능력이 있으면서도 시간이 무서워서 그 능력을 제대로 쓰지도 않는 어리석은 사람!

그러나 그전에 나를 도울 수 있는 유일한 사람이기도 했다. 결국 난 침묵으로 상대하는 할아버지 앞에 무릎을 꿇을 수밖에 없었다.

승복했다.

그가 나를 향한 일말의 정이라도 남아 있다면 그것에 기대야만 살 수 있었다. 시백을 살릴 수 있었다. 애초에 정운을 살리려던 방법도 할아버지의 머릿속에서 나온 것이었으니까.

"제발…… 도와주세요. 할아버지는 할 수 있잖아요."

타고난 능력을 자만하던 나는 결국 그 능력을 빼앗기고 말았다.

"저는 못 하지만 할아버지는 할 수 있잖아요. 저는 이시백이 죽는 거 못 봐요…… 흑. 정운이 죽는 것을 보고 어떻게 견디며 살아왔는데 이시백마저 죽으면 저 정말 못 살아요. 네?"

애원하는 나를 보는 할아버지의 눈빛이 살짝 흔들렸다. 어릴 적 보았던 다정한 할아버지의 눈길은 내가 정운과의 첫사랑에 빠져 허우적거릴 때부터 더는 볼 수 없게 되어버렸다. 정운을 좋아하고 있다는 말을 고백한 그날부터 할아버지는 내게 무서운 할아버지였고 차가운 할아버지였을 뿐이다.

"유정운이 죽을 때도 넌 그랬다. 그랬던 네가 이시백을 만나서 다시 행복을 찾았지. 이젠 효종의 곁에서 새 삶을 찾을 수 있을 거야."

"아니에요! 이건 달라요!"

난 할아버지의 옷깃을 붙잡고 소리쳤다.

"유정운이 이시백이고 이시백이 유정운인 걸! 제발요! 그를 살려주세요! 그 사람만 살려주신다면 할아버지가 하라는 대로 다 할게요! 시간이 원하는 것이 무엇이든 다 할게요! 네? 이시백만 살려주세요! 전 그가 죽는 거 못 봐요!"

온통 아름다운 말로만 표현하던 사랑이라는 단어 안에 숨겨진 이기적인 추악함을 오늘 난 보았다. 사랑하는 사람을 위해서라면 독해질 수 있는 걸까? 잔인해지고 심지어 남을 해칠 수도 있는 걸까? 그러고도 사랑은 아름다운 걸까?

"정말 그러겠니?"

역시 방법은 있었다.

내게 없다면 할아버지에게 있었던 것이다.

"네가 평생 이 궐에서 효종의 곁에서 그의 여인으로 살다 죽는다면 내 목숨과 바꿔서라도 이시백을 살려주마."

하지만 이때의 나는 몰랐다. 할아버지의 말에 담긴 엄청난 의미를.

"그를 살릴 수 있어요?"

"시간이 애초에 널 이 시대에 가둔 건 효종의 후궁인 안빈 이씨로 만들기 위해서였을 거다. 그런데 십 년이 지나도 넌 효종의 곁으로 가지 않았지. 그래서 그 대가로 이시백이 죽게 된 것이다. 그래야 시간은 너와 효종과의 인연의 끈이 다시 연결될 것이라고 보았을지도…… 그런데 네가 안빈의 삶을 산다면? 이시백이 굳이 죽을 이유는 없겠지."

듣고 보니 틀린 말은 아니었다. 그러나 시백은 지금 병이 있는 게 틀림없다. 이 시대에서 치료할 수 없는 병을 어떻게 치료한단 말인가?

"정말 그를 살릴 수 있어요? 그걸 어떻게 장담하죠?"

"네 외할머니는 실은 고려인이었다."

난 눈을 크게 떴다. 처음 듣는 말이었기 때문이었다.

"그녀는 원래 고려 시대에서 천수를 누리는 삶이 있었다. 하지만 나와 엮이면서 열여덟 살의 나이로 세상을 떠나고 말았지."

"하지만 외할머니는 엄마를 대한민국에서 낳았잖아요? 사진도 있고요. 난 그 사진을 봤어요!"

"그래. 그녀는 대한민국에서 죽었다."

내 머릿속이 빠르게 돌았다.

"시백을…… 미래로 데려가겠다고요?"

할아버지가 고개를 끄덕였다.

"원래 그에게는 십 년의 삶이 더 남아 있지. 그는 십 년 뒤 병으로 죽는다. 미래에서는 충분히 치료가 가능한 병이겠지. 그러니 그는 조선에서 사라져도 미래에서는 십 년, 그 이상을 살아갈 수 있을 거야."

"시백이…… 미래로……."

"하지만 너는 못 가. 시간의 벌을 받아 시간여행의 능력도 잃었고 이미 조선에서 십 년이 흘렀으니까."

"아아……!"

나는 조선을 떠날 수 없다. 십 년이 지나 이제 조선인이 되어버렸으니까. 반대로 생각하면 시백은 가능할 수도 있다.

그런데 여기서 의문이 남는다. 정운도 그렇게 할 수 있었을 텐데 왜 할아버지는 정운은 그렇게 하지 않았던 것일까?

"그 방법에 동의하겠니?"

"궁금한 게 있어요. 왜 이전에는 그 방법이 있다는 걸 알려주시지 않은 거죠?"

잠시 침묵하던 할아버지가 입을 열었다.

"오래전에 죽은 유정운을 살리길 원하니? 아니면 이시백을 살리길 원하니?"

이유야 모르지만 할아버지는 무언가 숨기는 것이 있었다. 그래도 상관없었다.

이시백을 살릴 수만 있다면.

"이시백을 살려주세요."

굳은 의지를 담은 내 눈동자를 응시하던 할아버지가 대답했다.

"……알았다."

⌾⟞⟝⌾

정연은 모든 일정을 파한 채 침전에 있었다. 그런 그에게 장씨가 찾아왔다.

"전하. 어찌 그러셨습니까?"

정연은 장씨가 무슨 말을 할 줄 알고 있다는 듯 그녀의 시선을 피한 채 한 손으로 이마를 짚었다.

"피화당은 아직 기력을 다 되찾지도 못한 데다가 임부이온데

415

어찌……."

지난밤의 일을 장씨도 알게 된 것이다. 정연은 대답 대신 짧은 한숨을 내쉬었다.

"의관이 말하길 아직 합궁을 하기에는 이르다고, 태아에게 위험하다고……."

"과인은."

정연이 장씨를 돌아보며 차갑게 말했다.

"그 아이가 어찌되든 상관없소."

"예?"

막상 내뱉은 말에 후회하는지 정연이 다시 장씨의 시선을 외면했다.

"아이야 다시 가지면 될 것이고."

"전하!"

장씨는 이런 정연을 이해할 수가 없었다. 도대체 어디서부터 이 두 사람의 실타래가 꼬이기 시작했는지도 알 수 없었다.

"십수 년간 피화당이 죽은 줄로만 알고 사셨지요? 부부간에도 십수 년이면 결코 짧지 않은 시간이옵니다. 그 기간 아이를 잃고 여인으로서 많은 고초를 겪었을 피화당을 생각하시여 부디 천천히……."

"고초? 하!"

정연이 어처구니없다는 듯 웃었다.

그 십수 년간 화진은 자신이 친형제처럼 따르던 연안군의 여인

416

이 되어 있었다. 그의 보호를 받고 그와 동침하면서 그것이 자신과 있을 때보다도 행복했었노라고 고백한 화진이었다.

"전하?"

"과인이 겪은 고초는?"

"예?"

"피화당을 잃고 지켜주지 못해 괴로워한 과인의 고초는 누구에게 물어야겠소? 중전에게 물을까? 과인이 피화당에게 화가 난 연유가 무엇이라 여기시오? 고작 그 때문에? 피화당은 과인을 배신했소! 그런데도 과인은……!"

"피화당이…… 전하를 배신하다니요?"

장씨가 정연이 무심코 던진 말에 의문을 제기했을 때였다. 밖에서 당황한 내관의 목소리가 들려왔다.

"전하, 이 부인께서 드셨사옵니다."

"이 부인?"

화진은 아직 입궐한 후 따로 품계를 받지 못했다.

궁중에서는 그녀가 과거 정연의 대군 시절 첩실이었다는 것 때문에 '부인'이라 높여 부르고 있었다. '이 부인'이 화진을 가리키는 말임을 아는 정연은 깜짝 놀랐다.

"그녀가 어찌 제 처소에서 나왔단 말이냐? 과인이 분명……!"

화진을 밖으로 나가지 못하도록 처소를 막아버리라 지시한 것이 정연이었다. 그런 화진이 지금 침전에 와 있다니? 믿을 수 없는 소식 앞에 당황하는 정연을 대신해서 장씨가 말했다.

"이 부인을 어서 들라하게."

"예. 중전마마."

장씨의 말을 들은 내관이 문을 열었다. 화진이 안으로 걸어 들어왔다.

방금 전까지 장씨의 앞에서 화진에 대한 분노만 드러내던 정연이었다. 그러나 막상 그녀가 자신의 생활공간인 침전 안으로 들어서자 가슴이 뛰기 시작했다. 정연의 눈에는 함께 있는 장씨의 존재는 잊혀졌다. 정연에게 보이는 화진의 모습은 지난밤 제 손으로 쓸었던 우윳빛 살결과 유독 도드라지게 붉은 입술뿐이었다. 정연은 이런 자신이 싫어졌다.

그는 화진이 무슨 말을 하든 이미 용서할 준비를 마친 채 그녀에게서 매정하게 고개를 돌려버렸다. 그러면서 그의 못난 손은 지난밤 화진의 살을 움켜쥔 것마냥 접혔다 펴지기를 반복하고 있었고 그의 못난 눈은 계속 그녀의 얼굴을 흘겨보고 있었다.

그는 지난밤 자신이 못다 푼 욕정이 다시금 샘솟는 것을 깨달았다. 그녀가 죽은 줄만 알았을 때 정연에게 그녀를 처음 안았던 봄날의 일은 슬픔 그 자체였다. 다시는 만져볼 수 없고 안아볼 수 없는 그녀를 떠올리며 깊은 자괴감에 잠겼었다. 그러나 지금은 그날의 기억을 떠올리는 것은 그에게 기쁨을 주는 활력소였다.

그날의 감촉을 그는 또렷이 기억했다. 그는 그녀의 몸 구석구석을 눈으로 보지 않아도 전부 외우듯이 기억했다. 이처럼 그녀의 몸과 마음을 깊이 사랑하고 있었음에도 정작 그녀는 이를 외면했다.

한때는 소년이던 그는 화진이 자신의 이런 마음을 끝내 알아주지 않아도 상관없다고 여기던 시절이 있었다. 그는 언젠가는 화진이 자신의 품안으로 스스로 안기며 무너질 것을 자신했었다. 그런 화진에게 자신이 아닌 다른 사내가 있었고 그 사내가 연안군이며, 더욱이 자신보다도 더 그를 사랑한다는 화진 앞에서 정연은 눈을 질끈 감아버렸다.

그렇게 화진이 눈앞에서 사라지자 다시금 형용할 수 없는 미움이 치솟았다.

༄྄ྀ

"신첩은 이만 물러가겠사옵니다."

장씨가 인사를 하며 일어섰는데도 눈을 감은 정연은 눈을 뜨지 않았다.

나는 차라리 잘되었다고 생각했다. 지금 그에게 하려는 이야기는 장씨는 전혀 상상조차 못 했을 이야기일 테니까. 장씨가 나간 후에도 정연은 여전히 눈을 감고 나를 외면하고 있었다.

"전하."

내 이 한마디에 바로 정연의 눈이 떠졌다가 도로 감긴다.

"출궁을 허락해주세요."

"!"

이 말에 정연이 눈을 뜨고 나를 무섭게 노려보았다.

"서방님…… 아니, 연안군을 만나야 해요. 그러니 한 번만……
이제 한 번만 만나면 돼요. 그리고 다시 궐로 돌아올 거예요."

"안 된다."

좋게 말해서는 결코 정연은 듣지 않을 것이다. 난 부드럽게 그를
설득하려던 방법을 포기했다. 그가 나를 노려보듯이 나도 그를 노
려보았다.

"전하께 저를 포기하라고 하는 것이 아니잖아요."

"그래서?"

"연안군이 전하께 어떤 존재인지 잘 알아요."

"그걸 안다면서 그대는……."

"제가 포기할게요."

"뭐?"

정연의 눈빛이 흔들렸다.

"제가 연안군을 포기하겠다고요."

"무어라?"

"전하께선 연안군과 저, 이 둘 중에서 하나도 포기 못 하실 거잖
아요. 둘 다 포기하실 리도 없고요. 그러니 제가……."

난 울컥하는 마음을 애써 억누른 채 말을 이어나갔다.

"연안군을 포기하겠어요."

"그리고 과인의 곁에 남겠다고?"

내가 내 입으로는 결코 하지 않으려 했던 말이다. 차라리 목숨을
내놓을지언정 다른 이의 여인이 되겠다는 말은 하지 않을 줄 알았

기에.

"네."

뺨을 타고 긴 눈물이 흘러내렸다. 난 이를 정연에게 내보이기 싫어 고개를 숙여버렸다.

"그대는 지금 이시백을 포기해야 하는 그대의 마음만 중하고 과인의 마음은 끝내 보려 하지 않는구나. 여인이 어찌 그리 매정할 수가 있단 말이냐?"

난 눈물을 훔치며 고개를 들었다.

"전하께서 제 마음을 강요하시잖아요."

"과인이 그대를 잃고 괴로워한 나날을 지켜보았다면 결코 그런 말은 하지 못할 것이다."

"그래서요? 전하의 그 마음에 감읍해 제가 전하께 마음을 드릴 것 같나요?"

나를 노려보는 정연의 눈이 붉게 충혈되었다. 그에게 청을 하러 왔는데 결국 난 그를 화나게 하고 말았다.

"애초에 그대를 처음 만난 건 이시백이 아니라 과인이었다. 그대를 먼저 눈에 담고 마음에 담은 것도 과인이었고 이시백은 그다음이었겠지. 한데 어찌 과인만 안 된다는 것이냐?"

"그래요. 전하의 말이 옳아요."

난 울며 정연에게 말했다.

"전 연안군의 아내가 되기 전에 대군마마이시던 전하의 첩이 먼저 되었고 따라서 전하도 먼저 만났어요. 그런데 제가 먼저 사랑한 건 전하가 아니라 연안군 이시백이었어요."

"!"

이래서는 정연은 결코 나의 출궁을 허락할 것 같지 않았다. 난 밀려오는 슬픔을 재차 억누르며 정연의 시선을 피해 고개를 숙였다.

"그가 아프다는 걸 알아요. 출궁을 허락해주시면 그와 작별을 하고 올 터이니…… 마음을 정리하고 돌아와서 전하를 모실 수 있도록 기회를 주세요."

❧

정운을 처음 만났던 날은 밤이었다.

시백을 처음 만난 때도 밤.

['고맙습니다.']

['아니요. 실례했소.']

답교놀이를 하는 연인들의 설렘이 가득 느껴지던 청계천에서의 밤이었다. 과연 이것을 우연이라고 말할 수 있을까? '시간'이 이를 모를 리가 없다. 그렇다면 시백과의 재회는 단지 시간의 장난이었을까?

"도착했어요."

계화의 말에 난 가마에서 내렸다. 내겐 익숙한, 시백과 내가 살았던 저택의 대문이 눈에 들어왔다.

"도대체 여기가 어디래요?"

정연은 내게 출궁을 허락하며 조건으로 계화와의 동행을 명했다.

"내가 살던 곳."

"아씨가요? 그간 여기서 사셨어요?"

"문을 두드려라, 어서."

"아…… 예에."

계화가 가마를 호위하고 따라온 별감에게 눈짓을 보냈다. 별감이 나서서 대문을 크게 소리 나도록 두드리자, 잠시 후 안에서 하인이 나왔다.

"뉘시오? 이 밤에?"

난 별감을 뒤로 물린 채 하인의 앞으로 나섰다.

"나다."

"마, 마님!"

나를 알아본 하인이 크게 놀란다. 그런 내 뒤에서 계화가 고개를 갸웃거렸다.

"마님?"

"대감께선 안에 계시느냐?"

"예에…… 물론이지요! 어서 안으로 들어오시지요."

고개를 끄덕인 나는 계화를 돌아보며 말했다.

"넌 여기서 가마꾼들과 기다리고 있어."

"왜요?"

"그렇게 해. 어차피 난 도망가지 않아."

"그래도 전하께서 절대 아씨와 떨어지지 말라고 하셨는걸요."

"걱정 마. 병자년과 같은 일은 두 번 다신 내게 일어나지 않을 테니."

"아이참……."

계화가 한숨을 푹푹 내쉬며 고개를 끄덕였다.

나는 계화와 함께 다른 사람들을 모두 남겨두고는 집 안으로 들어섰다. 늦은 밤 사랑채의 불은 켜져 있었다. 그 안에 다소곳이 앉아 있는 한 여인의 그림자가 보였다.

"저이는 누구냐?"

하인에게 물었다.

"황 규수이십니다."

"정업원에 있어야 할 그녀가 왜 이 시각에 여기에 있느냐?"

"얼마 전부터 나으리의 상태가 많이 안 좋아지셨습니다. 나으리께서 가라 하셔도 계속 곁방에 머물며 나으리를 간호하셨습니다."

"그랬구나."

하인과 말을 주고받는 소리가 들린 것일까? 그림자가 움직이더니 곧 사랑채의 문이 열리며 다희가 모습을 보였다.

"언니!"

놀란 다희가 버선발로 내게 뛰어나왔다.

"오랜만이야."

"어찌 지금 오셨어요? 세상에나…… 어서 들어가보세요."

"그래."

다희에게도 할 말이 많았다. 그전에 내 신경은 온통 사랑채에 머물고 있을 한 사내에게만 향해 있었다.

❦

등잔불로 인해 짙은 상앗빛으로 물든 방안이 마치 초상집에 들어선 기분이었다. 시백은 그 한가운데에 두 손을 가지런히 모은 채 흐트러짐 없는 자세로 눈을 감고 누워 있었다. 숨을 쉬는 것조차 느껴지지 않을 정도로 고요함만이 감돌았다.

['죽을 때까지 당신을 증오할 거예요.']

이 첫마디가 가장 먼저 떠올랐다.

난 가만히 누워 있는 그에게 다가가 이불을 걷어올리고 그 옆에 바짝 누웠다. 한 손을 그의 가슴 위에 올려놓고 눕자, 그제야 미세한 진동처럼 그의 몸이 숨을 쉬고 있다는 것이 느껴졌다.

─……

그런데도 그는 눈을 뜨지 않는다. 숨만 쉴 뿐 자신의 곁에 다가오는 내 존재를 전혀 알아차리지 못하는 것 같았다.

"저예요, 서방님."

난 그의 귓가에 입술을 가져다대고 작은 목소리로 그를 불렀다. 거짓말처럼 그의 눈이 스르륵 떠졌다. 처음 천장을 바라보던 그는 이윽고 내 존재를 느꼈는지 고개를 천천히 내가 있는 방향으로 돌렸다. 옆에 누워서 그를 바라보는 나와 눈이 마주치자 그의 눈가에 달님 같은 해맑은 미소가 지어졌다.

"부인⋯⋯."

꿈이라고 생각하는 걸까? 현실이라고 자각했다면 그는 나를 보며 저렇게 웃지 않았을지도 모른다. 이러한 생각에 나를 궐로 보내던 그의 마지막 모습이 떠올랐다.

난 간신히 울음을 참으며 대뜸 그를 향해 말했다.

"증오해요."

"증오한다고?"

"네. 서방님을 증오해요."

무언의 암호와 같은 말에 이젠 그의 입가에도 미소가 지어진다.

"꿈이 아니군. 그렇지?"

"꿈이 아닌 걸 어떻게 알죠?"

"그리 사랑스러운 눈길로 보면서 증오한다는 말을 입에 담진 못할 테니까."

그의 말은 사실이었기에 난 반박할 말을 잊어버렸다.

"게다가 부인은 날 증오할 만큼 사랑하지 않소? 증오란 사랑이 없으면 가질 수 없는 마음이기도 하니."

이런 그가 더욱 밉다.

"아팠어요? 아파서 절 궐로 보냈어요?"

"아프지 않았소."

"지금은 아프잖아요."

"그대를 궐로 보내니…… 아프더군."

어디까지가 진실이고 어디까지가 거짓인지 알 수 없다. 더는 이것이 중요한 것도 아니지만.

"어디가 아파요?"

"처음에는 작은 병인 줄 알았소. 하지만 그 병을 키운 건 나요. 나을 마음이 없었으니."

"저를 기다린다면서요. 제가 돌아올 때까지 기다린다면서 아프면 어떡해요?"

"미안하오. 그래서 어쩌면 난 그대를 보낸 벌을 받았나보오."

그가 받아야 할 벌은 내가 받아야 할 벌이었다. 그가 벌을 받는다면 그것은 내가 그를 사랑해서 받는 벌이었다. 내 두 눈에서 눈물이 하염없이 흘러내렸다. 난 울면서도 어처구니없다는 듯 웃었다.

"벌? 누가 서방님에게 벌을 내렸대요?"

"아무래도 이번 생에서는 전하와 그대, 둘 중에서 하나도 선택할 수가 없어서 그래서 벌을 받았나보오."

"서방님 인생에서 가장 어려운 고비이고 선택인 것은 맞아요. 그래도 전 말이라도 저를 선택해주길 바랐어요."

"화났겠군."

"많이요. 그래도 이젠 화 안 나요."

난 그의 가슴에 얼굴을 묻으며 그를 힘껏 끌어안았다. 그는 나를 끌어안을 힘도 없는지 그저 한 손을 내 어깨에 살포시 올렸다.

"서방님이 말이 맞아요. 서방님을 향한 그 어떤 미움도 증오도 서방님을 사랑하는 마음보다는 크지 않아요."

"화진……."

그때 잠잠하던 등잔 불빛이 꺼질 듯이 흔들렸다. 본능적으로 난 그의 혼백이 육신을 떠나가려는 것을 알았다. 난 고개를 들어 그를 내려다보며 이불 속에 놓인 그의 다른 한 손을 꺼냈다. 그 손바닥에는 지난날 목숨을 끊으려던 나를 막으며 얻었던 칼자국이 선명하게 남아 있었다.

"봐요."

난 그 손바닥을 그의 얼굴 앞에 들이대며 말했다.

"은하수 같죠?"

"그렇소?"

"한양에서 동쪽으로 백 리쯤 가면 매년 가을에만 보이는 은하수 자리가 있어요. 그걸 기준으로 삼아야 해요."

"무슨 말이오?"

"지금부터 제가 하는 말을 잊어버리면 안 돼요. 알았죠? 꼭 새겨들으세요."

시백은 영문도 모른 채 내 말에 귀를 기울였다.

"제 별은 그 은하수에서 찾는 게 제일 쉬워요."

"별?"

"제가 서방님과 같은 시간에 같은 공간에 존재할 때만 찾을 수 있는 별이에요."

계속 흘러내리는 눈물을 연신 훔쳐내며 난 그의 손바닥 위에 별자리를 그렸다.

"여기 두 번째 별, 이 별을 꼭 기억해요. 그리고 이 별이 나타나면 절 찾아야 해요."

내가 다시 태어날 수 있다면 다시 태어난 정운을 찾아냈던 것처럼 시백도 나를 찾아낼 수 있을지 모른다.

"이 별자리가 하늘에 뜨고 제 별이 반짝이는 게 보이면 제가…… 제가…… 흐흑……! 서방님 곁으로 다시 돌아오는 거니까."

다시 태어난다는 말을 할 수가 없다. 시간여행자였던 나도 죽은 다음의 세계는 알지 못한다. 겪어보지 못했던 한 차원 다른 세계의 공간이기 때문에.

"저를 꼭 찾아서…… 다시 사랑을 시작하는 거예요."

정운이 죽고 나는 끊임없이 그를 찾아 헤맸다. 오직 그의 별자리 하나만을 보고 의지한 채 그렇게 살았다.

"이번 생의 서방님은 제가 찾았으니까 다음 생은 서방님 차례인 거예요. 알았죠?"

"화진……."

"내가 거절하고 거절해도……."

['난 다른 이들처럼 그대가 어여쁘다 생각하지만, 마음이 동하지는 않소.']

"……절대 포기하면 안 돼요."

처음에는 힘들 수도 있다. 모든 기억을 잃은 채 다시 태어나는 나일 테니까. 또 나를 사랑한 기억을 지닌 채 다시 사랑을 시작해야 할 그일 테니까.

하지만 내가 했으니까. 나 이화진이 했으니까. 이시백도 할 수 있을 것이다.

"알았죠?"

내 물음이 끝났을 때였다.

그가 한 손으로 내 머리를 쓸며 자신에게로 가까이 당겼다. 우리 두 사람의 입술과 입술이 부드럽게 맞닿았다. 뺨을 타고 흘러내리는 눈물이 입술까지 흘러들어왔다. 눈물 섞인 입맞춤은 그와 내가 이 세상에서 한 가장 슬픈 입맞춤이었다.

༺꧁꧂༻

['이제 이 세상에서 나 이시백의 아내는 화진, 그대 한 사람뿐이오.']

['바느질을 잘하는 아내가 되겠어요.']

['그대가 이처럼 나를 보면 늘 웃을 수 있게 하는 지아비가 되겠

430

소.']

그와 온조왕사에서 부부가 되고 부부로 살다 죽기로 맹세하며
맺어졌던 그 밤. 세상을 모두 다 가진 것 같았던 그 밤. 난 온조왕
의 재실에서 그의 품에 안겨 무슨 음악인지 모른 채 흥얼거렸던 음
악을 떠올렸다.

"음······♪"

그날은 내 이야기가 새롭게 시작되던 날이었다.

그때의 나는 아이를 갖길 원치 않았다. 내 뜻대로 아이를 가질
수 있고 포기할 수 있다고 믿었던 그때였으니까.

난 그의 어깨에 머리를 기대고선 깍지를 끼고 있는 시백의 손에
살짝 힘을 주었다.

"서방님······ 할 말이 있어요."

그는 자신과 나의 아이를 간절히 바랐다. 나는 이를 알면서도
외면했다. 사실상 거절한 것이었고 그에게 무작정 기다려달라고
했다.

만약 그때 아이를 가졌다면? 아이가 생겼다면? 우리의 삶은 또
다른 이야기를 써나갈 수 있었을 것이다.

"제가······."

난 그의 얼굴을 돌아보며 말했다.

"서방님의 아이를······."

그 순간 몸을 틀며 깍지를 지고 있던 그의 손이 힘없이 풀렸다.

"서방님?"

– ……

"서방님?"

– ……

난 가슴을 치고 왈칵 터진 눈물을 애써 참으며 두 손으로 그의
몸을 흔들었다.

"서방님?"

– ……

"서방님? 눈 좀 떠봐요……."

– ……

"아…… 어떡해…… 아…… 아아…… 하아……."

숨이 쉬어지지가 않는다. 난 몸을 제대로 못 가눌 정도로 울며
그의 가슴에 얼굴을 기댔다. 여전히 살아 숨 쉬는 것처럼 그대로인
온기가 전해져 오자 슬픔은 배가 되었다.

"안 돼…… 흑! 아직은…… 아직은 죽으면 안 돼요!"

– ……

"아아…… 아아……! 아흑!"

– ……

"할아버지…… 아흑! 할아버지……."

– ……

그는 죽기 전에 미래로 가야 했다. 그러나 약속했던 할아버지는
그가 숨을 거두기 전에 나타나지 않았다. 난 이미 숨이 끊어진 시

432

백의 몸을 끌어안고 할아버지를 찾으며 울부짖었다.

"할아버지! 살려주세요…… 제발…… 제발…… 그를 살려주세요…… 흑!"

─ ……

"어디 계세요? 할아버지…… 으흐흑……."

─ ……

"안 돼에…… 안 돼에에……! 아직 죽으면 안 돼에……! 서방님! 아아악!"

나의 흐느낌 속에서 기름을 다한 등불이 조금씩 줄어들더니 그대로 꺼져버렸다. 온 세상이 암흑으로 가득 차버렸다.

그날 밤 시백은 죽었다.

그리고 할아버지는 끝내 우리 앞에 나타나지 않았다.

할아버지가 나를 속인 걸까?

그가 죽고 보름 동안의 기억이 전혀 없다. 어떻게 궐로 돌아왔고 어떻게 먹고 어떻게 자고 어떻게 숨을 쉬었는지 전혀 기억이 나지 않는다. 정신을 차렸을 때는 계화가 내 앞에 있었다. 그녀는 내게 죽을 먹이고 있었는데 그것이 실수로 목구멍으로 넘어가지 않고 입안에서 맴돌다 그만 턱을 타고 흘러내리면서였다.

"아이구야! 또 흘렸네!"

계화가 수건을 들어 내 입가에 묻은 죽을 닦아주려던 그때였다. 내가 한 손을 들어 그 손을 제지했다.

"아씨? 정신이 드세요?"

"여긴……?"

"궐이죠. 아휴, 다행이다! 지난 보름 동안 아씨가 눈만 껌뻑이고 계셔서 얼마나 걱정했는데요?"

"궐? 궐이라고……? 내가 왜 궐이지?"

"왜 궐이긴요? 아씨는 궐에서 사시잖아요!"

난 고개를 강하게 가로저었다.

"아니야…… 난 궐에서 안 살아."

"예? 그건 또 무슨 소리래요?"

"아니야. 아니야…… 집에 가야 해. 집에……."

"아씨?"

난 막무가내로 자리에서 일어서 밖으로 나가려고 했다. 황급히 죽 그릇을 내려놓은 계화가 내 앞길을 두 팔 벌려 막았다.

"이번에는 절대 안 돼요! 전하께서 얼마나 아씨 걱정을 하시는데요!"

"비켜! 비키라고!"

"아씨! 안 돼요! 좀 정신 좀 차리세요? 도대체 어찌 이러신데요? 네?"

"비키라고!"

"아야앗!"

계화를 밀어 넘어뜨리자 문까지 가는 길을 막는 사람은 아무도 없었다. 난 바로 문을 열고 밖으로 도망쳤다. 버선발로 뛰었고 무작정 앞으로만 내달렸다. 걸어가는 동안 나를 본 나인들이 놀라며 뒤로 물러섰다.

"정신이 나갔다는 그 부인 맞지?"

"응. 이 부인."

"어머머! 멀쩡하게 생겨서…… 어쩌다 저리되었을까?"

"그러게 말이야. 듣자 하니 회임까지 했다던데?"

나로 인해 궁궐이 소란스러워지자 상궁과 나인들이 달려왔다.

"이 부인의 길을 막아라! 어서!"

"예! 마마님!"

나인들이 내 앞길을 막으면 난 그 옆길로 도망쳤다. 하지만 넓은 궁궐에서 출구를 찾을 수 없었고 곧 나는 나인들에게 에워싸였다.

"이 부인. 처소로 돌아가시지요."

"저희가 안내해드리겠사옵니다."

상궁과 나인이 나서서 내게 말했다. 난 고개를 거세게 가로저었다.

"집에 가야 해요. 집에……."

"이 부인의 집은 이곳이옵니다."

"집에……."

시백이 있는 집에 가야 한다. 그가 나를 기다리고 있을 테니까.

"안 되겠다. 너희들은 가서 이 부인을 붙들어라."

"예, 마마님!"

나인들이 다가와서 내 양팔을 붙들었다. 나보다도 체격이 작은 나인들인데도 기력이 다 빠진 내게 그녀들의 힘은 장사처럼 느껴졌다. 꼼짝을 할 수가 없었다.

"놔! 놓으란 말이야! 놔! 놔!"

남은 힘을 다 해 소리 지르는 것 외에는 아무것도 할 수 있는 게 없었다. 눈물은 씨가 말랐는지 이런 상황이 서럽고 억울한데 눈물이 전혀 나지 않았다.

발버둥치는 나를 강제로 붙든 그녀들이 앞으로 걸어가던 그때였다.

"이게 무슨 소란이냐?"

"중전마마!"

나인들이 걸음을 멈췄다.

날 잡은 나인들도 팔을 풀어주며 앞쪽을 향해 고개를 숙였다. 앞을 쳐다보자 장씨가 보였다. 난 장씨를 바로 알아보고는 그녀에게 다가갔다.

"중전마마!"

"이 무슨 무례요, 이 부인!"

우 상궁이다.

그녀가 나와 장씨의 사이를 가로막으며 섰다. 난 우 상궁에게 가로막힌 채 장씨에게 사정했다.

"절 보내주세요! 전 집에 가야 해요……!"

"피화당……."

당황한 장씨가 말을 잇지 못하는 사이 처음 나타났던 상궁이 다가왔다.

"송구하옵니다. 중전마마. 이 부인은 저희가 모시겠사옵니다."

"그래……."

장씨가 뒤로 물러서자 아까의 나인들이 다시 나를 양옆에서 붙들었다.

"싫어!"

난 눈을 질끈 감은 채 그녀들에게 끌려가지 않으려고 몸부림쳤다. 바로 그 순간 내 한쪽 어깨에 단단한 힘이 느껴졌다. 동시에 나를 옥죄던 나인들의 힘이 더는 느껴지지 않았다.

"전하."

나인들이 당황하며 뒤로 물러서자 난 감았던 눈을 떴다.

"전하……?"

해를 등지고 선 익선관과 붉은색 용포가 전부 검은색으로 보이며 눈앞이 어지러워졌다. 난 내 앞에 선 그에게 몸을 의지하며 그대로 쓰러져 정신을 잃어버렸다.

"태아의 맥이 잡히나 너무 약하옵니다."

어의의 말에 정연은 눈을 감은 채 제 눈꺼풀을 손바닥으로 쓸었다. 그의 고민이 깊어지고 있었다.

"이대로라면 임부 역시 위험합니다. 아무래도 아직 초기인지라……."

쩔쩔매는 어의를 향해 정연이 눈을 번쩍 뜨며 성을 냈다.

"초기! 초기! 초기! 변명할 것이 고작 그뿐이더냐? 이제 보니 궁중 의관이라는 자들이 다 쓸모없는 버러지 같은 놈들이었구나! 너희들이 좋다는 약재는 전국 팔도에서 구해 약을 달여 먹이길 여러 날인데도 어찌 차도가 보이지 않느냐? 게다가 이젠 정신 줄을 놓았다는 소문까지 돌게 만들었다! 도대체 너희가 의관이 맞느냐?"

"송구하옵니다, 전하! 조, 좋은 약일수록 독성을 품은 법이라 나아가는 과정 속에 정신이 혼미할 수도 있고 또한……."

어의의 변명에도 정연의 분은 풀리지 않았다.

"자칫 이 부인이 잘못되면 너희들 중 목숨을 잃는 자가 나올 것이다."

"전하!"

옆에서 지켜만 보던 장씨가 나섰다. 정연이 숨을 가다듬자 그 틈에 장씨가 재빨리 의관들을 모두 밖으로 내보냈다.

"약으로 고칠 수 없다면 그것은 마음의 병이옵니다."

"허면? 과인이 어찌하면 좋겠소?"

"우선은 마음을 치료해야 몸도 낫는 법이고……."

"아이는?"

장씨의 말문이 여기서 막혔다.

어의는 아이를 포기할 것을 여러 차례 건의했었다. 태중 아이 때문에 약재도 함부로 쓸 수가 없어서였다. 중전인 장씨의 경우였다면 절대 아이를 포기하게 하지 않았을 것이다. 아무런 품계도 없는 대군 시절 첩실이 가진 아이이기에 이런 대접을 받는 것이 분명했다.

"전하."

장씨가 조심스럽게 정연의 의중을 물었다.

"전하께옵소서는 피화당의 아이를 살리고 싶으시옵니까?"

만약 화진이 가진 아이가 자신의 아이라면 그는 두 번이나 아이를 잃고 싶지 않았을 것이다. 그러나 이 아이는 특별했다.

"아이가 잘못되면…… 피화당도 잘못될 것이오."

정연은 알고 있었다. 화진은 분명 틈만 나면 죽은 시백의 뒤를 따라가려 할 것이란 걸. 그러나 시백의 아이를 배 속에 품고 있는 이상은 그러지 못할 것이다. 그럴 마음이 있더라도 감히 실행에 옮기진 못할 것이다. 화진이 가진 아이는 반드시 살아남아야 했다.

"정녕 그 때문이시옵니까?"

장씨의 조심스러운 질문에 정연이 그녀의 시선을 피해 고개를 돌렸다. 가끔씩 장씨는 그가 숨기고 있는 속마음을 엿보기도 했다. 자신을 낳아준 부모보다도 더 오랜 기간 함께한 장씨이기에 그것이 가능한지도 모른다.

"피화당이 다시 정신을 차리면 집에 가고 싶다고 할 것 같사옵니다. 신첩이 보기에 아마 그 집이 피화당의 처소가 있던 전하의 사저를 이르는 것이 아니겠는지요. 하여 지금 그 집이 비워져 있으니 기력을 회복할 때까지라도 피화당을 그곳에서 머물게 하시면……."

"그곳이 아니오."

"예?"

"다른 곳이오."

정연이 당황한 얼굴을 숨기려 노력하며 자리에서 일어섰다.

"또한 피화당이 돌아갈 다른 집이란 없소. 이곳이 그녀의 집이오."

할 말을 잃은 장씨가 입을 다물자 정연이 화진의 처소를 나왔다. 밖으로 나온 정연이 내관을 가까이 불렀다. 그는 무언가를 아주 작은 목소리로 지시했다.

"가서 과인이 시키는 대로 하라."

정연의 명을 들은 내관의 눈이 커졌다.

"참말이시옵니까?"

"그렇다."

내관은 다소 난감해 하면서도 조용히 고개를 숙인 채 물러갔다.

❧

다음해 봄.

['날이 추워지기 전에 그대가 아이를 낳으려면 지금쯤 아이를 가져야 할 텐데……']

아이는 배 속에서 추운 겨울을 무사히 지내고 세상에 나오려고 했다. 하지만 난산이었다. 첫날에 아이는 세상 밖으로 나오려는 듯 몸부림을 쳤다. 그러나 만 하루가 지나자 아이는 기력을 잃었는지 더는 움직임이 없었다.

"이대로라면 산모와 태아 모두 목숨을 부지하기 어려울 듯하옵니다."

난감해 하며 정연에게 말하는 어의의 목소리도 들렸다.

"태아를 살릴 수 없다면 산모라도 살려야 할 것이 아니냐!"

모든 이들이 나를 걱정하고 있었다. 그들은 나와 태아가 모두 죽을지도 모른다는 가능성을 염려하고 있었다. 반대로 나는 전혀 심각하지 않았다. 아이의 몸부림도 더는 느껴지지 않게 된 이튿날에는 계속 잠만 쏟아졌다.

"주무시면 안 됩니다!"

의녀들이 계속 눈이 감기는 나를 보며 크게 소리를 냈다. 억지로 버티는 것은 아이를 낳는 일보다도 더 힘들게 느껴졌다.

"송구하옵니다. 전하."

모두가 나를 포기했다. 어쩌면 내가 먼저 포기를 했는지도 모르겠다. 아이를 낳을 의지가 없는 산모의 몸에 아이가 있었다.

그랬다. 이때의 나는 아이도 나도 어떻게 되든 상관이 없다고 생각했다. 내가 죽어야 먼 미래에서 나를 기다리고 있을 시백을 빨리 만날 수 있다고 생각했기 때문에. 아니, 어쩌면 그는 이미 다시 태어난 나를 찾아냈는지도 모른다.

['셋만 낳읍시다.']

남한산성에서 추웠던 그 겨울날.

['아들 셋이면 더 좋겠지만……']

"후훗……."

눈은 감고 있는데 입에서는 웃음이 난다.

이 아이는 딸일 거예요.

그는 아들을 원했다.

그래서인지 낳고 싶은 마음조차 들지 않는다.

그저 잠만 자고 싶어…….

.

.

.

"난아."

누군가 나를 부르고 있었다.

졸린 눈을 억지로 뜨려고 했지만 몇 번 시도하다가 그만두고 말았다. 다시 잠 속에 빠져들어 가려는데 감긴 눈꺼풀의 깊은 어둠 속에서 희미한 빛이 번져나간다.

별이었다.

442

자잘하게 작은 아주 많은 별들이다.

은하수일까?

멍하니 그것을 바라보는데 누군가 내 옆으로 다가와 살며시 손을 잡는다. 고개를 돌리니 시백이 서 있었다.

"서방님⋯⋯."

"부인."

그는 내 손을 잡은 채로 은하수를 가리켰다. 그중 유독 반짝이는 별 하나를 손으로 가리키며 말했다.

"저 별이 그대의 별이지."

"제 별⋯⋯."

그리고 그 옆에서 빛나고 있는 또 다른 작은 별.

"또한 저 별은⋯⋯."

시백이 설명하기도 전에 내 입에서 먼저 답이 나왔다.

"아기별이죠."

시백이 다시 고개를 돌려 내 얼굴을 바라보았다. 난 그런 시백을 향해 물었다.

"여자아이는 싫어요?"

['여자아이는 싫어요?']

"싫지 않소."

['싫지 않소.']

"싫지 않다……."

이 말을 중얼거린 순간 아무런 통증이 느껴지지 않았던 아랫배가 다시 아파오기 시작했다.

.

.

.

"아악!"

잠든 줄 알았던 내 입에서 비명이 터져나오며 난 눈을 떴다. 땀에 젖은 머리카락 사이로 정연의 얼굴이 보였다. 그는 내 한 손을 잡아주고 있었다.

"난아!"

"전하……?"

정연과 눈을 마주친 것도 잠깐.

잠시 사라진 줄 알았던 아픔이 다시 찾아오며 난 헉하며 숨을 들이마셨다. 사지가 뒤틀릴 정도의 통증이 이어졌다. 쇠한 기력으로 버티기 힘들 정도의 통증에 난 비명 한번 제대로 지르지 못하고 입만 뻐끔거렸다.

"피화당이 어찌 이런 것이냐?"

정연의 추궁이 의녀가 대답했다.

"아, 아기씨의 머리가 보입니다!"

장씨가 정연에게 다가와 말했다.

"전하, 이제는 의녀들에게 맡기시고 밖으로 나가시지요."

정연이 고개를 끄덕이더니 나를 잡은 손을 놓으려고 했다.

"!"

순간 다시 찾아온 통증에 나도 모르게 정연의 손을 세게 움켜잡고 말았다.

"난아……."

얼마나 세게 잡았는지 잡은 손이 덜덜 떨리고 있었다. 그 손을 내 의지로 놓을 수 있는 것이 아니었다. 정연이 이런 나를 물끄러미 바라보더니 장씨에게 말했다.

"과인은 피화당의 곁에 있겠소."

"전하!"

장씨가 다시금 만류했지만 정연은 더는 그녀를 돌아보지 않았다. 대신 나를 보며 말했다.

"조금만 더 힘을 내거라. 그래야 그대도 살고 아이도 산다."

이 순간 그의 말은 진심이었다.

또 그는 궁궐에서 이 아이가 시백의 아이라는 것을 아는 유일한 사람이기도 했다. 대답할 힘도 없었던 난 입술을 깨문 채 그를 보며 고개를 끄덕였다.

눈가에 고였던 눈물이 뺨을 타고 흘러내렸다. 기다렸다는 듯 통증이 다시 찾아왔다. 아이를 낳는 게 아니라 통증을 버텨내야 하는 느낌이었다.

그러자 눈앞의 세상이 일순간 뿌옇게 변해버리며 아무것도 보이지 않았다.

"전하! 감축드리옵니다! 옹주 아기씨이옵니다!"

가냘픈 아이의 울음소리가 들렸다.

아이를 받아든 의녀가 재빨리 아이를 포대기에 싸서 정연의 품에 안겨주었다. 정연은 그 아이를 안아 들고는 신기한 듯 활짝 웃었다.

"눈 코 입…… 전부 그대를 닮았구나!"

그는 진심으로 기뻐하며 아기를 내게 내보였다. 아직 눈도 제대로 뜨지 못해야 할 아이가 한쪽 눈꺼풀을 들어올리더니 흑요석처럼 까만 눈동자를 굴리다 다시 눈꺼풀을 닫았다. 이를 본 정연이 주변에 있는 사람들에게 자랑하듯 말했다.

"보았느냐? 이 아이가 벌써 눈을 뜨고 과인을 보는구나!"

"옹주 아기씨께서 벌써 아버님이 누구인지를 알아보시나 봅니다."

상궁의 말에 정연이 활짝 웃다가 나와 눈이 마주치자 웃음을 거두며 말했다.

"수고했다."

['이 전쟁이 끝나면 그래서 봄이 오면 아이를 가집시다.']

아기는 봄에 태어났다.

봄에 궁중에서 태어난 아기에게는 이름 대신에 '옹주 아기씨'라
는 호칭이 붙었다.

7장

기흥대의 최후

아이가 태어나기 이전까지는 기억이 잘 없었다. 시백을 잃은 충격에 제 몸을 돌볼 여력이 전혀 없는 상황이었다. 그런데 아이가 태어난 날을 기점으로 내 정신이 점점 또렷해졌다.

"이렇게 예쁜 아기씨는 처음이에요."

계화는 그간 궁중에서 머물면서 장씨가 낳은 공주 여럿을 보았다. 그녀는 그 어느 공주들보다도 내가 낳은 옹주가 제일 예쁘다며 입에 침을 발랐다.

"아씨를 닮으셨으니 그렇겠죠?"

"말조심하세요. 중전마마의 귀에 들어가기라도 하면……."

옹주에게 젖을 먹이던 유모가 계화에게 주의를 주던 그때였다.

"본궁의 귀에 들어가면 어찌된단 말이냐?"

"중전마마 납시오!"

한발 늦었다. 난 자리에서 일어섰고 계화는 그런 내 뒤에 숨어 고개를 숙였다. 큰 사달이 날 법한 자리. 장씨는 유모가 안고 있는 옹주를 보며 박장대소를 했다.

"정말 예쁘구나. 본궁이 낳은 공주들보다도 훨씬 예쁘다. 분명 제 어미를 닮아 그런 것이겠지."

중전인 장씨는 생각보다도 배포가 큰 여인이었다. 그녀는 자리에 앉으며 친히 계화를 가까이 불러 머리를 쓰다듬어주었다.

"본궁은 그 말을 괘념치 않으나 자라나는 공주들에게는 아닐 수도 있다. 앞으로 조심하거라."

"예에…… 중전마마."

잔뜩 움츠린 계화가 밖으로 나가자 난 계화를 대신해 장씨에게 사죄했다.

"종의 잘못은 주인의 잘못이라 했습니다."

"아니네. 게다가 계화는 자네가 사라진 십수 년간 사저에서 종노릇하였으니 본궁의 종이기도 하네."

아량 넓은 장씨의 말에 안심이 된 듯 내가 입가에 미소를 띠었다. 그런 나를 보며 장씨가 조심스럽게 묻는다.

"몸은 어떠한가?"

"많이…… 좋아졌습니다."

"허면 전하의 시침을 들 수 있겠는가?"

그 말에 난 할 말을 잊어버렸다. 그사이 유모의 품에 안긴 옹주가 칭얼거리기 시작했다.

"옹주마마께서 졸리신 듯하옵니다."

옹주를 재우는 것은 이곳에서 해도 된다. 유모는 불편해진 분위기에 옹주를 데리고 나가겠다는 말을 하는 것이었다.

"그러게."

장씨의 허락이 떨어지자 유모가 칭얼대는 옹주를 달래며 안고 물러나간다. 자연히 내 시선이 멀어지는 옹주를 향했다. 문이 닫히며 옹주는 그렇게 사라지고 말았지만.

"옹주를 키우는 것은 유모가 할 일. 자네가 할 일은 전하를 성심껏 모시는 일이네."

"저는······."

"아직 첩지조차 받지 못했다지. 옹주를 낳았는데도 말이야. 쯧쯧쯧."

장씨는 미안함과 안타까움이 섞인 목소리로 혀를 찬다. 그러나 이건 다른 문제다. 정연은 옹주가 시백의 아이라는 걸 알고 있다. 자신의 아이를 낳았다면 당장에 내게 첩지를 내렸을지도 모를 일이지만.

"옹주의 어미 되는 자가 아무런 신분 없이 궁중에 머물 수는 없는 법. 본궁이 전하게 청해 조만간 첩지를 받을 수 있도록 해주겠네."

"송구하오나 첩지는 원치 않습니다."

"무어라?"

장씨가 의외라는 듯 나를 쳐다보았다.

"첩지는 원치 않습니다."

"어째서?"

"의관에게 옹주를 낳으며 난산을 겪어 더는 아이를 가지기 어렵다는 말을 들었습니다. 이런 제가 어찌 전하를 모실 수 있겠습니까."

"흠……."

고개를 숙인 채 조목조목 핑계를 대는 나를 유심히 살펴보던 장씨가 말한다.

"본궁은 이해하기가 어렵네."

"예?"

"병자년에 일어난 일은 자네에겐 매우 힘든 일이었겠지. 아이도 잃고 전하와 헤어져 갖은 고초를 겪어왔을 터이니."

그것은 고초가 아니었다. 그것은 차라리 내가 살아 있다는 사실을 다시 느낄 수 있는 소중한 시간이었다. 피화당에서 정연의 여인으로 살던 시간의 나는 영혼이 죽어 있는 몸만 있는 시체나 다름이 없었다. 이제 그 시절이 다시 찾아오는 것 같았다.

"혹 정조를 잃었는가?"

- !

내가 놀란 눈을 뜨자 장씨가 씁쓸한 표정을 지었다.

"많은 조선의 여인들이 청국으로 끌려갔네. 그녀들은 원치 않게 정조를 잃었고 그래서 스스로 목숨을 끊는 일이 비일비재했네. 살아서 돌아와도 시집에서 버림받는 일이 허다했지. 본궁은 왕실로 시집을 와서 겪지 않았지만 그렇지 못했다면 본궁도 피할 수 없는 일이었을 게야."

난 정조를 잃은 것이 아니었다. 장씨는 잘못 짚었다.

"자네가 돌아온 후 전하께서는 기뻐하지 않으셨어. 근심이 있는 표정이셨지. 자네도 전하를 거부했고 마치 예전에 사저에서 대군이시던 전하의 시침을 들기 전처럼 말일세."

"그런 이유 때문이 아닙니다."

"허면?"

"네?"

"그것이 아니라면 어찌 전하와 거리를 두려 하는 것인가?"

"중전마마⋯⋯."

답답했다. 마음 같아서는 내게 일어난 일을 솔직히 다 털어놓고만 싶었다. 그랬다가는 난 살아남지 못한다. 옹주도 마찬가지일 것이다.

어쩌면 정연이 지금 홀로 품고 있을 고민이 바로 그것일 것이다. 그는 친형제 같은 시백의 비밀을 지키고 있었고 나의 비밀도 함께 지키고 있었다.

"심양에서 볼모로 지내던 시절에 전하는 자네의 신주 앞에 매일 정성스레 향을 피우셨지. 돌아와 소현세자께서 승하하시고 세자가 되신 이후에도 자네를 위해 남몰래 위험을 무릅쓰고 지전을 태우셨지. 즉위하신 이후에는 여러 여인을 가까이하시기에 자네를 완전히 잊으신 줄로만 알았네."

“…….”

“하나 두 번 찾는 여인이 없으셨고 더는 여인을 가까이하시지 않던 어느 날, 심양에서부터 숨겨온 자네의 신주를 꺼내어 보며 옥루를 흘리시는 것을 보았지.”

난 더는 할 말이 없었다.

“본궁은 그제야 사내의 첫정이 얼마나 무서운 것인지를 깨달았네. 그리고 받아들여야 했지. 자네는 전하의 생에 있어서 유일하게 마음에 품은 여인이야. 그 자리는 본궁인 나 역시도 가질 수 없는 그러한 자리이고.”

왕비이기 전에 한 사내의 여인이 쉽게 할 수 없는 말이었다. 그런데도 그녀는 이 말을 하는 순간에도 당당했다.

“저는…….”

사죄의 마음으로 거절하려는 내게 장씨가 눈을 힘주어 떴다.

“옹주가 누구의 소생인지는 묻지 않겠네.”

“!”

나는 깜짝 놀랐다.

지금 장씨가 내게 하려는 말은 무엇일까?

“그 아이가 계집이 아닌 사내아이였다면 본궁이 가진 의문을 더 캐보려 하였겠지만 말이야.”

“중전마마……!”

“처녀가 아이를 낳아도 할 말은 있겠지. 병자년에 전하와 이별하여 십수 년을 홀로 살았다던 자네이네. 그 어떤 사내가 자네와 같은 아름다운 여인을 두고만 보았겠는가."

중전이 놀란 눈을 뜬 나를 두고 자리에서 일어섰다.

"그런 자네를 품어주시고 다시 받아주신 전하일세. 혹 전하께서
자네에게 섭섭하게 하신 일이 있었더라도…… 다 잊게. 남은 것은
마음에 묻어 다시는 꺼내보려 하지 말고."

༺❦༻

가득 쌓인 상소를 분류하던 정연이 눈을 비볐다. 어느덧 시각은
삼경. 당직 서는 이들을 제외하고 모두가 잠든 바로 그 시각이다.

"더는 볼 상소가 없느냐?"

연신 하품을 하며 정연이 가볍게 던진 물음에 당직 승지는 다시
한가득 상소를 안고 들어온다. 이를 본 정연의 눈이 휘둥그레지자
승지가 멋쩍은 듯 말했다.

"급한 것이 아니라 미리 올리지 않았사옵니다."

"어찌되었든……."

자신의 허리를 채울 만큼 쌓인 상소들을 보며 정연이 힘없이 중
얼거렸다.

"내일은 다시 이만큼 쌓인다는 뜻이겠군."

"예에…… 전하."

"알았으니 승지는 물러가 쉬어라."

"하오면 전하께서는?"

"과인도 곧 침전으로 가서 쉴 것이니. 내일은 조회가 있는 날이 아니더냐?"

"예."

승지가 나가자 정연은 다시 상소를 펼쳐 들었다. 애초에 뒤에 일 거리를 남기고 잠들 수 있는 그가 아니었다. 아직 전쟁의 상흔이 남은 조선에는 젊은 임금이 해결해야 할 과제가 산더미처럼 쌓여 있었다.

고요한 밤. 어디선가 부엉이 울음소리가 들려오던 그때였다. 그 시각, 불가사의한 일은 그렇게 시작된다.

'전하.'

정연이 상소에서 눈을 떼고 고개를 들었다. 그곳에 관복을 입은 시백이 앉아 활짝 웃고 있었다.

'벌써 지치시옵니까?'

"……."

'신이 처리한 상소의 반도 못 끝내셨습니까?'

"연안군……."

'예. 전하.'

시백은 계속 그를 보며 웃고 있다.

"병판."

'예.'

"형님."

'…….'

455

이번에는 웃는 시백이 대답을 하지 않는다.

정연은 이처럼 단둘만 있는 자리에서는 시백을 형님이라고 불렀었다. 그에게 있어 시백은 가장 든든한 아군이자 친가족이나 다름이 없던 존재였다.

"형님."

'……'

여전히 웃고 있는 시백을 향해 정연이 조심스레 묻는다.

"과인이 미우십니까?"

'……'

화진을 향한 마음을 접었더라면 시백을 잃는 비극은 벌어지지 않았을까?

"과인이 못난 임금이라……."

'……'

정연의 한쪽 뺨을 타고 눈물이 흘러내리던 그때였다.

"전하-"

문밖에서 대전 상궁의 목소리가 들려왔다. 정연이 곤룡포 자락으로 옥루를 훔치더니 상소를 내려놓으며 답했다.

"무슨 일이냐?"

"전하. 밤이 늦었사옵니다. 오늘 아침에는 새벽부터 조회가 있사오니 지금이라도 침전에 듭시옵소서."

중전인 장씨의 짓이다.

어쩌면 그녀도 아직 잠들지 못하고 있을지도 모른다.

456

"알았다."

정연의 이 한마디에 닫힌 문이 열리더니 상궁이 안으로 들어와 고개를 숙였다.

"술상을 올릴까요?"

업무가 끝나면 정연은 늘 술 한 잔씩을 꼭 마시곤 했다. 그러지 않으면 과중한 업무를 잊지 못해 잠을 이루지 못했던 것이다.

"술은 침전에서 들겠다."

"예."

상궁이 도로 나가자 정연은 조금 전 시백이 앉아 있던 자리를 바라보았다. 그곳에는 아무도 없었다.

"……."

오늘 정연은 시백과 늘 술을 나누던 편전에서 홀로 술잔을 기울이고 싶지 않았다.

੭ഈ✦ഇ੭

정연이 탄 옥여가 침전 앞에서 멈춰 섰다. 머리를 기댄 채 깜빡 잠들었던 정연이 옥여가 땅에 내려지자 졸린 눈을 떴다. 지치고 피곤한 몸을 이끌고 그가 침전에 오르자 나인들이 서둘러 닫혀 있던 문을 열었다.

"흐음……."

눈을 비비며 그를 위한 금침이 펼쳐져 있을 안쪽으로 걸어 들어가던 정연의 걸음이 일순간 멈췄다.

– ······

누군가의 숨소리.

늘 그 혼자만 머무는 공간 안에 또 한 사람의 숨소리가 들려오고 있었다. 그가 고개를 들자 속적삼 차림의 화진이 금침 앞에 앉아 있는 것이 보였다.

"!"

그는 조금 전 편전에서처럼 자신이 헛것을 보았나 싶어 눈을 여러 번 깜빡였다. 그러나 이번에는 환상도 아니었고 헛것도 아니었다.

"전하. 술상을 들일까요?"

때마침 등 뒤에서 상궁의 목소리가 들려왔다. 정연이 다소곳하게 앉아 시선을 바닥에 두고 있는 화진에게서 눈을 떼지 못하며 말했다.

"오늘밤 침전에 술상은 들일 필요 없다."

화진이 천천히 고개를 들어 정연의 눈을 바라보았다. 정연은 공허하다 못해 이 밤의 모든 고요함을 품은 화진의 눈동자를 들여다보며 낮게 읊조렸다.

"술에 취해 꿈인 줄 알까 두려우니."

상궁이 조용히 문을 닫고 밖으로 나갔다. 두 사람 사이에 묘한 기류가 흐르고 있었다.

아직 새벽은 오지 않았다.

차라리 술상이 놓여 있는 것이 더 나을 듯싶었다. 그와 나 사이에 흐르는 어색함을 없앨 수만 있다면 말이다.

– ……

내가 조용히 내쉬는 숨소리까지도 그에게 들릴 것 같은 아주 고요한 밤이었다. 이 밤은 중전인 장씨가 마련한 밤이고 내겐 선택의 여지가 없는 밤이기도 했다.

멀쩡히 펴진 금침과 그 위에 놓인 것은 두 개의 베개. 여기에 우습게도 이불은 단 하나였다. 두 사람, 아니 네 사람이 덮고 자더라도 충분히 큰 이불이긴 하지만 말이다.

나는 금침 앞에 그와 마주 앉았다. 조금 전 나인들이 들어와 그가 옷을 갈아입는 것을 도와주었다. 이제 그도 나와 같은 속적삼 차림이었다.

– ……

소리 없는 침전 안에 어디서 불어왔는지 모를 미약한 바람이 등불을 요동치게 만들었다. 그 빛에 가만히 바닥만 응시하던 정연이 고개를 들었다. 그 순간 그와 눈이 마주친 나는 재빨리 고개를 숙였다.

"휴우–"

그가 나보고 들으란 듯 크게 한숨을 내쉬더니 큰 소리로 말한다.

"이러다가 새벽이 오겠구나. 오늘은 새벽부터 조회가 있는 날이 니…… 일단 눕자."

난 대답도 못한 채 무의식에 고개를 한 번 끄덕였다. 정연이 먼저 이불을 걷었고 그가 나를 멀뚱히 본다. 그제야 왕과 동침하는 여인은 무조건 왕의 왼쪽에 누워야 한다는 사실을 떠올리고는 내가 먼저 금침 위로 올라갔다.

제일 안쪽 자리, 병풍 밑자리에 내가 먼저 눕자 뒤이어 훅, 하는 소리와 함께 등잔불이 꺼진다. 불을 끈 정연이 금침 위에 올라오더니 천장을 보고 누웠다.

– ……

어두운 밤.

밖에 당직을 서는 나인들이 켜둔 제등 빛만 스멀스멀 침전 안을 기웃거린다. 사람의 윤곽과 움직임 정도는 확인할 수 있을 정도다.

정연은 언제 나를 안을까?

새벽부터 아침 조회가 있다는 말은 상선에게 들어서 알고 있었다. 그런데 그가 이렇게까지 늦게 침전에 돌아올 줄 몰랐다. 난 날이 저물기 전부터 침전에 와서 그만 기다리고 있었으니까.

– ……

어둠 속 침묵이 이어지자 난 그가 잠들었는지를 의심해야 했다. 믿을 수 없지만 정말 피곤했다면 그럴 수도 있다 싶었다. 성인 한 사람이 누워도 될 만큼의 공간을 비워둔 채 우리 두 사람은 나란히 누워 있었다. 이렇게 오늘밤을 지새워야 하는 건가 싶던 그때였다.

"왜 하필 연안군이었는지 과인은 알 것 같다."

"전하……?"

"그는 사내인 과인이 보아도 훌륭한 사내였지."

정연의 말에 시백의 모습을 떠올린 내 눈시울이 뜨거워졌다.

"그런 사내를 만났으니 과인에게 돌아오기 싫었겠지."

그는 내가 시백을 만났기 때문에 자신에게 돌아오지 않았다고 생각하는 것일까?

그건 아니었다. 난 시백을 만나기 이전부터 그에게는 돌아갈 마음이 없었다. 난 병자호란이 일어나고 그가 궐에 입궐하던 날에 벌어진 우리의 엇갈림을 되새겨보았다.

만약 그가 나를 데리고 강화도로 피신을 했더라면? 텅텅 빈 도성 안에서 남겨져 홀로 출산할 일도 없었을 것이고 따라서 시백을 만난 일도 일어나지 않았을 것이다. 그러니 계속 봉림대군 이정연의 여인으로 살게 되었을까?

글쎄…….

내가 정연의 첩이 되기 전부터 정연은 시백과 아는 사이였다. 내가 계속 정연의 곁에 머물렀다고 하더라도 언젠간 시백을 만났을 것이다.

이것이 운명이 아니라면 '시간'이 꾸민 짓이었을까?

"난아."

그의 목소리가 조금은 가까워진 듯 들렸다. 고개를 돌리자 제등 빛을 받은 그의 짙은 눈동자가 눈에 들어왔다. 바르게 누워 고개만 돌린 채 그는 나를 바라보고 있었다.

"연안군이 과인의 친형제와 다름없던 것처럼 그의 여식도 과인의 여식이나 다름없다."

그의 눈은 진심을 담은 것처럼 느껴져서 나 그에게서 눈을 돌리기가 어려웠다.

"그대가 옹주를 낳던 날이었지. 과인은 갓 태어난 그 아이를 품에 안고 결심했다. 이 아이는 이제 과인의 소생이라고."

내 눈에서 눈물이 흘러내렸다. 그의 말에 감동을 해서가 아니었다. 처음부터 그는 이랬어야 했다. 날 시백의 곁에 내버려둔 채 포기했어야 했다. 이 모든 것은 올바른 역사가 아니라 어긋난 역사다. 나의 이기심, 그의 자만심, 시백의 배려심이 모든 것을 망쳐놓은 것이다. 이 역사 안에서는 그 누구도 진정한 승자가 될 수 없었다. 사랑하는 사람을 잃은 내게 그 어떤 말도 위로가 될 수 없었다.

정연이 다시 내게서 눈을 돌려 천장을 바라보며 눕는다. 난 그 몰래 눈물을 훔치고는 담담히 입을 열었다.

"전하. 저는 오늘밤 전하의 시침을 들러 왔어요. 저를 안지 않으실 건가요?"

"안을까?"

여전히 시선을 천장에 둔 그가 묻는다.

"상관없어요."

"상관없다?"

"그렇지 않았다면 침전에 오지 않았을 테니까요."

"어차피 과인에게 몸은 허락해도 마음은 허락지 않겠지."

그의 말에 약간 퉁명스러움이 묻어난다. 난 짧게 실소했다.

"제가 회임했을 때도 안으려 하셨잖아요. 그때 저는 몰랐는데."

정신을 차리고 보니 그때의 그가 너무나도 원망스럽다. 그는 형제처럼 여기는 시백의 아이를 임신한 나를 안으려 했으니까.

"오래전 일인데도 사과해야 하나?"

"해야 해요."

너무 빨리 답이 나왔다.

정연이 다시 고개를 돌려 나를 쳐다본다. 난 그와 눈을 맞추며 말을 이었다.

"그건 잘못하셨어요."

"사과하마."

"!"

그에게서 사과의 답이 빨리 나온다. 사과를 쉽게 받았으니 난 그에게 변명할 여지를 주었다.

"그땐…… 왜 그러셨어요?"

"화가 났었다."

"화?"

"그대와 연안군 때문에. 거기에 그대는 죽겠다며 식음을 전폐하니 그런 그대를 품으면 후에 회임한 사실을 알고도 과인의 소생이

라 믿을 것이라 여겼다. 그러면 다시는 연안군에게 돌아갈 생각은
하지 않을 것이 아니냐."

"그런 말도 안 되는……!"

"그리되었으면 그대는 과인에게 마음을 열어주었을까?"

그의 못된 계획을 뒤늦게 알게 된 나는 눈살을 찌푸렸다.

"그것도 사과하세요."

"사과하마."

이번에도 바로 사과한 그가 갑자기 웃음을 터트린다.

"웃으면서 하는 사과는 사과가 아니에요."

"이러다가 날밤을 새우며 사과만 하겠구나."

"그래도 다 받을 거예요. 그렇지 않으면……."

억울했다. 명색이 임금이라는 사내가 질투심으로 이용하려는
생각을 했다니 말이다.

"그대는 도대체 이곳에 무엇을 하러 온 것이냐?"

"예?"

"과인의 시침을 들러 온 것이냐? 아니면 과인에게 사과를 받으
러 온 것이냐?"

"모르겠어요……."

장씨는 옹주가 정연의 소생이 아니라는 사실을 알고 있다. 그래
서 장씨가 오늘밤 정연의 시침을 들라고 했을 때 난 거절하지 못
했다. 그런데 정말 장씨는 오늘밤 정연의 시침을 들라고 나를 이곳
으로 보낸 것일까? 이건 시침이 아니라 거의 대화 상대에 가깝다.

"그럼 이제 그대도 과인에게 사죄하거라."

"무슨 사죄요?"

"과인에겐 네가 죽은 척 위장하고 연안군에게 몸을 의탁한 것."

"의탁이 아니에요. 전 그의 아내가……."

정연의 눈동자가 내 얼굴을 떠난다. 이런 그의 행동은 이 말을 듣지 않겠다는 것처럼 들린다. 내가 원했든 원하지 않든 난 한때 그의 여인이었으니까. 그렇다 하더라도 이것만큼은 난 사과할 수 없었다. 그것은 내 사랑을 부정하는 짓이나 다름없었으니까.

"사죄 못 해요."

다시 내 얼굴로 돌아온 그의 눈동자가 묻는다.

"과인이 널 이 자리에서 죽인다 하더라도?"

◦◦◦◦◦◦

왕의 침전에서 불이 꺼졌다는 소식에도 중궁전의 불은 꺼지지 않았다. 의관을 갖춰 입은 채로 앉아 골똘히 생각에 잠긴 장씨의 곁으로 우 상궁이 다가갔다.

"마마. 이만 침수 드시옵소서."

"그래야지."

장씨가 고개를 끄덕이자 우 상궁이 재빨리 나인들을 불러들였다. 그녀들이 금침을 준비하고 물러가자 우 상궁이 장씨의 탈의를 도우며 물었다.

"어찌하여 그러셨사옵니까?"

"응? 무엇을?"

"피화당 말이옵니다. 오늘밤 전하의 시침을 들라는 마마의 말씀에 대답조차 하지 않았사옵니다. 이 얼마나 무례한……."

"시침은 핑계일 뿐."

"예?"

"부부도 한 이불을 덮어야 속마음을 나눌 수 있는 법이지."

"마마, 피화당은 한낱 첩이옵니다. 어찌 전하와 중전마마께만 쓸 수 있는 부부란 말을 피화당에 갖다붙이시옵니까?"

"전하께는 피화당이 아내이네. 본궁이 아니라."

"중전마마!"

우 상궁이 말도 안 된다는 표정을 지었다.

중전이 씁쓸히 웃으며 말했다.

"그 어느 지아비도 아내의 삼년상을 치르지 않네. 손가락질을 받을까 두려워서라도 말일세. 전하는 피화당이 죽은 줄 알았던 십수 년간 피화당의 신주 곁을 지킨 유일한 사내이네. 이것이 부부가 아니고 무엇이겠는가."

"중전마마의 이 말씀을 피화당이 들을까 두렵사옵니다."

"본궁은 상관없네."

"마마……!"

"본궁은 상관없어."

심양에서의 팔 년.

단 한 순간도 그녀를 똑바로 바라본 적도, 그녀에게 향한 적도 없던 정연의 시선. 화진이 곁에 있을 때도 느꼈었지만 그녀가 죽은 다음에도 마찬가지였다. 장씨는 평생 정연의 마음속에서 화진을 뛰어넘을 수 없음을 알았다. 그것을 인정해야 했고 받아들여야 했다.

"다음 생이 있다면 말이야 본궁은 평범하고 못난 사내를 만나 부부의 연을 맺고 싶다네."

적어도 그 사내에게 여인은 오로지 그녀 한 사람뿐일 테니까.

◌◌◌◌◌

다시 내 얼굴로 돌아온 그의 눈동자가 묻는다.

"과인이 널 이 자리에서 죽인다 하더라도?"

- !

그는 웃지 않고 있다.

당장 나를 끌어내 처형하라는 명도 내릴 수 있는 그다. 그는 이제 대군이 아니라 이 나라의 왕이었으니까.

"그래도 사죄치 않을 것이냐?"

그 어떤 위협도 시백과 나누었던 사랑을 죄로 단정 짓게 할 순 없었다.

"못 해요."

강한 의지를 담은 내 눈빛을 물끄러미 바라보던 그가 갑자기 등을 세운다.

"허면 과인은 너를 이 자리에서······."

그가 두 손을 모아 내 목으로 뻗어왔다. 그 두 손으로 내 목을 휘감고 지그시 눌렀다. 난 그가 내 목을 졸라 죽이려고 한다고 생각했다. 목에 답답한 손길이 옥죄어오던 그 순간, 그의 입술이 내 입술에 부드럽게 맞닿아 왔다.

"!"

그와 입술을 맞댄 나는 깜짝 놀라 눈을 크게 떴다. 그는 닫혀 있는 내 입술을 자신의 입술로 깊게 빨아들였다. 그럼에도 꿈쩍 않고 닫혀 있는 내 입술을 벌리려는지 자신의 혀로 내 입술을 부드럽게 밀었다.

"······."

"!"

난 눈을 질끈 감고 버텼다. 결국 내 입술 주위를 아쉽게 배회하던 그가 떨어졌다. 내 목을 감싸쥔 손도 떨어졌다. 난 뒤로 물러난 그를 바라보며 눈을 떴다.

"어째서지?"

"뭐가요?"

"과인의 시침을 들러 왔다 하지 않았느냐? 한데 어찌 입술을 열지 않느냐?"

"시침과는 별개예요. 전 절대 전하께 마음을 열지 않을 거고 그러니 입술도 열지 않겠어요."

"과인에게 입술을 열면 마음도 열게 될까봐?"

"......!"

그의 말장난에 걸려들어 할 말을 잃은 난 울상을 짓고 말았다.

"피곤하구나."

울상이 된 내 얼굴을 물끄러미 바라보던 그가 내게 등을 보이며 돌아눕는다. 난 시백이 떠오르는 것을 숨길 수 없어 흐느끼며 입술을 열었다.

"옹주를 거둬주신 일은 고마워요. 시침을 들라면 들게요. 하지만 그 이상은 제게 바라지 말아주세요."

"슬프구나. 슬퍼."

돌아누운 그가 내게 하는 말.

"과인은 그가 그리워서 슬프고 그대의 마음이 여전히 그에게 있음을 알기에 슬프다."

이 말을 듣는 나의 마음도 슬펐다. 난 이불을 끌어올려 얼굴을 가린 채 조용히 흐느꼈다.

이제 새벽이 밝아오려 하고 있었다.

⁓⁓⁓

새벽에 시작된 아침 조회를 끝낸 정연은 다시 침전으로 돌아왔다. 아침햇살이 쏟아져 들어오는 침전 안에는 이불만 치워진 금침이 아직 깔려 있었다. 금침을 가만히 내려다보는데 장씨가 왔다는 내관의 목소리가 들렸다. 문이 열리고 장씨가 안으로 들어오더니 금침을 바라보고 서 있는 정연의 곁으로 다가왔다. 장씨가 곁에 왔는데도 정연은 계속 금침만 바라보고 서 있었다.

장씨가 먼저 입을 열었다.

"전하."

"중전."

정연이 차가운 목소리로 말했다.

"앞으로 어젯밤과 같은 일은 벌이지 마시오."

정연이 금침에서 눈을 떼고 장씨를 돌아보았다.

"피화당에게 과인의 시침을 들라한 것은 중전의 생각이었겠지."

"그것은 전하를 위해서였사옵니다. 하루이틀도 아니고 거의 매일을 날이 밝아올 때까지 상소를 보지 않으시옵니까? 그나마 연안군이 살아 있을 적에는 그가 적절히 전하를 도왔으나……."

"중전."

장씨의 입에서 나온 시백의 이야기에 정연의 목소리가 날카로워졌다.

"연안군은 죽었소."

"하나 그의 부인은 살아서 지금 이 궐에 있지요."

정연이 눈을 번쩍 떴다.

"무슨 말을 하고 싶은 것이오, 중전?"

장씨가 무표정한 얼굴로 정연을 바라보며 말했다.

"피화당이 전하의 여인으로 살지 않겠다면 그래서 끝내 연안군

의 부인으로 죽겠다면 이대로 살려두는 것은 전하께 이롭지 못한
일이옵니다."

"어찌 알았소? 어찌 안 것이오?"

정연의 추궁에 장씨가 무거운 한숨을 내쉬었다.

"이틀간 연안군과 밤새 상소를 보시고 암행으로 출궁하여 과음
을 하신 날이 있으셨지요. 그날 연안군의 사저에 다녀오신 전하의
용안을 신첩은 잊지 못하옵니다. 크게 놀라신 듯 잠도 제대로 이
루지 못하셨사옵니다."

그 후로 보름. 피화당이 궐로 돌아온 다음에야 장씨는 그날 정연
이 화진과 재회한 것임을 알았다.

"피화당이 돌아오고 병판이던 연안군이 갑자기 사직을 청하
였지요. 피화당은 달포가 지난 아이를 품고 전하께서는 그 아이
가 전하의 소생이라고 말씀하셨지요. 얼마 후에는 연안군이 죽
었고……"

많은 일들이 벌어졌다.

"이 모든 조각이 하나로 맞춰진 것은 연안군이 죽은 후 얼마 안
되어 피화당이 실성한 채 집으로 돌아가겠다며 소란을 일으켰을
때이옵니다."

['피화당이 다시 정신을 차리면 집에 가고 싶다고 할 것 같사옵
니다. 신첩이 보기에 아마 그 집이 피화당의 처소가 있던 전하의
사저를 이르는 것이 아니겠는지요. 하여 지금 그 집이 비워져 있

으니 기력을 회복할 때까지라도 피화당을 그곳에서 머물게 하시
면…….']

['그곳이 아니오.']

['예?']

['다른 곳이오.']

그날 정연은 내관을 불러 은밀히 명을 내렸다.

['가서 과인이 시키는 대로 하라.']

정연은 연안군의 사저를 없애버렸다. 그 터에 땅을 파서 연못을
만들어버렸다. 화진이 돌아갈 집을 완전히 이 세상에서 없애버린
것이다.

"연안군 이시백. 그가 십수 년간 전하의 우미인을 소유했던 자이
옵니까?"

"……!"

이 말에 정연은 고개를 들지 못했다.

['피화당이 돌아갈 다른 집이란 없소. 이곳이 그녀의 집이오.']

"연안군이 죽고 연안군의 흔적이 남은 사저까지 이 세상에서 없
어지면 피화당은 어쩔 수 없어서라도 전하의 곁에 남을 테니? 그
래서 연안군의 여식을 전하의 소생으로 만드시기까지 하셨사옵니

까? 아무리 그리하여도 연안군과 친형제마냥 지내셨던 전하께서 어찌 그런 일들을 벌이실 수 있단 말이옵니까?"

"그만! 그만하시오, 중전!"

정연이 더는 듣기 싫다는 듯 소리쳤다. 그러나 장씨의 말은 거침이 없었다.

"도대체 연유가 무엇이옵니까? 연안군이 죽은 뒤부터 전하께서는 이 세상에 남아 있는 그의 흔적들을 지워버리고 계시지 않사옵니까? 단순히 피화당을 은애하기에 그러신 것이라면 신첩은……!"

여인에게 빠진 우매한 임금의 말로를 장씨는 잘 알았다. 그래도 그녀는 지아비인 정연을 끝까지 지지해야 할 것이다. 그렇지만 그 이유는 알고 싶었다. 그가 이러한 일들을 벌이고 있는 숨은 이유가 조금이라도 있다면 말이다.

그때 밖에서 우 상궁의 다급한 목소리가 들려왔다.

"송구하옵니다만 중전마마!"

중전은 이미 침전에 들어서기 전에 우 상궁에게 주변을 물리게 지시했다. 그 후에 우 상궁도 멀리 떨어져 있으라고 했다. 그런데 우 상궁이 지금 침전 밖에서 중전을 찾고 있는 것이다.

"무슨 일이냐?"

"조금 전 평안도에서 급한 장계가 도착했사온데 아무래도 당장 전하께서 보셔야 할 것 같사옵니다."

"들여라."

"예."

문이 열리더니 우 상궁이 작은 나무 상자에 담긴 장계를 가져왔다. 정연이 그것을 받아 안에 든 장계를 꺼내 펼쳐 들었다.

- !

장계의 내용을 확인한 정연이 표정이 심각해졌다. 장씨가 정연에게 물었다.

"평안도라면 청국과 국경이 맞닿은 곳이온데, 혹 나쁜 소식이옵니까?"

정연이 눈을 무겁게 감았다 뜨며 말했다.

"도르곤이 오고 있소."

"예?"

장씨의 눈이 커졌다.

"청나라 예친왕이 팔기군을 이끌고 한양으로 남하하고 있소."

"그게 무슨!"

정연이 천장을 쳐다보며 답답한 한숨을 내쉬었다.

"드디어 그가 알았나보오."

"무엇을 말이옵니까?"

"연안군이 죽은 사실을."

청나라는 심양에서 북경으로 천도했다. 시백이 죽던 해에는 용골대도 북경에서 세상을 떠났다. 이제 북경을 지배하고 중원을 지배하는 사람은 도르곤이었다. 그런 도르곤이 유일하게 손에 넣지 못한 것. 바로 화씨지벽이라 불리는 우미인. 조선 여인 화진이었다.

중원에는 화씨지벽이 조선에 있다는 소문이 돌고 있었다. 이런 가운데 정연이 즉위한 지 얼마 되지 않아서 예친왕이 정식 구혼서를 보내왔다. 자신의 대복진이 죽었다면서 조선의 공주를 새 대복진으로 맞이하고 싶다는 것이었다.

심양 시절부터 청나라 관리들과 인맥이 두터웠던 소현세자와 달리 정연은 그들과 거리를 두며 지내왔다. 소현세자가 당연히 조선의 국왕이 될 것이라 여긴 청나라 관리들은 봉림대군에게 큰 관심을 보이지 않았었다. 그러나 귀국한 소현세자가 급서하고 정연이 왕이 되자 청나라는 그의 속내를 궁금해 했다. 그의 아버지 인조가 삼전도에서 맺은 화약을 지킬 것인지 아닌지를 말이다.

그래서 정연에게 청나라에 충성을 맹세하는 증거로 혼인을 요구한 것이다. 이때까지만 해도 조선의 입장은 '송구하여 감히 받잡기 어려우며' 동시에 '공주들의 나이가 모두 어리다며' 정중히 거절하는 모습을 취했다. 사실상 고분하게 지내는 태도를 취했기에 도르곤도 여기서 더는 구혼을 밀고 나오지 않았다. 이 상황에서 도르곤이 팔기군을 이끌고 한양으로 오고 있는 것이다.

"연안군이 죽었으니 그의 부인은 명실공히 과부가 된 것이고."

장씨의 말에 정연이 장계를 들고 있는 손에 힘을 주었다. 종이로 된 장계가 그의 손안에서 구겨졌다.

"필시 예친왕은 피화당을 취하려 할 것이옵니다."

"그럴 테지."

"하오면 전하께서 그간 연안군의 흔적을 지우려 하신 노력이 예친왕에게서 피화당을 지키기 위해서였단 말이옵니까?"

"······."

정연도 쉽게 대답하지 못했다. 시백의 죽음에는 정연의 복잡한 감정이 얽혀 있었다. 시백을 향한 그리움과 화진을 되찾고자 하는 마음. 여기에 그녀와 그녀의 아이를 지키고자 하는 마음까지. 이 모든 것을 화진에게 털어놓기에는 그녀는 아직도 죽은 시백만을 그리워하고 있었다.

장씨가 시선이 금침을 향했다.

"지난밤 이 침전에서 벌어진 일을 신첩이 모른다 생각지 마시옵소서."

화진은 이시백의 아내로 남길 원했다. 정연의 마음을 받아들이려고도 하지 않았다. 아직도 그녀를 탐내는 이들이 많은 이상 그것은 매우 위험한 결정이었다.

다시 정연을 돌아본 장씨가 말했다.

"피화당을 내준다고 한다면 예친왕은 순순히 물러갈 것이옵니다. 하나 이는 전하께서 원치 않으시겠지요."

당장은 도르곤이 화진이 정연의 곁에 있다는 사실을 모른 채 북경으로 돌아가기만을 바랄 뿐이었다.

"만에 하나라도 예친왕이 피화당이 이 궁궐에 있다는 사실을 알게 된다면 어찌하실 것이옵니까?"

장씨는 정연에게 묻고 있었다.

청나라 황제 앞에서도 굴복하지 않고 자신의 아내를 당당하게 지켜냈던 이시백이었다. 그에게는 자신이 지켜야 할 나라와 자신이 돌보아야 할 아내 화진밖에 없었다. 그래서 그는 자신의 모든 것을 걸고 화진을 지켜낼 수 있었는지도 모른다.

그러나 왕이 된 정연의 입장은 달랐다. 그는 시백보다도 지켜야 할 것들이 더 많았다. 정연은 생각했다. 그가 병자년에 화진을 지키기 위해 겪었어야 할 일들이 이제야 한꺼번에 찾아온 것인지도 모른다고.

❦

도르곤이 한양으로 향하고 있는 때, 이미 한양에 도착한 한 여인이 있었다.

"음…… 아무것도 없네?"

기홍대, 그녀는 흔적도 없이 사라져버린 이시백의 집터 위에 홀로 서 있었다.

"그가 죽고 아무도 그의 아내를 본 사람이 없다 하니……."

도르곤의 명을 받은 그녀는 화진의 소재를 찾고 있었다.

"이거 어디서부터 찾아봐야 하나?"

기홍대가 묘한 미소를 지으며 중얼거렸다.

❧

['과인이 널 이 자리에서 죽인다 하더라도?']
['못 해요.']

"아씨!"

계화가 큰 소리로 나를 불렀다. 지난밤 생각에 잠겨 있던 나는 고개를 들었다. 밖에서 계화가 안으로 뛰어 들어왔다.

"도대체 지난밤에 무슨 일이 있었대요?"

"뭐?"

갑자기 얼굴이 뜨거워졌다.

지난밤 중전마마의 명으로 침전에 간 사실은 계화도 알고 있다. 침전에서 시침 들며 벌어질 일이야 계화도 모르진 않겠지만.

"그러니까 저기 밖에요!"

계화의 말이 다 끝나기도 전에 대전 상궁과 나인들이 안으로 들이닥쳤다. 그들은 아직 앉아 있는 나를 보더니 예를 차리지도 않고 대뜸 이렇게 말했다.

"짐이 있으시다면 어서 꾸리십시오."

"무슨 일인가?"

"전하의 명이옵니다. 이 부인께서는 오늘부로 송현 사저에서 지

478

내라고 하시옵니다.

송현 사저는 정연이 봉림대군 시절 지내던 사저. 다시 말해 피화당이 있는 그곳이었다.

"전하께서 직접 그리하셨는가?"

"예. 이 부인."

내가 바라던 일이다. 그렇게 내가 바라고 바라던 일. 그 일이 생각지도 못하게 일어나자 나는 얼떨떨한 기분이었다.

"허면 옹주 아기씨께서도 같이 가십니까?"

오히려 슬퍼하는 것은 계화였다. 계화가 울먹거리며 묻자 대전 상궁이 답했다.

"어의영감께서 옹주께서는 아직 어리시니 거처를 옮기시는 것은 무리가 될 수 있다 하셨사옵니다. 하여 시일이 지난 후 어의영감께서 허락하시면 그때 출궁하여 이 부인과 함께 지내시게 하신다 하셨사옵니다."

"아……."

어린 옹주도 나중에 출궁시켜준다니. 갑자기 변심한 정연의 저의가 이젠 궁금할 따름이었다.

"하루이틀이라도 시간을 주십시오. 어찌 이리 당장 나가라 하십니까?"

"전하의 뜻이다. 짐을 꾸리는 데 도움이 필요하면 여기 이 나인들이 도울 것이다."

대전 상궁은 자신이 데려온 대전의 나인들을 앞세운다.

['과인에게 입술을 열면 마음도 열게 될까봐?']

마음을 열지 않았기 때문에?

그렇기에 나를 향한 그의 소유욕은 딱 여기까지였을까?

"이 부인?"

난 고개를 끄덕이며 자리에서 일어섰다.

"그리하지."

"아씨!"

계화가 소리쳤지만 난 듣지 않았다.

◦◦◦◦◦

정연은 후원에 있었다. 난 들고 있던 짐 보따리를 계화에게 건넨 채 정연에게로 가까이 다가갔다.

"전하. 이 부인이옵니다."

그의 곁에 있던 내관이 말했다. 그가 고개를 돌려 걸어오던 나를 바라본다. 동시에 내 걸음이 멈췄다. 그의 주변에 있던 나인들이 전부 멀찍이 물러섰다. 난 다시 걸음을 움직여 그의 손을 뻗으면 닿을 수 있는 거리까지 가서 멈춰 섰다.

"오늘 퇴궐하라 하였을 텐데."

"인사는 드리고 가야 할 것 같아서……."

그의 표정이 무겁다. 난 그에게 고개를 숙였다. 그뿐이었다. 이

것이 그와 나의 마지막 만남이 되었으면…… 하고 돌아서려던 그 때였다.

"과인은 단 한 번도 연안군이 죽길 원치 않았다."

"……!"

난 눈을 들어 정연의 얼굴을 바라보았다. 그는 내게서 고개를 돌린 채 연못에 눈길을 준다.

"그대를 되찾고 싶었으나 연안군이 그리 허망하게 가게 될 줄은 몰랐다. 그는 과인에게 꼭 필요한 사람이었으니."

내가 이시백의 아내가 되었다는 사실을 알기 전까지 정연은 거의 매일을 시백과 함께했다. 그에게 시백이 어떤 존재인지를 알게 해주는 모습이 아닐 수 없다. 나의 존재가 드러나면서 이들의 관계도 그렇게 끝나버렸다.

"전하, 연안군이 죽은 것은 전하의 탓이 아니에요."

내 탓이다. 정연에게 끝내 마음을 열지 않더라도 그의 곁에 남았어야 했다. 병자호란 중에 헤어진 그를 찾아갔어야 했다.

시백의 곁에 남으려 하지 말고 시백을 사랑하려고도 하지 말고 시백을 포기했어야만 했다. 그랬다면 이시백은 내가 없는 다른 삶을 살았을 것이다.

정해진 삶.

정해진 운명.

그는 그 속에서 또 다른 행복을 찾았을지도 모른다.

"그가 죽은 건 제가 그를 사랑했기 때문이에요."

연못을 응시하던 정연이 나를 돌아본다. 지난밤 그의 옆에 누워 눈물을 보였던 것처럼 난 또다시 울고 있었다. 시백은 분명 죽었고 돌아올 수 없는 강을 건너버렸다. 그런데도 난 그를 잊을 수가 없고 그래서 너무나도 괴롭다.

한 번 겪어봤던 일.

정운이 죽었을 때 겪어봤던 일이다. 그런데도 그때의 고통은 기억조차 나지 않고 오로지 지금 느끼는 고통이 가장 괴롭다.

"네게 한 가지 묻고 싶은 게 있다. 연안군을 만나지 않았더라면 과인에게 돌아왔을 것이냐?"

정연은 알고 있었다. 임금이라는 지위를 제외한다면 그는 이시백이라는 사내를 이길 수가 없었다. 한때는 그러한 사실을 당연하게 받아들이고 시백을 따르고 존경했을 그였다.

"아니요. 그런 일은 없었을 거예요."

시백을 만나지 않았더라도 나는······.

"전하의 곁으로는 돌아가지 않았을 거예요."

이 말이 그에게 상처가 되리란 걸 잘 안다. 왜 그의 사랑은, 그리고 나의 사랑은 비극이 되어야만 할까?

그가 연못으로 돌아섰다.

"옹주는 어의에게 물어 하루라도 빨리 네게 보내주마."

"고맙습니다."

난 고개를 한 번 더 숙인 후 돌아서 그의 곁을 떠났다.

우리 모두가 행복해질 수 있는 결말은 정말 없는 걸까?

궐을 나와 송현으로 가는 동안 내 머릿속은 복잡해졌다.

갑자기 왜?

시백은 죽었다. 그의 딸은 옹주가 되었고, 이대로라면 할아버지가 말한 역사대로 흘러가는 것이다. 나는 옹주 때문이라도 죽을 때까지 궐에 남아 살게 될 것이다. 그런데 정연이 먼저 포기했다. 나를 놓아주었다. 옹주도 함께. 내겐 고마운 일이지만 일어나서는 안 되는 잘못된 역사이기도 하다.

"계화야."

난 계화를 불렀다. 가마 밖에서 계화의 목소리가 돌아왔다.

"예. 아씨."

"여기가 어디냐?"

"곧 송현입니다."

"송현에 가기 전에 잠시 들를 곳이 있다."

"들를 곳이오?"

"어떻게 된 일이냐?"

시백의 한양 본가.

그가 병판에서 물러난 후에 생의 마지막을 맞이한 그곳은 폐가가 되어 있었다. 집은 터만 남았을 뿐이고 엉성하게 파놓은 연못에 이름 모를 연꽃만 피어 있었다.

"대역죄를 지은 죄인의 집인가요?"

오히려 이렇게 반문하는 것은 계화다. 나는 믿을 수가 없어서 사라진 대문 자리를 지나 사랑채가 있던 곳으로 달려갔다.

"도대체 누가……!"

"누구긴, 나랏님이지."

뒤에서 들려오는 목소리에 돌아서니 중년의 한 남자가 서 있었다. 그는 집터에 흩어진 나뭇조각들을 줍더니 어깨에 메고 있던 망태에 넣으며 말했다.

"어느 날 병사들이 와서 이리 해놓고 가버렸소. 그러니 나랏님이 했겠지."

"왜죠? 이 집에 살았던 사람은……."

"병조판서였던 이시백 대감이 아니오. 그건 나도 아오."

"그런데 왜? 이렇게 터도 남기지 않는 건 대역죄인에게만 하는 짓인데요."

"나도 모르오. 내가 아는 것이라고는 병사들이 이리 만들었고 그 이전에 이 집에 살던 이시백 대감의 양자는 본가로 갔고. 이시백 대감의 부인은 자결했다고 하고."

"부인이 자결했다고요?"

내가 자결을 했다니?

"그렇소."

"소문이겠죠."

"아니오. 내가 똑똑히 들었소."

"누구에게요?"

"병사들이 이 집을 이리 만들 때 이시백 대감의 아우가 와서 말리고 난리도 아니었소. 그때 그 병사가 대감의 아우에게 말하기를 '이 집은 주인 부부가 모두 죽었으니 이젠 주인이 없는 집이라 상관이 없다'고 했소이다."

정연의 짓이다.

정연은 왜 내가 죽은 걸로 위장했을까?

"이 집에 있던 하인들은 모두 어디로 갔죠?"

"전부 흩어졌소. 노비문서를 들고 도망쳤는지 소문으로는 도성을 전부 떠났다 하오."

정연에게 내가 모르는 시백을 향한 복수심이라도 있었던 걸까?

['과인은 그가 그리워서 슬프고 그대의 마음이 여전히 그에게 있음을 알기에 슬프다.']

그는 그럴 사람이 아니다. 그랬다면 날 이리도 쉽게 궐 밖으로 내보내 주지도 않았을 텐데. 난 옹주를 낳던 날을 떠올렸다. 그는 내게 있어서는 모두 진심이었다. 시백을 향한 마음 역시.

"아씨. 이제 그만 송현으로 가시지요. 여긴 폐가라 잠시도 머물기 싫어요."

폐가라……. 난 이곳에서 그의 아내가 되었는데…….

['우린 부부지간이 아니오?']

❦

주인이 왕이 되어 떠난 송현의 사저는 옛 하인들만 몇몇이 남아 지키고 있었다. 깔끔하게 관리되고 있지만 이 집의 주인은 다시는 돌아오지 않을 것이다.

난 처음 이 집에 왔던 날을 떠올렸다. 형인 세자보다 먼저 들인 첩의 소식에 많은 하인들이 나를 보러 구경을 나왔었다.

"참으로 오랜만이시지요?"

"응."

병자호란이 끝난 후 정연은 심양으로 떠났다. 그 후 귀국해서 잠시 몇 달간 지내긴 했지만, 반년도 채 안 되어서 소현세자가 죽었다. 그의 뒤를 이어 세자가 된 정연은 이 사저를 떠났다.

그것이 끝이었다.

"후원은 완전 수풀림이네요!"

하인의 수가 적어서인지 이들은 바깥채 쪽만 신경 썼을 뿐, 피화당이 있는 후원 너머는 전혀 관리하지 않았다. 한때 정연이 매일같이 드나들던 길은 잡초가 무성해 치마를 입고 걷는 것이 불가능할 정도였다.

"중전마마께서 안채에서 지내도 된다고 하셨는걸요. 피화당으로는 가지 마세요."

"난 그곳이 편할 것 같아."

이렇게 말하고 피화당까지 왔다.

피화당이라 적힌 현판은 반쯤 떨어져 아슬하게 걸려 있었고 지붕 위에도 잡초가 무성했다. 피화당을 에워싼 낮은 담벼락도 온통 잡초투성이였다.

"여긴 안 돼요. 진짜 여기서 지내시는 건 반대예요."

"난 여기가 편하다니까."

다행히 피화당 안은 말끔했다. 세간이 모두 없어지긴 했지만.

"잡초가 너무 많아요."

울상인 계화를 보며 난 웃음을 터트리고 말았다.

"내가 도와줄게."

계화가 웃는 나를 보며 눈을 크게 뜬다.

"아씨."

"응?"

"방금 웃으셨어요."

"그래?"

"그렇게 웃으시는 거 진짜 오랜만에 보네요."

난 계화를 향해 말했다.

"난 원래 잘 웃어."

"그럼 왜 전하 앞에서는 그리 안 웃으셨어요?"

"웃음이 안 나오니까."

"그 말, 후회하실 거예요."

"왜?"

"이곳은 전하와 추억이 가득한 곳이잖아요. 그렇죠? 그러니까 전하를 그리워하시게 될 거라고요. 그땐 이미 늦었겠지만."

"풋."

이번에도 난 피식 웃음을 터트렸다.

"진짜 잘 웃으시네."

"계화야."

"네에~ 아씨."

투덜거리면서도 계화는 내 부름에 잘만 대답을 한다.

"자. 지금부터 잡초를 한번 뽑아볼까?"

내가 먼저 담벼락으로 다가가 팔을 걷어붙이고 잡초를 뽑기 시작했다. 이런 내 곁으로 계화가 다가오더니 함께 잡초를 뽑는다.

"근데요, 아씨."

"응."

"예전에 이곳에서 지내실 때랑 많이 달라지신 것 같아요."

"어떻게?"

"그때는 도도했다랄까?"

"내가?"

난 웃으며 계화를 쳐다보았다. 계화가 이런 나를 보며 한숨을 연거푸 내쉰다.

"웬 한숨이니?"

"지금 제 마음이 참으로 복잡해요."

"왜?"

"아씨가 궁궐에 나오시자마자 이렇게 활달해지시고 잘 웃으시니까요. 역시 전하와 떨어져야 행복하신 건가 싶네요."

"전하와 멀어져서 행복해진 게 아니야. 마찬가지로 전하와 멀어져서 웃는 것도 아니고."

"그럼 그냥 궐이 싫으신 거예요? 여기서 대군이시던 전하와 살던 시절이 더 좋으셨어요?"

"아니."

계화는 십수 년간 내게 벌어진 일들을 모른다. 이시백과 함께했던 이야기를 전혀 모른다. 상상조차 하지 못한다.

"그럼요?"

난 잠시 허리를 펴고 일어나 피화당을 돌아보며 말했다.

"이곳에서는 자유가 있잖니."

이 안에서만큼은 내가 원한 대로 할 수 있는 자유가. 궁궐에서 나는 그곳에 사는 수많은 사람들 중 한 사람일 뿐이지만, 이 피화당에서만큼은 내가 주인이었다. 왜 할아버지가 나를 이곳에 두고 피화당이라 지었는지 알 것 같았다.

난 십 년간 이곳을 떠나지 말아야 했다. 세상과 단절된 채 살았더라면…… 지난 십수 년간 내가 겪었던 일들은 겪지 않아도 될 일이었을 테니까.

그래도 후회하진 않아. 내게만 흐르지 않는 세월이 야속할 뿐.

모화관.

['그녀는 전하께 돌아갈 것입니다. 하나 그 마음을 예전처럼 강요는 하지 마십시오.']

"전하."

의자에 앉아 생각에 잠긴 정연을 내관이 깨웠다. 정연이 고개를 들자 내관이 답한다.

"시각이 다 되었사옵니다."

"알았다."

정연이 자리에서 일어서 밖으로 나갔다. 저 멀리 구름과 같은 흙먼지가 맑은 하늘에 피어오르고 있었다. 기병이 주축인 팔기군을 데리고 한양으로 오는 도르곤이었다. 정연은 그 흙먼지가 가까워지는 것을 가만히 지켜보고 서 있었다. 그의 주변에 선 모든 이들이 긴장감으로 인해 얼굴이 잔뜩 굳어져 있었다.

말을 타고 선두에서 오는 도르곤의 모습이 보였다. 지위가 높아 보이는 장수들도 여럿이 도르곤을 호위하듯 말을 탔다. 그 뒤로 제국의 깃발을 든 병사들이 따랐다.

도르곤은 말을 멈추지 않았다. 멀리 조선의 왕인 정연이 자신을 마중 나온 것을 보자 말고삐를 더욱 당겨 말을 빠르게 몰았다. 도르곤과 그의 휘하 장수들이 탄 말이 빠르게 다가오자 놀란 나인들이 정연을 보호하듯 에워쌌다.

 - 히이이잉!

말이 앞발을 모두 들며 정연을 보호하는 나인들을 덮칠 듯이 요란을 쳤다.

"에구머니나……!"

겁에 질린 나인들을 보며 도르곤을 비롯한 청나라 병사들이 큰 소리로 웃어댔다. 분통이 터진 나인들은 아무 말도 못 한 채 속으로 울분만 삼켰다. 그러나 정연은 흔들림 없는 자세로 서서 도르곤의 얼굴만을 뚫어져라 바라보았다. 도르곤은 말에서도 내리지 않은 채 그런 정연을 내려다보며 말했다.

"즉위 후 처음 뵙는 것이 아닐까 하오. 대군…… 아니, 조선의 왕이여."

노골적으로 정연의 비위를 건드는 말들을 도르곤은 서슴없이 내뱉고 있었다.

"오랜만이오."

정연은 아무렇지도 않은 듯 그의 인사를 받았다. 도르곤이 말 위에서 뛰어내렸다. 그는 왕인 정연을 앞에 두고도 허리에 칼을 찬 채 그의 앞까지 성큼 다가와 섰다. 나인들이 웅성거렸다. 도르곤이 그 기세로 정연을 겁을 주려 한다는 것을 알아차린 것이다.

정연은 그 기에 눌리지 않았다.

"드시오."

정연이 모화관으로 도르곤을 안내했다.

❦

같은 시각 모화관의 수라간에서는 상궁과 나인들이 바쁘게 음식을 만들고 있었다. 그 사이를 청나라의 병사들이 매서운 눈을 하고 돌아다녔다. 그들은 혹시 음식에 수상한 것을 섞지나 않을지 사사건건 간섭했다. 청나라 병사 하나가 수라간 젊은 나인에게 다가가 한 손으로 그녀의 둔부를 희롱하듯 쓰다듬었다.

"어머나!"

놀란 나인이 비명을 질렀다.

"으흐흐."

청나라 병사는 노골적으로 나인을 벽으로 몰았다. 음식을 하던 나인들의 움직임이 모두 멈췄다. 이들 중 그 누구 하나 나서서 아무 말도 하지 못했다.

"너 이름이 무엇이냐?"

그가 던지는 말을 알아들을 수 없는 나인은 울상이 되어 주변에 도움을 구하는 눈짓을 보냈다.

"몇 살이지?"

"흐흑……."

"조선 계집들이 그리 곱다더니 이곳은 온통 꽃밭이로구나!"

"마마님……."

나인이 수라간 상궁을 애처롭게 불렀을 때였다. 갑자기 청나라 병사의 뒤에서 누군가 나타나더니 그의 팔을 잡아 자신 쪽으로 돌려세웠다.

"뭐야?"

청나라 병사가 당황하며 고개를 돌렸을 때였다.

– 찰싹!

바로 손바닥이 병사의 뺨을 쳤다. 그녀는 청나라 옷을 입은 여인이었다.

"너 뭐야!"

그 여인의 얼굴을 처음 보는 병사가 화를 냈다. 그러자 그 여인이 청나라 말로 병사에게 쏘아붙였다.

"예친왕께서 먼 조선까지 오시느라 제대로 음식을 드시지 못하셨는데 고작 너 하나 때문에 더 기다리셔야 하겠느냐?"

"아⋯⋯!"

뒤늦게 목소리로 그녀가 누구인지 알아차린 병사가 도망치듯 수라간 밖으로 뛰쳐나갔다. 뛰쳐나가는 병사의 뒤를 바라보며 그녀가 혀를 찼다. 그녀는 바로 기홍대였다. 이때 청나라 병사도 모르는 그녀의 얼굴을 알아보는 나인이 있었다.

"이 부인?"

기홍대는 지금 화진과 똑같은 얼굴의 인두겁을 쓰고 있었던 것이다.

"이 부인이라고?"

"이 부인이 왜 만주인 옷을 입었지?"

나인들이 수군대기 시작했다. 조선말을 아는 기홍대가 그 말을 놓칠 리가 없었다.

"이 부인이라……."

혼잣말처럼 나인들의 말을 중얼거리던 기홍대가 자신을 알아본 나인에게로 가까이 다가갔다. 그녀가 눈을 크게 뜬 채 기홍대를 쳐다보았다. 기홍대는 씩 웃으며 그 나인에게 조선말로 물었다.

"이 부인이라니? 지금 나를 보고 하는 소리더냐?"

❦

모화관에서 연회가 벌어졌다. 예친왕 도르곤을 맞이하는 환영연(歡迎宴)이었다. 무겁게 시작된 연회였지만 도르곤은 불편한 주제를 먼저 꺼내는 대신에 가져온 귀한 선물들부터 꺼내 들었다.

"서호의 산호요. 얼마 전 강남에서 구한 귀한 보배지."

"고맙소."

정연은 말이 짧았다.

대신 연회에 함께한 장씨가 웃으며 말했다.

"말로만 듣던 그 귀한 서호의 산호가 아니 옵니까? 이걸 감히 받잡아도 되는지 송구스럽기만 하옵니다."

장씨의 태도가 마음에 드는지 도르곤이 크게 웃었다.

"아무리 서호의 산호가 귀하다 한들, 조선이 가지고 있는 '화씨지벽'만 하겠소?"

— !

화씨지벽.

화진을 가리키는 말에 정연의 눈동자가 살짝 흔들렸다. 도르곤은 술 한 잔을 더 들이켜며 넌지시 말을 건넸다.

"얼마 전 강남에 갔던 것도 서호의 산호를 구하기 위해서 간 것은 아니었소. 조선에 화씨지벽이 있다면 중원 어딘가에도 화씨지벽이 있으리라 여겼거든. 그래서 강남을 샅샅이 뒤졌지. 그런데 없소. 애석하게도."

정연을 대신해서 연회의 분위기를 이끌어가던 장씨도 더는 아무 말도 하지 못했다. 말은 저렇게 하더라도 분명 그의 목적은 화진이었다.

"이런 자리에서 꺼낼 말은 아니지만 최근에야 이시백이 죽은 걸 알게 되었소."

"!"

정연이 눈을 들어 도르곤을 쳐다보았다.

"그는 훌륭한 장수였지. 만주인으로 태어나지 않은 것이 아쉬울 정도로. 난 그와 함께 많은 전장을 누볐소. 이는 국왕전하께서도 잘 아실 거요."

정연이 대답을 안 하자 장씨가 어렵게 입을 열었다.

"물론이지요. 전하께서도 심양에서 계시지 않았사옵니까?"

"맞소. 우린 목숨을 걸고 싸우기도 여러 번이었소. 우리 만주인은 그것을 '피를 나는 친형제'와 같다고 표현하지. 이시백은 내 형제나 다름이 없었소!"

취기가 올라서인지 도르곤은 잔뜩 흥분해 있었다.

"이 자리에 연안군이 함께하지 못한 것이 매우 애석하시겠습니다."

장씨가 도르곤에게 맞장구를 쳤다.

그러자 도르곤의 눈이 비상하게 빛났다.

"맞소. 한데 조선의 왕비께서는 이걸 아시오? 조선에는 없지만 우리 대청에는 이런 제도가 있소이다."

"어떤 제도를 말씀하시는지요?"

"형제가 죽으면 형제의 아내를 자신의 아내로 취하는……."

- 쾅!

정연이 더는 듣고 있을 수 없다는 듯 자리에서 벌떡 일어섰다. 동시에 그가 앉았던 의자가 뒤로 넘어지며 큰 소리를 냈다. 연회의 음악이 끊겼고 흥겹게 술을 마시던 청나라 장수들이 모두 정연을 쳐다보았다.

"전하……."

장씨가 정연의 옷깃을 잡으며 만류했다.

나인이 재빨리 쓰러진 의자를 도로 세웠다. 정연은 거칠어진 숨을 고르며 겨우 자리에 앉자 도르곤이 말했다.

"젊은 국왕전하의 혈기를 다스릴 선물을 하나 더 드려야겠군."

도르곤이 심복을 가까이로 불러 무언가를 속삭였다. 심복이 밖으로 나가자 도르곤이 입을 열었다.

"마침 연회가 지루해지려던 터라 재미있는 구경거리를 더할 참이요."

– 탁!

닫혀 있던 연회장의 문이 열리더니 청나라 무희의 옷을 입은 여인이 걸어 들어오기 시작했다.

"!"

그녀의 얼굴을 본 정연이 믿을 수가 없다는 듯 다시 자리에서 천천히 일어섰다. 그녀는 바로 화진의 얼굴을 한 기홍대였다.

❦

"아씨! 아씨!"

계화의 목소리가 밝았다.

"무슨 일이냐?"

난 피화당의 문을 열고 밖을 내다보았다. 계화가 바깥채 쪽에서 숨이 넘어가라 나를 부르며 뛰어오고 있었다.

"옹주 아기씨가 오세요! 옹주 아기씨가 오신다고요!"

"옹주가?"

난 신을 신고 밖으로 나왔다. 계화의 뒤로 유모와 함께 나인들이 여럿 피화당으로 오고 있었다. 옹주는 유모의 품에 안겨 있었다.

"이 부인. 오랜만에 뵙사옵니다."

"네."

밝게 웃으며 인사를 받는 내게 유모가 말했다.

"어쩌 궐에서 지내실 때보다도 신수가 더 좋아지셨습니다."

"그런가요?"

난 유모의 품에 안겨 있는 옹주의 얼굴을 쳐다보았다. 옹주는 나와 눈이 마주치자 방긋 웃었다.

"어머니를 알아보시나봐요."

"그저 아이라 잘 웃는 것이겠지."

계화의 말에 내가 반박하며 옹주를 안아 들었다. 옹주는 뭐가 좋은지 이제는 헤헷 소리 내어 웃었다. 이를 본 옹주의 유모가 내게 말한다.

"어머니를 알아보진 못하더라도 아기씨들은 다 안답니다."

"안다니요? 무엇을요?"

"아름다운 여인을 보면 기분이 좋아 웃지요."

유모가 던진 농담에 난 피식하고 웃었다.

"그런데……."

유모가 피화당에 눈길을 주며 말한다.

"궐에서 지내실 때보다도 더 작은 처소에서 지내시는 것 같습니다만."

"어린 옹주와 지내기에는 충분합니다."

"예? 그럼 저는 어디서 지냅니까?"

유모가 놀랐는지 눈을 동그랗게 뜬다.

❧

화진과 똑같은 얼굴을 한 기홍대가 요염한 춤을 추기 시작했다. 연회장에 있는 모든 이들의 시선이 모아졌다. 기홍대는 마치 이것을 즐기는 듯 눈웃음을 흩뿌렸다. 그녀가 허리를 놀리며 장수들이 있는 곳으로 다가가자 장수들은 그녀의 옷자락을 붙잡으려 손을 휘저었다. 춤을 추며 도르곤에게로 다가온 기홍대가 그의 뺨에 자신의 뺨을 가져다대며 옆에 선 정연을 보며 묘한 웃음을 흘렸다.

"하하하!"

기분이 좋아진 도르곤이 기홍대의 팔을 잡아 정연에게로 슬쩍 밀었다. 못 이기는 척 정연에게 다가가 안긴 기홍대가 그의 귓가에 대고 숨을 불어넣었다.

"……!"

정연이 눈을 부릅뜨더니 두 손으로 기홍대의 팔을 잡아 자신의 앞으로 가까이 돌려세웠다.

"어머나!"

놀란 기홍대가 얇은 천으로 자신의 입가를 가리며 부끄러워했다. 정연은 그녀의 눈동자를 뚫어져라 쳐다보며 생각했다.

'아니다. 그녀는 피화당이 아니야.'

얼굴은 똑같았지만 눈빛이 다르다. 화진은 절대 그에게 이런 눈빛을 보낸 적이 없었다.

"그 여인이 마음에 드시오?"

도르곤의 말에 정연이 잡았던 기홍대의 팔을 놓아주었다. 기홍대는 도망치듯 가뿐히 뒤로 물러서더니 도르곤의 곁으로 다가가 유혹적으로 몸을 흔들었다.

"아니오."

"그래? 아쉽군."

입맛을 다신 도르곤이 기홍대에게 물러가라 손짓을 보냈다. 기홍대가 싫다는 듯 아이처럼 칭얼대자 도르곤이 그녀의 귓가에 대고 속삭였다.

"취하니 볼만하다만 제정신이 들면 역겨워질 테니 어서 물러가."

이 한마디에 기홍대가 고개를 푹 숙이며 연회장을 빠져나갔다.

"원하는 것이 무엇이오?"

정연의 목소리가 사나워졌다.

도르곤도 이에 눈을 부릅뜨며 정연을 쏘아붙였다.

"분명 혼기에 찬 공주가 없다 하여 나의 구혼을 거절하지 않았소? 한데 혼기에 찬 공주가 하나 있더군."

열네 살이 된 숙안공주를 이르는 말이었다. 이미 열두 살에 혼인을 앞두고 있던 공주는 인조의 사망으로 인해 혼례가 미루어졌다. 그사이 도르곤이 구혼을 해오자 공주를 비밀리에 혼인시켰던 것이다.

"거짓. 거짓. 거짓."

도르곤이 자리에서 일어서 정연과 마주섰다.

"대청과 조선이 삼전도에서 맺은 화약을 지킬 생각이 있소? 그렇지 않고서야 공주를 대복진으로 맞이하겠다는 나의 구혼을 이리 거짓으로 거절할 수 있단 말이오?"

"……!"

정연이 대답을 못 하자 도르곤이 싱긋 웃으며 말했다.

"원하는 것이 무엇이냐 물었소? 난 조금 전 본 계집과 똑같이 생긴 계집을 찾고 있소. 얼굴은 보아서 이제 아실 것이고…… 내놓기만 한다면 이번에 날 속인 일을 없던 일로 해주리다."

정연이 도르곤의 눈길을 피해 고개를 돌렸다. 도르곤은 이 상황을 즐기는 듯한 표정을 지어 보였다.

"화씨지벽. 이시백의 부인. 그녀를 공주를 대신해 나의 대복진으로 삼을 것이오."

"!"

정연이 주먹을 움켜쥐었다. 이를 본 장씨가 나섰다.

"그녀는 이미 한 번 혼인을 했기 때문에 다시 혼인하는 것이 불가하고……."

"우리 대청제국은 여인의 재가가 아무런 문제가 되지 않소."

"조, 조선에서는 불가능한 일이옵니다."

"대청과 조선은 형제의 국가가 아니오!"

도르곤이 소리치자 일순간 연회장이 조용해졌다. 장씨가 벌벌 떨며 더는 말을 잇지 못했다. 도르곤이 겁에 질린 그녀를 보며 아주 부드럽고 자상한 목소리로 말했다.

"그래서 그녀가 대복진이 되면 내 여인이 되니 청나라 사람이 되는 것이 아니겠소? 그렇지 않소?"

말문이 막힌 장씨에게서 다시 정연에게로 시선을 옮긴 도르곤이 말했다.

"삼 일을 주겠소. 삼 일 안에 그녀를 내 앞에 데려오지 않는다면 조선이라는 나라는 이 세상에서 없어지게 될 것이오."

꼭꼭꼭

도르곤에 의해 밖으로 쫓겨난 기홍대가 신경질적으로 자신의 얼굴에 쓴 인두겁을 뜯어냈다. 반만 뜯겨진 인두겁으로 인해 그녀의 얼굴의 반은 녹아버린 것 같은 흉측한 얼굴이 되고 말았다.

"까악-"

밖에서 이를 본 나인들이 비명을 지르는 가운데 기홍대는 그중 수라간에서 본 나인을 발견했다.

"너!"

"꺅!"

기홍대가 그녀를 멱살을 잡더니 자신의 얼굴 가까이로 끌어당겼다.

"내 얼굴을 보고 뭐라고 불렀지? 이 부인?"

"아, 아니요……! 몰라요. 소인은 아무것도 몰라요!"

기홍대의 흉측한 얼굴에 겁을 먹은 나인이 울며 눈을 질끈 감았다.

"날 똑바로 봐!"

기홍대가 나인을 윽박지르자 다시 눈을 뜬 나인이 눈물을 보였다.

"이 부인이 누구냐?"

"흐흑…… 흑."

"누구냐고!"

"이, 이 부인은 옹주 아기씨의 생모이온데……."

"옹주? 생모? 지금 어디에 있느냐? 궐에 있느냐?"

"아니요…… 흑."

나인이 고개를 젓자 기홍대가 다시 윽박질렀다.

"어디에 있냐고!"

"소…… 송현에요! 얼마 전에 송현으로 내쫓겼대요!"

"송현?"

"전하께서 대군마마 시절에 사시던 사저인데 송현에 있어서 그렇게 불러요…… 흑."

"송현……."

'송현'이라는 말을 읊조리던 기홍대가 잡고 있던 나인의 멱살을 내던지듯 놓았다.

"아얏!"

그대로 바닥에 주저앉은 나인을 뒤로한 채 기홍대가 병사를 불렀다.

"병사를 백 명 정도만 모아라. 지금 갈 곳이 있다."

"알겠습니다!"

기홍대가 숨을 내쉬며 중얼거렸다.

"그 계집이 송현에 있단 말이지……."

유모는 처소를 걱정하고 있었다.

"하오면 저는 어디서 지냅니까?"

"안채도 비어 있습니다."

"안채라면 중전마마께서 부부인 시절에 지내시던 곳인데……
안 됩니다. 저는 감히 그곳에서 지낼 수가 없사옵니다."

"때때로 옹주가 그곳에서 머물 테니 옹주 핑계를 대고 지내
세요."

"아무리 그러셔도……."

"사실 제가 아이를 한 번 낳아보긴 했어도 키워본 적이 없어서
어린 옹주를 어찌 키워야 하는지 잘 모릅니다. 유모께서 많이 도와
주세요."

"송구할 따름이옵니다."

안겨 있던 옹주가 졸린지 칭얼대기 시작했다. 난 유모에게 건넸
고 유모가 능숙하게 옹주를 달래 안았다. 옹주는 유모의 젖을 물

504

고 잠에 들었다. 난 잠든 옹주의 손가락을 만지작거렸다.

"아이를 너무 쉽게 다루십니다."

"저보다야 전하께서……."

"전하?"

"아……."

유모가 무슨 말실수를 했다 여겼는지 잠시 망설이다 어렵게 입을 열었다.

"저…… 이 부인."

"예."

"전하께서 다른 공주 아기씨보다도 이 옹주 아기씨를 유독 아끼시는 것 같았사옵니다."

정연의 이야기에 잠든 옹주를 바라보던 내 얼굴에서 웃음이 사라졌다.

"옹주 아기씨께서 우시면 우는 소리만 듣고도 뭘 원하시는지 바로 아실 정도로……."

난 아무런 감정이 없는 눈으로 유모를 돌아보며 물었다.

"하시고 싶은 말씀이 무엇입니까?"

"그 어떤 사내라도 자신의 자식을 싫어하는 사내는 없지요. 하물며 그것이 주상전하라 하시더라도……."

"그래서요?"

"한데 공주마마들보다도 옹주 아기씨를 유독 총애하시지 않습니까? 그것은 그 아이를 낳은 여인을 총애하시기 때문이지요."

내 눈이 힘없이 바닥을 향했다.

유모가 어디를 보고 그렇게 짚었든 틀린 말은 아니었다. 한 가지, 옹주는 정연의 딸이 아니다. 형제처럼 지내던 시백의 딸을 거둔 것이기에 총애한다고 하더라도 공주들을 향한 총애보다는 적어야 했다.

"옹주 아기씨의 앞날은 이 부인께 달려 있지요. 이 부인을 향한 전하의 총애가 높을수록 궁중에서 옹주 아기씨의 앞날도 평탄해지실 것이옵니다."

옹주의 유모로서 그녀는 옹주의 앞날을 위하여 내게 이런 말을 하는 것이다.

"저는 전하의 허락을 받고 출궁한 것입니다."

"알고 있습니다. 그래도……."

"저는 다신 궐로 돌아가지 않을 겁니다."

"이해할 수가 없군요."

유모가 내 얼굴을 바라보며 안쓰럽다는 듯 말한다.

"여인으로서 가지기 힘든 이런 미모를 지니시고도 총애를 거부하시다니 말이옵니다."

난 멋쩍은 표정을 지었다.

"아름다움은 영원하지 않습니다."

"그런데 이 부인께는 영원한 듯합니다."

"예?"

"계화 말입니다. 계화가 말하길 전하께서 대군이시던 시절부터

506

이 부인을 모셨다고요. 맞습니까?"

난 스스로를 '천녀'라고 낮추던 어린 계화의 모습을 떠올리며 웃었다.

"열다섯이 채 못 되었을 때였을 겁니다."

"하오면 지금 계화가 몇 살인지 아시옵니까?"

"아마……."

계화의 나이를 머릿속으로 세는데 유모가 대신 대답한다.

"얼마 전에 물으니 서른이라 했사옵니다."

"서른이요?"

세월이 그렇게 흘렀는지 놀라워하는데 유모가 혀를 차며 경대를 가리켰다.

"보십시오."

유모의 손짓을 따라 난 경대에 눈길을 주었다. 처음 피화당에 입성했던 열여덟 살의 나의 모습과 전혀 변한 것이 없는 얼굴이 그곳에 있었다.

"계화는 자신이 어릴 때부터 이 부인을 모셨다고 했사옵니다. 그런데 지금은 계화가 이 부인보다 나이가 훨씬 많아 보인답니다. 기이하지 않사옵니까?"

계화는 내가 그녀를 처음 만났을 때와 성격이 별반 달라진 것이 없었다. 그러나 외모는 이미 성숙을 넘어선 단계의 여인이 되어 있었다. 시백도 그러했고 정연도 그러했다. 정연에게서는 더는 소년 티가 나지 않는다. 소년인 척 굴어도 그는 어엿한 사내이고 이 나라의 임금이었다.

그러나 풍랑과도 같은 모진 세월을 견딘 나의 외모는 여전히 열여덟. 정운을 잃은 슬픔에 빠져 있던 열여덟 살의 얼굴을 그대로 간직하고 있었다.

"실로 놀라운 일이지요. 아니 그렇습니까?"

❧❦❦

늦은 밤, 유모를 안채로 보내고 난 피화당에 어린 옹주와 단둘만 남았다. 깊이 잠든 옹주를 바라보며 누웠는데 기분이 이상했다.

내가 나이를 먹지 않고 있어?

세월은 흘렀다. 그러나 나는 그대로였다.

시간여행자가 과거의 사람이 되기 위해 필요한 시간은 십 년. 십 년간은 세월이 흘러도 나이를 먹지 않는다. 내가 이 시간에 갇힌 것은 병자호란이 일어나기 일 년 전인 1635년이다. 그 이후로 십오 년의 세월이 흘렀다.

십 년은 나이를 먹지 않고 지냈다면 오 년만큼의 나이를 먹어야 했다. 그러나 누가 보더라도 나는 스무 살도 안 된 얼굴을 가지고 있었다. 이런 일이 가능키나 한 걸까? 하지만 이 물음에 답을 해줄 사람은 없었다. 할아버지도 시백이 죽은 이후로 더는 볼 수 없었으니까.

만약 이대로 계속 나이를 먹지 않으면 어떡하지?

고대이든 근세이든 나이를 먹지 않는 영역은 신비의 세계다. 유럽이었다면 마녀로 몰릴 수도 있었다.

앞으로 얼굴을 가려야 하나?

"휴우-"

아기가 깰까 조용히 한숨을 내쉬는데 멀리서 쉬쉬-거리는 소리가 들려왔다. 피화당 인근의 대나무 숲에서 나는 소리였다.

"아씨."

계화의 목소리가 낮게 들려왔다.

일부러 작게 낸 듯한 목소리가 잠든 옹주를 위해서라 여기고는 난 조용히 문을 열었다. 계화가 등불을 하나 들고 서 있었다.

"무슨 일이냐?"

"큰일났습니다."

"큰일?"

"예, 천녀가 방금 들었사온데 청나라 예친왕이 지금 모화관에 와 있다 합니다."

"예친왕이 왔다고?"

"예, 아씨."

이 사실은 나도 처음 듣는 소식이었다. 도르곤이 한양 인근의 모화관까지 왔다니.

"그가 왜 왔는지는 아느냐?"

"듣기로는 조선의 공주를 대복진으로 원했는데 전하께서 거절하셨다고 합니다. 이 때문에 예친왕이 노해서 지금 아씨를 내놓으라고 했답니다."

"날 내놓으라고 했다고?"

예친왕이 한양 인근까지 온 것도 놀라운 소식인데 날 내놓으라고 했다니? 분명 시백이 죽은 걸 알고 찾아온 것이다. 난 폐허가 되어버린 시백의 사저를 떠올렸다. 그곳에서 만난 사람은 내가 시백의 뒤를 따라 죽었다는 소식을 들었다고 했다.

그것은 정연의 짓이었다. 나를 이곳으로 내보낸 것도 정연이었고. 그는 도르곤이 온다는 것을 알고 있었던 것이다!

나를 보호하려고 그랬던 것이구나.

그제야 시백의 집을 폐허로 만들고 나를 송현 사저로 보낸 연유를 알아차렸다. 도르곤이 이곳까지 와서 나를 찾는 이상, 보는 눈이 많은 궐에 두는 것은 위험했을 테니까.

"아씨. 지금 청나라 병사들이 이곳 송현 일대를 뒤지고 있답니다. 분명 아씨가 이곳에 있다는 걸 알아냈나 봅니다. 어서 가시지요. 일단 이곳에서 몸을 피하셔야 합니다."

"나 혼자 말이냐?"

"제가 아씨를 모시겠습니다."

무언가 이상하다고 느꼈다.

계화는 오늘밤 내가 옹주와 피화당에서 머문다는 사실을 알고 있었다. 그런데 옹주를 두고 나 혼자만 도망치라니? 여기에 계화의 말투도 이상했다. 나는 잠들어 있는 옹주의 존재를 계화가 알아차리지 못하게 문을 반쯤 닫았다.

"잠시만 기다리거라. 패물을 챙겨 나올 터이니."

"네, 아씨."

계화를 뒤로한 채 문을 닫은 나는 옹주의 곁으로 돌아왔다. 잠든 옹주를 가만히 내려다보던 나는 포대기로 옹주를 감싸서 앞으로 안고는 끝을 등 뒤로 돌려 단단히 고정하듯 맸다. 이어 단도를 꺼내 챙겨 든 나는 그것을 보이지 않도록 옷 속에 넣고는 문을 열었다. 계화가 여전히 등불을 든 채 서 있었다.

"가자. 네가 앞장서거라."

"예, 아씨."

계화는 아직 포대기에 싸인 옹주의 존재를 알지 못하는 것 같았다. 그저 내가 챙긴 패물 보따리라고 여겼는지 순순히 등불을 든 채 내게 등을 보이며 돌아섰다. 난 그녀가 내게서 등을 보이며 돌아선 순간을 놓치지 않았다. 옷 속에 숨겨두었던 단도를 꺼내 뒤에서 그녀를 끌어안은 것이다.

"아, 아씨!"

놀란 계화가 손에 든 등불을 떨어뜨렸다. 난 칼끝으로 계화의 목을 찌르듯이 위협하며 말했다.

"너 기홍대지?"

"아, 아씨……! 그게 무슨 말씀이세요?"

계화가 울먹이며 내게 반문했다.

"계화는 나와 예친왕의 관계를 몰라."

기홍대가 자신의 정체를 드러냈다.

"머리가 많이 좋아졌네? 똑똑해졌어."

계화의 얼굴을 한 기홍대가 무섭게 웃는다. 난 칼을 거두지 않은 채 기홍대에게 물었다.

"왜 여기에 왔지?"

"말했잖아. 친왕 전하께서 과부가 된 널 원하셔. 그러니 순순히 나와 가자."

"웃기는 소리!"

난 단도를 들어올려 기홍대의 목을 힘껏 찔렀다. 기홍대는 몸을 비틀며 내 손아귀에서 벗어나더니 단도를 든 내 손목을 움켜잡았다.

- 으앙!

그 순간 내 품에 안겨 있던 옹주가 울기 시작했다.

"어머나? 아이가 있었네?"

기홍대가 재미있다는 듯 웃었다.

"그런데 어쩌나? 아이는 친왕 전하께서 데려오라는 말씀이 없으셨는데."

내가 단도를 내려치지 못하도록 손목을 잡았던 기홍대가 갑자기 그 손을 놓는다. 그녀는 그 손을 내가 매고 있는 아이 포대기로 뻗어왔다.

"아기가 얼마나 예쁜지 얼굴 한번 볼까?"

기홍대의 손이 포대기를 잡아당기자 묶여 있던 포대기가 풀렸다.

"그 손 치워!"

난 그녀를 향해 단도를 찔렀다.

"아얏!"

단도는 정확히 기홍대의 손등을 베었다. 그로 인해 기홍대가 잡았던 옹주가 담긴 포대기가 바닥으로 떨어지기 시작했다.

"안 돼!"

땅으로 떨어지는 포대기로 손을 뻗었지만 붙잡기에는 거리가 있었다. 바로 그때였다.

- 휙!

어디선가 창날이 날아오더니 날의 넓적한 부분으로 떨어지는 아기 포대기를 받아 도로 위로 밀어 올렸다.

"아가!"

내 비명과 함께 하늘로 솟아오른 포대기가 다시 땅으로 떨어지기 시작했다. 떨어지는 그 포대기를 창을 뻗었던 누군가가 재빨리 받아 안았다.

- !

그가 청나라 옷을 입은 장수인 것을 보자 기홍대가 큰 소리로 웃으며 말했다.

"잘했다! 잘했어!"

그녀는 나로 인해 다친 손을 다른 손으로 감싸쥐고는 소리쳤다.

"모두 나와라!"

그녀의 명에 순식간에 수십 명의 병사들이 피화당을 에워쌌다.

"아이를 돌려줘요!"

내가 아이를 안아 든 장수에게 소리치며 다가가자, 이번에는 기홍대가 뒤에서 내 목을 끌어당겼다.

"말했잖아. 아이를 데려오라는 말씀은 없었다고."

나를 꼭 붙잡은 기홍대가 장수에게 소리쳤다.

"죽여."

"예."

기홍대의 명을 받은 장수가 다시 아이 포대기를 하늘 높이 내던졌다.

"안 돼에---!"

나의 비명이 피화당을 울리는 순간이었다.

장수는 땅으로 수직 낙하하는 포대기를 향해 창을 휘둘렀다. 난 차마 눈을 뜨고 볼 수 없는 광경을 보게 될 줄 알았다. 그가 휘두른 창이 정확히 아이의 몸을 관통할 것이라고 생각했으니까.

그러나 그런 일은 벌어지지 않았다.

"으……!"

장수가 휘두른 창은 그의 손을 떠나 나를 붙들고 있던 기홍대의 목에 박혔다.

"우움……!"

기홍대의 입에서 붉은 피가 왈칵 쏟아지듯 흘러내렸다. 동시에 장수는 창을 놓은 두 손으로 다시 떨어지는 옹주를 소중히 받아들었다.

"아가!"

기흥대의 손아귀에서 벗어난 나는 장수에게로 달려갔다. 그는 나를 보자 순순히 안고 있던 옹주를 건네주었다.

― 으앙!

내 품으로 돌아온 옹주는 큰 소리로 울기 시작했다.

옹주를 안아 든 내 가슴이 철렁 내려앉았다. 다행히 옹주는 크게 다친 곳은 없어 보였다.

"너…… 너 읍……!"

창으로 목을 찔린 기흥대는 한 마디를 한 마디를 내뱉을 때마다 입으로 피를 쏟았다.

"왜…… 우읍!"

난 그를 향해 물었다.

"누구세요?"

장수가 쓰고 있던 투구를 벗으며 청나라 말로 말했다.

"정백기 장군, 용울대라고 합니다."

그가 쓰고 있던 투구를 벗었다.

"용울대?"

"정백기 대장군이셨던 용골대 장군이 제 아버님이십니다."

"용골대의…… 아들?"

믿기 힘든 상황에 눈만 깜빡이는데 용울대가 나를 지나쳐 기흥대에게 다가갔다. 그리고 표정 하나 바꾸지 않은 채 그녀의 목에 박힌 창끝을 잡아 뽑았다.

"아악……!"

더 많은 피를 뿜으며 기홍대가 뒤로 쓰러졌다. 용울대는 다시 창을 들어 쓰러진 그녀의 몸을 찔렀다.

"윽……."

짧은 신음을 마지막으로 계화의 얼굴을 한 기홍대는 그렇게 죽고 말았다. 난 이 광경을 지켜보며 울고 있는 옹주를 꽉 끌어안았다. 기홍대를 죽인 용울대가 내게로 돌아와 말했다.

"기홍대가 이시백 장군을 죽이려 한 일이 있었다는 사실을 아버님께 들은 적이 있습니다."

"용골대 장군은 얼마 전에 죽었다고 들었어요."

"이시백 장군께서 죽은 소식을 듣고 많이 애통해 하셨지요. 돌아가신 것은 이시백 장군께서 돌아가신 지 한 달 뒤의 일입니다."

"그랬군요……."

그래도 안심할 순 없었다.

그는 청나라 장수였으니까.

"기홍대는 예친왕의 수하잖아요. 그가 죽었다는 걸 알면……."

"걱정하지 마십시오."

용울대가 피화당을 에워싼 병사들을 둘러보며 말했다.

"이들은 정백기 소속 병사들로 아버님이 살아계실 때부터 함께 했습니다. 이들은 믿으셔도 됩니다. 또한."

용울대가 죽은 기홍대를 보며 말을 이었다.

"저 얼굴은 기홍대의 얼굴이 아닙니다. 그러니 기홍대가 죽은 것은 아니지요."

"……!"

그의 말대로 기홍대는 자신의 진짜 얼굴이 아닌 계화의 얼굴을 가진 채 죽어 있었다. 그것이 평생 자신의 얼굴보다도 다른 이의 얼굴을 한 채 살아야 했던 기홍대의 최후였다.

❧

죽은 기홍대의 시신은 피화당에서 멀지 않은 공터에 정백기 병사들이 묻었다. 하지만 문제는 이제부터였다.

"예친왕이 당신을 찾고 있습니다."

"그건 기홍대에게 들었어요. 그가 조선에 온 건 사실인 거군요?"

"예."

어느새 울던 옹주는 내 품에서 잠들어 있었다. 내가 잠든 옹주의 얼굴을 보며 걱정스러운 표정을 짓자 용울대가 말했다.

"아직 예친왕은 한양 밖 모화관에 머물고 있습니다. 지금이라도 한양을 벗어나 남쪽으로 피신하시면 예친왕을 피하실 수 있을 것입니다."

"당장은 그럴 수 있겠죠."

그러나 여기까지 온 예친왕이 나를 얻지 못하고 쉽게 돌아갈 리 없었다. 더군다나 기홍대가 돌아오지 않는다면…….

"용울대 장군. 만약 내가 사라지면, 그래서 예친왕이 나를 찾지 못하게 된다면 조선은 어떻게 될까요?"

이 역시 내가 알던 역사가 아니다. 어차피 모든 건 죽을 시기가 아니던 시백이 죽었을 때부터 잘못되고 있었다. 도르곤이 다시 조선을, 그것도 한양에 온다는 사실 역시 일어난 적이 없는 역사였으니까. 그러니 앞으로 조선에 일어날 일을 나는 감히 짐작할 수도 없었다.

"예친왕은 명나라를 정벌한 다음에는 조선도 정벌할 생각이었습니다."

"청나라와 조선은 화약을 맺었어요. 형제의 국가라고요."

"제가 북경에서 듣기로 지금 조선의 국왕이 저희 대청제국에 우호적이지 않다고 들었습니다만."

"그건……."

사실이다. 효종인 정연은 청나라를 좋아하지 않았다. 청나라만 몰랐을 뿐이지 조정의 여론 역시 반드시 힘을 길러 명나라의 복수를 하자는 것이었다. 그렇게 나온 것이 바로 '북벌론'이었다.

"솔직히 말씀드리겠습니다. 당신이 사라지면 그걸 이유로 들어 예친왕은 조선을 재침할 것입니다."

난 눈을 크게 떴다.

"!"

모화관에서 돌아온 정연은 대전에 있었다. 밤이 찾아와 등불들이 곳곳을 밝히고 있어 은은한 빛이 감도는 대전 안. 용상에 홀로 앉은 그는 사람이라고는 오직 자신뿐인 대전에서 깊은 고뇌에 잠겨 있었다.

그는 이 조선의 왕이었다. 적어도 이 궁궐 안에서는 그의 명을 거역할 자는 아무도 없었다. 그는 이곳을 지배했다. 이 궁궐과 이 조선을. 하지만 딱 거기까지였다.

– 끼익

대전의 옆문이 조심스럽게 열리는 소리가 들렸다. 낮이라면 그도 못 듣고 지나쳤을 그 소리가 밤이 되자 크고 또렷하게 들려왔다.

"과인은 분명 홀로 있고 싶다 말하지……."

"전하."

익숙한 목소리를 들은 정연이 용상에서 일어섰다. 화진이 용상이 있는 단 아래에 나타났다.

❧

용상에 앉아 있던 그가 나를 보자 단 아래로 내려왔다.

"난아!"

그는 마주선 내 한 손을 끌어당겨 잡는다. 아무런 힘을 주지 않았기에 내 손은 힘없이 그의 손아귀에 들어갔다. 곧 그는 무언가 실수했다고 느꼈는지 잡았던 내 손을 도로 놓아주었다.

난 고개를 숙인 채 힘없이 되돌아오는 손에 잠시 눈길을 주었다. 그리고 입을 열어 정연에게 말했다.

"전하. 왜 그러셨어요?"

내가 무슨 말을 하려는지 알아차린 것일까? 그에게서 답이 돌아오지 않는다. 난 이번에는 고개를 들어 그와 눈을 맞췄다.

"왜 저를 죽은 사람으로 만드셨어요? 그렇게 해서라도 저를 소유하고 싶으셨어요?"

"지키고 싶었다."

"……!"

그를 바라보는 내 눈에 힘이 실렸다.

"이시백이었다면 자신의 모든 것을 걸고 그대를 지키려 하였겠지. 하나 과인은 이 나라의 임금인데도 불구하고 대군이던 시절보다도 그대를 지키기 위해 걸 수 있는 것이 없더구나."

애통한 마음을 담은 그의 눈동자에 물기가 어린다. 그것은 나도 마찬가지였다.

"제가 갈게요. 제가 예친왕에게 갈 테니 더는 저를 지키기 위해 고민하지 마세요."

"난아! 과인은……! 과인은 말이다. 너를……."

난 그가 하려던 말을 끊으며 말했다.

"아직 어린 옹주만 부탁할게요. 전 그거면 충분해요, 전하."

옹주 이야기에 가슴이 메어진다. 나는 이미 정연의 아이를 스스

520

로 포기했다. 시백의 아이도 그렇게 포기할 수 있을 줄 알았다. 그런데 이제 그 아이만 무사하면 내가 어떻게 되어도 상관이 없다고 생각했다.

"못 보낸다."

그가 양손으로 내 어깨를 붙들었다. 그의 진심이 처음으로 내 가슴을 울렸다. 난 눈물을 흘리며 말했다.

"전하는 이제 대군마마가 아니에요. 이 조선의 임금님이고 어버이세요. 그러니 조선을 지키고 조선의 백성을 지키세요."

결국 그도 눈물을 보이고 만다.

"과인이 어찌 이런 그대를 욕심내었을까……."

내 어깨를 잡았던 그의 손이 내 뺨을 천천히 감싼다.

"이토록 아름다운 외모 안에 임금인 과인조차도 담기 힘든 그릇을 품고 있었구나. 연안군은 그것을 보았겠지. 과인이 보지 못한 것을 보았기에 그대도 연안군을 사랑했던 것이겠지."

시백이 떠오르며 내 눈은 무겁게 감겼다. 감긴 눈 아래로 모아진 눈물이 하염없이 흘러내렸다.

"한때 과인은 대군이라는 미명하에 아름다운 그대를 소유하는 것을 당연하게 여겼다. 왕이 되어서도 당연하다고 여겼어. 그런데 그대는 사내가 원한다고 마음대로 소유할 수 있는 여인이 아니었구나. 그러니 과인을 용서해라."

난 감았던 눈을 떴다.

"연안군이 전하를 미워한 적이 없으니 저도 전하를 원망하지 않아요."

그가 내 뺨을 감쌌던 손을 힘없이 내리며 고개를 숙인다. 그런 그의 뺨을 이번에는 내 한 손이 감쌌다.

"난아?"

내 손길을 느낀 그가 다시 천천히 고개를 들어올린 순간이었다. 난 그의 입술에 내 입술을 가져다대었다. 마치 나를 향해서는 늘 열어두었다는 듯 벌어진 입술 선을 따라 내 입술도 벌어졌다.

— !

이를 알아챈 그가 눈을 크게 뜬다.

['과인에게 입술을 열면 마음도 열게 될까봐?']

놀란 그의 눈과 마주한 나는 그대로 눈을 감으며 그의 입술 안으로 나의 일부를 밀어 넣었다. 곧 그가 다시 자신의 일부를 밀며 내 안으로 들어왔다.

설왕설래(舌往舌來).

순수한 남녀 간의 교감만으로 이루어지는 입맞춤은 내게도 오랜 일이었다. 입을 맞추는 시간이 길어지자 서로의 숨도 따라 가빠졌다. 어느 선에 이르자 내가 아닌 그가 먼저 내게서 입술을 뗐다.

"하아……."

숨을 길게 내쉬며 난 그와 이마를 맞대며 편안히 눈을 감았다.

"여기까지면 충분해요."

마음은 전했다. 이제 이별만이 남았을 뿐.

"난아."

난 시백을 먼저 사랑했다. 그러나 나를 사랑으로 먼저 품은 것은 대군이던 정연이었다. 난 그에게서 한 걸음 뒤로 물러섰다. 그가 나를 바라보며 서 있었다.

"옹주를 부탁해요."

이 말을 남긴 채 돌아선 내게로 그가 손을 뻗어왔다. 그 손은 아쉽게 내 손끝을 스치기만 하고 떨어졌다. 난 그를 홀로 남겨둔 채 대전을 떠났다.

❦

난 시백과 혼인했던 날 처음 입었던 혼례복을 입었다. 궐에서 공주의 혼례복으로 쓰이는 활옷이었다.

"흑…… 흐흑."

경대 속 내 얼굴을 보며 붉은 연지를 입술로 물어 색을 입히는데 그 옆에서 계화가 흐느끼고 있었다.

서방님, 그에게 잠시라도 마음을 열어준 저를 미워하나요?

시백이 죽은 지 일 년여가 흘렀다. 이제 내 기억 속 시백은 내가 어떤 말을 하더라도 내가 어떤 행동을 하더라도…… 웃는다. 화를 내지도 않고 인상을 찌푸리지도 않아. 그건 그가 점점 내 안에서 추억이 되어간다는 뜻이다. 이것은 내가 가장 두려워하는 것이다.

"세상에 어찌 이런 일이 있대요?"

울며 말하는 계화를 돌아보며 난 안타까운 웃음을 지었다.

"원래 여인들에게는 믿기 힘든 일들이 참 많이 일어나."

"그래도 아씨는 안 돼요…… 흐흑."

"계화야."

"아씨-"

계화가 두 손으로 얼굴을 가린 채 흐느낀다. 난 그런 계화의 팔을 잡아 내렸다.

"계화야. 나 좀 봐봐."

"흐흑……."

"어서. 시간이 없어."

시간 핑계를 대며 부드럽게 달래는 나를 계화가 우는 눈을 들어 쳐다본다.

"옹주를 부탁한다."

"아씨이이……."

"넌 그 아이가 자라서 지금 내가 입은 옷과 똑같은 옷을 입고 시집가는 날을 봐야 해. 그리고 그 아이에게 들려줘야지. 그 아이가…… 얼마나 나를 닮았는지."

"못 해요. 못 한다고요…… 흐흑."

고개를 숙인 채 엉엉 우는 계화를 보며 내 뺨에도 한 줄기의 눈물이 흘러내렸다. 내 몸에서 난 아이들은 전부 불행하다. 아버지를 아버지라 불러보지 못하고 어머니를 어머니라 불러보지도 못하니까.

내가 선택하고 걸어온 길이 기구한 운명이 된 것일까?

아니면 이 암울한 시대가 여인인 나를 기구하게 만드는 것일까?

◦◦❧◦◦

모화관에 이른 가마가 멈추고 문이 열렸다. 가마 안에서 내린 나를 제일 먼저 맞이하는 것은 양옆으로 늘어선 청나라의 병사들이었다. 활옷을 입어 거동이 자유롭지 못한 나를 옆에서 상궁들이 도왔다. 오늘 나는 '조선의 신부'로서 청나라 예친왕의 정실인 대복진이 되는 것이다.

혼례는 오늘 모화관에서 치러질 예정이었고 당일 초야를 치른 후 내일 청나라로 돌아가기로 되어 있었다. 모화관으로 들어서자 안쪽 연회장에 예친왕과 정연이 나란히 앉아 있었다.

예친왕은 상궁들의 도움을 받아 들어오는 나를 보자 자리에서 벌떡 일어섰다. 그는 연회장이 떠나갈 정도로 크게 웃었다. 그의 웃음소리가 클수록 옆의 정연의 표정은 어두워졌다.

예친왕이 내게로 다가왔다. 나를 부축하던 상궁들이 옆으로 물러서자 그는 한 손으로 내 허리를 휘감듯이 안더니 끌어안으며 내 귓가에 속삭였다.

"넌 반드시 내 것이 될 거라 했지?"

그가 내 귀의 윗부분을 질겅 씹어버리듯이 문다.

"아웃……."

귀가 뜯겨져나갈 것 같은 아픔에 신음이 절로 터져 나왔다. 난 그 신음소리를 밖으로 내지 않으려 이를 악물었다. 그는 이렇게 버티는 나를 보는 것을 즐기는 것 같았다. 그가 물었던 곳을 자신의 혀로 길게 쓸며 말했다.

"이시백이 죽었으니 더는 네년을 구해줄 사내는 없어."

날 놓아준 그가 정연을 돌아보며 말했다.

"조선의 옷이 이토록 아름다운 줄 몰랐소. 아니면 그 옷을 입은 여인이 아름답기에 그리 보이는지……."

그가 팔로 감고 있던 내 허리를 자신에게로 가깝게 끌어당긴다.

"아, 좋은 향기군. 낮이 길어 밤이 먼 것이 아쉽기만 하구나."

노골적인 희롱에 정연이 자리를 박차고 일어섰다.

"예의를 갖추시오, 예친왕."

정연의 입에서 나온 청나라 말에 도르곤이 익살스러운 표정을 지으며 뒤로 물러섰다.

"자, 신부가 왔으니 혼례연을 시작해볼까?"

정연과 도르곤이 나란히 앉고 나는 도르곤의 옆자리에 앉았다. 참으로 우스꽝스러운 배치가 아닐 수 없었다. 이전에는 상상조차 할 수 없었던 모습이기도 했다.

조선의 가련한 신부가 되어 도르곤의 옆자리에 앉은 내 모습은 조선인에게는 마치 도살장에 끌려가는 어린 짐승처럼 보일 것이다. 나는 최대한 그렇게 보이지 않으려 허리를 꼿꼿이 세웠다.

무희들이 춤을 추고 악공들이 연주를 했다. 이 와중에 술이 들어간 도르곤이 나를 돌아보며 손가락으로 쿡쿡 내 뺨을 찔렀다.

"사내를 아는 계집이 사내를 다룰 줄 안다고. 오늘밤 나를 어찌 다룰 것이야? 응? 말해보거라. 어찌 나를 다룰 것이냐?"

난 일부러 도르곤을 쳐다보지 않고 앞만 쳐다보았다. 시끄러운 연회장에서 그의 이러한 장난질을 감내해야 하는 사람은 오직 나뿐이었다. 어쩌면 내가 겪는 오늘의 치욕은 이름 없이 죽어간 여인들이 겪었던 수많은 치욕일 것이다. 그녀들도 그리고 나도. 지금 이 조선에서 지켜줄 사람은 아무도 없었으니까.

"잠시만."

난 도르곤을 무시한 채 자리에서 일어섰다. 도르곤이 그런 내 팔을 잡더니 나를 도로 앉혔다.

"아얏!"

강제적으로 끌려 앉은 나는 인상을 쓰며 소리를 냈다.

"어디를 가려는 거야?"

"옷이 흐트러졌잖아요."

난 그가 잡아당겨 구겨진 옷을 이유로 들었다.

"곧 끝나."

나를 계속 잡아두려는 그를 향해 쏘아붙였다.

"끝나겠죠. 언젠가는."

"흐흐흐…… 그 눈. 아직도 살아 있구나."

"죽기 전까진 살아 있겠죠."

"어찌 남편이 될 사람을 그리 보나? 응? 응?"

고개를 갸웃갸웃거리며 자신의 얼굴을 가까이 대더니 순식간에 내 뺨을 혀로 핥아 올렸다. 밀려오는 역겨움에 본능적으로 그의 뺨을 내리쳤다.

– 찰싹!

뺨을 얻어맞은 도르곤의 얼굴이 일그러졌다.

"이 계집년이!"

도르곤이 내 뺨을 치려는 듯 손을 들어올렸을 때였다. 정연이 뒤에서 그의 손목을 움켜잡았다.

– !

"뭐야?"

정연에게 손을 잡혔다는 걸 알게 된 도르곤이 자리에서 일어섰다.

"지금 무슨 짓을 한 것인지는 알고 있소?"

도르곤의 매서운 질문에 정연은 침착한 얼굴로 또박또박 말을 읊었다.

"그녀는 조선의 백성이고 임금인 나의 백성이요."

"뭐야? 무슨 말을 하는 거야?"

정연이 도르곤의 뒤에 앉아 있는 나를 보며 말했다.

"난아, 네가 말했지. 과인은 이 조선의 어버이니 백성을 지키라고. 너도 나의 백성이다."

그가 하는 말의 의미를 알아차린 내 눈에서 눈물이 흘렀다. 반대로 정연이 무슨 말을 하는지 알아듣지 못한 도르곤이 통역관을 돌아보았다. 그가 도르곤에게 방금 전 말을 통역하려고 하는 순간이었다.

정연이 통역관에게 말했다.

"예친왕에게 전하거라. 이 혼인은 없었던 일이 될 것이라고."

이 모든 내용을 통역관에게서 전해 들은 도르곤의 얼굴이 하얗게 질렸다.

"조선의 국왕께서는 정녕 자신의 강산을 잃고 싶은 것이오?"

도르곤에게서 돌아온 말이 의미심장했다. 난 도르곤의 뒤에 서서 정연을 바라보며 고개를 내저었다.

이래서는 안 된다.

이건 잘못된 것이다.

이런 내 눈빛을 본 정연이 도르곤을 돌아본다. 그는 청나라 말로 또박또박 말했다.

"결투를 신청하겠소."

그는 스스로를 잘 알았다.

시백만큼 강하지 못하다는 걸.

그래서 시백만큼 지킬 수 있는 것이 많지 않다는 걸.

이 사실을 인정하고서도 그는, 그의 백성이라고 말하는 나를 위해서 용기를 낸 것이다.

"연안군 이시백은 자신의 아내를 지키기 위해서 청나라에 종군했소. 하나 중원을 얻은 청나라에는 종군할 장수가 필요치 않겠지. 그러니 청나라 그 자체인 예친왕. 내가 당신을 이긴다면 그녀를 포기하시오."

"지금 조선의 국왕인 그대가 나와 겨루기를 하겠다고? 한낱 계집을 두고?"

"그 한낱 계집을 얻기 위해 예친왕은 여기 조선까지 온 것이 아니었소?"

"그야……."

잠시 고민하던 예친왕의 입가에 서늘한 미소가 지어졌다.

"한낱 글재주나 부리는 나부랭이들의 임금이 만주 제일 용사였던 나 도르곤과 계집을 두고 겨루겠다? 좋소. 만약 그대가 이긴다면 이 계집을 포기하고 돌아가지. 한데…… 진다면? 무엇을 내놓으시겠소?"

"안 돼요……! 제발 여기서 그만둬요."

나의 간절한 바람에도 정연의 결심은 변하지 않는 듯 보였다.

"내 목숨. 그것을 드리리다."

"하하하하! 그래, 그렇지! 어차피 임금이 죽으면 새 임금을 세우면 되니까."

웃음을 그친 도르곤이 심복에게 명했다.

"내 창을 가져와라."

도르곤이 창을 받아들며 연회장 한가운데로 내려갔다. 정연은 자신의 내관에게 말했다.

"과인의 언월도를 가져오라."

난 정연에게 다가가 그를 붙들었다.

"이제라도 취소해요! 어서요!"

"못 한다."

"지금은 객기를 부릴 때가 아니에요! 전하가 잘못되면 이 조선은요?"

"세자는 어리지만 영명한 신하들이 조정에는 많다."

"전하가 지켜야 하는 백성들은요!"

"난아."

정연이 나와 눈을 맞춘다.

"그대도 과인의 백성이다."

"아아-!"

그의 굳은 결심이 엿보이는 눈을 보며 이제 돌이킬 수 없음을 깨달았다.

꾸를

도르곤이 창을 들고 섰다.

정연이 언월도를 들고 섰다.

난 그가 무예를 할 줄 안다는 것을 안다. 그는 어릴 적부터 무예를 익혔고 시백에게 가르침을 받았으니까. 하지만 시백과는 다르다. 시백은 청나라에서 많은 전쟁에 나가 실전 경험이 많았다. 도르곤도 마찬가지다. 그러나 정연은 살기 위해 또 죽이기 위해 무예를 쓴 적이 없었다. 이 싸움은 처음부터 승패가 결정된 것과 다름이 없었다.

정연이 죽을까? 정연이 죽으면 어떻게 되는 거지?

어긋나버린 역사.

시백도 일찍 가버렸고 이젠 정연도 일찍 목숨을 잃을 위기에 처했다. 할아버지는 내가 정연의 곁으로만 가면 모든 것이 바른 역사대로 흘러갈 것이라고 했다. 그런데 아니었다.

이건…… 내가 알지 못하는 역사였다.

"시작하시겠습니까?"

깃발을 든 용울대가 두 사람 사이에 섰다.

"난 항상 준비되어 있지."

자신만만한 말을 던지며 도르곤이 창을 잡은 손에 힘을 주었다.

"시작."

용울대가 깃발을 들어올렸다. 먼저 달려든 것은 정연이었다. 그가 힘 있게 휘두른 언월도를 도르곤의 창이 가볍게 막았다.

–!

연안군 이시백.

그의 부인이 된 나.

정연은 이 사실을 알고 큰 충격을 받았을 것이다. 이시백이 목숨을 걸고 지키고자 심양까지 온 이유. 바로 그 시백의 아내가 나였다는 사실도 알게 되었을 테니까.

처음에는 도르곤이었고 그다음은 용골대였다. 청나라 황제에게도 바쳐졌고 명나라 황제 주유검도 만났다. 자금성을 점령한 이자성의 손에도 들어갔다. 그 이후로 나는 중원에서 화씨지벽이라고 불렸다. 난중에 자신의 손을 떠난 첩 이씨에게 벌어진 놀라운 일들의 순간마다 그는 없었다. 이시백이 있었다.

자신에게도 같은 상황이 온다면 시백과 똑같이 할 수 있었을까? 정연은 끊임없이 스스로에게 되묻고는 자괴감에 빠졌을 것이다.

– 챙!

"언제까지 버티기만 하실 것이오?"

처음부터 도르곤에게 모든 것이 유리했다. 일방적으로 밀어붙였고 정연은 계속 밀리기만 했다. 자신들의 왕이 잘못될까 지켜보는 나인들은 벌벌 떨고만 있었다.

"술에 취한 장수 하나 이기지 못하는 군왕이 무슨……쯧!"

도르곤은 정연을 비웃었다.

"길게 끌 필요도 없겠군."

최후의 일격을 결심한 도르곤이 창을 든 채 정연에게 정방향으로 달려들었다.

"아아악!"

체력적으로는 밀리지 않았지만 근력으로는 불가능했다. 전장에서 실전을 익힌 도르곤은 정연이 지닌 무술 실력의 약점을 바로 파악하고는 일격을 가했다. 도르곤이 휘두른 창에 정연의 손에 들려 있던 언월도가 바닥으로 떨어졌다. 정연이 뒤로 등을 대고 넘어지자 이 틈을 놓치지 않고 도르곤이 창으로 그의 목을 찔렀다.

– !!!!

"아……!"

연회장에 있는 조선인들은 모두 자신의 왕이 죽는 모습을 두 눈 뜨고 보지 못했다. 나도 마찬가지였다. 두 손으로 눈을 가린 채 흐 느꼈다.

"……."

정연이…… 정연이 죽는다면…….

—……

시간이 지나도 고요했다.

승자가 누구인지 알리는 깃발을 들어올리는 소리도 없었다. 죽 음을 맞이한 정연의 비명도 없었다.

의아함을 품고 내가 감았던 눈을 떴다.

"!"

도르곤이 자신에게 겨눈 창의 목 부분을 두 손으로 잡은 채 버 티고 있는 정연의 모습이 보였다.

아직이야……!

마지막 남은 힘을 다해 버티는 정연을 보며 도르곤이 히죽 웃 었다.

"가서 이시백에게 전하시오. 그의 아내는 내가 잘 돌보겠다고."

그는 자세를 바꾸어 창을 한 손으로 잡고 다른 한 손으로 창의 둥근 끝부분을 눌렀다. 가해지는 힘에 창의 한가운데가 비었다. 도 르곤의 밑에 깔려 있던 정연이 오른발을 들어 창의 가운데를 발로 힘껏 찼다.

- 탁!

창이 두 동강이 나자 그 반동에 균형을 잃은 도르곤이 앞으로 고꾸라지며 넘어졌다. 정연은 바닥에 떨어진 언월도를 들고 일어나 넘어진 도르곤의 등 뒤에서 날을 겨눴다.

- 승!

용울대가 재빨리 깃발을 들어올렸다.

"전하가 이기셨사옵니다! 전하가요!"

나인들이 서로의 손을 붙잡고 기뻐했다. 일부 나인들은 눈물을 보이기까지 했다. 한차례 소란이 지나가고 잠잠해지자 정연이 도르곤에게 겨눈 날을 치웠다. 도르곤은 졌다는 충격 때문인지 넘어진 상태에서 쉽게 몸을 일으키지 못했다.

그에게 용울대가 다가가 부축해 일으켜 세우던 그때였다. 도르곤이 용울대가 차고 있던 허리의 검을 빼들더니 돌아선 정연의 목에 칼끝을 가져다대었다.

"죽여버리겠다! 조선의 왕을 죽이고! 이 조선도 없애버리겠다! 다! 다 없애버리겠어!"

"친왕 전하."

용울대가 나섰지만 패배로 인해 흥분한 도르곤에게는 전혀 먹히지 않았다.

"다 무기를 들어라! 이 자리에 있는 모든 조선인들을 다! 죽여라!"

도르곤의 명을 듣는 청나라 장수는 아무도 없었다. 도르곤을 향한 그들의 시선은 서늘하기만 했다.

그는 패배했다. 하지만 패배를 인정하지 않고 있었다. 도르곤의 행동에 실망한 청나라 장수들이 꿈쩍도 하지 않자 정연이 입을 열었다.

"예친왕. 그대가 졌소."

"아니야!"

도르곤이 정연에게서 돌아서 가만히 서 있는 장수들에게 다가 갔다.

"죽여! 이 계집도 저 계집도 죽이고! 저놈! 이놈! 다 죽이란 말이야!"

연회장 안에는 아무도 없는 듯 침묵만이 흘렀다. 그때 한 청나라 병사가 들고 있던 창을 바닥에 내던지듯 떨어뜨렸다. 그를 따라 다른 장수들도 모두 손에 들고 있던 무기들을 바닥에 내던졌다. 이 자리에 있는 모든 청나라 장수들이 다 그렇게 행동했다.

"항명이야! 다 죽고 싶으냐?!"

도르곤의 호통에도 장수들은 침묵으로 응수했다. 용울대가 도르곤에게 말했다.

"승패를 인정하지 않는 장수의 명은 그 누구도 따르지 않을 것입니다."

- !

자신의 명을 따를 장수들이 단 한 명도 없음을 깨달은 도르곤은 큰 충격을 받은 것 같았다.

"에잇!"

그가 들고 있던 칼을 내던지더니 밖으로 나가버렸다. 이어 용울대가 나가고 연회장 안에 있던 장수들이 전부 그 뒤를 따라 나가버렸다. 정연이 연회석에 서 있는 나를 돌아보았다.

나는 웃을 수도 울 수도 없는 얼굴이 되고 말았다.

〜〜〜

도르곤은 그다음 날 돌아갔다. 나는 마지막까지도 그의 변심을 걱정했다. 하루 늦게 조선을 떠나는 용울대는 걱정하지 말라는 듯 내게 위로의 말을 건넸다.

"예친왕의 패악을 모두가 확인했으니 사적인 복수를 쉽사리 하진 못할 것입니다."

난 북경의 사정을 넌지시 물었다.

"요즘 황궁은 어떤가요? 태후는……."

"새 황제 폐하의 즉위 초까지는 두 분의 사이가 매우 각별하셨습니다."

여기서 말하는 두 분은 태후인 옥아와 예친왕 도르곤을 이르는 말이었다.

"그런데요?"

"아직도 어리신 폐하를 두고 두 분의 권력 다툼이 잦습니다."

의외다.

아니면 당연한 것인지도 모르겠다. 권력을 손에 쥔 자들은 사랑을 필수불가결로 생각하지 않으니까.

"만약 예친왕께서 조선을 재침하길 원해도 태후께서 이를 받아들이시지 않을 가능성이 큽니다."

게다가 만주족의 청나라는 한족의 중심인 북경을 차지했다. 그 반발을 다스리는 데만도 앞으로 이백여 년은 더 할애해야 한다. 또 도르곤의 생도 그리 오래 남지 않았다. 그러고 보니 갑자기 죽게 되는 그의 마지막이 의심스럽다. 궁중에서의 암투에는 독살이라든지 암살이 흔하디흔하게 등장하는 방식이기도 하니까.

"꼭 한 번은 뵙고 싶었습니다."

이 말을 하며 용울대는 처음으로 내게 웃음을 보였다.

"보시니까 어떤데요?"

"화씨지벽이라는 말이 틀린 말이 아니라는 것을 알게 되었습니다."

난 웃음으로 그의 말을 받았다. 용울대가 말했다.

"어릴 때 이시백 장군을 뵌 일이 있습니다. 종종 제게 무예를 가르쳐주셨지요. 그분의 인품은 오랫동안 잊지 못할 것입니다."

시백의 이야기는 여전히 내 마음을 아리게 만든다.

"네. 저도요."

도르곤이 북경으로 돌아간 후 조선 조정은 한차례 풍랑이 일었다. 정연이 도르곤과 모화관에서 벌인 결투는 공식적으로는 비밀이었다. 대신 온갖 소문이 난무했다. 다행히 그 소문 속에 나는 없었다.

그리고 새로운 봄이 찾아왔다.

"이 부인! 보십시오!"

웬만해서는 큰 목소리를 내지 않는 옹주의 유모였다. 그 소리에 놀라 피화당 문을 열자 유모의 손을 잡고 옹주가 아장아장 걸어오는 것이 보였다. 얼마나 사랑스러운지 계속 웃음이 났다.

난 웃으며 서둘러 피화당 밖으로 나가 걸어온 옹주를 안아 들었다.

"겨우내 잠만 자더니 결국 봄이 되니 걷는구나?"

"장하시지요?"

"장하고말고요."

활짝 웃으며 옹주의 보드라운 살결에 뺨을 가져다댔을 때였다.

"어머, 저기……."

유모가 어딘가를 보며 놀란 표정을 지었다. 돌아본 그곳에는 갓을 쓴 정연이 서 있었다. 언제부터 그가 그곳에 서 있었는지는 알수 없었다. 다만 옹주를 안고 웃고 있는 나를 보며 그는 미소를 짓고 있었다.

옹주를 유모에게 맡기고 나는 그와 피화당 앞의 공터를 걸었다. 한때, 그가 무예 수련을 위해 즐겨 쓰던 바로 그곳이다. 그는 나와 나란히 걸으면서도 처음에는 말없이 고개를 숙인 채 시선을 땅에만 두었다.

살랑거리는 봄바람에 그가 지닌 향이 묻어온다. 난 문득 이 향이 내게 익숙하다는 걸 알아차렸다. 오래전 피화당에서 그와 함께할 때마다 맡았던 향이었다. 언제는 떠올리고 싶지 않은 기억이었는데 지금은 익숙한 향기처럼 다가오는 기억이었다.

난 걸음을 멈췄다.

"안 오실 줄 알았어요. 영영."

이 한마디에 그도 걸음을 멈추고 입가에 옅은 미소를 지닌 채 나를 돌아보았다.

"어째서?"

"저 때문에 목숨을 잃으실 뻔했으니까요."

"엄밀히 말하면 그렇지만 그날 모화관에서 있었던 일은 꼭 그대 때문은 아니었다."

"네?"

궁금해 묻는 내게 정연이 답한다.

"한 번은 이겨보고 싶었다. 과인의 모든 것을 걸고서라도 말이다. 병자년에 겪은 치욕의 상처는 영원히 뇌리에 박혀 있으니."

병자년. 그는 강화도에 있었다. 남한산성보다도 더 끔찍한 일들이 벌어졌던 바로 그 강화도에. 이해가 되면서도 한편으로는 조금 아쉬운 대답이라고 느껴지는 건 왜일까?

"실망했느냐?"

여러 가지 생각이 뒤섞인 내 표정을 읽었는지 그가 넌지시 묻는다.

"아니요."

아니라고 대답하지만 말끝에 웃음이 걸린다.

정연이 말을 이었다.

"물론. 한 번은 그대를 위해서 과인의 목숨을 걸어보고 싶었던 것도 사실이다. 병자년에 그대를 지키지 못했던 그 마음, 그대를 잃었던 그 마음은 뇌리가 아닌 과인의 가슴에 남아 있었으니까."

그에게 편견이 있었는지도 모르겠다. 나의 모든 것을 받아들여 주고 사랑해주었던 시백과 그의 사랑은 분명 시작부터가 달랐다.

열일곱. 소년티를 겨우 벗은 그에게 난 하루라도 빨리 소유하고 싶은 아름다운 미인이었을 뿐, 그 이상도 그 이하도 아니었을지 모른다. 그러나 그 마음 역시 진심이었겠지. 이제야 그의 진심을 엿볼 수 있다는 게 아쉽지만 말이다.

"왜 이제야 찾아오셨어요?"

도르곤이 돌아가고 겨울이 지났다. 그는 봄이 되어야 내 앞에 나타났다. 시간은 빠르게 흘렀고 그리 긴 시간도 아니었다. 그래도 도르곤에게서 당당하게 나를 구한 그였기에 그처럼 당당하게 내 앞에 나타날 것이라고 여겼다.

"생각할 시간이 필요했다."

"무슨……?"

"그대를 보낼 준비를 할 시간이."

정연은 도르곤에게서 나를 구했다. 오랫동안 그의 마음속에 각인되어 있던 나를 지키지 못한 마음을 이뤘다. 그런 그에게 남은 것은 무엇이었을까?

"과인은 이제 그대를 떠나보낼 준비가 된 것 같구나."

난 씁쓸하게 웃으면서 고개를 끄덕였다.

"저도 전하를 떠날 준비가 된 것 같아요."

이러한 말을 주고받는 상황이 우스웠을까? 나도 모르게 풋, 하고 짧은 웃음을 터트렸다. 정연도 웃는 나를 보며 따라 웃었다.

"웃으면서 헤어지게 되니 낫구나."

"날이 좋을 때 헤어지게 되어서 다행이에요."

헤어짐을 이야기하지만 마치 내일 다시 만날 것처럼 말을 주고받는다. 우리에게 이런 날이 올 것이라고 감히 상상이나 해보았을까?

정연이 눈을 들어 피화당 쪽을 쳐다보았다.

"과인은 이곳에서 그대와 함께했던 시간이 가장 행복했었다. 하나 그로 인해 자유를 빼앗겼다 여긴 그대에게는 아니었겠지."

미안함이 담긴 그의 말에 난 고개를 저었다.

"이젠 모두 옛일인 걸요. 그리고 그 시간이 있었기 때문에 오늘이 있는 거예요. 제가 연안군과 함께한 시간도 있었던 거고요."

"난아……."

"중전마마께 인사를 드리지 못하고 가서 죄송할 따름이에요."

"이곳에서 계속 머물러도 좋다. 이 송현의 사저는 너와 옹주에게 줄 것이니."

"말씀은 고맙지만 그건 생각을 좀 해볼게요."

"옹주가 시집을 가기 전까지는 머물 곳이 필요하지 않겠느냐?"

"그건……."

그의 깊은 배려에 고민하는 사이 유모가 옹주의 손을 잡고 다가
왔다.

"전하, 보십시오."

정연이 아장아장 걷는 옹주를 번쩍 안아 들었다. 옹주가 정연의
품에 안겨 활짝 웃자 나도 아이의 웃음을 보며 웃었다. 유모가 우
리 세 사람을 남겨둔 채 조용히 물러가자 정연이 말했다.

"이 아이는 연안군의 아이이지만 이젠 과인의 소생이기도 해. 그
러니 과인의 도움이 필요하다면 언제든지……."

"저 혼자서도 할 수 있어요."

그가 안아 든 아이를 내 품에 소중히 안겨주며 말했다.

"맞다. 그대는 강한 여인이었지."

수긍하듯 고개를 끄덕인 그가 묻는다.

"바로 떠날 것이냐?"

"광릉에 양아버지가 계세요. 가끔 서신을 주고받긴 하지만 옹주
가 태어나고 한 번도 못 뵈어서 이번에 찾아뵈려고요. 또……."

설명이 길어지려는데 정연이 웃으며 고개를 저었다.

"말하지 않아도 된다. 그대는 이제 자유의 몸이니."

자유라…….

어딘가에 매이지 않은 자유로운 몸이라는 건 조선에서 살아가는 여인들이 듣기에는 결코 쉽지 않은 말이다. 그녀들이 속한 사내들에게서 듣기 힘든 말이기도 하고.

"고마워요, 전하."

우리의 작별은 봄날의 햇살 아래서였다.

8장

박씨부인전

"벌써 한여름이던가…… 숨쉬기 힘들게 덥기만 하구나."

박 처사가 초가집 마루에 앉아 연신 부채질을 하고 있었다. 일부러 소란을 일으키기 싫어 멀리서부터 가마에서 내려 걸어오던 나는 그 모습을 보고는 피식 웃고 말았다.

"아버지."

"응?"

아버지 소리에 고개를 돌린 박 처사가 나를 발견하고는 눈이 휘둥그레졌다.

"아니……!"

박 처사가 놀란 건 나를 봐서는 아닌 것 같다. 나와 함께 나타난 일행들. 옹주와 유모 그리고 계화를 제외하고서도 열댓 명의 병사와 하인들이 더 있었다.

"이게 어찌된 일이더냐?"

"옹주 아기씨?"

"네. 그렇게 됐어요."

어디서부터 설명해야 할지는 모르겠지만 말이다. 좁은 초가집 방 안에서도 뭐가 신기한지 옹주는 한시도 가만히 있지 않고 이리저리 돌아다녔다. 그러다 흥미를 잃었는지 도로 내게로 돌아와 박처사를 돌아보며 방긋 웃는다.

옹주를 따라 웃은 박 처사가 손을 내밀자 기다렸다는 듯이 옹주가 벌떡 일어나 박 처사에게 다가가 안겼다.

"이리 예쁘게 생긴 아기는 처음 보는구나."

"다들 그래요. 다들 절 닮아서 그렇다고."

박 처사가 옹주의 얼굴을 유심히 쳐다보며 말했다.

"한데 내겐 보이는구나."

"네?"

"그분의 모습이 말이다."

"……!"

그의 이야기에 내 표정이 살짝 어두워졌다. 박 처사는 열어둔 문밖으로 마당에 앉아 휴식을 취하는 하인들에게 눈길을 주었다. 박처사의 목소리가 낮아졌다.

"네가 말한 죽은 지아비가 봉림대군이셨다니……."

"누굴 속이고자 그런 것은 아니었어요."

"이제 그분은 금상이 되셨고?"

"예……."

"한데 어찌 옹주와 네가 이 광릉까지 온 게냐?"

"그분이 보내주셨으니까요."

"참말이더냐?"

난 봄날의 햇살 아래서 내게 작별을 고하던 정연의 모습을 떠올렸다.

"네……."

박 처사가 품에 안은 옹주의 머리를 쓰다듬는다.

"사내가 다른 사내의 아이를 자신의 아이로 삼는 일은 쉬운 일이 아니란다."

"서방님과 형제와도 같으셨으니 불가능한 일도 아니었겠죠."

"그래도 이건 다르지. 그만큼 너를 위해주셨던 것 같은데……."

안다. 그래서 떠날 준비를 한다는 핑계로 피화당에서 여름을 맞이하고 말았다. 정연의 약속은 사실이었다. 나에게 작별한 고한 이후로 그를 더 이상 볼 수 없었으니까.

"앞으로 어찌할 셈이냐?"

"이 근처에 집을 구해놨어요. 저야 이곳에서 지내도 상관없지만 옹주는 다르니까요."

"그렇겠지."

박 처사가 고개를 끄덕이며 말을 이었다.

"당분간은 이 어여쁜 옹주 아기씨를 매일 볼 수 있겠구나."

"네."

난 활짝 웃었다.

◦⫯⫯◦

남한산성으로 청나라군이 쏘는 포탄이 떨어지는 소리였다. 천지를 진동하는 그 소리에 난 눈을 번쩍 떴다.

- !

한밤중.

포탄의 소리는 더는 들려오지 않았다. 그런데도 다시 포탄 소리가 들려올 것처럼 가슴이 쿵쾅거린다.

이곳은 광릉, 박 처사의 집 인근에 구해놓은 기와집이었다.

"밖에 누구 없느냐?"

처음에는 차분하게 불렀지만 돌아오는 대답이 없자 목소리에 힘이 실렸다.

"밖에 누구 없느냐!"

"으음…… 네, 아씨!"

계화다. 건넛방에서 지내는 계화가 내가 외치는 소리를 듣고 문을 열고 나타났다. 자다 깬 얼굴로 눈을 비비며 계화가 깜깜한 방에 불을 붙였다.

"무슨 일 있으세요?"

"옹주는?"

"유모와 안채에서 계시지요."

안심이 되지만 얼굴을 보지 못했으니 걱정이 되었다.

"가서 옹주를 데려와."

"지금요?"

"응."

계화가 순순히 자리에서 일어서더니 안채로 건너간다. 잠시 후 잠든 옹주가 계화의 품에 안겨 내게 전해졌다.

난 옹주를 받아들자마자 가슴으로 끌어안았다. 아기의 살 내음이 맡아지자 그제야 난 안도의 한숨을 내쉴 수 있었다.

"나쁜 꿈이라도 꾸셨어요?"

"그런 것 같아."

"그러니까 왜 다른 하인들을 내보내셨어요?"

이곳에 자리를 잡은 후 두세 명만 남겨놓고는 전부 송현 사저로 돌려보냈다. 구한 집이 그리 크지 않아서 많은 사람들이 머물기에는 좁은 것이 그 이유였지만 사람이 많을수록 지출되는 비용이 컸다. 이 비용은 전부 매달 옹주에게 지급되는 물품을 팔아 충당하는 것이었다.

늘 정해진 물품보다도 더 많이 지급되기는 했지만 난 이것도 아껴야 한다는 생각뿐이었다. 계화는 모자라면 송현 사저에서 가져다 쓰면 된다는 말을 했다. 유모에게 들으니 송현 사저의 창고에는 매달 새 물품이 채워지고 있었다. 유모 말로는 중궁전의 배려라고 했다. 이러면 떠나도 떠나는 것이 아니게 된다.

"옹주에게 지급되더라도 나라에서 받는 거야. 어린 옹주가 벌써부터 사치를 부린다는 소리를 듣게 할 순 없잖니."

"그럴 거면 궁궐에서 지내시는 게 훨씬 낫겠네요. 궁중에서 지낼 때는 지급품이 없어도 살 수 있잖아요."

돌려 말하지만 결국 내 욕심이라는 거다. 옹주가 정연의 소생이라고 알고 있는 계화는 하루 이틀도 아니고 몇 달씩 그의 곁을, 그리고 도성을 떠나 있는 나를 이해하지 못한다.

"옹주 아기씨가 아직 어려서 그렇지. 곧 말도 하시고 그러면 아버지도 보고 싶을 텐데."

내 얼굴이 딱딱하게 굳어버렸다. 이를 본 계화가 자리에서 일어섰다.

"건너가 볼게요. 필요하면 부르시고요."

"그래."

계화가 나가고 나는 다시 한번 옹주를 끌어안았다.

"계화 고것이 네 마음을 상하게 했겠구나."

"모르니까요. 어쩔 수 없는 거죠."

내가 대접한 차를 마시며 박 처사가 위로한다.

"원래 계절이 바뀌면 사람의 마음도 뒤숭숭해지는 것이다. 악몽도 그래서 꾼 것이겠지. 그러니 너무 괘념치 말거라."

"산성이 가까운 곳에 있어서 그런 걸까요?"

난 열린 창문 밖을 내다보았다. 멀지 않은 곳에 높은 산이 있었다. 아직 낙엽이 떨어지지 않았다. 그러나 낙엽이 모두 떨어지고 추운 겨울이 찾아와 산이 헐벗게 되면 이곳에서 남한산성은 잘 보이게 될 것이다.

"돌아가지 않을 것이냐?"

"어디로요?"

"한양이든 어디든."

"아버지."

"홀로 지내는 이 아비가 걱정되어 왔다고는 말하지 말거라. 네 마음이 어디에 가 있는지는 내 눈에도 보인다. 전하야 말할 것도 없었겠지."

내 뺨을 타고 눈물이 흘러내렸다. 나도 모르게 흘러내리는 눈물을 알아차리자 피식, 웃음이 나왔다.

"어디로 가야 할지 모르겠어요. 어디로 가야…… 그를 만날 수 있을지도 모르겠어요."

"나으리는 죽었다."

"알아요. 제 두 눈으로 본 걸요. 잡고 있던…… 그의 손이 식어가는 것도 느꼈어요. 그는 분명 죽었어요."

그는 지금 어디에 있을까?

어느 시대에 다시 태어나 나를 찾아 헤매고 있을까?

어떻게 하면 조금이라도 더 그의 곁에 가까이 다가갈 수 있을까?

"이젠 옹주 아기씨를 위해 살아야지."

"그것도 알아요. 아는데……."

나의 마음은 여전히 병자년의 추운 남한산성에 가 있다. 어렵고 힘들고 배고픈 그 시절이 내 인생에서는 가장 행복한 시절이었다. 두려움에 떨어야 할 시기에 난 세상에서 가장 평화로운 시기를 보냈다.

"그가……."

눈물이 그치지 않는다.

"죽었다는 걸 알면서도 받아들이기가 힘든 건……."

고개가 점점 숙여지는 내게 박 처사가 말했다.

"산성에 다시 가보겠느냐?"

❧

낙엽이 만들기 시작한 길을 따라 산성에 올랐다. 박 처사가 길을 내고 내가 그 뒤를 따랐다. 유모가 옹주를 안아 들었고 계화가 그 뒤를 따랐다. 반나절 가까이 걸어 남문에 도착했을 때, 입구에는 지루함을 못 이겼는지 바위에 머리를 기댄 채 잠들어 있는 병사가 보였다.

"병자년 이후로 이 모양이지."

박 처사는 익숙한 듯 활짝 열린 남문을 지났다. 난 남문 앞에서 성벽을 살폈다. 병자년 포탄에 무너진 상태로 곳곳에 잡초가 사람 키만큼 돋아나 있었다. 거의 버려진 곳이나 다름없는 곳을 박 처사는 익숙하게 돌아다녔다.

"가끔 온단다."

이곳에도 사람은 살았다. 대부분이 병사와 그 가족들로, 다 합해도 서른 명이 채 되지 않는다고 했다. 황폐해진 산성을 돌아보며 난 할 말을 잃었다.

"이 정도일 줄은 몰랐어요."

"정말? 청나라에서 사신이 올 때마다 꼭 이곳에 사람을 보내 확인하더구나."

남한산성을 수리한다는 것은 언제든 청나라의 재침에 대비하겠다는 뜻. 조선은 청나라의 눈치에 남한산성을 수리하지 못했다.

"어찌 보면 그때 그대로네요."

"맞다. 한데 병자년이 벌써 십오 년 전의 일이니……."

"십오 년……."

그 세월이 이토록 빨리 지나갈 줄 몰랐다.

"그런데 너는 내가 처음 이곳에서 널 보았을 때의 외모 그대로이니."

"그러게요. 그래서 중궁전 상궁은 절 '요녀'라고 부른데요."

"정말로 요녀냐?"

박 처사의 장난스러운 되물음에 나는 웃으며 고개를 저었다.

"요녀라면 삶이 이처럼 기구하진 않겠지요."

"네 삶이 기구하다고 여기느냐?"

"요즘 따라 그런 생각이 많이 들어요."

"'생각'일 뿐이지. 내가 보기에 넌 스스로를 이 산성 안에 가둬두려 하는 것 같구나."

박 처사가 안내한 길 끝에는 시백과 내가 살았던 집이 있었다. 그 집은 산성에서도 외양을 거의 그대로 유지하는 쪽에 속했다.

"새 집 같네요."

"내가 가끔 와서 살펴보았다니까."

내가 머물렀던 방으로 다가가 문을 열었다. 텅텅 비어 있는 방안에는 한기만 가득했다.

['미인은 피부가 상하거든요! 추위에 약해서요……!']

['그대는 여러모로 손이 많이 가는 사람이군.']

그의 목소리와 그의 미소를 떠올리려 하면 할수록 멀어져 간다.

난 언제쯤 그의 목소리를 다시 들을 수 있을까?

언제쯤 죽어야 그의 미소를 다시 볼 수 있을까?

이제는 아무도 살지 않는 텅 빈 방이 마치 지금 내 마음과 똑같았다. 멍하니 방안을 바라보는 내게로 박 처사가 다가왔다.

"화진아?"

난 박 처사에게로 돌아서며 말했다.

"당분간 이곳에서 살래요."

박 처사가 고개를 가로저었다.

"곧 겨울이야. 이곳의 겨울이 얼마나 매서운지는 네가 더 잘 알지 않니?"

"괜찮아요. 잘 아니까. 게다가 지금은 병자년이 아니에요. 산성을 에워싼 적군도 없어요. 그러니 이곳에서 겨울을 지낼 충분한 준비만 한다면 무리가 없을 거예요."

이런 내 모습에 박 처사가 답답한 듯 한숨을 내쉰다.

"그런다고 나으리가 돌아오진 않아."

"당분간이라고 했잖아요. 오래 안 있을 거예요."

우리의 대화를 지켜보던 계화가 나섰다.

"저야 아씨 곁에 남을 테지만 옹주 아기씨는요?"

"유모와 함께 내려가야지. 산 아래에는 아버지가 계시니까."

옹주까지 내려보내고서라도 혼자 남겠다는 내 의지에 박 처사가 포기한 듯 말했다.

"그래, 그러마."

ꍦ

평소 나보다도 유모를 더 따르는 옹주였다. 막상 남문 앞에서 헤어지려고 하자 내 품에서 떨어지지 않으려 칭얼댔다.

"아기씨. 어머님께서도 곧 내려오실 거예요."

"마…… 마마…… 마…… 힝."

난 일부러 옹주를 안아주지 않았다. 옹주는 유모의 품에 안겨 산을 내려가는 동안에도 내가 멀어질 때까지 울며 손짓을 했다. 옹주가 보이지 않을 때까지 지켜보던 내가 돌아서자 계화가 이해할 수 없다는 듯 말했다.

"아무리 그래도 어찌 그리 매정하게 보내세요? 어떨 때는 옹주 아기씨 어머니가 유모인 줄 알겠다니까."

내가 아무런 응수를 해주지 않자 계화는 집으로 돌아갈 때까지 잔소리를 해댔다.

"차라리 옹주 아기씨도 여기서 같이 지내요."

"여긴 아기가 살 만한 곳이 아니야."

"아니! 어찌 어머니가 아이를 떼어놓고 살 수 있대요?"

"계화야."

난 한숨과 함께 마루에 앉으며 말했다.

"왜요?"

날 원망스럽게 쳐다보는 계화를 뒤로하고 난 지붕 너머로 보이는 가을 산을 응시했다.

"그 아이 기억하니?"

"무슨 아이요?"

"병자년에 내가 낳은 아이."

옹주는 봄에 태어났다. 그러나 그 아이, 설우는 눈이 비처럼 날리던 날에 태어났다.

"가끔 옹주를 안고 있으면 그 아이가 생각나."

556

"아씨……."

"그 아이도 내가 소중히 안았었는데."

다시 만난 그 아이에게는 그러지 못했다. 난 내 욕심만 차린 어머니였다. 이런 내가 또다시 다른 아이의 어머니가 될 자격이 있을까?

"옹주는 정말 많은 사람들의 사랑을 받고 있어. 그런데 그 아이는 그러지 못했어."

그 아이가 나를 마지막까지 쳐다보던 눈동자를 잊을 수가 없다.

나를 원망했을까?

나를 원망하며 살아가고 있을까?

그 생각만 하면 어떨 때는 가슴이 미어지도록 아프다.

"옹주는 내가 사랑해주지 않아도 사랑받으며 살 거야. 난 그렇게 믿어."

옹주의 삶은 걱정하지 않는다. 나를 닮아 예쁜 그 아이는 앞으로 많은 사람들의 사랑을 받으며 행복하게 살날만 있을 테니까. 그런데 설우는 그렇지 못할 것이다. 이것도 내가 안고 살아야 할 죗값일까? 시백이 떠나고 남은 건 이처럼 무거운 후회가 가득한 기억뿐이다.

너무 힘들어…….

이 모든 것을 혼자서 감당하기에는 너무나도 힘들다.

한밤중에 눈을 떴다.

이번에는 포탄 소리 때문이 아니었다. 늑대의 울음소리가 아주 가깝게 들려와서 눈을 뜬 것이다.

늑대가 있었나?

병자년에 겨울, 남한산성에서 지낼 때는 전혀 듣지 못했던 소리였다. 계화가 옆방에 있다는 걸 알면서도 무서워졌다. 혼자 남겨졌다는 사실이 산 아래에 있을 때보다도 더 또렷하게 느껴졌다. 이곳에서 지내면 가깝게 느껴질 것 같던 시백의 존재도 전혀 느껴지지 않았다.

"흑……."

난 무릎 사이에 얼굴을 파묻은 채 흐느꼈다.

['맞다. 그대는 강한 여인이었지.']

정연의 말이 떠올랐다.

난 강하지 않아.

내가 강할 수 있었던 것은 시백이 있었기 때문이다. 내가 어떤 위험에 처하더라도 시백이 반드시 나를 구하러 올 것이라는 믿음. 난 그 믿음으로 중원에서 버티고 살아남았던 것이다.

그런데 그는 죽었다. 내 사랑이 그를 죽였다.

이제 그 결과는 오롯이 내가 감당해야 할 것이겠지.

이제 더는…… 버틸 자신이 없어.

- 끼익

조용히 문을 열자 가을 산의 찬 공기가 물밀 듯이 쏟아져 들어왔다. 나는 장옷을 걸치는 것도 잊은 채 잠옷 차림으로 집을 나섰다. 어디로 가야 할지도 몰랐다. 그저 내가 찾는 곳은 단 하나였다. 조금이라도 시백에게 가까운 곳, 조금이라도 그와 가까워질 수 있는 곳!

- 휘이이이잉

마침내 내가 다다른 곳은 차디찬 성벽 위였다. 밤에도 보초 서는 이가 하나도 없는 성벽 위에는 불빛이라고는 차디찬 달빛뿐이었다. 그 달빛에 반사되어 푸른빛으로 반들거리는 성벽은 마치 얼음처럼 서늘함만 품고 있었다.

난 성벽에 올라서서 그 아래 낭떠러지를 가만히 내려다보았다.

죽음.

중원을 뒤흔든 화씨지벽의 최후가 바로 이 남한산성의 성벽 위였다니! 아직 살아 있을 도르곤이 이 사실을 전해 듣는다면 얼마나 코웃음을 칠까.

한 가지는 확실했다. 날 마지막까지 소유했던 사람은 이시백이었다는 것. 그리고 죽은 내가 눈을 뜬다면 다시 만날 사람도 이시백이다.

"……"

난 천천히 두 눈을 감았다. 그러자 산 아래에서부터 밀고 올라오는 차디찬 바람으로 인해 몸이 둥둥 뜨는 듯한 기분에 사로잡

했다. 난 주저 없이 그 바람에 몸을 맡기듯 산성 아래로 몸을 내던졌다.

❦

창덕궁.

"음?"

늦은 밤까지 상소를 살피고 있던 정연이 갑자기 가슴이 철렁하며 내려앉는 느낌을 받았다. 문득 그는 송현 사저에서 옹주와 지내고 있을 화진을 떠올리며 한숨을 내쉬었다.

❦

산성 아래로 떨어지려는 바로 그 순간, 누군가 내 뒤에서 낚아채듯 양팔을 잡아 돌려세웠다.

"!"

단단한 손의 힘은 여인이 아닌 사내의 것이었다. 돌아보자마자 그가 나를 두 팔로 끌어안았다. 이상한 일이었다. 조금 전까지는 죽음이 전혀 두렵지 않는데, 죽음의 문 앞에서 이끌려 돌아온 나는 이제 죽음이 두려워졌다. 내가 시도하려 한 자살에 대한 회의감과 동시에 감당할 수 없을 정도의 후회감이 몰려들었다.

난 낯선 사내의 어깨에 기댄 채 얼굴을 묻고 왈칵 울음을 터트렸다. 내 몸을 감쌌던 차디찬 바람도 그의 품안에 있는 내겐 닿지 않았다. 그가 전해주는 온기에 내 몸을 맡긴 채 흐느끼던 나는 그대로 잠에 빠지듯이 정신을 잃었다.

⊱⊰

꿈일까?

눈을 뜨자마자 보이는 천장을 응시하며 난 생각했다. 나는 남한산성의 성벽 위에서 몸을 내던졌다. 그런 나를 누군가 구해주었다.

누구였을까…….

어깨에 기대 맡았던 향기는 낯설었다. 나를 붙잡았던 손길도 낯설었다.

시백은 분명 아니었어…….

"아씨! 어서 나와보세요!"

이른 아침부터 계화의 외침에 난 잠옷 차림으로 문을 열고 밖을 내다보았다. 집 대문 안으로 누군가 들어오고 있는 모습이 보였다. 그들은 박 처사와 유모였다. 유모의 품에는 옹주가 안겨 있었다.

난 옹주를 보자마자 버선발로 뛰어나갔다.

"아가!"

"마마……!"

나를 본 옹주가 두 팔을 휘저으며 방긋방긋 웃는다. 눈물이 났다. 난 옹주를 유모에게 받아들며 펑펑 눈물을 쏟았다. 유모가 이런 나를 보며 웃는다.

"이러실 분이 어찌 홀로 지내신다고……."

"아가아…… 흑. 흐흑."

나는 우는데 옹주는 좋아서 웃는다.

"어찌 다시 오셨어요?"

울음을 그치지 못한 채 난 박 처사에게 물었다.

"이곳에 빈 방이 많지 않니."

박 처사의 뒤로 하인들이 쌀과 먹을 음식이 가득 담긴 지게를 내려놓기 시작했다.

"달포는 충분할 게다. 모자라면 그때마다 사람을 보내 가져오게 하면 되겠지."

그사이 계화가 다가와 내 어깨에 장옷을 둘러주었다.

"옹주 아기씨가 추워하실까봐 그래요."

투덜거리는 계화도 고마웠다. 난 옹주를 안은 채로 박 처사와 방으로 들어갔다.

자리에 앉은 박 처사가 내게 말했다.

"넌 나으리를 잃고 마음에 큰 상처를 입었다. 한데 지금까진 그 상처를 돌아보고 치유할 시간을 갖지 못했어. 이제야 그 시간을 가지게 된 것이지."

"아버지……."

"홀로 상처를 이겨내려 하지 말아라. 그 상처가 나을 때까지 네 곁에 있어줄 많은 이들이 있으니까."

옹주가 작은 손으로 눈물에 젖은 내 뺨을 장난스레 밀어 올린다. 울던 나는 옹주의 행동에 피식 웃고 말았다.

"하나뿐인 아이까지 내려보낸 너를 혼자 두면 안 된다는 생각이 들더구나. 아무리 어렵고 힘든 일이 있더라도 어미는 아이와 떨어져선 안 돼."

"저도 후회하고 있어요, 아버지."

박 처사가 긴 한숨을 내쉬었다.

"나으리가 죽으니 살아갈 이유가 없어진 것 같겠지. 내 딸이 죽었을 때도 그래서 잘 안다. 한데 내겐 새로운 딸이 생겼지. 너 말이다. 마찬가지다. 나으리가 없는 이 세상을 네가 살아가야 할 이유를 찾는다면, 바로 이 아이야."

옹주는 계속 나와 눈을 맞추며 까르륵 웃었다. 난 눈물을 뚝뚝 흘리며 대답 대신 고개만 연신 끄덕였다.

"참, 나도 있구나. 늙어가는 처지에 부양해줄 자식이 있어야 하니."

나를 친딸과 다름없이 생각해주는 박 처사가 고마웠다.

"아버지이-"

"그래. 난 네 아버지가 아니냐. 응?"

난 다시금 고개를 끄덕이며 옹주를 끌어안은 손에 힘을 주었다.

창덕궁.

"전하께서 어찌 저리시는지."

우 상궁의 시선은 중전인 장씨와 함께 후원가를 배회하는 정연을 향해 있었다.

"조정 일을 살피실 때는 그 누구보다도 훌륭하고 빈틈없는 전하이시지만……."

그 외의 모든 시간, 정연은 반쯤 넋을 놓은 사람처럼 멍하니 시간을 보낸다. 정해진 일과만 처리할 뿐 그는 시간이 갈수록 말수가 줄어들고 감정 표현을 잘 하지 않았다.

"지금이 그때와 같구나."

"예?"

장씨는 우 상궁이 되묻는 말에 답하지 않았다. 그녀의 머릿속에는 피화당을 두고 어쩔 줄 몰라 하던 열일곱 봉림대군 이정연의 모습이 있었다. 그는 그때보다도 키가 더 커지고 임금으로서의 풍채와 위엄도 갖췄다. 그러나 장씨의 눈에는 여전히 열일곱 소년이었다. 어른의 흉내를 내느라 힘들어하는 소년.

장씨가 나인들을 물린 채 후원에 홀로 서 있는 정연의 곁으로 다가갔다.

연못에 비친 장씨의 모습을 보고도 정연은 돌아보거나 별다른 반응을 보이지 않았다. 그것이 혼자 있고 싶으니 조용히 물러가 달라는 무언의 표시인지도 몰랐다. 그러나 장씨는 물러서지 않았다. 그녀는 연못에 비친 왕의 그림자 옆에 자신의 그림자를 놓왔다.

"처음 신첩과 합방하시던 날이 기억나시옵니까?"

정연의 고개가 옆에 선 장씨를 향했다. 장씨는 계속 연못 속 정연을 쳐다보고 있었다.

그녀는 무표정한 얼굴로 말을 늘어놓았다.

"어찌나 서투르시던지. 아무리 혼인하면 지아비와 살 섞고 산다지만 답답해서 속에 열불이 치밀어 오르는데……."

"미쳤소?"

정연이 얼굴을 붉히며 주변을 살핀다. 다행히 나인들은 멀리 떨어져 있었다. 그렇다 하더라도 장씨의 목소리가 전혀 안 들릴 정도의 거리는 아니다. 당황한 정연을 돌아보며 장씨가 해맑게 웃는다.

"이제야 전하다우시옵니다."

그제야 장씨의 꾀에 당했다는 것을 깨달은 정연이 다시 연못으로 고개를 돌린다.

"신첩이 공주는 여럿 낳았사온데 피화당이 낳은 옹주만큼 예쁜 아이는 보질 못하였사옵니다. 제 자식이 더 예뻐야 하는데도 옹주가 더 예쁘니…… 그래서인지 가끔 옹주가 보고 싶사옵니다. 지금쯤 말도 곧잘 할 터인데."

입을 다문 정연의 어깨가 깊은 한숨으로 들썩인다. 장씨가 그런 정연의 눈치를 보았다.

"약관에 이르기도 전에 피화당을 향한 마음을 무작정 밀어붙이시던 분께서 어째 이립에 들어서니 지천명에 이르신 듯 행동하시옵니까? 신첩은 답답할 뿐이옵니다."

"더는 피화당의 이야기를 꺼내지 마시오, 중전."

"허면 다른 여인이라도 가까이하시지요."

정연도 모르는 것은 아니었다. 유독 밤에 침전에 드나드는 지밀 나인들만 일부러 골라 뽑은 것처럼 외모가 아름다웠다. 이 모두 장씨의 짓이었겠지만.

"과인을 시험하려 하지 마시오. 과인과 피화당은 더는 인연의 끈이 없으니."

"하오면 애초부터 그 아이를 옹주로 삼지 마셨어야지요."

정연이 다시 중전을 돌아보았다. 그녀는 여전히 해맑게 웃으며 정연을 바라보고 있었다.

"중전은 투기도 없소? 과인이 욕심나지 않으시오? 한데 지금 중전이 하는 말은 과인보고 어렵게 놓아준 피화당을 욕심내라 하는 것과 같은 말이오."

"전하."

중전이 노랫가락처럼 구슬프게 그를 불렀다.

"사람의 마음은 억누르면 억누를수록 커지는 것이고 그러다 더는 커질 수 없으면 터져버려 그 사람을 죽게 만들지요. 신첩은 전하가 그리되시길 원치 않사옵니다."

정연이 그녀에게서 돌아서며 말했다.

"그 말은 듣지 않은 것으로 하겠소."

정연이 떠나자 장씨는 연못에 떠다니는 낙엽을 보며 중얼거렸다.

"이미 곳곳에 피화당을 아로새기시고는······."

❧

처음으로 옹주의 손톱을 깎아주던 날. 손톱을 다듬을 때 쓰는 판으로 슬슬 문지르며 갈아주고 다듬어줬다. 어색해서 혹시라도 울거나 싫어할까 걱정이었는데, 오히려 방긋방긋 웃다가 배시시 웃음을 흘리기까지 한다. 옹주는 내가 자신의 손을 만져주는 것이 마냥 좋다는 표정이다. 이런 옹주의 표정에 나도 연신 피식피식 웃고 말았다. 이게 손톱을 자르는 건지 아니면 아이와 눈 맞추며 웃는 놀이를 하는 건지 알 수가 없다.

"자, 다 됐다."

옹주의 양손을 활짝 펼친 채 결과물을 만족스럽게 바라보았다.

"우리 나갈까?"

"우웅?"

나간다는 말의 의미를 아직 모르는 옹주를 안아 들었다.

"이러다 고뿔 나시겠어요!"

옹주의 옷을 단단히 입혀서 나왔는데도 계화는 다시 잔소리다. 이런 계화의 불만스러운 목소리에도 옹주는 방긋방긋. 도리어 계화가 이런 옹주를 보며 웃고 말았다.

"옹주 아기씨 앞에서는 화를 못 내겠다니까."

"우리 옹주가 능력이 엄청 좋지. 보는 사람마다 다 웃게 하니까. 그치?"

"응!"

마치 내 말을 다 알아들었다는 듯 때맞춰서 옹주가 고개를 힘차게 끄덕이며 '응' 소리를 냈다.

"응? 하하!"

영특하다고 해야 할지 아니면 그저 우연인 건지는 모르겠다. 난 낙엽이 잔뜩 깔린 곳에 가서 옹주를 내려놓고 손을 잡은 채 나란히 걸었다. 아장아장 걷는 옹주의 걸음은 이제 힘차다. 아이는 다 이렇게 자라나보다. 자세히 들여다보면 느리고 멀리서 보면 빠르게 자란다.

"널 보면 참 좋아했을 텐데."

말은 시백을 두고 했지만, 머릿속에 떠오르는 것은 정연이었다.

"참 이상하지."

산성에서 떨어지는 순간 나를 붙잡은 손. 그것은 시백도 아니고 정연도 아니었다. 굳이 논하자면 정연의 느낌과 가까웠다.

"화진아."

어느새 우리를 뒤따라 온 박 처사가 나를 불렀다. 난 옹주를 잡은 채 걸음을 멈췄다. 옹주는 계속 앞으로 걸어가려고 버둥거렸다.

"사람을 보내 탄을 더 구해와야겠다."

"예?"

"곧 눈이 내릴 것 같아."

"눈이요?"

박 처사의 말을 듣고 난 하늘을 올려다보았다. 구름이 그리 많진 않았지만 뺨에 닿는 공기가 차가웠다. 이미 산성 주변의 나무들은 반 이상이 헐벗은 상태가 되어 있었다.

❧

"그래?"

중궁전에서 우 상궁이 전해온 소식을 들은 장씨가 혀를 찼다.

"송현 사저 곳간에 채워놓은 물건을 한 번도 쓴 적이 없다고?"

"예. 그렇다 하옵니다."

"참…… 피화당 고집도 전하와 다를 게 없어. 어찌 그리 두 사람이 닮았는지."

마침 중궁전에 도착한 정연이 걸음을 멈췄다. 내관이 그가 온 것을 알리려 하자 정연이 손을 들어 만류했다.

"매번 옹주에게 지급되는 물품은 넉넉하게 챙겨 보내라 하였지. 하나 조금이라도 사치를 부리려면 그것 가지고는 한참 모자를 터인데."

"이 부인께서는 아무래도 왕실과 정을 떼시려는 모양입니다."

"그건 또 무슨 말인가?"

"지난번에 이 부인이 광릉으로 내려가 집을 구해 산다고 말씀드리지 않았사옵니까?"

"그랬지."

"이번에 옹주 아기씨의 물품을 전하러 간 병사들의 말에 따르면 그곳에 안 계신다 하옵니다."

"뭐라? 허면 어디에서 지낸다더냐?"

"가을에 남한산성으로 거처를 옮겼다 하옵니다."

"산성에? 옹주도 함께 갔다더냐?"

"예. 그런 듯하옵니다."

"이런 이런……."

장씨가 기가 막힌다는 소리를 냈다.

며칠 전 도성에 첫눈이 내렸다. 남한산성은 더 추울 테니 이미 진작에 눈이 내리고도 남았을 것이다.

"하필 산성에서 지낸다니. 도대체 무슨 생각인 건지 알 수가 없군."

"궐로 돌아올 생각이 없는 것은 확실한 듯하옵니다."

"답답하군 답답해……."

어쩌면 정연이 했을 말을 장씨가 읊고 있었다.

– ……

이들의 대화를 끝까지 듣고 있던 정연은 소리 없이 돌아서 중궁전을 떠났다.

570

며칠째 눈이 그치지 않고 내렸다. 수시로 눈을 쓸었던 마당은 그나마 덜했지만, 집만 나서면 눈이 무릎까지 차 있었다. 매일 하던 어린 옹주와의 산책은 중단되었다. 대신 낮에는 문을 열고 옹주와 눈 내리는 마당을 내다보았다.

"끼야-"

방안이 따뜻해서인지 옹주는 계속 눈을 만지려 손을 내젓는다. 그런 옹주를 밖으로 내보내 눈을 마음껏 만지도록 해주고 싶은 마음도 있었다.

"여긴 사람이 살 만한 곳이 아니에요."

아궁이에 불을 지피고 나온 계화가 콜록거리며 신경질을 부렸다. 그런데 계화를 본 어린 옹주가 까르륵 웃는다.

"응? 옹주 아기씨가 왜 웃으시는 거죠?"

계화의 얼굴에는 검은 흑칠이 잔뜩 되어 있었다.

나도 옹주와 함께 웃으며 말했다.

"가서 얼굴을 씻어야 할 것 같은데?"

"에?"

계화가 한 손으로 제 얼굴을 닦아본다. 그러자 손에 묻은 숯이 얼굴에 더 묻으며 계화의 얼굴은 말 그대로 숯검댕이가 되고 말았다.

"어머나!"

뒤늦게 자신의 얼굴에 숯이 묻었다는 걸 알아차린 계화가 씩씩거리며 부엌으로 다시 들어갔다.

난 옹주를 끌어안고는 바닥에 누워 한참을 웃어댔다. 두 손으로 번쩍 들어올린 옹주가 나를 내려다보며 소리 내어 웃는다.

"네가 없었으면 어떻게 되었을까?"

옹주는 이제 내게 없어서는 안 되는 존재다. 내가 살아가는 이유였고 내가 살아 있는 이유였다.

"엄마는 네가 있어서 정말 행복해."

난 옹주를 끌어안은 채 옆으로 누웠다. 옹주는 내 품이 갑갑한지 빠져나가려고 발버둥을 쳤다. 그 모습에 난 다시 웃음을 터트렸다.

"음……."

그 노래다.

곤히 잠든 옹주를 뒤로하고 누워, 난 작게 노래를 흥얼거렸다. 남한산성의 온조왕사에서 시백의 품에 안겨 흥얼거렸던 그 노래. 더는 그가 내 곁에 없지만…… 이제는 네가 있어.

난 잠들어 있는 옹주를 돌아보았다. 새근새근 들려오는 숨소리에 피식 웃으며 한 손으로 옹주의 얼굴을 쓸었을 때였다. 손에 닿은 옹주의 살결이 너무나 뜨겁다.

"응?"

무언가 이상하다는 생각이 든 나는 일어나 방의 불을 켰다. 환해진 불빛 아래서 보는 옹주는 뺨이 붉게 상기된 채로 가쁜 숨을 쉬고 있었다.

"아가?"

잠든 아이를 깨우고 싶진 않았지만, 혹시나 하는 마음에 몸을 살짝 흔들었다.

"아가야– 응?"

옹주는 눈을 뜨지 않았다.

난 손을 옹주의 이마에 가져다대어 보았다. 이마뿐만 아니라 얼굴 전체가 불덩이였다!

"계화야! 계화야!"

난 계화를 다급한 목소리로 불렀다.

"무슨 일이냐?"

이 소리에 계화보다도 박 처사가 먼저 달려왔다. 난 박 처사의 팔을 붙들며 말했다.

"옹주가 이상해요! 아버지! 옹주가 이상해요!"

박 처사가 잠든 듯 누워 있는 옹주의 뺨에 손등을 가져다댔다.

"열이 높구나."

뒤늦게 계화가 나타나자 박 처사가 계화에게 말했다.

"차가운 물과 수건을 가져와라. 어서."

"아…… 네!"

계화가 뛰어가고 뒤이어 유모도 나타났다. 유모도 옹주의 상태를 보고는 놀란 표정을 지었다. 난 그녀의 표정을 보고 옹주의 상태가 심상치 않음을 알았다.

"낮까지는 멀쩡했어요! 아무렇지도 않았어요! 잘 웃고 잘 놀았어요!"

내 목소리가 울먹거린다.

박 처사가 이런 나를 안심시키려는 듯 다독였다.

"아이들은 원래 그래. 옹주 아기씨처럼 어린 아기들은 더더욱."

조선 시대 영아 사망률은 89퍼센트였다. 열 명을 낳아도 그중 절반은 열 살을 넘기지 못하고 죽던 시대였다.

백신이라는 것이 존재하지도 않던 시대.

"여기요!"

계화가 물이 담긴 대야와 수건을 가져왔다.

"제가 할게요."

유모가 나서서 수건에 찬물을 적시더니 그것으로 옹주의 얼굴과 몸을 닦아주었다.

"으응……."

그 느낌이 싫은지 옹주가 몸을 뒤척인다. 유모는 수건 하나는 옹주의 이마에 얹고 다른 수건으로는 계속 몸을 닦아주었다.

고작 이 방법이 다라니!

"의원은? 의원을 불러와!"

내 말에 계화가 당황하며 말했다.

"아씨…… 여긴 산성이라고요. 의원이 없어요."

난 말문이 막혔다.

– 휘이이잉

겨울바람이 매서웠다.

침전에 홀로 누워 잠을 청하던 정연은 어둠 속에서 눈을 뜬 채 천장을 바라보았다. 그의 머릿속에는 낮에 장씨가 우 상궁과 주고받던 말이 계속 맴돌고 있었다.

['가을에 남한산성으로 거처를 옮겼다 하옵니다.']

['산성에? 옹주도 함께 갔다더냐?']

['예. 그런 듯하옵니다.']

['이런 이런······.']

차라리 듣지 말았어야 한다. 그는 날씨가 유독 좋았던 봄날에 그녀를 보내주었다. 그녀는 웃으면서 그를 떠났다. 그는 다시 그녀에게서 그 웃음을 빼앗길 원치 않았다. 자신에게는 그녀가 곁에 없는 이 시간이 힘든 시간일지라도.

"휴우–"

남몰래 긴 한숨을 내쉬던 그때였다. 문을 사이에 두고 다급한 목소리가 들려왔다.

"전하."

딱 이 한마디였지만 정연은 바로 허리를 일으켜 세웠다. 침전 당직 내관의 목소리는 아니었다. 일반적인 내관들의 간드러지는 목소리가 아닌 젊고 당당한 사내의 목소리에 가까웠다.

별감일까?

그러나 별감은 내관의 허락 없이는 왕에게 직접 말을 올릴 수가 없었다.

"누구냐?"

정연이 되묻는 말에 잠시 침묵이 이어졌다. 정연은 혹시 자신이 헛것을 들은 것이 아닌가 싶어서 다시 조심스럽게 입을 열었다.

"무슨 일이냐?"

마치 그 대답을 기다렸다는 듯이 문밖의 사내가 대답했다.

"남한산성에 계신 옹주 아기씨께 변고가 생겼다고 하옵니다."

"무어라?"

옹주에게 변고가 생겼다는 말에 정연은 금침에서 벌떡 일어섰다. 그리고 바로 소리가 들려오던 협방의 문을 열어젖혔다.

"……!"

그러나 방금 전까지 목소리가 들려온 그곳에는 아무도 없었다. 무언가 이상하다는 생각이 든 정연이 내관을 찾았다.

"거기 아무도 없느냐!"

정연의 외침에 밖에서 내관이 안으로 뛰어 들어왔다.

"전하! 무슨 일이시옵니까?"

"오늘 협방에 당직하는 자가 있었더냐?"

"예?"

"이곳, 이 협방에 말이다!"

정연의 추궁에 내관이 쩔쩔매며 답했다.

"나인 순이가 오늘 그곳에서 당직이온데 잠시 자리를 비운 것 같사옵니다."

순간 불길한 생각이 정연의 머리를 스쳤다.

정연이 내관에게 말했다.

"서둘러 암행을 준비하라."

❦

순조의 딸인 영온옹주는 어릴 때 열병을 앓아 벙어리가 되었다. 왜 이런 상황에서는 자꾸 안 좋은 생각만 나는 걸까?

"나으리……."

계속 옹주의 몸을 닦아내던 유모가 조심스럽게 박 처사를 부른다. 박 처사는 유모와 시선을 주고받더니 그녀가 방금 걷어낸 수건 아래 옹주의 이마에 손을 얹는다.

그는 말없이 속으로 한숨을 내쉬었다.

"왜 그래요? 도대체 왜 그러는데요?"

망설이던 박 처사가 대답했다.

"열이 내리지 않는구나."

"아까보다 열이 더 높아진 것 같아요."

유모가 박 처사의 말을 받는다.

난 침착하려고 애썼다. 담담하게 이 말을 들으려고 했다. 미래에 서라면 그저 응급실에 데려가면 끝날 일이 이렇게까지 심각한 일이 될 줄 몰랐다.

난 주먹 쥔 손을 입에 가져다대고 흐느꼈다.

너무 무서웠다.

왜 난 옹주에게 위험한 일이 일어나지 않을 거라고 자만해왔을까? 이미 내가 아는 역사는 시백이 죽는 순간부터 뒤틀리기 시작했는데도! 옹주에게 정해진 삶도 함께 뒤틀려버렸을지 모른다는 생각은 왜 못 했던 걸까?

"아무래도 산을 내려가서 의원을 데려와야겠다."

"눈이 너무 많이 쌓였어요. 지금 내려가시는 건 위험해요."

유모가 만류했지만 박 처사는 우는 나를 보며 자리에서 일어섰다.

"계화야."

"예, 나으리!"

"가서 막쇠를 깨워 오거라. 지금 당장 하산해야 한다 전하고."

"네!"

계화가 뛰어가버리자 유모가 재차 말린다.

"설사 하산하셔도 이 날씨에 어떤 의원이 산성에 올라오려 할까요?"

"안 되면 약이라도 구해와야겠소."

이제 그것이 마지막 희망이었다. 난 옷을 갖춰 입는 박 처사에게 울며 말했다.

"아버지. 저 옹주가 잘못되면 못 살아요…… 흑. 옹주가 없으면 저는……."

"걱정 마라."

박 처사가 우는 내 어깨를 다독인다.

"계화야. 아씨 잘 모시고 있거라."

"네, 나으리……."

박 처사가 지팡이를 짚은 채 하인과 함께 남한산성을 떠난 것은 밤이 깊어가던 시각이었다.

꽃∽

박 처사가 떠나고도 눈은 그칠 기미가 없었다. 여기에 눈보라까지 더해지면서 바로 앞을 내다보는 것조차도 불가능했다.

"다 내 잘못이야……."

열 때문에 숨만 겨우 내쉬며 힘들어하는 옹주를 보며 내 가슴은 무너졌다. 차라리 내가 옹주 대신 아플 수만 있다면 이렇게까지 고통스럽진 않을 것 같았다.

"아이는 다 아파요. 아프면서 크죠."

울음을 그치지 못한 나를 보며 유모가 달래듯 말했다.

그러나 내겐 전혀 통하지 않는 말이었다.

"내겐 옹주가 전부라고요!"

"이 부인."

시백이 남긴 유일한 혈육. 내겐 어쩌면 시백 그 자체였을지도 모를 아이. 난 왜 이 아이를 두고 시백을 만나러 갈 생각을 했었을까? 잠시라도 그 생각을 한 것을 후회했다. 이 아이를 위해서라면 내 목숨도 내놓을 수 있을 것 같은 지금 심정에 비한다면!

"엄마가 잘못했어…… 엄마가 다 잘못했어……."

오로지 내 상처와 내 고통 속에 빠져 허우적거리며 오른 남한산성이었다. 여전히 난 병자년의 남한산성에 갇혀 있었고 스스로 갇히길 원했다. 그렇게 해서라도 시백의 자취를 느끼며 살아갈 수 있다면 죽은 뒤에 다시 그를 만나기까지 그리 오래 걸리지 않을 것만 같아서였다.

"제발…… 제발 아프지 마……."

"우웅……."

난 옹주의 작은 손을 손가락으로 감싸쥔 채 흐느꼈다.

❧

날이 밝아오고 있었다. 다행히 휘날리던 눈발이 잠시 그쳤지만 박 처사에게서는 소식이 없었다. 옹주의 열은 조금 내려갔지만 크게 호전된 것 같지는 않았다.

"조금이라도 쉬시지요."

유모가 옹주의 곁을 지키겠다며 밤새 눈을 못 붙인 내게 말했다. 난 고개를 저었다.

"괜찮아요."

내 목소리를 들었는지 열 때문에 눈도 못 뜨던 옹주가 가늘게 눈을 떠서 나를 올려다본다. 상당히 지친 표정이다. 물만 떠먹였는데도 새벽에 두 번이나 구토를 했다. 아무것도 못 먹고 만 하루를 보낸 옹주를 보자니 억장이 무너졌다.

"히잉……."

다행인 건 자기가 아프다고, 자기가 힘들다고 제 목소리를 내며 칭얼대는 모습이었다. 나는 옹주를 소중히 안아 들었다. 품에 안긴 옹주가 내 체온에 비하면 불덩이처럼 느껴져 가슴이 철렁였다.

"괜찮을 거야……."

누가 누구에게 하는 말인지 알 수가 없다. 옹주가 잘못되면 분명 나도 잘못될 것이라고 생각하면서도 말이다.

칭얼대던 옹주가 내 품에서 스르륵 잠이 들었다. 그런 옹주를 옆에 눕히고 계속 이마의 열을 반복해서 재던 나도 깜빡 잠이 들었던 것 같다. 한번 쏟아진 잠은 나를 깊숙한 어둠 속으로 몰고 갔다.

- 철컹!

다시 휘몰아친 눈보라가 건드는 문소리에 난 감았던 눈을 번쩍 뜨며 일어났다.

- !

제일 먼저 보이는 것은 유모의 뒷모습, 그다음에는 그 옆에 앉은 낯선 중년 사내의 뒷모습이었다.

"옹주야!"

옹주를 부르며 깨어나자 유모와 그 옆에 앉아 있던 사내가 나를 동시에 돌아본다.

"깨어나셨습니까?"

"옹주는? 옹주는?"

반복해서 옹주를 부르는 내 목소리에 사내와 유모가 조금 떨어져 앉는다. 그 사이로 이불 위에 엎어져 눈을 크게 뜨고 나를 쳐다보는 옹주가 보였다.

"끼야!"

옹주는 나와 눈이 마주치자 깍깍 소리를 내며 활짝 웃었다.

"옹주야!"

난 그런 옹주에게 다가가 이마의 열부터 쟀다. 조금 전까지 잠들었던 내 손이 더 뜨겁게 느껴질 정도로 옹주 이마의 열은 거의 느껴지지 않았다.

"열도 내리시고 조금 전 미음도 드시더니 이리 기운을 차리셨습니다."

유모의 말에 난 울먹이며 옹주를 꽉 끌어안았다.

중년의 사내가 말했다.

"이 부인께 인사드립니다."

난 옹주를 끌어안은 채로 그 사내를 쳐다보았다. 어디선가 본 것 같지만 막상 바로 떠오르지는 않았다. 내가 어리둥절한 표정을 짓자 유모가 대신 그를 소개했다.

"어의영감이십니다. 이 부인."

그제야 난 그를 궁궐에서 보았던 것을 기억해냈다. 하지만 그는 왕을 전담하는 어의다. 다시 말해서 눈보라가 휘몰아치는 남한산성에 있을 이유가 없는 사람이었다.

"어의영감께서 어떻게 여기에?"

유모가 대답했다.

"본가가 광릉이라 하십니다. 마침 광릉에 오셨다가 처사님을 통해 옹주 아기씨의 소식을 들으시고 이곳까지 오셨다고 합니다."

난 눈물을 글썽이며 그에게 감사의 인사를 전했다.

"정말 고맙습니다……."

"별말씀을. 제가 왔을 때는 이미 많이 좋아지신 뒤였습니다. 맥을 짚어드린 일 외에는 별달리 할 일도 없었습니다."

공손한 그의 태도에 유모가 웃으며 고개를 저었다.

"어의영감께서 손수 약을 달여주시고 미음에 들어갈 재료도 가져오셨기에 옹주 아기씨께서 이리 빨리 기력을 회복하신 것입니다."

"천만의 말씀입니다."

난 뺨을 타고 흐르는 눈물을 훔치며 물었다.

"허면 아버지는요?"

"산성을 내려오시다가 발을 다치셨는데 이 때문에 함께 산성으로 오진 못 하셨습니다."

"많이 다치셨나요?"

"살짝 삐끗하여 산을 걸어 올라오기가 불편한 정도이니 크게 걱정하지 마십시오."

다른 누구도 아닌 어의가 하는 말이라 안심이 되었다. 난 품에 안긴 옹주를 돌아보았다. 옹주는 이틀 밤사이에 조금 야윈 듯 보였지만 예전처럼 방긋방긋 웃고 있었다.

"어찌 엄마를 이렇게 놀래키니? 이 엄마는 너 없으면 못 살아. 응? 앞으로 아프면 안 된다. 응?"

아직 아무것도 모르는 옹주는 손뼉을 치며 웃을 뿐이다. 난 속상한 마음과 안심하는 마음이 뒤섞여 눈물만 흘렸다.

ᨹᨺᨹ

심장이 오그라드는 이틀 밤을 보내고 나서 세 번째 밤을 맞이했다. 그사이 밤낮이 바뀌어버린 옹주는 잠투정을 부리며 되찾은 기력으로 계속 누워 있는 내게 놀아 달라 괴롭혔다.

"그럼 안 돼. 어서 자야지. 다시 열이라도 나면 어쩌려고?"

그리고 나는 조금 엄해진 엄마가 되었다. 안 자려는 옹주를 끌어안고 불을 끈 나는 이불을 덮었다. 여전히 불안한 마음은 있었다. 어의는 혹시 모르니 며칠 동안 산성에 머무르겠다며 옆에 빈 행랑에서 지내겠다고 했다. 박 처사만 없을 뿐 계화도 있었고 유모도 건넛방에 있었다. 그런데도 나는 불안했다. 아직 어린 옹주에게는 나눠줄 수 없는 불안함.

"쿠우……."

어느새 옹주는 내 가슴에 얼굴을 파묻고 잠이 들었다. 난 아직도 작고 작은 옹주의 얼굴을 손으로 조심스럽게 쓸었다. 불을 끈 지 한참이 지나도 잠이 오지 않았다. 아마 낮에 잠들어 저녁 무렵에 깨어나서인지도 모르겠다. 가끔씩 문을 치는 눈보라에 가슴이 쿵 쾅거렸다 가라앉기를 여러 차례. 그 눈보라 속에서 소복소복 눈을 밟는 소리가 들려왔다.

난 무의식에 귀를 쫑긋 세웠다. 잠시 후 유모가 머무는 건넛방의 문이 열리더니 또 다른 발소리가 난다.

"이 부인께서는?"

먼저 들려온 소리는 어의영감의 목소리였다.

유모의 목소리가 돌아왔다.

"방의 불이 꺼진 지 한참 되었으니 아마 주무시는 듯합니다."

"마음고생이 심하셨던 듯하오."

"예에…… 그렇지요."

유모가 한숨을 크게 내셨다.

어의영감이 유모에게 말했다.

"잠시 행궁에 다녀오겠소."

"아닙니다. 혹시 모르니 어의영감께서는 이곳에 계시지요. 제가 다녀오겠습니다."

"알겠소. 그럼 수고해주시오."

짧은 그들의 대화가 끝났다. 어의영감이 다시 행랑으로 들어가는지 문소리가 닫히며 사라졌다. 소복소복 눈을 밟는 유모의 발소리도 멀어져갔다. 그들의 대화처럼 진짜 잠을 청하기 위해서 잠든 옹주를 품안에서 소중히 쓰다듬었을 때였다. 불현듯 내 머리를 스치고 지나가는 짧은 생각이 있었다.

설마…….

🙦🙤

남한산성 안에 위치한 행궁으로 향하는 유모의 발걸음이 빠르면서도 조심스러웠다. 이윽고 행궁의 정문에 이르자 추운 겨울밤에도 불을 켜고 보초를 서는 병사들이 보였다.

유모가 그들과 눈으로 인사를 나누자 그들은 순순히 길을 열어주었다. 안으로 재빨리 들어선 유모가 향한 곳은 행궁 내에서 가장 안쪽에 위치한 내행전이었다. 병자호란 당시에 이곳 내행전의 동온돌과 서온돌은 왕과 세자의 침전으로 쓰였다.

유모가 향한 곳은 바로 이 내행전이었다. 늦은 밤인 데다가 아무도 머물 사람이 없어 비워진 이 전각에 오늘따라 곳곳에 전등이 놓여 눈보라 속에서 불을 밝히고 있었다.

"오시었소?"

유모의 방문을 기다리던 이가 있었다. 젊은 내관이었다. 그가 내행전 마루에 오르는 유모를 안내해 닫혀 있던 서온돌의 문을 열어주었다.

"기다리고 계시었소. 어서 들어가보시오."

"예."

유모가 안으로 들어서자 내관은 재빨리 서온돌의 문을 닫았다. 짧은 숨 고르기를 하고 서온돌 문 앞에서 돌아선 내관이 자신의 뒤에 서 있던 나를 발견하고는 깜짝 놀랐다.

"이, 이 부인……!"

◦◦҈◦

내행전 서온돌에 발을 하나 놓고 유모가 바깥에 자리를 잡고 앉았다. 발 너머에서는 등잔불에 비치는 사내의 갓 그림자가 비쳤다.

"옹주 아기씨께서는 무탈하시옵니다. 지금은 이 부인과 함께 처소에서 잠드셨사옵니다."

― ……

유모의 설명에 발 뒤에 앉아 있는 사내의 그림자가 짧게 고갯짓했다.

"뵙지 않으실 것이옵니까?"

넌지시 묻는 유모의 말에 발 뒤에 앉은 사내가 침묵했다. 그러나 이 침묵도 그리 오래가지 않았다.

"이, 이 부인! 여기는 오시면 아니 되옵니다!"

"!"

다급한 내관의 목소리에 발 너머의 사내가 고개를 들었을 때였다. 닫혀 있던 서온돌의 문이 활짝 열리더니 화진이 모습을 드러냈다.

"이, 이 부인!"

발 앞에 앉아 있던 유모가 자지러지듯 놀라며 주저앉았을 때였다. 성큼 서온돌 안으로 걸어 들어온 화진이 유모를 지나쳐 그녀의 앞에 놓인 발을 걷어올렸다.

- !

동시에 발 뒤에 앉아 있던 갓을 쓴 사내가 고개를 들었다.

"……."

"……."

발을 들어올린 화진과 발 너머에 앉아 있던 사내의 시선이 교차되었다.

"이 부인, 속이려던 게 아니라……."

유모가 변명하듯 입을 열었다.

발 너머에 앉아 있던 사내가 손을 들어 유모의 말을 제지했다.

"예……."

유모가 바로 고개를 숙이며 화진의 뒤를 따라 들어온 내관과 함께 서온돌의 문을 닫고 나갔다. 둘만 남게 된 상황에서 침묵이 길어지는 가운데 사내가 먼저 화진을 향해 입을 열었다.

"난아."

그 순간 화진이 손으로 들어올린 발을 내려놓더니 바로 그 사내에게 달려들어 목을 끌어안았다.

"전하……."

그 사내는 다름 아닌 정연이었다.

❧❧❧

게으름을 피우며 보초도 서지 않아야 할 병사들이 아무도 없는 행궁 정문을 지키고 있었다. 여기에 비워져 있어 불이 꺼져 있어야 할 내행전이 환했다. 한밤중인데도 말이다. 이처럼 이상한 일은 한두 가지가 아니었다. 유모가 내행전으로 들어서는 것을 본 순간 나는 그 안에 있을 사람이 누구인지 알았다. 아니, 유모를 내행전 안으로 안내한 내관을 본 순간 분명하게 깨달았다.

"이, 이 부인! 여기는 오시면 아니 되옵니다!"

나를 보고 소스라치게 놀란 내관을 밀치고 문을 열고 들어서자 발 앞에 앉아 있는 유모가 보였다.

"이, 이 부인!"

난 유모를 지나쳐 그녀의 앞에 내려진 발을 한 손으로 들어올렸다. 동시에 발 뒤에 앉아 있던 갓을 쓴 사내가 고개를 천천히 들었다.

"……."

"……."

이정연.

이 조선의 왕이었다.

그는 조금도 당황하지 않은 얼굴로 나를 가만히 올려다본다. 마치 언젠가는 내가 자신을 발견할 줄 알았다는 듯이.

"이 부인, 속이려던 게 아니라……."

유모가 내게 입을 열었을 때였다.

정연이 한 손을 들어 유모의 말을 제지했다.

"예……."

유모가 그 즉시 고개를 숙이며 문을 닫고 사라졌다. 이제 서온돌 안에는 정연과 나, 이렇게 단둘만 남게 되었다.

우리는 분명…… 작별을 했었다.

그것은 아름다운 이별이었고 우리 이야기의 마지막 종착지였다. 그러나 눈보라가 휘몰아치는 남한산성에서 이 나라의 임금인 그를 마주한 순간의 내 기분은 무언가 달랐다. 특별했다. 지난 삼일간 어둡고 캄캄한 터널 안에 홀로 남겨진 느낌에 눌려 있던 내게 이유 모를 울컥함이 찾아든 그때였다. 그가 먼저 나를 불렀다.

"난아."

그것은 시발점이었다. 그가 내 이름을 부르는 순간 난 그에게 다가가 두 팔로 그의 목을 휘감으며 안겼다.

"전하……."

이런 내 행동에 당황했는지 그는 안겨든 내게 손끝 하나 대지 않고 가만히 있었다.

"난아?"

뭐가 그리 서러운지 난 울음을 터트렸다.

"흐흑……."

옹주를 잃을까봐 두려웠다. 옹주를 잃으면 나도 이 세상을 살 자신이 없었으니까. 나는 도대체 무슨 자신감으로 이 작고 연약한 아이를 데리고 세상을 홀로 살아갈 용기를 냈었던 것일까? 두려운 그때 정연이 생각났다. 옹주를 자신의 딸로 받아주고 보살펴주던 그가 떠올랐다.

하지만 그는 스스로 먼저 나를 떠나보낸 사람이다. 떠나보냈으니 당연히 나도 잊고 옹주도 잊어버렸을 것이라 생각했다. 잊히지 않아도 잊으려 하고 있을 것이라고 생각했다.

그런데 갑자기 많은 우연이 한꺼번에 일어났다. 왕을 전담하는 어의가 갑자기 광릉에 나타났고 눈보라 치는 남한산성에 올라 옹주를 돌보았다. 옹주가 나아진 이후에도 떠나지 않고 머무르겠다고 했다. 여기까지만 하더라도 의심스러운 상황인데 유모가 갑자기 아무도 없는 행궁으로 간 것이다.

그때만 하더라도 설마 하는 마음이었다. 어의영감을 정연이 보냈을 수는 있다. 그래도 정연이 이 눈보라를 뚫고 남한산성에 와 있을 것이라고는……. 내 두 눈으로 보기 전까지는 믿을 수도 받아들일 수도 없을 것 같았다. 바로 그 일이 실제로 일어났다.

"많이 힘들었느냐?"

그가 흐느끼는 나를 두 손으로 조심스럽게 다독인다.

난 그 손길을 뿌리치며 그에게서 떨어졌다. 그리고 원망스러운 눈으로 그를 쳐다보며 말했다.

"왜 여기에 계시는 거예요?"

이 물음에 그가 멋쩍은 듯 웃는다.

"이곳도 과인의 영토인데 머물면 안 되느냐?"

"그게 아니잖아요. 흑!"

"이 세상의 어미들은 다 강하다던데 넌 어찌 이리 우느냐?"

그는 마치 어린아이를 달래듯 내 뺨을 타고 흐르는 눈물을 손으로 쓸어준다.

"언제 오셨어요?"

"오늘밤이 지나면 하루가 되지."

"궐을 비우셔도 돼요?"

직설적인 물음이었을까? 정연은 어색한 웃음만 흘렸다.

"옹주는?"

"계화가 같이 있어요."

"과인이 여기에 있는 줄은 어찌 알고?"

"어의영감이 왔을 때부터 눈치는 챘어요."

"어떻게?"

"전하의 명으로 왔다는 거."

다만 정연이 이곳에 있을 것이라고는 두 눈으로 확인하기 전까지는 믿을 수 없었을 뿐.

"그래. 맞다."

"절 보내준다면서……."

"그랬지."

"거짓말이었어요?"

"거짓말이라도 그때는 그대가 원한다면 그리해줘야 한다고 믿었다."

"지금은요?"

"이리 조용히 있다 돌아가려고 했었다."

"옹주가 아픈 건 어떻게 알고 어의영감을 데리고 오셨어요?"

"믿기 어려운 일이다만 누군가 알려주었다."

"누가요?"

난 할아버지를 떠올리며 다시 물었다.

"혹시 나이 든 노인이었나요?"

정연이 고개를 젓는다.

"젊은 사나이였다. 얼굴은 보지 못하였지만, 옹주에게 변고가 생겼다고 했지. 그래서 혹시나 싶어 어의를 데리고 온 것이다. 그리고 산성 아래에서 박 처사를 만났다."

"박 처사를……."

"그가 과인을 바로 알아보더구나. 암행으로 왔는데도 불구하고 과인이 누구를 만나러 왔는지를. 그는 산성을 내려오다 발목을 다쳐 함께 올라오진 못하였다. 과인이 어의와 산성에 도착한 것은 아침이었지."

"제가 잠들어 있을 때요?"

"그래."

"정녕…… 저를 안 보고 가시려고 했어요?"

그가 한 손으로 내 뺨을 감싼다.

"그대와 약조했으니까."

그의 손길에 묻어나는 따뜻함은 나를 끝까지 외면하지 못하는 마음이 담겨 있다. 왜 그 마음이 고마운 걸까.

"옹주는 어떠하냐? 유모에게 듣기는 하였지만 그래도 네가 이 행궁까지 온 것을 보아하니 옹주는 많이 좋아지긴 하였느냐?"

난 자리에서 일어서며 그의 손을 잡아끌었다.

"가서 직접 확인하세요."

그가 내가 잡은 자신의 손을 물끄러미 쳐다보더니 고개를 끄덕였다.

❦

"까르륵!"

옹주는 정연을 보자마자 두 팔 벌려 안겨들었다. 아직 말문이 제대로 트이진 않았지만, 표정과 행동만으로도 정연을 기억하고 알아본다는 것을 알 수 있었다.

"이리 건강해서 다행이다."

정연이 옹주를 소중히 안아주며 말했다.

"궐로 돌아가면 큰 상을 내리겠다."

"황공하옵니다, 전하."

어의에게도 인사를 한 정연이 유모와 계화에게도 고마움을 전했다.

"그간 옹주와 이 부인을 잘 모셨으니 그 공을 잊지 않을 것이다."

"송구할 따름이옵니다."

유모가 어찌할 바를 모르며 고개를 숙이자 그 옆에 있던 계화가 물었다.

"하오면 이제 아씨와 옹주 아기씨도 함께 궐로 돌아가는 것입니까?"

당돌한 계화의 질문에 정연이 내 눈치를 살핀다. 나는 이런 정연의 시선을 피해 시선을 떨어뜨렸다. 아직 궐로 돌아가기에는 내 마음의 일부는 남한산성에 붙들려 있었기 때문이었다. 그리고 난 아직 이곳을 떠날 준비가 되어 있지 않았다.

⟨⟩

잠든 옹주를 사이에 두고 정연과 나란히 누워 있었다. 머리맡에 놓인 등잔불에 그의 시선이 정확히 어디를 향해 있는지 또렷이 보였다. 그는 옆으로 돌아누워 옹주의 건너편에 있는 내 얼굴을 뚫어져라 바라보고 있었다. 나는 그의 시선을 피해 괜히 잠든 옹주의 손가락만 만지작거렸다.

내가 청한 자리였다. 행궁으로 돌아가겠다는 그를 이 좁은 처소에 붙잡아둔 것도 나였다. 하지만 불을 끌 수 없었고 잠에도 들 수 없었다.

"……."

"……."

마치 꿈에서 나를 마주한 것인 양 바라만 볼 뿐 그는 아무 말도 하지 않는다. 그렇다고 예전처럼 내게 자신의 마음을 밀어붙이려 하지도 않는다. 그의 이런 세심함이 오히려 내 마음을 천천히 흔들고 있었다.

"과인이 불편하지 않느냐?"

그의 물음에 난 옹주의 손을 바라보던 시선을 천천히 들었다. 그는 진심으로 내게 묻고 있었다. 만약 이 자리에서 불편하다고 한다면 그는 바로 이곳을 나가 행궁으로 가버릴 것 같았다.

"불편하지 않아요."

다시 내 시선은 옹주의 손으로 향한다. 나를 향한 그의 시선을 피할 수 있는 유일한 안식처였다. 난 여전히 그의 마음이 내게 향해 있다는 것을 안다. 그러나 그의 마음을 온전히 받아들일 준비는 되어 있지 않았다. 그럼에도 그는 내가 기댈 수 있는 유일한 곳이었다. 옹주를 품에 안고 유일하게 안식할 수 있는 공간. 옹주라는 강력한 매개체가 그를 내 곁으로 끌어들인 사실은 부정할 수가 없었다.

"그렇구나……."

안심한 듯한 그의 목소리가 들려온다. 이제 그가 한 손을 뻗어 옹주의 반대편 손을 움켜잡는다. 그의 커다란 손에 옹주의 작은 손이 보이지 않게 꼭꼭 감춰져버린다.

그날 밤은 그의 시선과 내 시선이 엇갈렸다 풀어지기를 여러 차례 반복하며 흘러갔다.

❧

다음 날 새벽에는 눈이 완전히 그쳤다. 구름 한 점 없이 맑게 갠 하늘이 놓였다. 겨울 추위만 남은 그날 아침에 날 깨운 것은 옹주의 손이었다.

"으마?"

눈을 뜨자 방안에는 옹주와 나, 단둘뿐이었다. 옹주는 잠든 내 얼굴을 손으로 쿡쿡 찌르며 장난을 치고 있었다. 지난밤 정연이 누워 있던 그 자리는 비어 있었다.

"응?"

당황한 채 주변을 두리번거리는데 밖에서 정연의 목소리가 들려왔다.

"늦어도 내일까지는 환궁하셔야 하옵니다. 다시 눈이 내린다면 도성으로 가는 길이 더 어려워질 수도 있사옵니다."

어의영감의 걱정스러운 목소리에 정연의 목소리가 되돌아온다.

"그러지. 내일 산성을 떠나겠네."

내일 떠난다…….

그는 이 나라의 임금이었다. 눈보라 치는 남한산성에서 계속 머물러야 할 이유도 없었고 그래서도 안 되는 것이었다. 난 어의영감과 대화가 끝나는 것을 기다렸다가 닫힌 문을 열었다.

"까아!"

문이 열리며 정연이 보이자 옹주가 손을 막 흔들며 정연을 불렀다. 정연이 그런 옹주를 돌아보며 활짝 웃는다.

"아바! 아바! 아바!"

옹주가 정연을 보며 낸 소리에 난 크게 놀랐다가 피식 웃고 말았다. 내가 가르쳐준 적이 없는 말이었기 때문이었다.

"옹주야, 과인을 불렀느냐?"

정연이 다가와 문 앞에서 손을 뻗어 옹주를 번쩍 안아 들었다.

나는 정색하며 정연에게 말했다.

"아직 밖에는 안 돼요."

멀찍이 뒤에 서 있던 어의영감이 말했다.

"따뜻하더라도 탁한 방안에만 있는 것도 좋진 않습니다."

어의영감이 정연의 편을 든 것이다. 그런데도 정연은 웃으며 순순히 내 품에 옹주를 돌려주었다. 내게 다시 안긴 옹주는 계속 정연에게 가려고 두 팔을 뻗었다. 마침 부엌에서 나오는 계화를 본 나는 그녀를 불렀다.

"계화야."

"예, 아씨!"

"옹주 좀 부탁할게."

계화가 순순히 방으로 들어와 내 품에 안겨 있던 옹주를 안아

들었다. 난 옹주의 머리를 한번 쓰다듬어주고는 정연이 있는 밖으로 나왔다. 그리고 정연에게 말했다.

"전하."

"응?"

"잠시 저와 같이 어디 좀 가시겠어요?"

정연이 순순히 고개를 끄덕였다.

◦◦◦◦◦

내가 정연과 함께 간 곳은 바로 남한산성 안에 위치한 온조왕사였다. 십수 년째 버려지고 방치된 낡은 사당의 문을 열자 무릎까지 쌓인 눈이 우리의 길을 막았다 이를 본 정연이 앞서 길을 내며 걷더니 뒤따라오는 내게 한 손을 내밀었다. 잠시 고민한 나는 그의 손을 잡고 눈길을 헤쳐 사당에 이르렀다.

"여긴 어디냐?"

어딘지도 모른 채 따라온 정연이 묻는다.

난 바람이 곳곳에 구멍을 내어 만들어놓은 문을 열며 안으로 들어섰다. 순간 여러 개의 초가 불을 밝히던 밤이 떠올랐다. 사당 안에 놓인 신주와 그 신주 앞에 서서 나를 기다리고 있던 한 사내. 그날 보았던 그 신주는 여전히 그 자리에 있었다.

아이러니하게도 그날 밤을 밝히던 초들도 심지만 남은 채 그 자리에 그대로 있었다. 많이 낡고 부서진 것을 제외한다면 이 온조왕

사는 십오 년 전 그날 밤에 그대로 멈춰져 있었다.

난 그곳을 천천히 돌아보며 정연에게 말했다.

"이곳은 백제 온조왕의 사당이에요."

"아……."

정연의 큰 키는 온조왕의 작은 사당의 대들보에 닿을 듯 아슬아슬하다. 그는 무너지기 직전의 대들보 상태를 살피며 내게 말한다.

"아무래도 수리가 필요하겠군."

사당을 살피던 정연을 보며 난 입을 열었다.

"그리고 이곳은……."

['그대에게 내 마음을 빼앗긴 순간부터 난 그대를 아내로 맞겠다고 결심했소.']

사당 안을 살피던 정연이 다시 나를 돌아본다.

['그대가 아니라면 나 이시백은 그 누구와도 혼인하지 않을 것이오.']

난 정연에게 십오 년 전 어느 날 밤. 이곳에서 있었던 일에 대해 말하려 한다. 그런데 말문을 떼기도 전에 눈시울이 뜨거워졌다.

['화진. 오늘 우린 온조왕 앞에서 혼인의 서약을 할 것이오.']

"······ 이시백과 제가 혼인한 곳이에요."

∽✦∽

"모든 이야기는 바로 여기에서부터 시작되었어요."

['바느질을 잘하는 아내가 되겠어요.']
['그대가 이처럼 나를 보면 늘 웃을 수 있게 하는 지아비가 되겠소.']

그의 표정이 조금과는 분명 달라져 있었다. 같은 곳을 바라보던 눈이 이제는 다른 시각을 지니게 되었기 때문이었다. 다시금 재실을 둘러보던 그의 시선이 다시 내 얼굴로 되돌아왔다. 내 눈에서는 뜨거운 눈물이 소리 없이 흘러내리고 있었다. 그런 내 손을 그의 손이 다가와 부드럽게 움켜잡았다.

"과인은 그간 이곳에 올 수가 없었다. 이곳에 오면 병자년에 조선이 겪은 고통을 다시금 되새겨야 할 것이라 여겼으니. 또한 그해에 그대를 한 번 잃었던 아픔도 되새기게 될까봐. 한데 그대에게는 그때가 가장 행복했던 시절이었겠지."

독을 품고 비난하는 말이 아니었다. 이해와 포용으로 자상하게 받아들여주는 말이었다.

"이곳에서 지내던 시간이 쉽진 않았지만 제 생에서 가장 행복했던 순간이었어요."

누구는 병자년의 치욕을 이야기한다. 청나라인에 의해 국토를 유린당하고 많은 이들이 가족과 고향을 잃어버렸다. 나도 이야기로만, 역사로만 들었던 그 시절을 두려워했고 무서워했다. 이시백, 그가 없었다면.

"전하께 이런 이야기를 해서 죄송해요."

"아니다. 지금은 그대의 마음을 조금이나마 이해하고 있다. 그대가 과인을 떠나서 이곳까지 온 이유. 과인의 곁에선 병자년 전란 중에 그대가 느낀 행복의 반만큼도 느끼지 못하였을 테니까. 그런데 난아, 과인은 궁금한 것이 한 가지 있다. 그대가 이시백에게 마음을 준 연유가 무엇이었느냐?"

난 숙여지는 시선을 따라 고개를 천천히 바닥으로 내리며 대답했다.

"실은 그가…… 제 죽은 정인을 닮았거든요."

시백은 다시 태어난 정운이었다. 난 촉촉이 젖은 눈을 들어 정연의 얼굴을 바라보았다.

"하지만 그는 정인이 제게 주었던 것보다도 더 많은 것을 제게 주었죠."

정연이 쓸쓸하게 웃었다.

"과인이 아무리 노력해도 그대에게 이시백만큼은 줄 수 없겠지? 아무리 주어도 그대가 그리 못 느낄 터이니."

틀린 말이 아니었기에 난 대답하지 못했다.

"그간 과인은 솔직하지 못했다. 아직 그대를 보낼 준비가 되지 않았음에도 그대를 보냈지. 과인은 이제 그대가 없는 삶을 살아갈 자신조차 없다. 이시백을 잃고 괴로워하는 그대를 보는 것 역시 괴롭다. 그렇다고 그대가 과인으로 인해 더는 힘들어하는 것도 원치 않는다."

"전하……."

"더는 그대를 욕심내지도 그대에게 많은 것을 바라지도 않겠다. 단 한 가지. 과인의 곁에 머물러만 주면 안 되겠느냐?"

"!"

그의 요청보다도 그가 이 말을 하기까지 얼마나 많은 용기를 필요했을지가 더 내 마음에 와닿았다.

"그저 머물러 다오. 떠나고 싶다면 언제든지 떠나도 좋으니…… 그러다가 잠시라도 그늘이 필요하여 쉴 곳을 찾는다면 그때만이라도 과인의 곁으로 돌아와 머물다 가다오."

목멘 소리가 그의 입에서 흘러나오고 있었다.

"그대가 죽는 날까지 이시백 하나만을 마음에 담고 살아도 좋다. 과인은 그런 그대를 일평생 마음에 담고 살 터이니."

조금 전 시백을 그리워하며 흘렸던 내 눈물과 똑같은 눈물이 왕의 눈에서 흐르고 있었다. 그 순간 나는 깨달았다. 방식만 달랐을 뿐 우리는 많은 부분이 서로를 닮은 사람들이었다는 것.

누군가를 그리워하는 마음도…….

누군가를 사랑하는 마음도……

우리는 마치 거울을 보는 것처럼 닮은 사람이었다. 그래서 오랫동안 서로가 품은 마음을 외면하고 보지 않으려 했었는지도 모른다. 이제야 그의 마음이 보였는데, 여전히 내 마음 안에는 그를 위한 빈자리가 없었다.

하지만 문은 열어줄 수 있겠지. 손님처럼 들렀다 쉬어가려는 그에게 작은 처소와 같은 그늘은 내어줄 수 있겠지.

"그럴게요."

"!"

눈물이 흘러내리던 그의 눈동자에 작은 파동이 일었다. 난 그에게 잡혔던 손을 내가 잡은 채 발을 세워 그의 입술에 입을 맞췄다. 어쩌면 이미 난 그 누구의 발걸음도 허락하지 않았던 문을 정연에게는 열어둔 것이 아닐까 생각했다.

이날, 난 십오 년 전 시백과 부부의 연을 맺었던 바로 그곳에서, 조선의 국왕인 이정연을 나의 세 번째 연인으로 받아들였다.

◦⟆⟆◦

밤새 바람이 그치고 잔잔한 눈이 부서지며 흐트러지던 그 밤. 행궁의 내행전을 밝히던 단 하나의 등불. 그 등불 아래 나는 오로지 내게 집중하는 정연의 얼굴을 쓸고 또 쓸어주었다. 한때는 그와의 기억을 잊고자 흩날리는 눈발 아래 눈물로 맹세했던 남한산성의 밤이 이제는 아픈 기억이 아니라 따뜻한 기억이 되어 내 마음 안으로 되돌아왔다.

정연은 나를 소중히 안아주고 소중히 품어주었다. 그에게 내 몸의 전부를 내맡기고 오직 편안함만을 느꼈던 이 밤. 어느덧 내행전을 밝히던 불이 꺼지고 서로의 이불귀를 여며주며 나란히 누워 잠을 청하던 그 밤.

– 소복소복

누군가의 발걸음 소리가 잠에 들려던 내 귀를 깨웠다. 그 발소리는 오랫동안 내행전 주변을 머물다 증발하듯 사라져버렸다. 불현듯 그 발소리의 주인이 누구일지 궁금증이 일었다. 어쩌면 밤새 내행전 당직을 서는 나인의 발소리일 수도 있었다. 이 발소리는 아주 오랫동안 내 머릿속에서 궁금증만을 남긴 채 오래도록 되풀이된다.

발소리가 사그라들었을 때 난 어둠 속에서 가만히 눈을 떴다. 희미한 그림자만 보이는 천장의 무늬들을 두 눈에 새기며 생각하고 또 생각했다.

아무도 아니다.

아무도 아니다.

시백은 죽었고 할아버지는 떠났다.

그러니 아무도 아니다…… 라고.

"새벽부터 이러셨어요."

얼마나 울었는지 눈이 퉁퉁 부은 옹주를 유모가 내 품에 안겨준다. 나는 너무 울어 눈도 제대로 못 뜨는 옹주의 얼굴을 보며 어쩔 줄을 몰랐다. 그것은 정연도 마찬가지였다.

"새벽에 데려와도 상관이 없었는데……."

간신히 울음을 그친 듯 보였던 옹주가 내 얼굴을 보자 서러움에 복받쳐 다시 울음을 터트린다.

"으앙~"

새벽에 눈을 떴다가 내가 없는 것을 알고는 놀라 울음을 터트렸단다. 평소라면 유모가 바로 옹주를 내게 데려다주었을 것이다. 하지만 내행전에서 나와 함께 잠든 왕의 존재 때문에 감히 그럴 수가 없었다.

"과인은 상관없으니 앞으로는 옹주가 울면 즉시 데려오게."

"예, 전하."

유모가 고개를 숙였다.

내 품에서 울던 옹주가 고개를 들었다. 뒤늦게 내 뒤에 앉아 있던 정연의 존재를 목소리로 알아들은 것이다.

"아바!"

정연에게 두 팔 벌려 안겨드는 옹주를 난 그의 품에 건네주었다.

"아바! 아바!"

내 품에서는 서럽게 울던 옹주가 정연의 품에서는 활짝 웃는다. 퉁퉁 부은 눈으로 저리 웃으니 가련하다고 해야 할지 계집아이답다고 해야 할지.

"아, 바, 마, 마."

정연은 이런 옹주에게 바른 말을 가르치고 있고.

"아, 바!"

옹주는 알아듣고서도 못 알아듣는 척 영악함을 보인다. 한 겨울의 우리들의 아침은 이러했다.

꼬∽꼬

가마가 행궁 앞에서 우리를 기다리고 있었다. 정연은 뒤늦게 자신의 암행 소식을 듣고 달려온 부사에게 이런저런 산성의 수리를 지시하고 있었다. 이제 혼자서도 걷기 시작한 옹주는 제 무릎까지 오는 눈밭에서도 당차게 걸어 다녔다.

"조심해야지!"

"헤헤!"

옹주가 사람 하나 없는 빈 서고 안으로 들어갔다. 그 안까지 뚫고 들어온 눈을 본 옹주가 몸을 숙이더니 작은 두 손으로 한 움큼 퍼올려 내게로 돌아서 그것을 내민다.

"이러면 손이 시려요. 아야야해."

나는 차가운 눈을 퍼올린 옹주의 손이 시릴까 걱정이었다.

"이리 줘."

옹주의 손에 있는 눈을 빼앗으려 두 손으로 옹주의 작은 손을 감싸쥐었을 때였다.

─ 휘이이

그것은 그리움을 품은 바람이었다. 아주 오랫동안 잃어버렸던 나의 능력. 한겨울에는 느낄 수 없는 따뜻한 바람이 서고 안에 불어 안에 쌓인 눈가루를 날렸다.

"너…… 야? 너였니?"

"응?"

난 이미 오래전에 그 능력을 잃었다. 물론 내가 시간여행자이기에 옹주도 그 능력을 물려받을 수 있는 여지는 충분히 있었다. 다만 나는 예외적이었다. 모든 시간여행자 가문의 여성들 중 여자만큼은 시간여행에서 스스로 돌아오지 못한다.

"안 돼. 안 돼, 옹주야."

혹시라도 이 아이를 잃어버릴까 난 두 팔로 옹주를 꼭 끌어안았다.

─ !

그 순간 조금 전보다도 더 강력한 바람이 서고 안을 휘몰아쳤다. 서고 안의 눈발이 폭풍우를 만난 듯 한 치 앞도 볼 수 없게 흩날렸다. 동시에 난 깨달았다. 이것은 옹주의 능력이 아니다. 내 능력이다. 오래전 잃어버린 시간여행의 능력을 다시 되찾은 것이다.

"하아……."

눈가루가 다시 쌓인 눈으로 바뀔 때까지. 따스한 바람이 잔잔해질 때까지. 나는 옹주를 두 팔로 꼭 끌어안고 가빠진 숨을 가다듬으려 노력했다. 그런데도 심장이 터질 듯이 뛰는 것은 멈출 수가 없다.

내 능력을 다시 되찾았어!

이유가 무엇일까? 시간은 정운을 살리려던 내게 벌을 내렸다. 이 시간에 나를 가둬버렸고 내게서 가장 중요한 능력을 앗아갔다. 그 결과 나는 할아버지의 뜻에 따라 봉림대군 이정연의 첩이 되었다.

한쪽 눈에서 눈물이 흘러내렸다.

왜 이제야…….

내가 사랑했던 모든 이들을 다 잃어버린 후에야 되찾은 걸까? 어째서?

"마마."

오랫동안 자신을 끌어안고만 있던 나를 옹주가 부른다. 고개를 들어 옹주와 눈을 맞추자 옹주가 방긋 웃으며 작은 손으로 내 뺨을 감쌌다.

"마마. 헤헤."

아이는 웃는데 난 웃을 수가 없었다. 계속 눈물이 뺨을 타고 흘렀다.

이 아이를 만나기 위해서였을까?

난 혹시라도 내가 우는 모습에 어린 옹주가 혹시 걱정할까봐, 이런 내 마음을 알아챌까봐, 억지로나마 눈웃음을 지으며 옹주에게 약속하듯 말했다.

"이제 엄마는 남은 생을 널 위해서만 살게."

❦

"이렇게 될 줄 알았다."

남한산성을 내려와서 만난 박 처사가 말했다. 그는 눈보라가 몰아치던 날, 산성 아래에서 정연의 일행과 만났다고 했다.

"이게 옳은 결말이라고 생각하세요?"

"왜 결말이라고 생각하지?"

"그는 죽었고 저는 전하의 곁에 남기로 결심했으니까요."

"이것은 결말이 아니다. 새로운 시작이다."

그가 이 말을 한 뜻을 알아차렸지만 위로가 되진 못했다.

"내 말을 믿지 못하는 표정이구나?"

"다시 시작하기에는 너무 늦었으니까요."

"글쎄다."

한숨으로 이 주제를 마무리한 박 처사가 아직 낫지 않은 다리를 끌고 서랍을 뒤적거렸다.

"뭘 찾으세요?"

"완성되면 보여주려 했지만 말이다…… 흠, 여기 두었는데. 옳지, 여기 있구나."

그가 꺼낸 것은 종이 다발. 그곳엔 글이 빼곡히 적혀 있었다.

"이게 뭐죠?"

"내가 지은 글이다."

"무슨 내용이기에?"

난 종이에 적힌 문장들을 살펴보았다.

[어진 임금이 나라를 다스리던 시절에 한양 북촌에는……]

[들으니 상공께 귀한 아들이 있다 하던데…… 그가 즉시 아들 시백을 불러……]

[시백이 들어와 절을 하는데 박 처사의 눈에 그 모습이 영웅이 될 기상을 품고 있었는데……]

[제게 딸이 하나 있는데 아직 좋은 인연을 구하지 못하여…… 시백과 정혼을 하는 것이……]

"소설이에요?"

"뭐, 네가 그리 보았다면 그런 게지."

"그때 글은 안 짓겠다 하시고선."

"너와 나으리가 중원에서 겪은 일들이 워낙 놀라워야지. 그래서 혹시 몰라 있는 내용 그대로 짓진 못하였다. 약간의 변형을 했지."

"그런데 아직 끝은 못 내셨고요?"

박 처사가 내게 물음을 던졌다.

"어떤 결말을 원하니?"

"예?"

"네가 조금 전 내게 말했지. 이미 네 인생은 결말이 났다고. 그래서 묻는 게다. 이 글의 주인공은 조선의 여인인 박씨다. 바로 너다. 너는 이 글의 결말이 어떻게 났으면 좋겠느냐?"

난 글을 한번 더 살펴보았다.

[부인께서 어젯밤 둔갑술을 부려 경국지색이 되셨습니다.]

[계화의 말을 들은 시백은 피화당으로 달려갔다.]

[이렇게 되니 온 집안에 기쁨이 넘쳐흐르고 박씨와 시백 간의 정은 나날이 깊어 갔다.]

난 눈을 무겁게 감았다 떴다. 그리고 손에 들고 있던 종이 뭉치를 박 처사에게 돌려주며 힘없는 목소리로 말했다.

"행복하게요."

"알았다. 그렇게 해주마."

비록 현실은 비극일지라도 소설 속 우리들은 영원히 행복하기를……

다시 봄이다.

"꺄르르륵!"

"호호호!"

창덕궁 후원에는 소녀들의 웃음소리가 가득 찼다. 장씨 소생의 공주들과 옹주 그리고 어린 생각시들이 뒤섞여 봄꽃들 사이에서 장난을 치고 있었다.

"그리 경망스럽게 뛰시면 아니 되옵니다!"

중궁전 우 상궁도 나이가 들었는지 한참 자라는 소녀들을 말리지 못했다.

"후훗."

난 바느질을 하다가 그 소리를 듣고는 소리 내어 웃고 말았다. 계화가 다과를 챙겨서 후원 정자에 앉아 있는 내게로 다가오며 물었다.

"보셨어요?"

"아니."

"그런데 어찌 그리 웃으신데요?"

이리 묻는 계화도 이미 웃고 있다.

"안 봐도 알만해서."

공주들은 어린 옹주를 누구보다도 잘 챙겨준다. 언니들이 생긴 옹주는 더욱 활기차졌고 배우는 말도 빨리 늘었다. 상궁으로 입궐해 지내고 있는 나를 배려한 장씨는 부르지도 찾지도 않으면서 늘 세심하게 살림살이를 챙겨주었다. 내 생활은 안정적이었고 모든 것이 평안했다.

"뭘 만드세요?"

"옹주의 속내의."

"침방에서 알아서 할 텐데."

"난 엄마잖아. 이 정도는 해주고 싶어."

난 얼굴을 붉히며 웃었다.

"사실 당의 같은 건 아직 잘 못 만드니까."

"아씨 솜씨면 옹주 아기씨 당의쯤이야 순식간에 만들걸요? 그나저나…… 으아아앗!"

갑자기 계화가 뒤로 자빠지며 소리를 쳤다. 고개를 돌리자 장씨가 나인들을 이끌고 서 있었다. 소리 없이 다가온 그녀를 보고는 나도 자리에서 일어서 고개를 숙였다.

"중전마마께 인사 올립니다."

"인사는 무슨. 예는 생략하게."

난 옆으로 물러섰고 장씨가 웃으며 정자 위로 올라섰다. 계화가 재빨리 정자 밖으로 나가며 문을 닫았다. 자리에 앉은 장씨가 내가 하던 바느질감을 보며 말했다.

"옹주의 것인가?"

"예. 그러하옵니다."

"안 그래도 이 상궁의 바느질 솜씨가 훌륭하다는 말을 자주 들었네."

"송구할 따름이옵니다."

"시간이 되면 그래서 바쁘지 않다면 공주들 것도 함께해주게나. 안 그러면 섭섭하네."

"부끄러운 솜씨라서……."

"속내의 하나에도 이런 자수를 세심히 놓을 정도니."

장씨는 내가 바닥에 내려놓은 옹주의 속내의를 집어 들었다. 작고 귀여운 파랑새가 옷 끝에 수놓아진 것을 보며 방긋 미소 짓는다.

"옹주가 이 새처럼 어여쁘게 자랐으면 싶은 겐가?"

"아니옵니다. 단지 옹주가 새를 좋아하여……."

"그나저나, 언제까지 상궁으로 지낼 겐가?"

"……예?"

장씨가 나를 보며 말했다.

"전하께서 자네를 총애하시는데도 직첩을 내린다는 말씀이 전혀 없으시네. 빈궁도 이에 대해 아뢰었으나 답을 듣지 못하였지. 어차피 후궁의 직첩을 내리는 것은 내명부의 일. 자네만 원한다면 직첩을 내려주고 싶네만."

"송구하오나 받잡을 수 없사옵니다."

"어째서?"

정연은 후궁의 자리로 그가 나를 얽매이게 만드는 상황이 될까 봐 두려워한다. 그래서 갑갑함을 느낀 내가 그의 곁을 떠날까봐. 그의 안에 내재된 이 불안감을 나는 종종 느낀다.

"전하께서 원치 않으실 것입니다."

"자네는? 자네도 원치 않고?"

진심 어린 장씨의 물음에 난 고개를 끄덕였다.

"소인은 그저 옹주만 행복하면 되옵니다."

장씨는 고개를 끄덕이면서도 이해할 수 없다는 표정이었다. 왕의 총애를 받는 여인이라면 응당 그 가치를 대내외적으로 인정받고 알리고 싶을 것이다. 그런데 나는 그것을 거부했다.

❧

후원의 작은 전각인 펌우사.

앞에는 연못이 뒤에는 숲길이 자리하고 있어서 내가 좋아하는 장소였다. 정연은 내게 이곳을 내주었다. 날씨가 따뜻해지면 이곳으로 자리를 옮겨 지내기도 했다. 낮에 옹주가 놀기에도 펌우사의 위치가 좋았다.

"중전이 다녀갔다지?"

그날 밤 펌우사로 찾아온 정연이 물었다.

난 고개를 끄덕였다. 그사이 나인들은 정연이 벗은 곤룡포와 익선관을 받아 문을 닫고 물러갔다.

"무슨 말을 하더냐?"

"어떤 후궁 직첩을 원하느냐고."

이 말에 살짝 벌어진 정연의 입이 다물어지지 않는다. 멍한 표정이 된 그를 보며 난 피식 웃고 말았다.

"그래서 뭐라 했지?"

"빈(嬪) 정도면 받겠다고 했어요."

농담이지만 어차피 정연이 이 말을 믿지 않을 걸 알고 한 소리다.

"원 참, 궐에서 지내더니 농이 늘었구나?"

그가 저고리를 벗는다. 그 안에 적삼을 벗자 난 나인이 미리 준비해준 대야에 담긴 물에 수건을 적셔 뒤에서 그의 등을 닦아주었다.

"금방 더워지려나봐요."

"그런가보다."

등을 다 닦자 그가 내 손에서 수건을 가져가더니 스스로 양팔과 가슴을 닦는다. 그사이 나는 준비했던 옷상자를 꺼내서 그의 앞에 밀어놓았다.

"무엇이냐, 이게?"

"보실래요?"

난 호기심을 자극하는 말을 던지며 그의 앞에서 옷상자를 열었다. 그 안에서 모시로 만든 적삼과 속고의가 나왔다.

"설마?"

"네. 전하 거예요."

그가 감동한 듯 얼굴에 환한 웃음꽃이 핀다.

"매일 옹주의 옷만 만드는 줄 알았더니……."

"옹주야 아직 어려 아무것도 모르니 그저 어미가 만든 건가보다ㅡ 하고 입어주는 거죠."

"허면 과인은? 과인이 입으면 과인도 아무것도 몰라 입는 것이라 말할 것이냐?"

"마음에 안 드시면 입지 않으셔도 돼요. 제 실력이 아무리 뛰어나다 하더라도 침방나인만큼은 아닐 테니까요."

"마음에 든다."

그는 그 자리에서 내가 만든 모시옷을 입었다.

"아직 입기에는 춥구나."

"아까는 더워하셨으면서."

"가까이 오거라."

그는 춥다는 핑계로 나를 가까이로 불렀다. 순순히 다가가 그의 가슴에 등을 기대고 앉았다. 그가 한 손으로 닫힌 창문을 열더니 앞 연못에 비춘 달을 응시하며 내 귓가에 속삭인다.

"옹주의 것 외에 다른 이의 옷을 지은 적이 있느냐?"

"예전에는 누군가의 옷을 지을 만큼 바느질 솜씨가 없어서 못 했어요. 그러니……."

"처음이라는 것이구나."

"두 번째예요."

"응?"

"옹주가 첫 번째예요."

옷을 지은 순서대로 말하자면 옹주가 첫 번째라는 뜻이었다. 그런데 막상 말하고 나니 들리는 어감은 내게 있어서 첫 번째는 단연코 옹주라는 말로 들렸다.

"……그래도 과인은 좋구나."

정연은 만족했다. 나는 그런 그가 늘 고마울 뿐이었다.

날이 무더워지자 정연은 종종 후원에서 언월도를 휘둘렀다. 그가 언월도를 휘두르면 공주와 옹주들은 정자 위에 쪼르르 앉아 수박을 먹으며 이를 유심히 구경했다. 아직 한 가지에 오래 집중하기에 어린 나이임에도 옹주는 수박을 손에 든 채 먹는 것도 잊고 언월도를 휘두르는 정연에게 눈을 떼지 못했다.

한참을 휘두르던 정연이 잠시 멈추더니 이마에 흘리는 땀을 닦으며 주변에 경계를 서던 호위무관들에게 소리쳤다.

"과인과 겨룰 자가 있으면 나와 보거라!"

정연의 외침에 호위 무관들이 서로의 눈치를 보기 시작했다. 단지 왕이라서가 아니었다. 그의 언월도를 휘두르는 솜씨는 호위무사 여럿을 혼자서 물리치고도 남았다. 이를 아는 호위무사들은 감히 앞으로 나설 엄두가 나지 않았던 것이다.

"저요! 저요!"

옹주가 손을 번쩍 들더니 정자 아래에서 뛰어 내려가 정연에게 달려가기 시작했다. 정연의 주변에는 언월도를 비롯한 위험한 무기들이 잔뜩 있기에 난 자리에서 벌떡 일어섰다.

"안 돼! 위험해!"

옹주의 뒤를 따라 정자를 급히 내려가다가 순간적으로 발을 헛디디고 말았다.

"앗!"

정자 아래로 고꾸라지는 찰나, 누군가 내 옆에서 양팔을 붙잡았다.

– 두근!

심장이 크게 한 번 뛰며 철렁 내려앉았다. 양팔을 붙든 손길이 왠지 모르게 낯설지가 않았다. 그 손길 덕분에 넘어지는 것을 모면한 내가 옆으로 고개를 돌렸다. 스무 살 남짓의 젊은 무관이 서 있었다.

"괜찮으십니까, 마마님?"

저 눈.

난 저 눈을 분명 어디선가 보았었다.

어디서 보았을까?

"와아–!"

옹주의 웃음소리에 반사적으로 고개를 들렸다. 언월도를 내려놓은 정연이 옹주를 안아 목마를 태워준 것이다. 그사이 날 부축했던 무관은 나를 놓고는 앞으로 걸어 나가며 말했다.

"소관이 전하와 겨뤄보고 싶습니다."

옹주를 목마 태운 채 정연이 그 무관을 쳐다보았다.

"언월도를 다룰 줄 아느냐?"

"모릅니다. 그러니 검으로 하겠습니다."

"좋다."

정연이 웃으며 고개를 끄덕이더니 옹주를 바닥에 내려놓았다.

유모가 재빨리 가서 옹주의 손을 잡고는 내게 데려왔다. 정연이 언월도를 들자 그 무관은 검을 뽑아 들었다.

"과인이 임금이라 하여 봐줄 필요는 없다."

정연은 마치 농담처럼 그 말을 건넸다.

무관은 그런 정연을 보며 입가에 미소를 지었다.

"예. 그리하겠습니다."

"간다."

정연이 먼저 언월도를 좌우로 흔들며 무서운 기세로 달려들었다. 무관도 가만히 있지만은 않았다. 밀고 들어오는 정연을 향해서 내달리고 두 사람의 무기가 허공에 부딪혔다.

– !

그 누구 하나도 밀리지 않는 막상막하의 겨루기였다. 서로의 날이 부딪혀 기 싸움이 벌어지는 와중에도 정연과 무관은 서로를 바라보며 여유로운 미소를 짓고 있었다. 두 사람 모두 이 겨루기를 진심으로 즐기고 있는 듯했다.

"……!"

두 사람의 미소를 보며 난 또 한번 가슴이 철렁 내려앉았다. 젊은 무관의 눈매와 입가의 미소, 분명 많은 부분이 닮은 것 같은 두 사람이다. 실제 두 사람의 나이 차이는 그리 많이 나진 않아 보였다.

"마치 전하의 젊은 시절을 보는 것 같은 무관이옵니다."

공주들 사이에 앉아 있던 우 상궁의 말을 듣는 순간 난 깨달왔다.

설마…….

어느새 정연이 밀리기 시작했다. 그의 언월도는 휘두를수록 점점 느려지고 무거워졌다. 반대로 검을 휘두르는 젊은 무관의 움직임은 섬세하고 날렵했다.

"안 되겠군-"

승부욕이 없지 않은데 정연은 언월도를 땅에 꽂으며 그대로 승패를 마무리 지었다.

"과인이 졌다."

아쉬움을 남긴 짧은 승부였음에도 정연은 그 무관을 향해 환하게 웃었다.

"못 보던 무관인데? 금위군 소속이냐?"

"예. 그렇습니다."

"과인을 이겼으니 관품이라도 올려주어야겠구나. 이름이 무엇이냐?"

정연의 질문에 잠시 뜸을 들이던 무관이 답했다.

"소관의 이름은 설우이고 성은 박가입니다."

"박설우라…….."

정연이 그의 이름을 중얼거렸다. 이들의 대화를 지켜보던 내 몸이 떨려오기 시작했다.

"거기! 거기 잠깐만!"

옹주를 두 팔로 끌어안은 채로 난 길을 가는 무관을 불렀다. 그가 걸음을 멈추고 나를 돌아보자 모든 것은 더욱 확실해졌다.

['내가 널 낳은 친모란다.']

이곳에서의 나의 시간은 그날로부터 고작 몇 년이 흘렀을 뿐인데 물기 없는 눈동자로 나를 바라보던 어린 소년은 어느새 청년이 되어 돌아왔다.

"혹시……."

무슨 말을 해야 할지…….

어떤 말로 시작해야 할지…… .

머릿속이 새하얗게 변해버렸다. 그때 내 품에 안겨 있던 옹주가 고개를 돌려 무관을 바라보았다. 평소와 다름없이 옹주는 자신과 눈을 맞추는 무관을 보며 활짝 웃었다. 옹주의 천진난만한 미소를 보며 무관도 설핏 따라 웃는다. 그가 우리가 있는 곳으로 걸어오기 시작했다. 가까워지는 그의 걸음걸이를 지켜보며 내 몸은 점점 굳어만 갔다.

"옹주마마."

그가 웃으며 옹주에게 인사를 건넸다. 옹주는 기다렸다는 듯이 한 손을 뻗어 그의 얼굴에 가져다대었다가 무엇을 보았는지 손으로 그가 쓴 갓을 들어올린다. 그러자 상투가 없는 짧은 머리가 나타났다. 이를 본 옹주가 놀란 듯 눈을 크게 떴다.

"없어?"

이 말에 무관이 어색한 미소를 지었다.

난 그를 향해 입을 열었다.

"설우니?"

옹주를 바라보던 무관의 눈길이 내 눈으로 향했다.

"설우니?"

눈은 이미 답을 말하고 있는데 입은 답을 말하려 하지 않는다. 난 울컥하는 마음이 일어 입술을 깨물었다. 금방이라도 눈물이 쏟아질 것 같았지만 적어도 그의 앞에서는 울 자격은 없었다.

['그래서 네 어머니 노릇은 할 수 없어.']

난 나쁜 엄마였으니까.

"미안하다. 정말 미안해……."

쉽게 받아들여질 수 있는 사과라고 생각하진 않는다. 다만 그날 이후로 오랫동안 후회해온 마음을 전하고 싶었다.

"내가……."

['네가 조금만 더 늦게 태어났더라면 난 좋은 엄마가 되었을지도 몰라.']

준비가 덜 된 상태로 너를 만나서.

나 자신도 감당할 수 없는 순간에 너를 만나서.

['그래서 네 어머니 노릇은 할 수 없어.']

그리고 가장 행복했던 순간에 너를 다시 만나서. 내 행복을 잃어버릴까 두려웠기에 너의 모든 순간에 있어서는 못된 엄마가 될 수밖에 없었다는 걸⋯⋯.

"미안하다."

결국 눈물을 보이고야 말았다. 하지만 난 눈물로 네게 사죄를 받고자 하는 것이 아니었다. 눈물로 나약함을 드러내서 동정을 얻고자 함도 아니었다. 이 눈물은 내가 울고 내 마음이 우는 것이었다.

"마마?"

우는 나를 보는 옹주의 얼굴이 심각해진다. 금방이라도 따라 울 것 같은 표정으로 나를 본다.

그러나 나는 설우를 본다.

내 아들을 본다.

나를 보는 설우의 눈빛에 슬픔이 어렸다.

"마지막으로 뵌 뒤로 한 번도 잊지 못했습니다."

['마지막으로 보는 네 어머니에게 할 말은 없니?']

"어머니의 얼굴을요."

"!"

"낳아주셔서 고맙습니다."

이 말을 끝으로 갓을 푹 눌러쓴 설우가 내게서 돌아섰다.

"설우…… 설우야……!"

강한 바람과 함께 설우의 형체는 내 앞에서 사라져버렸다.

"응?"

어리둥절한 표정의 옹주만이 고개를 갸웃거리고 있었을 뿐.

◦◦◦◦

그날 밤은 개기 월식이 일어났다. 창가에 멍하니 앉아 서서히 사라지는 달을 바라보고 있는데 누군가 내 뒤에서 창문을 닫았다. 돌아보니 정연이었다.

"월식을 보는 건 좋지 않다."

낮에 본 설우의 뒷모습이 계속 머릿속에서 잊히지 않는다. 정연이 내 곁에 앉으며 물었다.

"어디 아픈 것이냐?"

"예?"

"안색이 좋지 않구나."

난 그의 허리를 끌어안으며 가슴에 얼굴을 기댔다. 머리가 어지러웠다. 눈물은 메말라버린 지 오래지만 마음은 울고 있었다.

"전하."

"응?"

"우리 아이요."

그는 내게 먼저 묻지 않았고 그래서 나도 먼저 말한 적이 없던 주제였다. 정연에게 설우는 병자호란 중에 죽은 줄로만 아는 아이였다.

"그 아이, 실은 이름이 있어요."

"이름?"

"그 아이가 태어나고 눈이 비처럼 내렸거든요. 그래서……."

양부는 그에게 '설우'라는 이름을 지어주었다고 했다.

"……설우라고."

그제야 정연은 울적해 보이는 내 모습의 연유를 찾은 듯했다.

"낮에 그 무관의 이름도 설우였지. 안 그래도 우 상궁이 그 무관이 내 대군 시절 모습과 많이 닮았다는 말을 했다. 대군 시절에는 경대를 들여다보면 계집아이 같다는 소리를 들을까 일부러 기피하였는데…… 우 상궁의 말을 듣고 보니 그 시절에 경대를 자주 볼 것을 그랬다. 정말 그리 많이 닮았다냐?"

난 그의 품 안에서 고개를 들었다. 그리고 그의 얼굴을 찬찬히 살펴보았다.

넓은 이마와 오뚝한 코.

다부진 입술과 날렵한 턱까지.

난 천천히 고개를 끄덕였다.

"정말 전하를 많이 닮았네요. 그 아이가 살아 있었다면 꼭 그 무관을 닮았을 거예요."

"무예 실력도 그러했겠지?"

"네……."

연신 고개를 끄덕이며 울먹거렸다. 정연이 이런 나를 두 팔로 꼭 안아준다. 난 정연의 품에서 울음을 삼키며 생각했다.

설우는 나를 잊지 않았다고 했다. 그런 설우는 아버지가 정연이라는 사실을 알고 있었을까? 알았다면 누가 이야기를 해주었을까? 할아버지가? 그래서 설우는 정연을 보러 왔던 것일까? 아니면 나를 보러 왔다가 정연과 언월도를 겨루게 된 것일까?

아니다.

설우는 알고 있었다.

남한산성에서 몸을 던지려던 내 기억이 현실이라면 그때 나를 구해준 것은 설우였다. 옹주의 위급한 상황을 정연에게 알린 이도 설우라는 생각이 들었다.

설우는 늘 우리의 주변을 맴돌고 있었다.

이런 설우에게 내가 해줄 수 있는 것이 무엇일까? 행복한 모습을 보이는 것? 적어도 불행한 모습을 보긴 원치 않을 것이다.

참 착하게 자랐구나, 내 아들.

난 끝까지 네게 부족하고 못된 엄마였는데…….

하루가 가고 또 하루가 간다. 평범한 하루도 가고 특별한 하루도 간다. 이것이 사람의 인생일까?

"얍! 야압!"

나무로 만들어진 작은 언월도를 들고 옹주가 열심히 휘둘러댄다. 이를 지켜보는 내 곁으로 유모가 다가와 말한다.

"지난번에 전하께서 언월도를 휘두르시는 것을 본 뒤로 계속 저러세요."

처음에는 나무 막대기를 휘둘렀는데 정연이 귀엽다면서 아이용 언월도를 만들어주었다. 도화서에 목공에 재주가 있는 화원이 있어서 특별히 부탁했단다. 왕의 부탁을 받은 화원은 밤새워 언월도를 만들어 바쳤다. 정교한 무늬가 들어가고 섬세하게 날을 깎은 것이 위험해 보이진 않지만 하나의 예술 작품 같은 언월도였다.

"저러다 다치지나 않을까……."

엄마 마음은 다 같은 것 같다. 잘못 휘두르다 어딜 맞기라도 해서 멍이 들거나 자칫 뼈가 상할까 지레 걱정부터 하게 되니.

"원래 무예는 다치면서 배워가는 것이지."

"전하?"

뒤에서 정연이 나타나더니 나를 지나쳐 옹주에게로 다가간다.

"우리 옹주, 아바마마와 한번 겨뤄볼까?"

"좋아요!"

기다렸다는 듯이 나무로 된 언월도를 높이 들어 보인다.

"자, 와보거라! 어서!"

정연이 손짓하자 옹주가 언월도를 휘두르며 그에게로 내달렸다.

"으차!"

정연은 옹주의 허리를 낚아채듯 잡아 하늘 높이 번쩍 들어올린다. 손에 쥔 언월도를 떨어뜨린 옹주가 정연의 손에서 까르륵 웃음을 터트렸다.

"저러다 떨어뜨리셔서 옹주 아기씨께서 다치시기라도 하면 어쩌시려고……."

유모가 걱정한다. 반대로 난 그들을 보며 함께 웃고 말았다. 정연의 손은 절대 옹주를 놓치지 않을 걸 믿고 있었으니까. 그때 정연과 옹주 너머로 후원 숲속에 사람의 그림자가 어른거렸다. 눈동자에 힘을 주며 쳐다보자 사람의 그림자는 익숙한 형상이 되어 내앞에 모습을 드러냈다.

할아버지……!

시백이 죽기 전 본 것을 마지막으로 내 앞에서 영영 사라졌던 할아버지였다. 난 잘못 본 것인가 싶어 눈을 여러 차례 감았다가 뜨길 반복했다. 그러나 할아버지가 분명했다.

말로 표현하기 어려운 복잡한 감정들이 내 가슴을 쓸고 지나갔다. 시백을 살려달라며 할아버지에게 사정하며 울부짖던 그날의 기억도 다시금 떠올랐다. 그러나 그 기억은 더는 나를 괴롭히지 못했다.

시백이 죽어갈 때 나타나지 않았던 할아버지를 원망했어요.

나는 멀리서 나를 지켜보는 할아버지를 쳐다보며 마음속으로 전달되지 않는 말을 전했다.

하지만 시백이 그때 죽지 않고 살았더라도 결국은 그와 이별했 겠죠.

사랑하는 사람과의 이별을 받아들이는 것은 늘 힘들다. 그리고 겪길 원치 않는다.

차라리 내가 먼저 죽었다면 남겨진 자의 고통 따위는 겪지 않았 을 것이라며 곱씹는다. 그럴수록 한번 가슴에 난 상처는 계속해서 커져만 간다.

모든 것을 내려놓은 지금은 마음이 편안해요.

다만 깊은 슬픔은 남았다.

그를 잃는 순간 느낀 그 고통의 감정은 영원하겠죠.

그래도 난 오늘을 살아간다. 살아서. 살아남아서.

할아버지가 나를 봤다던 그날이 혹시 오늘이었을까요?

"까르륵! 내려줘요-!"

옹주와 정연의 웃음소리가 커져간다. 난 그들을 돌아보며 환하 게 웃었다. 다시 할아버지가 있는 곳을 돌아보았을 때 그곳에서 더 는 할아버지의 모습을 볼 순 없었다.

1659년 늦봄.

정연이 세상을 떠났다.

난 그가 숨을 거둘 때까지 그의 손을 잡아주고 있었다. 가쁘던 그의 숨이 마침내 천천히 내려앉고 잡고 있던 손의 힘도 풀렸을 때, 난 그의 영혼이 더는 이승에 머무르지 않게 되었다는 걸 깨달았다.

['멀어질 거리가 있다면 가까워질 거리도 분명 있지 않겠소?']

그와 나의 거리는 가까워졌다.

그리고 그는 떠났다.

9장

옹주의 이름

국상 기간이 끝나자마자 난 옹주와 함께 창경궁으로 거처를 옮겼다. 옹주는 아직 어렸고 혼인할 나이에 이르진 못했다. 창덕궁은 새 주인을 찾았고 대비가 된 중전도 그곳에서 머물며 어린 아들을 보필했다.

분주해진 창덕궁과 달리 창경궁은 조용해서 좋았다. 옹주는 더는 정연에게서 선물 받은 나무 언월도를 들지 않았다. 아마 그 언월도를 들 때마다 정연이 떠올랐나보다.

그래서…… 슬펐나보다.

"어머니."

내가 말없이 창경궁 후원을 산책할 때면 옹주는 그 뒤를 따른다.

"응?"

"조용해요."

"……."

"세상이 전부 조용해요."

가을.

옹주가 그날 한 말의 의미를 난 알 수 없다. 하지만 열 살인 옹주는 알았나보다.

정연이 죽고 창경궁으로 오게 된 우리 모녀의 곁에는 많은 사람이 떠나갔다. 왕의 총애를 누릴 때는 많은 이들에게 둘러싸였지만, 총애가 떠난 뒤에는 고요함만 남는다는 걸.

열 살이던 어린 옹주는 그때 깨달았나보다.

"세월이 이렇게 흐르는구나……."

이상하게도 정연이 죽은 후로 시간이 빨리 흘러가기 시작했다. 그리고 삼 년 후, 옹주의 배필인 부마가 정해졌다.

옹주는 혼사를 앞두고 숙녕옹주에 봉해졌다. 이 일로 창덕궁에서 연회가 벌어지고 나는 오랜만에 창덕궁을 찾았다. 대비가 주최한 연회에는 많은 사대부가의 여인들이 참여했다. 옹주는 자신이 주인공이 된 연회에서 오랜만에 활짝 웃으며 행복해 했다. 나 역시 이런 옹주의 모습에 기분이 좋아졌다.

연회가 끝나고 며칠 후 난 대비의 부름을 받았다.

"내가 공주 혼사만 여럿 치렀지. 그러니 옹주의 혼사도 걱정 말게나."

"감읍할 따름이옵니다."

난 감사의 인사를 올리며 대비와 차를 나눠마셨다. 모든 것이 평화로웠다.

"참, 내가 어찌 자네를 이곳까지 불렀는지 아는가?"

"옹주의 혼사 때문이 아닌지요?"

"혼사도 혼사이지만 혼사와 관련하여 주상과 논의한 일이 있어 그렇네."

"무슨 논의를 하셨는지요?"

"옹주는 혼인을 앞두고 정식으로 옹주로 봉해졌네. 허나 옹주의 생모인 자네는 아직도 상궁의 신분이지 않은가."

보통 옹주가 시집갈 나이가 되면 그때까지 옹주를 키운 공로를 인정해서 생모에게는 후궁의 품계가 내려진다. 기존에 품계를 받았다면 단계를 높여 치하하기도 한다. 그러나 난 여전히 상궁의 신분이었다.

"그래서 자네에게 이제라도 선왕의 후궁으로 격상시키려 하는데."

대비가 내 표정을 살핀다. 이미 이 문제는 정연이 살아 있을 때도 여러 차례 거론했던 문제였다. 그때는 정연도 농담처럼 넘겼고 나도 가볍게 넘겨서 한 번도 공론화된 적이 없었다. 그러나 지금은 상황이 예전과는 많이 달라졌다.

"굳이 자네가 원치 않는다면 자네를 위해서라고 말은 안 하겠네. 옹주를 위해서이지. 옹주가 시집을 가면 응당 자네도 함께 출궁하려 하겠지. 그리되면 상궁의 신분보다야 후궁의 신분이 더 대우가 나을 것이고 무엇보다 옹주도 자신의 생모가 선왕의 후궁이어야 시댁에서의 대접도 다를 것이 아니겠는가?"

생각을 안 해본 것은 아니었다. 다만 나는 상관이 없었을 뿐.

"옹주의 청이기도 하네."

"예?"

"옹주가 내게 와서 그러더군. 자신은 옹주에 봉해졌으나 어머니는 자신보다 신분이 낮은 상궁이라 마음이 쓰인다고."

"옹주가 정말 그리 말했사옵니까?"

놀란 내 두 눈을 보며 대비가 눈웃음을 짓는다.

"자네, 옹주가 아직도 어린아이로만 보이는가?"

여전히 내게 옹주는 어린아이다. 시집을 간다는 사실이 믿기지 않고 걱정만 될 정도로.

"주상과는 이야기가 끝났네. 이제 자네만 받아들이면 되네."

난 대비의 시선을 피해 고개를 숙였다.

"받지 않을 것인가?"

"생전에 선왕께서 저와 약조하신 일이 있사옵니다. 제가 병들고 죽는 날이 가까워져 궐을 나가는 날까지 상궁의 신분으로 살겠다고……."

"그것은 나도 아네."

대비가 내 말을 끊었다.

난 고개를 들어 대비의 얼굴을 바라보았다.

"선왕께서 살아계실 적에도 내 여러 차례 자네에게 후궁의 품계를 내려주려 하였으나 선왕께서 반대하셨지. 자네가 원치 않는다며."

정연이 살아 있을 때도 욕심나지 않던 후궁의 자리다. 그가 이 세상에 없는데 욕심 날 리가 없다. 다만 옹주를 위해서라는 말이 마음에 걸려 대답하기 주저하던 그때였다.

"숙녕옹주는 연안군 이시백의 여식이지. 안 그런가?"

대비의 말에 난 놀란 눈을 크게 떴다.

"대비마마!"

대비는 이런 나를 보며 여유롭게 차를 한 모금 마셨다. 그녀는 빈 찻잔을 손으로 쓸며 중얼거리듯 말했다.

"선왕께서는 늘 연안군의 아내가 된 자네를 빼앗아왔다는 죄책감을 지니고 계셨을 게야. 그러니 연안군이 죽어 자네를 취했어도 저승에서는 자네가 연안군과 해후할 수 있도록 후궁으로 삼지 않으려 하셨겠지."

정연의 이런 마음까지는 모른다. 그의 아내였던 대비는 속속들이 알았을지라도.

"그건 제가 원치 않았기 때문에……."

"이미 연안군은 세상을 떠난 지가 오래이지. 자네가 사후에 연안군의 곁에 묻히고 싶어 후궁의 품계를 받아들이지 않겠다면 내가 다른 수를 써보겠네. 자네가 나중에라도 연안군의 묘소 인근에 묻힐 수 있도록 말이지."

"어디에 묻히고는 중요하지 않사옵니다."

그랬다. 이미 죽어 헤어진 사람이었다. 죽어서 그의 곁에 묻히는 것으로 위로가 될까? 난 그렇게 생각하지 않았다.

"그럼 옹주를 위해서라도 받아들이겠는가?"

정연이 살아 있을 때 받아들였다면 기뻐했을까?

"당장 대답하지 않아도 되네. 옹주의 혼사는 다음해 봄이니 그 전까지만……."

"저…… 대비마마."

"말하게."

"어째서 옹주가 연안군의 여식이라는 사실을 아시면서도 비밀을 지켜주셨습니까?"

대비는 이 질문이 조금 당황스러운 듯 보였다. 그녀는 오래전에 묻어두었던 감정의 기억을 되살리듯 한동안 멍한 표정을 짓다 입을 열었다.

"자네가 연안군과의 사이에서 옹주뿐만이 아니라 더 많은 자녀를 두었어도 결국 선왕께서는 자네를 포기하지 못하셨을 거란 걸 알았으니."

"대비마마……!"

"한 가지만은 알아주게. 자네를 향한 선왕의 마음은 지금까지도 자네의 곁에 머물러 있다는 것을. 난 그것을 매일 느낀다네……."

난 눈을 감았다 뜨며 말했다.

"연안군이 세상을 떠나고 전하를 몇 년간 모셨으니 옹주를 위해서라도 이 일은 대비마마와 주상전하의 뜻을 따르겠사옵니다."

"알겠네. 그리하지."

난 자리에서 일어섰다. 대비에게 큰 절을 올린 후 말했다.

"제게는 옹주의 탄생과 얽힌 일들이 이 궁중에서 살아가는 동안 가장 큰 비밀이었습니다. 이 비밀을 아시고도 지켜주셔서 그래서 오늘날 옹주가 무사히 혼례를 치를 수 있도록 해주셔서 감읍할 따름이옵니다, 대비마마."

이 인사를 받아야 할 사람은 어쩌면 대비가 아니라 정연이었다. 그러나 정연이 세상을 떠난 뒤에도 대비가 비밀을 지켜줄 수 있었기에 옹주의 오늘날이 있었다. 난 옹주의 어머니로서 응당해야 할 인사를 한 것이라고 생각했다.

얼마 후 난 정일품 안빈(安嬪)에 책봉되었다. 다음해 봄 옹주는 무사히 혼례를 치렀고 난 혼인한 옹주를 따라 사가로 나가 살았다.

❦

옹주의 배필인 박필성은 열세 살인 공주와 달리 아홉 살. 옹주보다 네 살이나 아래였다. 아직 어린아이 티를 못 벗은 어린 부마는 내게 아기처럼 귀엽기만 했다. 그러나 막 성숙기에 들어선 옹주에게는 모든 것이 불만이었다.

"하루 종일 글만 중얼중얼중얼! 도대체 뭘 어쩌자는 거야?"

옹주가 이렇게 소리를 지르면 사랑채에서 조용히 글만 읽던 필성은 몸을 움츠렸다. 갈수록 태산. 아직 두 사람 모두 어리다는 이유로 합방은 치러지지 않고 각방을 쓰고 있었다.

"난 아바마마처럼 듬직한 연상의 사내를 원했다고요!"

옹주는 필성이 들으라는 듯 큰 소리로 외쳤다.

"하아……."

난 말리는 대신에 입을 꾹 다무는 방법을 택했다. 어쨌든 이 집 안에서 어른은 나 하나뿐이었고 누구 편을 들 수도 없는 입장이다. 또 옹주의 괄괄하고 직설적인 기질은 한창때의 나를 닮았다. 그러니 누구를 탓할 수 있을까?

"어차피 과거도 못 볼 텐데 집구석에서 글만 읽다니! 답답해!"

옹주가 나인을 불렀다.

"나갈 거야! 채비해!"

"하, 하오나 옹주마마……."

"나갈 거야! 이 답답한 집구석에서 누구처럼 하루 종일 갇혀만 지내진 않을 거라고!"

옹주가 가마를 타고 나서자 난 서둘러 유모를 뒤따르도록 보냈다. 어떨 땐 차라리 옹주가 집 밖을 나가는 게 낫다는 생각도 들었다.

아직 어리긴 하지만 필성과 옹주의 성격은 완전히 달랐다. 외향적이고 바깥을 돌아다니는 것을 좋아하는 옹주와 다르게 필성은 집에서만 머물렀고 글을 읽으며 지내는 것 외에는 별다른 취미 생활도 없었다. 그는 어릴 적부터 과거 급제를 목표로 키워진 게 분명했다. 예상치 못하게 관직에 나갈 수 없는 부마가 되고 말았지만.

게다가 옹주는 역시 말로만 자신의 감정을 표출하지 않았다. 종종 조용히 글만 읽는 필성의 처소에 들어가 그가 읽던 책을 엎어놓고 또 따지기까지 한 것이다.

"어차피 과거도 못 볼 건데 글만 읽는 건 지겹지 않나요?"

필성은 괄괄한 옹주에게 제대로 된 대꾸도 하지 못했다.

"난 글만 읽는 사람을 뭐라 하는 게 아니에요. 하지만 사내대장 부라면 언월도는 다루지 못해도 검술 정도는 연마해야죠. 아니면 활쏘기라도 하던지. 전혀 못 해요?"

"해, 해본 적이 없어서……."

"아, 답답해! 무슨 사내가 이리 답답할까!"

고작 열네 살밖에 안 되었으면서도 마치 세상 다 산 어른처럼 말하는 옹주가 귀엽다고 웃어야 할지 말아야 할지. 마냥 두 사람이 어리다고 이대로 내버려두는 것이 과연 옳은 것인지 고민하며 시간이 흐르던 어느 날이었다.

"박필성 이놈! 책 다 갖다 버릴 거야……! 음냐음냐……."

잠꼬대를 하면서도 얌전하고 착한 어린 신랑을 괴롭힐 생각만 하는 옹주를 보며 난 한숨을 지으며 밖으로 나왔다.

달이 휘영청 밝은 날. 내 시름 깊은 한숨이 이어지던 그때였다.

"얍!…… 헉헉…… 야얍!"

어디선가 들려오는 기합소리에 난 소리가 나는 곳으로 걸어갔다. 그곳은 사랑채 앞마당이었다. 짚으로 만든 허수아비를 세워둔 채 필성이 달밤 아래 검을 휘두르고 있었다. 동작이 어설프니 익숙한 일은 아닌 듯 보인다. 나는 다 큰 사내들이나 겨우 들, 큰 검을 들고 낑낑대면서도 열심히 휘두르는 필성을 보니 마음이 짠했다.

"야…… 압! 아얏!"

검을 휘두르다 검과 함께 넘어지는 필성을 본 나는 깜짝 놀랐다. 혹시 다치지나 않았을까 싶어 그에게 달려가려는데 넘어진 필성이 힘겹게 일어서는 것이 보였다. 난 걸음을 멈추고 숨어서 필성의 모습을 지켜보았다. 이마에 흐르는 식은땀을 닦아내며 필성은 다시 검을 들었다.

"얍!"

그렇게 필성의 검술 연습은 밤이 깊어가도록 계속되고 있었다. 몇 시간 뒤 진이 빠진 얼굴로 사랑채로 들어선 필성을 본 나는 마실 물을 챙겨 사랑채의 문을 두드렸다.

"나예요."

"아, 안빈마마?!"

이 늦은 시간에 내 방문을 예상하지 못했다는 듯 필성이 허둥댔다.

"자, 잠시만 기다려주십시오!"

난 속으로 웃으면서 기다려주었다. 잠시 후 문을 열고 안으로

들어가자 필성은 어설프게 잠옷으로 갈아입은 채 근엄한 척 책을
펼쳐놓고 앉아 있었다.

난 가져온 물을 내려놓으면서 필성에게 물었다.

"검술 연습을 그리하시고 또 글을 읽으십니까?"

"아…… 보, 보셨습니까?"

"너무 열심히 하셔서 놀랐습니다."

"부, 부끄럽습니다…… 며칠 되었는데 아직도 많이 부족합니다."

"혹시 옹주가 한 말 때문에 그렇습니까? 제가 옹주를 꾸짖을
까요?"

"아, 아닙니다!"

필성이 강하게 손을 내저었다.

"옹주마마께서 하신 말씀 때문에 하는 것이 아닙니다! 제가, 제
가 원해서 하는 것입니다!"

"그래요?"

"예!"

옹주를 절대 꾸짖지 말라는 필성의 간절한 눈빛을 보며 난 놀라
지 않을 수 없었다. 옹주가 괴롭히는 말들을 늘어놓을 때마다, 필
성은 고개만 숙인 채 묵묵히 참는 듯한 모습만 보여서였다.

"옹주를 싫어하진 않습니까?"

필성이 무릎 위에 올려놓은 두 손을 불끈 쥔 채 분명한 어조로
말했다.

"좋아합니다! 싫어하지 않습니다!"

이 역시 내가 예상하지 못했던 대답.

"그거 참 다행이네요."

옹주의 엄마로서 상당히 안심되는 말이다.

"옹주마마는……."

필성이 여전히 불끈 쥔 주먹을 풀지 않은 채로 바닥에 시선을 두며 말했다.

"너무 예쁘십니다. 그런 옹주마마께서 원하는 사람이 되고 싶습니다. 옹주마마의 마음에 들 수 있는 그런…… 그런 사내가 되고 싶습니다!"

얼굴이 붉어진 채 또박또박 말을 읊는 필성을 보며 난 방긋 미소 지었다. 어린 부부를 두고 한 내 걱정은 어쩌면 기우였는지도 모른다.

"잘 부탁드리겠습니다."

난 필성에게 고개를 숙였다.

"많이 부족한 여식이지만."

웃으면서 건넨 인사에도 필성은 어쩔 줄을 몰라 했다.

"제, 제가 더 잘 부탁드리겠습니다!"

이날 밤, 사위와 장모의 은밀한 인사가 오가는 사이, 옹주는 꿈나라에서 열심히 필성을 괴롭히고 있었다.

"음냐음냐…… 박필성, 너 거기 못 서……!"

세월이 흐른다.

필성이 자라면서 옹주의 키를 훌쩍 넘어서고 사내다워질수록 반대로 옹주는 점점 더 여인다워진다. 어린아이들이 자라 어른이 되어가는 과정을 지켜보고 있노라면 자연의 이치를 새삼 깨닫게 된다. 언제부터인가 옹주는 필성의 앞에서는 순한 양이 되어갔다. 반대로 필성은 말수가 더욱 적어졌다. 집은 점점 평화로워진다.

필성은 검술 실력은 더는 달밤에 숨어서 몰래 연습하지 않아도 될 실력이 되었다. 그는 대낮에 환한 햇볕 아래서 땀을 흘리며 검술을 연마한다. 그런 필성을 창을 통해 내다보는 옹주의 뺨은 발그레하다. 그리고 이런 모습을 지켜보는 내 얼굴은 흐뭇하기만 하다.

"그러다가 다친다."

눈은 필성에게 가 있는데 손은 자수를 하고 있다. 당연히 언제 바늘이 손을 찌를지 모를 상황. 내 경고에 깜짝 놀란 옹주가 벌컥 화를 낸다.

"어머니! 놀랐잖아요!"

"놀라기만 해서 다행이구나. 그러다가 난 다치는 줄 알았지."

"왜, 왜 다쳐요!"

"글쎄다. 이유야 네가 더 잘 알겠지."

얼굴이 붉어진 옹주가 씩씩거리며 자리에서 일어섰다.

"그런 식으로 놀리신다면 제 처소로 가겠어요!"

난 웃으며 무심하게 말했다.

"그러렴. 그나저나 요즘은 밖에 안 나가니?"

"뭐라고요?"

"매일 집에 있는 건 답답하다고 나돌아다니는 걸 즐겨할 땐 언제고. 더는 도성에 구경할 게 없더냐?"

"무슨 말을 하는지 모르겠네! 전 집이 더 편해요! 사대부가의 아녀자라면 당연히 그래야 하는 거고요!"

씩씩거리며 나가는 옹주를 보며 난 유모와 함께 웃었다.

"요즘 매일 저럽니까?"

"예, 마마. 한시도 부마께 눈을 떼지 못하십니다. 즐겨하시던 외출도 끊고 하루 종일 집에 계시는 부마만 쳐다보고 계시지요."

"부마는? 부마는 옹주에게 관심을 보입니까?"

"워낙 말수가 적으신 분이라 그 속까진 알 수 없으나, 옹주께서 집에 머무실 때만 유독 검술연습을 하시는 것을 보니……."

"둘 다 마음은 있다?"

"예."

그런데 어릴 적처럼 옹주가 필성의 처소에 쳐들어가지 않는 게 문제다. 사춘기 소녀처럼 주변만 뱅글뱅글 돌면서 관심을 주길 원하는 눈치다. 그렇다고 필성이 먼저 나서서 옹주에게 말을 거는 성격도 아니다. 이렇다 보니 두 사람 사이에는 다리가 없었다.

"슬슬 합방을 해도……."

"예, 때가 되긴 하였지요."

옹주는 더는 품안의 자식이 아니게 될까?

"준비해주시게나."

"예, 마마."

❦

색이 붉다고 초는 붉은빛을 내지 않는다. 달빛보다는 조금 진하고 해님보다는 덜 밝은 빛을 낼 뿐.

혼례를 올리고도 적지 않은 시간이 흘렀다. 촛불 아래 나란히 앉은 두 그림자가 수줍음을 탄다. 고요한 달밤에 달빛도 구름에 얼굴을 가렸다. 마침내 초가 꺼지자 풀벌레 우는 소리만 요란하게 남는다.

"잠이 안 오시지요?"

유모가 술상을 봐온다. 난 유모가 따라준 술잔을 쳐다보며 빙긋 웃었다.

"선왕께서 계실 적에도 술은 잘 마시지 않았는데……."

"오늘은 특별한 날이니까요."

"유모도 많이 섭섭하지요?"

"왕실의 유모는 아기씨가 자라 혼인하고 다시 아기씨를 생산하시면 끝나지요. 곧 고향으로 돌아갈 날도 멀지 않은 듯합니다."

"유모가 떠나면 많이 섭섭할 텐데요."

"계 상궁만 하겠습니까?"

계화는 정연이 죽던 해 돌림병에 걸렸다. 그로 인해 궐에서 나가게 되었고 얼마 지나지 않아서 세상을 떠났다.

"세월이 참 많이 흘렀습니다. 그런데도 마마의 미모는 여전하
시니……."

난 이 말에도 놀라지 않는다. 분명 나는 세월이라는 나이를 먹고
있었다. 하지만 몸은 전혀 그렇지 않았다. 곧 스무 살이 될 옹주와
비교해도 우린 자매처럼 보일 정도였다. 계절을 핑계로 가리개를
만들어 입을 가리기 시작했는데 이제는 거의 하루 종일 가리기 시
작했다. 이 상태로 얼마나 더 버틸 수 있을지는 모른다.

"선왕께서는 마마를 두고 천상에서 온 항아님이라고 하셨지요."

난 헛웃음 지으며 고개를 저었다.

"아닙니다. 항아는 아니에요. 달에는 가본 적도 없고요."

하지만 더는 웃을 일이 아니다. 마당에 심은 나무조차도 쑥쑥
자라 매년 세월의 계절을 맞는다. 그러나 난 그대로였다.

시간이 내게 주는 마지막 저주일까?

난 이처럼 바로 찾아오진 않지만 계속 가깝게 다가오는 불안감
을 마음 깊숙한 곳에 안고 있었다.

"흐흠…… 흠흠……."

옹주의 처소 문을 열고 들어가려는데 안에서 노랫가락을 흥얼
거리는 소리가 들린다.

옹주다. 옹주가 무의식에 흥얼거리는 가락은 내가 어릴 적부터 들려주던 음악이었다. 옹주는 이 음악이 무슨 음악인지 모른다. 그러나 기분이 좋을 때마다 무의식적으로 흥얼거린다. 그것은 이 순간이 행복하다는 뜻. 옹주가 행복하면 나도 행복하다.

"들어가도 되니?"

"어머니? 네, 들어오세요!"

옹주가 먼저 환하게 웃으며 문을 열었다. 동시에 작은 바람이 일며 입을 가리고 있던 가리개가 펄럭였다. 그것을 본 옹주의 얼굴에 웃음이 사라졌다. 난 다시 가리개를 고정시키고는 안으로 들어와 바닥에 앉았다. 옹주가 내 곁에 앉더니 말했다.

"불편하지 않으세요? 이제 여름인데."

"익숙해져서 안 불편하단다."

"저라면 불편할 것 같은데요. 몇 년 사이에는 한 번도 하지 않으신 적이 없었잖아요."

"내가 그랬니?"

별 대수롭지 않게 반응하는데 옹주는 아니었다.

"봐요."

옹주가 경대를 내 앞에 내밀었다. 그녀는 내가 허락도 하기 전에 입에서 가리개를 떼어내며 말한다.

"어떻게 얼굴에 주름 하나 없으실 수가 있어요?"

나이를 가늠하기 어려운 얼굴이 거울 속에 있다. 내 옆으로 다가와 자신의 얼굴을 내 옆에 갖다댄 옹주.

누가 엄마와 딸이라고 생각할까?

오히려 옹주가 나보다 한두 살 더 많은 언니처럼 보일 정도였다.

"지금까진 이상하다는 생각을 전혀 못 하고 살았는데 정말 신기해요! 어머니 나이가 마흔이 넘으셨는데 저랑 비슷해 보이잖아요!"

옹주는 이 사실이 재미있다는 듯 말하지만 내게는 피하고 싶은 매우 심각한 고민이었다. 그래서 오랫동안 경대를 들여다보지 않고 지내왔었다.

"어머니는 마치 이곳 사람이 아닌 것 같아. 꼭 천상으로 돌아가야 할 선녀 같다니까."

"이 어미가 너랑 비슷해 보인다고 놀리기냐?"

난 옹주를 흘겨보며 서둘러 입 가리개를 썼다.

"놀리는 거 아니에요! 정말 신기해서……."

갑자기 옹주가 눈썹을 찌푸렸다.

"왜 그래? 왜 그러니?"

"속이 메슥거리는 게 꼭…… 토할 것 같아. 우욱!"

옹주가 한 손으로 입을 가리고 헛구역질을 하기 시작했다. 처음에는 옹주가 아픈 걸까 걱정하며 쳐다보던 내가 눈을 크게 떴다.

❧

발랄하기만 한 옹주답지 않게 의원이 진맥하는 동안 얌전히 이

불에 누워 있었다. 필성 역시 평소와 다르게 안절부절못하는 표정이었다.

"회임이 맞습니다."

의원의 진단에 옹주는 환하게 웃었다.

"거봐요. 분명 아이는 빨리 찾아올 거라고 했잖아요."

"고맙소. 고맙소, 부인."

필성은 옹주의 손을 꽉 잡은 채 놓지 않았다. 좋아서 어쩔 줄 모르는 젊은 부부를 뒤로한 채 의원이 조금 어두운 표정으로 내게 다가왔다.

"저…… 안빈마마. 잠시만."

"예?"

의원을 따라 옆방으로 건너간 나는 깜짝 놀랐다.

"그게 무슨 말이죠?"

"옹주께서 건강하신 듯 보이시나 아이를 품기에는 태가 많이 약하신 편이십니다. 따라서 이대로라면 출산하실 때 산모든 아이든 또는 둘 다 위험할 수 있습니다."

불안한 마음에 떨리는 가슴을 쓸며 의원에게 물었다.

"그걸 왜 내게만 이야기를 하는 것이오?"

"산모가 미리 알고 불안하여 태아에게 좋을 것이 없기 때문입니다."

"지금 이 이야기를 옹주에게는 말하지 말라?"

"아직 초기이니 모르시는 것이 더 나으실 듯합니다."

"알겠소."

"예. 그럼 소인은 이만."

의원이 돌아가고 난 다시 옹주가 있는 방으로 돌아왔다. 어느새 옹주와 필성은 태어나지도 않은 아이의 이름을 짓느라 웃으면서 즐거워하고 있었다. 이들 부부를 바라보는 내 마음은 무거워졌다.

조선 시대에는 많은 산모들이 목숨을 잃었다. 태아와 함께 죽기도 했고 아이를 낳고 죽기도 했다. 아이와 산모, 둘 다 목숨을 잃는 경우도 허다했다. 그리고 난 알고 있었다. 옹주의 생은 그리 길지 않을 거란 걸. 다만 이별의 시간이 빨리 다가오는 것처럼 느껴지는 것이 두려울 뿐이다.

❦

옹주는 임신 기간 내내 즐거워했다. 아이에게 좋지 않다는 이유로 눈물을 흘리거나 울적해 한 적이 한 번도 없었다. 필성도 옹주의 곁에서 정성을 다해 살폈다. 무엇 하나 나무랄 것 없는 부부였다.

산달이 다가왔다. 옹주는 부쩍 무거워진 배를 안고 처소에 앉아 쉬고 있었다. 살랑살랑 들어오는 봄바람에 눈을 감고 웃던 옹주가 눈을 뜨며 말했다.

"저도 봄에 태어났었지요?"

문득 생각이 났나보다. 난 고개를 끄덕였다.

"맞다. 그랬지."

"생전에 아바마마가 어머니가 저를 낳다가 큰일 날 뻔하셨다고 하신 적이 있었어요."

"넌 큰일 안 나."

옹주가 무슨 생각을 가지고 이런 말을 했는지 안다. 그래서 난 옹주가 말을 하기도 전에 답을 해버리고 말았다. 이런 내 모습을 보며 옹주가 킥킥 웃는다.

"원, 어머니도. 제가 아이를 낳는 걸 두려워할 것 같아요? 여인이라면 모두가 한 번 이상은 겪는 일인걸요. 이번에 첫아이를 잘 낳아야지 앞으로 둘째도 낳고 셋째도 낳고⋯⋯."

"많이 낳는 건 힘들어. 한 명이면 충분해."

"싫어요. 난 서방님께 많은 아이들을 낳아줄 거야. 적어도 아들은 셋을 낳아야지."

['셋만 낳읍시다. 아들 셋이면 더 좋겠지만⋯⋯.']

나도 모르게 살짝 흔들린 눈동자를 옹주가 놓치지 않았다.

"지금 무슨 생각 했어요?"

"응?"

"무슨 다른 생각하신 것 같은데⋯⋯."

"아니, 아무것도 안 했다."

"말씀하기 싫으시면 안 하셔도 되고요."

창밖으로 눈을 돌린 옹주가 잠시 후 다시 입을 열었다.

"저는 이제 어리지 않아요. 더는 '옹주 아기씨'도 아니고요. 게다가 곧 한 아이의 어머니가 될 거라고요. 그러니까 제게 털어놓고 싶은 이야기가 있다면……."

옹주가 내게로 고개를 돌린다. 나는 그 누구보다도 나를 닮은 줄만 알았던 옹주의 얼굴에서 오랫동안 숨겨져 있던 시백의 모습을 느꼈다.

"다 해도 돼요. 전 들을 준비가 되어 있어요. 어머니."

옹주의 눈은 내 마음속을 다 꿰뚫는 것처럼 보였다.

난 옹주에게서 고개를 돌리며 말했다.

"무슨 말인지 모르겠구나."

옹주가 쓸쓸하게 웃으며 말했다.

"그렇게 말씀하실 줄 알았어요."

"아아아악!"

귀를 찢는 비명소리가 이어지고 있었다.

"옹주마마. 이것을 입에 물으셔야 하옵니다!"

혹시라도 옹주가 실수로 혀를 깨물까 유모가 여러 겹으로 접은 천을 입에 물렸다. 그러나 난산의 고통에 빠진 옹주는 고개를 저으며 거절했다.

"대체 몇 시진이나 지났는데 아직도 아이가 나오지 않는단 말이오?"

문밖에서는 필성이 의원을 다그치는 소리가 들렸다.

"다시 한 번만, 한 번만 힘을 더 주시옵소서!"

대비가 보낸 산파는 능숙했지만 난산인 옹주를 구해낼 능력까지는 없어 보였다. 땀과 눈물로 범벅된 얼굴의 옹주가 나를 움켜잡은 한 손에 힘을 주며 말했다.

"어…… 어머니……!"

"그래. 그래."

"너무…… 힘들어요."

울먹거리면서 겨우 꺼내놓는 옹주의 한마디에 내 가슴이 무너진다. 어쩌면 힘든 것보다는 더 고통스럽고 아플지 모른다. 그런데 옹주는 마치 어릴 적, 처음 수놓기를 배울 때 힘들다고 투정 부리던 것처럼만 말할 뿐이다.

"곧, 금방 끝날 거야."

내가 해줄 수 있는 말이 이것뿐이라니.

"아아악!"

잠시 후 옹주가 다시 비명을 내질렀다. 조금 전보다도 더 고통스러운 비명소리에 나도 어릴 적부터 옹주를 키워온 유모도, 문밖에서 들어오지 못한 채 어쩔 줄 모르는 필성도 안타까워하기는 마찬가지였다.

"옹주마마! 조금만, 조금만 더!"

산파가 재촉했다.

의원은 이미 오래전에 옹주가 아이를 낳다가 잘못될 수 있음을 경고했다. 나는 태어날 손주보다도 옹주가 혹시 잘못될까 걱정이 이만저만이 아니었다.

"아아악!"

마지막으로 한 번 더 힘을 내자 곧 태아가 밖으로 빠져나왔다. 바로 그 아이를 산파가 안아 들었다.

잠시 후 아이가 울음소리를 내기 시작했다.

"여아입니다!"

산파의 목소리에 난 갓 태어난 아이에게로 눈을 돌렸다. 힘차게 우는 아이는 건강해 보였다. 안심하고 다시 옹주를 돌아보았다. 옹주는 정신을 잃고 축 늘어져 있었다.

"아가……! 아가!"

내가 외치는 소리에도 옹주는 깨어나지 못했다.

෧෨ඁ෧

"응애-"

아이가 울자 옹주의 유모가 아이를 안고 달랬다.

"금방 젖을 드시고도 또 배가 고프신가보네. 어쩌나……."

"쉿."

나는 손가락을 입으로 가져가 유모에게 쉿 소리를 냈다. 유모가 우는 아기를 안고 일어서 밖으로 나갔다. 난 조금 전 겨우 잠든 옹주의 머리를 쓰다듬어주었다. 잠든 줄 알았던 옹주가 눈을 뜬다.

"어머니……."

"깼어? 내가 깨웠니?"

"아니요. 아이 울음소리가 들렸는데……."

"아이는 걱정 마라. 유모가 데리고 나갔어."

"네……."

옹주가 힘없이 고개를 끄덕이며 눈을 감는다.

아이가 태어나고 보름째. 옹주는 계속 병상에 누워 있었다. 여러 차례 위기를 넘겼지만 여전히 잃어버린 기력을 되찾지 못했다.

"아들을 낳았어야 했는데……."

눈을 감은 옹주의 입에서 아쉬운 한숨이 터져 나온다.

난 그런 옹주에게 말했다.

"그럼 기왕 나도 목숨 걸고 낳을 거 옹주가 아닌 왕자를 낳았어야 했겠지?"

"하하……."

눈을 감고 있는 옹주가 소리 내어 웃는다. 그러다가 통증을 느꼈는지 얼굴을 찌푸렸다.

"서방님이 실망했겠죠?"

"전혀. 내가 보기에는 전혀 그렇지 않던데? 매일 아이 본다고 네가 아픈 것에 관심도 없더라."

"그럼 다행이에요……."

"그렇게 아들이 낳고 싶었니?"

"아들은 꼭 필요해요. 사내들은 다 아들을 좋아한다고요."

"네 아버지는 아니었을 거야."

무의식에 시백을 떠올리며 나온 말에 난 곧바로 입을 다물었다. 그런데 옹주가 감았던 눈을 떴다. 처음 천장에 바라보던 눈동자는 한 바퀴를 천천히 돌아 내 얼굴로 향했다.

"어머니."

"……응?"

"저 실은 알고 있었어요."

"뭘 말이냐?"

"제 아버지가 두 사람이란 거."

숨이 잠시 멎은 듯한 기분이 들었다.

"무슨 말을 하는 거야?"

"대비마마께서 제가 혼인하던 날에 대비전에 불러서 말씀해주셨어요."

대비가 말해줬다는 말에 나는 더는 아무 말도 할 수가 없었다.

"제겐 두 아버지가 있으니 한 아버지만을 섬기면 안 된다고 하시면서 나중에 어머니가 말씀해주실 거고 말씀해주시지 않는다면 다시 물으러 와도 된다고 하셨어요. 그때는 그게 무슨 말인지 잘 몰랐는데……."

옹주에겐 평생 말하지 않을 생각이었다. 그 누구보다도 정연의 사랑을 받고 자란 옹주였으니까. 그런 옹주에게는 두 명의 아버지를 알려주어 혼란을 주고 싶지 않았었다.

그런데 옹주는 이미 알고 있었다.

"연안군 이시백. 그가 제 친부인가요?"

"!"

참으로 오랜만에 듣는 이름이었다. 머릿속으로도 떠올리지 않으려고 노력했던 이름이었다. 마음에 묻었고 내 마음속에만 존재하는 이름인 줄 알았다. 그 이름을 옹주의 입을 통해서 듣게 되다니.

"어떻게 알았니? 그 이름."

"설우 오라버니한테서요."

이번에도 놀라지 않을 수가 없었다.

"설우를 네가 알아?"

"제가 혼인하고 종종 외출할 때마다 오라버니를 만났어요. 최근 몇 년간은 오라버니가 나타나지 않아서 만나지 못했지만요."

"내게 왜 말을 안 했니?"

"오라버니와 약속했어요. 어머니가 먼저 아버지 이름을 알려줄 때까지는 우리 남매가 만난 사실을 이야기하지 말자고."

설우는 분명 내겐 아픈 손가락이다. 시백의 이름에는 담담하게 참아지던 눈물이 설우 이름에서는 흘러내리고 말았으니.

"설우를 언제 마지막으로 봤다고?"

"오래됐어요. 그런데 마지막으로 보던 날 오라버니가 제게 이런 약속을 했어요. 제가 죽기 전에 아버지를 꼭 만나게 해준다고."

난 동시에 두 가지를 깨달았다. 옹주는 친부의 존재를 알게 되자 그를 만나고 싶어했다. 두 번째로 설우는 제 누이동생이 언제 죽을지를 알고 있다.

"그래서 뭐라고 말했니?"

"그때는 이시백을 만나고 싶지 않았어요. 제게 아버지는 아바마마 한 분뿐이시니까."

"지금은 마음이 바뀌었니?"

"아직도 잘 모르겠어요. 하지만 얼굴이 궁금하긴 해요."

"그래……."

목이 멘 목소리로 겨우 대답하며 울음소리를 삭히는 내게 옹주가 담담히 묻는다.

"저는 늘 궁금했어요. 왜 어머니는 나를 '옹주'로만 부를까 하고요."

"그건……."

"언니들은 아바마마가 지어주신 이름이 있었잖아요. 저도 아바마마가 지어주신 이름이 있었는데 어머니는 그 이름을 단 한 번도 불러주시지 않았어요. 왜죠?"

난 오랫동안 숨겨왔던 마음을 옹주의 앞에서 털어놓았다.

"네 이름은 그가 지어주길 바랐거든."

이시백.

자신의 딸의 존재조차 모른 채 죽었던 그 사내.

나의 사내.

나의 서방님.

"그랬구나……."

옹주가 고개를 끄덕이며 눈을 감는다. 오랫동안 품었던 의문을 모두 해소한 듯한 얼굴이었다. 그리고 이제 한 아이의 어머니가 된 옹주도 깨달았다. 곧 태어날 아이를 기대하며 필성과 함께 이름을 짓던 자신을 떠올렸는지도 모른다.

옹주는 자신의 아버지로부터 이름을 받지 못했다. 정연이 지어준 이름이 있었지만 난 그 이름으로 옹주를 단 한 번도 부른 적이 없었다.

옹주가 눈을 감은 채로 힘없이 말했다.

"아버지를 만나면 꼭 제 이름을 지어달라고 해야겠어요. 그러면 어머니도 제 이름을 불러주시겠죠."

난 이불 위에 올려진 옹주의 손을 잡으며 말했다.

"그래, 그러마."

봄에 태어난 아이가 겨울을 무사히 보내고 아장아장 걸음마를 할 때도 옹주는 자리에서 일어나지 못했다. 가끔 앉아서 창밖을 내다보고 문을 열고 아이의 걸음을 따라 손을 잡고 걸어보려 했지만 허사였다. 점점 메말라가는 옹주를 낫게 할 수 있는 약은 전혀 없어 보였다.

의원은 아이를 낳다 기력을 모두 쇠진한 것이 원인이라고 했다. 다른 의원은 이미 아이를 낳다 죽었어야 했지만, 오늘까지 살아 있는 것이 기적이라고도 했다. 그 어느 의원에게서도 희망적인 말은 들을 수가 없었다. 옹주의 목숨은 줄어들고 있었고 이 사실을 모두가 알고 있었다.

"서방님."

어느 화창한 봄날. 옹주는 필성의 가슴에 기대어 있었다. 아이는 벽을 짚고 이리저리 방을 돌아다니며 장난을 치고 있었다. 옹주는 필성의 품에서 아이를 바라보며 운을 뗐다.

"아들을 낳아드리고 싶었어요. 되도록 많이요."

"부인……."

"어쩌면 첩이 서방님의 아들을 낳아줄지도 몰라요."

"그런 말은 마시오."

"아니요."

옹주는 필성의 옷깃을 붙잡으며 고개를 들었다.

"들으셔야 해요."

"왜 자꾸 그런 말을 하시오? 부인의 몸이 하루라도 빨리 나아서 아들을 낳아주면 될 것이 아니오?"

필성의 목소리가 울먹거렸고 옹주는 슬프게 웃었다.

"그날이 오면 아들을 낳은 첩이 혹시라도 우리 딸을 괄시할까봐……."

결국 옹주의 뺨을 타고 눈물이 흐른다. 죽는 것보다도 남겨진 딸아이에 대한 걱정이 더 큰 옹주였다.

"제발……! 그만하시오!"

필성이 옹주를 끌어안으며 흐느꼈다. 세상의 시간이 더디게만 흘러갈수록 모두가 고통을 느끼고 있었다.

꿈ꙮ

이른 아침.

"안빈마마!"

문밖에서 다급한 목소리로 나를 찾는 필성의 목소리에 나는 눈을 번쩍 떴다.

"무슨 일인가?"

속적삼 위에 장옷을 걸친 채 문부터 열자 필성이 새파랗게 질린 얼굴로 소리쳤다.

"부인이……! 부인이 사라졌습니다!"

"그게 무슨 소린가?"

"분, 분명 지난밤에 잠들 때까지 제 옆에 누워 있었던 사람인데……!"

안절부절못하는 필성을 뒤로하고 안채로 달려갔다. 그의 말대로 옹주가 늘 누워 있던 자리가 비워져 있었다.

"혼자서는 거동도 힘들어하는 사람이 아닙니까? 도대체 어디로 갔을까요?"

금방이라도 눈물을 터트릴 것 같은 필성의 얼굴을 보며 난 할 말을 잃었다. 하지만 옹주가 갈 만한 곳 중 짚이는 곳이 있었다.

['아버지를 만나면 꼭 제 이름을 지어달라고 해야겠어요.']

설마?

꽃 ~

옹주가 사라졌다. 옹주는 어디로 갔을까? 정말 시백을 만나러 간 걸까?

옹주가 사라진 지 열흘이 되어가고 있었다. 도성 안에 옹주가 죽었다는 소문이 돌기 시작했다. 이미 몸이 심각할 정도로 아프다는 것을 모르는 사람들이 없었기에 그런 소문이 나는 것이었다.

소문과 별개로 필성은 사라진 옹주를 찾아 매일같이 도성 안을 돌아다녔다. 나는 반대로 옹주가 사라진 안채에서만 머물렀다.

옹주야…….

만약 설우가 옹주를 데리고 간 것이라면? 옹주는 조선에서 더는 살아날 가망이 없는 상태였다. 그런 옹주를 살리겠다고 데려갔다가는 설우가 잘못될 수도 있었다. 어쨌든 둘 다 내 자식이었다. 둘 중 하나라도 잘못되는 것을 볼 순 없었다.

설우가 옹주를 데려갔다면 어느 시간으로 데려갔을까?

적어도 시백이 살아 있을 적이라면 난 그 시대로 갈 수가 없다. 그 시대에는 이미 또 다른 내가 존재하고 있기 때문에 같은 사람이 존재하는 곳으로는 애초에 갈 수가 없었다.

제발 무사히 돌아와줘⋯⋯.

그곳의 계절은 가을이었다. 추수를 앞둔 벼들이 황금 들판을 이루고 있는 평화로운 농촌의 한 마을. 어쩌면 옹주에게도 익숙한 풍경일 수도 있었다.

설우의 부축을 받아 한 저택의 대문 앞에 선 옹주는 불어오는 바람에 잠시 고개를 들었다. 대문 안쪽으로 높게 자란, 수령이 수백 년은 되어 보이는 나무가 보였다. 은행나무였다. 은행나무에 매달린 노란 은행잎들을 가만히 응시하던 옹주가 설우에게 물었다.

"이곳인가요?"

"예."

옹주가 잔잔히 미소 지었다.

– 끼이익

때마침 닫혀 있던 대문이 소리를 내며 옹주의 앞에 열리기 시작했다.

"마마! 마마!"

밤을 지새우고 맞이한 아침. 책상에 엎드려 잠깐 잠이 들었는데 유모가 날 깨우는 목소리가 들렸다. 고개를 들자마자 문이 열리며 유모가 안으로 들어왔다.

"어서 안채로 가보십시오!"

난 신을 신는 것도 잊은 채 버선발로 안채로 향했다. 안채 앞에는 이미 내동댕이쳐진 필성의 신발이 보였다. 직감적으로 옹주가 그곳에 있음을 알았다.

"옹주야!"

옹주를 부르며 안채로 뛰어 들어가자 이불 위에 반듯하게 앉아 있는 옹주의 모습이 보였다. 옹주의 옆에는 필성이 앉아 그녀의 두 손을 움켜잡고 있었다.

"어머니."

나를 보자 해맑게 인사하는 옹주는 전보다 혈색이 더 좋아진 얼굴이었다.

"도대체 어디를 갔었니?

나는 두 손으로 옹주를 끌어안으며 눈물을 쏟았다. 옹주는 미안한 표정을 지으며 말했다.

"걱정을 끼쳐드리고 싶진 않았어요. 그리고 이렇게 오랜 시간이 걸릴 줄도 몰랐고요."

"어디에 갔었는데? 응?"

재차 묻는 나를 두고 옹주가 곁에 있는 필성의 눈치를 보았다.

옹주는 여전히 자신의 손을 잡고 있는 필성을 돌아보며 말했다.

"서방님, 송구하오나 어머니와 잠시 단둘이서만 이야기를 나눠도 될까요?"

필성은 혹시라도 옹주가 또 사라질까 걱정하는 얼굴이었지만 고개를 끄덕이며 자리에서 일어섰다.

그가 나가자 난 옹주에게 물었다.

"설우도 여기 있니?"

"지금은 없어요. 저를 여기에 데려다주고 가버렸어요."

설우가 가버렸다는 말에 가슴이 쓰라렸다.

"그보다 어머니, 어머니께 드릴 말씀이 있어요."

옹주가 무슨 말을 꺼낼지 두려운 마음이 일었다.

"어머니, 왜 어머니의 얼굴이 세월이 지나도 변함이 없는지 알 것 같아요."

"그게 무슨 말이니?"

"어머니의 시간은 이곳이 아니에요."

난 옹주의 말을 이해할 수 없어서 고개를 갸웃거렸다.

"어머니, 이제 이곳을 떠나실 때가 된 것 같아요."

"무슨 말이냐? 도통 이해를 못 하겠구나."

옹주가 숨을 크게 들이쉰 후 내게 말했다.

"아버지를 만났어요."

"!"

옹주의 입에서 나온 '아버지'라는 말에 난 한 손으로 입을 틀어

막았다. 그러지 않았다면 내 입에서 무슨 말이 나올지 몰랐다. 적어도 탄성이 아니라면 비명일지도 모르지만.

"어머니, 제 이름은 인아에요. 이인아."

여전히 입을 틀어막고 있던 내 눈에서 눈물이 흘러내렸다. 옹주의 말을 믿을 수가 없어서였다.

"제 이름은 인아라고요. 아버지가 지어주셨어요."

옹주도 이제 나를 보며 울고 있었다.

인아(仁兒).

인(仁)은 어질다는 뜻이지만 열매, 즉 은행의 씨앗을 뜻하기도 한다. 옹주가 옷 속에서 무언가를 꺼내 내 앞에 내밀었다. 그것은 노란 은행잎이었다.

난 오래전 있었던 기억 한 조각을 떠올렸다.

['이 집으로 할래요! 이 집이 마음에 들어요!']

['이 모두를 정리하려면 여러 날이 걸리겠는데?']

['가을이 되기 전에는 끝날 거예요. 그렇죠?']

"아버지가 말씀하시기를 이 은행잎을 어머니께 드리면 어머니가 가야 할 곳을 아실 거라고 했어요."

"그는 죽었어……."

이 한마디에 쌓였던 눈물이 쏟아지고 눈물이 만든 길 위에 또다시 눈물이 덧씌워졌다.

"죽지 않았어요."

668

"내 앞에서 죽었다고……."

"제가 봤어요. 제가 만났다고요."

"난……."

그의 죽음을 부정하고 싶었던 적도 있었다. 아니, 많았다. 그러나 그는 죽었다. 내 앞에서 숨이 끊어졌고 난 그의 숨이 끊어지는 것을 보았다. 그래서 믿을 수가 없었다. 그는 죽었고 난 옹주를…… 인아를 위해서 살았다. 이 아이가 내 전부였고 내 죽는 날까지 그러리라 다짐했었다.

"어머니, 아직 제겐 시간이 많이 남아 있고 이런 제게는 서방님과 아이가 있어요. 제 가족이요. 전 제 가족과 남은 생을 함께할 테니 어머니는 이제 아버지를 만나러 가세요."

"인아야!"

난 인아를 끌어안고 오열했다.

인아는 그런 내 머리를 쓰다듬으며 위로했다. 난 이 아이가 죽는 날까지 내 품안을 벗어나지 않는 어린아이일 줄만 알았다. 그러나 어느새 자라 한 사내의 지어미가 되고 한 아이의 어머니가 되어, 멈춰버린 시간 속에 살아가는 어머니를 위로하고 있었다.

시백이 죽고 나서 그의 별은 하늘에서 사라졌다. 난 그의 별이 사라진 하늘을 바라볼 때마다 생각했다.

그는 지금 어디에 있을까?

어디에서 다시 태어났을까?

나를 만났을까?

다시 태어난 나를?

우리는 행복할까?

나는 내가 지닌 옷들 중에서 가장 좋아하는 푸른색 당의를 차려입고 이불 위에 누워 두 손을 가지런히 모았다. 자연히 눈이 감겨왔다.

['지금부터 제가 하는 말을 잊어버리면 안 돼요. 알았죠? 꼭 새겨들으세요.']

마치 어제 일어났던 일처럼 떠오르는 기억.

['제 별은 그 은하수에서 찾는 게 제일 쉬워요.']

그는 내 별을 찾았을까?

또 다른 나와 만났을까?

만약 이미 또 다른 내가 그가 태어난 세상에 존재한다면…….

그래서 이미 그 사람을 만나 사랑에 빠져버렸다면…….

내가 정운을 잊고 시백을 사랑하게 된 것처럼 말이다.

['저를 꼭 찾아서 다시 사랑을 시작하는 거예요.']

……나는 어떻게 해야 할까?

감은 내 두 눈에서 눈물이 흘러내렸다. 그리고 바람이 불기 시작했다.

종장

모든 것이 노랗게 물들어가는 어느 가을날.

"이상하지."

경기도 양평에 위치한 한 고택.

경민이 앉아서 푸른 은행잎으로 우려낸 차를 한 모금 들이켰다.

"나의 아버지도 나의 할아버지도 모두 자신이 태어난 시대에서 죽지 못했어."

마주 앉은 상대에게서는 답이 돌아오지 않았다.

"그리고 모두들 자신을 희생했지."

경민이 짧은 한숨을 내쉬며 찻잔을 내려놓았다.

"내 아버지는 손녀를 위해 자신의 목숨을 너의 목숨과 맞바꿔서 시간과 거래를 했으니까."

그때 닫혀 있던 창문이 갑자기 불어온 바람에 덜컹거렸다. 경민이 창문을 돌아보며 말했다.

"손님이 왔네."

– ……

"아주 오랜 기다림이었겠어."

거짓말처럼 그 집은 그대로였다.

금강산에서 돌아와 한양으로는 갈 수 없었던 우리가 마련한 보금자리. 비록 이곳에서 우리는 겨울을 맞이하진 못했지만 말이다.

"……."

활짝 열려 있는 대문을 지나 나는 마당에 자리한 은행나무 앞에 섰다. 우리의 추억을 담은 은행나무는 수백 년이 흘러도 같은 자리를 지키고 있었다.

온 세상이 노랗게 변해 있었다.

수백 년이 지나 고택의 높이보다도 더 크게 자란 은행나무는 많은 은행잎을 떨어뜨려 주변을 노란 비단으로 뒤덮어버렸다. 한가로운 현대의 농촌마을에서 유일하게 이 고택만이 과거의 시간에 머물러 있는 듯 보였다.

– 바스락

그때 낙엽을 밟는 사람의 소리가 내 귓가에 들려왔다. 천천히 고개를 돌리자 멀지 않은 곳에 한 남자가 서 있었다.

그는 나와 눈이 마주치자 그대로 걸음을 멈춘다.

－……

베이지색 면바지에 흰 셔츠를 입은 젊은 남자.

가체에 푸른색 당의를 입고 있는 여자.

시간과 공간이 맞물리는 교차점에 놓인 곳이 바로 이 고택인 것일까?

가을 햇살이 은행나무 가지 사이를 파고들어 우리 두 사람 사이에 놓였다.

그는 죽었다.

지금 내 눈앞에 있는 사람은 그가 아니었다.

정운이 시백으로 태어났듯…… 그는 분명 또 다른 이시백이다.

나와 함께했던…….

나와 사랑했던…….

그가…… 될 수가 없다.

그때 그가 다시 걸음을 움직이기 시작했다. 은행나무 아래에 있는 나를 향해 걸어왔다. 그가 점점 내게 가까워질수록 나의 두 다리는 땅에 못 박힌 듯 전혀 움직이려 하지 않았다.

내 앞에 가까이 다가온 그가 걸음을 멈췄다. 햇살이 그의 얼굴을 비추는 가운데 나를 향한 그의 미소가 또렷하게 보였다. 반대로 난 금방이라도 울음을 터트릴 것처럼 울상을 짓고 말았지만.

마침내 그가 나를 보며 입을 열었다.

"부인."

"……!"

이 한마디에 나를 툭, 건든 것처럼 내 눈에서 폭포수처럼 눈물이 쏟아졌다. 난 그를 보며 연신 고개를 가로저었다.

"그럴 리가 없어."

"……."

"다시 태어난…… 당신은 나를 기억할 리가 없어. 당신은 다른 사람이야. 그가 아니야! 아니라고!"

고개를 계속 젓는 내게 그가 자신의 손을 내밀었다. 손바닥에는 한가운데를 긋는 선명한 칼이 남긴 상흔이 있었다.

"!"

난 울며 그 손을 붙잡았다.

그 손을 뒤집자 내가 비녀를 꽂아 냈던 상처가 보였다. 그가 내게 말했다.

"이제 알겠소?"

숨 막힐 것 같은 감정의 파도가 나를 덮쳐왔다. 말로는 설명하기 힘들었던 세월들이 주마등처럼 내 몸을 스치고 지나갔다.

"이곳에서 제 별을 보았나요?"

"그대의 별은 내가 이곳에 온 날부터 보았다오. 그래서 난 언젠 간 그대가 이곳으로 올 것을 알고 있었소. 그대를 기다리고 있었단 말이오."

"서방님……."

그가 제대로 말을 잇지 못하는 내게 두 팔을 벌렸다. 난 주저 없이 두 팔을 벌려 그의 가슴에 안겼다.

익숙한 내음이 내 코끝에 닿았다.

익숙한 체온이 내 살에 닿았다.

익숙한 목소리가 내 귓가에 들렸다.

"화진."

아주 오랫동안 내 곁에는 이 이름을 아는 사람도 이 이름으로 나를 불러주는 사람도 없었다.

오직 시백만이 알고 있었던 이름이었다.

"서방님……!"

그와 만나 사랑했던 시간.

그와 내가 헤어졌던 시간.

그리고 우리가 다시 만난 이 시간.

시간은 늘 우리의 곁에 있었다.

〈끝〉

조선후궁실록 2

초판 1쇄 인쇄 2020년 2월 20일 **초판 1쇄 발행** 2020년 2월 27일

지은이 유오디아
펴낸이 연준혁

웹소설분사 이사 이진영
책임편집 조윤희 오가진
디자인 함지현

펴낸곳 (주)위즈덤하우스미디어그룹 **출판등록** 2000년 5월 23일 제13-1071호
주소 경기도 고양시 일산동구 정발산로 43-20 센트럴프라자 6층
전화 031-936-4000 **팩스** 031)903-3893
홈페이지 www.wisdomhouse.co.kr

값 16,000원
ISBN 979-11-90427-99-9 04810
ISBN 979-11-90427-97-5 (세트)